Lo demás es aire

Novela

Juan Gómez Bárcena
Lo demás es aire

Seix Barral

PEFC Certificado

Este libro procede de bosques gestionados de forma sostenible

PEFC

PEFC/14-38-00305

www.pefc.es

Seix Barral, un sello editorial de Editorial Planeta, S. A.
Avda. Diagonal, 662-664, 08034 Barcelona (España)
www.seix-barral.es
www.planetadelibros.com

Esta obra ha tenido el apoyo para su creación del Ministerio de Cultura y Deporte a través de la convocatoria de las ayudas a la creación literaria correspondientes al año 2021

MINISTERIO DE CULTURA Y DEPORTE
DIRECCIÓN GENERAL DEL LIBRO Y FOMENTO DE LA LECTURA

Adaptación de la cubierta: Booket / Área Editorial Grupo Planeta
Imagen de la cubierta: Lookatcia y Agencia EFE
Primera edición en Colección Booket: octubre de 2024

Depósito legal: B. 14.349-2024
ISBN: 978-84-322-4397-4
Impresión y encuadernación: Liberdúplex
Printed in Spain - Impreso en España

Biografía

Juan Gómez Bárcena nació en Santander en 1984. Es licenciado en Teoría de la Literatura y Literatura Comparada, en Historia y en Filosofía. Con su primer libro de cuentos, *Los que duermen* (2012), obtuvo el Premio Tormenta al mejor autor revelación. Después publicó *El cielo de Lima* (2014, 2023), novela con la que obtuvo el Premio Ojo Crítico de Narrativa y el Premio Ciudad de Alcalá de Narrativa, y que ha sido traducida al inglés, francés, italiano, alemán, portugués, holandés y griego. Su siguiente novela, *Kanada* (2017), obtuvo el Premio Ciudad de Santander y el Premio Cálamo Otra Mirada, y resultó primer finalista del Premio Internacional Tigre Juan. A continuación publicó *Ni siquiera los muertos* (2020), finalista del Premio al mejor libro del año del Gremio de Libreros de Madrid. La monumental *Lo demás es aire* (2023), Premio Ciutat de Barcelona de Literatura y Premio Vanity Fair a la mejor novela, lo consolidó como uno de los autores más relevantes de la literatura española. Su último libro es *Mapa de soledades* (2024), un ensayo literario en el que traza una radiografía de la soledad en diferentes lugares y tiempos, mezclando historia, literatura y memoria. Actualmente reside en Madrid, donde imparte talleres literarios.

Para Marta.
Para mis padres.
Para todos los habitantes de Toñanes: los vivos y los muertos.

Sabía poco, pero al menos sabía eso: que nadie habla por los demás. Que aunque queramos contar historias ajenas terminamos siempre contando la historia propia.

Alejandro Zambra

Treinta y dos casas, cuatro hoteles rurales, una igle- 2021
sia, ningún bar. Una aldea tan insignificante que a menu-
do se confunde con el último barrio de Cóbreces o con
el primero de Oreña. Poco más de dos kilómetros cua-
drados de extensión; treinta y cinco metros de altitud
sobre el nivel del mar; ciento veintiún días de lluvia al
año. Un arroyo casi sin agua que viene a morir a los acan-
tilados. Un mar casi siempre gris. Un cielo que puede ser
muchos cielos en un mismo día, virando rápidamente
del gris al blanco y del blanco al azul y del azul de nuevo
al gris. Muchos verdes distintos en la hierba, en las copas
de los árboles, en los maizales. De vez en cuando, un pu-
ñado de vacas negras y blancas, pastando. Un tractor que
viene y va. Ninguna persona. Nada parecido a una plaza,
a un ayuntamiento, a un centro social: solo algunos ban-
cos de madera dispersos por los caminos, casi siempre
vacíos. Vacíos los bancos y vacíos también los caminos.
Eso es Toñanes: un censo de doscientas ochenta vacas
y cien personas —¡qué vamos a ser cien!, dice Lola Val- 2019
dés, meneando la cabeza; eso era antes, nene, ¡ahora ni
cincuenta quedaremos!—. Antes: noventa y cuatro ha- 1752
bitantes según el Catastro de Ensenada, ochenta y tres 1768
según el censo de Aranda, ciento veinte según el Madoz, 1850
noventa y seis según la Wikipedia; cincuenta o menos de 2017
cincuenta según Lola Valdés —es porque no hay trabajo, 2019
hijo. ¿Aquí qué van a hacer, los jóvenes? ¿Aquí quién te
va a criar un niño?—. Ese es el destino de los pueblos 2021

que viven en la orilla de una carretera o de cara al mar: tanto ver y llegar barcos, tanto escuchar las historias de los viajeros, resulta casi inevitable entregarse al sueño de que en otra parte encontraremos ese destino propicio que nos aguarda. Porque Toñanes es también eso: una carretera. Un lugar por el que la gente pasa y no se detiene. Un lugar del que marcharse para no regresar. Un minuto y cinco segundos: el tiempo que tarda en atravesarse Toñanes de lado a lado, a una velocidad media de ochenta kilómetros por hora. La historia de Toñanes es, también, la historia de esa carretera.

Un tramo de la carretera autonómica 131, a medio camino entre Santillana del Mar y Comillas.

1958 Una carretera comarcal con el asfalto lleno de baches.

1891 Un camino de gravilla que se desliza entre los prados,
escoltado por una hilera de alisos.

1764 Una calzada de fango y morrillos desparejos, encajo-
nada entre tapias.

1323 Un sendero de tierra.

2021 Eso es Toñanes: un camino mejor o peor, pero siem-
pre camino. Un pueblo hecho solamente para eso, para
pasar, para que ni los acontecimientos ni las personas se
1815 detengan nunca. Y pasan. Pasan los buhoneros. Pasan
1904 / 1645 los peones. Pasan los peregrinos que vienen a curar una
lepra o los remordimientos de un crimen antiguo a San-
2017 / 1693 tiago. Pasa un Renault Clio rojo. Cuatro reclutas de la
compañía de coraceros del capitán Fernando Velarde.
1992 Los ciclistas de la Vuelta a España en la etapa Santan-
der-Lagos de Covadonga, con Perico Delgado a la cabe-
1803 za. Un oidor de la Chancillería que viene a mediar en una
cuestión de lindes —es la tercera vez que Francisco Gó-
1909 mez de Villegas perderá el mismo pleito—. Pasa un 20 ca-
1937 ballos Hispano-Suiza. Pasa un pelotón de milicianos que
empujan una ametralladora Maxim de calibre 7,62, en-
1889 casquillada. Pasa un carruaje con las cortinillas echadas.
2016 Pasa la furgoneta del pescatero los martes; pasa Luis el

frutero los miércoles; pasa el repartidor de la panadería
todos los días y deja colgando de la manecilla de cada
puerta los panes que se le pidan. Pasa la camioneta de 1987
los helados, cada año más vieja, y los niños que se arre- 1993
molinan en torno cada vez más escasos y cada vez me- 1997
nos niños, hasta que deja de haber niños y por último 2001 / 2003
deja de haber camioneta y helados. Pasa el maquis Jua- 2006 /1949
nín con una gallina bajo el brazo. Pasa el coche de Beni- 1876
to Pérez Galdós. Pasa una criada loca o que parece loca 1831
envuelta en una especie de frazada, dando voces y cla-
mando que sus señores la envenenan, que necesita ayu-
da, por caridad, por el amor de Dios; hay tantas razones
para creerla como para no creerla, y los habitantes de
Toñanes la ven agitar sus manos inútilmente, y resistirse
a arañazos y mordiscos al alguacil que viene a retornar-
la a su casa. Pasa un pelotón de la Milicia Nacional. Pasa 1821 / 1844
una pareja de la Guardia Civil. Pasa un pelotón de la Mi- 1874
licia Nacional. Pasa una pareja de la Guardia Civil. Un ve- 1889
terano de la guerra de Cuba, que mendiga limosna con 1906
la mano que conserva. Un lobo con una gallina aún tem- 1680
blándole en el hocico, camino de su madriguera. Un ar-
cabucero con una cabeza de lobo en el regazo, camino de 1681
cobrar el real que le corresponde. Pasa una maestra que 1934
llega a la parada del autobús de línea con su maleta de car-
tón y antes de deshacerla ya quiere dejar el pueblo, pasar
por él lo antes posible —ese pasar durará cuatro años; cua-
tro años de morirse de frío y de asco en el edificio recién
construido de las escuelas, mientras aguarda un nuevo
destino—. Pasa el coche del médico, pero ya es dema- 1951
siado tarde. Un mochilero. Una pareja de mormones per- 1997 / 2004
didos, que se secan el sudor de la frente con un pañuelo
bordado. Los veinte seminaristas de la Abadía de Viace- 1956
li en fila india, camino de la presa donde van a darse un
baño. Un Seat Ibiza. Pasa Julián en su tractor —tiene solo 2019 / 1992
once años; su padre le ha colocado sobre el asiento un la-
drillo de obra, para que llegue al parabrisas—. Pasa Vi- 1839

centa con su carro y José que la saluda desde la vera del
camino —Eh, dice él; Eh, dice ella; todos los días lo mis-
mo, sin que José se atreva a preguntarle lo que quiere
1996 preguntarle—. Pasa un camión portugués con matrícula
2012 portuguesa. Pasa un camión portugués con matrícula de
1991 la Unión Europea. Pasan unos niños disfrazados de di-
nosaurio, de margarita y de presidiario camino de la fiesta
de carnaval de Novales —la margarita ganará el primer
2001 premio del concurso—. Pasa el autobús de la Cantábri-
1980 ca. Un perro que cruza la carretera sin mirar —le atro-
1981 / 1715 pellará un Volkswagen el año que viene—. Pasa una reata
2010 de mulos. Pasa un veraneante, todos los veranos, todas
las vacaciones, siempre el mismo veraneante; llega, abre la
casa que permaneció sellada durante todo el invierno,
saca las tumbonas al sol y pliega las sábanas que cubrían
los muebles, siega el césped, poda las buganvillas, repo-
ne los arriates de flores, se sienta brevemente para tomar
el sol y cuando el sol se pone ya es septiembre y queda el
tiempo justo para guardar las tumbonas, tender las sába-
nas, sellar de nuevo la casa; todos los años promete que
algún día se mudará definitivamente a Toñanes y dejará
ese trabajo que lo horroriza, esa vida que no quiere: to-
2018 dos los años. Pasa frente a los acantilados una lancha de
1693 protección de costas, y un barco corsario francés, y una
1942 / 1878 chalupa que faena. Pasa la galerna del sábado de Gloria.
1987 Pasa el coche de Jane Seymour, y detrás el coche del in-
térprete de Jane Seymour, y aún detrás el coche de su ma-
quilladora, el coche de su asistente, el coche de la res-
ponsable de vestuario —vienen a rodar la escena de los
-13.704 acantilados de la película *El túnel*—. Pasa un cazador cu-
bierto con un abrigo de piel de oso y una especie de tiara
ceremonial en la cabeza, con una liebre echada al hom-
1995 bro. Pasa un turista francés que viene preguntando por
la cueva prehistórica de las Aguas, sin saber que la cueva
prehistórica de las Aguas está cerrada casi desde su des-
1790 cubrimiento. Pasa una caravana de gitanos que los veci-

nos de Oreña han corrido a varazos y pedradas. Pasa, más 1961
deprisa que nadie, el coche de Gento, que toma la curva
a destiempo y se estrella contra el pretil del puente y de
ahí vuela hasta el río. No ha pasado nada, un accidente
del que se salva milagrosamente: el próximo domingo ju-
gará en el Bernabéu y concederá una asistencia.

Así de insignificante es Toñanes: ni siquiera un impacto frontal a 110 kilómetros por hora puede detener a los que lo atraviesan.

Pasan tanquetas de la V Brigada Navarra, legiona- 1937 / 19
rios romanos, promotores inmobiliarios: tampoco ellos 2007
se detienen. Pasa el cortejo del rey Alfonso XIII en su 1924
visita estival a la Montaña: los caballos de la carroza real
atraviesan el pueblo al trote. Pasan turistas que hacen un 2019
alto para bañarse en la cala de Bolao y mirar el atardecer
desde el Pico de la Molina y luego se marchan. Pasa por 2004
el azul del cielo la estela de un avión cubriendo el trayec-
to Madrid-Londres, y por supuesto, ese avión no hace
escala en Toñanes. Pasa una bicicleta, pasa un ciervo con 1993 / -3.274
una flecha clavada en el lomo, pasa un Seat 127 blanco. 1984
Pero no: el Seat 127 blanco no pasa. Aminora la velocidad llegando al cartel de TOÑANES y se detiene en el arcén, a la altura de una de las primeras casas del pueblo. Los cuatro intermitentes. Muchos viajeros hacen también eso: detienen el coche en cualquier parte para tomar una fotografía —una fotografía del mar, una fotografía de las ruinas del molino, una fotografía de los Picos de Europa que azulean en el horizonte— y luego continúan su viaje. Pero el Seat 127 blanco no: ninguna cámara fotográfica.

El motor que se apaga. Una ventanilla que se baja. El hombre que echa el freno de mano; la mujer que se ajusta las gafas de sol. En los asientos traseros dos niñas con el mismo vestidito blanco: por debajo asoman los tirantes de sus bañadores. El hombre: un cigarrillo en la mano con la que agarra el volante. La mujer: un suspiro casi inaudible. Detrás de las gafas de sol, su mirada de paciencia, de escepticismo.

—¿Hemos llegado ya, papá? —pregunta una de las niñas, con el soniquete cantarín de quien ya lo ha preguntado muchas veces.

Papá no contesta. Solo se vuelve hacia mamá; le pone una mano en la rodilla.

—Será solo media hora, te lo prometo.

Ese es el acuerdo, y mamá aprieta la mano que papá ha puesto sobre su rodilla, en señal de que lo entiende. Media hora: ni un minuto más. Luego irán a la playa.

En los asientos traseros, la curiosidad de las niñas que no cesa.

—¿Hemos llegado ya?

—¿Es aquí, papá? ¿Es aquí?

Y papá, dando una última calada a su cigarrillo.

—Sí. Es aquí.

1984 Aquí. Una casa de piedra, construida a la orilla de la carretera. El portón que no abre del todo, la hierba demasiado alta, el seto que ha tomado posesión de buena parte del jardín. Un anciano detenido en la puerta, que los mira con una mezcla de curiosidad y desconfianza.

—¡Mino! ¡Tío Mino! —grita el padre al verlo.

El anciano —el tío Mino— achica los ojos para ver mejor.

—¿No me conoces? ¡Soy Emilio! Tu sobrino Emilio. El hijo de Paco.

Mino todavía tarda un instante en reaccionar.

—¡Pero, hombre...! —dice al fin—. ¡Miliuco! ¡Miliuco y compañía! ¡Qué sorpresa! ¡La de años que hacía que no os veía, madre!

Miliuco y compañía se acercan. Un largo abrazo entre los dos hombres; algunas palmadas en la espalda. Cuánto has crecido, dice Mino en algún momento, absurdamente, porque hace veinte años que su sobrino no crece un centímetro. Después se vuelve a la mujer.

—Tú eres Mercedes —le dice antes de abrazarla, como si necesitara que se lo recordaran.

—¿Cómo está, Mino?

—Pues aguantando, hija, que no es poco. Aguantando los veranos y los inviernos y lo que le echen encima a uno. Muy contento de que hayáis venido a verme.

Emilio interviene, procurando rebajar el entusiasmo.

—Íbamos para la playa de Cóbreces y se nos ocurrió pasar a saludarte. No vamos con mucho tiempo, pero al menos queríamos eso, pasar a darte un abrazo...

Su padre siempre se lo dice. Si pasas por la zona de Toñanes, pues le das un abrazo a mi hermano. Id a verle, hombre, que está muy solo y desde la boda no le ves el pelo. Eso dice siempre, y esta vez Emilio obedece. Eso es lo que están haciendo ahora: darle un abrazo y continuar su camino a la playa.

—Así que a la playa. Pues está muy bien eso, hombre. A tomar el sol, que estáis muy blancucos. Madre mía, la de años que hace que no voy yo a la playa. ¡Más años que los que hace que no os veía!

Después se agacha un poco.

—Pero bueno, y estas niñas tan guapas que traéis con vosotros ¿quiénes son? ¿Cómo se llaman?

—Yo me llamo Diana —dice Diana.

Diana: Siete años, puede que ocho. El cabello rubio. La piel pálida; tal vez levemente pecosa. Los ojos azules. Una paleta que falta, como si la sonrisa se le detuviera en un perpetuo silbido.

—Qué nombre tan bonito. ¿Y tú? ¿Tú cómo te llamas?

La otra no dice nada. Se queda levemente atrasada, medio cuerpo escondido tras las piernas de su madre.

—¿Pero qué vergüenzas tienes ahora tú? —dice Mercedes, riendo—. Se llama Marta.

Marta: Cinco años, puede que seis. El cabello castaño. La piel pálida, tal vez levemente pecosa. Los ojos verdes. Una sonrisa entera pero levemente ladeada, como si hasta para ser feliz tuviera que pedir disculpas.

—¿Sabéis quién es este señor? —pregunta Emilio, con su voz didáctica—. Este señor es el tío Mino. El hermano del abuelo Paco.

Marta y Diana no dicen nada, porque no hay nada que decir. El hermano del abuelo Paco: pues muy bien. Continúan mirando al tío Mino desde abajo, los ojos un poco guiñados para protegerse del sol. El sol les recuerda, de improviso, la playa. ¿Cuándo van a llegar a la playa? ¿Cuándo los castillos de arena? ¿Cuándo el bocata de mortadela? ¿Cuándo se bañarán en el mar, hasta la tripita? Porque bañarse hasta más arriba es muy peligroso, y mamá siempre dice que una niña como ellas se ahogó. El año pasado no; el anterior.

Pero Mino no piensa en la playa. Mino solo las mira a ellas:

—Pues qué guapas. Qué guapas las dos, madre. Qué bien que hayáis venido a presentarme a toda la familia.

Se hace un breve silencio: uno de esos silencios que preceden a las despedidas. Porque están a punto de despedirse. Al menos eso es lo que cree Mercedes. Ahora cruzarán tres o cuatro preguntas más; Mino les ofrecerá la merienda, y ellos la rechazarán cortésmente porque ya llevan preparados bocadillitos para las niñas; luego se abrazarán de nuevo, prometerán una nueva visita con un poco más de tiempo, se montarán en el coche. Llegarán, al fin, a la playa. Eso es lo que va a pasar. Eso es, al menos, lo que debería pasar. Pero en ese momento Marta, que permanece parapetada tras las piernas de su madre; Marta, que todavía no ha abierto la boca siquiera y se limita a mordisquearse pensativamente el dedo; Marta, que nunca se atreve a hablar a los desconocidos ni mucho menos se atreve a corregir a nadie, alza ese mismo dedo con autoridad y dice:

—Toda la familia no.

—¿No? ¿Cómo que no?

—Falta el hermanito.

Diana interviene, alzando miméticamente su propio dedo:

—O la hermanita.

—O la hermanita —concede Marta.

Lo que sigue es un silencio que dura un instante; el tiempo que los ojos de Mino tardan en viajar de los ojos de Emilio a los ojos de Mercedes, de los ojos de Mercedes al vientre de Mercedes; del vientre de Mercedes, de nuevo, a sus ojos.

—¡Pero bueno...! ¡Pero bueno, qué sorpresa! ¡Pero si no se te nota nada, válgame Dios! ¡Si estás hecha un palo!

Y entonces los tartamudeos, las explicaciones. Mercedes y Emilio con sonrisas que son todo encías. Es que no tiene ni dos meses: por eso no se le nota. Es que, como quien dice, acaban de enterarse: por eso no le han dicho nada. Es que todavía no se lo querían contar a nadie, por si acaso, pero las niñas, bueno, ya se sabe con las niñas.

El tío Mino no quiere ni pensar en cautelas:

—¡Bueno, pero esto hay que celebrarlo! ¡Pasad, pasad dentro! A ver si tengo algunas galletas para vosotras, niñas. Y a ver si tengo un vinito o algo, para nosotros...

Se mete a toda prisa en la casa, sin esperar a ver si le siguen. Y ya desde dentro sigue llegando su voz, multiplicada por el eco:

—¡Sobrino! Ven a que os enseñe la casa. ¿Hace cuánto que no os enseño mi casa?

Antes de traspasar la puerta, Emilio mira a Mercedes y ladea un poco la cabeza. Ese gesto quiere decir: Te juro que treinta minutos y nos vamos. Mercedes se limita a enarcar las cejas. Ese gesto quiere decir: A ver si es verdad.

La casa por dentro. Mino que de pronto se ha olvidado del hermanito —o de la hermanita— y se demora mostrándoles las habitaciones. Aquí está el aseo —un retrete resquebrajado, un barreño de latón; nada más—. Aquí la cocina —un hornillo de carbón con los azulejos ahumados; una mesa llena de tajaduras; ninguna nevera—. Aquí está el cuarto de lavar la ropa. Aquí los aperos. Esta de aquí es mi habitación. El cuarto de allá no lo uso para nada. La socarrena, que es donde guardábamos el carro. El desván ni os lo enseño, familia: están las tablas que se caen a pedazos y ya ni subir se puede. Las niñas vagan con ellos por las habitaciones, aplicadas a mordisquear las galletas María que tienen en la mano. En algún momento se aburren y salen a jugar al jardín; Mercedes suspira. Qué sucio está todo. Qué sucio y qué viejo: cómo el tío Mino, cómo un ser humano puede vivir en un lugar como este. Eso piensa. Emilio, en cambio. Hace un momento parecía tener tanta prisa y ahora está ahí, mirando y remirando cada antigualla que Mino le enseña. Hasta le relumbran un poco los ojos cuando ve el costurero donde remendaba su tía. Claro que él tiene la ventaja de no ver solo muebles viejos y perolas cubiertas de herrumbre y trillos descabalados: Emilio ve también, en todas esas cosas, sus propios recuerdos. ¿No te acuerdas tú, Miliuco, de que te gustaba jugar ahí, en el cuarto de tierra? Se acuerda. ¿Te acuerdas de que por aquí metíamos el verde? Se acuerda. ¿Te acuerdas del año que pasaste en Toñanes, en esta casa, cuando a tu padre le cerraron el bar? Se acuerda también, claro: cómo va a olvidarse. De vez en cuando incluso le devuelve a Mino algunas preguntas. Y esto que tienes aquí, ¿qué es? Esto es una picadora de panojas de maíz. ¿Y esto? Esto, para hacer quesos. ¿Y esto de aquí? Coño, Miliuco, que pareces de fuera: esto es un cedazo para cerner la harina.

Emilio mirando el pasado. No ve lo sucio que está todo, ni la falta de bañera, ni la incomodidad de lavar y fregar la loza con el agua del aljibe. Lo que ve es a su tía
1955 guisando unos caracoles a la montañesa en la cocina de

carbón; ve las manos del último hombre que usó el trillo, 1978
el dalle, el horcón; ve a los obreros —fueron dos mozos 1939
del pueblo, según ha escuchado contar— que construye-
ron la casa bajo el sol de la posguerra, hablando de sus
cosas mientras echaban la argamasa sobre las piedras; ve
lo que había antes de construirse la casa —tal vez un bos- 1871
que; tal vez un campo de trigo— y paseando por ese
bosque, por ese campo de trigo, ve a sus antepasados, 1772
con sombreros extravagantes y ropas y zapatos que pa-
recen sacados de un cuadro de época. Eso es lo que ve, 1984
y por eso sonríe, como sonreían las niñas al mordisquear
las galletas.

Mercedes mirando el futuro. Ve el Seat 127 llegando
a la playa, tal vez cuando ya es demasiado tarde para ba-
ñarse. Ve a las niñas que no quieren el bocata, porque pri-
mero se atiborraron de galletas. Ve el interior del coche,
en el viaje de regreso a Santander: ni una palabra, en ese
viaje. Y ve también la casa de Mino, y en ella lo que falta
y lo que sobra. Ve el jardín sin aljibe y una conducción de 1985
agua corriente. Ve un entarimado de pino en lugar de las 1987
tablas podridas del desván y un techo de escayola y bal- 1989
dosines en el suelo de tierra del cuarto de tierra y barniz
en las balaustradas de las ventanas y ningún lavadero en
el cuarto del lavadero y ningún apero en el cuarto de los
aperos. Ve la cocina y piensa: Pues ahí cabría una lavado- 1990
ra. En el baño, claro, una ducha o una bañera. Esta arte- 1994
sa sobra. Este trillo sin piedras para qué se necesita. Así 1984
es Mercedes. Llevan varios años buscando sin convicción
y sin esperanza, casi por deporte, una casita de campo que
sea bonita y cueste muy poco, casi nada. Un lugar donde
las niñas puedan jugar y crecer. Tal vez por eso se ha acos-
tumbrado a mirar todas las casas de campo así: no mi-
rando lo que hay, sino lo que falta.

En ese momento las niñas regresan corriendo del jar-
dín; se atropellan en la puerta para compartir la noticia
que les quema en la boca.

—¡Hemos visto una vaca!

Él mira lo que fue; ella mira lo que podría haber. Las niñas miran lo que el presente pone ante sus ojos. Por ejemplo: una vaca.

El tío Mino se agacha un poco para quedar a la altura de sus ojos y de su entusiasmo.

—¡Bueno, bueno! ¡Una vaca! ¿Dónde la habéis visto?

—¡En los pastos! —grita Diana, que ha crecido viendo capítulos de *Heidi*.

—¡Así que en los pastos! ¿Y no os ha mochado? Mirad que las vacas aquellas mochan a todos los niños...

Ellas niegan con la cabeza. Sonríen o medio sonríen —la sonrisa sin paleta de Diana; la sonrisa ladeada de Marta— porque están casi seguras de que es una broma del tío Mino. No seguras-seguras, pero casi seguras.

—¿Hay cabritillas también? —pregunta Diana, que no puede quitarse *Heidi* de la cabeza.

—¿Cabritillas? Pues no. Cabritillas no tenemos. Pero Carmen y Biel acaban de tener una camada de conejos. Está la casa aquí mismo. ¿Queréis verlos, los conejos?

Ven los conejos. Ven los gatos de Cardo y las ovejas de Mirina y las cotorras de Lola. Ven el chon —el cerdo— de la casa de los siete hermanos. Las gallinas de Vicente; los toros de Antonio Luis. Recorren todo el pueblo como quien visita un zoológico de bolsillo, y en algún momento de ese trayecto se cumple la media hora acordada, y una hora más, y dos horas completas, y Emilio se vuelve para mirar a Mercedes y encogerse de hombros. Es su forma de pedir disculpas. Pero a Mercedes ya no le importa la playa, o al menos no demasiado. Ve a las niñas reír mientras corretean por los caminos; las ve sostener en brazos uno de los conejos de Biel, tan suave; las ve acariciar al perro de Mariuca y perseguir a los gatos de Cardo y arrojar puñados de maíz a las gallinas de Vicente, y tiene que reconocer que no está siendo peor que un día de playa. Emilio y Mino van un poco rezagados, hablando de lo que To-

ñanes fue, de lo que pudo ser. Cago en diez, está diciendo Mino, cuántas veces vi yo a mi madre..., ¡a tu abuela, Milio! Cuántas veces la vi yo llevando sacos de grano al molino aquel. ¿No sabías tú que por ahí había un molino? ¿No sabes que aquí andaba la casa de la familia y la tiraron y con las piedras hicieron la tapia aquella? ¿No sabes que me acuerdo yo de antes que hicieran las escuelas y cuando todavía se sacaba blenda de la mina de Brincia? Eso le dice. Pero Mercedes los escucha apenas. Está demasiado ocupada mirando el futuro. Ve a Diana y a Marta jugando con los gatitos, y ve también, correteando a su lado, a su hijo sin nombre. No ve a su hijo de un 1992
modo definido: no es ni moreno ni rubio, ni alto ni bajo; no se parece más a mamá o a papá. Ni siquiera sabe si es una niña o un niño. Solo sabe que es su hijo, y eso basta.

Cuando regresan a la casa todavía quedan algunos 1984
minutos de sol, y Mino saca una mesa al jardín. Dos Kas de limón para las niñas, una botella de vino para ellos. Bueno, hombre, bueno, ¿y a ti qué te pongo?, pregunta, mirando el vientre de Mercedes. A mí otro Kas de limón, dice. ¿Como las niñas? Como las niñas. Brindan por el reencuentro y brindan por el hijo que viene y luego, cansados de hablar del presente, del futuro, la conversación regresa a los días pasados. Buena me salió a mí esta casa, buena, dice Mino. ¿No sabéis que yo de mozuco anduve por Sevilla, a ganarme la vida, y que solo me traje de vuelta el apodo? ¿No sabéis que a la mujer mía se la llevaban los demonios porque los de aquí empezaron a llamar Casa Sevilla a la casa, y ella decía que la casa era suya y que yo no pintaba nada? ¿No sabéis que ahí junto al bebedero de mi casa mataron a un pobre hombre, cuando la guerra? ¿No sabéis que a mí me metieron en la cárcel, por decir lo que no debía? Emilio y Mercedes lo saben, pero igual lo escuchan.

Empieza a caer la tarde. Las niñas jugando a la sombra del ciruelo. Se está bien en este jardín, piensa Mercedes. Es a su modo bonita, esta casa. Habían previsto regresar a Santander no más tarde de las ocho —porque las niñas se bañan a las ocho, cenan a las nueve, se van a la cama a las nueve y media— pero no hacen ningún movimiento.

Mino está repasándose los dientes con un palillo. Es entonces cuando lo dice:

—Pues qué buena tarde hemos pasado. Cómo me alegro de que vinieras, sobrino. ¿Sabes que al principio ni te conocía? ¡Te tomé por un comprador!

—¿Un comprador? —pregunta Emilio.

—Pensé que veníais por la casa.

—¿Pero es que la vendes?

Mino señala una de las ventanas. Pegado a los barrotes, un letrero que no habían visto hasta ahora. Luego comienzan las explicaciones. Dice que ya está mayor; que a su edad un hombre busca comodidades. Dice que desde que murió Vicenta esta casa se le hace demasiado grande. Dice que quiere irse a vivir a Torrelavega, y tomar un café todos los días, y pasear por donde no lo conozcan a uno y hacer lo que se le antoje. Habla de la pena de dejar la casa donde uno ha vivido media vida y al mismo tiempo de la pena de llevar media vida viviendo en los mismos tres cochinos carros de terreno, con los mismos cien puñeteros vecinos. Eso dice. Pero Emilio y Mercedes ya no le escuchan. Sus ojos —los ojos de él, que solo miran el pasado; los ojos de ella, que solo miran al futuro— acaban de encontrarse.

1633 Una alcoba casi a oscuras, solo iluminada por el cabo de una vela. Los postigos echados, la puerta entornada, un arcón a los pies del lecho. El lecho: un amontonadero de fardos rellenos de paja de cebada, cubiertos por una piel de carnero. Acostados en el jergón, el cuerpo de un hombre, el cuerpo de una mujer. La mujer busca los ojos del hombre, sin encontrarlos.

—Juan.

—Qué.

—¿Duermes?

—Qué quieres.

—Nada. Que me acuerdo.

—Ya.

—Del niño.

—Ya sé.

—La pobre criatura ni siquiera llegó a abrir los ojos.

—Mejor duérmete. No pienses en eso.

—Si está en el Cielo los habrá abierto ahí, el inocente. Si está en el Cielo. ¿Tú crees que estará en el Cielo?

—(...)

—Juan.

—Qué.

—¿Estará en el Cielo?

—No sé, no sé. Nadie sabe.

—Cuando le rociaste el agua y le hiciste las fórmulas y las bendiciones y las parafernalias todavía respiraba. No abría los ojos pero sí abría la boca. Yo lo vi.

—Sí.

—Y el bautismo de socorro también es bautismo y también salva las almas y las purifica y las lleva derechitas al Cielo. Lo dice el padre Bartolomé.

—Sí.

—Pero también dice que como tú bautizaste a la criatura no se bautiza. No eran palabras sagradas esas que dijiste, así que a lo mejor no sirvieron de nada. A lo mejor. Algo hizo, pero no sabemos qué. El Señor sabrá, que nosotros no.

—Hice lo que pude.

—Si al menos te las hubieras aprendido. Las palabras. Si hubieras aprendido a bautizar como Dios manda. «Yo te bautizo en el nombre del Padre, del Hijo y del Espíritu Santo.» No era tan difícil.

—Algo dije. Recé a Dios para que acogiera al niño y dije otras muchas cosas sentidas.

—Te faltó la cruz. No le hiciste la cruz. El agua que no se bendice es tan sagrada como los bebederos de las vacas. Y dijiste demasiadas cosas, tantas que conseguiste que las primeras no valieran nada. Quién sabe si por esas palabras de más lo condenaste, al niño.

—No digas eso. El Señor habrá sabido juzgar mi intención. Nuestra intención.

—El Señor no sé, pero el padre Bartolomé sabe muy bien que ese bautismo no valía de nada. Ni siquiera apuntó su nombre en el libro de bautismos, que es como si dijéramos el libro de Dios, ¿te das cuenta?

—Me doy cuenta.

—Y para salvarte tienes que estar en ese libro: así es como te conoce el Señor. Cuando le rezas mira en los libros de los curas, y si estás ahí, te escucha. Si no, hace como que no existes. Porque no existes. Como cuando vienen los prelados del Rey y hay que ponerles delante de las narices documentos que den fe de esto y de aquello.

—Mujer, el Rey necesita papeles porque hay cosas que ni siquiera el Rey sabe. Sabe mucho pero no todo. Pero no hay nada que Dios no sepa. Él no necesita ni libros ni curas.

—Sí. Es verdad. Dios Nuestro Señor lo sabe todo pero también nos lo exige todo.

—(...)

—A veces pienso, Juan.

—(...)

—Se me ocurre que Dios lo sabe todo y de todas formas puso a la misma hora una misa en Cigüenza y llenó de barro los caminos, para que ni por esas el padre Bartolomé llegara a tiempo. Y a ti no te puso más entendimiento para bautizar como Dios manda.

—(...)

—¿Sabes, Juan? Dios lo sabe todo pero nosotros no sabemos nada.

—(...)

—A veces me parece que los curas tampoco saben nada.

—(...)

—El padre Bartolomé dijo que solo Dios sabría si sí o si no. Si nos esperará en el Cielo o en el limbo, el pobrecito. Dijo que tal vez rezando mucho. Que había que tener fe. Que había que tener piedad. Yo no sé lo que es la piedad. ¿Lo sabes tú, Juan?

—(...)

—Sí. Tal vez rezando. Rezando mucho para que el Señor nos escuche y escriba su nombre en el margen del libro de los curas. Porque los curas también son hombres y también se equivocan, y como el Rey, hay cosas que no saben.

—Pues reza y luego duérmete.

—Eso, recemos. El padre Bartolomé dice que al Señor le gustan tanto los rezos como los buenos bautismos...

Suenan las campanas, cada vez más rápido: están tocan- 1722
do a bautizo. Se escucha el llanto diminuto del niño y el
consuelo breve de una canción de cuna. Suenan las cam-
panas. Una lenta sucesión de tañidos solemnes, graves: 1901
están tocando a muerto. Hablar en voz baja durante el
velatorio y bisbisear un rezo y ensordecer los cencerros
de las vacas para que también ellas hagan su duelo. Sue-
nan las campanas. Están tocando a rebato, hasta hacer 1630
sangrar las palmas del campanero: es el toque de tente
nublo. Cien gargantas repitiendo al unísono bajo la tor-
menta aquello de tente nube, tente nu, que Dios puede
más que tú; si eres agua ven pacá, si eres piedra vete allá,

a siete leguas de mi pueblo y otras tantas más allá. Las
1970 campanas de la iglesia llamando a misa y la campanilla
1799 de doña Rosa Elvira de la Torre llamando a su criada y el
2002 timbre de la puerta de los Saravia remedando una cam-
1974 pana. Sonidos que pretenden ser lo que no son: Vicente
imitando el silbido de un tordo mientras empuña su es-
1820 copeta y Catalina tosiendo para disimular lo que sea que
está haciendo con Agustín bajo el sábano del molino.
Sonidos que ya no volverán a escucharse: dos cuerpos
1328 bajo el sábano de un molino. El ruido de dos espadas
1592 que entrechocan: pardiez, bellaco, voto a bríos. El aulli-
2019 do de un lobo. En las cunetas el canto de ningún grillo
—es culpa de los pesticidas— y en la santa misa ninguna
1965 declinación latina —es culpa del Concilio Vaticano II—.
1920 Sonidos nuevos: el motor de un coche Hispano-Suiza. El
1994 ruido blanco del televisor los días de tormenta. El ru-
1981 gido de los tractores y el zumbido de las ordeñadoras
1988 y Joaquín Prat presentando *El Precio Justo* y señora, ha
2014 llegado el tapicero. Ruidos nuevos y al mismo tiempo
2002 viejos. Ana escondiendo el módem de 56 kbps debajo
del edredón, para que la sintonía de conexión no des-
1903 pierte a su padre. Jaime de Villegas haciendo girar so-
lemnemente el manubrio del gramófono —es el primer
gramófono en la historia de Toñanes— y anunciando a los
presentes con gesto dramático: «Todavía no han oído us-
tedes nada». Y entonces, lo oyen. Música. Música en-
cerrada en aquella corneta con apariencia de caracola.
1965 Música en el templete de las fiestas de San Tirso y en el
-12.524 / 1951 vestíbulo de la cueva. Música en la sala de cine de Nova-
1996 les y música en el walkman de Teresa y Paula —un auri-
cular cada una, en el trayecto de autobús al instituto
1972 / 1703 Nueve Valles—. Música para bailar y para segar y para
1936 aprender las tablas de multiplicar. Música para recordar
2009 un verano que tuvo lugar hace muchos veranos. Música
2007 para explicar —su problema es que escucha demasia-
da música rock, sentenciará el padre de Alejandro en la

reunión de padres de alumnos—. Y ahora, para los nostál- 2012
gicos, un pasodoble. Ancianos o casi ancianos que se pre-
cipitan risueños a la campa de la verbena y concluyen los
mismos bailes que emprendieron en la posguerra, ya sin
hambre pero con frío, ya sin miedo pero con la maldi-
ta ciática. Bailes que terminan, entre aplausos: la músi-
ca que tarde o temprano cesa. Tras la música, el silencio.
El silencio o algo parecido al silencio —la paz del campo 2018
mis cojones, proclamará furiosamente Armando en su
comentario de una estrella sobre cinco en Tripadvisor:
los putos gallos no me dejaron pegar ojo en toda la ma-
ñana—. Casi el silencio: como un bajo continuo el ru- 2021
mor del mar y del río, el mismo mar y el mismo río que
debió de escuchar Tonneius cuando Toñanes todavía no 313
se llamaba Toñanes. Casi el silencio o en absoluto el si- 2021
lencio —la lluvia contra los tejados y el viento entre los
árboles y las gaviotas chillando sobre la era— porque el
verdadero silencio no existe más que en la imaginación
de los astrónomos y de los teólogos. Ni siquiera en la cel- 1758
da de sor Bárbara Gómez de Carandía, que lleva quince
años persiguiendo el silencio absoluto, por aquello que
dicen los Padres de la Iglesia de que solo en el silencio
puede escucharse la palabra de Dios: y sin embargo siem-
pre, antes o después, un ruido, un mueble que cruje, la
atareada labor de una mosca contra la ventana, incluso
un leve rumor de sus tripas, qué repugnancia; su cuer-
po, una vez más, erigiéndose en obstáculo entre Dios
y su alma. El ruido de las propias tripas como prueba de
que Dios aún no ha llegado, de que seguimos estando
vivos. El ruido como antídoto contra la muerte, porque
solo la muerte consiente el silencio. El bebé que cuel- 1907
ga bocabajo en las manos de la comadrona, aún no res-
pira, y Andrea que no puede dejar de mirar el cuerpeci-
to exánime de su hijo, un azote, el silencio tan grande de
aquella cosa tan pequeña, otro azote, y entonces, cuando
parecía que no, al fin, el llanto. Gracias, Dios mío, mur-

mura Andrea en una oración sin ruido: una oración solo
1722 para los oídos de Dios. Suenan las campanas, cada vez más rápido: están tocando a bautizo.

1880 Uno de mayo. Suenan las campanas de la iglesia: están tocando a concejo abierto. Contestan, pequeños y rabiosos, los campanos de las vacas; todas las vacas y todos los campanos al tiempo. El pueblo entero parece hoy un inmenso rebaño. Vacas que salen de las portillas y vacas que salen de las cuadras y vacas que bajan trotando por las callejas y las camberas, hasta reunirse frente al pórtico de la iglesia. Todas llevan, grabada a hierro en la grupa, la palabra *Toñanes*; no sea que haya malentendidos ni litigios, como aquella vez que hubo que disputar con los de Cóbreces una vaca que no venía marcada. El pastor comunal ha ido anotando también en sus papeles el número de vacas que aporta cada vecino. Es analfabeto, el pastor, lo mismo que la mayoría de los vecinos que le confían sus reses, así que en realidad no escribe las cuentas: las dibuja. Mira el escudo tallado en la fachada de cada casa y reproduce lo que ve. Un león para los Gómez, un lobo para los Ruiloba, un dragón para los Tagle. Junto al dibujo, los palitos: tantos palitos como vacas. Ciento veintidós palitos en total. Ciento veintidós vacas que se despiden de sus dueños durante cinco meses para ir a pacer a los montes altos de Reinosa, donde el pasto parece no acabarse nunca.

—Cuídamela a la Carmela, ¿eh? Que la quiero yo más a esa vaca que a las niñas de mis ojos...

No tiene por qué preocuparse: la cuidará con su vida. A la Carmela y a la Duquesa; a la Pinta y a la Orejona y a la Asturiana; a las vacas monchinas y a las tudancas. Si hay despeñaduras, las conducirá por el camino menos áspero. Si oye aullar al lobo, le echará encima los perros.

Si comparecen los ladrones de ganado, sacará el trabuco. Nada tienen que temer, los señores.

—Mire qué hermosa se la dejo, ¿eh? Tan gorda y tan hermosa, de vuelta...

Suenan otra vez las campanas de la iglesia. Primero de mayo a las doce en punto de la mañana: la hora y el día. A un silbo del pastor, los sarrujanes comienzan a agitar sus varas y el rebaño se pone lentamente en marcha, coreado por el ladrido de los perros. Delante la Carmela, que por ser la vaca más garbosa de todas le corresponde llevar el campano más grande del pueblo. Detrás, todas las demás. Aún más atrás: el pueblo. Las vacas que se marchan y el pueblo que como cada año se queda. Ancianos y niños, mujeres y hombres: todos corren a apostarse en las portillas y las tapias para despedirlas. Al paso de las reses algunos abren y cierran la boca, como si hablaran, pero por debajo de la tormenta de cencerros no se escucha nada. O tal vez es verdad que no dicen nada: solo se quedan ahí, muy quietos, los ojos vidriosos y como estancados en el lomo de las vacas que se alejan. No sonríen, pero están contentos. Al menos deberían estar contentos. Tantas veces se quejaron de sus muchos trabajos: ordeñarlas, sacarlas al verde, sangrarles la oreja para curarles la solengua. Llevarlas y traerlas por la mies. Limpiar la cuadra para ellas. Segar para ellas. Vivir, en suma, para ellas. Tantas veces lo dijeron: mataría por que llegue de una vez el primero de mayo. Y sin embargo. Sin embargo siguen todavía ahí, clavados en la orilla del camino, mucho tiempo después de que la última vaca haya desaparecido en el horizonte; los ojos fijos en las montañas lejanas.

—Juan. 1633

—Qué. Qué quieres, Juliana.

—¿De qué color crees que tendría los ojos?

—¿Quién?

—Quién si no. El niño. ¿Crees que los tendría castaños como yo o azules como tú?

—Qué sé yo, mujer. Y deja de llamar niño al niño. Se llamaba Juan.

—No se llamaba Juan.

—Bueno. Juan Domingo.

—Sabes muy bien que no se llamaba Juan ni Domingo ni de ningún modo. El nombre no existe ni vale para maldita la gracia hasta que te llueven encima las aguas del bautismo. Un bautismo hecho como Dios manda. Lo dice el padre Bartolomé.

—Pues el Bautista tenía nombre y nadie lo había bautizado.

—El Bautista se llamaba Bautista porque hacía bautismos.

—Se llamaba Juan. Y Jesucristo se llamaba Jesucristo.

—Los nombres sin bautismo no valen, asno. Es como cuando le decimos el Viejo a Pedro o Toribio el Negro a Toribio. No son sus verdaderos nombres. No para Dios. El niño se llama Juan Domingo para nosotros, pero para Dios no se llama de ninguna manera.

—(...)

—Pienso mucho en eso, ¿sabes? En lo triste que debe de ser morirse sin nombre. Y pienso en sus ojos. En cómo serían. ¿Crees que los tendría castaños como los míos o azules como los tuyos?

—(...)

—A Manuel al menos pudimos vérselos. Dos meses tuvimos para eso, para verlos. Me daba miedo de que tuviera mis ojos, pero no. Los tenía azules, como tú. Parecían tus ojos. Tan bonitos. Con esos ojos habría engarfiado a no pocas muchachas, te lo digo yo.

—(...)

—¿Sabes, Juan? Cuando te conocí pensaba que eras muy buen mozo. Pero lo que más me gustaba de ti era lo azules que tenías los ojos...

—(...)

—Y a ti te gustaban mis tetas, ¿te acuerdas? Eso decías siempre. Que te gustaban mis tetas.

—(...)

—Decías que con ellas se podría amamantar a un escuadrón de coraceros, ¿te acuerdas? Me las tocabas y me las chupabas y decías que de ellas comerían al menos doce criaturas. Doce criaturas y también tú. Eso decías.

—(...)

—Te gustaban mis tetas para alimentar a tus hijos pero no sabías lo de mi vientre. No sabías que tengo el vientre muerto y por eso solo puedo parir criaturas muertas.

—Ya calla y duérmete, mujer.

—Ya me callo, Juan. Yo me callo y en paz. Es solo que a veces me acuerdo de eso. De las cosas que me decías en el molino. Cuando me mordías la oreja y me decías: Juliana Juliana Juliana. Todo el tiempo mi nombre, como si te lo estuvieras aprendiendo. ¿Te acuerdas? Yo me acuerdo de eso y también del niño. De lo triste que debe de ser morirse sin nombre...

—¿Te callarás o no te callarás, Juliana?

1984

El hermanito —o la hermanita— todavía no tiene nombre. Esa circunstancia, que un miembro de la familia no tenga nombre, escapa a la comprensión de Marta. Porque todos en casa tienen uno. Mamá se llama Mercedes, papá se llama Emilio; su hermana mayor se llama Diana, y Marta, claro, se llama Marta. Hasta la casa que acaban de comprar tiene nombre: se llama Casa Sevilla. A partir de ahora pasarán los veranos en un pueblo llamado

Toñanes. Toñanes: otro nombre. Pero el niño —la niña— que está en la barriga de mamá todavía no tiene nombre alguno.

—¿Por qué no tiene nombre, mamá?

—Porque todavía no sabemos si es niño o niña.

—Y si es niña, ¿cómo la llamamos?

Papá y mamá intercambian una mirada divertida de lado a lado de la mesa.

—Todavía tenemos que pensarlo.

—Bueno. Pero si es niña no la llaméis Marta.

—Ni Diana tampoco —interviene Diana.

—Ni Marta ni Diana: os lo prometo.

—Y si es niño, que no se llame Emilio tampoco. Que Emilio es un nombre muy feo.

—Lo que hay que oír —murmura papá desde el pasillo.

No se llamará ni Diana, ni Marta ni Emilio. Solo de eso pueden estar seguras. Lo demás está por verse. Ya veremos: eso es lo que siempre dice su madre, tanto si se trata del nombre del hermanito —la hermanita— o de decidir si mañana irán o no irán a jugar al parque de la Marga.

—¿Y por qué la casa de Toñanes se llama Casa Sevilla? —pregunta Marta, que de un tiempo a esta parte no cesa de dar vueltas a los nombres de las cosas.

—Eso es porque en ella vivía el tío Mino. Y al tío Mino lo llaman Sevilla, porque cuando era joven se fue a trabajar a Sevilla.

—Ahora vive en Torrelavega, el tío Mino —responde Diana con voz doctoral.

—Sí.

—Porque nos ha vendido la casa.

—Eso es.

—¿Y por qué nos ha vendido la casa? —pregunta Marta, incombustible.

—Pues porque sí. Porque quería que la tuviéramos nosotros. Para que pudierais jugar en el jardín.

—Nosotras y el niño.

—O la niña —corrige Diana.

Mamá suspira.

—O la niña, o la niña.

Las niñas de Casa Sevilla. Así es como han comenzado a llamarlas en el pueblo. Porque Sevilla puso el nombre a Mino, y Mino puso el nombre a la casa, y ahora la casa les pone el nombre a ellas. Ocurre ya la primera vez que bajan al puente a jugar con los demás niños. Vosotras sois las de Santander, las de Casa Sevilla. Eso dice David, y el resto de los niños del pueblo —Maite, y Diego, y Juanma, y Carmencita, y el Chino— están de acuerdo. Ellas fruncen el ceño. Yo soy Diana, dice Diana. Y yo, Marta. De nada sirve: son las Sevillas. Lo son cuando juegan al escondite —«¡Por las Sevillas!»—. Lo son jugando a la guerra —«¡Declaro la guerra a... Sevilla!»—. Lo son incluso para los padres y los abuelos de los niños —«Carmencita, diles a las Sevillas que si quieren venir a merendar contigo»—. Ellas siempre quieren, porque en casa de Carmencita se preparan bocatas de nocilla deliciosos que se sirven exactamente a las cinco cuarenta y cinco de la tarde. Quieren, pero a regañadientes.

—Yo me llamo Diana —repite Diana mientras mastica, con la boca toda manchada de chocolate.

—Pues yo me llamo Carmina —responde la abuela de Carmencita— pero todos me llaman Mina.

—¿Porque cuando eras joven te fuiste a trabajar a una mina?

Una risa larga y desdentada, que Diana no sabe cómo interpretar.

—Sí, hija. En una mina de oro, trabajaba yo.

Los niños de Toñanes son majos —bastante majos, puntualiza Diana— pero también un poco extraños. Cuando echan a suertes a quién le toca comenzar un juego, por ejemplo, no dicen aquello de en un café se rifa un pez al que le toque el número diez, sino tucu mucu yo tenía un criaúcu que sabía retejar retejaba a la primera pim pam fuera. ¿Qué es eso del criaúcu? ¿Tucu mucu, por qué? Y eso de retejar, ¿qué significa? Los niños se encogen de hombros. No sé: se dice así. Las cosas en Toñanes siempre se dicen diferente. No llaman al campo los pastos, como Heidi, sino mies o prau. No dicen maíz, sino máiz. No dicen caca, sino boñiga, o moñiga. No dicen Santander, sino capi.

—Vosotras no sabéis jugar a esto porque sois de la capi.

—No somos de la capi, somos de Santander.

—Pues eso.

Cuando van a buscarlas a casa —¡que si venís a jugar!, gritan desde la carretera— se quedan un rato apoyados detrás de la tapia, viendo ir y venir a sus padres por el jardín.

—Tu padre no sabe usar el dalle.

—¿Qué es el dalle?

—La cosa esa con la que se corta el verde.

—Ah.

—Tiene que enseñarle mi padre. Mi padre es el que mejor corta el verde de todo el pueblo.

Un hombre que no sabe usar el dalle les intriga, pero mucho más una casa que no tiene ni huerto, ni vacas, ni gallinas. Una casa que no se sabe para qué está:

—¿Vais a vivir aquí o qué?

—No, a vivir no. Vamos a pasar los veranos y los fines de semana. Nos vendió la casa el tío Mino, para que pudiéramos jugar en el jardín.

—¿Pero tu padre es de Toñanes o no es de Toñanes?

—No sé.

—Mi padre dice que tu padre no es de Toñanes. Que el que era de Toñanes era tu abuelo. Y que tu madre no es de aquí tampoco.

A veces se quedan mirando el Seat 127 blanco, los vestiditos impolutos de las niñas, sus zapatitos acharolados.

Pero miran, más que ninguna otra cosa, el columpio de metal que sus padres acaban de instalarles en el jardín.

—¿Vosotras sois ricas o qué?

Marta y Diana se consultan con la mirada.

—No sé —dice Marta.

—Creo que no —responde Diana.

—¿Pero trabajan o no trabajan, vuestros padres?

—Sí que trabajan. Son maestros.

—¿Y os dan clases a vosotras?

—No, a nosotras no. A otros niños.

—Y a vosotras, ¿quién os da clase?

—Pues otra maestra.

—Ah.

Esa misma noche, durante la cena, Diana no cesa de revolver el puré de patata con la cuchara, sin acabar de llevárselo nunca a la boca.

—Papá, ¿nosotros somos ricos?

—Qué vamos a ser ricos. ¿Sabes quién es rico? Botín. Ese sí que es rico.

Diana decide abordar la cuestión desde otro flanco.

—Pero esta casa, ¿cuánto nos costó?

—Pues mira, te lo voy a decir. Tres millones. Todo lo que teníamos ahorrado. ¿Te parece que hicimos mal negocio o qué?

Diana abre mucho los ojos.

—Entonces... ¡somos millonarios!

Todos se echan a reír. Mamá y papá primero, y Marta después, un poco rezagada, sin saber por qué ríe.

—*Éramos* millonarios —contesta papá—. Ahora tenemos una casa.

Diana reflexiona un instante.

—Dos casas. La de Santander y esta.

Dos casas. Millonarios, por lo tanto. Pero eso Diana ya no lo dice.

2017 *El jardín de una casa en el barrio de la iglesia de Toñanes. Arriates con flores, algunos árboles dispersos, dos gallinas de forja que parecen picotear la hierba junto a la cancela de entrada. A lo lejos, una perspectiva de la espadaña de la iglesia y del ventanal del viejo edificio de la escuela. Junto al porche, una mesa de hierro forjado, y sobre la mesa una botella de vino descorchada, una lata de Coca-Cola y un plato con algunas rodajas de chorizo. Sentados a la mesa, Llermo (ochenta y dos años) y Rosi (setenta y siete años).*

LLERMO: ¡Pero bueno, nene, dichosos los ojos...!

ROSI: Ay, sí, qué sorpresa tan grande nos diste. Fíjate que así de lejos no te conocía...

LLERMO: ¡Sorpresa ninguna, que ya lo estaba esperando yo! Es que me lo dijo tu padre. Que a lo mejor venías a vernos y eso. Y no veas lo que me alegré cuando me lo dijo. La hostia me alegré.

ROSI: Eso. Que hacía que no te veíamos...

LLERMO: Mucho tiempo ya. Yo me acuerdo de cuando viniste para lo del OVNI. Qué caso aquel...

ROSI: Pues no me acuerdo yo de lo del OVNI.

LLERMO: Sí, hombre, sí. Sería este... un criúco así, ¿verdad? No abultaba ni... Ocho o diez años tendría. Y me recuerdo que vino con una libreta para preguntarme por el OVNI que habíamos visto Carlos y yo y no sé quién más, la noche esa. Las luces que pasaban por el pueblo. Que digo yo que no sería OVNI. O sí, porque OVNI es que vuela y no lo identificas, y lo que es nosotros no identificamos nada.

ROSI: Ah, ya me acuerdo yo de eso.

LLERMO. Pues este vino y hacía unas preguntas que... Qué risa todo ello. Con la libretita, como ahora. Grabadora entonces no tenías, ¿eh?

ROSI: Eso, grábalo todo. Tú pregunta, pregunta, nene, pregunta todo lo que quieras. Que nosotros si las sabemos, las contestamos... Gustosos las contestamos.

LLERMO: ¿Y cómo se llama la otra cosa que te gustaba de criúco? Los reptiles grandones aquellos, cómo se llamaban...

ROSI: Todo lo que quieras, nos preguntas. Antigüedades del pueblo, alguna nos sabemos. Que somos antiguos nosotros ya.

LLERMO: Tú lo que quieras, nene. Aunque no sé yo si lo que te contamos algún valor tendrá, ¿verdad? Tú a quien tienes que preguntar es a Lola y a Carmen, que esas sí que son antiguas de verdad. Nosotros... Pues alguna cosa te contaremos. De las vacas y de las fincas y poco más. ¡Poco más tiene este pueblo, verde y vacas!

ROSI: Pero yo creo que os voy a poner el calimocho o algo para que habléis, ¿no? ¿O qué? Porque Llermo todas las tardes se sienta a tomar un calimocho. Aquí en el jardín...

LLERMO: Pero, hombre, nene, ¿qué es eso de que no tomas vino? ¿Es que tienes miedo de decir tonterías o qué?

Cuatro de octubre. Suenan las campanas de la iglesia: 1880
están tocando a concejo abierto. Contestan, en la lejanía, el silbido del pastor y el ladrido de los perros. Alguien destraba un cerrojo; alguien abre una puerta. Alguien baja corriendo la calleja, haciendo resonar las albarcas. Una voz que grita, refrendando el llamado de las campanas.

—¡Ya vienen! ¡Ya vieneeeeeeeeen!

Es cierto: ya vienen. Vienen, en la distancia, las vacas: un enjambre de puntitos pardos, que se va perfilando en las lomas de Cóbreces. Y vienen, también, los vecinos de Toñanes, vestidos con sus mejores galas, festivos e inquietos al mismo tiempo. El pueblo entero parece hoy un inmenso rebaño. Vecinos que salen de las casas y vecinos que salen de los corrales y vecinos que bajan trotando por las callejas y las camberas, hasta reunirse frente al portillo comunal. Allí se detienen a recuperar el aliento.

—¡Ya las veo! ¡Allá va mi Jacinta, tan gorda que no me va a caber por la puerta! —dice atisbando el horizonte Romualdo, que presume de tener la vista más aguda del pueblo.

Las vacas pueden rezagarse, pero ellos no se rezagan. Mucho antes de que el rebaño atraviese el pontón de la Corredoria, los vecinos ya están formados en dos hileras junto a la portilla, dejando en medio un pasillo de hierba pisoteada. Por allí pasarán las vacas. Por ahí están pasando al fin, embravecidas por los cinco meses de libertad en las alturas de Reinosa. Delante de todas la Antonia, cabeceando con ferocidad —siempre se creyó un poco toro, dice su dueño, pleno de orgullo—, y detrás la Duquesa, y la Rogelia, y la Damiana, que va como atristolada, y la Justina, tan guapa, y un becerrito que tiene todas las trazas de ser hijo de la Lucera.

—¡Dios, pero qué hermosísimas vienen!

Tan hermosas, y desde tan lejos. Porque muchos de los habitantes de Toñanes no llegarán a cruzar nunca los límites de su ayuntamiento: nacen y mueren entre las mismas cuatro paredes, clavados en el mismo pedacito de tierra. Y ahí frente a ellos está la vaca de cada cual, que acaba de recorrer quince leguas y ha visto cielos y cumbres y ríos de los que su dueño nunca llegará a saber nada.

Pasa la última vaca. Pasan los perros. Pasa el pastor con su cayado y un mozo que corre a trancar la portilla. Y entonces sí, todos los habitantes de Toñanes que se desparraman dentro del cercado, en busca de sus reses. Con cada hallazgo una breve algazara; una mano que corre a palmear, admirativa, un pescuezo. Muchas bocas que se abren y se cierran, como si hablaran, pero por debajo de la tormenta de cencerros no se escucha una palabra. O tal vez es verdad que no dicen nada. Solo están ahí, detenidos a la vera de su vaca, con los mismos ojos vidriosos con que un padre mira y remira al hijo que retorna de la guerra. Una mirada que mezcla la alegría del reencuentro y también el miedo de que en alguna parte, en alguno de sus viajes, esa vaca nuestra haya llegado a conocer un mundo mejor que Toñanes.

El banco de madera del camino de la mies. Algún coche que viene y va. Detrás de cada parabrisas, la silueta fugaz de un conductor que levanta la mano al pasar o que saluda con la barbilla. Junto al banco, la finca del Diestro recién segada: una finca en la que no parece haber nada que mirar. Está anocheciendo, y a lo lejos el hotel rural La Estela Cántabra acaba de encender sus reflectores. Sentada en el banco, Florita Gómez Valdés (cincuenta y nueve años). 2018

Ay, hijo. De las vacas ¿qué te contaré yo? Que no me gustaban nada, nada. Porque en casa teníamos vacas, pero yo no quería tener vacas. Mi madre te dirá que eran una riqueza, las vacas, y tendrá razón, pero para mí era una pobreza tan grande... Yo odiaba las vacas. No las vacas, vamos, sino tener que cuidarlas. Lo que significaba cuidarlas. Tantísimo trabajo que daban. Y nosotros no teníamos agua en casa. Me recuerdo de ir a lavar al río de niña o de casi niña. Primero me recuerdo..., ¿no te sientas, nene? Me recuerdo que mi abuela Beatriz, la madre de mi madre, tenía una lavadora así redonda, con una hélice en el costado, que tenías que procurar que no te cogiera la mano, claro. Una lavadora así de las antiguas. Entonces remojabas la ropa en un balde, luego la metías en la lavadora, daba no sé cuántas vueltas, a otro balde, y si había que meterla en lejía, en lejía, y luego había que bajar a aclararlo al río. Bajábamos con un balde así en la cabeza, ya de muy crías... Carmencita y yo al río, cada semana. Y luego para tenderlo teníamos que subir por la calzada al balcón de Mina. Con el balde a la cabeza. A veces las vacas bajaban al río a beber y se ponía todo turbio... Qué asco, las vacas. Tres horas tenías que esperar para que se pusiera el agua limpia. En la parte de arriba del puente, que da a la casa de Claudín. Allí lavábamos. Yo me recuerdo de cosas... y de ir al verde por las vacas también. Y el día que quitamos las vacas dije ay qué bien, qué alegría, qué alegría. La mayor alegría de mi vida era no tener vacas. Nos duchábamos, nos poníamos la ropa limpia y... qué asco. Yo lo veo ahora con la gente que tiene vacas. El abono. El olor que deja. La ropa la lavabas y la colgabas dentro del armario, salías a la calle y cómo olía. Qué vergüenza. Cuando conocí a Fernando todavía las teníamos, las vacas. Yo tendría dieciséis años y mi abuela se acababa de morir. Me recuerdo porque a los dieciséis años es cuando me empezaron a dejar salir. A Torrelavega iba. Y solamente llevaba tres domingos saliendo, se muere mi abuela y ya... no sé cuánto ya sin salir, otra vez. Cuarenta y tres años hace. Luego conocí a Fernando y me casé. Estuvimos cuatro años de novios y me casé. En el setenta y ocho calculo yo que sería. Vino por los huesos estos que habían salido ahí, que vinieron a ver los arqueólogos. ¡Aquí mismo, en el Diestro! ¿Ves donde te señalo, la finca esta? Pues ahí los encontraron. Ahí los acababan de encontrar y llegó Fernando, que era guardia civil y aquel sería su primer servicio, porque era muy joven. Estaba ahí cuidando los huesos, que no entrase gente hasta que vinieran los que iban a venir a mirar. Yo no sé qué querrían comprobar. Y había gente allí y claro, Fernando procurando que nadie entrase, que nadie tocara nada. Y yo me recuerdo que todo esto había sido precisamente cuando se murió mi abuela. Como ya no podía salir a Torrelavega, pues andábamos por ahí las amigas y tal, que era un aburrimiento andar por el pueblo, pero mejor eso que nada. Y yo cogí la bici y dije voy a casa a buscar algo. Yo no sé qué sería lo que iba a buscar. Y vine así por ahí, y paré allí cuando entraba por la salida de la carretera. Yo entraba y Fernando salía, con una moto pequeña que tenía. En la vida lo había visto, a Fernando. Me paré ahí, yo no sé si pensaría que iba a ver aquello de los huesos o qué, pero se volvió y me hizo pasarlas más negras que... Me dijo que me iba a echar una multa. ¡No te lo pierdas! Que me iba a echar una multa por no sé qué. El otro día estaba contándoselo a un amigo de él en Cabezón, porque no sé por qué salió el tema y Fernando no estaba, y el amigo me dijo: Este como era guardia igual alguna multa te echó antes de que lo conocieras. Y yo: ¡Pero si yo a Fernando le conocí porque me iba a echar una multa! Me hizo pasar unos apuros. Que si no tenía frenos, que si no tenía la chapa o no sé qué. Es que de antes las bicis llevaban una chapa, las bicis y los carros de caballos y eso tenían cada uno una chapa, y la bici pues no tenía. No era ni mía la bici. Esta bici no tiene chapa y no sé qué y por favor el carné de identidad. Que yo no lo tenía. Por los dieciséis años andaría, y hasta los dieciocho... Bueno, me estaba dando un apuro que no veas. Entonces llegó alguien con un coche allí y se paró, y Fernando fue para los del coche. Y cuando él se fue yo cogí y me marché, qué iba a hacer. Llegué a casa y... Es la historia curiosísima. Llegué y le digo a mi padre: qué apuro me ha hecho pasar un guardia que calculo que no tenga más de dieciocho años. Diecinueve tenía. Y mi padre dice: ¿Es así y así, muy delgadín y no sé qué? Sí. Pues yo lo conozco, me dice, porque todos los guardias iban por entonces al taller de Quinín... Todos paraban ahí y se hacían amigos de ellos. Ese acaba de llegar nuevo a Novales pero ya ha estado un par de veces en el taller, me dice mi padre. Vete y dile que venga a tomar algo. ¡Y volví! Todavía estaba allí. Y me dijo que no podía venir porque tenía un servicio de no sé qué horas y ya tenía que volver a Novales, al cuartel, pero que bueno, que ya vendría otro día. Y vino. Con otro guardia que teníamos mucha amistad y que venía mucho por aquí. Luego, cuando le volvía a tocar servicio en Toñanes, Fernando se pasaba por aquí, que estaba mi madre ordeñando las vacas, y venía y se tiraba las horas muertas. Y yo: qué vergüenza. Qué dirá, decía yo. ¡Que tenemos vacas! Qué vergüenza, qué vergüenza. Qué dirá. Y siguió viniendo, viniendo, y ya empezamos a salir... y hasta ahora. Así que ya ves tú, hijo. A quién le debo yo haber conocido a Fernando: a los muertos del Diestro.

1636 —Bueno. Al menos a esta le vimos los ojos.

—Sí.

—Y la bautizamos. Tuvimos tiempo de bautizarla. Pudimos decirle a Dios que Juliana se llama Juliana.

—Es verdad.

—Juliana. Como yo.

Como tú.

—Arriba se habrá topado con Bartolomé, que ya debe de andar por los diez años y hablará por los codos. Quién sabe qué clase de palabras aprenderán los niños en el Cielo.

—Ya.

—Me pregunto si habrá algún santo o un ángel que les explique que son hermanos. O si habrá alguien que les hable de su otro hermanito, aunque no tenga nombre y no puedan verlo. El niño, nuestro hijo. El desgraciado.

—Ya.

—¿Qué crees que harán los niños en el Cielo?

—Qué sé yo. Las cosas que les gustan a los niños. Jugar y chupar teta.

—Esa sí que es buena, Juan. ¡Tetas en el Cielo!

—De algún modo comerán, ¿no?

—En el Cielo no se come, burro. No se bebe tampoco ni se caga ni se hace nada. No se hace nada. Me parece a mí que en el Cielo solo se está.

—¿Y no se hace nada más?

—Y no se hace nada más.

—(...)

—Chupar teta, dijiste. Qué burro eres, Juan. Hay que ver, qué burro...

—(...)

—Las tetas son solo carne y la carne se pudre y es el alma la que sube. Lo dice el padre Bartolomé, ¿no lo sabías? La carne se abre como una pelliza y de dentro sale el espíritu que somos, y abajo, sobre la tierra, se queda la pelliza que no somos. La carne que se pudre y se hace ceniza y nada más. ¿No lo sabías?

—(...)

—Las tetas son ceniza y sangre y bilis y corrupciones, aunque cubiertas de piel parezcan tan bonitas. Porque son bonitas. ¿Recuerdas, Juan, lo bonitas que te parecían mis tetas?

—(...)

—Juan. ¿Recuerdas cuando las tocabas y las apretabas y me las chupabas bajo el sábano del molino y me decías que con ellas los tercios de Flandes podrían hartarse de leche y también las muchedumbres de las Indias y del Oriente?... ¿Cuando decías que podrían saciar a todos los niños del mundo pero que a ti no te saciarían nunca? ¿Te acuerdas de eso, Juan?... Yo sí que me acuerdo, algunas noches. Me acuerdo de eso, y me acuerdo también de lo frías que eran las piedras del molino y de lo caliente que era tu boca...

Sucede en el camino que conduce a la fuente. En una 1732
habitación doble estándar del Hotel Palación, tempora- 2011

1815 da alta. En un almiar que se dora al sol de agosto de 1815.
1620 / 1787 Bajo el sábano del molino y detrás de los maizales y den-
2005 / 1891 tro de un Volkswagen blanco. En una cama bendecida
1830 por los votos del matrimonio y en el jergón estrecho de
1914 / 1989 la criada. En un amanecer de junio. Los baños de la dis-
1974 coteca Royal de Torrelavega. La hora de la siesta. Y lo
que sea que sucede empieza siempre así, con una mira-
da, un gesto, tal vez unas palabras de aproximación, un
1732 signo que debe ser descifrado, la brasa de una pipa que
Antonia ve brillar en la oscuridad mientras desanda el
camino de la fuente. Está oscuro porque ha comenza-
do a anochecer y hay que avanzar casi a tientas, se le
ha hecho tarde llenando la botija en la Fuentona y ahora
tiene prisa pero ningún miedo, no se asusta al princi-
pio, todavía no, porque no es la primera vez que regresa
a casa en la oscuridad y otros días ya ha visto en el mis-
mo camino a vagamundos y tratantes de ganado y limos-
neros que a veces llevan también la pipa entre los dientes
y saludan con un gesto leve, o no saludan y eso es todo.
Un hombre debe oler a sudor y a tierra y a aguardiente
y a tabaco de pipa, dice siempre Madre. He ahí el pri-
mer signo que debe ser interpretado: una pipa encendi-
da indica la presencia de un hombre. Y ese hombre, o al
menos la cazoleta encendida de su pipa, parece estar en
algún lugar entre la maleza, orillado en la cuneta del
1830 camino, a la espera de algo. Espera la criada de los Cos-
sío a que el señor toque muy quedo a la puerta de su
cuarto, en la hora más oscura de la noche que mejor le
2005 convenga, y espera Valeria a que Pablo termine de re-
1891 clinar los asientos del Volkswagen blanco, y espera Luis
a que su joven esposa llegue a la cama con su camisón
también blanco, trémula de frío y de anticipación y de
no sé qué, los labios apretados porque esta noche es la no-
che de bodas y esta vez que apenas comienza es la prime-
ra vez. El camisón blanco: otro signo. La noche de bodas:
1787 un signo que todos comprenden. El signo de una mano

que emerge de la oscuridad —a su alrededor el viento
agita los maizales— para tocar una pierna iluminada
por la luna. El signo de dos adolescentes que entran jun- 1989
tos en el baño de la discoteca Royal y luego juntos tam-
bién en uno de los cubículos, él se llama Rodrigo y es
virgen y ella a estas alturas todavía no tiene nombre o al
menos Rodrigo ya lo ha olvidado, se sonríen embruma-
dos por el alcohol y todavía con los vasos de tubo en las
manos —uno de ellos está a punto de romperse—. El sig-
no de un vaso que se rompe. El signo de dos hombres 2011
que reclaman en el vestíbulo del Hotel Palación, tem-
porada alta, porque ellos pidieron una habitación doble
con cama matrimonial y no una habitación doble con
camas individuales y a ver qué puede hacerse. Un mozo 1787
y una moza caminando cogidos de la mano desde la ver-
bena de San Tirso hasta lo profundo de los sembrados
y allí se detienen y se miran a los ojos, si es que puede mi-
rarse lo que no se ve, lo que solo se sabe que está ahí
mismo, expectante, a dos palmos de nuestro rostro. La
oscuridad, la noche cerrada: otro signo. Un rostro que
atraviesa esos dos palmos de distancia y entonces el beso.
Valeria que se sienta a horcajadas sobre Pablo, que al aco- 2005
modar la pierna acciona sin querer el mecanismo de la
guantera o de la radio, una risa breve, faros encendidos,
Radio Nacional de España todo noticias, el beso. El sá- 1620
bano del molino que Juan estira para cubrir también la
cabeza de Juliana, taparse hasta la misma raíz del pelo;
un susurro, un bullir de ropa, el beso. Besa Marcos a Al- 2011
fonso —pero antes han tenido que discutir con la recep-
cionista, claudicar ante sus razones, apartar la mesilla,
empujar las camas individuales, etcétera—. Y entonces
sí: las camas juntas y el beso. Llega al fin la hora más 1830
oscura de la noche que mejor le convenía y el amo ya
está aquí, irrumpiendo en ese otro mundo que huele
a humedad y a cebolla, a juventud brotada y más tar-
de marchita en lo profundo del desván, entre escoberos

y polvo y cubos de agua y de mugre. El beso: porque ella sabe que cuando el amo toca a la puerta debe dejarse besar y se deja, todavía como extraviada en la niebla del
1891 sueño. No hay beso en la noche de bodas, solo Ana que irrumpe en el dormitorio vestida con el signo incuestionable de su camisón blanco, el lino que apenas es capaz de disimular el botón oscuro de sus pezones: Ana trémula de frío y de anticipación y de no sé qué, que corre de puntillas hasta el lado de la cama que ocupará los próximos veinticinco años, se desliza dentro, se tapa hasta la barbilla o todavía más arriba, cubre sus labios del beso que no llegará a producirse, los ojos fijos en cierta veta de la madera del techo. En la orilla opuesta aguarda Luis, pero no se miran, no se hablan, no se tocan todavía,
1989 tan lejos el uno del otro, tan lejos de Rodrigo y la adolescente sin nombre que han comenzado a besarse por debajo de la música demasiado alta, que se magrean con los ojos cerrados, que ruedan cuerpo con cuerpo por las paredes azulejadas y la puerta pintarrajeada del cubículo, que se estorban y casi tropiezan con el retrete y hacen al fin añicos una de las copas contra el suelo. Plaf. El
1732 cristal que al romperse suena como una bofetada; es, de hecho, la bofetada que alcanza a Antonia en la oscuridad, que la derriba contra los morrillos del camino —el cántaro está rodando por el suelo— y entonces a su espalda ese jadeo que suena como un estertor de becerro, y la mano callosa que le hurga debajo de la falda, y el olor a sudor y a tierra y a aguardiente y a tabaco de pipa. Se acuerda de Madre. La razón que tenía Madre. Lo que estará haciendo ahora Madre, hilando en la cocina o echando las sobras al puerco o saliendo al zaguán para otear el horizonte en busca de la hija que no regresa. Se acuerda de las muchas veces que ha hecho este camino de día y de noche, de los vagamundos y limosneros y tratantes de ganado que se han topado con ella tantas noches, a veces con su pipa entre los dientes; hom-

bres que saludan con un gesto leve, o no saludan y eso es
todo. Eso es todo, piensa. Eso es todo, suplica. Pero ese
algo que sucede acaba de comenzar, apenas está en su vís-
pera, queda todo por hacer, queda la ropa, manos ve-
nidas del pasado y del futuro para arremangarle la fal- 1620 / 2005
da y abrirle las piernas, dedos que desabrochan botones, 1989
corpiños que caen al suelo, calzones arriba o abajo, los 1830 / 2011 / 1732
pies descalzos o todavía hincados en las albarcas, el gan- 2005
chito de un sujetador que cede y al fin un cuerpo que
siempre parece el mismo, un animal afiebrado que emer-
ge para arder a la luz de las estrellas o de la palmatoria, 1787 / 1830
los faros del coche, los pechos de Rosa tocados por el 2005 / 1787
azul de la luna, el sol de agosto dorando la paja del al- 1815
miar y dorando también la espalda desnuda de Diego,
Ana con un hilo de voz para decir apaga la vela quieres 1891
y Luis que la apaga, y el señorito que insiste en mantener 1830
encendida la vela que la sirvienta todavía sujeta en las
manos, de hecho va a prender dos, va a prenderlas todas,
un candelabro entero para iluminar lo que es suyo, ese
cuerpo joven y tembloroso que ha vuelto a tenderse en
ese jergón de borra que a su modo también es suyo, eres
mío, dice Valeria con delectación furiosa, a medio cami- 2005
no entre la amenaza y la broma, un poco alto para impo-
nerse a la voz del locutor que anuncia atentados, visitas
reales, IBEX 35, la luz del cubículo que sisea y se apaga 1989
y qué importa, hay que encenderlo de nuevo o tal vez
no encenderlo nunca, la oscuridad como ese signo que
Luis aprovecha para treparse lenta, parsimoniosamente, 1989
al cuerpo de Ana todavía con el camisón puesto, al cuer- 1732
po de Antonia todavía con los ojos abiertos, la mano
callosa empujando su cabeza contra el suelo y ella sin
embargo con los ojos abiertos, las piernas abiertas, la boca
abierta, en esa boca el calor de su propio resuello, la geo-
metría rugosa de cada uno de los morrillos clavándose
en la cara. Se prepara para someterse, para resignarse,
eso le dijo Madre y también Úrsula Quintana y María

del Corro y Ana la Pasiega y Manuela la de Ubiarco, que todo consistía en abandonarse, en no resistirse, en comprender a los hombres, sus necesidades, sus razones, son cosas que suceden, a veces en la noche y a veces en lo claro del día, no presentar batalla porque es precisamente esa batalla lo que les gusta, y todas lo sabían bien porque todas lo sufrieron, porque todas sintieron como ella el peso de un hombre que no querían y a quien tal vez no habían visto la cara, forasteros que iban de paso o carboneros de Vizcaya o marinos de su Majestad el Rey, y lo saben también Mariana de Queveda, y Atanasia de la Portilla, y Florentina la Simple y la niña Gregoria, que encontraron en la corralada de su propia casa, desflorada y muerta de miedo y sin palabras en la boca. Piensa Antonia en todas ellas, ve las palabras que la niña Gregoria no dijo como esculpidas en la oscuridad que la rodea, aunque verlas es solo una manera de hablar, porque Antonia no sabe leer, Antonia sabe en realidad muy pocas cosas, solo cómo debe reaccionar —no reaccionar en absoluto— ante el peso creciente del hombre que se le arroja encima, el olor a sudor y tierra y aguardiente y tabaco de pipa que viene y va, que pendulea a su espalda, él dentro de ella y ahora fuera y otra vez dentro, sacudiéndose, gimoteando, envainándose con una furia y un hambre que Antonia no creía posible, gozándola de una manera que prefiere no llamar gozo.
2005 Y ahora con ustedes: la información del tráfico. La voz monótona e impasible del locutor que enumera puntos kilométricos, carreteras, autopistas cortadas, caminos que no llevan a ninguna parte, pero ellos no van, de hecho, a ninguna parte; ellos están ahí, con solo cuarenta y dos euros en la cuenta y el motor en marcha y el coche detenido en lo alto de los acantilados, los faros iluminando el horizonte oscuro donde se agita el mar; cuarenta y dos euros y veintisiete años y ningún trabajo y ninguna casa y ninguna perspectiva de futuro, piensa Valeria mientras se cimbrea y re-

tuerce y deja escapar el primer gemido, apenas el dinero justo para llenar el tanque de gasolina de vuelta a casa de sus padres, y sin embargo la felicidad debe de parecerse a esto, piensa, clavar un dedo en un punto cualquiera del mapa de Cantabria y una hora después estar ahí, empañando los cristales de su Volkswagen blanco, sintiendo la temperatura del torso de Pablo, la humedad de la boca de Pablo, Pablo y ella como una criatura unánime de dos cabezas, un forcejeo incomprensible de ocho brazos y piernas que apenas caben en el coche, qué lío, algún día tendrán su propia cama y un trabajo pero mientras tanto qué lío y qué risas, el amor es esto, decide, reír con Pablo en los asientos traseros de un Volkswagen blanco, cuarenta y dos euros en la cuenta y ya tres años juntos
y dos faros brillando paralelos en la oscuridad. La luz del 1989
cubículo que se activa de nuevo y entonces ya no hay oscuridad sino otra vez azulejos blancos y el charco de whisky con cola derramado por el suelo, la adolescente sin nombre recostada contra la puerta y Rodrigo con las manos temblorosas, batallando con el sobrecito del preservativo que no quiere abrirse, preguntándose si es verdad que está a punto de, que será capaz de, que por fin logrará perder la, un escalofrío, y Rodrigo que logra rasgar el envoltorio, y Marcos que se ajusta el preservativo, 2011
y Luis que se unta de saliva en la oscuridad y entra, al 1891
fin, en el cuerpo de Ana, que aguarda temblorosa y sin hacer un solo ruido, como si estuviera en otra parte. Pero no está en otra parte: está ahí mismo, sudorosa, sofocada bajo el peso del cuerpo de su esposo, encendiéndose con cada caricia, con cada acometida, y sin embargo representando la comedia de que nada de eso importa, porque a ella no puede gustarle esa cosa sucia que Luis está haciendo con su cuerpo, sobre su cuerpo, dentro de su cuerpo; ese vértigo semejante al vértigo de galopar campo a través con los ojos cerrados. Ella no es una cualquiera, ayer mismo se lo recordó Madre, en la mismí-

sima víspera de su boda, recuerda que tú no eres una
cualquiera y esas cochinadas son cosas de hombres, ellos
tienen sus necesidades, sus razones, y las mujeres decen-
tes todo eso lo soportamos, sin una queja pero también
sin ningún goce: los hijos son nuestras necesidades, nues-
tras razones. Así que Ana no gime, no abre la boca si-
2011 quiera, y Alfonso deja escapar un gemido ronco, y Juan
1620 y Juliana resuellan apenas debajo del sábano, y Valeria
2005 / 1830 grita cada vez más fuerte, y la sirvienta se muerde en la
boca ese mismo grito, porque no debe hacerse ningún
ruido, esa es la primera de las muchas reglas que el se-
ñorito le vierte en la oreja cada vez que se aprieta contra
ella a cualquier hora del día, cuando aparece de pronto
a su espalda mientras pone la mesa o da de comer a las
gallinas, las manos en las caderas y en su oreja todas esas
zalamerías y brutalidades; sabes que de un tiempo a esta
parte echaste buena figura, dice, que empollinaste al fin,
porque tú ya no eres una niña, o por lo menos no tan
niña, y entonces, juntamente con el cachetazo en el culo,
con la lengua bisbiseando en la oreja, la primera regla,
no hacer ruido, aunque te guste lo que te hago y te vuel-
vas loca no hagas un solo ruido, me gustan las criaditas
discretas, así que no se te ocurra molestar a la señora,
como le andes con cuentos sí que vas a tener algo que
1620 lamentar, ¿me oíste? Oyen Juan y Juliana el rumor del
2005 agua y el restregarse de las muelas del molino. Oyen Va-
leria y Pablo, como entre sueños, el parte meteorológico.
1891 Oye Ana los jadeos que se escapan de la boca de su espo-
1787 so. Llega hasta el claro de los maizales el retumbar lejano
1989 de las panderetas de la verbena y hasta el cubículo del
1830 baño el estribillo de *Like a Prayer* y hasta el dormitorio
de la señora el ruido inconfundible de los quejidos de su
marido en el cuarto de la sirvienta, las tablas de madera
que crujen sobre su cabeza, un padrenuestro, un avema-
ría, las manos en las orejas, Señor perdónanos a todos.
2011 Marcos escuchando los suspiros de Alfonso, el restallar

seco de la carne contra la carne, y por encima de todo el
rechinar de los colchones, las dos camas individuales
que tan pronto se acercan la una a la otra como se ale-
jan, se alejan, ahora parece que se alejan definitivamen-
te, se separan un poco más en cada embestida, como pla-
cas tectónicas destinadas al desencuentro o como metáfora
de su relación, piensa Marcos, sus vidas que a veces pa-
recen alejarse, porque pelean o no se entienden o escogen
no entenderse, un portazo, una despedida, un arrepen-
timiento, y quién sabe si no han emprendido este viaje
por el Cantábrico para eso, para reencontrarse, para lle-
nar esa zanja que crece poco a poco, ese abismo que los
separa, y ya ha sido mala suerte empezar así, con la me-
táfora de dos camas individuales que flotan a la deriva
y que en esa deriva escogen apartarse —ahora no lo sa-
ben, pero años después todavía continuarán así, amán- 2015
dose y sin embargo alejándose sin remedio o creyendo
que se alejan—. Y entonces, de pronto, el orgasmo. Los 2011
pensamientos de Marcos que se detienen, las camas que
ya no están ni lejos ni cerca sino solo en su lugar exac-
to, una cama hecha de dos colchones y un cuerpo hecho
de dos cuerpos, la intersección minúscula del placer, un
tiempo en el que caben otros muchos tiempos, respira-
ciones, voces trenzadas, el grito de Marcos y el grito de 2005
Valeria en el Volkswagen blanco y un suspiro entre los 1787
maizales, y el gañido del señorito imponiéndose por en- 1830
cima de los rezos de su esposa y aun por encima del si-
lencio de la criada, y de fondo la marea incontenible que
va creciendo dentro de Ana, Ana envuelta en el fuego de 1891
su camisón blanco y entonces el placer, aunque no se pue-
da, aunque las mujeres decentes no, de ningún modo,
aunque los demás digan, aunque Madre diga, de todas
formas el placer, sus manos crispadas en la espalda de
Luis y el mundo que se hace añicos y la urgencia de aban-
donarse al beso, al fin el beso, el primer beso a su marido
y por delante veinticinco años juntos, cuatro hijos, mu- 1916

chas noches como esta y todas esas noches el camisón en
1989 el suelo y la luz encendida. Ningún orgasmo en los aseos
de la discoteca Royal, no hay erección siquiera, alguien
orina ruidosamente en el cubículo de al lado y Rodrigo
trata de pensar en otra cosa, concentrarse en el preserva-
tivo que cuelga viscoso y ridículo, en la chica que espera
frente a él con las bragas bajadas, sus palmas apoyadas
en la puerta, y en esa puerta tantos garabatos que hay que
descifrar, números de teléfono, fechas, insultos, aniver-
sarios, rúbricas, el dibujo de una polla monstruosa, y ella
que se vuelve para preguntarle si está todo bien, pero nada
está bien, está muy borracho y muy cansado y muy ner-
vioso, y lo confiesa a medias, estoy muy borracho, dice, lo
siento pero estoy muy borracho y muy cansado, Rodri-
go subiéndose los calzoncillos y los pantalones y sentán-
dose en el retrete y cubriéndose la cara con las manos,
Rodrigo que desearía estar muerto, y la adolescente que
está a punto de tener un nombre se da la vuelta —bajo sus
Converse crujen los añicos de la copa rota—, sonríe, no
pasa nada, yo también estoy nerviosa, no pasa nada, la
próxima vez irá mejor. La próxima vez, dice, la próxima
vez, Rodrigo sabe muy bien que en los baños de la dis-
coteca Royal nunca hay próxima vez, y mucho menos
si a los baños se ha ido solo para aquello, es decir, para
no hacer nada, pero de todas formas acepta sus palabras
como si significaran algo, la próxima vez, claro, la próxi-
ma vez, mientras termina de vestirse y se dirige en silen-
2011 cio a la puerta. El final de todo. La tregua. Marcos y Al-
fonso que se abrazan para ocupar, penosamente, una sola
1891 cama individual; Ana y Luis sonriendo en la oscuridad;
2005 Valeria que se arregla el pelo frente al retrovisor; la sir-
vienta que ya no podrá dormir en toda la noche y ma-
ñana despertará con las órdenes rigurosas de la señora;
1620 Juan y Juliana que doblan el sábano del molino y debajo
todo en orden, la ropa que vuelve pieza a pieza a su lu-
2005 / 1989 gar, un carraspeo, un pendiente que se extravía, un to-

que de maquillaje, un cigarro en los labios. El descono- 1830 / 1732
cido que eructa un último gruñido y se incorpora al fin,
resoplante y saciado. Se sacude despaciosamente el polvo
de la ropa. Se encasqueta el sombrero. Silencio. Y debajo
Antonia que tarda mucho tiempo en levantar la cabeza
del suelo, y cuando la levanta ya todo ha pasado, la no-
che cerrada, el ladrido lejano de un perro, nadie más en
la curva del camino. Se pone en pie trabajosamente, du-
bitativa, como si se hubiera calzado los zancos de un pa-
sacalles. Se estira la falda. A su lado el cántaro volcado
pero todavía entero, el asa firme, dentro suena incluso un
fondillo de agua, y por alguna razón ese cántaro intacto
le parece algo muy triste. A su lado un objeto pequeño
y duro, un último signo que debe ser interpretado: una
pipa. La pipa de José Revuelta, el de la Herrán, todavía
caliente, olvidada en ese camino por el que pasan tantos
limosneros y forasteros que van de travesía y marinos de
su Majestad el Rey y carboneros de Vizcaya. ¿Ya te vas? 1989
Por lo menos podrías decirme cómo te llamas, pregun-
ta la adolescente que está a punto de tener un nombre.
Y Rodrigo, con la mano ya detenida en el pomo de la
puerta: Rodrigo. Pues yo soy Alejandra, contesta Alejan-
dra, y este es mi teléfono. Y Rodrigo, súbitamente agra-
decido, sujetando incrédulo el cuadradito de papel que
acaba de tenderle: Alejandra, qué nombre tan bonito,
Alejandra...

El niño tiene un nombre, pero es como si no lo tuviera. 1991
Niño de los dinosaurios: así es como todos lo llaman.
Hay que ver, dice Lola —dice Carmen, dice Biel, dice
Llermo, dice Santiago—, cuánto sabe este niño de dino-
saurios. Es verdad que sabe mucho, muchísimo. Cien-
to treinta y cinco nombres de dinosaurios, nada menos:
y sumando. ¿Ciento treinta y cinco, tú solo? El niño asien-

te, solemnemente convencido. Faltan todavía dos veranos
para el estreno de *Parque Jurásico*, así que la pasión del
niño tiene algo de profético. Habla de velocirraptores
y de tiranosaurios antes de que el mundo los descubra.
1993 Dentro de dos años, los niños de Toñanes harán la co-
lección del Gran Álbum Ilustrado de los Dinosaurios
—¡194 cromos a todo color!— y no querrán hablar de
1991 otra cosa; pero por ahora solo se interesan por Indu-
rain y por Butragueño; por el Chavo del Ocho y por las
Mama Chicho. ¿Las mama qué?, pregunta el niño de los
dinosaurios, y ellos ríen. Ríen los niños y ríen los ma-
yores —Lola y Carmen y Biel y Llermo y Santiago—
cuando el niño de los dinosaurios cuenta que de mayor
va a tener una maquinita para buscar huesos de dino-
saurios. ¿Qué maquinita es esa? El niño, que la ha visto
o ha creído verla en un documental de la 2, reúne la pa-
ciencia suficiente para explicárselo: una máquina que te
dice lo que hay debajo de la tierra, sin necesidad de meter
la pala. ¡Ah! ¡Qué práctico!, ¿no? Y la maquinita esa, ¿es
cara? El niño ladea la cabeza, pensativo. Oh, no tanto.
Ya tiene mucho ahorrado. Con cuatro cumpleaños, tres
santos y una comunión —la comunión— debería ser su-
ficiente.

¿Y con lo pequeño que eres no te dan miedo esos bichos tan grandes, monín? le pregunta Mariuca. El niño tarda en contestar, sorprendido por lo estúpido de la pregunta. ¿Cómo van a darle miedo, si los dinosaurios se extinguieron hace ya muchísimo tiempo? Además, él no es tan pequeño. Y los dinosaurios no son siempre tan grandes. ¿Acaso no ha oído hablar del Compsognathus, que medía apenas sesenta centímetros y rondaba los tres kilogramos de peso?

El niño de los dinosaurios —un metro quince de estatura, diecinueve kilos de peso; el pelo cortado al cepillo y dos enormes ojos verdes que no le caben en la cara— deletreando la palabra *Compsognathus*, para que Mariuca sepa cómo se escribe. Porque lleva una hache intercalada, y seguro que Mariuca no lo sabe.

El niño de los dinosaurios recorriendo el pueblo en
su bicicleta Torrot roja, que antes perteneció a su her- 1984
mana mayor y luego a su hermana mediana y algún día 1988 / 2017
pertenecerá a su sobrino. El niño de los dinosaurios con 1991
la vista siempre puesta en las piedras, en las cunetas, en los surcos de labranza. El niño de los dinosaurios buscando en la tierra fósiles y dientes de tiranosaurio y cuernos de triceratops.

El niño de los dinosaurios, preguntando si por casualidad alguno de los vecinos no habrá encontrado huellas misteriosas en su finca.

El niño de los dinosaurios, disfrazado de dinosaurio en las fiestas de los Mártires de Novales. No ganará el trofeo, ni ese año ni ningún año.

El niño de los dinosaurios, regresando a casa un día más con la frustración de no haber sido capaz de encontrar un solo dinosaurio.

Sus hermanas tratan de consolarlo. Lo llevan a la cuadra, que ya no es una auténtica cuadra sino algo así como un enorme cuarto de juegos —abajo, en el lugar donde una vez estuvo el pesebre, una mesa de billar; arriba, en lo que fue el pajar, una hilera de muñecos, un estante de cuentos infantiles, tres cometas colgando del techo—. Le invitan a jugar a los juegos de mayores, para ver si así olvida durante un rato los dinosaurios que no aparecen. ¿Quiere él jugar al Camino de la Vida, al Hotel, al Monopoly? No, no quiere, porque no sabe cuántos billetes tiene que devolverle a cada una. ¿Y al billar? No, porque es tan bajito que apenas alcanza a ver las bolas. Bueno, pues el billar no: ¿y qué tal ver una peli con ellas? No, no quiere, porque solo ven pelis de niñas. ¿Quiere jugar con ellas a los secretos? No, porque no tiene ningún secreto que contar. ¿Quiere acompañarlas de excursión con los niños del pueblo? No, porque está harto de que le recuerden que él no es un verdadero habitante de Toñanes; que es un niño de la capi. Así que al final el niño queda solo, sentado en el columpio del jardín, balanceando sus muchas preocupaciones.

Papá y mamá no juegan a nada, porque siempre están lijando las contraventanas. O podando el seto. O haciendo obras en la cocina y en la socarrena; en el desván y la cuadra. Esa casa que es, desde siempre, un inmenso cuerpo enfermo que hay que cuidar y socorrer. Nos lo tomamos con calma, explican papá y mamá a los amigos que vienen de visita; cada año una cosa. Así miden los
1985 / 1987 veranos: el verano que arreglaron el baño, el verano que
1988 convirtieron el aljibe en piscina, el año que cambiaron
1989 / 1990 las ventanas o construyeron la escalera del desván o embaldosaron el cuarto de tierra, que se seguirá llamando ya siempre así, el cuarto de tierra. Y los veranos que quedan
1994 por delante: el verano que pondrán la vitrocerámica. El
1996 verano que convertirán la cuadra en cuarto de juegos
2007 y el verano que convertirán el cuarto de juegos en una casita para el niño, que para entonces ya no será un niño. Pero jugar, no juegan; no juegan nunca. Todo lo más, juega papá a hacer solitarios a la hora de la siesta, o juega a ese otro juego enmarañado, infinito, de ir dibujando el árbol genealógico de la familia. Porque papá, preguntando y preguntando, ha averiguado los nombres de sus bisabuelos y hasta de sus tatarabuelos; hombres y mujeres que vivieron, dice el padre con orgullo, en este mismo pueblo. Y con todo lo que sabe dibuja a lápiz un árbol que en algo quiere parecerse al ciruelo del jardín, con personas en lugar de ciruelas.

Es ese dichoso árbol lo que tantas veces separa al padre y al niño, porque papá solo tiene ojos para los muertos; no para los dinosaurios, vivitos y coleando en la cabeza del niño.

—¡Papá! ¡He encontrado unas huellas de estegosaurio!

El padre levanta perezosamente los ojos de su árbol.

—No me digas. ¿Dónde las has encontrado? ¿En el jardín?

No; no ha sido en el jardín, sino en los acantilados de Bolao. Y ahora el niño tiene que insistir muchísimo hasta lograr que su padre lo acompañe de vuelta hasta allá, para que le diga si sí o si no. Si hay un dinosaurio en Toñanes o no lo hay. Mamá no viene, porque a mamá no le gustan los dinosaurios; lo que le gusta es limpiar la casa y tener la comida lista, para cuando ellos vuelvan. Así que mamá no viene pero papá sí, papá resopla y enrolla la cartulina donde dibuja su árbol y al fin lo acompaña. Cuesta mucho llevarlo hasta Bolao, porque cada tanto se detiene para mostrarle al niño cosas que no importan. Por ejemplo frente a la casa de Juanma; uno de esos niños que no quiere ni hablar de dinosaurios. ¿No sabes que aquí, justo aquí, estuvo la casa de la familia? No sabía, contesta el niño, con una cortesía que tiene algo de postiza. Y luego, para desesperación del niño, se detienen también frente a una finca en mitad de la mies; una finca en la que no hay nada que mirar. ¿No sabes que en esta finca, antes de que tú nacieras, encontraron un cementerio de más de mil años de antigüedad, y que seguramente muchos de nuestros antepasados están enterrados aquí? El niño de los dinosaurios reflexiona. ¿Cuánto son mil años?, pregunta. Y luego: ¿Mil años son más años o menos años que sesenta y cinco millones de años? Papá parpadea, confundido. Mil años es mucho menos que sesenta y cinco millones de años, claro. Mil años son exactamente sesenta y cinco mil veces menos que sesenta y cinco millones de años. El niño de los dinosaurios asiente con algo de desencanto. Eso le parecía a él. Que mil años no son nada.

Al fin llegan a Bolao; el niño baja a toda prisa el camino del molino, no sea que las huellas se hayan ido. ¡Mira, papá! Ahí están. A ver que las vea, contesta papá.

Se aproxima a los agujeros que el niño señala: unos hue-
cos cuadrados y regulares excavados en el lecho del río,
casi en la desembocadura. Unos agujeros que ni siquie-
ra papá, que todo lo sabe, comprende lo que significan
2000 —nueve años más tarde, será el niño el que le explique al
1991 padre para qué servían los agujeros—. Pero, por ahora, es
el niño el que necesita respuestas. ¿Son de estegosaurio
o no son? Papá frunce el ceño. No sé, hijo, ¿no te parece
que deberían tener también las marquitas de los dedos?
El niño de los dinosaurios reflexiona unos instantes. A lo
mejor era un dinosaurio sin dedos, papá. Papá aprueba
con la cabeza. A lo mejor, admite.

A papá no le impresionan las huellas del estegosau-
rio y al niño de los dinosaurios no le impresiona su árbol
genealógico. Pero esa misma noche, ya en la cama, el niño
se sorprende pensando precisamente en eso: en el árbol.
Piensa en cada una de sus ramas, preñadas de hombres
y mujeres que ya no están. Piensa en los nombres sin ros-
tro que vivieron en este pueblo y que, es de suponer, en
este pueblo murieron también. Piensa en las cosas que
-65.532.127 mueren. Los dinosaurios viendo caer el meteorito; la abue-
1988 / 1990 la Milagros con su respirador; el pajarito herido que en-
contraron en el jardín y alimentaron con yema de huevo,
1991 mientras se pudo. Piensa en esos cientos de tumbas que
según su padre aguardan bajo la hierba. Piensa en los
muertos que fueron y en los muertos que serán, baraján-
dose en su cabeza como baraja papá las cartas. Piensa en
papá y mamá, muertos. Piensa en sus hermanas, muer-
tas. Piensa en sí mismo, muerto también. Piensa en un
árbol que alguien dibujará dentro de mil años, y en su
propio nombre colgando de una de las ramitas. Piensa en
esto: mil años hacia adelante, mil años hacia atrás. Ima-
gina la casa en ruinas y la casa a punto de ser construida;
lo que había antes de que los obreros pusieran la prime-
ra piedra y lo que habrá después de que caiga la última.
Siente un frío que no sabe de dónde viene: el frío de la

palabra *primera*, el frío de la palabra *última*. Y el niño de los dinosaurios, ese niño que a juicio de todos es tan valiente —¿no te dan miedo esos animales tan malos, monín?—, siente, entonces sí, miedo; un miedo que ya no se conjurará del todo nunca y que sin embargo tendrá ya para siempre algo de juego privado, de placer secreto, porque si los niños lloran es para descubrir el modo en que serán de adultos.

Josefa Luguera Somavilla, noventa y un años, viuda de 2019
Valentín Valdés Sánchez, murió, fue enterrada. Pedro
Luis Llano Sánchez ejercía como profesor de la autoes-
cuela Virgen del Campo, murió, fue enterrado. Ignacio
Sagaley Figueredo, apodado Chero —en sus últimos años
daba un paseo cada tarde hasta los acantilados de Bolao
y mirando la línea gris del mar se acordaba de los años
que sirvió como camarero en el Hotel Embajador de San-
to Domingo; no creerías a cuánta gente importante co-
nocí, le contaba a quien quisiera escucharle, porque yo
tuve tan cerca como te tengo a ti ahora a Chiang Kai-shek,
y a Richard Nixon, y a Eisenhower, y a Errol Flynn, y al
rey Juan Carlos cuando todavía no era rey, y a Fulgencio
Batista cuando ya no era dictador; pero sobre todo me
acuerdo de Carmen Sevilla, que me prometió una foto-
grafía firmada que nunca me envió—, murió, fue enterra-
do. José Cianca Sánchez, noventa años de edad, murió, 2016
fue enterrado. Luis López Dóriga —no nació ni murió en 2011
Toñanes, y sin embargo entre 1947 y 2011 no se perdió
una sola verbena de San Tirso, ni siquiera aquellas en
las que diluvió o tronó; no habían pasado ni siete días
desde la última cuando— murió, fue enterrado. Fran- 2006
cisca Valdés Sánchez, ochenta y seis años —muchas ve-
ces le tocó de niña llevar paquetes de comida a su herma-
no Fino, que estaba en la cárcel de Torrelavega; recorría

a pie los dieciocho kilómetros y luego esperaba mucho
tiempo frente al portón de entrada y era conducida por
el largo pasillo de la prisión, encañonada por un soldado
que debía de tener la edad de su hermano; ella acababa
de cumplir doce años; entonces me parecía lo normal,
contaría en sus últimos años, pero mucho me acuerdo yo
ahora de eso, de cómo tenían allá adentro a mi hermano
y de cómo me encañonaba el guardia con su fusil, a mí,
que no abultaba ni un tanto así—, murió, fue enterrada.
2005 Gabriel Valdés Sánchez —le gustaban la selección españo-
la y el Real Madrid, por este orden; vivió para celebrar
nueve Copas de Europa del Real Madrid pero ningún
Mundial de España; madrugó para ver los cuartos de fi-
nal entre España y Corea e insultó a Gamal al Ghandour
y se llevó las manos a la cabeza con el penalti fallado por
Joaquín y durante días meneó la cabeza repitiendo yo esto
no lo veré; yo no voy a vivir para ver a España ganar un
1988 Mundial; tenía razón—, murió, fue enterrado. Maximino
Gómez García, apodado Mino Sevilla —era alto y guapo
y enamoraba a todas las mocitas de Toñanes y de Cigüen-
za; por eso nadie entendió que, pudiendo casarse con
cualquiera, se casara con Vicenta Rivas Lantarón, quin-
ce años mayor que él y sin ningún atractivo conocido; fue
la casa, decían los vecinos, debió de ser eso, la casa, por-
que Vicenta tenía para ella sola una buena casa y eso
pues siempre tira de un hombre—, murió, fue enterrado.
Fidela Cebrones Rodríguez, natural de Somahoz —vino
como maestra al pueblo y ya nunca se marchó—, murió,
fue enterrada. Ignacio Rivas Sagaley, apodado el Chicu
—¿que quién era el Chicu, nene? Pues yo te lo voy a ex-
plicar; en el pueblo todos decíamos medio en broma, me-
dio en serio que era comunista, porque en la propiedad
privada no creía ni un poquito, y según su modo de ver
las cosas lo que era de uno era de todos; llegaba y se me-
tía en tu huerta y te llevaba una coliflor que dejaba en la
puerta del vecino de enfrente, y a ti te dejaba un saquito

de manzanas del de más allá, y a ese lo compensaba con
unas panojas del primero, así que cuando llegabas a tu
huerta te encontrabas lo que no esperabas y lo que espe-
rabas pues no te lo encontrabas; ¿entiendes lo que te digo,
nene?—, murió atropellado en la carretera de Torrelave-
ga, en Toñanes fue enterrado. Francisco Gómez Gar- 1994
cía, ochenta y un años de edad —combatió en la Guerra
Civil, primero con los republicanos y luego con los na-
cionales; creía en los primeros y perdió un ojo con los
segundos; durante las décadas siguientes regentó va-
rios bares en Santander y en Torrelavega y no volvió a
hablarle a nadie de lo que vio en la guerra; durante su
último año de vida era habitual encontrarlo sentado en
una silla de la cocina, la vista clavada en el microondas
mientras repetía: nada, últimamente no echan nada de
nada—, murió, fue enterrado.

Se fueron, pero se resisten a irse del todo. Dejan partes 2021
de sí mismos en forma de fotografías enmarcadas o pen-
siones de viudedad; una esquela en *El Diario Montañés*
o un letrero de SE VENDE sobre la puerta. Dejan ropa en
los armarios, libros subrayados, un vaso que nadie vol-
verá a usar, la silla donde él se sentaba, la butaca donde
ella hacía punto. Dejan, los más, un nicho en el cemen-
terio de Santo Domingo de Toñanes. Dejan una cuenta
bancaria con 17.184 euros. Dejan un nombre en el bu-
zón y una cuenta de hotmail recibiendo spam y un men-
saje con su voz en el contestador y un blíster de pastillas
para el colesterol y unas gafas de sol vintage en poder de
cierto nieto. Dejan un conflicto inevitable con la com-
pañía suministradora de la luz o el agua —lamentamos
informarle de que debe ser el actual titular de los suminis-
tros quien emprenda el proceso de / oh, cuánto siento la
noticia, en ese caso le pongo en espera—. Dejan una puer-
ta que no se ha abierto desde entonces. Dejan una cama
hecha para nadie. Dejan una corona de flores descarape-
lada en la cuneta de la autopista —en memoria del Chi-

cu—. Dejan una aparición fugaz en una cinta de VHS —Francisco Gómez, mirando ensimismado un trozo de tarta en el vídeo de comunión de su nieto—. Dejan una fotografía firmada por Dwight Eisenhower —está fechada en 1963, y dedicada to my fellow Ignazio—. Dejan un repertorio de chistes, refranes y anécdotas. Dejan una boina. Un collar de perlas falsas. Una colección de sellos. Un vestido que volverá a ponerse de moda. Dejan un perro que todos los días vendrá a olisquear la misma puerta, el mismo sillón, el mismo lado de la cama, y que nunca se cansará de esperar a su amo.

1984 De Santander a Toñanes hay exactamente treinta y ocho kilómetros. Más o menos una hora y media de viaje contando la parada que siempre hacen a la altura de Santillana, porque por alguna razón las niñas siempre se marean más o menos en el mismo punto del trayecto. Vienen todos los fines de semana, y mientras ellas juegan con los niños del pueblo o se balancean en el columpio del jardín, Mercedes y Emilio trabajan sin descanso. Porque está terminando ya el mes de mayo, y si de verdad quieren pasar ese primer verano en la casa, hay que dejarla lista antes de las vacaciones. ¿Qué es lista, mamá? Pues lista es que haya agua corriente, hija. Que no tengamos que ir al aljibe con un cubo, como en el siglo pasado. Lista es que funcionen las luces que tienen que funcionar y que el suelo esté limpio y que echen un poco de escayola en el techo, porque se cae a pedazos. Lista es que tu padre acabe de una vez de segar el jardín —es verdad que no se le da bien usar el dalle, a su padre: cuando ahorren un poco de dinero, habrá que comprarle un cortacésped—. El dinero: una cuestión que les da más de un quebradero de cabeza. Porque Emilio no mentía, para comprar la casa tuvieron que emplear todo lo que habían

ahorrado, y ahora les queda lo justo para poner el agua corriente y reforzar la red eléctrica y aplicar escayola en el techo. Lo justo, o incluso menos que lo justo —lo de cambiar el suelo del desván tendrá que esperar todavía 1989
cinco años: cinco años en los que el desván existirá sobre sus cabezas sin existir del todo, porque nadie podrá subir a echar un vistazo.

¿Por qué no piden un crédito, Mercedes y Emilio? 1984
Algunos amigos se lo han preguntado. Incluso Diana, que acaba de oír hablar de bancos y de créditos en una película, se lo acaba preguntando. ¿Por qué no pedimos un crédito y terminamos las obras de una sola vez? Y mamá y papá contestan algo semejante a esto: Porque nosotros no nos endeudamos. Porque pagamos lo que podemos pagar y lo que no podemos pues no lo pagamos. Por si acaso. ¿Lo entiendes?

Emilio y Mercedes: dos plazas de funcionarios, dos casas en propiedad, dos herencias todavía sin cobrar. Ninguna hipoteca, ningún préstamo: por si acaso.

Así que son ellos los que trabajan. Gastan toda el agua del aljibe —y son ocho mil litros— para fregar los suelos de la casa. Limpian el acil de la cuadra, donde se acumulaba el abono reseco de las vacas que Mino tuvo la década pasada. Vacían de trastos el cuarto de los aperos y lijan las ventanas y atornillan el portón descabalgado del jardín. Contratan a un albañil de Cóbreces llamado El Rubio, que es por cierto más bien moreno, y se autoproclaman peones de obra para ayudarle a escayolar el techo. Usted nos dice lo que necesita y nosotros se lo traemos. Nos dice dónde ponemos la escayola y la ponemos. Vaya ayudantes que me he echado, dice El Rubio, rascándose el cogote. ¿Van para albañiles o qué? ¿No querrán ustedes dejar de dar clases y que los contrate para una obra que tengo en Ruiloba? Ellos ríen también. No: no quieren. Solo quieren acabar de una vez. Que la casa esté lista cuanto antes.

El Rubio da unos toquecitos a la pared, pensativo.

—¿Acabar? Con las casas estas no se acaba nunca. Hay mucho trabajo aquí. Esto está muy abandonado, muy abandonado...

¿Habrá sido una mala decisión? A veces, después de ocho o nueve horas seguidas de trabajo, se sientan en un taburete y reflexionan. ¿Se habrán precipitado con la compra? Se lo preguntan una y otra vez, sobre todo cuando El Rubio les dice que necesita dos semanas más; veinticinco mil pesetas más de presupuesto. O cuando baja del tejado, meneando la cabeza, y dice que si no quieren que el techo se les caiga encima van a tener que retejarlo entero este mismo año, haya dinero o no lo haya.

—¡Tucu mucu yo tenía un criaúcu que sabía retejar retejaba a la primera pim pam fuera! —dice Marta, comprendiendo al fin la cantinela de los niños.

—Quitaos de ahí, anda. A ver si os va a caer una teja.

—¿Entonces sí que somos ricos, papá? ¿El Rubio es nuestro criado?

—Sí, nuestro criado. Más bien somos nosotros los criados del Rubio.

Entonces, ¿sí se han equivocado? ¿Habría sido mejor ahorrar un poco más, comprar una casa un poco mejor? Eso piensan, algunas veces. Pero luego, una mañana de sábado, les despiertan unos susurros que vienen de la habitación de las niñas. Las siete de la mañana y las niñas ya despiertas.

—Yo quiero ir al columpio —está diciendo Diana, en lo que ella cree un susurro.

—Y yo.

—¿Nos escapamos?

—Pero está todo cerrado...

—¡Por la ventana!

—¿Por la ventana?

—¡Sí, por la ventana!

—Bueno.

—Pero que no se enteren mamá y papá. Que no se enteren de que nos vamos de casa...

El ruido de la ventana que se abre. Treinta centímetros sobre el nivel del suelo: esa es la peligrosa aventura que emprenden Diana y Marta, con las primeras luces del alba. Y desde su propia ventana, Emilio y Mercedes supervisan la fuga; las niñas corriendo por el jardín con sus camisones blancos, los pies descalzos pisando la hierba mojada de lluvia o de rocío. Las niñas sentadas en sus columpios, y sus risas que van y vienen con el balanceo. Mercedes y Emilio, riendo como ríen sus hijas.

Han acordado que venderán su casa cuando sus hijas crezcan. Cuando el hijo que aún no ha nacido —o la hija, apostilla Diana— crezca también. Cuando ya nadie quiera subirse a ese columpio: esa será la señal de que es hora de vender la casa. Ese pensamiento les tranquiliza, porque no deben de faltar más de diez o doce años para ese momento, y una casa que se compra solo para los próximos diez años no puede ser un error tan grande.

Así que no: no se han equivocado. No tanto al menos. Emilio sentado en la socarrena con sus ojos de pasado. Me acuerdo de que aquí se guardaba el carro; aquí se sentaba a coser mi tía; aquí una vez, de niño, encontré un pájaro enfermo que se me murió; en este mismo pueblo vivieron mi abuelo y el abuelo de mi abuelo: qué dirían si vieran que no sé ni manejar el dalle. Mercedes, mirando la casa desde el jardín con sus ojos de futuro. Un suelo en el desván y tejas nuevas en el tejado y un dormitorio para el niño donde ahora no hay más que trastos; el niño —o la niña— corriendo por la hierba, balanceándose en el columpio que Diana y Marta ya no quieren para nada; la niña —o el niño— heredando ropas, palabras, juguetes, manías de sus hermanas. Eso ve Mercedes mientras se toca distraídamente la barriga y en ella su bebé de solo tres meses. Todavía no tiene nombre, y Mercedes tiene tantas ganas de que lo tenga. Tantas ganas de que nazca y aprenda a gatear y luego a andar y luego corra a jugar con sus hermanas. Tantas ganas de que haya una sola palabra para resumir esa esperanza que lentamente se va haciendo carne dentro de su cuerpo. Esa palabra podría ser Carlos, si es niño, y Susana, si es niña. A ver qué le parecen a Emilio los nombres.

1947 Él se llama Luis; ella se llama Teresa. Se habrían ahorrado muchos problemas si hubieran empezado así: presentándose. Yo me llamo Luis y soy de Santander, tendría que haber dicho él. Yo soy Teresa y vivo en Torrelavega, debería haber dicho ella. Pero nadie dice nada: solo bailan una canción. Y esa canción es el principio o tal vez el final de todo.

Sucede durante la verbena de San Tirso, en un pueblo del que ninguno de los dos ha oído hablar hasta esta noche. Él estudia las oposiciones de Abogacía del Estado, y un amigo ha insistido en arrastrarlo hasta este pueblo caído de la memoria de Dios, porque si no sales a respirar un poco de aire fresco se te va a quedar la cabeza cuadrada de tanto leer libros, Luisito. Ella vive en Torrelavega y acompaña a regañadientes a su prima Jacinta, que confiaba encontrar en las fiestas de Toñanes a cierto mozo que para colmo nunca llegará a aparecer. Al principio la prima se resarce del plantón burlándose en voz baja de la iluminación, del templete, de los músicos. Porque los músicos no parecen músicos sino aldeanos, y el templete son dos carros de hierba emparejados, y la iluminación se reduce a tres bombillas de colores —amarilla, roja y azul— colgando de un alambre. La campa está tan oscura que en algún momento a alguien se le ocurre dejar puestos los faros de su automóvil, para que los que salen a bailar puedan ver la cara de sus parejas. ¡Qué miseria!, murmura la prima al oído de Teresa. ¡Qué vergüenza!, añade, y no se sabe si su queja se dirige a la verbena o a su cita frustrada. Cuando ya se hace evidente para ambas que el mozo en cuestión no vendrá, decide además que hace demasiado frío y que es mejor volverse a Torrelavega. ¿Qué, nos vamos ya?, dice, frotándose las manos para entrar en calor. ¡Chica, vamos de una vez, que aquí una coge una pulmonía! Pero para entonces Teresa, que ha venido a la verbena más o menos obligada, ya no está segura de querer marcharse. Lleva una eternidad, el tiempo que cabe dentro de seis canciones, mirando a un hombre al otro lado de la campa de baile.

Su rostro duro y hermoso, como tallado en la penumbra.

Sus ojos negros, brillando a la luz de los faros.

Los ojos del hombre, clavados en ella.

—¡Bah! —dice su prima, interpretando la dirección de esa mirada—. Seguro que es un aldeano.

Luis se ha pasado la primera hora de verbena fingiendo que estaba allí, sujetando su vaso de vino y riendo los chistes de su amigo Rogelio, pero en realidad se dedica a repasar mentalmente las características del principio de legalidad —lex previa, lex scripta y lex stricta—. Hijo, parece que estás en Babia, le dice Rogelio, y él sonríe. Sonríe con tristeza, porque todo en aquella verbena es vagamente triste. La luz taciturna de las tres bombillas que cuelgan del alambre, no mucho más luminosas que una sarta de chorizos. Los aldeanos que hacen durar sus vasos de vino y sus cucuruchos de almendras garrapiñadas, porque no tienen para pagarse la siguiente ronda. Las viejas enlutadas que examinan con ojos inquisidores la campa de baile y menean la cabeza cada vez que una mano se desliza un poco más arriba o un poco más abajo de lo que debe. Dos guardias civiles que fuman y conversan lánguidamente, como dormidos dentro de sus capotes. Dos mozos que comienzan a discutir junto al templete de música, por un duro del que nadie da razón. Todo tan triste. Todo, claro, hasta que la ve a ella.

Su rostro blanco y frágil, como ardiendo en la penumbra.

Sus ojos negros, brillando a la luz de los faros.

Los ojos de la mujer, clavados en él.

—¡Bah! —dice Rogelio, interpretando la dirección de su mirada—. Parece una monja.

—A mí no me parece un aldeano —está diciendo en ese momento Teresa a su prima—. Y además es muy guapo. ¿No te parece?

—Pero es guapa —dice al otro lado de la campa Luis. Tartamudea al decirlo, porque siempre se le han dado mejor las leyes que las mujeres.

—Feo no es —admite la prima Jacinta—. Pero no es para ti.

—Guapa o no, no es para ti —dice Rogelio—. Demasiado remilgadita. Si alguna vez dejas que te saque por Santander, te enseñaré unas hembras de cuidado. ¡Con una de esas te olvidas hasta del día de la oposición!

—A mí el que me gusta para ti es Juanito, el de Quijas.

—¿No te he presentado a Marieta, la amiga de Regina?

—José Luis, que desde que consiguió la pasantía parece un ministro.

—Antoñita, la del teatro de variedades, que no es puta pero poco le falta.

—Andrés, el que va para maestro.

—María Luisa, la criadita de los Pombo.

—Jaime, que tiene buenos cuartos y además bebe los vientos por ti.

Todavía necesitan cinco canciones para decidirse. Es decir, hacen falta cinco canciones más para que Luis se decida: ella ya hace bastante con lo que hace, aguantar la mirada a un desconocido. Qué descaro, deben de estar pensando en este momento las viejas enlutadas, a quienes no se les escapan ni las manos que tocan donde no deben ni los ojos que miran más allá de lo decente.

La quinta canción termina y entonces, sí, el momento.

Luis que por fin se atreve a caminar hacia Teresa, esquivando a las parejas que aplauden a la orquesta.

Teresa que ve a Luis haciéndose cada vez más grande, cada vez más real ante sus ojos.

Rogelio y la prima Jacinta, cada uno en su orilla de la campa de baile, conteniendo la respiración.

Los mozos, que siguen embrollados en la cuestión del duro que falta; los puños apretados; los cuerpos cada vez más cerca y cada vez más tiesos, como gallos que dan vueltas en el reñidero.

Luis, al fin, frente a Teresa.

—Hola —dice él.

—Hola —dice ella.

Ahora: el momento es ahora. Solo falta que Luis diga: Me llamo Luis. Solo falta que ella conteste: Yo soy Teresa. Pero en su lugar él dice:

—¿Quieres bailar?

Y ella, apartándose con brusquedad un mechón de entre los ojos, contesta:

—Bueno.

Mientras la lleva al centro de la pista —la pista: un cuadrilátero de hierba pisada— él se muerde los labios. «Debería haberle preguntado cómo se llama.» Y ella: «Debería haber traído el abrigo de los domingos». Pero el abrigo en cuestión está ahorcado en el armario, y las palabras que él no dijo quién sabe dónde están.

Llegado este punto solo puede hacerse una cosa: comenzar a bailar.

Él tiene veinticinco años; ella tiene veintiuno. Antes de este baile, es inevitable, han bailado con otras muchas personas. Puede que incluso él haya besado en los labios a algunas mujeres —cinco mujeres, ha sostenido siempre ante sus amigos, aunque a decir verdad solo fueron dos; y siempre ha sospechado que una de ellas no cuenta o no cuenta del todo—. Puede que ella haya besado antes a algunos hombres —nunca ha besado a nadie, ha sostenido siempre ante sus amigas, aunque a decir verdad sí hubo un hombre y hubo un beso—. Pero este baile que comienzan ahora no se parece a ninguno. Se parece acaso a escenas que nunca han visto sino tan solo soñado; a la forma que tienen de bailar las mujeres y los hombres en las películas —por ejemplo Fred Astaire y Ginger Rogers en *Sombrero de copa*, que Luis vio en el cine Alameda de Santander y Teresa en el Pereda de Torrelavega—. Bailar, piensa Teresa mientras se deja conducir por la música de él, se parece a girar, o a dejar que sea el mundo el que gire mientras uno —mientras dos— permanecen muy quietos. Bailar, piensa Luis, que es abogado pero también un romántico, se parece un poco a escoger una persona con la que estar a solas. Bailar es oler el perfume de él sin necesidad de hablar. Bailar es no saber dónde termina tu cuerpo y dónde empieza el cuerpo de ella. Bailar es dejar que tu cabeza se recueste contra el pecho de él y dormirse por un tiempo. Bailar es despertarse de pronto en el sueño de ella. Bailar es olvidar a una prima que quiere volver a casa y a un amigo que menea la cabeza; una madre que quiere casarnos con el notario que vive al cabo de la calle y una oposición que espera al cabo del verano. Bailar es quemarse sin prisa y sin espanto. Un súbito calor en una noche muy fría. No ver, no escuchar. No sentir las miradas de las viejas ni el clarinete que desafina ni las voces, cada vez más altas, de los dos mozos que discuten por el duro, dime dónde lo tienes, hijo de puta, o me sacas el duro o te saco las tripas.

Eso es bailar: que cuando al fin la pelea estalle a nuestro lado uno tarde mucho tiempo en sentir los empujones y los gritos.

—¡Te voy a matar! —exclama la realidad, casi en su oído.

Cesa la música; se acaba, de pronto, el calor de la placita. Una sucesión de pisadas, de carreras, de gritos. Luis y Teresa se separan bruscamente, a tiempo de ver cómo a un metro escaso otros dos cuerpos se juntan, se retuercen, se confunden; se enredan en su propio pugilato de sombras. También ellos, de alguna forma, bailan. Mi duro, mi duro, grita, embravecido, uno de aquellos cuerpos. Y el otro, en voz más baja: Hijo de puta. Hijo de puta.

—¡Sepárenlos! ¡Qué hacen que no los separan!

Los hombres caen, se levantan, se enmarañan de nuevo. Uno de ellos vuelve la mano al pantalón y al instante algo comienza a relucir en esa mano: un brillo muy pequeño en el que caben, de pronto, todas las miradas.

—¡Tiene una navaja!

—¡Que se matan! ¡Que alguien haga algo, que se matan!

Un tropel de hombres se precipita sobre ellos. La navaja danza en el aire, sin encontrar un trozo de carne en que detenerse. ¿O sí encuentra carne, sí se detiene? En la penumbra y entre tanta gente es difícil decirlo. Porque de pronto vienen corriendo las mujeres en busca de sus hijos y los maridos en busca de sus esposas y los dos guardias civiles en busca de los reñidores. Rogelio que llega a la carrera para sacar a su amigo Luis, y Jacinta que viene a tironear del brazo de su prima Teresa, para llevarlos a un lugar seguro. Ambos se dejan arrastrar, dócilmente, cada uno a una esquina distinta de la campa.

—¿Estás bien, Luisito? ¿Seguro que no tienes nada?

—¡Ay, primita, qué susto pasé! Creí que se venían sobre ti... ¿Seguro que estás bien?

Y Luis y Teresa, al unísono, todavía sin tiempo de pensar en nada.

—Sí, sí...

Teresa se siente desvanecer, igual que las heroínas de las películas —porque en el cine las mujeres bailan mucho y también se desmayan mucho—. No se desmaya. Luis, todavía con las manos temblorosas y el cuerpo duro por la sorpresa, solo acierta a pensar: Agresión con arma blanca. De tres a cinco años.

Solo una cosa está clara: con tanta confusión ni Teresa se acuerda de Luis ni Luis de Teresa.

Al cabo de un tiempo se sabe que afortunadamente nadie ha muerto. Ninguna herida, descontando una posible costilla rota y los golpes que uno y otro han recibido en la cara. Esta vez ha habido suerte. Pero en el momento de llevarse arrestados a los peleadores, uno de los guardias trepa sobre el poyete en que estaban sentadas las viejas y vocea en todas las direcciones:

—¡Y ahora todo el mundo a su casa! ¿Me oís o no me oís? ¡Todos a sus casas, o se vienen también al cuartelillo!

La verbena se disuelve, entre hombres que rezongan y madres que besan la coronilla de sus hijos. Mientras empacan el acordeón y el clarinete, los músicos preguntan al señor alcalde qué hay de lo suyo, y el alcalde contesta que habrá que ver, habrá que ver, todo habrá que calcularlo de nuevo, porque a fin de cuentas no han tocado más de dos horas. De camino al cuartelillo, los dos reñidores van gritando que la culpa no es suya, sino del otro. O incluso que la culpa es del duro: de ese que a ambos les falta. Luego el dueño del coche Hispano-Suiza apaga los faros y la campa se vuelve noche de nuevo.

El fin de la fiesta.

Es entonces cuando por fin sucede. Luis, que ha necesitado apoyarse contra una tapia y beberse de un trago el vaso de vino que Rogelio le ofrece —anda, bebe, que estás blanco como una vela; te sentará bien— para acordarse de pronto de ella, como quien se da un golpe en la frente:

—¿Dónde se ha metido? ¿La has visto?

—¿Quién?

—¡La chica, hombre! ¡La chica con la que bailaba! ¿No la has visto?

—No sé. Cuando fui por ti ya no estaba...

—¡No puede andar muy lejos! Tú mira por allí, que yo busco por allá...

Y precisamente en ese momento, en los asientos traseros del coche que las lleva de vuelta a Torrelavega, Teresa está apretando la mano de Jacinta:

—¡Ni siquiera pude despedirme de él!

—No pasa nada, mujer. Si tanto te gusta, volvemos un día de estos y lo buscamos. Seguro que vive por ahí cerca. En Toñanes mismo. Lo encontraremos: ya verás.

El niño de los dinosaurios encuentra su primer dinosau- 1994
rio pocos meses después del estreno de *Parque Jurásico*. Para entonces todos los niños de Toñanes son también, de alguna manera, los niños de los dinosaurios. Coleccionan los cromos de la película, compran por entregas el esqueleto de tiranosaurio de *El País*, juegan a perseguirse por las callejas del pueblo mientras profieren alaridos que bien podrían ser los de un velocirraptor hambriento. De mayores ya no quieren ser futbolistas como Butragueño ni ciclistas como Indurain, sino paleontólogos como quién sabe quién. ¿Alguien sabe el nombre de un paleontólogo? De pronto todos se apelotonan para hacerle al niño de los dinosaurios —el auténtico— preguntas rematadamente estúpidas. Él contesta con el desdén que se reserva para los conversos recientes. ¿Es verdad que el dilophosaurio escupía un veneno capaz de cegar a un ser humano? No, no es verdad: eso se lo han inventado los de la peli. ¿Es verdad que los pájaros son los hijos de los dinosaurios? Más bien los tataranietos de los tata-

ranietos, pero sí, suspira el niño: algo así. ¿Cómo puede reconstruirse un dinosaurio a partir de la sangre de un mosquito? Oh, eso es gracias al ADN, contesta el niño, con la esperanza de que no le pregunten de vuelta qué es el ADN.

El niño de los dinosaurios, por lo demás, ya no quiere jugar a los dinosaurios. Está muy ocupado midiendo con pasos las fincas del pueblo, porque su padre le ha dicho que si de verdad fuera posible resucitar a los dinosaurios y hubiera que construirles un parque, ese parque tendría que ser muy grande; por lo menos un kilómetro cuadrado. Lo mejor, decide el niño, es estar preparado. Por si las moscas. Así que algunas tardes visita a los vecinos y les pregunta cuántos metros cuadrados miden sus fincas. Se lo pregunta así, a bocajarro —metro cuarenta y cinco de estatura, veinticuatro kilos de peso; los mismos ojos verdes, el mismo pelo cortado al cepillo; la mano izquierda sujetando la taza de Cola Cao que le ofrecen y la derecha enarbolando el cuadernito en el que planifica la construcción de su parque—. Ellos titubean antes de contestar. Bueno, hombre, bueno, dicen riendo, ¿te mandan a ti los de Hacienda o qué? Sí, dice el niño, porque le han enseñado que es de buena educación darles la razón a los adultos. Yo te lo digo, te lo digo ahora mismo, pero solo me lo sé en carros, y en carros a ti no te valdrá, ¿no? Sí, contesta el niño de los dinosaurios, con un bigote de cacao sobre el labio: para pasarlo a metros cuadrados solo hay que multiplicar por ciento setenta y nueve.

Joder con el niño.

Es entonces cuando lo encuentra, al dinosaurio. Está pedaleando de regreso a casa y el dinosaurio cruza el camino a toda prisa, justo debajo de su bicicleta. A decir verdad el espécimen no es mucho más grande que una lagartija grande: de hecho, está a punto de aplastarlo con la rueda. No importa: el niño sabe muy bien que algunos dinosaurios eran muy pequeños, como el Compsognathus o el Eoraptor. Lo importante es su color. Tiene el cuerpo verde y algo así como escamas rojas en el lomo. ¡Rojas! El color rojo le parece un signo prometedor. No hay lagartos rojos, piensa el niño: el rojo es un atributo reservado a los dinosaurios —por ejemplo la cabeza veteada del mismo Compsognathus o la espina dorsal del Edaphosaurus—. Por entonces, claro, el niño no ha oído hablar de las salamandras, ni de la lagartija colorada, ni mucho menos de la serpiente ratonera roja de Estados Unidos, el teju colorado de las selvas del Paraguay o la rana flecha de Panamá. Pero sobre todo, no ha oído hablar del tritón común, que es, como su nombre indica, relativamente común en la región.

El niño de los dinosaurios sabe a cuánto equivale un carro de terreno y cuánto mide un Compsognathus pero no sabe nada sobre la fauna de Toñanes.

Llega a casa a toda prisa; todo lo rápido que alcanza a pedalear en su bicicleta —la bicicleta Torrot roja que monta empezó a quedársele pequeña ya el año pasado, pero toda la valentía que el niño demuestra ante los dinosaurios flaquea cuando tiene que enfrentarse a un sillín demasiado alto—. ¡Papá, papá! Papá en el jardín, empujando su cortacésped. Papá que al principio, con el ruido del motor, no escucha. Papá pulsando el botón de apagado a toda prisa, porque cree que ha sucedido algo grave. ¿No es grave, un dinosaurio en el camino de la mies? Papá se echa a reír cuando lo escucha. Así que un dinosaurio, ¿eh? ¿Y no te parece que ese dinosaurio es demasiado pequeño? El niño niega enérgicamente con la cabeza. No, papá. El Eoraptor y el Compsognathus eran así de pequeños. Si te encontraras un Compsognathus por la calle, podrías pisarlo sin darte cuenta. Ya veo, dice el padre. Por un instante se queda callado, como si meditara largamente el asunto. El niño aguarda conteniendo la respiración. Ahora papá le pedirá que le muestre el lugar exacto donde lo encontró. Le exigirá dibujos, detalles, explicaciones. Pero en lugar de eso, se pone otra vez los guantes y le dice: Qué, ¿me ayudas a vaciar la segadora?

El niño de los dinosaurios, vaciando una segadora el día que ha hecho el descubrimiento más importante de la historia de la paleontología.

Pero ¿cómo estar seguro de que ese es verdaderamente el descubrimiento más importante de la historia de la paleontología? ¿Y si su dinosaurio no fuera un dinosaurio después de todo? ¿Quién puede tener la respuesta?

Formula la pregunta en voz alta, durante la cena. Así es el niño: incansable. Pregunta quién podría saber si se trata de un dinosaurio, y todos en la mesa —padre, madre y hermanas— intercambian miradas de complicidad. Quién sabe, suspira al fin la madre, mientras retira el plato de judías. Tal vez en la universidad. Cuando estudies paleontología, llamas a tu profesor y se lo preguntas.

Pero el niño de los dinosaurios no espera tanto. Es decir: a su modo espera mucho, muchísimo. Todo lo que queda del verano, paseando por el camino de la mies un día sí y otro también, por si su dinosaurio regresa. Pero luego acaba el verano, y ya de vuelta en Santander piensa que no puede esperar ni un minuto más. Eso es lo que hacen en la novela *Parque Jurásico*, esperar y esperar, mucho después de que Tina Bowman —una niña casi de su edad, que ha sido mordida por un Procompsognathus— declare que ha visto a un auténtico dinosaurio. En la novela no le hacen ningún caso, esperan hasta que es demasiado tarde, y bueno, ya se sabe cómo acaban las cosas.

Para eso está el niño de los dinosaurios: para enmendar los errores de la ficción.

Un día arranca una hoja de su cuaderno de Conocimiento del Medio y se sienta a escribir una carta o algo que quiere ser una carta. ¿A quién se dirige? A la universidad, claro. A aquellos desconocidos que pueden decirle si su dinosaurio sí o su dinosaurio no. «Universidad», escribe en el sobre que ha tomado prestado del estudio de su padre, y luego añade «Santander», porque se le ocurre que tal vez haya más de una universidad en España, y es justo que el éxito de su descubrimiento recaiga en su ciudad. Escribe la carta sin pedir ayuda a nadie, y sobre todo sin decirles nada a sus padres, porque vagamente barrunta que intentarán desanimarlo. Como aquella vez que quiso presentarse a *¿Qué apostamos?*, para demostrar que era capaz de reconocer ciento treinta y siete especies de dinosaurios solo a partir de un vistazo a su esqueleto. No: mejor escribir la carta solo, como los mayores. Mejor escribirla, además, con uno de los bolígrafos de su padre, porque en el colegio solo le dejan usar lápices y el niño ha interiorizado que los lápices son para los niños y los bolígrafos para los mayores. De modo que ahí está el niño, acodado en la mesa del comedor, mordiendo el capuchón de uno de los Pilot de su padre.

Con el tiempo, el niño olvidará las palabras exactas que dirige a sus ilustres interlocutores. ¿Los trata de tú o de usted? ¿Se toma la molestia de presentarse o se concentra, ya desde la primera línea, en el inquietante hallazgo del dinosaurio? ¿Llega a escribir siquiera la palabra *dinosaurio*? Imposible recordarlo. Solo una cosa es segura: se cuida mucho de decir que tiene diez años. Porque sabe muy bien cuál es la reacción de los adultos cuando escuchan al niño de los dinosaurios hablando de dinosaurios. Dicen ¡pero qué niño tan listo! y luego se ponen a hablar de otra cosa.

En el reverso de la carta incorpora un dibujo a todo color de la criatura en cuestión. Debajo añade, en letras mayúsculas, «Dibujo a escala». Porque el niño ha escuchado alguna vez que las cosas hay que dibujarlas a escala, aunque no tiene muy claro qué significa. En el momento de deslizar la carta dentro del sobre, comprueba con disgusto que el animal resultante tiene mucho de lagartija y poco de dinosaurio, y para evitar equívocos vuelve a tomar el rotulador y enfatiza un poco más el rojo del lomo. Ahora sí, piensa: perfecto.

Al día siguiente sacrifica tres duros de su paga para comprar el sello y echa la carta en el buzón de correos. Puede hacerlo sin que sus padres se enteren, porque desde el año pasado le dejan recorrer solo las tres manzanas que separan su casa del colegio. Esta mañana el niño de los dinosaurios casi no llega a la hora al suyo, porque lo entretienen de más en el estanco. En el momento de sentarse en su pupitre, todavía acalorado por la carrera, deja escapar un suspiro y piensa: ahora, paciencia. Primero Lengua. Luego Conocimiento del Medio, Plástica. Matemáticas. El toque de sirena. Y después volver corriendo a casa, para comprobar si los señores de la universidad ya han respondido su carta.

1957 Afuera el sol, las nubes, los pájaros. Adentro veintidós niños sentados en sus pupitres; la espalda muy recta, como manda doña Antonia. Y sobre todo, muy callados. Que no oiga yo ni una mosca. El silencio más atroz que existe: veintidós niños muy juntos, callados. Veintidós niños que no hablan ni ríen, ni siquiera cuando a Ana Luisa se le cae el plumín al suelo. ¡Qué patosa, Ana Luisa!, piensan tal vez. Pero nadie lo dice. Afuera el cascabeleo de una vaca que pasa, una voz que clama o que ríe, el ronroneo de un automóvil. Adentro: ni esto, quiero oír. Solo una tos, una silla o un papel que cruje. El chirriar de la tiza en el pizarrón.

—Y ahora, las capitales del mundo.

El mundo es Toñanes y lo que hay más allá de Toñanes y también lo que queda más allá de allá. El mundo es la tierra y también el mar a través del cual puede llegarse a otras tierras. El mundo es España y la civilización moderna y también los comunistas rusos y los niños hambrientos de África. El mundo es la bola azul y amarilla que doña Antonia tiene sobre su mesa. El mundo es todo cuanto puede verse desde la ventana, tan lejos y tan cerca al mismo tiempo, tan apetecible en un día de sol como este. La escuela, en cambio. La escuela es ese salón sin risas en el que caben todos los temores: el dictado y la Enciclopedia y el borrón de tinta que afea el cuaderno y la regla de doña Antonia silbando en el aire. La cola para beber el vasito de leche en polvo que los americanos envían a las escuelas de España, donated by the people of the United States of America; ese vasito que hay que apurar aunque no te guste, porque los americanos son nuestros amigos y el regalo de un amigo no se rechaza. El frío de la escuela. Su aire espeso. Su olor. Olor a lejía y a col hervida. Olor a colonia en ciertas nucas. Olor a estiércol en las ropas de casi todos. Olor a cagados: Marianela, que siempre huele a cagados. Tú, ¿no te lavas o qué?, le preguntan. Pero siempre se lo dicen afuera: adentro las preguntas las hace doña Antonia. De todas formas Marianela nunca contesta: ni adentro ni afuera. No sabe ni los afluentes del Ebro por la derecha ni qué decir cuando le preguntan si se lava o no se lava. No sabe, claro, las capitales del mundo.

—A ver esa memoria... —dice doña Antonia, esgrimiendo la batuta de su regla.

Y entonces, la canción que comienza.

—España, su capital, Madrid. Portugal, su capital, Lisboa. Francia, su capital, París. Italia, su capital, Roma...

Las voces de los niños se suman a esa cantinela monótona que siempre suena un poco igual, lo mismo al recitar las tablas de multiplicar que la lista de los reyes de España. Cuando la maestra dice de alguien que era un sabio —Menéndez Pelayo, por ejemplo, era un sabio— lo imaginan así: un hombre muy serio, probablemente con bigote o con barba, que canta en la soledad de su despacho la misma canción, y en ella las doce tribus de Israel o los picos más altos de Europa o los huesos del cuerpo humano, según convenga. Ahora tocan las capitales del mundo. Algunos niños se suman al canturreo con un enardecimiento inexplicable, como Rosita, que siempre mueve la cabeza de un lado a otro mientras canta; un coletazo por cada ciudad extranjera. Otros, como Bertito, se limitan a mover los labios, tratando de modelar en el aire los nombres de tantos lugares extraños e improbables.

—... República Federal de Alemania, su capital, Bonn. República Democrática de Alemania, su capital, Berlín. Checoslovaquia, su capital, Praga...

Los niños mirando de soslayo por el ventanal de la escuela. Los cuerpos dentro y los ojos afuera. Al otro lado del cristal no es mucho lo que se atisba. Solo un trecho del jardín, una cornisa del tejado de la Casona, el eucaliptal de la Aranda: un trozo muy chiquito de Toñanes. No necesitan más que eso. Un poco de verde, un poco de cielo. Querrían estar ahí y ahí y ahí, en todas partes. Quieren buscar truchas en el río y correr por la mies y esquilarse a los nogales, y si queda tiempo después de todo eso, quieren aburrirse también. Ayudar a sus padres con las vacas o con la huerta: hasta eso lo prefieren. Pero no. Los veintidós aquí, metidos en la escuela, cantando esa canción que se saben solo a medias.

—... Grecia, su capital, Atenas. Rumanía, su capital, Bucarest...

Ninguno entre ellos ha salido nunca de la provincia. Solo siete conocen Santander. Luisa y Consuelo, de hecho, jamás han cruzado los límites de Alfoz de Lloredo:

once años discurridos en solo cinco kilómetros a la redonda, como esas cabras que pasan la vida ensogadas a una estaca, barriendo incansablemente el mismo círculo de verde. Y sin embargo están ahí, memorizando tantas ciudades que nunca visitarán: aprendiendo que hay un país muy lejano llamado Hungría, su capital, Budapest. ¿Acaso alguien enseña a los niños de Budapest que en alguna parte hay un lugar llamado Toñanes? Porque bien pensado Toñanes también tiene un nombre, como tienen nombre sus muchas colinas, mieses, cañadas: nombres que los antiguos pusieron a las cosas, para inventarlas. Alguien decidió que Bolao se llamaría Bolao, lo mismo que a alguien se le ocurrió que Francia fuera el nombre de Francia. ¿Por qué doña Antonia no les enseña eso? Una cantinela para recordar los muchos nombres del río Toñanes; las muchas fincas de Marbuena. El pico más alto —Brincia—. El punto más profundo del río —la presa de Bolao—. La ubicación exacta del Hoyo de la Gallina y de la Cruz y de Potreros y del Diestro.

Al otro lado de la ventana se atisban las copas de los eucaliptos de la Aranda. Alguno de esos niños —por ejemplo Andrés, tan distraído, o Monchi, negado para la Geografía, o Marianela, que está siempre en Babia— se queda mirando esos árboles. Tal vez están pensando, contagiados por el ritmo de la cantinela: La Aranda, su propietario, Alfredo el Asturiano.

¿Por qué doña Antonia no puede preguntarles eso?

—... México, su capital, Ciudad de México. Canadá, su capital, Ottawa. Estados Unidos de América, su capital, Washington...

La Corredoria, sus propietarios, Duardito, Antonio, Fernando el de los Iglesias. La Bárcena, su propietario, Juan Gómez. Puntones, sus propietarios, Clarita y Pedro Rivas Sagaley.

—... Argentina, su capital, Buenos Aires. Perú, su capital, Lima...

... Moratín, su propietario, Pepe el Viejo. La Cruz, sus propietarios, Valentín Posadas y Rufino. La Viñona, su propietario, Maximino Gómez. Galopino, sus propietarios, don Prudencio, José Llano y Gaudelia. Las Minas, su propietario, Jesús Collado...

—... India, su capital, Nueva Delhi. La Unión de las Repúblicas Soviéticas, su capital, Moscú...

Acaba la canción. Acaban los países, y el repertorio de fincas que no acaba todavía. Toñanes que no acaba nunca.

... La Herrán, sus propietarios, Mino Sevilla y don Prudencio y José Llano y Duardito. Coterío Arriba, su propietario, el concejo. Las Eras, sus propietarios, Ignacio Rivas y Jesús Collado. La Hazona, su propietaria, Vicenta Lantarón. Campo de la Iglesia, sus propietarios, Rosarito y Carmencita. Foncolíos, sus propietarios, Clarita y Consuelo y Josemari. Corro Alto, su propietario, Miguel Lavandero...

Toñanes, más pequeño y más grande que el mundo entero.

2017 LLERMO: ¿Y para qué te interesan a ti los nombres? Si eso ya no le interesa a nadie, hombre. Las fincas, a nadie le interesan ya. Desde que hicieron lo de la ley esa y ya no se puede construir... Todo es rústico, ya.

ROSI: Nosotros te sabremos decir los nombres de las nuestras. Ya de las demás, pues los dueños sabrán.

LLERMO: Sí, hombre, sí. Las nuestras y alguna más. Aunque hay mucho nombre que ya se habrá perdido.

ROSI: Muchos, muchos.

LLERMO: A ti siempre te gustaron estas cosas. Me recuerdo que de niño nos venías a preguntar por las fincas nuestras. Quién sabe lo que querrías hacer con todo ello. ¡Qué cabeza tenías!

ROSI: Mira, nosotros tenemos un terreno en Moratín. No sé si son esos nombres los que buscas o buscas otra cosa.

LLERMO: Moratín, sí. Y está también Marbuena. Y eso que se ve allá se llama la Aranda. Y muchos nombres más, madre mía. Será por nombres. La Fuentona, las Eras, el Ero, el Pindio, la Estacá, la Tabernuca vieja...

ROSI: Potreros, también.

LLERMO: Potreros, sí. Y La Cueva.

ROSI: Y la Cambera de Trigales, que es el camino que iba a Cigüenza, y ya está todo perdido.

LLERMO: Riaño, el Ansar, la Bárcena, las Cañadas Altas...

ROSI: Y las bajas.

LLERMO: Y las Cañadas Bajas, sí. El monte de allá se llama la Cotera y el de más acá Peñalba. Pero esos ya te los sabrás tú. Y luego el Pelambre... ¡Pelambre! ¡Y otra finca que se llama el Infierno! Y luego la del Diestro, que es donde encontraron las tumbas aquellas, nene. Vaya unos nombres, ¿eh?

ROSI: Raros, raros. Qué imaginación le echaban los antiguos.

LLERMO: Mucha imaginación. A veces me pregunto yo cómo se los pondrían, los nombres estos. En Potreros, pues digo yo que habría un potrero. Y en Trigales habría trigo, ¿no? Pero ya hay unos cuantos que vete tú a saber. Para mí que se los inventaban todos ellos.

ROSI: Y el Pico de la Molina, porque había molinos. Pero esos ya no los conociste tú en funcionamiento, nene.

LLERMO: Sí, y se conoce que en la Herrán habría alguna herrería o alguna cosa. Pero eso del Infierno, ¿qué? ¿Tú lo sabes? Qué fantasía, me cago en ros. Y luego que te intentan confundir. Hay un sitio que se llama Las Minas, ¿tú sabes dónde te digo? Allá por la orilla de la mar, por Marbuena... Las Minas y la de al lado ¡las Minucas! Y allí no hay minas ni nunca las hubo. ¡Y el Campo de la Iglesia! Que está lejísimos de la iglesia, y ya ves, de la iglesia se llama. Y nosotros repitiéndolo como papagayos...

ROSI: Está también el Hoyo de la Gallina, que es como un hoyo, ¿verdad? Y tendrían ahí gallinas o algo, digo yo.

LLERMO: ¡Y luego Toñanes, nene! ¡Toñanes! Tú fíjate qué nombre le pusieron. A ti que te gustan estas cosas raras, ¿tú sabes lo que significa? ¿Alguno lo sabrá, eso?

-19 Se llama Tonneius; solo de eso podemos estar seguros. Lo demás hay que imaginarlo. Llega por mar o por tierra, vestido con la toga de los patricios o con la loriga de los legionarios; tiene callos en las manos o tal vez órdenes lacradas del gobernador de la Hispania Ulterior; es un comerciante de vinos, un prospector minero, un peón de labranza, un liberto. Lo acompaña un séquito de esclavos o tal vez él mismo es un esclavo fugado, que llega a Cantabria escondido en la bodega de un trirreme. Procede de un clima más acogedor, tal vez de África —el nomen Tonneius, muy frecuente en las inscripciones epigráficas de la provincia romana de Numidia—, de modo que ha de tener muy buenos motivos para internarse precisamente aquí, en las salvajes y estériles montañas de los cántabros: el último rincón del mundo. Ese lugar donde, si hemos de creer a Estrabón, las mujeres dan a luz mientras aran la tierra, en tanto que sus esposos fingen los dolores del parto en el lecho. Hasta aquí llega Tonneius, entre salvajes que comen pan de bellotas y beben sangre caliente de caballo. Esa es tal vez la primera impresión de su nueva tierra: la perplejidad, el asco. Todo esto sucede cuando la región acaba de ser pacificada por las legiones de Agripa, y todavía humean las ruinas de los
313 castros cántabros. O tal vez mucho después, cuando ya

todos hablan latín y nadie recuerda las guerras cántabras. En uno u otro tiempo está Tonneius, viajando a través de los bosques impenetrables de los cántabros, sorteando barrancos y ciénagas; recorriendo senderos que parecen trazados por bestias y no por hombres. Cada cierto tiempo un claro en ese bosque unánime, y en ese claro un breve instante de civilización: una pequeña guarnición militar, un exiguo sembrado de cebada, unas cuantas cabañas de barro cocido. Por las noches escucha el aullido de los lobos y el rugido de los osos, y tal vez siente miedo de no salir con vida de este bosque. Se equivoca: no muere. De eso también podemos estar seguros. Tonneius vive; durante un tiempo al menos. De un modo u otro tiene que continuar avanzando. Hasta que un día, de pronto, ve el mar. Ve un río con buena pesca, que desagua entre los tajos verticales de un acantilado. Ve una tierra que tal vez pueda llegar a ser fértil en trigo y en minerales. Quién sabe lo que ve. Quién sabe lo que le lleva a detenerse precisamente aquí; a no marcharse ya nunca. Porque no se marcha. Tonneius morirá en este lugar sin nombre. Antes de morir construirá en este lugar un criadero de caballos o un puertecito de pesca; una viña para abastecer de vino a la ciudad de Portus Blendium o un pequeño campamento minero. Tal vez alrededor de ese criadero, esa viña, ese campamento, ese puertecito, acabe creciendo también una pequeña aldea. Nada importante: solo unas cuantas chozas de paja y de tierra, demasiado miserables para dejar ningún recuerdo. Ni esa aldea ni el propio Tonneius dejarán de hecho nada para las generaciones futuras: ni una moneda del Bajo Imperio, ni un ara votiva, ni un miserable añico de terra sigillata.

¿Nada?

Nada, al menos, que pueda ser tocado con los dedos.

—Quid locus nomen est? —pregunta un viajero que se encamina a Portus Vereasueca.

Se dirige a uno de los jornaleros de Tonneius, que en este mismo instante está ensillando el caballo de su amo.

—Tonneianis —responde el jornalero, sin volver la cabeza.

Dice la verdad: estas tierras son de Tonneius. Lo son ahora y lo serán para siempre.

2021 Toñanes, del genitivo singular Tonneianis; propiedad de Tonneius. Novales, del latín Novalis —tierra de nueva explotación— y Ruiloba —síncopa de río de la Loba—. La Busta, del latín combustum —tierra quemada— o tal vez del también latino bos —lugar donde pastan los bueyes—. Oreña, propiedad de Aurinius; Rudagüera, río Agüera; Lloredo, lugar donde abundan los laureles. Cóbreces, que aparece en los primeros documentos como Kaopreces o Chaoprices: quién sabe lo que significa. Un nombre para cada pueblo y en cada pueblo un nombre, también, para cada pedacito de tierra. Toñanes: poco más de dos kilómetros cuadrados de extensión y más de doscientos topónimos entre barrios, parajes, fincas. Nombres que guardan la memoria de otro tiempo, como a veces sobrevive en el cielo la luz de las estrellas muertas. Ningún potrero en la finca de Potreros, ninguna iglesia en el Campo de la Iglesia ni trigales en la cambera de Trigales, y sin embargo hubo un tiempo en que sí: un potrero,
2017 una iglesia, una mies de trigo. Yo me recuerdo de cuando en la Viñona todavía había una viña, dice Llermo. Había unos puntones para cruzar el río en la finca que llaman los Puntones y un cierre de madera en La Estacá y un camino real que pasaba, mira tú, más o menos por el sitio que ahora se llama Camino Real. Pero minas aquí en Toñanes nunca hubo, nene, ni en la finca de Las Minas ni tampoco en la de las Minucas; para mí que te con-
1857 fundes con Novales —hago saber que se ha presentado

una solicitud de registro de una mina de mineral pirita
de hierro en el término del lugar de Toñanes, dice el *Bo-
letín Oficial de la Provincia de Santander* del año 1857—.
Minas en Las Minas y trigo en Valtrigo y una viña en la 2021
Viñona; pasto en el Prado y en el Praúco y en la Pradería;
guindas en los Guindales; nada en absoluto en el Erial.
Brezos en la colina de Brincia y cultivo de herrén —fo-
rraje para ganado, del latín ferraginem— en el barrio
de la Herrán. Las plantas y los árboles, bautizando cada
rincón de Toñanes. Es que ahora hay eucaliptos por to- 2017
das partes, nene, pero se conoce que antes eucaliptos no
había. A mí me lo dijo eso una maestra que tuve: que los
eucaliptos no son de Cantabria. ¿Pues qué habría antes?
—alisos en el Ansar y tejos en el Tejuco y encinas en las
Jancinas; saúcos en el Saúco y rebollos, es decir, robles,
creciendo en lo alto de los acantilados de Punta Rebolle-
ra—. ¿Tú sabes que los árboles estos que te digo te chu-
pan toda el agua del suelo? ¿Que donde crece un euca-
lipto ya no crece nada? Y los siguen plantando yo qué
sé por qué. Porque la tierra ya no la queremos para nada:
por eso. Porque la gente se va, se va, y los que os venís,
pues no vais a poneros de agricultores, ¿verdad que no?
Irse de Toñanes, llegar a Toñanes: a través de la Calzada 2021
y de la Calleja y de los Callejos; pisando el encachado del
Camino Real o el asfalto de la Carretera Vieja; llevando
sacos de grano por el Camino de las Eras y la pareja de
vacas por la Cañada Alta y el carro por el barrio de Carras-
trada —del latín carraria, vía de carros, y strata, camino
pavimentado—. Las piedras de los caminos que ya no es-
tán, sobreviviendo en un puñado de palabras. Piedras
por todas partes: en la cima de Peñalba, que es una peña
y también, efectivamente, un poco blanca. En las cues-
tas de Argayano —argayo: desprendimiento de tierras
o piedras por la ladera de un monte—. En los acanti-
lados de Bolao, cuyas rocas salientes parecen echarse
a volar sobre el mar —voladizo; que vuela o sobresale

con el resto de la estructura—. En el barrio de la Lastra
—lastra: piedra plana y de poco grueso, voz de origen
prerromano—. Palabras que vienen de muy atrás, de an-
tes incluso de que Tonneius llegara a esta tierra. Junto al
río, la Bárcena y no muy lejos el Barcenal —bárcena: lu-
gar llano próximo a un río, que se inunda con una cierta
frecuencia; quizá de la voz prerromana bargina, campo
inundado—. Nombrar el agua: el mar en calma en Mar-
buena; el lagrimeo que fluye por la Fuentona; el agua
escorrentía que a veces cae por las laderas de Escontría;
la curva que hace el río en el barrio de Riaño —rivi an-
gulum, recodo del río—. En ese mismo recodo, la finca
del Pelambre, precisamente en el lugar donde las muje-
res lavaban la ropa —pelambre: mezcla de agua y óxido de
calcio con que antaño se pelaban y curtían los pellejos
de los animales—. El río de Toñanes, que tiene todos los
nombres y ninguno —río Toñanes; río de la Presa; Río
1128 Verde o Río Laverde; rio que dicunt Pellar—. Pella: en
2021 castellano medieval, pelota o que tiene forma de pelota.
Río Pellar: tal vez el río de los cantos rodados. Río Verde:
río que riega el verde o bien río cuyas aguas son verdes.
Río de la Presa: se refiere, seguramente, a la presa de los
molinos de Bolao. Los molinos de Bolao, cuyas últimas
ruinas desaparecerán tal vez muy pronto, mientras que
el Pico de la Molina seguirá llamándose Pico de la Molina.
Nombres que cambian: el puente de Toñanes, que pri-
1588 / 1788 mero se llama Puente Nuevo, y dos siglos después Puen-
1893 te Viejo, y en algún momento Puente Romano. Llamar
a las cosas no por lo que son, sino por lo que parecen
—Punta de la Sartén, para referirse a la ensenada cón-
cava que hace el mar entre los municipios de Oreña y de
Toñanes; la cueva de la Iglesiona, cuyos techos altísimos
recuerdan, efectivamente, a las bóvedas de una iglesia—.
1730 Metáforas que ya no se comprenden —lego a mi hijo
Francisco un potro adulto y una heredad de dos carros
y medio de extensión en el paraje que dicen del Infierno,

dice Antonio de Quirós en su testamento—. Nombres
que cuentan historias que se han olvidado: Pepín Cano 1974
arando la finca del Diestro y descubriendo, al hacer el
surco, las lajas de las tumbas de sus antepasados. ¿Quién
podría haber sospechado que ahí abajo, precisamente
en su finca, se escondía una necrópolis altomedieval?
El lenguaje: solo él lo sabía —*Diestro*, derivado de *dex-
tro* y este del latín *dextrum*: espacio que rodea una iglesia
y que a menudo aloja el cementerio eclesiástico—. Junto
a la finca del Diestro: el Campo de la Iglesia. ¿Ves lo que 2017
te digo? ¿Que no se puede fiar uno de las palabras de los
antiguos? Campo de la Iglesia, lo llamamos, con lo lejísi-
mos que está de la iglesia. Y nosotros que lo repetimos
como papagayos, y tú que lo preguntas y lo escribirás en
no sé dónde... Y a todo esto, nene, ¿qué es eso que escri-
bes en tu libreta?

ROSI: Y luego está Picardías... Y Argayano. Y la Escon- 2017
tría, y los Guindales...

LLERMO: Y el Redondal.

ROSI: Y los Puntones. Que eso se llama así porque había unos puntones, para cruzar el río.

LLERMO: Y el Tejuco, también. Y el barrio de la Lastra. ¿Sabes dónde es eso? ¡Donde la casa de Lola!

ROSI: ¡Será por nombres, hijo! ¿Pero a ti esto te sirve de algo o no te sirve?

LLERMO: Esto ya no se lo sabe nadie, ni a nadie le importa. Para lo que queremos las fincas ahora, que no dan más que trabajo...

ROSI: Antes te daba la vida, una buena tierra. Se mataba la gente por el verde.

LLERMO: Trabajo y más trabajo. Las sigue teniendo uno por lo que significan, ¿no? ¡Y porque nadie las quiere! ¿Quién las va a querer?

ROSI: Nosotros las queremos. Las que son nuestras las queremos, ya es una cuestión como sentimental, ¿no?

LLERMO: Di que sí. Te daba la vida, una buena tierra. Alguno había que cargaba la escopeta por un mojón que le corrieran cinco centímetros más acá o más allá. En Toñanes la escopeta no, vamos. En Toñanes estábamos todos muy bien avecindados. Pero en otros pueblos...

ROSI: Lo era todo la tierra, nene.

LLERMO: Y ahora tú fíjate. Ni de los nombres nos acordamos.

1777 La finca de la Corredoria mide un carro: en eso, y solo en eso, la parte demandante y la demandada se ponen de acuerdo. A simple vista puede parecer una finca muy pequeña: la hierba que crece en ella no bastaría para alimentar a una sola vaca todo el invierno. Pero lo que importa aquí no son las vacas, es la tierra. O ni siquiera la tierra. Lo que importa es el honor. Y cuando se trata del honor, bien lo saben todos los implicados en el pleito, el tamaño no importa: lo pequeño siempre acaba costando caro. Hay quien lo ha perdido, el honor, por una hermana que tuvo la desvergüenza de descubrirse un tobillo o una parte de su cuerpo más pequeña todavía. El honor de un hombre puede depender de algo tan minúsculo como eso: una falda dos pulgadas más corta de lo debido, una palabra de más o de menos; una ordenanza que nos permite sentarnos una vara más cerca o más lejos del altar durante la misa mayor. Un carro de terreno, por tanto, es una razón tan buena como otra cualquiera para comprometer el honor de toda una vida. Y en eso consiste todo: en emprender un juicio en el que no importa tanto la tierra que se gana, sino el honor que se pierde.

Así que podría decirse que el honor, por lo común tan abstracto, tiene por primera vez para los implicados una forma y un aspecto preciso: un trapecio de tierra segadera separado de las tierras vecinas por solo unos mojones de piedra. Sus límites: al norte y al oeste con el río, que a su vez marca la divisoria con el concejo de Cóbreces; al sur y al este con las propiedades de Rosa Elvira de la Torre, Fernando Gómez y Antonio del Pino.

Los límites están claros; lo que no está claro es el propietario.

Por una parte, el demandado: Domingo Revuelta, treinta y cuatro años y casado con Juliana Calderón, usufructuario actual de la mencionada propiedad, quien según la parte demandante «ha despojado al legítimo heredero de la tierra susodicha sin otro título que su voluntad y su capricho».

Por otra parte, el demandante: Francisco Gómez de Villegas, mozo soltero de veintinueve años de edad, quien según la parte demandada «ha urdido una genealogía ilusoria para legitimar sus aspiraciones a una tierra que no le corresponde».

Quién tiene razón carece, en el fondo, de importancia. Lo único que importa es que en este preciso instante, 19 de agosto de 1777, Domingo Revuelta es hasta que la justicia demuestre lo contrario el propietario de facto de la heredad. Propietario de facto, propietario de iure: de un tiempo a esta parte, Domingo y Francisco han aprendido muchos latinajos como este. Y mientras tanto, mientras Domingo siega, o lleva a pacer a sus vacas, o hace lo que le plazca con aquello que es suyo, Francisco tiene que conformarse con mirar la tierra desde la cambera de la Corredoria, con los ojos húmedos de rabia. Esa tierra que, según él mismo testimoniará ante jueces y letrados, fue propiedad de su abuelo, y antes del abuelo de su abuelo, y así hasta el tiempo de los moros.

La cuestión, pues, podría resumirse así: Domingo tiene la tierra y el honor y Francisco no tiene ninguna de las dos cosas. Solo lágrimas en los ojos.

Así comienza el calvario de Francisco: toda una vida consagrada a ciento setenta y nueve metros cuadrados de terreno. Un terreno que a juicio de los peritos es, por cierto, solo de segunda calidad y no de primera, por la mucha piedra suelta que contiene y también por las constantes avenidas del río. Pero en el honor no hay grados ni calidades, razona Francisco: el honor se tiene o no se tiene. Y para recuperarlo emprende las primeras diligencias, llama a los primeros tasadores, escribe un primer informe explicando a los magistrados el cruel agravio que se le ha hecho. Todas esas cosas las hace por vez primera —a lo largo de los años siguientes tendrá que repetirlas muchas veces, razonadas en muchas maneras distintas— y tal vez por eso, por la novedad, las recordará de manera singularmente precisa el resto de su vida. Recordará, por ejemplo, que el escribano que vino a levantar acta se llamaba Daniel Arija Dufol, y el perito, Antonio de Malaber, y fueron los tasadores don Álvaro de Ibahernando y don Mariano de la Reguera, hombre por cierto con la propensión a beber cuanto vino se le ofreciera. Recordará punto por punto el informe que redactará para los jueces, casi de un tirón, sin necesitar demasiadas consultas ni averiguaciones. Pero sobre todo recordará la primera vez que uno de aquellos leguleyos le dijo: Ya no falta mucho, don Francisco; en menos de tres meses ventilamos el asunto.

1783 En esto, pasan seis años.

Seis años para leer un rimero de papeles.

Seis años para decidir lo que es evidente para cualquiera que tenga ojos y raciocinio: que la tierra es de él, y no de Domingo.

A lo largo de esos seis años la paciencia de Francisco está a punto de agotarse muchas veces, pero en ningún momento se le pasa por la cabeza que la justicia pueda fallar en su contra. ¿Acaso no la llamamos justicia precisamente por eso, porque hace justicia? Así que cuando finalmente sucede —nunca olvidará, tampoco, la carta en que le comunican la sentencia— pasa tres o cuatro días como ido, paseando del corral al zaguán y del desván a la cuadra, mientras lee una y otra vez las mismas líneas. Apenas sale de su casa. Siente vergüenza de que lo vean; vergüenza de que alguien le pregunte cómo va lo suyo. Lo suyo, claro, es el pleito: de un tiempo a esta parte no habla de otra cosa. Y sobre todo, siente vergüenza de encontrarse con Domingo, que a estas alturas sin duda ya habrá recibido una copia de la sentencia y debe de andar pavoneándose camino arriba y camino abajo, mostrando el papelajo a quien tenga ojos para mirarlo. No, definitivamente es mejor no salir de casa. Es mejor continuar emborrachándose con el vino de su bodega; los codos hincados sobre el papel y la cara enterrada en las manos. Porque cómo podría mirar a sus vecinos a la cara sin antes haber restaurado el honor de su familia. Qué diría su abuela Josefa, que en paz descanse, si supiera que todo lo que les pertenece por derecho anda vagando por otras manos. Su joven esposa —porque, en lo que duraba el pleito, Francisco ha tenido tiempo de casarse— le ruega que deje de beber. Que se olvide del asunto de la finca. Olvídalo, Paco. ¿Qué le importa a él ese miserable carro y medio de terreno, cuando tiene propiedades mucho más valiosas que atender en Ruiloba, en Cóbreces, en Novales, en el propio Toñanes? Francisco menea la cabeza. Cómo explicarle a Antonia —así se llama su esposa: Antonia García— que lo que está en juego es el honor, no la tierra. Que todas sus viñas y lagares, sus mieses de borona y de trigo no valen nada si no puede salir a la calle con la cabeza alta. Su hacienda no importa, la propia Antonia no importa, ni siquiera él mismo importa demasiado en esta historia, porque el ho-

nor es lo único que un hombre posee verdaderamente; su nombre, lo único que quedará de él cuando ya no esté. Eso intenta explicarle Francisco a su esposa con la voz resbaladiza por el vino, sin sospechar que dentro de
1850 exactamente sesenta y siete años ese nombre que tanto le preocupa habrá sido olvidado por completo; que el humilde vaso de barro que se lleva a los labios está destinado a durar mucho más que su memoria.

1979 La alacena de madera. Dentro de la alacena, muchas cosas: una escudilla de Sargadelos; una colección de doce copas de cristal, regalo de la Caja de Ahorros de Santander; cuatro platos con motivos de caza —un ciervo, un zorro, un jabalí, un conejo—; un vaso de barro con el borde descascarado; un azucarero de loza; un frutero sin frutas.

Arriba de todo, en el último estante, el tesoro más preciado: la lata de galletas danesas.

Abajo está el niño. El niño en el suelo y la lata de galletas casi en el techo, inalcanzable.

¿Inalcanzable?

El niño de puntillas, alargando la manita todo lo arriba que puede para constatar lo evidente: que está demasiado lejos.

El niño subido a una de las sillas del comedor. Nada.

El niño encaramado a la banqueta alta de la cocina; la que su madre utiliza para alcanzar los frascos de confitura. Lejísimos todavía.

El niño, con el índice en el labio para reflexionar mejor; para poder meditar el problema desde más alto todavía. Al fin, la idea.

En el suelo, la silla. Sobre la silla, la banqueta alta. Sobre la banqueta alta, el niño que trepa. El bracito estirado. Ya casi: ya falta solo un centímetro.

A lo mejor de puntillas, piensa el niño.

Entonces, el ruido. El mazo del cantero que se abate 1802
sobre el sillar. La piedra del molino de Bolao, que se des- 1970
prende de la cabria y se estrella contra el cauce del río. El
primer cohete que anuncia las fiestas de San Tirso, esta- 1991
llando en el cielo, y las bombas de los aviones naciona- 1937
les, estallando en la tierra. Una sección del acantilado de 1898
Cóbreces derrumbándose en mitad de la noche, en un
estrépito de rocas resquebrajadas que hace retemblar
las camas de todos los vecinos de Toñanes. La caída del 1979
niño, que se oye en el cuarto donde sus padres duermen
la siesta.

—¡Sergio!

La silla volcada, el taburete roto, añicos de cerámica dispersos por los azulejos. El niño incorporándose despacio y sin un rasguño, como sorprendido de estar vivo.

—¡Pero qué has hecho, criatura! ¡Podías haberte matado! ¿Estás bien?

—Sí... —contesta el niño, todavía demasiado asustado para llorar.

—¡Cuidado, no te cortes!

Porque el niño ha apoyado la mano en el suelo, casi encima de un pedazo de cerámica.

—¡Pero cómo se te ocurre! ¿Es que no podemos dejarte solo ni un momento? ¡Ave María, la que has organizado en un momento...!

Cuando está claro que el niño está bien, que no se morirá esta tarde, la madre examina la alacena. ¿Qué es lo que se ha roto? La escudilla de Sargadelos y los cuatro platos de caza; todos en su sitio. La colección de copas de cristal: las doce intactas. El azucarero de loza, el frutero sin frutas. ¿Qué es lo que falta?

—El vaso del abuelo —grita el padre desde el pasillo—. ¡Has roto el vaso del abuelito, Sergio!

Sí, eso es, confirma la madre con un resoplido de alivio. Por un momento llegó a creer que se trataba de la vajilla de Sargadelos, tan preciada. Pero no: ha sido solo ese vaso cochambroso del que su suegro bebía.

—Bueno. Más se perdió en la guerra de Cuba —resuelve la madre, empuñando la escoba.

1994 Estimado Sr. Gómez,

No sabe cuánto le agradecemos su amable carta del mes pasado. Es una suerte para nosotros contar con expertos observadores como usted, que nos avisen de la presencia de animales sin identificar en nuestra región, y lo hagan además de manera tan minuciosa y precisa.

En la Universidad hemos leído atentamente su descripción del reptil, y hemos observado con detalle la colorida ilustración que lo acompaña —un excelente dibujo a escala, si nos permite opinar—. Gracias a su informe, nos ha parecido entender que el animal que usted avistó no es un reptil, sino un anfibio urodelo. Probablemente, un tritón (género Triturus).

En lo referente a su inquietud por el posible peligro que el mencionado animal pudiera suponer para su entorno, podemos asegurarle que no tiene nada de lo que preocuparse. Los tritones son animales inofensivos, por lo que puede retomar esos largos paseos en bicicleta a los que se refiere en su carta. Además, le alegrará saber que los tritones son muy sensibles a la presencia de contaminantes y a variaciones del pH del agua, de modo que incluso puede sentirse afortunado si vuelve a encontrarse con alguno: será un indicador de que tiene el privilegio de vivir en un ecosistema muy saludable.

En agradecimiento a su informe profesional, que ha sido de gran valor para la Universidad, nos tomamos la libertad de hacerle llegar dos herramientas que sin duda le ayudarán en su labor investigadora. En el paquete adjunto encontrará el libro *Mis amigos los animales*, en el que hallará respuestas a otros tantos interrogantes sobre nuestro bello ecosistema, así como una caja de rotuladores y una regla, con la que podrá perseverar en sus dibujos a escala.

Con el deseo de que su pasión por los animales se mantenga intacta y animándole a que mantenga los ojos abiertos, se despide,

Juan José Jordá Catalá

Vicerrector de Investigación
de la Universidad de Cantabria

Sofía Diego Arozamena, murió, fue enterrada. Teodoro 1988 / 1983
Llano Fernández, setenta y dos años —si en la historia
de Toñanes tuviera sentido hablar de héroes y villanos,
Teodoro sería lo más semejante a un héroe; por desgra-
cia nadie entre los vivos recuerda por qué—, murió, fue
enterrado. Vicenta Rivas Lantarón, setenta y nueve años 1980
—era una mujer hosca y más bien fea y se había queda-
do para vestir santos; por eso nadie entendió que Maxi-
mino Gómez, uno de los mejores mozos del pueblo, la
pidiera en matrimonio; fue la casa, decían los vecinos,
debió de ser eso, la casa, porque Vicenta tenía para ella
sola una buena casa y eso pues siempre tira de un hom-
bre—, murió, fue enterrada. Valentín Valdés Posada, no- 1978
venta y cuatro años de edad —yo mucho me acuerdo de
mi padre, dice Lola Valdés; me acuerdo que le gustaba
mucho contar cuentos; por cada palabra tenía un dicho,
un refrán, un pues esto pasó así de esta manera; y can-
ciones también se sabía; ¿qué te parece, que se me han
olvidado?—, murió, fue enterrado. Maximino Gómez 1977
Díaz, setenta y seis años de edad —con su caserío y sus
más de treinta vacas fue el hombre más rico del pueblo;
todos los años encontraba la manera de ganar algún pre-

mio en la Feria de Ganado de Torrelavega, porque ya se
sabe que a los ricos hasta las vacas les salen guapas—,
1974 murió, fue enterrado. Beatriz Sánchez Cianca —ella, y solo
ella, consiguió que se construyeran nichos en el cementerio y que se dejara de enterrar a la gente en el suelo—,
murió, en uno de los primeros nichos fue enterrada. Avelina Tomé Hidalgo, setenta y ocho años de edad —era la
hija menor del carabinero destinado en Toñanes; siendo muy niña, su familia se trasladó a Zamora, y tras la
muerte de su padre, Avelina fue enviada al Asilo de San
Diego y San Nicolás en Madrid, un orfanato para niños
pobres; ya nunca regresaría a Toñanes; a los diecisiete
años aprobó el examen de ingreso de la Escuela Especial
de Pintura, Dibujo y Grabado, y comenzó así su carrera artística; su exposición en la Sala Marabini de Madrid fue recogida por el noticiario NO-DO el 2 de julio
de 1947; a lo largo de su vida pintó sobre todo vírgenes
y bodegones, pescadoras cosiendo redes y alfareros modelando botijos; pero también una marina en tonos azulados, cuyos acantilados podrían ser, por qué no, los de
1973 Toñanes—, murió, fue enterrada. Clara Gómez Díaz, apodada Clarita —tras su muerte, la casa quedó abandonada
muchos años, con los yesos del techo viniéndose abajo
y las escaleras pudriéndose y el hornillo de la cocina corrujiento y lleno de telarañas; algunas noches los niños
del pueblo entraban en la casa y celebraban sesiones de
espiritismo para contactar con el fantasma de Clarita, que
nunca se dignó a aparecer—, murió, fue enterrada. Juan
1965 Gómez Díaz —tenía un bigote espeso y de guías largas,
que en algo recordaba al de Emiliano Zapata; en Toñanes
nadie, ni siquiera él, llegó a ver una fotografía de Emiliano Zapata, así que nadie le sacó el parecido—, murió, fue
1952 enterrado. José Llaca Álvarez y Mercedes Suárez Ramírez, accidente de aviación —cubrían el trayecto Llanes-Santander en una avioneta Aerovan cuando una parada
del motor les obligó a intentar un aterrizaje de emergen-

cia; lo último que vieron fue una vista cenital de Toñanes y luego el eucalipto contra el que— murieron, en Llanes fueron enterrados. La niña Alejandra Gómez, de tres 1951
años de edad —ocurrió en los acantilados de Marbuena—, murió, fue enterrada. Lucía Ruiloba Somavilla, cua- 1949
renta y cinco años, esposa que fue del boticario de San Vicente de la Barquera —dicen que era bellísima y beatísima también; las piernas hermosas y torneadas pero las rodillas despellejadas de tanto prosternarse ante Dios; le gustaba pasar las horas en el gabinete, escuchando dar las horas al reloj de péndulo mientras manoseaba las mismas lecturas piadosas, los mismos catecismos, las mismas vidas de los santos; pocos saben que entre las tapas de cierta hagiografía de santa Eulalia escondía ejemplares de la revista *Lecturas*, y que las noches que su marido iba al casino gastaba las horas acariciando las fotografías de Ava Gardner, de Rita Hayworth y Veronica Lake, y corría a imitar sus imposturas y sus peinados frente al espejo; para cuando su marido regresaba ya estaba otra vez enfrascada en la lectura del martirio de santa Eulalia, quien, como ella—, murió, fue enterrada. Juan Olegario 1940
Rugama, cincuenta años de edad, dejó cuatro hijos y una esposa —una mañana se despertó con muchísimo dolor en las tripas; el médico de Novales llegó hasta la cama del enfermo dando tumbos de lo borracho que estaba; echó un vistazo desganado y entre eructos dictaminó que no era más que un cólico y que lo mejor era que descansara y durmiera un poco; la esposa de Juan Olegario no se quedó tranquila y decidió enviar a su marido al Hospital de Valdecilla de Santander, donde lo operaron de inmediato de una apendicitis aguda; ya en el quirófano el cirujano descubrió que no se trataba del apéndice sino de un simple cólico, tal como el médico borracho había dicho; durante la operación el paciente sufrió una parálisis intestinal de la que murió al cabo de tres días; medio mes más tarde a la familia le llegó una factura de

siete mil pesetas del hospital; vendieron las tierras para pagar la factura, emigraron a México a casa de cierto pariente lejano, no volvió a saberse de ellos; en el camposanto de Santo Domingo de Toñanes quedó el cadáver de Juan Olegario muerto, enterrado.

2021 De sus vidas queda una memoria a veces borrosa, imprecisa, pero memoria al fin y al cabo. Han dejado partes de sí mismos en forma de colecciones de cartas amarillentas o de trastos acumulados en un desván; una maleta de cartón con los remaches sueltos —perteneció a Juan Olegario—; un diploma de la Asociación Provincial de Ganaderos —Primer Premio en sección Terneros concedido a Maximino Gómez, dice el diploma—; un rimero de ejemplares de la revista *Lecturas* encuadernados como si fueran una hagiografía de santa Eulalia. Dejan un trillo que continúa expuesto sobre la puerta de la cuadra o una máquina de coser Singer o una tapia que construyeron con sus manos. Dejan nichos ocupados y lápidas con inscripciones encargadas por sus seres queridos —inscripciones como Siempre estarás con nosotros o Siempre te recordaremos o Aunque han muerto viven y nos esperan; Examina la senda en que pones tus pies y serán firmes tus pasos; Restos de su esposo; Restos de su esposa; Restos de su madre su padre su hijo—. Dejan la responsabilidad de barrer y limpiar, cada uno de noviembre, determinada tumba. Dejan flores, casi siempre de plástico, que hacen crujir su hojarasca falsa los días de viento. Dejan una casa en herencia que cuarenta y cinco años más tarde todavía está por repartirse. Dejan una pistola de cachas de nácar, hallada en un falso techo del desván al hacer las obras del tejado. Dejan unos pendientes de oro que servirán para ornar las orejas de una joven novia en cierta boda. Dejan recuerdos dispersos en nietos y bisnietos, casi siempre equivocados o incompletos —lo mucho que le gustaba cantar, al abuelo, por eso lo llamaban Paco el Miruello; yo creo que te equivocas, que no era al abuelo sino al bisabuelo al que llamaban Miruello; ¿estás seguro?; bastante seguro—. Dejan una moneda de plata: esta es la primera peseta que ganó tu abuelo. Dejan un apellido. Dejan un puñado de recetas —por ejemplo los canutillos de crema de Lucía Ruiloba; por ejemplo las sardinas encebolladas de Josefa Gómez—. Dejan una inscripción tallada en la corteza de un aliso, en el callejón de Trigales. «12-09-1939» decía, sigue diciendo el aliso. Y debajo parece que hay escritos dos nombres, pero por más que se intente y se intente, por más que uno trate de repasar las letras con el dedo, ya no pueden leerse.

El recibidor de una casa en el barrio de la Lastra. Colgando del techo, una sarta de panojas de maíz y dos pajareras vacías. Sobre la mesa, una fotografía de Lola abrazando a su hija, y de Lola abrazando a su nieta, y de Lola abrazando a Lionel Messi. Un york terrier se restriega lánguidamente contra los pies de Lola Valdés Sánchez (ochenta y siete años), sentada en un sillón de mimbre. 2017

¿Y tú crees que yo podré ayudarte con eso que estás haciendo? Si yo no sé nada... a mí se me ha olvidado todo. Y de la época de la guerra, pues todavía más. ¿Conoces a Alfonso? ¿El madrileño que pasa el verano en la casa que era de Tino y Elisa? Creo que escribe libros, que escribe libros en Madrid... Pues una vez me vino hablando igual que tú, me preguntaba de cosas de antes y de cómo vivíamos, para un libro también. Yo le conté algo, muy poco, lo que recordaba. Pero no recuerdo casi nada y hay mucho más aún que no sé ni he sabido nunca. Alfonso me preguntaba por los tiempos de la guerra y por los falangistas. Pero yo, ya ves, ya no sé si los falangistas eran de las derechas o de las izquierdas. A mí eso de la política nunca me interesó. Creo que eran de las derechas, ¿no? De lo único que me acuerdo es de una chica del pueblo que llevaba una de esas camisas azules, que eran de Falange, me parece, cuando terminó la guerra. Eso es lo que sé de la Falange. Le hablé de eso, a Alfonso, de la guerra, lo que recuerdo y lo poco que sé todavía. Al final no sé si escribió el libro o no lo escribió. Yo creo que no. ¿Pues a quién iban a importarle las cosas de antes? Los que vivimos aquí no hemos visto nada. No sabemos nada. Apenas hemos salido del pueblo. Mírame a mí, aquí estoy, en la casa donde nací, la de mis padres, que me la vendieron a mí. Aquí vivimos. Aquí nacimos. Bueno, un hermano nació en la casa de Talluca y Claudio. Pero el resto... Fuimos trece. Bueno, trece vivimos muchos años, pero fuimos dieciséis. Nacíamos cada año y medio más o menos, y vivíamos aquí, que la casa es pequeña pero nos apañábamos. En cada habitación había dos camas y dormíamos dos en cada una y aun así... Cabíamos mal pero cabíamos. Entonces se cabía con poco, se hacía uno a todo. Y luego los hermanos crecimos y mis padres me la vendieron. Hicieron esta casa como pudieron, los pobres. ¡La de horas que gastamos Tini y yo para arreglarla! Nos llovía en la cama y todo, el tejado lo levantamos entero, fíjate cómo estaría. La hicimos nueva. Casi nueva. Esto era una cuadruca donde tenía la pareja de vacas... Y allí están las habitaciones. Aquí nacimos todos, los dieciséis. Los trece que vivimos y los tres que se murieron cuando niños... Pero yo creo que a ti eso no te importa. Seguro que a ti también te interesan las cosas de la guerra, como a Alfonso. Pero yo cuando eso era muy pequeña. Seis o siete años tenía. Solo me acuerdo del miedo que pasábamos y de las bombas. Porque aquí cayeron muchas bombas. Venían los aviones por encima del Ansar, por la Cotera, y por el caserío de los frailes. Por allí no había más que prados, pero yo creo que tiraban a la línea telefónica. No sé de quiénes eran los aviones, yo de eso no entiendo. Todos iguales nos parecían, los de los unos y los de los otros. Pero me acuerdo del ruido que hacían las bombas y que se oían piedrecitas granizando en las ventanas, fíjate qué cosas. Nosotros éramos críos e íbamos a jugar al puente, todos juntos. Y cuando venían los aviones... Todos acostados en el suelo. Donde la casa de Luisa, que entonces era la tienda, había como un regato de cemento en el borde de la casa. Y yo me acuerdo de la fila de críos, todos tumbados, arrimados a la casa. De miedo. Y otros metidos... Fíjate, me acuerdo de estar metida en los boquetes que tiene el puente. En los desagües esos que tiene, ¿sabes dónde te digo? Y de ahí nos fuimos... No me acuerdo a dónde nos fuimos. A mí me llevaban mis hermanos, los más grandes. Ya sé: a la bolera nos fuimos, que estaba en la finca que ahora es de la pensión La Estela Cántabra. Y había muchos árboles. ¡Pues nos esquilamos a los árboles! Yo un miedo que me moría. Y de ahí me tiré... Me tiré sola, para volver a casa. Y después, ¿sabes qué pasó? Nos fuimos a la cueva de Bolao, esa que está al lado del río, debajo del molino, y que es muy grande... Desde aquí no se ve, pero casi. ¿Sabes dónde te digo? Eso: ahí abajo. Ahí nos fuimos. Todos, todo el pueblo, los niños y los mayores, y nos anduvimos ahí mucho tiempo, esperando que los soldados pasaran. Estábamos los de Toñanes y también muchos de Cóbreces, y qué sé yo de qué partes. Nos estuvimos días ahí, porque los soldados no terminaban de pasar. Mi madre la pobre subía a ordeñar y bajaba una perola de leche. Y mantas. Éramos muchísimos y lo de comer muy difícil, aunque supongo que algo comeríamos. Solo me acuerdo de la leche. Y que estuvimos ahí esperando hasta que pasaron los soldados, que fueron por toda la costa, muy despacio, muy tranquilos, mirándolo bien todo y hablando con la gente. Y después ya... No sé lo que pasó. Ya no me acuerdo. ¿Sabes dónde estuvieron los soldados? En la Punta de la Sartén, en unas tiendas de campaña. Se quedaron unos cuantos mientras los otros pasaban. Y luego vinieron a pedir comida... ¡a nosotros! Y se la dimos, me parece, y no me acuerdo de más. Eso sí, aquí no mataron a nadie cuando la guerra. Bueno, miento, sí que mataron a uno que se llamaba... No recuerdo cómo se llamaba. De Cóbreces era. Ahí donde Casa Sevilla. ¡Donde tu casa! En tu casa mismo. Ahí lo mataron. Varela se llamaba, me parece. Y lo dejaron en la esquina, en la carretera, donde tienes el bebedero. Iba andando y le mataron. Pero no sé por qué. ¿Sabes qué pasa? Que nosotros no escuchábamos. No sabíamos. Y luego acabó la guerra y nos devolvieron a los hombres, que venían de luchar o de la cárcel. Volvió un hermano mío que tenía la cabeza llena de metralla, aquí detrás. Y Maximino, y el cartero, que estuvieron dando tiros también. Ignacio, que estuvo en la cárcel por tirar los santos al río. A ninguno lo mataron en la guerra, me parece. Pero a nosotros, ya ves, se nos murió un hermano. El más chico. Mi madre no le dejó de llorar nunca, mira. Siempre le lloró. Años, al pobre. Se murió pero no sabemos de qué. El médico no pudo venir a verle. Como todavía había disparos y caían las bombas, no se salía de la casa o se salía muy poco. Yo no sé qué le pasó. Creo que se enfermó cuando estuvimos en la cueva esa, cuando los soldados venían pero no acababan de pasar y mi madre tenía que traer mantas y la perola de leche. Comida no sé si traía. Yo creo que algo comíamos, pero a lo mejor no. Y quizás de eso... Pues ahí se puso malito. ¿Eso es que le mató la guerra o no? No sé. Solo recuerdo que le trajeron a casa y nada..., llamaban al médico y el médico que no venía y al final se murió. Agustín, se llamaba. Y mi madre años le lloró, al pobre.

2021 A ninguno de Toñanes lo mató la guerra: tan afortuna-
1937 do, el pueblo. Y sin embargo, el pequeño Agustín Sán-

chez murió —no fue la guerra, fue un mal resfriado—.
Y sin embargo, Gregorio Orozco Gómez murió —cau- 1942
sa 2.425, fue condenado a treinta años de cárcel y el Tri-
bunal de Responsabilidades Políticas exigió a su familia
el pago de 2.000 pesetas; murió en la prisión provincial
de la Tabacalera; tampoco fue la guerra, fue la arterioes-
clerosis—. Y sin embargo, Antonio Flórez Martín murió 1938
—en el Ayuntamiento de Novales se conserva un expe-
diente mecanografiado en el que se le declara prófugo;
alguien añadirá a pluma que fue declarado baja en la
región de Castellón de la Plana en abril de 1938, duran-
te la Ofensiva de Levante; no murió por la guerra, sino
por la Ofensiva de Levante—. Y sin embargo, Domingo 1936
Varela murió —era juez municipal y jefe local de Falan-
ge y le dieron el paseo; apareció muerto a tiros en la ca-
rretera de Toñanes, pero no era de Toñanes; era de Có-
breces—. Y sin embargo, Pío Heredia murió, y con él 1936
Amadeo García, y Valeriano Rodríguez, y Juan Bautista
Ferris, y Antonio Delgado, y Marcelino Martín, y Álva-
ro González, y Eustaquio García, y Ángel de la Vega, y
Ezequiel Álvaro, y Eulogio Álvarez, y Bienvenido Mata,
y Leandro Gómez, y José Camí, y María Micaela Baldo-
ví, y María de la Natividad Medes —todos ellos eran re-
ligiosos trapenses del monasterio de Cóbreces; fueron
torturados, ahogados o descuartizados para que revela-
ran el paradero de un supuesto tesoro que se ocultaba en
algún lugar del monasterio; no fue la guerra quien los
mató, sino individuos incontrolados; y si fue la guerra
no importa, porque a fin de cuentas tampoco eran de
Toñanes—. Tan afortunado Toñanes, porque la guerra, 2021
todo el mundo coincide, no dejó grandes secuelas en el
pueblo: en otros sitios fue mucho peor, no te haces una
idea. Y sin embargo, cayeron bombas en la Aranda —no 1937
buscaban hacer sangre; solo tiraban contra la línea tele-
fónica—. Y sin embargo, Ignacio Rivas fue encarcelado 1938
—existían sospechas de que había tirado los santos al río

y quemado con queroseno la iglesia de San Tirso; nunca pudo probarse nada, porque nada dijeron los vecinos de
1937 Toñanes—. Y sin embargo, Maximino Gómez fue encarcelado —solo dije «Tiran tiros, matan gente», contará Maximino hasta el día de su muerte; me metieron en la cárcel solo por decir tiran tiros, matan gente, ¿tú te lo
1938 puedes creer?—. Y sin embargo, Eugenio Enrique Ladra
1939 Pérez fue encarcelado —un pliego suelto en el Ayuntamiento de Novales lo exime de prestar servicio militar por el comprensible motivo de encontrarse detenido en
1942 la prisión de la Tabacalera; otro documento lo sitúa poco después en la Prisión de Partido de Talavera de la Reina y luego en la Prisión Central de El Puerto de Santa María; nunca había viajado Eugenio tan lejos que como pri-
1943 sionero del régimen franquista; poco después recibió la
1938 libertad condicional—. Y sin embargo su hermano Antonio Aníbal Ladra Pérez fue encarcelado también —su desafección al régimen debía de ser, pues, cosa de familia; participó en muchas acciones de guerra grandes y pequeñas como teniente del Ejército Rojo en el Batallón 107, pero en ninguna pasó tanto miedo como en la
1942 cárcel de la Tabacalera, donde libraría la batalla definitiva; ningún expediente da fe de su liberación; a efectos burocráticos sigue allí, ovillado en una celda comparti-
1939 da, esperando juicio—. Y sin embargo un tercer hermano, Sol Ladra, fue encarcelado también y cumplió una
1944 pena de cinco años de un total de veinte en la prisión
2021 provincial —a mi papá lo salvó la tuberculosis, cuenta su hijo Antonio Ladra; se puso tan enfermo en la cárcel que tuvieron que soltarlo, y cuando salió del hospital de Valdecilla tomó un barco a Uruguay y ya nunca regresó a España; a eso le debo yo estar vivo, a la tuberculosis de
1939 mi papá—. Y sin embargo, Pedro García Marcos desapareció, y también José Antonio Obregón Helguera —en sus hojas de llamamiento a filas se les declara prófugos; se ignora su paradero actual, añade el responsable de la

Comisión Municipal—. En Toñanes tuvimos suerte por- 2021
que no hubo apenas represión, muy poca, muy poca, eso
sería en otros pueblos; y sin embargo, en el bajo del Ayun-
tamiento de Novales se conservan cuatro archivadores
marca Definiclas con fecha de 1937, llenos hasta los to-
pes de expedientes de prófugos y de hojas de traslados
penitenciarios y de pesquisas de adicción política. Nin-
guna represión, y sin embargo Ricardo Gil Gómez fue 1938
temporalmente detenido por haber servido en el Ejér-
cito Rojo —fue puesto en libertad gracias al testimonio
de un tal Teodoro Llano Fernández, vecino de Toñanes,
que al pie del expediente certifica fuera de toda duda la
simpatía de Ricardo por la causa nacional; en atención
a ese testigo, la Comisión Provincial lo clasifica provi-
sionalmente como ADICTO AL RÉGIMEN—. Y lo mismo
que él Francisco Gil Gómez, y Valentín Valdés Sánchez,
y Manuel Cianca Sánchez, y Celestino Collado García;
todos buenos españoles, dice ese tal Teodoro Llano Fer-
nández, todos buenos católicos: qué suerte que Teodoro
los conozca tan a fondo a todos y pueda responder por
ellos. Más y más expedientes, documentos que pudie-
ron salvar una vida o torcer un destino, olvidados en una
habitación con olor a humedad cuya puerta ya nunca se
abre; y en todos ellos, en la sección «Personas que pue-
den avalarlo», el nombre garabateado de Teodoro Llano
Fernández; Teodoro Llano Fernández como perpetuo
testigo de juicios que ya nadie recuerda, como nadie re- 2021
cuerda tampoco al propio Teodoro. Es decir, sí, lo recuer-
dan; Luisa recuerda que era hermano de Manolo el Cha-
to, y Lola recuerda que en un tiempo vivieron casi puerta
con puerta, y su lápida en el cementerio de Toñanes nos
recuerda que nació en 1911 y murió en 1983, pero na-
die sabe decir qué hacía el nombre de Teodoro en tantos
y tantos documentos; por qué la Comisión Municipal te-
nía oídos para escuchar cuanto Teodoro tuviera que de-
cirles. Y sobre todo qué sacaba el propio Teodoro con

tantos viajes al ayuntamiento, tantos interrogatorios, tan-
1938 tas visitas a los calabozos municipales —vigile sus amista-
des, amigo Teodoro, llegaría a decirle quizá cierto tenien-
te mientras le apuntaba con su cigarrillo; un hombre
de bien sabe escoger a sus amigos y a sus enemigos—.
Tal vez era precisamente eso: que Teodoro tenía muchos
amigos en el bando adecuado. O tal vez que esperaba re-
cibir algo a cambio. O tal vez era simplemente bueno,
Teodoro; un buen hombre en el buen sentido de la pa-
labra, anda y no te signifiques, les diría a sus vecinos al
sacarlos del calabozo; mira que comprometes mi nom-
bre. O quizá no les dijo ni siquiera aquello de mira que
comprometes mi nombre: quizá no les dijo nada en ab-
soluto, y los hombres salieron del calabozo deslumbra-
dos por la luz del sol y sin saber muy bien por qué se
les soltaba —alguien debió de dar la cara por ti, les di-
ría tal vez el soldado que montaba guardia en la entrada;
¿quién?; ya te dije, un amigo—. Sea como fuera, Teodoro
hizo cosas que no se saben y dijo cosas que no se recuer-
dan, y a resultas de esas palabras y esas acciones Ricardo
y Francisco volvieron con sus padres, y Valentín con su
esposa, y Manuel Cianca con sus hijos, y Celestino vivió
también para contarlo, otra vez de vuelta a sus estudios
en el seminario de Comillas. Y Teodoro siguió también
1945 viviendo, y tal vez tuvo una casa, y tal vez tuvo mujer
1950 e hijos, y a ninguno les contó lo que había ocurrido, y a
lo mejor tuvo también cuidado de no meterse en polí-
tica; y continuó paseándose por el pueblo hasta que se
hizo viejo, primero con su perro y luego con su cachava,
su boina negra, sus pantalones subidos hasta el ombligo.
Y a nadie habló de lo que vio en los sótanos de la prisión
ni en los despachos del gobernador militar, y a nadie se-
ñaló con el bastón en un momento de rabia para decirle
1983 tu vida es mía, y se llevó hasta la tumba su discreción de
benefactor sin rostro, su humildad de santo sin culto, su
silencio de ángel de la guarda sin gratitud ni recompen-

sa. Claro que por otra parte qué habría que agradecerle a Teodoro, si después de todo nadie necesitaba ser salvado; si a fin de cuentas en Toñanes nada pasó, y a nadie mató la guerra. 2021

Disparos, explosiones, gritos. Un soldado enemigo que rueda por la ladera, alcanzado por el rifle certero del protagonista. Un tanque que pasa de lado a lado de la pantalla. Un avión que sobrevuela la escena para dejar tras de sí una bola de fuego naranja. 1984

—¿Qué estás viendo, Emilio?

—Nada. Una de guerra. Muy mala parece.

Mercedes en camisón, cepillándose el pelo. Emilio ya acostado en la cama, sin quitar ojo del televisor. Están en Santander, claro, porque en Toñanes aún no tienen antena siquiera. Es un martes cualquiera: la última película antes de la carta de ajuste. Nada, una de guerra, dice Emilio; parece muy mala, añade, pero no la quita. Mercedes siente una incomodidad que no sabe de dónde viene. De la televisión: de ahí es de donde viene. Porque el volumen está demasiado alto y tal vez por eso las explosiones parecen colarse en la habitación, y cuando el protagonista acierta un disparo —por ejemplo ahora— los cadáveres parecen bajar rodando hasta los pies de la cama, empapados de sangre. Sangre en la colcha, en las paredes. Sangre en la alfombra.

—Está muy alto.

Está a punto de suceder, pero Mercedes todavía no lo sabe. Solo piensa en eso, en el volumen.

—¿Qué dices?

—¡Que está muy alta, la tele! Que si la puedes bajar un poco.

Ahora. El momento es ahora. Un dolor súbito en el vientre, que coincide más o menos con el instante en que el protagonista es alcanzado por una bala. No morirá, claro. Al fin y al cabo es el protagonista. Pero por un momento parece que sí: que muere.

Una voz que retumba entre las cuatro paredes del dormitorio: «¡Charlie está por todas partes!».

—No sé dónde está el mando, Merche. No sé dónde lo he puesto...

Pero Mercedes ya no piensa en el volumen ni en la película. Otro pinchazo. Una humedad repentina, que parece fluir como fluye sangre de la herida del protagonista. El protagonista que no se levanta, que no se mueve siquiera. Mercedes que se va corriendo al baño, todavía con el cepillo en la mano.

—¿Pero dónde habré puesto yo el dichoso mando? —continúa rezongando Emilio.

Tres meses: el tamaño de una vaina de guisantes. Mientras a su espalda suenan las explosiones y los gritos, Mercedes no deja de pensar en las palabras de su ginecólogo. Ahora mismo tu bebé no es más grande que una vaina de guisantes: dentro de dos semanas tendrá el tamaño de una ciruela. Eso le dijo ayer mismo, durante su última revisión. En eso piensa ahora mientras cierra la puerta del baño, mientras se sienta en el retrete y se levanta el camisón y se baja las bragas y encuentra en ellas una mancha grande y roja; una mancha muy roja y muy grande, más grande que una vaina de guisantes y más grande que un higo y más grande también que una ciruela grande.

En ese momento llega del dormitorio la voz de Emilio.

—¡No lo busques, Merche! Ya lo encontré.

1640 —Debe de ser triste. Tan triste, Juan...

—¿El qué?

—Pues eso. Morirse sin nombre. Venir al mundo para tan poquito tiempo. Respirar por primera vez y luego morirse. Que el niño se haya ido creyendo que el mundo es tan chico como este cuarto.

—(...)

—A lo mejor a todos nos pasa lo mismo y no nos damos cuenta. No nos damos cuenta.

—(...)

—A lo mejor Toñanes es tan chico como este cuarto.

—(...)

—¿Cómo será el limbo? ¿Será grande o será pequeño?

—(...)

—Se fue tan chico, tan pobre criatura, que a lo mejor no hay nadie allí para explicarle que el limbo es el limbo. A lo mejor sigue pensando que todavía está en el mundo. Que el limbo es el mundo.

—(...)

—A lo mejor esto es el limbo de otra vida que hemos olvidado. A lo mejor.

—Ya déjate de filosofías y duérmete, mujer.

La cocina de una casa en el barrio de la Herrán de Toña- 2018
nes. Al otro lado de la ventana, una vista de la carretera general. Una estufa catalítica encendida y dos flecos de espumillón colgados encima del vano de la puerta. Sobre la mesa, un puñado de viejas fotografías y dos tazas de café. Sentada a la mesa, Carmen Gómez Sánchez (ochenta y nueve años).

Yo no sé para qué me preguntas a mí, si mi memoria no es lo que era. No es que sea peor, que yo me acuerdo de muchas cosas... Pero de otras no me acuerdo. De las cosas que me acuerdo me acuerdo muy bien, pero luego vienes y hablamos un rato y te ofrezco el café veinte veces. Porque no me acuerdo de si te lo he ofrecido. ¿Te lo he ofrecido? Años que no te veía... Pero todavía te conozco por la voz, fíjate. Me acuerdo de cuando venías de criúco y te daba galletas. ¿Cuánto hará de eso? Que ya soy muy mayor, pero hay que hacerle frente. A la vida y al invierno y a todo. Yo sola, por ahí con las muletas. Y con las cosas que me acuerdo. Así que no me hables de antigüedades... Yo de lo que más me acuerdo ahora es de lavar la ropa. Cuando era niña, que tendría trece años y era así de alta. Muy alta era, que parecía mayor. Y yo tenía unos baldes de ropa que bajar a lavar al río, porque era la primera de los hermanos. No había ni lejía ni nada. Si se manchaba con las cacas de las vacas, había que echar al verde y regarlo. Eso era lo único que le quitaba la mancha. Y cada una teníamos nuestro cajón y bajábamos al puente. Habíamos echado todas las piedras a un lado y fíjate, allí lavábamos. Me acuerdo de eso y de lo alta que era yo. De la guerra no me acuerdo de nada. Que yo era muy chica, ni ocho años tenía, pero como era así de alta, pues parecía mayor. Me acuerdo de que venía gente corriendo porque tenía miedo de la aviación o no sé qué. Para nosotros era una novedad. Todo era una novedad. Y se fue la gente a la cueva de Bolao, que mira que bajar allí abajo... Tiran ahí una bomba y los mata a todos. Yo me quedé en casa. En el descanso de la escalera. Quemaron la iglesia, también. Qué pecado. Si es que estaba la gente loca. Lo hacía uno y todos iban detrás. Hasta por la huerta tiraron algún santo. Por la huerta de la vera de la iglesia. El que lo hizo... Ya no sé. Yo nunca oí decir: mira, pues a este le metieron preso porque hizo eso. Me acuerdo de un tal Ignacio que debía de ser algo lanzado, ¿verdad? Había muchos que eran así, lanzados. Que se daban importancia. Que se creían una autoridad. Y quemaron la iglesia, que vaya pecado, que no sabes cómo estaba... Era el suelo de madera y echaron gasóleo. Hace falta estar loco. Y allí quemaron santos. Había hasta una escalera y un púlpito. Todo lo quemaron. Muy bonito, el púlpito. Me acuerdo yo del púlpito, de lo bonito que era. Allí el día de San Tirso era la misa, se cantaba la misa y se tocaba el santo. Y después te daban pollo. Sopa y pollo y puré de patata. Y se iba por las casas, el día de San Tirso. A comer y a cantar canciones y luego yo no sé si habría verbena o qué habría. Aquí no había choques entre los vecinos. En la guerra, ningún choque. Todos éramos familia. Pero a mi padre no lo podían ver, porque era muy neutral. Y trataba de que hubiera paz. Era pacífico. No era de encender a nadie. Pero algo pasó. Alguien lo denunció. Eso sí, matar aquí no mataron a nadie. A nadie que conociéramos. Pero sí mataron, sí. A un chico que yo no sé cómo se llama. Los pobres padres no sabrán ni dónde está su hijo. Y está enterrado, fíjate, en el cementerio nuestro. Un muchacho joven era. Qué sé yo si eran nacionales o rojos o qué eran. Porque si tú eres rojo o blanco o lo que sea, pues guárdate eso para ti y deja vivir, ¿no? Pero que lo mataron, lo mataron. No sé dónde sería, pero fue sonado. Lo sacó mi suegro... de una cuneta. ¡Tú fíjate qué horror! Le pagaron para que lo bajara para el cementerio, porque tenía el carro y la pareja de vacas y eso. Yo no sé si alguien le contaría, a la familia... No creo. Nadie hablaría. No tendrían ni una pista. Pobres padres. Que desapareció el hijo y no saben de él. Porque si les dicen mira, ahí está enterrado, eso es un consuelo.

—Me acuso, Padre, de que falté tres veces al octavo mandamiento. 1937

—Así que al octavo. ¿Y a quién le mentiste, Paquita?

—A los soldados.

—¿A qué soldados? ¿A los de antes o a los de ahora?

—A los de ahora, Padre.

—Ya veo.

—¿Usted no los vio también? ¿No habló con ellos? Vinieron ayer preguntando casa por casa, de la cuestión de los santos...

—Ya.

—Que quién los tiró al río, me preguntaron.

—Ya.

—Andaban con mucha ansia por saberlo.

—¿Y tú qué les dijiste?

—No les dije nada, Padre.

—¿Nada?

—Les dije que yo no sabía.

—Bien.

—Que tenía que haber sido alguien de otro lado.

—Bien dicho.

—Que aquí nos conocemos todos.

—Sí que nos conocemos, Paquita.

—Pero es que...

—¿Es que qué?

—Es que les mentí, Padre.

—¿Les mentiste?

—Es que yo sé la verdad.

—¡La verdad! ¡La verdad! ¿Y qué es lo que sabes tú?

—Sé que fue Ignacio. El de los Rivas. Y Eugenio el de los Ladra, y su hermano Antonio, y...

—¿Los viste con tus ojos?

—No, con mis ojos no. Con los de los demás. Aquí todo se sabe. En un pueblo pequeño, todo se sabe.

—Pero tú no los viste.

—No, Padre. No los vi.

—Quizá se equivocan, los que te dijeron.

—¿Usted cree? Es que también oí decir...

—Claro que sí. Claro que se equivocan. No hagas caso a las habladurías, que eso también es pecado. Uno más grande.

—No sabía, Padre.

—Eso es: no sabes. Hay muchas cosas que no sabes.

Por ejemplo, quién tiró los santos al río. Y hay que ser humilde con lo que uno no sabe. No creer que lo sabe uno todo.

—Perdóneme, Padre.

—¿Sabes lo que creo yo? Creo lo que dijiste antes. Que debió de venir alguien de algún otro pueblo. Del mismo Cóbreces. ¿No eran de allá los que mataron a Varela? Pues esos debieron de ser. Así que no te calientes más la cabeza con eso, hija. Y sobre todo no les calientes la cabeza a los soldados. Deja que las cosas queden de este tamaño, ¿estamos?

—Si usted lo dice, Padre...

—Claro que lo digo. ¿Y cuáles fueron las otras dos mentiras?

—¿Dos mentiras?

—Antes me dijiste que habías faltado al octavo tres veces.

—Es que me lo preguntaron tres soldados distintos.

—Vete en paz, hija. Ego te absolvo a peccatis tuis in nomine Patris et Filii et Spiritus Sancti amén.

—¿No me pone penitencia, Padre? Por creer que lo sé todo.

—Bueno. Pues te rezas un padrenuestro. Para cosas así, pequeñas, siempre un padrenuestro.

LLERMO: De la guerra poco te podemos contar, nene. ¡Yo un año tenía! Eso tienes que preguntar a los más antiguos, a Carmen y a Lola... 2017

ROSI: Yo sé que pasaron aviones.

LLERMO: ¡Y bombas tiraron! Pero lo sabemos porque nos lo cuentan. No es de primera mano, lo que te decimos. ¡Yo del que me acuerdo es de Juanín! ¿Tú sabes algo de Juanín, nene? Uno que era del maquis, y aguantó por la zona un puñado de años. ¡Andaba por todas partes,

Juanín! Y en Toñanes también. A mí me dijeron que se quedaba en la casa de... Aurora. Y de José, el marido. ¿Sabes quiénes te digo?

ROSI: Yo nunca lo he oído, que Juanín estaba por aquí.

LLERMO: Anduvo, madre mía... Se quedaría en muchos sitios. Y en Cerrazo. En casa de la parienta mía. Me acuerdo de Chuchi, el amo de la casa, que lo confundieron una vez con él. Lo confundieron con Juanín. Y le tiraron ahí, pam pam, y le dieron en el hombro. Y después, madre mía, cómo se ventiló al guardia ese...

ROSI: ¿Quién? ¿Juanín?

LLERMO: Sí, hombre, sí. Juanín, cuando se ventiló al guardia. Estaba atracando en Pando. En Ruiloba. Bueno, pues allí estaba, atracando. Entonces venía la pareja de la Guardia Civil, que no era guardia, era sargento o algo o lo que sea. Se ve que el compañero... Bedoya. Porque eran dos. Juanín y Bedoya eran. Bueno, se ve que le darían el alto o lo que fuera. Pero Bedoya estaba vigilando, detrás de un árbol... y no les dejó acercarse. Pam, pam. Uno cayó en el acto y el otro se cayó en un estercolero, que si no le matan también. Hay unas antigüedades, desde luego...

ROSI: Y luego, a los años, lo mataron a él.

LLERMO: Sí que lo mataron. Por un lado te alegras y por otro te da pena.

ROSI: Claro, porque somos humanos. Pero al final te alegras, porque hizo tanto...

LLERMO: No, señor. Robaba para comer y eso y nada más. Ahora, cuando se vio apurado, como aquí en Ruiloba... no te van a matar ellos a ti. Pero mira, fue un atracador y nada más, no fue sanguinario. Mataba a uno pero luego igual pasaban años y años y no mataba a nadie.

ROSI: Ya, pero era un sinvergüenza. Te quitaba la comida. El pan nuestro.

LLERMO: Ya, mujer, pero también pedía para él. Él tenía que comer.

ROSI: Ya, bueno, pero con ese procedimiento...

LLERMO: Bueno, hombre, vamos a dejar en paz a Juanín, que ya el pobre...

ROSI: ¿Sabes lo que te digo?

LLERMO: Qué me dices.

ROSI: Que voy a sacar un poco de queso.

LLERMO: Sí, hombre, sí, saca queso y lo que quieras.

ROSI: Y un poco de jamón.

LLERMO: ¿Tú quieres jamón, nene?

ROSI: Pues claro que quiere. No nos va a hacer el desprecio...

Él se llama Luis; ella se llama Teresa. Se habrían ahorrado muchos problemas si hubieran empezado así; presentándose. 1947

En esa presentación que nunca fue y en esos problemas está pensando Luis mientras conduce su automóvil hasta Toñanes. A decir verdad, el automóvil no es suyo, sino de sus padres. Porque algún día Luis tendrá mucho dinero, cuando saque las oposiciones de Abogacía del Estado, pero ahora mismo todo lo que tiene pertenece a sus padres. De ellos es el automóvil, la casa, la asignación mensual; el profesor a domicilio de francés, el sombrero, la pitillera de plata con su nombre grabado. La oposición también fue idea suya, de modo que no solo les pertenece el pasado de Luis: también su futuro. Solo Teresa, el sueño de estrechar de nuevo el cuerpo de Teresa, puede considerarse verdaderamente propiedad de Luis: el primer deseo que le pertenece por completo.

De modo que aquí está Luis, en el barrio del puente de Toñanes. Baja del coche de sus padres, embutido dentro de un traje comprado por sus padres, dirigiéndose al primer aldeano que encuentra con unos modales que también sus padres le han enseñado.

—Disculpe usted, me preguntaba si podría ayudarme con una cuestión...

Y no, no puede. Ni él, ni su señora —Aurora Villacisneros, para servirle—; ni tampoco los vecinos del caserío próximo, ni el señor alcalde, ni una familia completa que siega el verde. Nadie ha oído nombrar a una señorita como la que Luis les refiere —andaría en los veinte años, en los cincuenta kilos, con un abrigo de este corte y unos ojos que le quitaban la respiración a uno—. Lo de la respiración no lo dice, es natural, pero su propio aliento se quiebra un poco cuando habla de ella. Y nada: todos quieren ayudarle pero no le ayudan, porque en Toñanes no hay nadie con tales señas. ¿Y en Oreña? ¿Y en Cóbreces? Ah, eso ya... Algunas hay. ¡Muchas mozas hay por los pueblos vecinos, muchas! ¿Pero qué busca exactamente el señorito? ¿No se sabe el nombre, el apellido, un apodo aunque sea? Eso no: solo que estaba en la fiesta de San Tirso el otro día. ¿No la recuerdan? ¿No le recuerdan a él, bailando con ella, justo antes de la pelea? ¡Ah, es que a la fiesta vino mucha gente! Mucha, muchísima: de Alfoz y de más lejos. A un puñado ni los conocían.

Solo una persona recuerda. Es una vieja que hila un copo de lana en el soportal de una casona. Tiene un aspecto lastimoso, el rostro medio oculto tras un pañuelo negro que se parece en algo a un sudario; la piel arrugadísima y los ojos sellados por legañas muy verdes. Luis le pregunta también a ella, medio por compromiso y medio por desesperación.

—No me voy a acordar del señorito... Pues claro que me acuerdo.

—¿Entonces es verdad? ¿Se acuerda de mí? —pregunta él, con renacido entusiasmo.

—Sí que me acuerdo, sí...

—¿Y de la joven? ¿Se acuerda de la joven que bailaba conmigo?

—También, también...

—Gracias a Dios... ¿La conoce? ¿Podría decirme dónde puedo encontrarla?

—Pues no puedo decirle, no. Que me entienda el señorito. Puedo decírselo, pero no se lo digo.

Luis tartamudea, confundido.

—No entiendo...

—¡Que no se lo digo! Que tengo buena memoria: buenísima. Y yo vi cómo bailaban, con estos ojos... Con estos ojos los vi. ¡Qué vergüenza! ¡Qué vergüenza tan grande! Cómo se miraban. Y cómo la tocaba... ¡Un hombre sin vergüenza de Dios, eso es usted! ¡Y ella, una perdida! ¡Quiera Dios que no la encuentre nunca!

Los ojos azules de la vieja reverberan de rabia. Al principio Luis no hace, no dice nada. Luego comienza a alejarse lentamente. Los primeros pasos los da de espaldas, sin poder quitar los ojos de la boca desdentada de la vieja, que sigue escupiendo palabras. Después se da la vuelta y echa a andar carretera arriba, cada vez más rápido, sin volver la cabeza.

A su espalda las últimas palabras, resonando como una maldición:

—¿Me escucha, el señorito? ¡Que no la encuentre nunca, nunca...!

Sucede cierto día mientras su padre planta cebollas. Por- 1995
que además de lijar las contraventanas y de podar el seto, además de segar el césped, tajar leña, ordenar armarios, hacer obras en la cocina y en la socarrena, al padre del niño de los dinosaurios le gusta trabajar en su huerto. Ese huerto no da más lechugas ni más tomates que los huertos de sus vecinos, y además es más pequeño que la mayoría, pero hay que reconocer que también es el más ordenado del pueblo. Al padre del niño de los dinosau-

rios le gusta mucho eso, el orden —ordenar cartas en un interminable solitario; ordenar antepasados en el árbol genealógico—. Pasa muchas horas midiendo con un metro extensible la distancia entre las cebollas; comprobando con una cuerda si la línea recta que forman las tomateras es efectivamente recta. Durante nueve meses al año es maestro, y se diría que durante el verano sustituye el ejercicio de disciplinar niños por el de disciplinar hortalizas.

Es ahí donde sucede: en ese huerto.

El padre del niño de los dinosaurios cavando los agujeros de las cebollas exactamente a cuarenta y dos centímetros de distancia de la tapia.

La azada que vuela por encima de su cabeza, del cielo a la tierra y de vuelta al cielo.

La tierra que cede, blanda y dócil, hasta que pronto se resiste.

Una piedra.

Una piedra muy pesada, que el padre del niño de los dinosaurios aparta haciendo palanca con la azada.

Y entonces, al fin, el descubrimiento.

Llama a gritos a toda la familia, aunque por encima de todos piensa, claro, en el niño de los dinosaurios. A los gritos acuden primero la madre, y luego las hijas, y después, al fin, el niño. Cinco personas dentro del huerto, contrariando las instrucciones cotidianas del padre —¡no piséis la tierra, que la apelmazáis!— y de la madre —¡con esos pies de tierra no entráis en casa!

Pero hoy nadie piensa en el huerto ni en la casa.

—Mirad —dice, volviendo la piedra.

La piedra que no parece una piedra. La piedra que es, más bien, un enorme caracol del tamaño de un balón de fútbol.

La hermana mediana se agacha para verlo mejor.

—¿Qué es eso?

—Es un amonites —explica la hermana mayor, como

fulminada de pronto por el recuerdo de una de sus clases de Biología.

—Un ammonites —corrige el padre, a quien le cuesta dejar pasar una eme de menos.

Y de pronto todos se vuelven en la misma dirección. El padre, y la madre, y las dos hermanas, escudriñando la expresión del niño. Todos felices de que el niño de los dinosaurios por fin haya encontrado a su dinosaurio.

Pero el niño de los dinosaurios no sonríe. Está como fosilizado él también en mitad de su sorpresa; las manos colgando a ambos lados del pantaloncito corto y los ojos verdes y enormes detenidos en el ammonites manchado de tierra.

—¿Has visto? —insiste el padre—. ¡Un dinosaurio!

—No es un dinosaurio —susurra el niño, aclarando lo obvio—. Es un ammonites.

—Bueno —concede—. ¡De la época de los dinosaurios, entonces!

—Sí.

—¡Y es muy grande!

—Sí.

Un silencio.

—¿Qué te pasa? ¿No te gusta?

—Sí —repite el niño, sin ninguna expresión en el rostro.

—¿No te parece increíble? ¡Ese bicho estaba vivo cuando los tiranosaurios y los velocirraptores vivían por aquí!

El niño niega con la cabeza.

—No —dice, y se conforma con eso.

El padre se impacienta:

—¿No? ¿Cómo que no?

—Que los tiranosaurios y los velocirraptores no podían vivir aquí.

—¿Y tú eso cómo lo sabes?

—Porque los ammonites vivían en el agua —explica el niño, con helada lentitud—. Todo esto tenía que ser agua.

Los cuatro miran de pronto alrededor, como guiados por sus palabras. La casa, el aljibe, el huerto. El campo de Mirina, el camino de Lucio, el bosque de eucaliptos. El niño tiene razón. Todo esto tenía que ser, efectivamente, agua.

La conclusión es inevitable, y el niño la formula sin necesitar la ayuda de nadie.

—No había dinosaurios en Toñanes —dice, y luego calla.

La familia se afana en encontrar explicaciones. La hermana mayor, armándose de voluntad, le dice que tal vez justamente el huerto fuera la orilla del mar. ¿No sería eso posible? La hermana mediana sugiere el posible hallazgo de un tiranosaurio: uno que se ahogara, añade. La madre plantea una hipótesis más atrevida: ¿y si este ammonites se lo hubiera comido un velocirraptor, y lo que han encontrado es su guarida? El padre menciona la existencia de islas diminutas en mitad del océano donde de pronto, como si tal cosa, puede aparecer el esqueleto de un estegosaurio. ¿Por qué no?

El niño escucha todas las explicaciones sin cuestionar ni replicar nada. Traga saliva. Piensa en Toñanes cubierto de agua. Piensa en el parque de dinosaurios que nunca construirá y piensa en el dinosaurio que resultó ser un tritón y piensa en la maquinita para buscar huesos que ya no necesita para nada, porque no hay huesos que buscar. Se esfuerza por no llorar. Toda el agua del Cretácico, toda el agua que alguna vez inundó Toñanes, dentro de su pecho. No llores, piensa el niño que está dejando de ser un niño: sobre todo, no te eches a llorar. ¿Lo consigue? Lo consigue.

—Sí —murmura con algo que quiere ser una sonrisa—. A lo mejor sí que había dinosaurios.

No dice qué explicación le convence más. Si cree que Toñanes era efectivamente la orilla del mar durante el Cretácico; si en esa orilla espera encontrar al velocirraptor que se comió el ammonites, al tiranosaurio que no hizo pie y se ahogó, el estegosaurio que vivía en una isla del tamaño de su cuerpo; todos juntos y revueltos, dentro del huerto de su padre. Solo sabe esto: si había ammonites, no había dinosaurios. Lo sabe con dolorosa clarividencia, pero por alguna razón, por un motivo que el propio niño ignora, no lo dice. Solo dice lo que ha dicho: a lo mejor sí que había dinosaurios. Y eso basta. A su familia, al menos, le basta. El niño observa de soslayo las miradas de complicidad que padre, madre y hermanas se intercambian.

La infancia termina precisamente aquí: en este día y en este lugar en que el niño finge creer las mentiras de los adultos. El día en que los adultos creen por primera vez las mentiras del niño.

—¡Pues claro que los había! ¡Y algún día los encontraremos! —exclama el padre—. De momento vamos a limpiar el ammonites. ¿No te gusta?

El niño se acuclilla lentamente. Acaricia la rugosidad de los tabiques. Un tacto leve y rápido; como si el ammonites quemara.

—Es muy bonito. Gracias, papá.

Nunca olvidará la fecha: 10 de agosto de 1995. El último día en que el niño de los dinosaurios juega a los dinosaurios.

Dos mil kilómetros más al sur. Cinco grados más de tem- -92.142.763
peratura media. El mismo sol, la misma luna. Respirar algo semejante al aire. Contemplar, hasta donde abarca la vista, algo semejante al mar. Lo demás hay que imaginarlo. Hay que imaginar noches y amaneceres. Hay que imaginar peces inverosímiles y arrecifes de coral que el tiempo convertirá en polvo y reptiles que se sostienen en el cielo, como promesas de pájaros. Hay que imaginar

un mar que huele como el mar, o quizá no, quizá este mar huele a otra cosa: quizá cuando decimos olor a mar no sabemos lo que decimos. Su color, el color del mar, es el color del cielo. ¿Cuál es el color del cielo? Un poco de sol, un poco de viento, un puñado de nubes: algunas tienen siluetas que se parecen a cosas que todavía no existen. Hay que imaginar eso, un mundo en el que las cosas todavía no existen y las nubes no recuerdan a nada. Ni siquiera hay ojos con que mirarlas. Hay tormentas tropicales y salpicaduras de espuma y algas que flotan a la deriva y truenos que retumban en la noche sin límites y ninguna mirada, ningún propósito. Hay que imaginarlo así: un mundo sin imaginación ni testigos.

Sumergido en ese mar, algo semejante a testigos. No tienen ojos, pero a su modo también ellos contemplan el mundo que los rodea: su temperatura, su consistencia, su grado de acidez o de salinidad. Orbitolinas que no confían en más realidad que en aquella que pueden asir con sus propias conchas. Colonias de rudistas para quienes el mundo no puede verse ni oírse, solo habitarse. Foraminíferos y braquiópodos y equínidos: todos ellos se asientan en el lecho del océano, sin saber que algo llamado océano es posible; sin alcanzar a sospechar que algún día incluso ellos tendrán un nombre. De pronto, un ammonites pasa entre ellos, propulsándose con unos tentáculos que podemos imaginar levemente rosados. Él sí tiene ojos, pero quién sabe lo que ve. Sea como sea, esos ojos le bastan para localizar restos de plancton donde no parece haber nada. Sabe, también, encontrar las corrientes marinas y dejarse arrastrar por ellas; sabe reconocer las ondas acústicas que producen sus depredadores naturales; sabe replegarse dentro de su concha en caso de peligro y llenar o vaciar de aire las cámaras de esa concha para ascender o descender en el agua. La vida consiste en eso, en permanecer a flote. Hasta que de pronto. Un día. Una noche, en realidad; siempre es un poco de noche en la profundidad del océano. Sucede precisamente entonces: el ammonites respira por última vez y con esas burbujas que ascienden comienza, lentamente, la caída. Los septos que se vacían poco a poco de aire. Los tentáculos que se acalambran o se relajan. Los ojos, esos ojos que nunca tuvieron párpados, que de alguna forma se apagan. Acaba de golpearse contra el lecho marino, pero ese impacto ya no ha producido ningún dolor al ammonites. Luego, nada. Las bacterias que se ensañan con sus tentáculos, los sedimentos que llueven sobre su caparazón, el coral que florece sobre su tumba de arena: todo es nada.

Lo que viene después no puede describirse, por-
que sucede en la oscuridad, porque no hace ruido, -90.293.193
porque no tiene testigos. Lo mejor que puede decirse es que $Ca(OH)_2 + CO_2 \rightarrow CaCO_3 + H_2O$. O tal vez ponerle un nombre, proceso de carbonatación, con la esperanza de que ese nombre baste. No basta. Nada tan difícil
como imaginar ese tiempo que nadie ha visto, que solo -85.343.194
la química o la geología sospechan: una magnitud que no puede expresarse en el lenguaje de la carne perecedera sino en el lenguaje de los números, las abstracciones, las pesadillas. Cómo hablar de un proceso que dura noventa y dos millones de años. Qué son un millón de años para seres hechos de carne y hueso; criaturas para las que un siglo podría confundirse con la eternidad. Eso
es lo que queda por delante: la eternidad. La noche que -77.949.193
precede y la noche que sigue a la vida. Un tiempo que no es exactamente tiempo, que no es ni largo ni corto, como no están ni lejos ni cerca las estrellas. Dentro, en la tumba del ammonites, nada sucede. Afuera, el mundo. Por-
que hay todavía mundo. Hay mareas y tormentas y días -71.490.030
y noches. Hay cambios en la polaridad terrestre. Hay resplandores volcánicos y mutaciones y rugidos de ani-
males y de cosas. Hay luces venidas de otro mundo y una -65.530.303
explosión que remece el cielo y la tierra y tras esa explosión un invierno nuclear que dura tal vez cientos de años:

apenas un parpadeo en el proceso de fosilización del
-51.393.184 ammonites. Y mientras tanto el viaje del propio ammoni-
-39.944.001 tes, que de algún modo continúa moviéndose, como para
-22.938.191 demostrar que la vida no se detiene ni siquiera con la
-9.393.112 muerte; la placa tectónica que cada tanto tiembla y lo
-6.183.991 acuna y lo transporta ciegamente hacia el norte, hacia el
-3.998.108 lugar que un día será Toñanes: un viaje que sucede muy
-1.381.171 rápido o muy lento, según se considere. Dos centímetros
-938.181 y medio al año: la velocidad a la que crece una uña hu-
-198.117 mana. Suponiendo que algo semejante a una mano huma-
1713 na llegue a ser algún día posible.

1713 Una mano humana. Dentro de esa mano, una piedra. Por lo menos algo que parece una piedra pero que es también una caracola muy pesada; la espiral de los cuernos de un carnero; el ovillo de una serpiente que duerme. Todo eso, dentro de la mano de un hombre. Jacinto de Mogro, cura beneficiado de la parroquia de Toñanes, dando vueltas y más vueltas a la piedra —la serpiente, la cornamenta, la caracola— que acaba de encontrar en la mies. Está a punto de devolverla a la tierra, porque al fin y al cabo es ahí donde las piedras deben estar: lejos de uno, donde no estorben. Pero en el último momento se arrepiente y la deja caer en uno de los bolsillos de la sotana. En el mismo bolsillo donde guarda, a veces, las castañas que reparte a los niños.

Luego continúa su camino hacia la iglesia; la sotana arremangada para que no se le manche de barro. Luego imparte la santa misa. Luego reprende al niño que hace de monaguillo, porque nunca toca la campana cuando debe y hoy lo mismo, lo mismo de siempre. Luego recibe la confesión de tres de sus feligresas —los pecados de siempre también: la envidia, la codicia, la incontinencia, la pereza; y la boca del sacerdote, que bosteza entretanto—. Luego barre las losetas de la iglesia y luego regresa a su casa y barre el zaguán, con la misma escoba de brezo. Luego come tortas de borona y berzas cocidas y bebe vino agrio de los lagares de don Anselmo. Luego descabeza una siesta. Luego se sienta frente al ventanuco y se queda mirando los tejados de las casas y el verde de las fincas, dorados por el sol que se marcha. Todos los días lo mismo, piensa con resignación, con la misma languidez con la que el sol acaricia la tierra.

No está feliz ni triste: está, simplemente, cansado.

En algún momento se acuerda de la piedra y vuelve a hurgar en el fondo del bolsillo para encontrarla. Ahí está. Tan extraña, la piedra; tan diferente de las demás piedras. Tan diferente también de su propia vida, en la que no hay nada excepcional. Solo una sucesión de días como este, todos idénticos como cuentas de un rosario interminable. Se acuerda de pronto de su infancia, de esa época extraña en que los niños aún son niños pero con sus juegos ya prefiguran el hombre en que habrán de convertirse, y comprende que en los suyos nunca repartía sacramentos ni sanaba leprosos; no se le aflojaban las piernas al escuchar la palabra de Dios ni sentía placer al aplicarse penitencias feroces con la cera de los cirios, como cierto compañerito melindroso y pacífico que luego accedería al arciprestazgo. El misterio de la Trinidad, de los ángeles y los serafines, de la venida del Juicio, siempre le hicieron bostezar durante las lecciones de Teología. Y ya ve, ahora está ahí. Esto es todo cuanto tiene: una parroquia remota en las Asturias de Santillana; un centenar de almas cuyas cabezas cubrir de tanto en cuando con agua bendita, con velos nupciales y óleos sagrados. Ha llegado a ese pueblo, a ese destino, como podría haber llegado a cualquier otro, igual que una rama se deja arrastrar por el río hasta donde la corriente conviene. Él es esa rama. El río es lo que cada uno quiera: la vida, la madre Iglesia, la Providencia divina, los tiempos que corren. Pero él es esa rama. Primero estudió la carrera de clérigo solo porque a su hermano le correspondió el mayorazgo y ahora está en Toñanes como puede estar en cualquier otra parte. Eso piensa, mirando ese pedrusco que también es a su modo un producto del azar, de los caprichos de Dios: una roca que pretende la apariencia de un ser vivo, lo mismo que él pretende ser un auténtico sacerdote. Un espíritu muerto dentro de un cuerpo vivo.

Esa noche sueña con la piedra. Pero en su sueño esa piedra ya no es una caracola, ni una serpiente, ni la cornamenta de un carnero: es un ojo petrificado. ¿El ojo de quién? ¿Y por qué petrificado? El ojo de Dios, claro. Dios que lo mira, que lo ve fracasar incluso desde el corazón de las piedras.

Luego la mañana siguiente. Luego dirigirse a la iglesia, la sotana arremangada para que no se le manche de barro. Impartir la santa misa y reprender al niño que hace de monaguillo y recibir las mismas confesiones y barrer las losetas de la iglesia y las losetas del zaguán de su casa. Vino de don Anselmo para beber, tortas de borona y berzas para comer. Solo entonces la primera novedad: Vicente de Herrera que llama a su puerta para preguntar si ya está copiada la escritura de su acta de matrimonio, porque la necesita para no sé qué y para no sé cuánto. Una novedad insignificante, pero novedad al fin y al cabo. Algo es algo, piensa Jacinto con un suspiro. Y es entonces, mientras trastea entre los legajos, cuando Vicente se asoma por el quicio de la puerta y señala la piedra que hay sobre el escritorio.

—Un caracolón —dice, simplemente.

Jacinto asiente con la cabeza, pero deja en suspenso el gesto.

—¿Un qué?

—Un caracolón, padre. Así llamo yo a los pedruscos esos.

—¿Dices que hay más piedras como esta? ¿Dónde?

—Pues... Por todas partes, esa es la verdad. Cómo se nota que su paternidad no tiene que arar la tierra. En la finca mía encontré ya unas cuantas. Y por las tapias. Y en Bolao, en los mismos paredones del acantilado... ¡Ahí hay muchísimas!

El padre Jacinto arruga el ceño. Tiene en una mano el acta de matrimonio y en la otra la piedra. Es decir, el caracolón.

—¿Y por qué los llamas caracolones?

—Porque es lo que son, ¿no? Caracoles enormísimos, ya muertos.

—Pero, hijo mío, ¿cómo va a ser esto un caracol? ¿No ves que está hecho de piedra? ¿Y no ves, también, lo grandísimo que es?

Vicente se rasca el cogote.

—Pero si no es un caracol, padre... Entonces ¿qué va a ser?

—¡Dios lo sabrá! Pero un caracol está claro que no. A mí me parece que es una piedra como cualquier otra. Ya ves que a veces la naturaleza tiene sus caprichos... Quiero decir Dios. Tiene sus caprichos, Dios. Tornea piedras que a uno se le figuran cosas. Lo mismo que cuando miramos la Punta de la Rebollera y parece que se ve el rostro de un hombre, ¿no te fijaste nunca?

Sí. Eso es el caracolón: solo un pedrusco, no distinto de cualquier otro. Pero por algún motivo, ninguno de los dos deja de mirarlo. Un silencio.

—¿Estás seguro de que son iguales a esta, esas piedras que viste? —pregunta de pronto el padre Jacinto, en voz más baja.

Vicente asiente con convicción.

—Iguales, padre. Las hay más grandes y más pequeñas. Pero son lo mismo que esta. ¿No quiere su paternidad que le enseñe alguna?

El padre Jacinto dice que no. ¿Qué ganancia saca con mirar piedras, él, un hombre tan ocupado? Pero bueno, dice al fin: si insistes. Si te hace ilusión enseñarme la piedra aquella, pues me la enseñas. El día que te acuerdes. Al final ni siquiera hace falta esperar tanto, porque da la casualidad de que al día siguiente don Jacinto sale a dar un paseo por el pueblo, y caminando, caminando, va a dar precisamente a la huerta de Vicente. ¿Qué te parece, hijo mío? Estaba dando un paseo y justo vi tu casa y me acordé de lo que hablamos ayer. De la perra que te dio con enseñarme no sé qué piedra. Vicente deja a un lado la azada, se limpia las manos contra el pantalón y acompaña al sacerdote hasta el cierre de la huerta. Ahí está, metido en la misma tapia: otro caracolón grandísimo, más grande aún que el otro. El padre Jacinto se arrodilla en el suelo para mirarlo más de cerca. Se olvida de todo y de todos: de Vicente, de su paseo, de la sotana que se le está manchando de barro, de que las rocas a él ni le van ni le vienen. Pasa el dedo por los orificios y las anfractuosidades de la piedra, que es, en efecto, tan parecida a la piedra que él mismo ha encontrado. El padre Jacinto se rasca la barbilla. Porque siempre puede concebirse, de tanto en cuando, un capricho de Dios, por extravagante que sea; pero ¿dos veces el mismo capricho?

—Es igual que la otra —dice, y su propia voz le suena extraña.

—Ya le dije, padre.

—¿Y las otras?

—¿Qué otras?

Por primera vez Jacinto se vuelve a Vicente, todavía desde el suelo.

—Me dijiste que habías encontrado muchas piedras como estas.

—¡Ah, sí...! Muchas, muchas.

—¿Dónde están?

Los ojos de Vicente, abriéndose aún más. Hace un gesto vago con la mano manchada de tierra; un gesto que resume su huerta, el pueblo, el mundo entero.

—Qué sé yo, padre. Cuando encuentro una, pues... La vuelvo a tirar. ¿Es que sirven para algo?

El padre Jacinto tarda mucho en contestar.

—No, hijo. Para nada.

Un real, por un caracolón. Eso es para lo que servirá desde ahora y en adelante una piedra como la que Vicente acaba de mostrarle: para ganar un real. El padre Jacinto toma la idea de las ordenanzas del ayuntamiento. ¿Acaso el Alcalde Mayor no combate la plaga de lobos pagando un real por cada cabeza de lobo que se le presente? Pues él va a hacer lo mismo con los caracolones. La noticia se difunde rápidamente por los concejos próximos, y en los días siguientes la puerta del cura recibe un lento goteo de vecinos y forasteros. Algunos de los caracolones que traen son pequeños, caben en un bolsillito chico; otros son grandes como la cabeza de un hombre. Por esos, el sacerdote llega a pagar hasta dos reales. Un cuarto de real por los más pequeños; un cobre de añadidura si no están mellados o rotos. Pero no todo son caracolones. Algunos vecinos se presentan con otras piedras estrafalarias, por si acaso cae otro realito. Piedras
con forma de hacha —un hendedor musteriense—; pie- -38.539
dras con el dibujo de una planta —un helecho fosilizado, -19.484.171
era Terciaria—; piedras con la silueta de una estrella —un -73.318.191
equinoideo, Cretácico Superior—. Y por esta, ¿cuánto me 1713
da su paternidad? ¿Solo un vellón? No tenga mal corazón, padre. Mire que en casa somos ocho hermanos y pasamos necesidad. Y esta piedrita es tan bonita; casi tanto como esas que a vuesa merced le gustan...

¿Para qué quiere él todas esas piedras? Todos en Toñanes se lo preguntan. El mismo Jacinto no parece tenerlo del todo claro. ¿Por qué, Señor, por qué me interesan tanto estos caprichos Tuyos? ¿Qué es lo que quiero entender de Ti? El Señor, fiel a su naturaleza, no responde nada, así que es Jacinto quien debe contestar a su propia pregunta. Al menos intentarlo. La cuestión de las piedras empezó como una forma de matar el tiempo; lo mismo que esos pastores juegan a tallar maderitas mientras las vacas pacen. Un juego, por lo tanto, pero no solo un juego. También una cierta sensación física, en cierto modo comparable a la que sentía de niño cada vez que sus padres susurraban algo detrás de una puerta cerrada y él quería, necesitaba saber qué era lo que se decían. ¿Qué es lo que quieres decirnos, Señor de Todas las Cosas, a través de estas piedras? Una leve inquietud. Un picor en una parte de la piel que no está fuera sino dentro. Una sensación de vacío en el pecho. Una lucecita permanentemente encendida en su cabeza, tan luminosa que lo mantiene en vela hasta en lo más oscuro de la noche. Un tropel de imágenes y de preguntas, que desfilan de un cabo a otro de su cama, hasta producirle vértigo. ¿Qué tienes tú, Señor, con estas piedras? ¿Por qué repetir tantas veces el mismo juego, construir la misma criatura imposible no en la carne mortal sino en la roca eterna? Respóndeme, Señor. Eso murmura el padre Jacinto cada día y cada noche, mientras acaricia las cicatrices de eso que algún día recibirá el nombre de ammonites; mientras toca esos relieves que aún no se llaman septos, sifón, cámara habitacional, peristoma. Y entre tanto, los vecinos de Toñanes, que no se cansan de distraerlo y de molestarlo:

—Padre, vengo a que me bautice un niño que me ha nacido.

—Padre, murió mi esposa y no tengo dinero con que enterrarla.

—Padre, confiéseme, porque he pecado.

Los pecados de siempre. Las soluciones de siempre: por ese maravedí solo te puedo dejar una tumba que esté en las filas traseras de la iglesia, un poco más lejos de Dios. Los mismos nombres de siempre —Antonio, Juan, Miguel—, un niño igual a todos los niños y sobre su cabezota un agua consagrada que es también el agua de siempre. Id con Dios, que yo vuelvo con mis piedras.

Primera teoría del padre Jacinto: los caracolones no 1714
son caprichos de la naturaleza, sino trampas de Dios para poner a juego nuestra fe.

Un día no puede resistir la tentación y rompe uno de los ejemplares más bellos con un mazo. Dentro, muchos huequecitos que no sabe lo que son —son los tabiques del fragmocono—. ¿También hiciste tú, Señor, esos agujeritos? Rompe otro caracolón y otro y otro: los mismos huequecitos, la misma pregunta. La inevitable tristeza que sigue cada vez que quiebra uno de los caracolones, porque nunca, nunca más, volverá a verlo intacto. Es verdad que a estas alturas tiene ya muchísimos, pedruscos por todas partes, en el huerto, y encima del escritorio, y en el suelo de la cocina, y hasta en la cama, ordenados por forma o por tamaño o incluso por belleza: pero cada uno de ellos le parece algo único e irrepetible, como sin duda deben de ser únicas e irrepetibles para Dios las almas de todas sus criaturas.

¿Por qué, Señor, pusiste estas piedras en mi camino? ¿Por qué este misterio múltiple ante mis ojos?

Segunda teoría: los caracolones fueron animales an- 1715
tediluvianos, que no encontraron ni un rinconcito libre en las bodegas del Arca.

—Padre, me quiero casar con mi prima.

—Padre, necesito su bendición, que me marcho para Andalucía.

—Padre, anoche gocé mucho con mi esposo. Dígame si es pecado o no es pecado.

Como el Señor no contesta, Jacinto comienza a fabricar sus propias teorías. Toda la noche entregado a cálculos febriles, a comparar sus caracolones con la anatomía de un caracol, de un bígaro, de una caracola. Páginas y páginas garabateando sus especulaciones con una caligrafía cada vez más monstruosa, como quien toma al dictado los desvaríos de un loco.

1716 Tercera teoría: La tierra es un inmenso cuerpo. Posee ríos que son venas y respira a través de las mareas y suda lluvia y tiene árboles que crecen como el cabello y montañas semejantes al espinazo de los lagartos. En las entrañas de la tierra, en esas cuevas que son úteros y esas simas que semejan matrices, se engendran las gemas y los metales, y también los caracolones.

—Padre, cuénteme mejor la cuestión esa de la Trinidad.

—Padre, forcé a una moza de Treceño. Dígame si el Señor me perdona o no me perdona.

—Padre, cúmplame treinta y dos misas gregorianas por mi hijita. Para que la ayuden a llegar al Cielo.

Su sotana cada vez más sucia y desastrada. El portal de la iglesia lleno de hojas secas, y nadie para barrerlas. El padre Jacinto que de un tiempo a esta parte olvida los latines de la misa y confiesa los pecados con evidente desgana. Su casa llena de lozas sin lavar y de papeles desparramados y de piedras del cura. Así es como las llaman: piedras del cura, porque a nadie más que al cura le interesan. Ya no le queda ni un vellón en los bolsillos, así que cuando alguien le muestra un caracolón particularmente bello —mire, padre, de los que a su merced le gustan— debe emprender fatigosas negociaciones. ¿Cuánto pides por él, hija mía? Te ofrezco rezar un Padrenuestro cada noche por la salvación de tu alma. ¿Qué te parece? Un padrenuestro por tu alma y otro por el alma de tus muertos; a ver si les ahorramos algunas horas de purgatorio, a los pobres...

1718 Cuarta teoría: Sobre la madre tierra a veces cae, por negligencia o accidente, la simiente de animales vivos. Así se engendran criaturas imposibles, como las mandrágoras, que como todo el mundo sabe imitan la forma humana en el reino vegetal; o las perlas del mar, que pretenden la redondez de los planetas en el interior de las ostras. También así, claro, los caracolones, que son precisamente eso, criaturas que tienen por padre a un caracol y por madre a la mismísima tierra.

Ya no le quedan monedas con que comprar papel —una colección de ciento dieciocho caracolones, y subiendo—, así que tiene que acabar recurriendo a los papeles del libro de bautismos. Por el lado derecho de la hoja, el bautismo de Juan Gómez de Carandía, hijo legítimo de tal y tal; por el izquierdo, el dibujo del corte transversal de un caracolón. Así será su vida a partir de ahora, un permanente errar entre el Cielo y la Tierra; entre su amor por Dios y su amor por las piedras.

¿Por qué, Señor, por qué? ¿Por qué me diste tanta curiosidad por esta Obra Tuya y tan pocos maravedíes con que satisfacerla?

Quinta teoría: Dios no es omnipotente. No hace lo 1719
que quiere, sino lo que puede. Antes de crear los caracoles creó, como ensayo fallido, los caracolones.

El padre Jacinto, cada vez menos cura y más mendigo. Un cestillo frente a la puerta de la iglesia para recoger limosna: no para los pobres, sino para las piedras del cura. Piedras de la locura, corrige Vicente Lantarón, malicioso. Quién sabe: loco, tal vez. Jacinto haciendo las cosas que hacen los locos. El cabello sucio y revuelto; los ojos como vueltos a sí mismos; la sotana desgarrada de tanto vagar a solas por las brañas de Toñanes. A veces los niños trepan hasta el ventanuco de la iglesia y lo encuentran arrodillado en el suelo, rodeado de papeles casi negros de tanto escribir y escribir. Luego se pone en pie, las manos a la espalda, y comienza a pasear la misma idea fija de un lado a otro de la nave, siempre el mismo trayecto y siempre los mismos ojos abiertos pero ciegos, mientras bisbisea palabras que no llegan a escuchar. ¿Con quién habla, el cura? ¿Se dirige, acaso, a Dios? La iglesia cerrada incluso los domingos y Jacinto adentro, revolviendo piedras y papeles, sin hacer caso a los porrazos en la puerta. ¡Padre Jacinto! ¡Padre Jacinto! ¡Nosotros también queremos hablar con Dios! Pero es un padre que ha dejado de escuchar a sus hijos: solo tiene oídos para las piedras.

1720 Sexta teoría: Dios no existe. Si existió alguna vez, hace mucho que desapareció. Las cosas existen por un tiempo hasta que un día dejan de existir. Por ejemplo, los caracolones. Por ejemplo los hombres, que tal vez son también ensayos; el boceto de una criatura más perfecta que aún está por venir.

El día en que le sobreviene ese pensamiento, lo encuentran atravesado en la puerta de su casa. Tiene la frente abrasada por la fiebre y cuajarones de saliva temblando en su boca entreabierta. Solo recupera el conocimiento para asir por la pechera al vecino que lo socorre y susurrarle al oído: Es importante. Es muy muy importante. ¿Qué es eso tan importante? El padre Jacinto se desvanece de nuevo antes de poder explicarlo. Pronto se arma un pequeño alboroto de vecinos que llegan de todas partes: unos lo arrastran hasta la cama, otros corren por compresas frías o por tacitas de caldo. Al entrar y salir de la casa pisan una y otra vez la hojarasca de papeles desparramados por el suelo: son las hojas del libro de bautismos de 1683 a 1720, tan rayadas de dibujos y de garabatos endemoniados que apenas puede leerse una sola palabra. Cuando dejan el cuerpo sobre la cama surge una pequeña controversia. Desnudar a un enfermo es, qué duda cabe, tarea de una mujer, pero ¿desnudar a un cura? ¿Es cosa de mujeres o de hombres? Al final es la vieja Úrsula de Herrera la que asume el desafío de contemplar la carne mortal de un ministro de Dios. Por lo demás, a estas alturas el cuerpo de Jacinto tiene poco de carne y mucho de mortal: una poquita cosa de huesos temblorosos y piel ensopada en su propio sudor.

Morirá al amanecer, piensa la vieja Úrsula, que ha criado y visto morir a siete hijos. No le falta razón.

Francisco Gómez, apoyado en la jamba de la puerta, sacude la cabeza débilmente. Han sido los caracolones, murmura. Las piedras de la locura, añade Vicente Lantarón. Esas piedras del infierno, agrega Antonio del Pino, rabioso. Y mientras hablan se quedan mirando, precisamente, una de las piedras tiradas por el suelo. De pronto, tocada por las sombras de la luz que se va, ya no les parece una caracola muy pesada, ni el ovillo de una serpiente que duerme, ni un ojo petrificado de Dios, ni tampoco exactamente la cornamenta de un carnero. Cuanto más la miran y remiran, más les parece el asta de un macho cabrío. Un estremecimiento.

—Es cosa del Diablo —susurra Vicente.

Y entonces, como imantado por esas palabras, el padre Jacinto exclama desde su cama:

—¡No los hizo Dios!

Todavía vivirá algunas horas más, pero estas serán sus últimas palabras. No verá por tanto a sus feligreses santiguarse una y otra vez; no los verá correr por el agua bendita para salpicar la frente del poseído y de paso todos los rincones de la casa. Ni siquiera los escuchará rezar catorce padrenuestros ni oirá el ruido que hacen los caracolones al ser arrojados por la ventana ni mucho menos el chisporroteo del fuego de la cocina al acoger el libro de bautismos de 1683 a 1720 al completo; las vidas de noventa y seis vecinos de Toñanes consumiéndose para siempre, junto con los dibujos de otros tantos caracolones.

Si en sus últimos momentos el padre Jacinto no ve ni escucha nada de eso, entonces ¿qué es lo que ve, qué es lo que escucha?

Ve, claro, un caracolón. Alrededor, algo semejante al mar —peces inverosímiles y arrecifes de coral que el -92.142.763
tiempo convertirá en polvo y aún más arriba reptiles que se sostienen en el aire, como promesas de pájaros—. Ve al caracolón sosteniéndose en el agua, con unos tentácu-

los levemente rosados. Ve ese mismo caracolón, murien-
do —los septos que se vacían poco a poco de aire; los
tentáculos que se acalambran o se relajan; los ojos, esos
ojos que nunca tuvieron párpados, que de alguna forma
1720 se apagan—. Se ve a sí mismo, muriendo también —los
pulmones que se vacían poco a poco de aire; los bra-
zos que se acalambran o se relajan; los ojos, esos ojos que
siempre estuvieron ciegos a la verdad, que lentamente se
cierran—. Ve su propio cuerpo contemplado desde el te-
cho de su cuarto: alrededor de la cama una docena de
vecinos que rezan para nada y para nadie, a un mundo
sin orden y sin propósito. Piensa: Estoy muerto. Y luego,
con un temblor de esperanza: Si estoy muerto y puedo
seguir pensando, entonces Dios existe. Eso, precisamente
eso, es lo último que piensa. Luego se muere y lo entie-
rran debajo de la primera bancada de la iglesia y asignan
la parroquia vacante a un cura de Reocín, que dedica una
tarde completa a recoger las piedras dispersas por el huer-
to para arrojarlas al río. Aquí se darán bien las cebollas,
piensa. No se equivoca.

1626 En el principio es el año 1626. La historia de Toñanes
arranca así: con la primera página del libro de bautis-
mos. Antes, claro, hay también historia, o por lo menos
algo que se le parece: una historia todavía sin voces ni
-18.505 rostros. Primero solo algunos restos: un hendedor pa-
-14.121 leolítico hallado en la mies de Bolao; cuatro bisontes pin-
-854 tarrajeados en la cueva de las Aguas; un hacha de bron-
-3.223 ce encontrada en algún lugar de Novales; siete pequeños
túmulos en el Coterío de Carrastrada, que bien podrían
313 ser enterramientos de la Edad del Bronce. Un nombre
—Toñanes— que tal vez podría ser romano. Llegan, al
fin, los primeros nombres, pero por ahora son solo nom-
bres de propietarios y potentados; de pequeños y de gran-

des señores. Por ejemplo un tal Gutierre Petriz y una tal 1128
Oria, su esposa —uxor mea—, que vende al abad de San-
tillana del Mar ciertas heredades que habemus in villa
que vocitant Tonnanes, y en esa villa un monasterio,
in illo monasterio cum sua ecclesia, pero también terras,
pumares, defesas, felgarios, sernas, pratis, pascuis —ha-
zas de cereal y manzanares; dehesas de ganado y hele-
chales sin cultivo; tierras de siembra y prados y pas-
tos—. En el momento de enumerar sus bienes, Gutierre
se acuerda de cierto molino que tal vez sea el molino de
abajo de Bolao, et mea ratione in illo molino de rio que
dicunt Pellar, cuyas últimas paredes todavía aguantan 2021
en pie, enfrentándose al río y al mar al mismo tiempo.
Más tarde hay también, sub christi nomine, un tal Fer- 1247
nand Petriz de Novales que lega quanta heredad yo e en
Tonnanes, que compre e que gane e con quanto que yo
hy avia en monte e enfonta ver e heredat orrios e casas
bueys e vacas ovejas puercos e cavras por mi alma e de-
mios parientes. Un siglo de silencio y luego un tal García 1355
Díaz de Ceballos y su mujer doña Aldonza, a quienes les
son concedidos todos los diezmos e rentas e derechos
que la dicha eglesia de Santa Yllana ha e debe aver en
cualquier manera en la eglesia de Santetis de Tonnanes.
La misma iglesia, casi doscientos años más tarde, y en 1544
ella todo el pueblo reunido, estando como estamos jun-
tos e ajuntados a nuestro conçejo de Toñanes a son de
campana tañida según que lo tenemos de uso e de cos-
tumbre de nos ayuntar. La iglesia de Santetis de Toñanes,
construida muy lejos de la actual parroquia, junto a la
finca que todavía hoy llaman Campo de la Iglesia —es 2021
precisamente aquí donde el arado de Pepín Cano des- 1974
cubre los restos de la necrópolis; un puñado de tumbas
de lajas y de calaveras miserables que tampoco nos di-
rán nunca sus nombres—. Nombres que cambian: el san-
to patrón de Toñanes, Santetis, que tarda dos siglos en
transformarse en san Tirso —Santetis, Santotis, santo 1355 / 1404 / 1567

1499 / 1626 Thirdo, san Tirso—. De Tonnanes a Toñanes, del pago
en sueldos —solidos— a los maravedíes, del sub christi
nomine al sepan quantos esta carta vieren, de Iohannes
Petriz testis a Juan Pérez, testigo. Pero nunca, entre tan-
tas palabras, el nombre de un simple labrador; nunca
1128 tampoco el apellido de una mujer —Oria, esposa de Gu-
1355 tierre Petriz, y Aldonza, esposa de García Díaz de Ceba-
llos: no tienen apellido, o al menos nadie se molesta en
consignarlo—. Nunca niños ni ancianos ni pobres de so-
lemnidad, que nada tienen que vender ni que comprar.
1404 Nunca hombres que no sean veçinos e fijosdalgo deste
conçejo. Tres, como mucho cuatro nombres por siglo:
el resto de los habitantes de Toñanes no existen, o están
vagamente contenidos en fórmulas imprecisas —otros
1544 omines buenos; vecinos deste dicho lugar por nosotros
e nuestros subçesores vecinos que son y seran deste di-
cho lugar viudas y huerfanas que estan ausentes—. Y así
permanecerán, ausentes, hasta el día en que puedan com-
1626 parecer a los ojos de la Historia: el 13 de abril de 1626.
Primera página del libro de nacidos de Toñanes: en trece de abril de mill y seiscientos y veinte y seis baptize a Bartholome de Cossio hijo legitimo de Juº Gomez de Carandia y Juliana Velez su muger. Es la primera vez que la pluma de un letrado —el sacerdote Diego Pérez de Ruiloba, para servir a usted y a Dios— se pone al servicio de una vida corriente. Una vida brevísima, por otra parte, porque el tal Bartolomé morirá apenas tres semanas más tarde: por lo que a él respecta, 1626 no es solo el principio de la historia; es también el final —5 de mayo de 1626, primera página del libro de difuntos—. El libro de la vida y el libro de la muerte de Toñanes, que arrancan por un mismo nombre. Tras él vienen otros muchos. Niños que nacen o mueren; señores que pagan por su alma treinta y dos misas gregorianas o mendigos que son enterrados a expensas de las arcas del concejo; madres que dan a luz hijos legítimos y otras que bautizan niños sin padre co-

nocido —dícese bajo secrepto de confesión que fuera su 1737
padre Miguel de Villegas el mozo, escribe el sacerdote en
el margen del libro—. La pluma del sacerdote, que se apre-
sura a consignarlo todo; que se emplea igual con el alma
del más miserable y del más encumbrado de los hombres
—casi por igual; los Villegas, los Gómez de Carandía y los
Quirós, que siempre son enterrados cerca del altar mayor,
mientras que los demás no pasan de los bancos traseros—.
Al pie de cada página, las firmas de los testigos: rúbricas
temblorosas trazadas por los que saben escribir y aspas
solitarias improvisadas por los que no saben. En los már-
genes del libro, algunas fechas anotadas, como un reloj
que llevara cuenta del tiempo de la aldea: Rosa Elvira de 1806
la Torre, muerta en 1806 de la su vejez; don Juan Gómez 1732
de Carandía, nacido en 1732 de padres legítimos; Juan de
Ruiloba y María de Herrera, desposados en 1636 —pa- 1636
rentesco en quarto grado de consanguinidad para el que
alcançaron dispensacion de Su Santidad y licencia del
Ordinario—. Papeles desgarrados, maltratados, hechos ji-
rones, con la tinta corrida por la humedad, y en ellos
intacto todavía el ruido de la vida: el llanto de los niños
al recibir el agua del bautismo; las risas de los esposos al
tomarse la mano en la puerta de la iglesia; el silencio de
los muertos y las lágrimas de los deudos. Y sin embargo,
solo eso: papeles. Tres volúmenes casi desencuaderna- 2021
dos que se mueren de asco en los sótanos del Archivo
Diocesano de Santander, y en ellos solo una ausencia:
la memoria de bautizados de 1683 a 1720. Casi cuaren-
ta años; cerca de un centenar de nombres perdidos para
siempre porque el padre Jacinto de Mogro nunca se mo-
lestó en consignarlos como es debido; porque le preocu-
paba más la posteridad de las piedras que la memoria de
los hombres.

1784 Francisco presenta una nueva demanda, esta vez ante la Real Chancillería de Valladolid. Recorre las parroquias vecinas y hace copias de las partidas de bautismo, matrimonio y defunción de todos sus antepasados, para demostrar que en algún oscuro momento entre 1700 y 1720 la línea de herencia de la finca no siguió la dirección que debía —no me lo explico, hijo mío, murmura algo azorado el párroco mientras pone patas arriba la sacristía; por más que busco, no doy con los papeles del año que me pides—. Inicia una engorrosa correspondencia con el regidor de Salvatierra en Nueva España, con la esperanza de que le ayude a encontrar el paradero de cierto primo segundo de nombre Gerónimo Díaz de la Vega, cuyo testimonio podría ser decisivo en la causa —nada consigue—. Interroga a los vecinos de Toñanes que sabe de su parte y compra su rúbrica en ciertos documentos a cambio de distintos favores y mercedes —los que no son mis amigos son mis enemigos, clama en cierta ocasión en la taberna, con la voz deformada por la rabia—. Mientras recaba uno de esos testimonios, se cruza con Domingo en la cambera de Argayano e intercambian algunas andanadas de insultos. Esa misma noche comparece en Novales ante el juez ordinario del Valle de Alfoz de Lloredo, para incluir las injurias en la causa. Me dijo que decía más verdad que yo y que toda mi casta. Me dijo que mi familia era de origen de matadores de cristianos y que mi casa había de ser sembrada de sal. Me dijo que tenía el alma negra como la de Caín. Me llamó ladrón y villano y bellaco y demonio bautizado y nieto de curas. Me llamó hijodalgo. El juez se rasca la cabeza: Eso de hijodalgo no es un insulto. Ah, señor juez, pero si usted hubiera visto cómo me miraba cuando lo decía... Escriba vuecencia eso: su mirada.

Hace llamar a un jurista de Santander, que cobra el viaje a precio de oro y que mira con incredulidad la finca que Francisco le muestra. Se sitúa en el centro, procurando no pisar las boñigas: el letrado calcula a simple vista que desde ahí, desde el centro de la tierra en disputa, podría arrojarse una piedra a cualquier dirección, y lograr que esa piedra cayera siempre en el terreno vecino. ¿Esta es la finca? Esta es, responde Francisco. El letrado asiente en silencio. Veremos qué puede hacerse. Lo que cueste, señor letrado. Lo que cueste.

Y costará mucho, muchísimo. Francisco no llegará nunca a confesar a su esposa la cifra exacta. Nunca llegará a confesársela, tampoco, a sí mismo. Lo único que puede decirse es que a resultas tendrá que vender cierta viña en Cigüenza, dos huertas en Novales, su tercio del molino de Valtrigo, una llosa en Carrastrada. Toda la casa es un ir y venir de dineros y papeles; expedientes a veces tan voluminosos que los recaderos tienen que traerlos en carretillas. Así que a los gastos de oidores, provisores y jueces hay que añadir también los gastos de tinta y papel, y sobre todo los gastos de adquisición de dos arcones donde almacenar los documentos. No importa, razona Francisco: cuando gane el último recurso, iniciará un nuevo proceso para exigir a Domingo el pago de las costas. Eso es lo que hará. Eso repite a cualquiera que esté dispuesto a escucharlo, e incluso a quien no está dispuesto. Sus hijos —porque, en lo que dura el pleito, ha tenido tiempo de tener dos hijos— aprenden al poco de destetarse palabras como *diligencia*, *pesquisidor*, *apelación* o *memoria de costas*. También expresiones como *¡Maldito leguleyo!*, que acaban incorporando con naturalidad a sus juegos y disputas. «¡Voy a apelar ante Padre!», grita el pequeño cada vez que siente que su madre dirime alguna cuestión con injusticia; a Francisco le hace gracia la expresión, pero a Antonia solo le produce una inmensa tristeza.

Son, pese a todo, años de esperanza, porque la cosa está casi hecha, le dice el jurista de Santander: hágase cuenta de que la tierra ya es suya. Ocho años de esperan- 1792 za, para ser precisos. El tiempo que tarda la Real Chancillería de Valladolid en darle una vez más la razón a Domingo Revuelta.

2020 *La fachada de la ermita de Santo Domingo de Toñanes. Una reja para proteger los objetos de culto, velados por la penumbra. Junto a la pared, un carretillo, un saco de cemento y un palé de tejas que sobraron de las obras de rehabilitación. Se oye, a lo lejos, el ronquido de un tractor y el rumor del río. Junto a la ermita, la portilla del cementerio, que dejó de cerrarse con llave hace ya muchos años. Apoyada en esa portilla, Luisa López Barata (setenta y siete años).*

Pero qué te voy a contar yo de Toñanes, si tú sabes que yo no soy de aquí... Que soy pasiega. A lo mejor te digo cosas que otros desmienten, ¿me explico? Porque nacida aquí no soy. Vendría hace... Espérate a ver, que yo de las fechas no doy... No sé si haría cincuenta años o más que me vine, fíjate. Casi sesenta a lo mejor. Primero a Cóbreces, a una casa que está al otro lado del río, donde Bolao. ¿La conoces? Ya todo desborregada está, qué pena. Ahí me vine, y luego a Toñanes y ya... De aquí no me moví. Pero yo soy de Escobedo de Villafufre. Camino de Selaya. Y acabé aquí porque en Novales había un hombre ya muy mayor que era amigo de mi suegro. Y un día en el ferial en Torrelavega mi suegro le dijo a este señor: Mira, que se me casa mi hijo José, a ver si le encuentras una finca buena por aquí... José era mi marido, ya sabes. Porque antes los que vivíamos de vacas, si te conformabas con poco, pues poco tenías y poco podías hacer. Nosotros queríamos algo amplio y grande para trabajar y ahorrar algo, y allí en Cóbreces lo encontramos. Así fue como me bajé, con mi marido. Me traje a mi hermana y me traje también a mis hermanos, que me ayudaban pues con lo que podían, a la hierba, y a cuidarme al crío. Así fue, así fue como nos vinimos. Cuánto trabajo había, no te haces una idea. Y mira que yo no era de vacas. A mí me gustaba coser, hacer ropa de calle y bordar. No era de vacas yo. Era más de las cosas de casa. Pero... me casé con uno que tenía vacas y después... Qué vas a hacer. Tocó, ¿no? Así es, hijo. Y ya aquí pues me tuve que acostumbrar a otras cosas. Te crías en un sitio, y una vez que van pasando los años ya se piensa de otra manera. Ahí está el quid de la cuestión. Se ven las cosas de otra manera. Aprecias cosas que antes no apreciabas. Y no fue fácil. Y eso que a mí aquí me querían mucho los vecinos, ¿eh? Yo no he tenido problemas. Al contrario. De los de Cóbreces y Toñanes, nada más que cosas buenas puedo decir. Mira, cuando dejamos la casa de Cóbreces y nos vimos aquí pasó una cosa... Antes se hacían las hacinas en la calle, ¿no? Yo no sé si recuerdas tú las hacinas, esos montones grandones de hierba. Pues nosotros el último año en la finca de Cóbreces hicimos una hacina muy grande, muy grande, puesto que no íbamos a meterlo en el pajar. Para que nos costaría menos traerlo aquí. Y los vecinos de Cóbreces, ¿sabes lo que hicieron? Nos ayudaron a traerlo todo. El montón de hierba, las vacas, todo. Nos ayudaron con todo. Yo ya te digo que estoy encantada. Con los de Cóbreces y con los de Toñanes. Yo me he hallado muy bien. No puedo decir ni esto de nadie. Al contrario. Todo lo más, un caso que nos pasó al llegar... Que sí que fue mala pata. Y algunos nos miraron muy mal un tiempo, no creas. Porque resulta que antes, hace como cincuenta años, el presidente de Cantabria traía, para hacerles una gracia a los ganaderos, unos toros que no eran de la misma sangre que las vacas, y trajeron cuatro toros expresamente para la diputación. Para el semen. Y qué te parece que vinieron y vinieron enfermos. Traían la gripe. Y yo... O sea, José, mi marido, llevó una vaca al mercado. Y no la vendió. Ya se hablaba... Se había rumoreado de que los toros de la diputación traían la peste aquella. Y quién te dice a ti que por aquella vaca... Nos dio la gripe a todas ellas. Y el gobierno nos las llevó. Nos quedamos sin nada. Y nos pagaron, sí, al final se nos pagó, pero estuvimos cuarenta días sin nada. Tú fíjate, nada más de llegados, cuarenta días con el cielo arriba y la tierra abajo. Comiendo de lo poco que teníamos. Y Vicente tenía las vacas aquí mismo y qué te parece que se les pegó la gripe a las suyas también. Y en Toñancs, que eran todos una piña... Pues nos miraron muy mal una temporada, ya te digo. Incluso nos levantaron algunas cosas que no eran, ¿sabes? Porque... A ver. El veterinario nos tuvo que hacer no sé cuántos papeles como que habíamos ido a la feria. Con la verdad, vaya. Que habíamos traído la peste de allí, que era una cosa que tenía que hacerse cargo el gobierno. Pero había dos por aquí que decían unas cosas que no eran verdad... Dos que fueron siempre malos. Malos no, malísimos, que Dios los tenga donde se merezcan, porque ya murieron. Y a mí también, ¿eh? Que igual y con todo me lleva a mí con ellos también, pero... Pues esos, esos fueron los que dijeron cosas que no eran. Que nosotros lo habíamos estado cerniendo por el pueblo, lo de la peste. Y todo porque no teníamos estercolero y teníamos que llevar el abono a Galopino, al terreno ese del Palación. Y decía que esparcíamos la peste, tú fíjate qué mala es alguna gente. Y entonces sí, con todo eso nos miraron una temporaduca mal. Pero después no. Después ya... No hubo más allá. Todos amigos. Me acuerdo que mi suegro tenía mucho miedo que nos harían algo y se bajaba él aquí. Venía temprano todas las mañanas, por si nos hacían algo. Eso es el cariño de los padres, ¿no? Pero lo que te digo, que la cosa pasó y luego ya sin problemas. Todos bien avenidos. Aunque mira, para los que venimos de fuera, pues por muy bien que te traten... Por mucho que te quieran y te ayuden, pues notas los cambios, ¿no? Con respecto a Villafufre, me refiero, de donde era yo. Y yo... A ver. No sé cómo decírtelo, lo que noté. No sé yo cómo explicarme. Lo más que puedo decirte... Lo que fue más duro para mí fue lo de las vacas, mira. Coger la vida, como decimos. A mí me costó mucho eso, coger la vida. Entrar a las vacas. Es que no me gustaba ese trabajo que era tan forzado. Porque yo era una señorita, como aquel que dice. Sí, una señorita, que bordaba y cosía. ¡Esa era yo! Y para mí eso fue un cambio terrible. No quería las vacas yo. Pero bueno, las cosas se ponen así, y hay que cogerlas como vienen, ¿no? Y más esas cosas... Y al final pues mira, te haces a todo. Nos casamos y me dio trece vacas mi suegro. Trece vacas, en aquellos tiempos. Era media fortuna. Y no le vas a decir tú que no a eso. Y nos vinimos aquí y estuvimos bien, bien. Al final, bien. La mala suerte nos vino después, cuando nos faltó la nietuca... Año y medio me parece que tenía cuando nos faltó. Aquí en el cementerio está. Ahí mismo. No entro a enseñártela, porque para qué, ¿no? Pero está muy cerca de doña Fidela. Una sepultura que tiene un ángel con un puente en bronce. Ahí está, la nietuca. Y nos vino la mala suerte con eso. Te van viniendo juntos los palos de la vida. Primero mi hermano se mató, después los padres, después el marido, y aquí estoy. Ahora, si me preguntas por el pueblo... Mejor hablamos del pueblo, ¿no? Que lo mío qué le interesará a nadie.

Fernando Gómez Abascal —era el tonto del pueblo; lo 1934
llamaban Nandito, para diferenciarlo de Nando, el que
sería molinero de Bolao—, murió, fue enterrado. Teresa 1929
Collado Ruiloba, veintisiete años —su familia era pobre de solemnidad; de niña vivió de la caridad de sus vecinos, y en especial de los envíos de víveres que les hacían ciertos parientes de Argentina, víveres que casi siempre

consistían, quién sabe por qué, en latas de espárragos blancos; de mocita la enviaron a servir primero en Santander y más tarde en Barcelona, por treinta y dos pesetas mensuales, en casa de una viuda que se pasaba todo el día rezando y desaprobando los platos que Teresa cocinaba; tenía también un hijo, la señora, que sí celebraba los platos y sobre todo celebraba el cuerpo rollizo de Teresa; Teresa era virgen por aquel entonces, y tal vez creyó que ese asco quc sentía, esas ganas de cerrar los ojos y de volver la cara, esa repugnancia por las palabras que el señorito babeaba en su oreja, era algo que habían sentido primero y sentirían después todas las mujeres del mundo al tener en su cama un hombre; lo que ocurría entre el señorito y la sirvienta, por otra parte, rara vez ocurría en una cama y casi siempre contra la pared del cuarto de las escobas; cuando le faltó el período y Teresa se atrevió a hablarle al señorito, el señorito le preguntó si estaba segura de que el niño era suyo; Teresa respondió que estaba segura; el señorito, en cambio, no estaba seguro, ¿cómo sé que no te andabas revolcando con otro, di?; no podía saberse, eso, así que el señorito no hizo nada; ella sí, ella pasó un día entero sentada en uno de los bancos que miran al puerto, como si comparara el azul del Mediterráneo con el gris del Cantábrico que había contemplado en su niñez de espárragos blancos y mendrugos de pan negro; encontraron su cuerpo tres días más tarde, flotando bocabajo en la bocana del puerto—, estaba muerta, en una fosa sin nombre fue en-
1924 terrada. Ana de Villegas —dejó nueve hijos huérfanos—,
1923 murió, fue enterrada. Pascuala de Obregón, noventa y siete
años —le gustaba hilar copos de lino y contar cuentos; cuando ya no hubo más sembrados de lino en Toñanes ni más personas que les tuvieran fe a los tentirujos y los
1921 ojáncanos de sus cuentos—, murió, fue enterrada. Serafín
Fernández —de él decían que era revirado y mal avenido; fue detenido varias veces por la Benemérita, por

ejemplo cuando agredió a Aurelio Gómez Pascua, alcal-
de del pueblo, con palos y piedras; por ejemplo cuando
hirió en una reyerta a Amancio González; por ejemplo
cuando incendió una hectárea de monte del concejo; este
Fino acabará mal, decían, a este nos lo matan o muere
matando; al final no fue una bala ni un cuchillo, sino
un resfriado mal curado la causa por la que— murió,
fue enterrado. Francisca Valdés, dos años de edad —fue 1919
la gripe—, murió, fue enterrada. Baldomero Díaz de la 1911
Puente —no le gustaba labrar la tierra, así que cambió
la azada y el arado por la piqueta de minero en el Pozo
de Peñamontero de Udías; murió a los cincuenta y cua-
tro años de silicosis; cuentan que pocos días antes, ya
impedido en la cama en que había de morirse, hizo lla-
mar a su hijo y le susurró: «¿Sabes, Gelín? Me parece a
mí que trabajar la tierra por debajo es tan malo como
trabajarla por arriba»; a los pocos días— murió, en la
tierra que tanto odiaba fue enterrado. Higinia del Co- 1908
rro, setenta y siete años —nunca llegó a reconciliarse
con Manuela Villegas, su mortal enemiga; por eso nadie
entendió qué vino a hacer Manuela a su entierro, ni por
qué lloraba o fingía que lloraba—, murió, fue enterrada.
Mateo Gómez Fernández —era el más rico del pueblo; 1902
solo siete vecinos de Toñanes con la renta suficiente para
participar en las elecciones a Cortes de 1882, y Mateo
entre ellos; solo un elegido en Toñanes para desempeñar
el papel de jurado en la Audiencia del Partido Judicial de
San Vicente de la Barquera, y Mateo es ese uno; Ma-
teo, el único habitante de Toñanes que pagó un duro, un
duro completo, en la recaudación extraordinaria para el
fomento de la Marina de Guerra; así de rico era y tam-
bién él— murió, fue enterrado. Juan Manuel Mijares, 1894
vecino de Cigüenza, desaparecido en los acantilados de
Toñanes, en el lugar que llaman La Punta —el periódico
La Correspondencia de España relata cómo su compañe-
ro de pesca no fue capaz de encontrarlo; solo las alpar-

gatas y calcetines que calzaba y un pedazo de pan, aban-
donados en el hueco de una peña donde solía sentarse
cuando pescaba; el cuerpo nunca apareció; puede asu-
1888 mirse que— murió, no fue enterrado. Hombre de iden-
tidad desconocida —fue hallado en avanzado estado de
descomposición flotando en el río de Toñanes, en el sitio
que llaman la Bárcena; tenía los pies atados y el rostro
tan descarnado que *El Correo de Cantabria* y el periódico
El Atlántico y el *Boletín Oficial de la Provincia de Santan-
der* no pudieron publicar sus señas físicas, solo el color
y el paño de las ropas que llevaba; en uno de sus bolsillos
se halló una petaca con el apellido «Rubín» tallado; un
mes más tarde, cierta mujer de Tresgandas, Asturias, dio
la voz de alarma por la desaparición de su esposo Cos-
me Rubín, que fue a vender ganado a la feria del Cristo
en Comillas y nunca regresó; «¿Será o no será crimen?»,
titulará su artículo *El Correo de Cantabria*; ¿sería o no se-
ría Cosme Rubín el muerto hallado en Toñanes?; mucho
se conjeturó y poco se supo; para entonces el cadáver sin
1878 nombre llevaba mucho tiempo— muerto, enterrado. An-
1861 drea Duque, murió, fue enterrada. José de Villegas —te-
nía tres hijos; una esposa llamada Lorenza; una teoría
sobre la belleza que nunca llegó a confesarle a nadie—,
1855 murió, fue enterrado. María Antonia de la Reguera, cua-
renta y un años, y su hijo Antonio, y Juan Gómez Pascua,
y Antonia de Villegas, y Francisco Pino Valdés, y Teresa
Rivero Díaz, todos ellos víctimas de la epidemia de có-
lera que azota Toñanes entre los meses de agosto y de
septiembre —los primeros casos se registran en Novales,
en el barrio de la Herrería, y es de suponer que la bac-
teria responsable (algún día se llamará Vibrio cholerae,
esa bacteria) viajó desde las defecaciones de uno de los
enfermos hasta el río y de ahí a las fuentes y hogares de
Toñanes; apenas doce meses antes, el médico británico
John Snow había convencido a las autoridades de Lon-
dres de que el último brote epidémico de cólera estaba

relacionado con el consumo de cierta bomba de agua infectada en Broad Street; por supuesto en Toñanes no sabían nada de John Snow ni de sus teorías, y siguieron culpando a ciertos efluvios miasmáticos o vapores tóxicos transportados por el viento; así que se quedaron encerrados en sus casas, las puertas trancadas y los postigos echados, mientras bebían de las mismas fuentes contaminadas; fueron veintinueve los que se infectaron y se retorcieron entre espasmos en sus jergones y se deshicieron en unos excrementos lechosos y líquidos, semejantes a agua de arroz; de ellos veintitrés lograron recuperarse, pero seis— murieron; un sacerdote con el rostro cubierto por un pañuelo los enterró.

De sus vidas apenas queda alguna memoria: solo cier- 2021
tos objetos. Por ejemplo una escoba de brezo que todavía sigue en uso en La Casona —perteneció a Antonia de Villegas—. Por ejemplo un terraplén de tierra removida junto al Pozo de Peñamontero —esa tierra la transportó Baldomero en una de las vagonetas de la mina—. Queda también una tapia junto al Hoyo de la Gallina —la construyó Serafín Fernández, para que estuviera claro dónde acababa su finca y dónde empezaba la de Aurelio—. Queda, en el cementerio de Santo Domingo, la tumba más antigua de Toñanes —adentro, los restos de Mateo Gómez Fernández; de vivo miraba a todos por encima del hombro y ciento veinte años más tarde los mira por debajo de la tierra—. Queda una fotografía anónima en una lata oxidada, debajo de la mesa camilla de Daniela Ruiloba. Tiene una quemadura de cigarro en el ángulo superior izquierdo, la fotografía, y un principio de moho en los bordes, pero aún es posible distinguir la imagen de un hombre vestido de domingo, que mira a la cámara con expresión severa. ¿Quién es ese hombre, güela? pregunta Lorena. ¿Será el padre de tu abuelo? Un largo silencio, en el que Daniela mira y remira la fotografía. Será, contesta. ¿Y cómo se llamaba? La

boca de Daniela que se abre; la boca de Daniela que se cierra. Y al fin, la respuesta: ¿Te puedes creer, hija, que no me acuerdo?

1947 Él se llama Luis; ella Teresa. Se habrían ahorrado muchos problemas si hubieran empezado así: presentándose. Pero no se presentan, solo bailan una canción, y por eso ahora Teresa tiene que viajar hasta Toñanes. Lo hace casi dos semanas después y lo hace además sola, porque Jacinta lleva dándole largas desde la verbena, mañana vamos, Teresita, te juro que mañana te acompaño, pero a última hora resulta que nunca puede. Nunca puede o nunca quiere, porque la primita Jacinta está acostumbrada a ser la protagonista de las historias de amor y de ningún modo se resigna a ser un personaje secundario. Por primera vez la protagonista es Teresa, eso lo saben muy bien ambas, así que es la propia Teresa quien debe decidirse a hacer lo que hacen las heroínas en las películas: tomar un tren para encontrar a su amado. Lástima que en Toñanes no haya tren. Solo un autobús de línea atestado de aldeanos que huelen a sudor y a colonia barata; a tabaco y a bocadillo de chorizo. No importa. Ahí está Teresa, apretujada en uno de los asientos del autobús, mirándose en el reflejo de la ventanilla y creyéndose por un momento Ingrid Bergman a punto de reunirse con Humphrey Bogart en la estación de París. Más tarde, cuando el conductor cierra las puertas y ya es tarde para volverse atrás, recuerda con un escalofrío que la dichosa película acaba mal; que los protagonistas no llegan a encontrarse nunca, o se encuentran mucho tiempo después y a muchos kilómetros de distancia, cuando ya es demasiado tarde. La vida puede ser muy injusta, piensa Teresa dejando escapar un suspiro: a veces incluso en las películas. Luego, el conductor grita «¡Coche destino San Vicente de la Barqueraaaaaa!» y ya no piensa en nada.

Tal vez este es el primer viaje que Teresa emprende sola en toda su vida.

Tal vez esta es la primera vez que miente a su madre —a tomar un chocolate a la plaza con una amiga, madre; no tenga cuidado, que volveré a tiempo para la cena.

Tal vez esta es, también, la primera vez que se enamora.

¿Entonces es eso lo que le pasa? ¿Así es como está Teresa: enamorada? La propia Teresa no está segura de la respuesta. Solo sabe que hasta ahora no, de ningún modo. Ni el hijo del notario, ni el hijo del médico, ni el hijo del capitán mercante, ni el hijo de nadie: ninguno de aquellos hombres que han desfilado por el salón de las visitas de casa ni por la imaginación de su madre. Hasta el mes pasado, la palabra amor solo parecía tener sentido en la pantalla de los Cines Pereda. En la vida, el amor es solo un pretexto para que los hombres puedan divertirse en el casino y beber con sus amigotes, mientras las mujeres planchan sus camisas y crían a sus hijos. Eso es lo que piensa. Eso es, al menos, lo que pensaba.

Y ahora, ¿qué piensa, Teresa?

Piensa más o menos esto: ¿Qué estoy haciendo aquí?

Aquí es Toñanes. Aquí es un puñado de casas que asoman entre los árboles y una especie de poyete de madera en la orilla de la carretera que hace las veces de banco y de apeadero. Su parada, señorita. La señorita no está segura de querer bajar, pero de todas formas baja. Y tan pronto como pisa el firme de la carretera comprende que ha cometido un grave error: que no debería estar aquí. ¿Qué clase de error? ¿Lo que le preocupa es no encontrarlo, no estar enamorada, haber venido hasta aquí sin su prima? Ella misma no lo sabe. Solo sabe esto: un error, un gravísimo error.

La realidad se apresura en darle la razón. Porque el primero de los aldeanos no tiene ni idea de lo que le pregunta, ni tampoco su señora —Mercedes Iglesias, para servirla—; ni tampoco los vecinos del caserío próximo, ni el señor sacerdote, ni una familia completa que arrea sus vacas. Nadie ha oído nombrar a un mozo como el que Teresa les refiere. A alguno se le viene a la cabeza por un momento el señorito que hace solo diez días estuvo ahí mismo, haciendo preguntas semejantes: pero pensándolo bien ni él era tan buen mozo como ella dice, ni ella es tan hermosa como él decía. Demasiado afeminado, el señorito, y demasiado flaca, la señorita: puro hueso. No: deben de estar preguntando por personas distintas.

Solo una anciana que hila un copo de lana en el soportal de su casona sonríe levemente cuando Teresa se le acerca. Tiene un aspecto lastimoso, el rostro medio oculto tras un pañuelo negro que recuerda en algo a un sudario; la piel arrugadísima y los ojos sellados por legañas muy verdes. Teresa le pregunta también a ella, medio por compromiso y medio por desesperación.

—No me voy a acordar de la señorita... Pues claro que me acuerdo.

—¿Entonces es verdad? ¿Se acuerda de mí? —pregunta ella, con renacido entusiasmo.

—Sí que me acuerdo, sí...

—¿Y del mozo? ¿Se acuerda del mozo que bailaba conmigo?

—También, también...

—Gracias a Dios... ¿Lo conoce? ¿Podría decirme dónde puedo encontrarlo?

Los ojos azules de la vieja reverberan de rabia.

—Pues no se lo digo, no. ¿Y quiere saber por qué no se lo digo?

No, llegado este punto Teresa no quiere saberlo, pero la vieja igual se lo dice. Se lo grita incluso. Lo que piensa sobre el modo en que bailaron aquella noche: cómo se agarraban, cómo se miraban. Eso es lo que grita, la vieja, y mucho antes de que haya terminado de decir todo lo que piensa, Teresa ya ha escapado a toda prisa; ya corre calleja abajo, perseguida por sus palabras. En algún momento uno de los tacones se le queda encajado en uno de los morrillos, y trastabilla y cae al suelo. Una carrera en las medias. Sangre en la rodilla. Teresa se queda sentada en el suelo, las piernas temblorosas, sin atreverse a ponerse en pie. Siente ganas de llorar, pero no como lloran las actrices en las películas. Su llanto, el llanto que a duras penas consigue refrenar, está lleno de mocos y de infancia; de gemidos y de vergüenza. Sobre todo eso: de vergüenza. Ingrid Bergman, en cambio. Ella sabría llorar y estar hermosa al mismo tiempo. Ella sabría qué hacer ahora. ¿Se resignaría, la Bergman, o continuaría buscando? Pero resignarse ¿a qué? Y buscar ¿dónde?

Incluso buscar qué. Qué es lo que está buscando aquí, Teresa.

En algún momento se pone en pie. Continúa bajando la calleja, más despacio, hasta llegar al río. Allí se enjuaga la herida y se lava también la cara. Un par de ojos la estudian desde los visillos de una casa; un hombre que pasa con su carro sofrena un poco la yegua para atisbar por un instante la blancura de su pierna desnuda. Teresa ni siquiera repara en ellos. Solo mira el cuadrilátero de hierba pisoteada que se extiende a su derecha. Es la campa de la verbena: todavía tarda algún tiempo en comprenderlo. Vista a la luz del día no parece gran cosa. Un terreno como cualquier otro; más pequeño incluso de lo que recordaba. Ve los añicos de un vaso roto y ve un puñado de almendras garrapiñadas dispersas por la tierra y el poyete vacío donde se sentaban las viejas y reconoce más o menos el lugar donde estaba él y el lugar donde estaba ella. En medio, el lugar donde bailaron. Hasta allí, precisamente, se dirige Teresa. Da vueltas y vueltas en torno al mismo punto, como buscando el lugar exacto donde él puso su mano en la cintura; el lugar exacto en que ella cerró los ojos. ¿Qué es lo que espera encontrar? Ni siquiera ella lo sabe. Tal vez solo quiere poder decir: sucedió precisamente aquí. Sucedió, en definitiva: aquella noche fue de verdad. Juzgados en la lejanía, sus movimientos —dos pasos hacia adelante, uno hacia atrás; un giro a la derecha, otro a la izquierda— se parecen a los de un pugilista que mide las fuerzas de un rival imaginario. O mejor: se diría que está bailando a solas. Sí, eso es exactamente lo que parece Teresa vista desde los visillos de la casa próxima: un fantasma que muchos días después continúa bailando en las ruinas de la fiesta.

De pronto se detiene en seco. Se acuclilla en la tierra. Ahí es donde lo encuentra: olvidado entre la hierba, el resplandor del duro perdido.

1644 —Juan.

—No te incorpores. Tienes que descansar.

—¿Te dieron ya noticia?

—Aún no. Debe de andar de misa en Cigüenza. O como mucho atendiendo algún mandado en Oreña. Pero no te preocupes, está por venir. Ya han salido a buscarle.

—De misa en Cigüenza... Y con lluvia. Eso me trae recuerdos.

—Ya.

—Del niño.

—Ya.

—También entonces había llovido, ¿recuerdas?... Y los caminos estaban llenos de barro y no había quien llegara...

—Sí.

—Y no llegó.

—No llegó.

—¿Tú crees que esta vez llegará a tiempo?

—Sí que llegará. Además, ¿a tiempo de qué? Si no te estás muriendo. Solo tienes un poco de calentura.

—Pues a mí, figúrate, me da la sensación de que sí me muero... De que ya me he muerto. Todo se me aparece ante los ojos como si lo estuviera soñando... Un sueño que se repite.

—No estás soñando.

—No estás soñando... Eso pareces decir tú, en mi sueño.

—No estás soñando y no te estás muriendo. Pero de todas formas haz por seguir hablando. No cierres los ojos. Tenemos que estar seguros de que el padre Bartolomé llega con sus óleos. Por si acaso.

—Los óleos..., ¿tú sabes lo que es la extremaunción, Juan?

—Algo sé.

—Sirve para preparar al enfermo en su camino al Cielo.

—Sí.

—Y para redimir los pecados.

—Ya.

—Parece que si te arrepientes, si te arrepientes de verdad... Se te perdonan los pecados. Hasta el último.

—Sí.

—¿A ti eso te parece justo? Que te lo perdonen todo, digo... Solo por un poquito de arrepentimiento.

—No sé. Justo será, si así lo dice el Señor.

—Sí... Aunque estoy pensando...

—¿Qué piensas?

—(...)

—Juliana. Juliana. Dime. Qué piensas. Sigue hablando. No te duermas.

—Pues pienso que a Él no lo ungieron...

—¿A quién?

—Al Señor... Al Señor no le hicieron la extremaunción ni nada...

—¿Estás segura de eso?

—Claro que estoy segura. Estaba en la cruz, ¿no? Lo crucificaron y lo alancearon y se murió... Pero de algún modo se salvó. Digo yo que se salvaría, claro.

—Por supuesto que se salvó. Es el Señor.

—Así que si el padre Bartolomé no llega...

—¿Qué?

—Que a lo mejor no es tan grave.

—Claro que no es tan grave. Además no te vas a morir.

—(...)

—¿Me escuchas? No te vas a morir.

—No me voy a morir...

—Solo tienes un poco de calentura.

—¿Sabes lo que me parece? Que estoy soñando...

—No estás soñando. No estás soñando y no te mueres. Pero de todas formas no cierres los ojos.

—No estás soñando... Eso pareces decir tú. En mi sueño...

1644 Juliana tendida en su cama hecha de fardos de paja de
1984 cebada. Mercedes tendida sobre una camilla blanca.
1644 / 1984 Juliana temblando bajo la piel de carnero y Mercedes
1644 temblando dentro de su bata. Juan que viene y va trayen-
do paños fríos, escudillas de sopa, noticias del paradero
1984 del padre Bartolomé. El médico que se acerca una sola
vez con sus guantes de goma y su expresión adusta, que
toca a Mercedes como quien toca un problema, y luego
1644 se sienta. Te pondrás bien, Juliana, solo tienes un poco
1984 de calentura. Tiene usted una amenaza de aborto: mien-
tras esperamos el resultado de los análisis es muy im-
portante que guarde reposo absoluto. Reposo absoluto.

Mercedes tumbada primero en la camilla y luego recostada en el sillón donde le toman la muestra de sangre y luego tumbada otra vez en los asientos traseros del Seat 127 blanco, de camino a casa. Mercedes tumbada en el sofá por el día y en la cama durante la noche. Reposo absoluto. Desde el sofá supervisa los juegos de las niñas y da instrucciones a Emilio para concluir con éxito una ensaladilla rusa y desde el sofá también telefonea al colegio para comunicar su baja médica. ¿Cuánto? Un mes de reposo absoluto. Entonces no estarás para el fin de curso, dice la directora al otro lado de la línea, con un leve deje de reproche. No: no estaré. Mercedes rellenando en ese sofá la cartulina amarilla de los boletines de calificaciones y Emilio que los lleva al colegio, para que los niños sepan que progresan adecuadamente o que destacan o que necesitan mejorar. El mundo que es horizontal para Mercedes mientras las niñas corretean verticales por el pasillo, mientras cae lluvia vertical contra la ventana y se alzan y se bajan las persianas y Emilio, vertical también y altísimo contemplado desde el sofá, se sienta a su lado, pone la mano en su cabeza. Todo va a salir bien, dice, y Mercedes asiente con la cabeza. ¿Cómo te encuentras?, le pregunta luego. ¿Necesitas algo? Necesito mejorar, piensa Mercedes. Este embarazo no progresa adecuadamente. Pero solo dice: Nada, gracias.

Así que es Emilio quien lleva a las niñas al colegio y quien va luego a su propio colegio —él sí repartirá las calificaciones este año; él sí recibirá, quizá, una bandejita de plata recuerdo de los niños y padres de 5.º B— y Mercedes en el sofá, en la cama. Llega el sábado y Emilio que conduce a Toñanes a pasar el día, porque alguien tiene que vigilar las obras del Rubio, y que se lleva consigo a las niñas, porque alguien tiene que vigilar también a las niñas, y Mercedes que se queda en el sofá o en la cama con el mando a distancia en la mano, poniendo la 1 y luego la 2 y luego vuelta a empezar, escuchando el reloj del salón, el zumbido remoto de la nevera, así los días, tratando de no pensar en nada pero pensando a veces en su hijo, tratando de recordar si con el embarazo de Diana o de Marta ya sentía a estas alturas algo, porque el hecho es que no siente nada, ningún movimiento ni grande ni pequeño en su vientre, y a veces tiene miedo de descubrir que ya está muerto —el niño, la niña—, la criatura muerta y ella incubando su cadáver. No puede evitar echarse a llorar, y entonces, con las mismas lágrimas por su hijo, el temor de matar a su hijo, porque al fin y al cabo también es posible que no esté muerto, no todavía, y nada más lejos del reposo absoluto que ese pecho que se hincha y se deshincha cada vez más rápido, ese aire que no llega del todo a los pulmones, ese temblor en las piernas, tienes que calmarte, Mercedes, tienes que pensar en otra cosa. Y cuando se calma ya es sábado por la noche y escucha a las niñas de regreso, zapateando en el pasillo, Diana y Marta que vienen corriendo a su habitación y siempre invariablemente le preguntan si el niño ha nacido ya, en el rato que ellas estaban fuera; las niñas que piensan que la conclusión del embarazo puede tener lugar en cualquier momento, del mismo modo que el abuelo siempre pregunta en la pausa de los anuncios si la película ya ha terminado, como si una película acaso pudiera terminar precisamente ahí, en el casi beso, en el héroe que parece muerto, en el viaje que todavía no ha llegado a su destino. Quiere explicarles que el embarazo de su hermanito —de su hermanita— no puede terminar ahí, o sí, bien pensado sí puede; al fin y al cabo eso es lo que teme Mercedes, que de hecho pueda terminar de pronto, porque un embarazo que termina a los tres meses y medio —el tamaño de un limón amarillo— es a fin de cuentas un aborto. Así que en cierto modo es como si las niñas entraran en su cuarto corriendo y preguntando ¿El niño ha muerto ya? —o la niña, corregiría Diana—. ¿Susana ha muerto? ¿Carlos se ha muerto en este rato o no se ha muerto? Y Mercedes contestando desde la cama que no, que Susana, que Carlos sigue vivo.

Emilio sentado en una orilla de la cama; el consuelo de su mano en la frente.

—Todo va a salir bien. ¿Cómo estás? ¿Necesitas algo?

Y ella recitando también su línea de diálogo:

—Nada. Gracias...

—Juliana. 1644

—(...)

—¡Juliana! Óyeme, Juliana.

—Te oigo, Juan... No me grites...

—No está de misa en Cigüenza. Pero han ido por él a Oreña y a Cóbreces y a Novales y hasta a Rudagüera.

—(...)

—Vamos a encontrarlo.

—(...)

—Lo encontraremos y vendrá aquí con sus óleos. Solo por si acaso.

—Sí... por si acaso...

—No cierres los ojos. Quiero que estés despierta cuando llegue.

—¿Cuando llegue quién?...

—Quién va a ser, Juliana. El padre Bartolomé.

—Ah...

—No me escuchas, Juliana. No cierres los ojos, que no me escuchas, y todavía tienes mucho que escucharme.

—Pero si tú nunca hablas, Juan. Hablas tan poco...

—Sí que hablo.

—No hablas nada, nada... Solo a veces te arrancas a hablar y a decir cosas, y es tan bonito cuando lo haces... Pero no lo haces casi nunca, Juan. Siempre en tus pensamientos. En tus cosas.

—Sí que hablo, Juliana. No digas eso. Hay tantas cosas que tengo que decirte...

—¿Como las que me decías bajo el sábano del molino?

—Como esas.

—¡Ah...! Pues dímelas, en lo que viene el padre Bartolomé... Si es que viene.

—Sí que viene. Ya lo verás. Pero debes tener los ojos abiertos.

—Los oídos abiertos, eso es lo que tengo... Dime, dime lo que quieras decirme, antes de que me duerma...

1773 *Arrorró, mi niño,*
que la noche llega.
Arrorró, mi niño,
con su capa negra.

Afuera, la noche que cae. Adentro, la luz del fuego y la luz de los ojos del niño que no duerme. Sobre el asa de la cuna, la mano de su madre.

Duerme, niño chiquito,
duérmete y no llores más
que se irán los angelitos
para no verte llorar.

1644 —No te duermas, Juliana.

—Es que tengo tanto sueño, Juan. No sabes cuánto...

1773 *Arrorró, arrorró, niño,*
arrorró, niño, arrorró.
Con el arrorró y el sueño
ya mi niño se durmió.

—Ya viene el padre Bartolomé, Juliana. Aguanta un poco más, que ya viene. 1644

—No grites, Juan. No grites, que no me duermo.

El niño que grita todavía. El llanto que no cesa y la madre que mece un poco más su cuna. 1773

Duérmete, mi niño.

—No te duermas. 1644

Duérmete, mi bien. 1773

—No me duermo, Juan. Tú dime las cosas esas. 1644

—¿Qué cosas?

—Las que me decías contra los sacos del molino...

A mi puerta una gitana 1773
al hombro un saco
para llevarse a los niños
que dan trabajo.

Los ojos de Juliana cerrados y los ojos del niño abier- 1644 / 1774
tos. La mano de Juan sacudiendo la cama; la mano de la 1644 / 1773
madre sacudiendo la cuna.

—Te decía... 1644

—¿Qué me decías? ¿Te acuerdas?

Gitana malvada que llamas 1773
a la puerta de mi casa
¡Vete, gitana! Que al niño
estoy cantando una nana...

—¡Los gitanos! 1790

Es la voz de un niño. A su reclamo los vecinos van saliendo de sus casas, abandonan la rueca o el arado, interrumpen el juego en la taberna y se agolpan en los costados de la carretera. Junto al puente, una mujer que se agacha: está recogiendo piedras en su delantal, como quien atesora flores.

—¡Los gitanos! ¡Que vienen los gitanos!

En el horizonte, de pronto, sus yeguas y sus sombreros. Son quizá quince o veinte sombreros, quince o veinte almas. Casi un Toñanes en miniatura. Algunos van a pie, punteando el empavesado con sus bastones. Otros viajan sentados en el carromato, con las piernas penduleando lánguidamente sobre la carretera. Hombres y mujeres que cargan todo un pueblo sobre sus hombros y que precisamente por eso no pueden detenerse nunca, porque poner un pueblo sobre otro pueblo es poner hambre sobre hambre.

—¡Los gitanos! ¡Los gitanoooos!

Llegan al barrio de la Herrán y luego a la curva del puente. Allí les esperan los vecinos de Toñanes, en un silencio que tiene algo de desafío. Incluso el niño ha callado. Solo se oye el chirrido de los ejes del carromato, que avanza por la carretera como un mundo a la deriva, entre sonajeos de quincalla. Dentro del carromato: una mujer que amamanta a un niño. Un montón de leña. Dos gallinas que cloquean dentro de un canasto. Un viejo que duerme o finge que duerme, con el rostro cubierto por un sombrero calañés. Unas mantas recosidas y un jergón de hierba maicera y una sarta de cacharros que cuelgan de la pértiga del carro. Un hombre con la cabeza vendada, que saca punta con su navaja a una vara de avellano. Llevan encima el polvo de los caminos y las cicatrices del sol y del hambre, y en el bronce inmóvil de sus rostros hay algo muy familiar y también muy lejano; algo que duele mirar y al mismo tiempo no tanto.

Tienen manos, narices y bocas, como cualquier otro ser humano sobre la faz de la tierra.

Nadie habla, pero a lo lejos se oye ladrar, de pronto, un perro. Luego otro, y otro. Son los perros de Toñanes. También ellos reconocen a los extraños. También ellos dicen: esta tierra es mía. Y los perros de los gitanos —porque son veinte sombreros, veinte almas, tres o cuatro perros que trotan atados al eje del carromato— no contestan. Ni siquiera alzan los ojos de los morrillos del camino. A fuerza de vagar y hambrear y recibir ladridos en todas partes son o parecen mudos. Tiemblan de miedo en todas partes, porque ninguna tierra les pertenece y están condenados a vagar olfateando siempre la orina de otros.

Ya están aquí, los gitanos. En el mismo puente. Tan cerca que puede sentirse su olor a sudor, a potaje, a lumbre mal apagada. Tan cerca que bastaría extender una mano para rozar sus cuerpos. Nadie extiende ese brazo. Están demasiado ocupados en continuar blandiendo sus cayados y sus horcas y sus rastrillos; en guardar, dentro de los puños apretados, su munición de piedras.

Nadie ha dicho una palabra ni arrojado una piedra. No todavía.

La mujer que amamanta al niño vuelve de pronto los ojos hacia el pueblo que pasa. Porque de alguna forma es así: visto desde el interior del carro es Toñanes el que pasa; es Santillana, es Santander, es el mundo el que se escurre a ambos lados de la lona, sin detenerse nunca durante demasiado tiempo. El pecho moreno de la mujer quieto en la boca del niño y sus ojos negros, muy quietos también. La mirada de los gitanos y la mirada de los vecinos de Toñanes que se encuentran de pronto en el aire, como dos tripulaciones extranjeras que se cruzan en mitad del océano y se sondean de cubierta a cubierta.

Vistos así, tan de cerca, es inevitable pensarlo: los gitanos son, al menos parecen, seres humanos.

Solo que no: no son seres humanos. Son ladrones de niños. Son bandoleros. Son animales que caminan a dos patas. Son serpientes que muerden la mano que les da de comer y perros que contagian su sarna y gusanos que devoran todo lo hermoso que hay en el mundo. Eso son los gitanos: ladrones, bandoleros, animales. Puede que tengan hambre, realmente. Puede que sean en verdad pobres. Puede que a su manera sufran: eso lo sabrá quien lo sepa. Sufren, quizá, como a veces sufren las serpientes.

—Hágannos la caridad, señores. La buena obra de un poco de pan y un poco de agua...

Quien habla es un anciano de aspecto robusto, a cuyo gesto se ha detenido el carromato. Se ha quitado, también, el sombrero. Lo estruja muy fuerte contra su pecho, como quien se tapa el boquete de una herida.

Alguien entre los de Toñanes da un paso hacia adelante. Es Pedro Collado, corregidor del concejo. Habla con la pipa en la boca, pleno de desprecio.

—No hay posada. Dios los ampare y sigan su camino los señores...

El viejo estruja un poco más su sombrero.

—Por su alma, la caridad... Miren que tenemos mucha hambre. Un poco de pan y un poco de agua y un lugar donde dejar el carro...

—¡No hay posada! ¿No me oyeron? Sigan su camino, que si no tendrán que sentir...

El viejo menea la cabeza.

—Miren que todos somos cristianos...

—¡Se marchen o los marchamos!

Domingo Gómez de Carandía esgrime la horca, como quien se prepara para trinchar un haz de hierba. Antonio de Bodes escupe un salivazo espeso a los pies del gitano que le queda más cerca. Una mano de mujer arroja la piedra que viene a estrellarse contra la grupa del mulo, y tras esa piedra otra, y otra. Alguien insulta, alguien cae, alguien recibe un palo en las costillas. Dos gitanos mozos se apresuran a halar al viejo por los sobacos y lo retornan al carro justo antes de que el mulo eche a correr carretera abajo, entre rechinidos de ruedas y blasfemias. Los gitanos, corriendo.

—¡Ya se van, todos cagados de miedo!

—¡Eso, eso, que se vayan!

Los gitanos que ya se van y sin embargo más insultos, más amenazas, más piedras que vuelan: como ciertos perros, que se vuelven más bravos cuanto más lejanos.

Encaramado al carro, el viejo se vuelve para mirarlos una vez más. Un pañuelo apretado contra la frente, y en el pañuelo, sangre.

—Ah, qué buenos cristianos... —repite con tristeza—. Qué buenos cristianos, en este pueblo...

De tan rápido como huyen, ya han llegado a la curva que separa Toñanes de Cóbreces. Por fin están a salvo. Y al alcanzar las primeras casas de Cóbreces, la voz de un niño:

—¡Los gitanos! ¡Los gitanoooos!

A su reclamo, los vecinos van saliendo de sus casas, abandonan la rueca o el arado, interrumpen el juego en la taberna y se agolpan en los costados de la carretera. Una mujer que se agacha: está recogiendo piedras en su delantal, como quien atesora flores.

Se van los gitanos, convencidos por los palos y las pie- 1790
dras. Se van también los mendigos, aunque no quieran
—ítem mando y ordeno que los vagabundos y holgaza- 1763
nes que no viven de su trabajo, ni tienen oficios ni amos,
salgan de la Jurisdicción de este dicho valle—. Se van los 1804
bandoleros de Tramalón, en una cadena de presos, a las
cárceles de Santander y La Coruña. Se van las partidas de 1839
guerrilleros carlistas tras el abrazo de Vergara. Se van los 1813
franceses —cuatro cayeron saliendo de la venta de Ca-
rrastrada, en una refriega con los guerrilleros de Torcua-

to Pérez—. Se van también los moros y los judíos y gen-
tes de semejante calaña: quién sabe si alguna vez los hubo
en Toñanes, pero por si acaso las pruebas para solicitar
la Orden de Caballería de Santiago lo dejan bien claro
1627 —sean preguntados los vecinos del dicho lugar de Toña-
nes si los padres y abuelos del pretendiente Domingo de
Cossío son reputados por personas hijosdalgo, y no les
toca mezcla de indio, ni de moro, ni de converso en nin-
1763 gún grado, por remoto y apartado que sea—. Se van los
camineros, y los carboneros, y los peregrinos, a quienes
según las ordenanzas de Alfoz de Lloredo solo se les per-
mite pasar tres días en el valle antes de proseguir su cami-
1957 no. Se van los maquis: a tiros, si hace falta.

Los demás pueden quedarse. Los que nacieron en To-
ñanes, los que adoran a Cristo Nuestro Señor, los que no
tienen mácula de moro o de hereje, los que no alteran el
orden público, los que tienen oficio y beneficio, los que
no toman parte en pendencias ni escándalos y no son tam-
poco ni holgazanes ni rufianes ni revoltosos: esos, que se
queden si quieren. Solo que a veces no quieren. Solo que
1693 a veces no pueden. La culpa es del hambre, de la crisis
2008 / 1984 financiera, de la cuota de la leche europea. Nacen en la
casa donde nacieron sus abuelos y los abuelos de sus abue-
los; dan por esta tierra sus primeros pasos, y luego, un
1804 / 2015 día, enjaezan la mula o compran un billete de Ryanair
y desaparecen. A veces están contentos de tentar fortuna
en otra parte; a veces, en el momento de abandonar To-
ñanes, lloran. Y salen a buscar ese destino en el reino del
1743 / 1819 Perú o en Nueva España; en una bodega de Jerez o en la
2011 cocina mal ventilada de un McDonald's de Londres; en
2006 / 1868 una centralita de operadores de Madrid, en una escri-
1995 banía de La Habana, en un chiringuito en Marbella. En
2019 un centro de mayores de Torrelavega, porque mis hijos
dicen que ya estoy mayor, nene, que ya no me puedo sola.
1909 / 1643 En los campos de batalla de Barranco del Lobo y Rocroi;
1896 / 1921 en los manglares de Filipinas y las arenas del Rif y las

llanuras de Flandes. En los confines remotos de la Ar- 1625 / 1881
gentina, que tiene un desierto que poblar y otro desierto
—el mismo desierto— que desembarazar de indios. Ar-
gentina, el país del mundo con más habitantes apelli- 2021
dados Toñanes —concretamente quinientas trece perso-
nas—. Y así, en el proceso de poblar la Pampa, se vacía 1881
Toñanes. Un hueco que ningún otro ser humano vendrá
a llenar: solo objetos, cosas muertas llegadas de todas las
partes del mundo para olvidar a los que se van o qui-
zás para tentar su regreso. Tractores importados de Ale- 1980
mania, armarios de IKEA para amueblar palacios del 2005
siglo XVII, radiodespertadores de Japón, ordeñadoras
eléctricas de Estados Unidos, líneas de internet de Mo- 2003
vistar, souvenirs traídos de la capital —Santander, capi-
tal de Cantabria; Madrid, capital de España; Nueva York,
capital del mundo—. Y aún hay más: vienen jubilaciones 1994
anticipadas, vienen empresarios que fundan casas rura- 2002
les y hoteles con banderas, vienen cultivos agroecológi-
cos, controles de potabilidad de las fuentes —no podían
beberse, aunque se bebieran—, televisores de pantalla 2007
plana, móviles de cuarta generación, fertilizantes quími- 2020
cos. Todas esas cosas llegan para quedarse, pero siempre
a destiempo, siempre con años de retraso, cuando ya es
demasiado tarde y los hijos del pueblo se han marchado
para construir esos tractores, para atender la centralita de
reclamaciones de Movistar, para servir hoteles que siem-
pre están en otra parte o reponer cajas en los hangares
infinitos de IKEA.

Se van los mendigos, aunque no quieran. Se van los ban- 1763 / 1804
doleros, los carlistas, los franceses. Se van los gitanos, con- 1839 / 1813 / 1790
vencidos por los palos y las piedras. Se van los maquis: 1957
a tiros si hace falta. Y tras ellos, huyendo por la misma 2021
carretera, el propio Toñanes también se marcha.

2020 *Una gasolinera CEPSA, en el barrio de Caborredondo de Oreña. Coches pasando a toda velocidad por la carretera, sin detenerse. Tras las cristaleras, estantes de patatas fritas y chocolatinas; revistas y latas de Coca-Cola. Junto a la caja registradora, una colección de mecheros y abrebotellas decorados con imágenes del molino de Bolao. Detrás del mostrador, Óscar Sañudo Olmo (treinta y cinco años), vestido con su mono naranja de trabajo.*

Ah, no, yo de aquí no me muevo. Yo aquí estoy muy bien. Al que le guste el barullo y eso, pues no. Pero vamos, al que le guste la tranquilidad esta... Toñanes es ideal. Fíjate si me gustará a mí Toñanes que me presenté para alcalde. Alcalde pedáneo. Yo siempre digo que eso del alcalde pedáneo es como una especie de..., como de delegado de clase. El que hace de enlace con el ayuntamiento. Alguna pequeña gestión haces y poco más. Por ejemplo el otro día me avisaron por un nido de avispas, y pues llamas al 112 y lo que sea. Te haces cargo. Digamos que eres eso, como el delegado del colegio. Pero en pueblos así, tan pequeños, te tiene que gustar mucho para que te compense. No se presenta casi nadie a eso de ser alcalde, porque la gente de hoy se tira más por el dinero que por otra cosa. Y aquí lo del dinero... Yo lo hago porque me gusta. Porque al final pues es Toñanes, que es el pueblo donde he nacido y pienso quedarme toda la vida. Entonces lo quieres, y... pues lo haces por los vecinos. Que son mayores y tienes que mirar un poco por ellos, ¿no? Porque yo toda la vida la he vivido aquí, sí. Los treinta y cinco años que tengo. Bueno, de crío estuve un tiempo en Torrelavega. Vamos, mis padres estuvieron, por trabajo de mi padre, y yo con ellos. Entre los ocho y los once estuve estudiando allá. Bueno, pues fíjate si me gustaría a mí el pueblo que llegaba el viernes a las siete de la tarde y me escapaba. Cogía el autobús y para Toñanes. Y el domingo a las ocho de la tarde venía mi padre y hala, otra vez para Torrelavega. Así tres años. Pero yo siempre que podía, a Toñanes. Y ahora igual. Mi mujer es de la zona de Ponferrada, y yo a veces hablo con mi suegro y le digo: mira, yo si quieres me vengo aquí a Ponferrada un mes, pero ya más... Se lo contaba a ella también. Porque allí tienen unas cabañas muy buenas para utilizar el que quiera, tienen barbacoas, lo que sea. Pero yo voy para allí y es salir y empezar a ver montañas, muy bonitas, vale, pero es que es como que me falta algo. Se lo digo a la mujer: si es que a mí me falta algo. El salitre. Salir y notar el aire ese. Es que cambia muchísimo. Eso me falta a mí cuando no estoy aquí. Y en Toñanes yo creo que eso le pasa a muchísima gente. Cuando son las fiestas siempre viene alguno de los que se marcharon fuera y se te echa a llorar, porque la vida le ha tenido que llevar a otro sitio, por negocios, por comodidad o por lo que sea. Llorando te lo dicen. Y les entiendes. Porque yo aquí como todo, si a mí mañana me falta esto, pues me joderá mucho, pero me tendré que ir. Volver, volveré, como vuelven aquellos, pero ya no sé si a los cincuenta o a los ochenta o... A saber cuándo. Y encontraré el pueblo cambiado entero, claro. Me parecerá que estoy en otro sitio. Aunque fíjate que a lo mejor no. A lo mejor la cosa es que lo encuentras todo igual, y eres tú el que no está. El que cambió, ¿no? Porque si te digo la verdad, yo ahora el pueblo lo veo más o menos igual que de niño. Poca cosa ha cambiado, me parece a mí. Más allá de lo de las posadas y el hotel... Porque en cosa de tres años se montaron tres posadas y un hotel. La Posada San Tirso, la de El Puente Romano, La Estela Cántabra y el Hotel del Palación. Ese es el mayor cambio que ha pegado el pueblo. Pero por lo demás... Al final lo único que cambia aquí es la gente que se va porque fallece, y ya no se reemplaza. Es una pena eso. Yo me recuerdo de niño, que éramos como catorce de mi quinta. Catorce o yo no sé los que seríamos. Un montón. Todos jugando a lo que juegan los niños, un día al fútbol y otros a hablar, o a hacer trastadas de esas, a tirar nidos de golondrinas, qué sé yo. Eso seríamos, como doce o catorce. Y ahora de mi edad quedan... De mi edad no queda nadie. De los ochenta y de los noventa quedaré yo... y no queda nadie más. Silvia se fue. Y las de la escuela, esas también se fueron. Están en el ejército metidas las tres. Una es guardia civil y las otras dos en el ejército. Y luego Francisco José, que se fue también y me parece que da clase en la universidad. ¡Estudió como un campeón! Ahí está: se ha buscado la vida. De los de mi edad me parece que estoy yo y Víctor, que somos de la quinta. Y ahora niños nada, casi ninguno. Los dos de Juanjo... la nieta de Chari y Pepín, Candela. Está Olvita, la de Benjamín. Y después está... la de Pili. Bueno, y Sheila, que es de fuera, pero que está aquí. Es de Cóbreces. Ya ves, cinco o seis hay ahora. Y no será lo único que ha cambiado, claro. Seguro que más cambios hubo. Que cerraron el bar, por ejemplo. Aunque yo si te digo la verdad me acuerdo poco del bar. Me parece que tenía un futbolín e íbamos ahí a jugar. Me parece. Pero del bar funcionando no me acuerdo. Ave María, si es que hará veinticinco años de eso por lo menos. Yo sé lo que te cuenta la gente mayor, de cuando íbamos ahí a jugar al futbolín y a las cartas, y te lo meten tanto en la cabeza que dices: lo he vivido. Pero no... No me recuerdo yo nada de eso. Yo como quien dice lo conocí ya cerrado. ¿Por el año noventa? Pues por ahí sería. Y la gente del pueblo pues cada uno se buscaría la vida como pudiera. Mira, tú vas ahora a cualquier bar de la zona y la gran mayoría conocen a Llermo, o a Tini, o a Tinero, porque una vez que cerró esto se iban allá, a Cóbreces y a Novales, por el tema de que aquí no había nada... Si es que yo no sé cómo nunca se planteó la idea de montar otro bar. Vamos, no un bar, sino algo como una tienda de pueblo. No sé cómo a nadie se le ocurrió la idea. No sé si sería la dejadez o que las cosas cambiaban y la gente se iba a trabajar fuera y nadie quería. Ahora es distinto, porque ya con los coches... Te vas a Novales o a donde sea y ya nadie va a montar nada. Porque en verano igual haces buena caja, pero ya en invierno... El tema es el invierno. Venderías por San Tirso y poco más. Mira, ahora que lo pienso, yo creo que lo que más cambió en el pueblo es eso. Lo de las fiestas de San Tirso. ¡Ese ha sido el mayor cambio! Yo cuando era crío... No sabes lo que era eso. Había una tradición que ya se ha perdido. Hace ocho o diez años se perdería. ¡Tampoco tanto! La cosa era que todos los vecinos del pueblo, o casi todos, dejaban durante la fiesta las puertas abiertas de sus casas. Dejaban comida y bebida para los que vinieran, y entraba la gente que quisiera... ¡y no había nadie! La puerta abierta y allí nadie vigilaba nada. La gente estaba en misa y después se iba todo el mundo a casa de Lola, de Marisol, de Lucio, de Rosi, de Talluca... Casi todas las casas abrían. Y allí se comía de todo, pero lo más típico era la mistela y las rosquillas. La tradición era esa. Y ahora, claro, se va perdiendo, porque la gente es más mayor y hubo gente de fuera que vino y no respetó... No respetó. A Lucio, mira, ¡le cogieron un cacho de tarta de la nevera! Que tendría él para comer luego con su familia o lo que sea. Y entonces Lucio se cabreó, lógico. Imagínate que entran a tu casa y empiezan a sacarte..., ¡pues yo qué sé! Lo que tengas. Así que eso pasó. La gente que era del ayuntamiento y tal, bien, pero ya la gente de fuera... Venía gente hasta de Potes. En Potes hay otro San Tirso que se celebra el 28 de agosto, y entonces se enteraron de que nosotros lo celebrábamos el 28 de enero y bajaron de allí, y entre otros pues vinieron algunos que no respetaron. Entonces, claro, entre que la gente ya es mayor y no sabes a quién metes en casa, se perdió la tradición. Porque te viene un forastero y lo tienes controlado, pero ya te vienen diez o doce... Pero sí que fue una pena que se perdiera. Llamaba la atención la fiesta aquella. Venía la gente de fuera y alucinaba. ¡Esto no se ve en ningún sitio! La casa literalmente abierta, ¿eh? No es que digas aquí tengo el porche y tú entras hasta aquí, no, no, tú puedes ir a la cocina, al baño, a donde quieras... Bueno, ¡a Lucio se lo hicieron! Se abría todo para todo el mundo. Todavía viene mucha gente que se acuerda y te lo dice, joder, desde luego cuánto ha cambiado esto. Y tienen razón. Un poco sí que ha cambiado, sí.

2016 Sobre el cabecero de la cama, una fotografía enmarcada de los acantilados de Bolao. Sobre la mesilla izquierda, una fotografía del marido cuando todavía andaba de caza y podía hacerse solo el nudo de la corbata —por detrás se adivinan los eucaliptales de la Aranda—. Sobre la mesilla derecha, tres fotografías: Aurelia con tirabuzones en el pelo y Aurelia cogida de la mano del marido y Aurelia tomando al nieto en brazos. Una sonrisa de niña, una sonrisa de joven esposa, un rictus de viuda: todo con la mies de Toñanes de fondo. Encima de la mesa, una acuarela de la casa vista desde la carretera vieja —Aurelia encargó esa pintura muchos años atrás, con marco y todo, a un pintor que ofrecía puerta a puerta sus servicios—. Pegada a la pared, la pegatina de «Toñanes, tierra para disfrutar» que se diseñó para las fiestas del año 93. Clavado a la puerta, el calendario del Ayuntamiento de Novales eternamente detenido en el mes de julio, por la página que sale la vista de Toñanes. Sobre el aparador una piedrecita pulida y roja, encontrada por Aurelia muchos años atrás en algún lugar de la Lombana. Toñanes en las fotografías. Toñanes en los cuadros. Toñanes, como quien dice, hasta en las piedras. Y luego el cristal de la ventana y al otro lado ningún horizonte, ningún árbol, ningún sembrado: solo un edificio de ladrillo de nueve plantas y una carretera de cuatro carriles.

Ahí, apoyada en el alféizar de esa ventana, mirando los coches que vienen y van, está Aurelia.

Está pensando en Toñanes.

Se acuerda de la casa que al final tuvo que vender y de Carmen y Biel; de Llermo y de Rosi. Se acuerda de la receta de las rosquillas de Lola. Se acuerda de Princesa: aquella gata que siempre trepaba al sillón para acompañarla durante la novela. Se acuerda de la fiesta de la magosta y de la verbena de San Tirso y de lo mucho que al marido le gustaba echar la partida. Y ahora qué. Ahora nada. Aurelia sentada allá arriba, en la quinta planta del piso de su hija en la avenida General Dávila de Santander. Eso es lo primero que le sorprendió al llegar: la altura. Los hijos son así. En algún momento se cansan de vivir a ras de tierra y se van a vivir lejos, a Torrelavega, a Santander, a Madrid; pisos que siempre son más altos que la mismísima iglesia de Toñanes. Y qué pueden hacer los padres, salvo subir allá arriba con ellos; subir tan alto como los hijos quieran. ¿Por qué tan arriba? Desde tan por encima del suelo no es posible reconocer a los transeúntes, se lamenta Aurelia. No puede saludarlos o preguntarles, como tantas veces hizo con la Chari, si se vienen a ver la tele. Aunque por otro lado a quién podría invitar a ver la tele, si en la tele ya no echan nada que divierta a Aurelia; si no conoce tampoco a ninguno de los hombres y mujeres que pasan bajo su ventana. Así es la casa de su hija: demasiado alta y a desmano. ¿A desmano de qué? A desmano de Toñanes.

La casa de su hija. Lleva siete años viviendo aquí y todavía la llama así: la casa de su hija.

No es que Aurelia se queje. Es decir, se queja para sus adentros todo el tiempo, porque qué se le perdería a su hija en Santander; pero en realidad se conforma. Sabe que hay casos mucho peores. Ana Rosa, por ejemplo: los hijos no se pusieron de acuerdo y acabó en el asilo de Torrelavega. ¿Acaso era eso mejor? Ella, dentro de todo, tiene una casa y una familia. Vive con una hija a la que quiere. Con un nieto al que quiere. Con una nieta a la que quiere también. Al yerno, lo respeta. ¿No debería eso bastar? Así que no dice nada al respecto. Solo deja escapar, cada tanto, uno de esos suspiros largos, casi desfallecidos, que hacen que su hija levante los ojos de su revista.

—¿Qué te pasa, mamá?

—Nada, hija, ¿qué me va a pasar a mí?

Toñanes. Eso es lo único que le pasa.

Cuando hace sol se pregunta si no será demasiado sol para el pasto. Cuando llueve, si no será demasiada lluvia para el cauce del río. ¿Seguirá teniendo Claudín aquel toro tan guapo? ¿Se habrán venido abajo ya todas las tejas del molino de Bolao? ¿Habrá enderezado Rogelio a ese hijo tan malo que tiene, que no iba para ganadero sino para delincuente? Toñanes siempre en el pensamiento, porque en Toñanes ha discurrido toda su vida, y de la propia vida uno no puede olvidarse.

Pero Toñanes ya no es su casa. Su casa ahora es esta: la casa de su hija. ¿Y qué puede hacer ella, en esta casa a cinco plantas sobre el suelo? Nada salvo esto: mirar por la ventana. Esto: rezar el rosario. Leer el Calendario Zaragozano. Tejer una chaquetita para el nieto de no sé quién. Teñirse el pelo de negro con L'Oréal París en el lavabo del baño pequeño. Sentarse en su sillón frente al televisor, unas veces encendido y otras veces apagado; mirar el *Pasapalabra* o mirarse a sí misma, chiquita en la pantalla. Cuando el yerno termina de leer *El Diario Montañés*, Aurelia busca anhelante la hoja de esquelas, no vaya a ser que se haya muerto alguno de Toñanes. Si el nieto pide veinte euros a su madre, se acuerda de cuando le daban una peseta los domingos para ir al cine de Novales y si la nieta regresa tarde a casa, le viene a la cabeza cierto soplamocos que le pegó su padre por andar de romería con el marido cuando todavía no era el marido. Son otros tiempos, piensa: a otros les corresponderá decidir si mejores o peores.

Ahora es lo de ahora. Antes era lo de antes: Toñanes.

La llevan al pueblo una vez al año: por las fiestas de San Tirso. A veces les convence para hacer también una visita durante el verano, pero con eso, con el viaje de verano, no hay que contar. Algunos años toca y otros pues no toca. De modo que es así: una visita al año, dos a todo tirar. Toñanes está a solo treinta y ocho kilómetros de distancia: no es mucho, a juicio de Aurelia. Aunque es verdad que el viaje tiene sus complicaciones. Para empezar hay que convencer al yerno, porque en verano se queja de que hace demasiado sol y en San Tirso que qué frío. Nunca es buen día para ir a Toñanes. Y peor día que nunca, el día de San Tirso. ¿Cómo se le ocurriría al santo morirse un 28 de enero y no un 24 de agosto, como el bueno de san Bartolomé de Oreña? En fin: sea como sea, es el día del santo, y no queda otra que convencer al yerno. Hay que convencer a la hija para que viaje atrás, toda apretujada con los nietos, porque si Aurelia no viaja en el asiento del copiloto se marea. Hay que convencer a los propios nietos de que lo pasarán muy bien en la romería. Sí, de fábula. Menudo guateque, abuela. Los nietos que ríen porque les hace gracia la palabra *guateque* y les hace gracia el templete de las fiestas y que las niñas toquen la pandereta en la iglesia y la carrera de sacos y los cantos regionales. El cocido de alubias no les hace ninguna gracia: yo, de eso, paso. Pero Aurelia procura que nada le quite el ánimo. Una vez allí todo son abrazos y risas y jugar a la brisca y escuchar a los músicos y hablar con la Chari y decir a los niños y a las niñas que están mayores cada año, si os veo por la calle, monines, no os conozco. A veces tiene tiempo de ir a ver también, de lejos y con gesto de disgusto, la que fue su casa, porque, ay, estos madrileños, fíjate qué moderno y qué feo lo tienen todo; si lo sé no les vendo nada. Y luego otra brisca y más pellizcos en la mejilla y las rosquillas de Lola y a veces, incluso, un chatito de vino, a ver si se me entona el estómago, y más abrazos y hasta el año que viene, si Dios quiere.

Este año, Dios no quiere. Por eso Aurelia está aquí y no en Toñanes, la tarde de un veintiocho de enero.

Aurelia apoyada en la ventana, mirando lo que no se puede ver. Aurelia cinco plantas por encima del suelo y a treinta y ocho kilómetros de la tierra que la vio nacer.

No quiere Dios o más bien no quiere su hija.

No quiere su hija o no quiere el marido de su hija.

El pretexto: el coche.

—Mamá, ya te dije que este año no se va a poder... Que se lo tiene que llevar Fernando... Pero en verano vamos seguro. Te lo prometo.

Aurelia ha apurado todas las posibilidades:

—¿Y si cogemos un taxi de esos?

—¡Un taxi hasta Toñanes, mamá!

—Que lo pago yo...

—Deja, deja. No digas tonterías. Te llevamos un día en julio, cuando le den a Fernando las vacaciones, y hablas con la Chari y con quien quieras. Y juegas la partida y todo. Ya verás qué bien. El día que quieras.

—Y si no vamos en autobús... Como se iba antes.

—¡Para un autobús estás tú, mamá!

Eso fue hace una eternidad: por lo menos hace una hora. A estas alturas Aurelia ya se ha resignado: este año será el primer año que falte a la romería de San Tirso. ¡Y tiene ochenta y cinco años! Pues el primero. Piensa que a estas horas ya habrán preparado la carpa y Lola habrá glaseado sus rosquillas y el Dúo Vallini tendrá bien ensayadas sus canciones. Estará empezando la misa y sonarán las panderetas que hacen reír a sus nietos y el cepillo de la iglesia estará lleno de monedas y hasta de billetes. Ve a Charo y a Carmen y a Rosi y a Llermo, ocupando los bancos de la iglesia. Ve el asiento que ella siempre ocupaba, vacío. Piensa en el tiempo en que no dependía de nadie para hacer lo que le venía en gana. ¡Si de joven hubiera tenido la previsión de sacarse los papeles de conducir! ¡Si tuviera, al menos, un coche! Pero para qué le habría servido a ella un coche por aquel entonces, si no necesitaba ir a ninguna parte.

Solo a Toñanes.

Se acuerda de pronto de cierto día en que veía una película con sus nietos y en la pantalla apareció algo que ya nunca se sacaría de la cabeza. Un pasto muy segadito, pero sin vacas; unos señores muy elegantes, con palos de metal en lugar de dalles. Cuando terminaron de jugar, se montaron en una especie de cochecito muy pequeño. ¿Qué es eso? preguntó Aurelia a sus nietos, muy excitada. Un campo de golf, abuela. Pero a ella no le importaba el campo: lo que quería era el cochecito. ¿Hacía falta tener los papeles de conducir, para eso? El nieto y la nieta se miraron un instante, desconcertados. Les parecía que no, que no hacía falta. El rostro de Aurelia se iluminó. ¡Ah! Entonces ella iba a comprarse un cochecito de esos. Con la pensión. Eso es lo que iba a hacer.

Los nietos rieron:

—Pero bueno, abuela, ¿y tú para qué quieres un carrito de golf?

—Pues para qué lo voy a querer. Para ir al pueblo cuando vuestra madre no pueda llevarme.

—Sí, tú. Con dos cojones. ¿Te imaginas? ¡La abuelita por la autopista!

—¡Que no puedes ir por la carretera con eso, abuela! Que vas al paso de la tortuga.

—¿Cómo que no? Voy por el ladito, para que quien quiera adelantarme pues me adelante...

De eso se acuerda, ahora; del carrito de golf que una vez pensó en comprarse, para llegar sola a Toñanes.

Suspira. Otra vez, un suspiro.

La hija cierra bruscamente la revista.

—A ver, mamá, ¿me dices qué te pasa o no me lo dices?

—Ya te dije que nada. ¿Qué me va a pasar a mí?

—No le des más vueltas. Hoy no podemos, pero te llevamos en verano. En Semana Santa si quieres. Te llevamos y además seguro que hará mejor tiempo y puedes dar un paseo...

Aurelia ni siquiera se vuelve. La frente pegada al cristal de la ventana.

—Si podéis, solo. Solo si podéis. Que no quiero yo ser una molestia.

—Que no eres una molestia, mamá. Qué vas a ser una molestia...

Aurelia continúa mirando tercamente el mismo rincón de la calle. Por eso no puede ver cómo su hija se levanta y sale al pasillo, dejando la puerta abierta. Tampoco cómo al cabo de un tiempo regresa con el nieto y con la nieta. No ve al nieto dejándose caer sobre la cama, mientras echa un vistazo desganado a la revista que su madre ha dejado olvidada, ni ve a la nieta derrengada en el sillón, mientras se hace una coleta. Al final es ella, la nieta, quien habla.

—¿Qué haces, abuela?

—Nada, nenita. Mirar la calle.

—Y qué. ¿Algo interesante?

—Poco hay que ver. Poco...

La nieta mira a su madre y se encoge teatralmente de hombros. La madre contesta con un gesto extraño. Un gesto que se parece al de abrir un abanico. El gesto de abrir un abanico y deshojarlo, pétalo a pétalo, sobre la mesa. ¿Qué significa, ese gesto? El nieto es el primero en comprenderlo:

—Qué, abuela. ¿Nos echas una brisca o qué? Que estamos aburridos.

—¡Eso, abuela! Vamos a jugar a la brisca.

Aurelia se vuelve levemente. Intenta mantener la expresión de severidad, incluso de perfil.

—¿Una brisca? Anda, anda. Pero si no os gusta la brisca, a vosotros.

—¡Claro que nos gusta, abuela!

—Nos gusta mucho. Lo que pasa es que se nos ha olvidado un poco.

—Sí, hace tanto que no jugamos que se nos ha olvidado. Vas a tener que enseñarnos otra vez.

Aurelia no da su brazo a torcer. Chasquea la lengua.

—Un poco deslucido iba a quedar el juego... Es más divertido jugar a parejas.

—¡Pues que juegue mamá también!

—Si me dejáis, juego —interviene la madre.

Aurelia eleva las cejas. Está imitando lo mejor que sabe el gesto de resignación que tiene san Antonio en las estampitas.

—Si no estás muy ocupada... Que sé que estás muy ocupada, y no quiero ser una molestia, yo.

—¡Mamá, por favor!

Al fin la partida de brisca, por parejas. Aurelia con el nieto; la hija con la nieta. Los cuatro sentados en la mesa del comedor mientras vira la luz de la tarde. Aurelia que logra olvidarse por un rato de Toñanes, porque tiene la cabeza puesta en los tres juegos que lleva ganados y no sabe si su nieto lleva la cuenta de los puntos o no la lleva. Pero ¿seguro que lo estás apuntando? pregunta cada tanto, dubitativa. ¡Que sí, abuela! Que lo estoy apuntando con el móvil. ¡Ah! Entonces no te digo nada...

De pronto el nieto señala la ventana:

—¡Mira, abuela! ¡Está lloviendo!

—¡Es verdad! —confirma la nieta—. Está lloviendo un montón. Deben de estar pillando una mojadura los de San Tirso...

—¡Sí, menos mal que no hemos ido! ¿Verdad, abuela?

Aurelia vuelve la vista a la ventana, todavía con las tres cartas en la mano. Sus nietos tienen razón: está lloviendo. Cada vez más fuerte, hasta que el ruido de las gotas azotando el cristal lo llena todo. Imagina Toñanes bajo esa misma lluvia. La carrera de sacos, suspendida.

El Dúo Vallini que no sale a tocar, porque quién va a bailar en la campa embarrada. Todos agolpados en el pórtico de la iglesia, sin atreverse a salir tras el santo. Lola con paraguas y con el plato cubierto por un trapo, y aun así las rosquillas mojadas. Qué crimen ese: las rosquillas de Lola, con lo buenas que están, mojadas. Todos volviendo pronto a sus casas tras la misa para mirar la lluvia desde la ventana, exactamente como ella la está mirando ahora. En eso piensa, Aurelia. En la romería de San Tirso pasada por agua y en cómo ella irá a Toñanes en verano, bajo un sol radiante, y le dirá a la Chari: Verás, es que este año no lo vi claro yo. Se iba poniendo negro el cielo, más negro cada vez, y me dio a mí que iba a llover. Sí, eso va a decirle, tan pronto como llegue el verano. Puede que incluso antes: para la Semana Santa. Se lo ha prometido su hija.

—¿Y ahora por qué sonríes, mamá?

—Por nada. ¿Por qué iba a sonreír yo?

—¡Cuando la abuela sonríe es que lleva triunfos!

—¡Así que es eso! ¿Llevas triunfos, mamá?

—Ah, no sé. Pero si tanto te interesa, tú échame un as y lo descubres...

2016 Una gota de agua que cae sobre la presa de Bolao, salpi-
cando como salpica una moneda en el centro de un es-
1858 tanque. Una gota de agua sobre la cabeza de una vaca
1992 que pasta en la mies de Vallejo. Una gota de agua, redon-
da y exacta, estrellándose contra el asfalto de la carrete-
1915 ra. La primera gota de agua que cae sobre la palma ex-
tendida de Rogelia. Está empezando a llover, dice. Y de
1690 pronto, como conjurada por sus palabras, la lluvia. Llu-
1708 / 1315 via sobre los árboles y lluvia sobre el mar; lluvia sobre
2003 / 1829 techumbres de paja y sobre tejas; sobre los muertos del
1776 camposanto y sobre los vivos que cavan surcos en la tie-

rra. Andrés levantando la vista al cielo mientras se suje- 1804
ta la boina. Bah, son cuatro gotas. Mariana levantando 1752
la vista al cielo mientras se sujeta el pañuelo. Me parece
a mí que esto va para largo. Lluvia que dura y lluvia que
no dura. Lluvia que recibe diferentes nombres: llovizna,
calabobos, cellisca. Chaparrón, aguacero, diluvio. Llu-
via sobre caballos, bisontes, tractores. Lluvia que espan- 1947 / -13.599 / 1996
ta a los turistas y lluvia que llena las caceras de los moli- 2013 / 1755
nos. Lluvia que es buena o mala para las cosechas, según
se mire —otrosí, que ha dieciocho meses que llueve con- 1693
tinuamente casi cada día, razón por la que no se ha reco-
gido en esta tierra ni pan ni vino y se padece extrema
necesidad, escribe el procurador de Novales; habida cuen- 1803
ta de la pertinaz sequía que sufre el país, razón por la
cual no se ha recogido en esta tierra ni pan ni vino y se
padece extrema necesidad, escribe el corregidor de To-
ñanes—. La lluvia que cae cada vez más fuerte —llueve 1985
a cántaros, dicen; llueven chuzos de punta— y el río que
parece hervir con ella; sus aguas convertidas de pronto
en un fango espeso que parece arrastrar consigo al propio
Toñanes. Suben cada vez más arriba, esas aguas seme-
jantes a tierra corrediza. Se diría que el río va a desbor-
darse de un momento a otro. Ya falta poco. Y se desborda.
Y se desborda. Y se desborda. No todos los años, pero 1640 / 1839
muchos años. Se desborda y se desborda y se desborda 1943 / 1698 / 2003
y arrastra a su paso vacas y carros y árboles; inunda los
bajos de la Posada El Puente Romano y trepa por encima 2019 / 1870
del puente y revienta las presas de los molinos y se lleva, 1631
también, el cuerpo de Catalina García, mujer que fue de 1765
Íñigo de Mogro —no se le administró sacramento algu-
no por haber perecido ahogada en el río, escribe el pá-
rroco de Toñanes—. Llueve a mares, dice Mariana de 1752
Villegas. Llueve la de Dios es Cristo, dice Llermo. Llu- 2001
vias torrenciales en el tercio norte de la Península, dice 2012
el telediario. Vientos de cuarenta y cinco kilómetros por
hora y alta probabilidad de tormentas. La tormenta. El 1993

fulgor de un rayo resquebrajando el cielo con sus mu-
-11.639 chas ramificaciones, como el espectro de un árbol. Hijo
del Lobo mira ese rayo desde el vestíbulo de su cueva: es
1901 el fuego de los dioses. Andresito y Lucía escuchan el ru-
mor sordo del trueno: son los angelitos, que una vez más
1668 están jugando a los bolos. Domingo Gómez no llegará
a ver el rayo ni a oír el trueno: solo continúa segando el
verde en plena tormenta, porque las vacas tienen hambre y no quiere regresar con el carro vacío a casa; la hoja metálica de la guadaña moviéndose de derecha a izquierda, como dice el padre Miguel que cosecha sus almas la Muerte.

1644 —¿Qué fue ese ruido?

—Nada, Juliana. No te muevas de la cama.

—¿Pero qué fue?

—Nada. Un trueno, que sonó lejos. Una tormenta.

—Qué susto, Juan. Creí que...

—No.

—... creí que me moría. Que era la voz del Señor, que me llamaba.

—No te mueres. El Señor no te llama y no te mueres.

—Bueno, pues mejor, ¿verdad?

—Mucho mejor.

—¿Se supo algo?

—Algo se supo... No estaba en Cóbreces ni en Novales ni en Oreña, pero han dado con él. Al menos han dado con quien sabe dónde está.

—¡Ah...! ¿Y dónde está?

—En La Busta.

—¡En La Busta...! Eso es muy lejos, ¿no?

—Un poco lejos está, sí... Tienes que tener los ojos abiertos todavía un poco más. Porque además, con la lluvia...

—Qué cansado es estar despierta cuando una tiene sueño, ¿verdad?

—Sí...

—¿Sabes una cosa, Juan? Te engañé...

—¿Cuándo?

—Antes, cuando me llamabas... Me parece a mí que sí estaba dormida.

—Qué tunanta estás hecha. Claro que dormías...

—Estaba soñando, creo. O es ahora cuando estoy soñando... ¿Tú lo sabes? Oigo la lluvia en el techo y me parece que la estoy soñando.

—No. Antes, era antes cuando soñabas. Ahora estás despierta.

—Bueno... Pues soñaba, entonces... ¿Sabes tú con lo que soñaba?

—No sé.

—Soñaba con el niño...

—Ya.

—Con Juan Domingo.

—Claro.

—Porque se iba a llamar Juan Domingo, ¿verdad?

—Sí.

—Al menos así se llamaba. En mi sueño... Y no era el limbo donde estaba, sino el Paraíso... Y su nombre sí que estaba en el libro de los curas...

—Sí, allí está el niño. Te lo he dicho muchas veces. En el Paraíso.

—¿Tú crees que me estará esperando?

—Claro. Claro que te espera. Pero vamos a hacerle esperar un poco más, ¿no?

—¿Más todavía? Si ya van más de once años... Ha tenido que sentirse solo, pero tan solo...

—Mujer, allí ha de estar muy bien acompañado.

—Con sus hermanos.

—Claro. Con sus hermanos.

—(...)

—(...)

—Juan.

—Dime, Juliana.

—¿Cómo fue que lo bautizaste? ¿Qué fue lo que dijiste?

—No sé... Cosas que se me iban ocurriendo. Cosas sentidas.

—¿Qué cosas? Haz por acordarte.

—No sé. Le dije: Niño, yo te bautizo.

—¿Y qué más? Hablaste mucho, aquella noche.

—Le dije: Niño, yo soy tu padre, y con este bautizo te damos la bienvenida al mundo y también te despedimos.

—Ah, pues está muy bien eso...

—Le dije que le bautizaba en nombre de Dios, que yo no conocía pero él estaba a punto de conocer.

—Muy bonito, sí...

—Le dije que yo no sabía nada, que solo sabía lo que saben los simples de las cosas, pero que de todos modos lo bautizaba, porque quienes sabían más no iban a llegar a tiempo.

—(...)

—Le dije que él se iba a morir, pero que como yo lo bautizaba, esa muerte no iba a ser muerte.

—(...)

—Le dije que resucitaría en la vida que hay después de la vida con el nombre de Juan Domingo, que era el nombre que le poníamos su madre y su padre. Y que le echábamos agua porque al Señor le gusta el agua, y que le pedía perdón si estaba fría y con ello solo le imponíamos dolor sobre dolor, pero que para entrar en la vida sagrada primero había que mojarse la cabecita, aunque nos llorase.

—(...)

—Le dije que al Señor le gustaba el agua. Y también el vino. Le dije que el vino era su sangre, o así me parecía haber entendido en la misa, pero que ahora no era tiempo para el vino... Que él ya nunca probaría el vino y me daba una gran pena cuando lo pensaba, que no le veríamos borracho ni tampoco le veríamos caminar ni engarfiar una moza, y que era triste, claro, muy triste, pero que así lo quería el Señor. Y que eso había de ser, mirado desde algún punto, bueno, ¿no? Porque el Señor es así, bueno. Y le dije que yo solo sabía lo que sabía, pero el Señor sabía las cosas que yo sabía y también lo que yo no sabía, y su razón tendría para estas y para tantas otras cosas.

—(...)

—Y luego le dije que yo no sabía si esas eran o no palabras sagradas, pero que los simples solo sabemos lo que nos dicen, y a mí las palabras verdaderas no me las dijeron o yo no las retuve y confiaba en que aun en mi profunda simpleza Dios sabría juzgar mi voluntad. Eso le dije.

—(...)

—Y luego dije que amén.

—(...)

—Creo que me acordé de decir amén.

—(...)

—Juliana.

—(...)

—¡Juliana!

—Qué. Qué quieres, Juan, que andas todo el tiempo a gritos...

—Nada. Que no te duermas.

—No me duermo... Pensaba en tus palabras. En esas palabras que dijiste. Son bonitas, ¿no te parece?

—Sí.

—No son las palabras sagradas...

—No.

—... pero son bonitas.

—Supongo que sí.

—(...)

—(...)

—En La Busta, ¿eh?

—Sí, Juliana. En La Busta.

—Y con esta lluvia. Me parece a mí...

—¿Qué te parece?

—Nada... Escucha. Escucha, Juan... ¿Por qué no acercas el candil?

—¿El candil?

—Sí... Acerca el candil, Juan...

—Afuera hay luz. Puedo abrir las ventanas... Puedo...

—No quiero luz, Juan... Quiero el candil... Tú ve por él, en lo que me duermo y no me duermo...

1971 En vida se llamó Rufino Collado Cianca. Ahora que lo entierran no se sabe cómo hay que llamarlo. El padre Miguel Lavandero dice que no están ahí para despedir a Rufino, de ninguna manera: el alma de Rufino ya subió o está subiendo al Cielo. Lo que hay dentro del ataúd son solo sus restos mortales, esto es, la parte de muerte que toda vida lleva consigo. Rufino se fue; lo que queda es su carne. Pero está lloviendo cuando lo dice, y el sonido de la lluvia restallando contra los paraguas no deja oír demasiado. Son cincuenta, tal vez sesenta personas arremolinadas en torno a la tumba: tantos que apenas caben en el pequeño camposanto. Todo o casi todo el pueblo ha venido a despedir a Rufino; es decir, a despedir sus restos mortales. Sigue lloviendo, ha llovido toda la noche y todo el día de ayer, y el cielo es una bóveda unánime de paraguas negros y la tierra un jeroglífico de pisadas inscritas en el fango.

Bajo uno de esos paraguas está Beatriz Sánchez, cogida del brazo de su hija Lola. Ha cumplido setenta y cinco años y parido dieciséis hijos y vivido toda su vida junto

al mismo marido. Dentro de poco tiempo estará muerta, 1974
aunque por supuesto eso no lo sabe. O quizá sí: tal vez 1971
una parte de ella lo sabe. Al menos tiene presente que esto es todo cuanto le queda por delante: el mismo camposanto, los mismos vecinos, el mismo sacerdote. Quién sabe si la misma lluvia. Poco a poco le ha llegado esa edad en que solo la muerte parece real, y todo cuanto cabe esperar es que esa muerte sea buena. Una buena muerte es morir con los menos dolores posibles, claro, pero también que le hagan a uno una buena misa y un buen entierro. Porque lo mismo que hay buenas y malas muertes, hay buenos o malos entierros. Y este está siendo un entierro bonito, lucido: al menos ese es el parecer de Beatriz, que se contorsiona y se pone de puntillas para intentar atisbar algo entre tantas espaldas. Sí, parece un buen entierro: al propio Rufino le habría gustado. Mucha gente, muchas lágrimas. Tantos trajes negros que apenas puede verse nada. Han venido a presentar sus respetos incluso ciertos parientes lejanos de Torrelavega. Y la lluvia contribuye a dar a la ocasión cierto aire aparente y grave; cierta impresión de que hasta en el Cielo se está llorando. Tuviste suerte, Rufino, piensa Beatriz mientras aprueba con la cabeza.

—No te acuerdes, Señor, de mis pecados.

—Cuando vengas a juzgar al mundo por medio del fuego.

—Señor, Dios mío, dirige mis pasos en tu presencia.

—Cuando vengas a juzgar al mundo por medio del fuego.

—Concédele, Señor, el descanso eterno, y que le alumbre la luz eterna.

—Cuando vengas a juzgar al mundo por medio del fuego.

Pero entonces el sacerdote cierra el libro de responsos, el enterrador cierra también su paraguas y Beatriz encuentra al fin un hueco entre los abrigos y los gabanes negros. Mira la última morada de Rufino, esa patria definitiva de la que hablaba la última plegaria, y el cuerpo se le encoge. Frente a ella no hay ninguna fosa. Solo una poza de fango amarillo; la sepultura colmada hasta los topes de lluvia, tanta lluvia que el suelo no consigue bebérsela. Fango que burbujea azotado por el aguacero que no cesa, como si hirviera al calor de las penas y las condenaciones del Infierno. Dios no juzga al mundo por medio del fuego, comprende Beatriz, sino por medio del agua.

—Ay, Señor... ¿Pero es que van a meterlo ahí? —musita al oído de su hija Lola, y Lola le aprieta más fuerte el brazo, no se sabe si para consolarla o para reprenderla.

Sí: ahí van a meterlo. Tierra eres y en tierra te convertirás, está diciendo don Miguel mientras cuatro hombres alzan el ataúd, pero Beatriz decide que se equivoca: fango es lo que somos. No van a enterrar a Rufino: están a punto de ahogarlo. Los hombres aflojan las cuerdas y el féretro cae al agua turbia, lo mismo que un barco que se va a pique. Y allá adentro, en ese barco, viaja Rufino. Porque lo que desciende al barro no son sus restos mortales ni su pobre cuerpo ni nada que se le parezca: es Rufino.

—Concédele, Señor, el descanso eterno.

—Y brille para él la luz eterna.

Esa misma noche, al meterse en la cama y sentir el lametazo de las sábanas húmedas y frías —como me echo en esta cama me echaré en la sepultura y a la hora de la muerte ampárame Virgen pura—, Beatriz recordará este momento. Más que recordarlo lo vivirá de nuevo, porque la oscuridad de su dormitorio con las contraventanas cerradas no es muy distinta de la oscuridad del féretro de Rufino. Pensará en eso, en Rufino. Rufino en la oscuridad. Rufino con su traje de domingo y sus zapatos de fiesta. Rufino con mudas limpias y maquillaje y perfume, aseado para recibir su noche perpetua. Rufino, que tanto disfrutaba del calor y la luz de una buena lumbre, sintiendo escurrirse el fango gota a gota por los agujeros de los clavos.

No dormirá, o dormirá apenas. Verá cosas que no sabe si sueña o imagina: cosas ante las que no es posible cerrar los ojos. Y cuando al fin un rayo de luz se filtre por la falleba mal ajustada, esa luz tendrá algo de resurrección. Abrirá la ventana y mirará afuera: el sol, otra vez el sol. Ni rastro de nubes de lluvia. Luego correrá al baño y se lavará con agua fresca y limpia. Se vestirá, también ella, con la ropa de los domingos. Se echará un poco de perfume. Saldrá a la calle antes de que sus hijas se despierten y llamará a la puerta de la casa de don Miguel antes de que el propio don Miguel se despierte.

Un cura sin sotana y con el pelo revuelto no parece del todo un cura. Un cura en pijama y sin sus gafas de ver de lejos es solo un ser humano corriente. Tal vez por eso a Beatriz le resulta muy fácil dirigirse a don Miguel, con una determinación y una fiereza que creía perdidas años atrás.

Dice:

—Lo de ayer fue una vergüenza.

Y luego:

—Lo de ayer no se puede volver a consentir.

Y aún más tarde:

—Yo no voy en tierra, don Miguel.

Eso dice, o más bien eso grita la buena de Beatriz, por lo común tan prudente y silenciosa.

—¿Me escucha, don Miguel? A mí usted no me entierra.

Y don Miguel la escucha, claro. La escucha gritar tan alto que mira a un lado y a otro, temiendo que algún vecino se aperciba del escándalo. Intenta tímidamente tomarla por el hombro y hacerle traspasar el umbral de la casa —en la salita podremos hablar con tranquilidad, hija mía— pero Beatriz no se mueve; la mano derecha de don Miguel, esa mano cuyo dorso todos besan con reverencia, de pronto inútil. Intenta convencer a Beatriz con buenas razones, pero Beatriz no se convence. Porque don Miguel entiende su consternación, ¿pero qué puede hacer él, un simple sacerdote? ¿Es que puede hacer algo él contra la lluvia? Pues sí: claro que puede. Al menos ese es el parecer de Beatriz, que continúa hablando con el aplomo de los grandes señores. Contra la lluvia a lo mejor no, admite, pero sí contra la tierra. Así que su paternidad me va a mandar poner nichos. Eso dice. Como en el cementerio de Comillas: ella los ha visto con esos ojos. En Comillas tienen nichos, ¿no? Pues en Toñanes ellos van a tenerlos también.

Y de nada sirve que don Miguel le explique que eso, hija mía, es muy caro —pues se paga con el dinero de los fieles, responde Beatriz—. Nada importa que no sea cosa de ellos sino del Obispado —pues se habla con el obispo—. Y por supuesto, poco o nada le importan a Beatriz las tradiciones, pues de siempre se ha enterrado a los muertos en la tierra del cementerio, desde la noche de los tiempos como quien dice, y hay que pensar también en eso, hija mía, en el modo antiguo de hacer las cosas, que alguna razón de ser tiene —pues se olvida la tradición, afirma Beatriz, rotunda e insobornable.

Y luego, antes de marcharse, añade:

—Vamos a olvidar la tradición pero no se me olvide usted de esto, don Miguel. Yo, con la tierra, nada.

1974 Ocurrirá tres años después. La muerte de Beatriz. Tres años más y estará tendida en su propio lecho de hormigón, seis pies por encima de la tierra. Porque para entonces ya habrá nichos en el cementerio de Toñanes. Se inauguran cierta mañana de marzo, cuando Beatriz está todavía viva, pero ya muy enferma. Le quedan apenas dos meses en este mundo: una parte de ella lo sabe y la otra parte también lo sabe. Ese día son muchos los vecinos que se pasan por el cementerio a estrechar la mano de don Miguel, y don Miguel les responde a todos lo mismo: no me lo agradezcan a mí ni tampoco al obispo. Agradézcanselo a doña Beatriz. Si no fuera por ella, no habría nichos en Toñanes.

Si no fuera por Rufino, piensa Beatriz al escucharlo, quién sabe si por quitarse importancia o porque lo piensa de veras.

—Y ahora, doña Beatriz —le dice entonces don Miguel, tomándola familiarmente del brazo— me va usted a escoger el nicho que más le guste.

Beatriz mira durante mucho tiempo la cuadrícula de hormigón, semejante a una colmena de abejas o a una bodega sin botellas. Para entonces todos están todavía recién encalados y vacíos, como deseando ser usados. Descarta la fila de abajo, por lo obvio: demasiada vecindad con la tierra. Descarta la fila de arriba: demasiado vértigo, demasiadas ganas de significarse, demasiado trabajo para los enterradores. Al final escoge la tercera fila empezando por abajo. Mejor así: a medio camino del cielo y de la tierra; de la lluvia y el fango.

—Aquí está. 1644

—(...)

—¡Juliana!

—(...)

—¡Juliana!

—Qué. Qué quieres, Juan.

—Aquí tienes el candil.

—¡Ah, el candil!... Pero apágalo, ¿no?

—¿Para qué?

—Eso... Apágalo y ahora. ¿Por qué no me echas un poquito?

—¿El qué?

—El aceite, claro. En la frente. ¿Ya no quema? Pues échamelo.

—¿En la frente?

—Se empieza por la frente, sí... Se hace la señal de la cruz, en la frente. Y luego creo que se echa otro poquito en las manos y no sé si en alguna parte más.

—Quieres que...

—Sí.

—Pero esto no...

—(...)

—No está consagrado. Primero hay que consagrarlo. Me parece... Lo llaman Santos Óleos porque son óleos y son también santos, ¿no?

—Tú échamelo de todos modos. Hazme la señal de la cruz. Así...

—¿Y ya está?

—Ahora tienes que decir las palabras.

—(...)

—No te preocupes. Yo sí... Yo me las sé.

—¿Te las sabes?

—Sí. Después de... Me las sé.

—Ya.

—(...)

—(...)

—¿Estás ahí, Juan? No te veo... ¿Me estás escuchando?...

—Claro que te escucho. Espero las palabras.

—Ah, sí. Las palabras. Espera que me acuerde yo, de las palabras.

—(...)

—Tienes que repetir conmigo... Por esta santa unción y por su bondadosa misericordia, te ayude el Señor...

—Por esta santa unción y por su bondadosa misericordia, te ayude el Señor...

—... con la Gracia del Espíritu Santo. Para que, libre de tus pecados...

—... con la Gracia del Espíritu Santo. Para que, libre de tus pecados...

—... te conceda la salvación y te conforte en su enfermedad.

—... te conceda la salvación y te conforte en su enfermedad.

—Ahora di amén. Siempre tienes que acordarte de decir amén, Juan.

—Amén.

—Eso... Así...

—(...)

—(...)

—¿Eso es todo?

—Sí, Juan... Creo que sí. Que es todo.

—Bien.

—Ya está hecho.

—Sí. Ya está hecho.

—(...)

—(...)

—(...)

—(...)

—No parece que haya para tanto, ¿verdad?... Con esto de los sacramentos...

—No...

—(...)

—(...)

—Ahora ya puedo dormirme, ¿no?...

—Supongo que sí... O mejor no. No te duermas. Por si acaso.

—Por si acaso.

—(...)

—Oye, Juan.

—Dime, Juliana.

—¿Por qué no me dices otras cosas?

—Qué cosas.

—Esas que dices tú... Como las que le dijiste a Juan Domingo.

—Pero... ¿No le ofenderá al Señor que hable sobre sus palabras?...

—Si no me muero, Juan... ¿No dices que no me muero?

—No. No te mueres, claro que no.

—Entonces qué importa.

—Es verdad. Qué importa.

—(...)

—(...)

—(...)

—Yo, con este aceite de lámpara porque no tenemos otro mejor, te administro a ti, Juliana...

—(...)

—(...)

—Qué. Qué me administras... Por qué te detienes, Juan. Ibas muy bien.

—¿No harán falta los apellidos?

—¿Los apellidos?

—A ver si se va a creer el Señor que no hablo de ti, sino de Julianita. La del molino. O que yo soy Juan el de los Ruiloba...

—No... Puedes llamarme como quieras... El Señor sabe... El Señor lo ve todo...

—Entonces... Yo, Juan, con este aceite de lámpara, porque no tenemos otro mejor, te administro a ti, Juliana..., te administro el sacramento de la extremaunción...

—Mientras, me vas poniendo otro poquito de aceite... En la frente. Sobre todo en la frente... Me refresca tanto... Así...

—...y perdono tus pecados, los grandes y los pequeños...

—Eso, Juan. También los pequeños.

—Lo hago yo, que soy tu marido, porque el cura no viene...

—¿Dónde está?... Díselo al Señor.

—... porque el cura está en La Busta, y además vuelve a ser día de tormenta. Para ser honestos, Señor, desde hace un tiempo me parece que el cura, su servidor, nunca está donde tiene que estar... Lo mismo fue hace unos años, que para ti, Señor, son instantes. Cuando nació nuestro hijo Juan Domingo, ¿te acuerdas de él? No escribimos su nombre, pero... Así se llamaba. Y ahora tengo que ser yo quien te administre la extremaunción, porque el cura, nuestro cura, no viene. Y te la administro a ti, Juliana, con urgencia, porque...

—Por qué.

—(...)

—Por qué, Juan. Por qué tanta urgencia. Díselo al Señor, que te escucha.

—... Te la administro con urgencia porque te vas a morir, Juliana.

—Así... Eso es. Al Señor con la verdad siempre.

—Te vas a morir, pero como yo te administro la extremaunción, esa muerte no va a ser muerte.

—Bien dicho, Juan.

—Vas a salvarte de las llamas de la condenación eterna y vas a despertar en el Paraíso que Dios concede para los que son buenos. O para los que son malos y se arrepienten. Allí vas a despertar, y yo no sé cómo es el Paraíso, pero sí sé que te va a gustar, Juliana. Y allá arriba, porque el Paraíso está allá arriba, me parece, van a salir a buscarte tus cuatro hijos.

—Los cuatro juntos... Está muy bien eso.

—Y todos van a tener muchas ganas de abrazarte y de que los quieras, porque ninguno te conoció durante más de dos meses, Juliana; así fueron las cosas... ¿Me estás escuchando, Juliana? No te duermas...

—Te escucho, Juan... Aunque tenga los ojos cerrados, yo te escucho...

—Y más besos que ninguno, más abrazos, te va a dar Juan Domingo, tu hijo... Porque él también estará allí, son once años esperándote, así que ya será mozo o medio mozo. Y por fin podrás ver sus ojos abiertos, y verás que son azules, muy azules, como a ti te gustan, Juliana... ¿Me escuchas?

—Hablas bien... Tan bien, Juan...

—Pues no te duermas. Y cuando estés allá arriba, aún habrás de esperar un tiempo, no mucho pero algún tiempo, para encontrarte también con tu marido, que soy yo... ¿Lo oyes? Porque tu marido también, antes que después, va a morirse; y quién sabe si tal vez pasará ciertos apuros en el purgatorio, o si tendrá que asistir a ciertas audiencias en las que se discuta la bondad o maldad de su alma, porque tiene muchos pecados de los pequeños; pero al final, tarde o temprano, también él subirá hasta donde vosotros estáis, porque aunque sean muchos son también, como digo, muy pequeños... ¿Me escuchas? ¿Oyes lo que te digo, Juliana?

—Sí..., son muy pequeños, Juan. Tan pequeños...

—Y también él tendrá sus ojos azules, otra vez, y te abrazará con sus brazos, y no andaréis cuchicheando bajo el sábano del molino, porque allí no hay molinos, para qué los habría, para moler qué sustento, si Dios es único sustento. Y te besará, pero no las tetas, porque allá no hay tetas, tengo escuchado que allá no hay más que alma, porque la bilis y la sangre y la corrupción se quedan acá. Quién sabe, ahora que lo pienso, si allá habrá ojos, azules o de otro color. ¿Tú qué piensas, Juliana...?

—(...)

—Pues sea como sea te besará de algún modo, sin labios, y se acordará todavía de lo bonitas que eran tus tetas y de lo caliente que era tu boca..., ¿entiendes? Y recordaréis también el día en que te morías, y él... Él te hizo la extremaunción como quiso o como pudo. Con un poco de aceite de lámpara. Corto de teología pero largo de buenas intenciones. Así te la hizo. Y tú dirás... ¿Sabes tú lo que dirás, Juliana?...

—(...)

—¿Lo sabes?

—(...)

—Tú dirás, como solías: No eran palabras sagradas esas que dijiste, Juan... Y luego... ¿Sabes qué más dirás?

—(...)

—(...)

—(...)

—(...)

—(...)

—Eso es, Juliana. Dirás: Pero eran bonitas, Juan. Tan bonitas.

Ha dejado de llover. Apenas algunas gotas que se des- 1644
cuelgan perezosamente de los aleros y de las hojas de los
árboles. Vuelven a la carretera los peregrinos que se re- 1712
fugiaban en el humilladero de los Llagos y vuelve al jar- 1981
dín el niño que quiere jugar con su pelota y vuelven los 1930
caracoles y las babosas para ofrecer sus cuerpos blan-
duzcos a los zapatos de los viandantes. Ha dejado de llo- 2015
ver, dicen los turistas que esperaban en el lobby del Hotel
Palación, vamos a aprovechar porque en un par de horas
llueve de nuevo. No necesitan mirar el cielo para saber-
lo: les basta con una aplicación de su teléfono móvil. Ha
dejado de llover, y pronto todos olvidan ese pequeño mi-
lagro: que hace solo unos instantes estaba cayendo agua
del aire. Solo el río guarda memoria de la lluvia. Porque
ha dejado de llover pero el río sigue corriendo, no acaba
nunca de llevarse las gotas que cayeron, así que podría
decirse que la lluvia no acaba nunca tampoco. Ha deja- 1620
do de llover, susurra Juan en el oído de Juliana; los dos
abrazados bajo el sábano del molino. Sí, es verdad: ya no
se oye el repiqueteo de las gotas contra el tejado. Solo se
escucha el fragor del río; tantas lluvias pasadas agolpán-

dose en la presa y haciendo girar los rodeznos y retemblar las muelas de piedra. Dentro de poco llegará su turno de molienda y ya no tendrán excusa para continuar ahí, abrazados bajo el sábano, pero ahora prefieren no pensar en eso. No piensan en el tiempo que les queda por delante; en las cosas que sucederán o no sucederán cuando sus cuerpos se separen. Solo hacen eso, permanecer el uno junto al otro tanto tiempo como sea posible, arrullados por el rumor de unas aguas que tampoco saben de dónde vienen ni a dónde se dirigen: qué sucede con los ríos cuando decimos que mueren.

2021 Al principio es solo una finca en el costado de la Autovía del Cantábrico a su paso por el valle de Udías, justo frente a las instalaciones de Piensos Cano. Un tenue chapoteo. Una mínima resistencia de la tierra a ser pisada. Ese lugar preciso donde la hierba se empoza y reblandece, y las vacas se inclinan para abrevar del agua que brota de sus propias huellas. A veces, en los breves silencios que dejan los coches que vienen y van, se oye un leve siseo. No es un arroyo, al menos no todavía; apenas un lagrimeo perezoso que se escurre entre los matorrales y las pistas de terracería; un proyecto de río que deja atrás las casas del Llano y de Cobijón y luego se deja resbalar dentro de la cueva de Rescaño, una hendidura desproporcionadamente grande para tragarse un cauce tan pequeño.

Lo que viene después son trece kilómetros y medio de desarrollo subterráneo, si hemos de creer a los espeleólogos, aunque quién puede estar seguro: más personas se han atrevido a pisar el Polo Sur que a recorrer cada uno de los recovecos de la cueva, un vértigo de pozos y galerías, de sifones y coladas estalagmíticas; de cámaras tortuosas donde la voz humana no rebotará jamás.

Durante mucho tiempo nadie supo a dónde salían estas 1912
aguas, cuentan los vecinos de Toñanes, hasta que un día
los ingenieros de la Real Compañía Asturiana decidie-
ron verter en el cauce varios litros de tinte negro y sen-
tarse a esperar. Esperan tres largos días a que las caver-
nas subterráneas hagan su digestión lenta, a que desvelen
su inframundo lleno de ecos ominosos, de temblores mi-
nerales, de agujas de caliza que siguen creciendo bajo
tierra como crece el cabello de los muertos, y el tinte
negro que no se detiene, que sigue rumoreando a ciegas
hasta la luz definitiva en Novales. Cuando vieron apare- 2019
cer el tinte supieron que el río de Udías era también el
nuestro, dice Beni la de la Lastra, o tal vez que el río de
Toñanes era también el suyo, añade tras un titubeo; la
misma vacilación que parece hacer el río al resurgir de
la cueva de Novales y rodear la pasarela de un puenteci-
to desmoronado —ese puentecito se construye en 2004 2004
y se desploma en 2019; la vida del cemento, que en oca- 2019
siones es tan larga o tan corta como la vida de un pe-
rro—. Un congelador Frigo oxidado que hace las veces
de abrevadero. Un somier oxidado que hace las veces de
puerta. En las aguas del río no queda vida, o solo una
versión disminuida de la vida: un enjambre de libélulas,
y también renacuajos y zapateros surcando la corriente,
pero ningún pez. Ya no quedan truchas, o tal vez sí, tal -12.129
vez queden muchas todavía, suficientes para llenar la
barriga de toda la tribu: uno de los cazadores aguarda en-
tre las rocas, esgrimiendo su venablo de hueso. Tiene un
abrigo de piel de bisonte, y una cornamenta de ciervo en
la cabeza, y una especie de zurrón donde va depositan-
do una a una las truchas ensartadas, todavía boqueando;
más tarde las llevará hasta su cueva, y al ofrecérselas a su
familia tal vez dirá algo semejante a palabras, y por la
noche danzará al son de algo parecido a la música, y mi-
rando las estrellas concebirá algo parecido a historias.
Hermilio Alcalde del Río está siguiendo sus pasos: se ha 1909

detenido exactamente en el mismo recodo del río, y con-
templa en la orilla un trozo afilado de hueso que cator-
ce mil años atrás tal vez pudo ser un venablo, y ahora se
interna en los mismos matorrales: está a punto de des-
cubrir el yacimiento paleolítico de la cueva de las Aguas.
Hermilio se detiene pero el agua no se detiene; continúa
su camino para dejar a un lado la mina abandonada de
2021 San José —abandonada y no, porque la empresa austra-
liana Slipstream Resources acaba de comprarla y algunos
ingenieros equipados con chalecos reflectantes pululan
entre los barracones oxidados y las vagonetas descarrila-
das, como fantasmas soñados por los mineros muertos.

Una carretera. Un puente de piedra. Algunos limo-
neros, algunas casas. El campo del Olimpia Novales Club
2015 de Fútbol; cuarenta y siete gargantas gritando desde las
gradas para celebrar el 4-0 cosechado frente a la Socie-
dad Deportiva Villaescusa, victoria muy comentada a
todo lo largo y ancho de la Segunda Regional de Can-
tabria. A la derecha el clamor del campo y a la izquierda
el silencio de la ermita de San Pantaleón, que solo abre
1936 cada 27 de julio para celebrar la romería del santo —vá-
yanse a sus casas, sean sensatos, dice el delegado del ayun-
tamiento, blandiendo la punta encendida de su cigarro;
si lo que quieren es rezar, pues me rezan en casita por la
1939 salud de la República, ¿estamos?—. Pero la República se
muere y el delegado arroja su colilla y el río se la lleva
lejos de Novales, bajo el arco del puentecito de la He-
rrería y bajo los pilares del molino de Cigüenza, que es
1770 / 1988 primero una casa donde se muele y luego una casa don-
2021 de se vive y por último una casa donde se veranea. La
corriente divaga todavía algunos metros más entre los
alisos y las hayas de la ribera, para más tarde venir a flan-
quear la iglesia de San Martín de Cigüenza, precisamen-
te en el punto en que confluye con las aguas del arroyo
de San Miguel. Ambos son cauces modestos; tanto que
durante algún tiempo cuesta distinguir cuál es río y cuál

afluente. Las propias aguas parecen indecisas, y tal vez
por ello en el momento de la confluencia se ensimisman
en un requiebro innecesario, como dudando lo que vie-
ne a continuación, si su nacimiento o su desembocadura.
El tiempo que de pronto nada también a contracorrien-
te; una cuadrilla de canteros desmantelando laboriosa- 1755
mente las torres de la iglesia, piedra a piedra; el templo 1743
convertido primero en un esqueleto de arcos y bóvedas
y luego en un bosque de andamios de madera y por últi- 1741
mo en un trozo de papel en el que está abocetado todo 1737
cuanto alguna vez la iglesia fue o será; sus sillares inter-
cambiados por cuarenta mil pesos de plata y enviados al 1724
Perú, para que Juan Antonio de Tagle-Bracho los entierre
en las minas del Potosí. Así el tiempo y así también el río, 1711
hasta que de alguna forma las aguas recobran la cordu- 2021
ra y transigen con su destino, que es dejar atrás Cigüen-
za para encaminarse a los acantilados de Toñanes. Pero
antes hay todavía tantas cosas. El caño seco de una fuen-
te, y una estabulación ganadera con un perro lánguida-
mente encadenado en la entrada, y un eucaliptal espeso
que apenas deja filtrar algunas monedas de luz. Por allí
se desliza el río, lamiendo el borde de algo que parecía
solo vegetación y resulta ser la antigua presa de Valtrigo
—Rodri y Mauricio y Leticia y Ana y Lucas estuvieron 1978
aquí, aparece temblorosamente escrito en el cemento con
que fue parcheado uno de los tramos de la presa; a estas
alturas solo Mauricio, Ana y Lucas están vivos; solo Ana 2021
se acuerda, vagamente, de aquella tarde de pícnic; nin-
guno recuerda la inscripción—. El lecho del río está to-
davía encachado de tejas de lo que alguna vez fue el canal
del molino de Valtrigo; el propio molino son dos pare-
des arruinadas que todavía se levantan en ambos márge-
nes, entre ladrillos revenidos y media piedra de molino
rota; y de pronto esa piedra que arranca a girar de nuevo 1935
y los granos de maíz que caen de la tolva transformados
en un río de harina amarilla y una cola de mujeres que

aguardan su turno tejiendo las chaquetitas de niños que
1952 hoy están muertos, como muerto está el coronel José Lla-
ca Álvarez, atrapado en los restos de la avioneta Aerovan
que ha venido a estrellarse precisamente contra estos
eucaliptales. Su esposa Mercedes todavía respira: alguien
la acuesta en este claro, alguien le desabrocha el vestido,
alguien se precipita a la corriente para traerle un buche
de agua. Ya es demasiado tarde: alguien está rezando una
2021 oración por su alma. Mueren los hombres y vive el río, que
absuelto de toda memoria deja atrás la avioneta humean-
te y cruza la divisoria entre Cigüenza y Toñanes, sin mo-
jón ni cartel que lo acuse.

2017 LLERMO. Aquí se la han pegado muchos. Gento, por ejemplo, el futbolista. El del Madrid. Se cayó por aquí, en la curva del puente, que iría con el coche borracho o yo no sé...

ROSI: Sí, señor, hasta abajo fue.

LLERMO: Pero verás. Primero se cayó el comandante Correa, de Comillas. ¿Te acuerdas?

ROSI: Sí, es verdad. Es que era una curva... Luego la arreglarían o algo, pero antes... La tomaban a derecho y hasta abajo.

LLERMO: Se pegaban una hostia contra la barandilla y hasta abajo. Eso le pasó a Gento. Cuando eso, no era ya jugador. O sí. Espérate a ver, que ahora que me acuerdo cayó con un hermano. No sé cuándo sería. Fue por un poco más acá del puente. Vendrían cogiendo la curva y...

ROSI: A derecho.

LLERMO: Venían de Santander, me parece. Pero antes de lo de Gento fue lo del comandante Correa de Comillas, que lo mismo fue. Un zambombazo... con barandilla y todo abajo. Y en mitad del río, el coche con las ruedas para arriba. Y me acuerdo..., era un tío cojonudo.

Me acuerdo que vino a la tienda sangrando, sin los dientes de arriba. Y a la que estaba en la cocina de la tienda, que yo no sé quién sería. Mariuca o la que fuera. Bueno, pues a esa le dijo: Señora, venga para acá. Traiga un espejo. Se puso delante del espejo diciendo: «¿Estoy feo? ¿Estoy feo?». ¡Sangrando como un chon! ¡Menudo era, el comandante Correa!

ROSI: Menudo, sí.

LLERMO: Gento se caería después. Yo creo que ya no jugaba... Espérate a ver si jugaba. Yo ya no sé. Pero de borrachera andaba. Eso seguro. No le pasó nada o muy poco. Fíjate que si llega a estar el río alto...

ROSI: Y unos años antes sería lo del avión ese que se cayó, ¿no?

LLERMO: La avioneta aquella, sí. Cerca del molino de Valtrigo, en el mismo límite de Toñanes. Pero eso ya es Cigüenza. Cómo no me voy a acordar. Yo era muy joven, ¿eh? ¿Qué años tendría? A saber. Estaba yo en el balcón de mi madre.

ROSI: Sin llegar a Valtrigo, sí. Fuimos todos corriendo desde aquí hasta allí.

LLERMO: Estaba yo en el balcón de mi madre. Fui de los primeros en llegar. El que se mató era un tal Llaca, ¿no? Que iba en el avión con su mujer, me parece. Pues desde el balcón vi cómo el avión salía del mar, por los prados arriba, volando raso todo por el cotero, ¿sabes dónde te digo? Llegó a donde antes había por ahí una cuadruca que era de Valdés y la pasó por encima y la libró por esto... ¡Por esto la libró! Pero al cruzar el río algo pasaría que al final cayó. Y qué mala suerte, había un árbol, un árbol y justo contra él va a chocar. Ahí los cogimos a todos ellos. A ella la llevaron porque todavía respiraba algo. Y murió también la pobre. Qué crimen, ¿eh?

ROSI: Es que en aquel entonces aquello fue... un acontecimiento.

LLERMO: Un acontecimiento fue, sí. Y tú pregunta, nene, pregunta, pregunta, que nosotros mentira ninguna, ¿eh?

ROSI: Pero échate otra Coca-Cola, ¿no?

1952 El viaje debería durar una hora y media; al final serán solo veinticinco minutos. Desde el momento en que una de las hélices del Aerovan comienza a petardear hasta que impactan con el árbol que finalmente los detiene, solo permanecerán en el aire tres minutos y catorce segundos. En esos últimos instantes de vuelo, el comandante José Llaca Álvarez tiene tiempo de pensar en muchas cosas. Se acuerda de sus fantasías cuando niño; de esa época remota en que todavía no alcanzaba los estantes altos de la alacena pero ya soñaba con alzarse por encima de las nubes. Imágenes o fragmentos de imágenes: la vidriera del cuarto de sus padres, un muñeco de trapo, el viejo portero que le preguntaba por sus deberes, los regletazos de don Mauro y los bizcochos de María Ángeles y las promesas de Anita, la de la Alameda. Piensa en las trenzas de Anita y en las coletas de Laura y en la melena que tenía Mercedes antes de convertirse en su esposa —Mercedes, mientras tanto, revolviéndose inquieta en la cabina y preguntándole con voz metálica si es normal que el avión baje tanto y haga esos ruidos; es normal, querida, ¿confías en mí o no confías?; confía, claro—. Piensa en el pelo de las mujeres que ha amado, bellísimas, y piensa también en los aviones que ha pilotado, más bellos todavía: bombarderos italianos Savoia SM.79 durante la campaña del Norte y aviones de caza Fiat C.R.32 en la escuadrilla de García Morato; un Focke-Wulf Fw 190 y un Messerschmitt 109 E cuando combatía en la Escuadrilla Azul de la Luftwaffe. Piensa en cada uno de los cinco aviones soviéticos que derribó, y sobre todo en cierto

Polikárpov que vio caer mansamente sobre los trigales de Ucrania sin humo ni fuego, como si lo hubiera derribado la mano de un ángel. Piensa en el Polikárpov, cayendo. Piensa en el avión de García Morato, cayendo también. Piensa en su hermano Daniel, que cayó hace solo cuatro meses en el transcurso de ciertas maniobras en el aeródromo de Cuatro Vientos. Piensa en su propio avión, cayendo cada vez más deprisa; piensa en los reclamos desesperados de Mercedes —Pepe, dime qué está pasando, grita, y Pepe que solo repite tranquila, tranquila, tranquila porque ante todo hay que mantener la calma; se necesita sangre fría, como aquella vez que le rodearon tres Yakovlev y todo parecía perdido—. Piensa en todas las cosas que ha perdido: paraguas, relojes, billetes de metro, a su perrito Lucio en la carretera de Llanes, a su mejor amigo en el frente de Kursk. Piensa en lo mucho que le costó convencer a Mercedes de que se subiera al avión; su esposa Mercedes, que se casó con un piloto y siempre ha tenido tanto miedo a los aviones. Queda un minuto y cinco segundos. Un aterrizaje forzoso, pero dónde; si hubiera una playa, una ría, una miserable lengua de arena. Pero en este pueblo de mierda no hay nada; solo unos acantilados que logra salvar con un tirón desesperado de los mandos. Mercedes comienza a chillar, aterrorizada; su voz desgarrada como nunca creyó que pudiera desgarrarse la voz de su esposa. Ojalá pudiera pasarle la mano por el pelo, decirle alguna palabra consoladora, pero no puede acariciarla porque necesita la mano para aferrarse a los mandos y la boca la necesita para decir joder joder joder cada vez más rápido, mientras se acuerda de aquella vez que casi se estrella contra la tundra rusa, veinticinco segundos, aquello sí que fue un milagro, eso le dirá a Merceditas cuando al fin aterricen de emergencia en este campo que afortunadamente parece bastante llano, esto no es nada, dirá, debiste verme entonces, a cinco mil metros de altura y a veintidós grados bajo cero, quince segundos, eso le dirá dentro de un rato cuando ya les baje el susto y entren las ganas de reírse y vengan los lugareños a ofrecerles vino y mantas, diez segundos, solo hay que tener cuidado con ese árbol, tú puedes, Pepe, cuántas veces esquivaste los aviones y la artillería de los rojos, no vas a poder esquivar un miserable árbol, cinco segundos, el avión que traquetea al tomar tierra y el árbol que se hace más grande por momentos, cada vez más cerca, como si lo estuviera viendo crecer ante sus ojos. Un segundo, y en ese segundo solo el tiempo de dos pensamientos. Primer pensamiento: es un eucalipto. El árbol contra el que vamos a matarnos es un eucalipto. Y luego: si salimos de esta a ver con qué cara le pido a Merceditas que vuelva a hacerme de copiloto.

1998 El niño de los dinosaurios ya no habla de dinosaurios y ya ni siquiera es un niño, pero qué importa: sigue siendo, de alguna forma, el mismo. Al menos así lo creen los habitantes de Toñanes. ¿Te acuerdas, monín, de cuando venías a mi casa preguntando por un prado donde meter a tu dinosaurio? Se acuerda. Qué perra tenías tú con los fósiles. Cuánto me preguntaste, madre, que si no habría encontrado yo un hueso o algo. ¡Un hueso de tiranosaurio! Se acuerda también. Ay, madre, todavía te estoy viendo, que no abultabas ni esto y ya unas preguntas... Y lo bien que los imitabas. Y unas caras tan feas que ponías... Se acuerda, se acuerda, se acuerda. Se acuerda él y se acuerda también el pueblo. Eso es, de hecho, un pueblo:
1784 un lugar en el que nada cae en el olvido. Se talan los alisos del alisar y dos siglos más tarde aún hay que llamarlo
1039 / 1476 así: el Ansar. Planta uno una iglesia y la iglesia se aban-
1517 / 1589 dona y se cae y se dispersa hasta la última de sus piedras,
1998 y cuatrocientos años más tarde: el Campo de la Iglesia.

Ese será él: el niño de los dinosaurios hasta su muerte. Siempre habrá alguien para decirle que tiene que ir a Calahorra, a ver las huellas aquellas, o para recordarle que ayer en la 2 echaron un documental muy bueno; de las cosas esas que a él le gustan.

Pero al niño de los dinosaurios ya no le gustan los dinosaurios: ahora le gusta la gente. Sobre todo la gente muerta.

El niño de los dinosaurios, que cada vez está más lejos de ser un niño. Metro sesenta y dos de estatura, cuarenta y seis kilos de peso. Los mismos ojos verdes y el mismo pelo cortado al cepillo y una pelusa encima del labio. Le da mucha vergüenza, esa pelusa, pero más vergüenza aún le da afeitársela.

El niño de los dinosaurios recorriendo los caminos con la vista siempre puesta en las piedras, en las cunetas, en los surcos de labranza. El niño de los dinosaurios buscando monedas y estelas celtas y herramientas paleolíticas.

El niño de los dinosaurios preguntando por los nombres de las fincas. ¿Cómo se llama esta? La Molina. ¿Y aquella? El Hoyo de la Gallina. ¿Y esa? La Bárcena. La Cruz. Cañadas Altas. Carrastrada. Las Minas. ¿Unas minas, aquí? No, hijo, minas aquí nunca hubo, eso es en Novales y en Oreña... Eso de Las Minas vendrá de alguna otra cosa. Minas no; ninguna.

El niño de los dinosaurios preguntando si acaso alguno se acuerda de cuando encontraron las tumbas del Diestro. ¿Dónde estaban exactamente? ¿Cómo eran? ¿Viste los huesos o no los viste? Ay, hijo, los huesos no. Yo lo que vi ahí es a Fernando, dice Florita. ¿No sabes que Fernando era guardia por aquel entonces, que vino a vigilar lo que habían encontrado y que así fue como nos conocimos y nos casamos? No; no lo sabe y no le importa. Porque Fernando y Florita están vivos: no pertenecen a la Historia. Pero de todas formas sonríe y finge que escucha: como cuando le preguntan si recuerda la vez aquella que vino diciendo que había visto un dinosaurio pequeñito, con espinas rojas en el lomo.

Un día, paseando por el bosque, encuentra en un
terraplén algunos añicos de cerámica. Poco después vie-
ne de visita un primo de su madre y el niño de los dino-
saurios dispone sobre la mesa su tesoro. Ramón —así se
llama ese primo de su madre que es historiador, y por tanto
algo semejante a un oráculo para el niño— va apartan-
do con un resoplido las piezas. Esto es una teja, y esto un
botijo quemado, y esto no sé lo que es, pero no, no es nada
tampoco. Al fin se queda mirando con cierta curiosidad
un trozo chiquito, que ni siquiera al niño le había ins-
pirado demasiada confianza. El niño con el corazón en
un puño. Esto sí es algo. Esto es una cerámica medieval,
1445 ¿dónde la has encontrado? —Catalina de Ceballos apu-
rando el último trago de su escudilla de leche; los labios
de Catalina, deteniéndose precisamente en este trocito de
1998 barro—. Y el niño que una vez amó a los dinosaurios
guarda ese trocito en una caja de madera.

Tres monedas oxidadas, en el jardín de su casa. Y el
primo de su madre, el tal Ramón: esto es una peseta.
Esto es una chapa roñosa: juraría que una de Coca-Cola.
¿Y esto? ¡Esto parece un real de vellón de Felipe III!
1629 ¿Dónde lo has encontrado? —Pedro Gómez de Caran-
día que regresa de la feria con las veinticinco monedas
que le han dado por la vaca Justina, para al llegar a casa
descubrir, horrorizado, que trae solo veinticuatro—. Y el
1998 niño de los dinosaurios guarda a Felipe III en la misma
cajita.

Diez o doce piedras que podrían haber sido talladas.
Al menos eso es lo que el niño desea. Y Ramón, suspi-
rando: Esto es un canto rodado roto. Esto es solo una
piedra. ¿Esto? Esto no, tampoco. Nada. Pero mira, esto
-19.505 podría ser un hendedor paleolítico —una mujer embu-
tida en su abrigo de piel de oso, de rodillas sobre la hier-

ba; tal vez no llegará a tener nombre, esa mujer, ni algo parecido al pensamiento abstracto, pero tiene sin duda el hendedor en la mano, y con él se las arregla para despellejar el cadáver de un ciervo—. Guárdalo y que no te 1998
lo vean, que si no se lo llevan al museo y lo bajan al sótano y ya no se vuelve a saber. Y el hendedor paleolítico a esa cajita que es también, a su modo, un museo.

Algunas noches, ese niño que ya no es niño se lleva a la cama su tesoro. Antes de quedarse dormido acaricia el hendedor, la moneda, el añico de cerámica. Acaricia al ciervo herido, el bolsillo vacío de Pedro, el rostro de Catalina. La mano del niño, que todavía no ha acariciado la piel de ninguna compañera de clase. ¿Tardará mucho en hacerlo? El niño de los dinosaurios se duerme quizá pensando en eso: en el tacto de los vivos y en el tacto de los muertos.

—Uno. Dos. Tres... —murmura Pedro. 1629

Mariana apoyada en la jamba de la puerta, cruzada de brazos. El gesto endurecido, como si también ella estuviera hecha de metal.

—Veintidós... Veintitrés... Veinticuatro.

Un silencio. Pedro mirando abismado el montoncito de monedas. Luego comienza de nuevo:

—Uno. Dos. Tres...

Mariana sacude la cabeza:

—Ya me lo decía mi madre. Ay, por qué no escucharía a mi madre, yo...

—Diez, once, doce...

—Cuántas veces... No te cases con Pedro, el de los Gómez. Eso me decía.

—Veintidós, veintitrés, veinticuatro...

Otro silencio. Otro instante de incredulidad.

—Con Pedro no, hija mía, que Pedro es medio tonto. Que no tiene cabeza para el dinero. Que no sabe gobernar un hogar ni gobernar nada. Y yo, sin escucharla...

Y Pedro que no contesta; que no levanta la vista siquiera. Solo se afana en dar el vuelto a sus bolsillos, otra vez, y registrar el fondo del zurrón y hasta el interior de sus zapatos o de su sombrero. Por si acaso. Otra vez deshace el montoncito de monedas y reemprende la cuenta.

—Uno. Dos. Tres...

Y Mariana, meneando la cabeza todavía.

—Cuántas veces me lo dijo, la pobre. Qué error estás a punto de cometer, hija mía. Qué error tan grande...

1815 Tomás y Margarita, subidos al carro que los lleva a la iglesia. Margarita y Tomás: novia y novio. A su paso suenan los panderos y los chiflos y los almireces. Cantan las mujeres solteras y las casadas; danzan los mozos, aúllan los perros. Tomás y Margarita: novia y novio. Cuando lleguen a la iglesia, marido y mujer. Seis años de cortejo que terminan aquí, en este carro que todavía está un poco espolvoreado de heno; con el buey de labranza que los lleva calleja arriba y calleja abajo. Flores en el pescuezo del buey. Flores en el cabello de ella. ¡Cógele la mano, hombre! grita una voz, dos voces. ¡Tomás, la mano de tu mujer, no te la roben! Tomás mira un momento a Margarita, como pidiendo permiso. ¿Se la coge? Se la coge. Hay silbidos y aplausos. Corretean los niños, enardecidos por el aire a fiesta, y ríen los viejos memorias desdentadas de su propia juventud; el recuerdo de otro carro, otra novia, la misma iglesia. La novia y el novio sonríen con los rostros encarnados por la vergüenza. ¿De qué tienen vergüenza? Son muchos años de quererse a espaldas del pueblo; de ir y venir a la era a las mismas horas y rozarse el talle en secreto, en una revuelta del camino. Y ahora aquí: la mano cogida, a la vista de todos. Y que eso esté bien. Y al mismo tiempo: Qué vergüenza, Tomás. Qué vergüenza, Margarita.

Una muchacha que es hija de no sé quién se ha plantado en mitad de la calleja para cantarles una coplilla y Tomás y Margarita la escuchan todavía ruborizados; todavía cogidos de la mano.

Tú buena doncella llevas
trátala con cariño,
que para servir a Dios
la cadena es del marido.

Ya se ve, al fondo del camino, la espadaña de la iglesia. El padre Francisco esperando en la puerta, con su casulla roja. Sonríe. Parece que sonríe. El padre Francisco, por lo común tan severo, sonriendo.

Qué bien parece la seda
arrimada al paño fino...
¡Mejor parece la novia
arrimada al su marido!

Margarita y Tomás: novia y novio. Todavía subidos a su carro, sin atreverse a descender. Los cuerpos temblorosos. Las manos sudorosas y apretadas. Los ojos clavados en el padre Francisco; en la puerta abierta de su iglesia. Tomás y Margarita: novio y novia todavía. Están esperando el momento en que la última canción termine, para empezar a ser marido y mujer.

El carro se detiene frente a la puerta de la iglesia. Nada 1821
en derredor: ni mozos, ni tambores, ni canciones. Esperando en la escalinata, todavía el padre Francisco: no lleva su casulla roja, sino su sotana negra. De negro, tam-

bién, el propio Tomás, que baja de un salto del carro. Ya no tiene cogida la mano de Margarita. Ya no tiene nada. Solo su sombrero, que estruja y retuerce entre las manos, como quien estrangula un pensamiento.

—Padre —dice.

El sacerdote niega con la cabeza, sin responder nada. Mira al suelo. Mira las punteras de sus zapatos. Mira sus propias manos. Se esfuerza por no mirar a Tomás, y sobre todo por no mirar lo que el carro contiene.

—Padre —repite Tomás.

—No puedo, hijo mío.

—Por piedad, padre. Por caridad se lo pido.

El padre Francisco abre mucho sus manos vacías.

—Si yo pudiera. Hice todo lo que pude, Tomás. A todas las puertas llamé. Al mismo obispo. Pero son órdenes que vienen de arriba.

—Los liberales —responde Tomás sordamente—. ¿Y qué les importan a esos las costumbres del pueblo?

—Se conoce que mucho. Ya sabes cómo son los liberales. Yo creo que si se les da rienda suelta, nos cambian hasta los nombres y ni tú te llamarás Tomás ni yo Francisco.

Tomás guarda silencio durante un instante. Pasea su sombrero de una mano a otra, sin atreverse a decir lo que está a punto de decir.

—Entiéndame una cosa, padre. A mí que me cambien el nombre me da igual. ¿Me oye? Como si quieren llamarme Judas, los liberales. Yo lo que quiero es que se cumpla la tradición.

—Lo sé, hijo mío.

—De siempre se enterró a los muertos en la iglesia. Desde el mismo principio de los tiempos. Usted lo sabe.

—Pero tienes que entender... Dicen que no sé qué y no sé cuánto. Yo no sé lo que dicen. Que ya no hay espacio, en las iglesias. Que es costumbre bárbara y en Francia y en no sé dónde ya está prohibida. Que si la salubridad y la higiene.

—¿La qué?

—La higiene, Tomás. La cuestión de la limpieza. No sé qué de los muertos en la iglesia y las pestes. Que las pestes empiezan con la corrupción de los muertos. Eso dicen.

A Tomás se le cae el sombrero. Da igual: no lo recoge. Se vuelve para señalar el carro: el buey sin flores pero con un crespón negro en el pescuezo, que aguarda.

—Pero qué peste ni qué peste va a causar esta, la pobrecita.

El padre Francisco no puede evitar seguir la dirección de ese dedo. Ve lo que no quiere ver. Ve la caja abierta, acomodada en el fondo del carro. Margarita con el mismo vestido blanco, con los brazos cruzados en el pecho, como quien duerme; con flores en el cabello pero sin los colores del rubor en el rostro.

Tomás continúa hablando:

—Es lo justo. Aquí, cerca de Dios. En su misma casa. Que la entierren con su padre, con su madre, con su hermanito chico. Y luego conmigo. Algún día, conmigo. No en mitad del campo, como las alimañas del bosque.

—Pero si no es el campo, Tomás. Es el nuevo cementerio. Yo mismo consagré la tierra el otro domingo. En cuanto me llegó la orden del obispo.

—Y yo tengo visto cuántas veces se sembraron las cebollas en ese campo, padre. De toda la vida, cebollas. Esa tierra no es de Dios: es del Diablo.

—Pero si hay una iglesia, hijo mío.

—Una ermita.

—Una ermita, bueno. Consagrada a santo Domingo además, que es santo de buena reputación y muchos milagros. Ahí también estará al amparo de Dios, la pobrecita. Mira que el consuelo de Dios llega a todas partes.

—Estará sola.

El padre Francisco menea la cabeza.

—Bueno —concede—. Sola, al principio, un poco. Dale unos meses. Un año cuanto menos. Que la gente tendrá que morirse. Se irá llenando el cementerio, hijo mío. Y qué son unos meses o un año para un muerto que espera el Juicio.

Tomás no dice nada. Se queda mirando torvamente el suelo, como si buscara en la tierra lo que está a punto de decir. La barbilla le tiembla.

—Es lo mejor, hijo mío —continúa el padre Francisco—. Mañana mismo la enterramos. Escoges el lugar que más te guste. El mejor lugar del cementerio, para tu Margarita.

Tomás alza la mirada bruscamente. Tiene los ojos llenos de dureza, pero están secos, porque Tomás nunca llora. La razón salta a la vista: Tomás es un hombre que no ha llorado nunca precisamente por eso, porque es un hombre. Ni siquiera ayer, cuando cerró los párpados de su esposa. Ni siquiera anteayer, cuando supo lo que estaba a punto de pasar; ni siquiera hace uno, dos meses, cuando todo comenzó. Ni siquiera entonces.

—Margarita no será la primera —murmura, con esa voz sin lágrimas.

—¿Cómo dices?

—Que Margarita no será la primera. ¿Me oye? Será la última. Como me llamo Tomás, se lo digo. No será la primera del cementerio sino la última de la iglesia.

—Pero hijo...

—No me llame hijo. Antes que hijo suyo, soy esposo. Y yo le digo que usted puede hacer lo que quiera. Puede darle tierra en el cementerio, si gusta. Puede no tenernos caridad cristiana. Pero yo le juro que entonces andaré por la noche al campo ese y sacaré a mi esposa. ¿Me oye? La desentierro con las manos, si hace falta.

—Calma, Tomás. Ven un momento adentro, que hablemos con calma...

—Y espérese a ver si con las manos todavía llenas de tierra no me echo a los montes, a pegar tiros a los liberales por los caminos. Ojo con lo que le digo.

—Estás enajenado, Tomás. Y yo lo comprendo. Sé que el dolor trastorna a las personas. Una esposa que muere, además, tan joven... Pero tienes que ser razonable. Es cosa de que alguien se entere y llame a la justicia. Mira que en la iglesia de Latas el pueblo enterró al cura en la iglesia, contra las ordenanzas, y hubo un escándalo. Y aun en Suances...

—Si llaman a la justicia o no la llaman es cuento mío. Yo nada más se lo advierto. ¿Ve? Se lo advierto. Si usted no le da tierra en la iglesia, se la daré yo, la noche que menos se lo espere.

Escupe un salivazo contra las escaleras de la iglesia, como una maldición. Recoge su sombrero. Salta de vuelta al carro. El padre Francisco alza las manos para detenerlo, sin resignarse.

—Sé razonable, Tomás.

—Usted me escuchó, padre. Me escuchó. Y Dios también. Que me escuche, todo Dios.

Tomás azuza al buey y el carro continúa su camino, calleja abajo. El padre Francisco queda atrás, todavía con la mano paralizada en lo alto, como quien no acaba de despedirse. Nadie sale al paso del carro. En la ventana de la casona de los Cossío se remueve una cortina. Alguien se asoma por detrás de una tapia. En el interior de su caja se remece, con cada curva, el cuerpo de Margarita; lo mismo que aquel día lejano en que temblaba de emoción ante la puerta de la iglesia.

Anselmo del Collado, párvulo de cuatro años de edad 1849
—tierno cadáver del niño, escribe el párroco en el libro de difuntos, pero no es más que retórica, porque en su

pequeño cadáver no había ternura alguna; estaba, más
bien, acalambrado por la fiebre e incendiado por las erup-
ciones de un sarampión que nadie supo nombrar ni de-
tener—, murió, fue enterrado. Ventura Robles, escribano
1839 titular de Alfoz de Lloredo, murió, fue enterrado. Vicen-
ta de la Vega, moza soltera de dieciocho años —un día
vuelve temprano de la siega, dice que le duele la cabeza,
sube a acostarse; algún día eso que le pasa será acaso me-
ningitis, hoy es la voluntad de Dios—, murió, fue enterra-
1838 da. Bernardo Gutiérrez, mozo soltero de dieciséis años,
accidente de caza por culpa de un tiro de perdigón, según
certificación médica de los facultativos —el ruido del dis-
paro y la liebre que salta gozosamente indemne y el cuerpo
de Bernardo que se viene lentamente a tierra; su herma-
no, más pálido todavía, sujetando con las manos temblo-
rosas la escopeta—, murió, fue enterrado. José Gómez,
sesenta y dos años, afección pulmonar —fumaba mu-
cho, demasiado—, murió, fue enterrado. Francisco de la
Vega, dejó viuda y ocho hijos —el primero y el tercero
no eran suyos, pero nunca lo supo—, murió, fue ente-
1834 rrado. Francisco de Queveda —todos lo llamaban Paco
el Tuerto, y el sacerdote hubo de reprimir el impulso de
garabatearlo en el libro de difuntos—, murió, fue enterra-
1833 do. Josefa Gómez, viuda de Manuel de la Revuelta —te-
nía frío, desde hacía un tiempo no hacía más que temblar
y tener frío; revolvía las ascuas en el llar, y pedía a todas
horas que cerraran puertas y ventanas, y se cubría con
una pelliza en invierno y en verano y aun así el frío, el
frío siempre, y más frío que nunca aquella tarde de julio
en que dejó las vacas a medio ordeñar y apenas alcanzó
a meterse en la cama; ahora ya nunca más tendrá frío,
pensó el párroco al administrar los Santos Óleos—, mu-
1831 rió, fue enterrada. Atanasia de la Portilla, treinta y siete
años y diez hijos vivos, murió, fue enterrada. Atanasia
Gómez de la Vega, sesenta y siete años de edad —de mo-
cita anduvo de novios con un muchacho de Cigüenza

que no tenía un real en el bolsillo ni un mendrugo de pan
en el zurrón ni aun una cama en la que caerse muerto; le
dijo el muchacho que se marchaba a México, a hacer las
Américas, y que no pasara cuidado, que cuando se hicie-
ra rico mandaría a buscarla; el mozo se fue y Atanasia se
quedó esperando en Toñanes, siempre mirando el cami-
no que venía del puerto de Santander o la línea del mar
tras de la cual debía de ocultarse, a juicio de Atanasia, el
tal México; esperó un año y esperó dos y ni carta recibió
siquiera; olvídate del mozo, le decían sus padres y le de-
cían sus hermanos y hasta sus primas; olvídate de él, mira
que tan pronto como ponen el pie en otra tierra, los hom-
bres se olvidan de cuanto prometen, vente a la romería
y procúrate un buen mozo, pero Atanasia que se niega;
mira que te haces vieja y te quedas para vestir santos,
y Atanasia que prefiere eso a abrazar el cuerpo de otro
hombre; ya habían pasado cinco años y todos la daban
por solterona y por loca cuando llegó carta de Veracruz;
era su mozo, que ya tenía los cuartos suficientes y man-
daba a buscarla; en Veracruz se casaron; en Veracruz tu-
vieron cuatro hijos y una buena casa y encontraron algo
semejante a la felicidad; en el mismo Veracruz— murió,
fue enterrada. Fernando Collado, muerto en una reyerta 1830
en la venta de Carrastrada de Oreña, en Toñanes fue en-
terrado. Silvestre Bueno —no era amigo de nadie y nadie 1829
acudió al toque de campana—, murió, fue enterrado. An- 1828
tonio Fernández, párvulo de seis meses de edad —vivió
toda su vida a un cuarto de legua del mar; murió sin ha-
ber visto el mar; en la tierra— fue enterrado. Pedro de 1825
Quintana —fue tan feliz como puede llegar a serlo un
hombre, esto es, lo suficiente; tuvo sueños que se cum-
plieron y otros que no se cumplieron y hubo gente que
lo quiso y gente que escupía en el umbral de su casa, y tuvo
pesares y gozos y buenas y malas cosechas y escuchó pa-
labras que lo hirieron y otras que lo sanaron; y ya en su
último lecho hizo memoria y consideró que si viviera de

nuevo haría de otro modo muchas de las cosas que había
hecho y que otras muchas, bueno, pues bien hechas esta-
1821 ban—, murió, fue enterrado. Margarita de Cossío, veintinueve años de edad, la primera sepultada en el nuevo cementerio de Santo Domingo según indican los libros parroquiales —fue, en realidad, la última enterrada en la iglesia de San Tirso, porque a la tercera noche su marido saltó la tapia y cavó la tumba y desenterró su cuerpo, y en el mismo carro en que se habían casado la llevó de vuelta a la iglesia, y allí pasó toda la noche removiendo la tablazón del suelo para dar descanso a los restos de su esposa; fueron muchos los testigos que vieron a Tomás llevando el carro a medianoche, o escucharon el repiqueteo de su pala en el interior de la iglesia, o incluso lo vieron transportar el cuerpo envuelto en un sudario blanco, pero nada hicieron y nada dijeron, los testigos; y entre ellos, más callado que ninguno, el padre Francisco, que a la mañana siguiente entró en la iglesia y fingió que no veía la tierra sin barrer sobre las maderas y se arrodilló para bendecir un lugar concreto del suelo—, murió; dos veces fue enterrada.

2021 Dejan tras de sí solo tres cosas. Un breviario romano que perteneció a José Gómez, y que sigue formando parte de la colección de libros antiguos de la Casona. Una pintura al óleo que se conserva en un caserío de Novales —el hombre que aparece posando en ella, con una especie de chaleco de terciopelo, es el escribano Ventura Robles; nadie sabrá nunca su nombre—. Un cuenco de arcilla, todavía intacto, en una alacena del Palación: en él bebió Atanasia de la Portilla su último trago de vino. Un cuenco del que ya nadie volverá a beber, un lienzo sin título y sin firma, un libro que no será abierto de nuevo: eso es la memoria.

Tras dejar atrás el molino de Valtrigo, el río se interna en 2021
un eucaliptal devorado por la maleza que ni los hombres
ni las reses atraviesan. Es el valle del Ansar, que de pron- 1671
to no tiene eucaliptos ni zarzales, sino una hilera de ali-
sos bajo cuyas copas los labriegos pasean; un bosque tan
cambiado que hasta su mismo nombre parece haberse
corrompido —¿a dónde vas, Antonia? Voy para el An- 1973
sar; ¿de dónde vienes, Juan? Pos del Alsar; ¿y dónde di- 1896
ces que están las tierras de esa moza que tanto te gusta, 1629
a ver? En el Alisal mismo, madre—. Pero después de todo 2021
no son alisos sino eucaliptos; y no son labradores que
pasean, sino un oleaje de zarzales y bardas que se com-
ban para peinar la corriente. En algún momento, disi-
mulado por los matorrales, el río acoge el modesto tri-
buto de un regato que baja de la Lombana, tan pequeño
que carece de nombre. Luego se aquieta para formar
un pequeño remanso en el que se oye un gruñido mo-
nótono; un ruido semejante al eructo del desagüe de una
bañera. Es el sumidero de la Bárcena, que se traga una bue-
na porción del río para llevárselo quién sabe a dónde
—a una cueva subterránea, dicen algunos; al mismo mar,
dicen otros— y dejar así desabastecidas las caceras de
los molinos y el regadío de los huertos. Por eso de pron-
to están sonando las campanas, y a su reclamo los ve- 1956
cinos de Toñanes acuden con sacos de arena y de tierra
para cegar el sumidero; todos los presentes tienen una
ronda pagada en la tabernuca, grita Nando, el del mo-
lino. El ruido deja de escucharse y la corriente se eter- 2021
niza todavía en una curva perezosa y lenta, como si el
agua llegara extenuada de su largo viaje y no quedara en
ella ni voluntad ni memoria. Memoria para recordar,
por ejemplo, el molino de Monte, que una vez estuvo en
este mismo recodo, aunque de él no queden paredes ni
tejas. —Ítem más, por mandado del señor Alcalde nos 1631
citaron sobre cierto molino que los vecinos del conce-
jo de Toñanes querían hacer en el Alsar, consigna cierto

legajo del Archivo Histórico Provincial de Cantabria,
1759 sección Alfoz de Lloredo—. Recordar también a María
Gómez de Calderón —treinta y nueve años de edad, mu-
jer casada y madre de dos hijos— porque aquí, precisa-
mente aquí, estaba el tramo de la presa desde el que saltó,
con las albarcas puestas y a la espalda el cuévano lleno
de piedras. Es su marido Domingo quien la encuentra;
es él quien la acuesta en la hierba y él quien vacía piedra
a piedra el cuévano, sin ser capaz de llorar todavía. Des-
calza a su esposa y deja las albarcas meticulosamente
alineadas junto a sus pies. Luego se sienta a su lado —la
cabeza de ella en su regazo— y le acaricia el pelo cho-
rreante, como aquellas tardes en que todavía eran novios
o medio novios y se perdían en los bosques de Vallosero
con una bota de vino y la ropa interior de los domingos.
Quién sabe por qué María saltó y quién sabe qué es lo
que piensa Domingo mientras la acaricia largamente,
hasta que comienzan a escucharse los primeros gritos.
2021 Pero el río ha olvidado también esos gritos, y sigue co-
rriendo insensiblemente entre los avellanos de la ribera
y más tarde bajo el arco del puente de la carretera auto-
nómica 131, que los coches atraviesan atronadoramente
1955 —el coche del comandante Correa que toma demasia-
do rápido la curva e impacta contra el pretil del puente
y vuela en una parábola de dos segundos y medio hasta
1956 chapuzar en el río; el técnico de carreteras que repara el
1961 pretil; el coche de Gento que impacta precisamente en
el mismo punto y que vuela en otra parábola de exacta-
1962 mente dos segundos y medio, y el técnico de carreteras,
el mismo técnico, que menea la cabeza con incredulidad
2021 al ver el pretil roto—. Al otro lado de la carretera, el río
salva a la derecha el cenador de la Posada El Puente Ro-
mano, que se llama así en homenaje al puente bajo el que
están a punto de pasar las aguas y que es, claro está, ro-
1588 mano —la primera piedra se pone en 1588, aunque por
entonces se llama todavía el puente nuevo; no comenza-

rá a ser romano hasta tres siglos más tarde—. Al otro 1893
lado del arco del puente se oyen unas palabras que vie- 1954
nen como salpicadas por el chapoteo del río: son las
mujeres del barrio de la iglesia, rodeadas de cestos de
mimbre y baldes de zinc y sábanas tendidas sobre el ver-
de. Las hay ancianas y otras niñas o casi niñas; las hay
casadas y viudas y solteras; algunas se arrodillan sobre
las mismas piedras del ribazo y otras, más delicadas, so-
bre tajuelas con almohadones; las hay que usan ceniza
o pastillas de jabón o incluso sosa cáustica, como la Pili,
que tiene marido e hijo en las minas de Toporias y mu-
cha grasa que limpiar de sus monos de trabajo; pero to-
das sienten dolor en las rodillas y frío en las manos y cier-
ta sensación de pesantez en los riñones; todas golpean
y frotan y retuercen y azotan la ropa de otros, mientras
cuchichean chismes que el fragor del río apaga. Los tra-
pos sucios se lavan en casa, o al menos eso es lo que se
dice, pero ellas en casa no tienen agua corriente con que
lavar nada. De modo que solo les queda esto, sacar a re-
lucir al mismo tiempo las ropas y los secretos propios
y ajenos: hablan de vergas que no se yerguen nunca o se
yerguen demasiado, de menstruaciones que no vienen
o no dejan de venir nunca, del padre que le pega a una
y del marido que le pega a una y del hijo al que hay que
pegar de vez en cuando, para que aprenda o aprenda.
Las salpicaduras de jabón se van escapando lentamen-
te de sus manos; la corriente se las lleva río abajo, entre
piedras y juncos desflecados, mientras las voces y las ri-
sas de las mujeres se van extinguiendo en la distancia.
Desaparecen las voces y desaparece también el último 1988
rastro de jabón: solo queda el agua y los alisos y un hom-
bre que aguarda en la orilla, con un saco a la espalda. Sos-
tiene el saco. Echa un último vistazo dentro: está a punto
de hacerlo. Ha escogido el lugar apropiado, porque justo
antes el río no alcanza la profundidad suficiente, y eso es
lo mínimo que les debe a los hijos de la Rubia: la profun-

didad justa. Una muerte rápida o casi rápida. Así que
anuda la cuerda, toma aire y luego con un mismo impul-
so echa el aire y el saco. Es un saco pero son en realidad
muchos sacos, cientos, puede que miles de gatos y perros
que no han llegado a abrir los ojos y que acaso se van
creyendo que la vida ha sido esto, este útero frío en el
que regresan, el río que los arrastra hasta la mar, que es
1679 el morir. Porque llegan a Toñanes la teoría heliocéntrica
1961 / 1948 y el bikini, el primer tractor Lanz y el último códice de
1711 pergamino, y entre medias nada cambia: es siempre la
misma curva, siempre la misma poza, siempre los mis-
mos gañidos y las mismas burbujas y el mismo ruido
1988 submarino, de batalla que nos llega en sordina. Ha pasa-
do un largo minuto y ya no hay movimiento en el saco,
o al menos no más movimiento del que proporciona la
propia corriente, esa ciega inercia con la que incluso las
cosas muertas tienden a continuar hacia adelante; el saco
hundiéndose y emergiendo de nuevo, golpeándose con-
tra una roca y atorándose unos instantes entre las ramas
2021 de un avellano y más tarde pasando junto a una pareja de
ciervos que hozan entre los árboles de la orilla; ciervos
semejantes a los que hace catorce mil años fueron pinta-
dos en la cueva de las Aguas. Pero no es la Prehistoria, es
el año 2021, y estos ciervos habitan en el pequeño zooló-
gico del Hotel Palación de Toñanes, que alguna vez fue
la antigua casona de los Gómez de Carandía —el naci-
1729 miento de María Gómez de Carandía, que perdió el virgo
1738 con uno de sus sirvientes; la muerte de Pedro Gómez de
Carandía, eterno candidato al cargo de abogado de los
2016 Reales Consejos de Castilla; la infidelidad de cierto tu-
rista alemán llamado Johannes Schneider, que a la pos-
tre acabará costándole su matrimonio; todo ocurre en
la misma habitación, en la que puede pernoctarse por
el módico precio de 115 euros la noche—. El río traza
una curva para rodear la casona y precisamente ahí,
1738 en esa curva, está Domingo Gómez de Carandía, echan-

do una última mirada a su casa a la luz del alba. Tiene ya el caballo aparejado y en la faltriquera su licencia de pasaje a Indias. No se va porque la tierra no dé bastante para todos sino porque está enamorado de su hermana Evarista, pero esa es otra historia. Ahora mira por última vez la casa en la que ha vivido veinticuatro años, sin decidirse a lanzar una piedrecita contra la ventana de Evarista. ¿De qué serviría? En su lugar arroja la piedra al agua y trepa de un salto al caballo. Antes de picar espuelas le parece distinguir una sombra, un bulto, tal vez un saco, que baja dando trompicones por el río. Se dirige, como él, lejos de Toñanes, de la tierra al mar, y del mar al mundo.

LLERMO: ¿Los perrucos? Pues los perrucos que no que- 2017
ríamos los tirábamos al río la mayoría. Perros y gatos. En sacos.

ROSI: Pero muertos. Se mataban primero.

LLERMO: ¡O vivos! Cuántos gatucos salían nadando a la orilla, hombre...

ROSI: Ahora ya no se hace. Ahora lo haces y te meten una multa que madre mía...

LLERMO: Algunos salían pero casi todos se ahogaban en seguida, ¿eh? Porque allí encerrados, qué iban a hacer. Qué más les daba pedir auxilio, a los pobres.

ROSI: Mira, te voy a contar una historia. Este tenía siempre perros de caza, ¿no? Bueno, pues parió la perra.

LLERMO: Ah, sí, eso ya fue un caso...

ROSI: Pues este cogió los perros... Un perro. Porque pariría la perra uno o dos y el otro creo que lo criamos o algo. Bueno, pues Llermo al perruco lo mató. Porque era muy pequeñito, recién parido: a esos les das un golpecín así en el suelo y se mueren. El caso es que lo tiró al estercolero, que estaba ahí detrás, ¿verdad? Bueno. Pues después abonamos El Hoyo. ¿Sabes dónde es? Donde el cementerio. Se le llama El Hoyo a eso. Abonamos El Hoyo. Un perrín así, ¿eh? Muy pequeño. En el abono. Y al esparcerlo..., porque se echaba el abono con el carro así, en pilas... Bueno, pues al esparcer el abono, sale el perrín. La perra que lo vio, cogió el perrín con los dientes...

LLERMO: ¡Y a casa!

ROSI: ¡Y lo trajo a casa! A la cama de ella.

LLERMO: Ya muerto de ocho días, fíjate.

ROSI: Para que te enteres. Porque eso no lo hacen ni las personas.

LLERMO: Qué animal, qué instinto. Diciendo: Este es mío.

ROSI: Eso es para verlo. Porque si lo cuentas igual no lo creen.

LLERMO: Animales que nada más les falta hablar. Es que era más buena que el pan, esa perra.

ROSI: La Niña.

LLERMO: La Niña, sí. ¿Cuánto hará de eso? ¿Cuarenta años?

ROSI: Más buena... Blanca y roja era.

LLERMO: Cómo cazaba la tía... Que yo cazaba mucho. ¡Y a Rosi, la primera que cacé!

ROSI: Qué sinvergüenza está hecho este... Y después se iba a cazar y me dejaba con las dos cuadras llenas de vacas. Trabajando más que una mona...

LLERMO: Yo es que cazaba de todo. Codorniz..., sordas. Algún pato... Hasta truchas he llegado a cazar con escopeta. Una así grandona, en el molino de Vallejo. Le tiré unos saltamontes, vamos, unos saltaprados que llamamos, para que asomara a comer, y entonces apunté con la escopeta...

ROSI: Ahora hay menos caza que primero.

LLERMO: Ahora ya no hay nada. Ni truchas quedan. De vez en cuando creo que las repueblan o algo, o lo intentan, pero a la primera riada pues lo barre todo. Pero entonces... Había mucha pesca y caza. Me acuerdo de aquellos pájaros que silbábamos por la mies. Esos caían así. Yo sabía silbarlos muy bien. Iban en bándulos... Como tontos. Cuatro y cinco y los que cayeran. Casi se te metían en la escopeta.

ROSI: Qué amor tenía este, por la escopeta y la perra. La perra, la escopeta y ahí te quedas, Rosi.

LLERMO: Bueno...

ROSI: ¡Míralo qué listo! Si es hora de ordeñar, ordeña, y si no échales a las vacas de comer, que yo...

LLERMO: Pero después los freías, hombre...

Una mañana aparecen los intendentes del Rey con sus 1752
caballerías y sus órdenes lacradas, con sus escribanos somnolientos y sus casacas tiznadas por el polvo, y entonces hay que servirles y reverenciarles y contestarles a todo cuanto tienen a bien preguntar, porque su curiosidad es infinita. Quieren saber el nombre del concejo —Toñanes— y el número de casas habitadas y deshabitadas, y el número de vecinos y de viudas. Quieren saber si hay molinos en el concejo —son tres— y cuántas presas y ruedas tienen y cuántos meses muelen al año. Si hay en el pueblo árboles frutales y a quién pertenecen y cuánto regulan. Si se tiene noticia de la existencia de batanes o sastrerías o salinas o ventas o ferrerías o minas o industria de cualquier género —no hay nada de lo que se pregunta, Vuecencia; vea con sus ojos lo pequeña y humilde que es nuestra aldea—. Quieren saber el número de cabezas de ganado y qué produce cada cabeza y cuánto de eso que produce va a las arcas de su Majestad que Dios guarde. Cuántos de los robles del concejo están reservados por decreto a la Fábrica Real de Navíos. Preguntan a los testigos por las calidades del suelo de cada parcela, sin molestarse siquiera en tocar la tierra con sus

manos blancas y melindrosas —vea, Vuecencia, esta tierra roja que nos hace el honor de pisar es de primera calidad, y la de más allá es solo de segunda, y esa tan pedregosa y tan quebrada es apenas de tercera, y por eso no crece en ella ni la hierba.

Pero hay también cosas que los oficiales no preguntan. Evidencias que no consignan en sus libros porque no rentan un solo maravedí al año y por tanto no importan. No importa, por ejemplo, el número de mujeres ni sus nombres y apellidos: solo el número de viudas, y es que en los libros del Rey una viuda computa solo como medio vecino. Importa el número de criados mayores —dos— y la soldada que perciben, pero no interesa su relación con sus amos o si han caído en la servidumbre por deudas o por presión de sus señores o por su mala cabeza. No preguntan si hay en los límites del concejo un hombre tullido, o un labrador iluminado que algunos meses al año cree ser Jesucristo, o un niño que no habla ni hablará y que come y gruñe y se empuerca en la tierra como los cerdos; a quién interesan esa mujer que espera resignada a su esposo emigrado en el Reino de Andalucía —además no volverá— o la moza que enlodó su buen nombre y ya nadie la quitará de parir bastardos. Pero mucho menos aún importan, claro, los gatos y los perros, por más que estén en todas partes: por más que el labrador que contesta las preguntas del Rey lo haga mientras acaricia la cabeza de su perro de caza. Los intendentes quieren conocer el número y especie de todos los animales que habitan Toñanes, incluidos los abstractos e innumerables, aquellos que por su naturaleza múltiple no pueden suscitar afecto alguno —pies de colmenas con sus enjambres de abejas; regalías salmoneras; infestaciones de liebres—, pero nada les interesan los perros y gatos que comparten su vida de hombres; que duermen en los pajares, en las leñeras, en las alcobas, al calor de las cocinas, en el regazo de una mujer que hila, en la

tablazón de un carro que se dirige a la siega. Su existencia minúscula, pulgosa, escurridiza, pasa a través del cedazo de la curiosidad del Rey, sin dejar registro. Y sin embargo tienen nombres e historias, esos perros y gatos; tienen hábitos que son un espejo de los hábitos de sus dueños; tienen genealogías laberínticas, enmarañadas, cuyos muchos desenfrenos y excesos todos los vecinos conocen y festejan; tienen parásitos, y a veces la sarna, y a lo peor también la rabia, y entonces hay que arcabucearlos aunque todavía no se sepa si rabiarán; tienen memoria de los hombres y mujeres que ya no están, de las manos que los tocaron; conservan en sus hocicos olores muertos y enterrados, el recuerdo de una caricia, una palabra amable, la última ternura de un ausente. Tienen gestos
nobles, insólitos —un perro que cada domingo aguarda 1738
a su dueño en el pórtico de la iglesia; un gato ciego que 1886
duerme en las rodillas de una anciana ciega; un ratonero 1918
que festeja la llegada a casa de su amo y se esconde cuando descorcha la frasca de aguardiente—. Se pasean por el zaguán o por las mieses como una prolongación diminuta del calor doméstico, como una vaga impresión del hogar fuera del hogar, de la familia lejos de la familia. En un mundo en que las palabras escasean, en que siete hermanos pueden sentarse en torno a la olla de alubias sin nada que decirse entre cucharada y cucharada, la piel de los animales parece estar más cerca de la piel de los hombres; es más fácil confundir su calor con el de una esposa que desgrana maíz a nuestro lado o un hijo que duerme. Ellos son los cómplices silenciosos de la cosecha y la siega, los veladores de la hacienda y el sueño; son un pedacito del honor de la familia hecho carne, un cuartel más del escudo, un hijo tonto que pese a todo no deja de ser hijo. Y como tales, como arma y emblema, como símbolo, también se convierten en las primeras víctimas de ese juicio que la Chancillería de Valladolid no resuelve. Así,
por dos carros de tierra, a Colorada le darán a comer asa- 1730

1935 dura rellena de clavos; por un mojón que no debía moverse y se movió, el Africano aparecerá ensartado con una
1676 horca en su almiar favorito; por un aprovechamiento de montes, Porfiado se retorcerá colgado del portalón que lleva el escudo de sus amos; gato ahorcado sobre campo de gules.

Son todo eso —los perros, los gatos que el intendente desdeña— y al mismo tiempo no son nada, hay que pretender que no son nada. Cuando se hacen viejos y mueren, cuando un perro que nos vio nacer y beber nuestro primer vaso de vino se arrastra hasta lo profundo del desván y ya nunca baja, solo queda constatar con voz sere-
1913 na: ya estiró la pata, el perro. Esa misma tarde su dueño saca a pasear por el pueblo su pipa y su rostro indiferente, su expresión de aquí-no-ha-pasado-nada, en esta casa se trabaja y no se anda uno con pequeñeces. Carretea como al azar hasta encontrar a alguien que siega o trilla el grano y se apoya en la tapia para hablar, tan conversador de pronto, se interesa por los chismes del pueblo, ríe despreocupado; hasta que de improviso, justo en el momento de marcharse —en esta casa se trabaja— se detiene súbitamente, como quien recuerda un chiste antiguo: «Ah... ¿no sabes que la espichó el Moro?». A lo sumo dice después que pese a todo era un buen perro, que pese a todo —¿pese a qué?— hacía compañía a la mujer, o que era leal, o que tenía sus cosas, ese perro, sus manías, a ratos casi parecía una persona. Ríe todavía, antes de marcharse ríe de nuevo, porque el Moro no era un hijo ni un hermano sino un perro. Luego regresa a su casa, a su pajar silencioso, a su fogón sin suspiros de animal que sueña, y se queda largo rato mirando las llamas. Piensa en el perro que irá a procurarse pronto, mañana mismo, dicen que la Pastora ha tenido otra camada, con un poco de suerte todavía no habrán tirado al río los cachorros. Además le parece recordar que la Pastora es algo pariente del Moro, así que sus hijos serán algo parientes también, puede que pri-

mos o sobrinos o hijos de sobrinos; nietos o bisnietos del Moro, que con un poco de suerte habrán heredado sus muchas manías y su no sé qué de persona.

Junto al puente de Toñanes, en el barrio de Riaño. Un día de verano; el río casi seco. Solo dos coches en el aparcamiento de la Posada El Puente Romano, en plena temporada alta. Al otro lado del río, dos niños juegan a la pelota en una pequeña cancha de asfalto: llevan mascarillas quirúrgicas. Apoyada en el pretil del puente, Luisa López Barata (setenta y siete años). 2020

Mira, una cosa que yo sí que he visto y te puedo decir y nadie me desmentirá: lo del río y el puente. Tú lo ves ahí, el puente. Una de las cosas antiguas del pueblo. Pues fíjate, antigua yo ya también, que le he conocido ya tres reparaciones al puente desde que estoy aquí. O cuatro a lo mejor. Y hay que tener buenos ojos para verlas... Fíjate en las barandillas. Ese cantero no es como el de abajo. Abajo trajeron las piedras medidas y pesadas y aquí no. Ni es la piedra ni es el estilo del cantero. Y la parte de atrás, digamos el contrafuerte, que lo repararon de otra vez. Y ese muro de ahí, ¡que antes no estaba! Eso lo hizo Sebito; de cuarenta años no baja que lo hizo. Cuántas manos distintas, en este puente, ¿no? Pero tú ahora lo ves y dices: el puente, que está como estuvo siempre. Y no: lo que pasa es que ya no te acuerdas de cómo estaba. Pero yo sí me acuerdo de la manera en que estaba cuando vine. Porque parece que no, pero tú imagínate que ahora viene una inundación y cambia una piedra. Coña, pues ya esa piedra no está de aquella manera en que estaba, ¿sabes? Y poco a poco no se nota, pero al final te cambia el puente entero... Pues lo mismo pasa con el pueblo. Porque te parece que todo está como estaba antes, pero luego haces memoria y miras bien y no, qué va, qué va a estar como antes. Qué cambio dio Toñanes, qué cambio. Lo de la iglesia, primero, que cuando tú eras criúco seríamos treinta o cuarenta los domingos, y ahora cinco o seis mujeres quedamos... A veces algún turista viene, pero pocos, muy pocos. Echamos un euro cada una en el cepillo para tener... Para velas, para manteles. Porque no había nada, no quedaba nada. Todo lo hemos ido comprando nosotras. El cacharrín del botafumeiro nos ha costado 560 euros. ¿Qué te parece? En Santander fui, a Santander fui por él, y tengo los papeles, y en los papeles todo muy claro. Pues hemos ido ahorrando, ¿no? Y cuando viene alguno así de afuera, pues nos echa una propina... un poquito más gorda. Pero no da, no da. Si sigue así lo de las misas, yo no sé... Y luego la vida de la gente, que también ha cambiado muchísimo, muchísimo. Toñanes ya te digo que dio mucho cambio. Era todo de vacas y ahora fíjate. Empezaron por quitar la leche. Dejabas de producir y te pagaban por eso. Nos daban una cantidad de dinero todos los años por no producir. ¿Tú eso lo entiendes? Teníamos un tope de dinero, según la leche que habíamos vendido de antes, porque nos habían controlado, ¿sabes? Por entonces estábamos controlados. Como ahora, vaya. Según las estadísticas de la leche que habíamos vendido te decían: pues a ti, tanto. Pero nosotros seguimos con las vacas. No vendíamos la leche, pero las teníamos por los becerros, y por la feria. Seguíamos en ese plan. Y a la gente empezó a no merecerle la pena esto de las vacas. Sí, hijo. Nos han machacado. Nos han machacado. Nos han machacado. Metiendo leche de afuera. Meten leche de afuera y baja la leche nuestra. Y en eso estamos todavía hoy. Todos tomando leche de brik... Y yo de brik, nada, yo me voy a la cuadra y tomo la leche de mis vacas todavía. Y no la leche esa, que es polvos, y polvos, y más polvos. Pero casi nadie queda con las vacas aquí. Muy pocos, muy pocos. José Luis anda todavía a las ovejas, pero por no aburrirse... Ya ni la lana de las ovejas la queremos para nada. ¿Sabes dónde arde? Allá, para bajar donde las Anduvisas. Por ahí, por ahí hace José Luis unas lumbres con la lana, que huelen que se matan. Con lo importante que era la lana antes, fíjate. Te voy a decir una cosa. Cuando yo me iba a casar, no podía... ¡No podía porque no tenía lana para el colchón! No se te olvide ponerlo eso. No me podía casar porque no tenía lana para el colchón. ¡Y ahora la queman! ¿Tú eso lo entiendes, hijo?

Mercedes sobre su cama. Un colchón que no es de lana, sino de muelles, y Mercedes que ha aprendido a conocer cada uno de esos muelles; dónde y cómo se clavarán en su espalda si rueda hacia la derecha o hacia la izquierda. Mercedes con contracturas en la espalda. Mercedes en esa cama, en el sofá, en la bañera. Mercedes en el sillón orejero del salón, leyendo o fingiendo que lee. Mercedes que un día se levanta, muy despacio, para recostarse otra vez en los asientos traseros del Seat 127 blanco y luego se sienta en una de las sillas de la sala de espera y por último se tumba en la misma camilla blanca. La aparición vertical del médico, con un papel en la mano y una mirada que no sabe dónde posarse. 1984

Todo irá bien, le ha dicho Emilio hace solo unos minutos; sus manos estrechadas en la sala de espera.

¿Ya ha nacido el niño? preguntó Marta horas antes, al ver a mamá por fin en pie.

No es el niño, es que mamá tiene pis, sentenció Diana.

Es toxoplasmosis, está diciendo en este instante el médico.

El médico. Antes ha dicho otras muchas palabras que Mercedes no retiene. Después dirá otras muchas palabras que Mercedes no escucha. Todo el aire lleno de pronto de esa palabra, *toxoplasmosis*, que parece pesar como pesa la mirada del médico. El médico que ya no dice niño, dice feto; no dice embarazo, dice gestación. Mercedes que poco a poco va entendiendo algunas frases sueltas, cuando siente que el vértigo empieza a remitir, porque por un instante ha tenido la sensación de que se iba deslizando de la camilla al suelo: de que era el mundo y no ella quien permanecía tumbado. El médico enumerando de corrido las muchas secuelas que podría sufrir el niño —el feto—, como un camarero que recita la carta de postres. Aborto espontáneo, dice. Muerte fetal. Anemia, ceguera, sordera, hidrocefalia y microcefalia; retraso en el crecimiento intrauterino, ictericia, hepatoesplenomegalia y en algunos casos aislados miocarditis; neumonitis, exantemas, convulsiones, calcificaciones intracraneales, coriorretinitis. Todo eso, dice, o quizás nada.

Mercedes que se agarra a esa palabra. Entonces ¿podría ser que su hijo no sufriera ninguna secuela?

El médico alza las cejas.

—Podría ser —admite.

Para entonces Mercedes se ha sentado maquinalmente en la camilla y se sorprende balanceando los pies desnudos sobre las baldosas frías. ¿Qué es esto? piensa Mercedes. ¿Un gesto de felicidad? Mercedes que con su bata y el penduleo de sus pies recuerda un poco a Diana y Marta columpiándose en el jardín, todavía con los camisones puestos. Mercedes que se odia por pensar en eso, en el columpio de Toñanes, en sus dos hijas sanas. Mercedes que no tiene bastante distancia ni bastante imaginación para pensar en su hijo: no todavía.

Carraspea; intenta buscar las palabras.

—¿Y cuántas posibilidades hay de que...?

No puede saberse.

—¿Y no habría alguna forma de...?

Ninguna forma.

—Si hay algo que pueda...

Todo cuanto pudo hacerse se hizo ya. El médico que de pronto comienza a hablar en pasado, como si el embarazo —la gestación— hubiera en cierto modo terminado. En pasado, y también en plural. Hicimos cuanto pudimos; en aquel momento no podíamos saber; tomamos las medidas pertinentes. Nada, pues, que reprocharse. Luego, de pronto, comienza a hablar en presente. En presente, y también en singular. Ahora tiene usted que tomar una decisión. Porque la toxoplasmosis es causa justificada de aborto, dice, como si sugiriera su pertinencia; y luego añade que en su clínica no se hacen esa clase de cosas; si quiere hacerlo tendrá que contactar con otra persona, un médico con otras convicciones, y mira reprobatoriamente a Mercedes cuando lo dice, como si fuera ella y no él quien ha sacado el tema; aquí esas cosas no las hacemos pero puede dirigirse a otro sitio donde sí las hagan, si es que usted de verdad quiere interrumpir su embarazo.

¿Es eso lo que quiere, Mercedes? ¿Interrumpir su embarazo?

O puede, claro, continuar adelante. La decisión es solo suya. Aunque debo recordarle, prosigue el médico, que la placenta sigue presentando ciertos problemas de adherencia al útero, por lo que si se decide a llevar el embarazo a término es importantísimo que guarde dos o tres semanas más de reposo absoluto. De lo contrario, tiene altas posibilidades de sufrir un aborto espontáneo. Pero cuando lo dice no parece haber inquietud en la voz del médico, sino algo semejante al alivio: como si hubiera en eso, en lo espontáneo, en la falta de responsabilidad, alguna clase de consuelo.

¿Es eso lo que quiere, Mercedes? ¿Llevar su embarazo a término, pase lo que pase?

Mercedes sentada todavía en la camilla, con esa bata blanca que es como estar desnuda o más adentro que desnuda, temblando de frío o de quién sabe qué; Mercedes que no ha dicho ni que sí ni que no y que no llora ni parpadea siquiera.

Pasa un tiempo indeterminado: un tiempo que es brevísimo para Mercedes y tal vez muy largo para el médico, que tiene muchas consultas programadas esa mañana. Llega ese momento en que debería vestirse, ese silencio tras el que solo queda bajar de la camilla y regresar a su vida, pero el médico no se atreve a decírselo y ella tarda mucho en comprenderlo. Mercedes que no ve lo que tiene frente a sí sino solo cosas que no han sucedido todavía, cosas que tal vez no sucedan nunca. Mercedes pensando atropelladamente en sus opciones, como si tuviera que tomar una decisión antes de pisar los baldosines del suelo. Puede continuar adelante y arrepentirse toda la vida —graves complicaciones como ceguera, microcefalia, hidrocefalia—. Puede abortar y arrepentirse, igualmente, toda la vida —ceguera, microcefalia, hidrocefalia, o quizás ningún problema en absoluto: cómo saberlo—. Pero también puede, simplemente, no hacer nada. Es decir, hacerlo todo. Volver a casa caminando y regresar mañana a la escuela y conducir cada fin de semana a Toñanes para ayudar al Rubio con los palés de tejas y la escayola, y coger a Marta en brazos, y jugar al escondite con Diana, y dar, por qué no, un largo paseo los cuatro hasta Oreña, porque eso es lo que hacen las madres corrientes, y tal vez sea cierto que la naturaleza es sabia, después de todo.

Coriorretinitis, calcificaciones intracraneales, hepatoesplenomegalia o quizás nada.

Yo lo de abortar ni me lo planteé, les diría Mercedes a su madre, a su hermana, a sus amigos. Ni se me habría ocurrido hacerlo, pero el pobrecito —la pobrecita— murió de todas formas. Tal vez fuera lo mejor, contestarían. Y ella, meneando la cabeza: tal vez.

Exantemas, neumonitis, convulsiones, hidrocefalia, microcefalia, o tal vez un niño corriente.

—¿Qué te ha dicho?

Cuando quiere darse cuenta ya está en la sala de espera, abrazada a su bolso como quien se confía a un escudo o a una tabla de madera flotando en el océano; y frente a ella Emilio, que se levanta y casi corre a sujetarla. Porque eso es lo que necesita Mercedes en este momento: que alguien la sujete. Que alguien impida que regrese al suelo. Un mundo demasiado vertical, intolerablemente lleno de cosas que se alzan y se mueven y se resisten a tumbarse.

—Merche. ¿Qué te ha dicho? —insiste Emilio.

Mercedes no contesta. Al menos no todavía. Siente que le falla la respiración: que no tiene aire suficiente en los pulmones para hablar de su hijo. Solo piensa: tengo que salir de aquí. Lo dice incluso.

—Sácame de aquí.

Más tarde llegarán: el aire suficiente, las explicaciones. También el llanto. A lo largo del breve infierno de pasillos y ascensores que los separan de la salida; en el aparcamiento; en el coche de regreso a casa. En todos esos lugares Mercedes llorará y hablará y llorará de nuevo, y Emilio escuchará. Emilio que no sabe qué decir. Acierta tal vez a murmurar alguna cosa que para nada sirve ni en nada consuela: pero en un momento así qué sirve, qué consuela. Más útil que sus palabras, su mano: una mano que acaricia la cabeza de Mercedes; que la guía y sujeta a través de los pasillos de la clínica; que cada tanto acciona la palanca de cambios y luego vuela atrás, para acariciar a ciegas el cuerpo de su esposa. Para entonces ya no llora, ni tampoco habla. Hay mucho que pensar y tal vez nada que decir. Mercedes que se deja sostener y llevar a casa en silencio. Con ayuda, pero avanza. Avanza cogida del brazo de su marido; avanza con la lentitud con la que otros retroceden, pero avanza.

Llegan al fin: a casa, al salón, al sofá. Se tumba. Ni un ruido en toda la casa.

—¿Y las niñas?

—Con los primos, ¿no te acuerdas?

—Es verdad —dice Mercedes y cierra, ahora sí, los ojos.

Pero no puede descansar. No todavía, porque a Emilio se le ocurren de pronto tantas preguntas. Preguntas como:

—¿Y cuántas posibilidades hay de que...?

O bien:

—¿Y no habría alguna forma de...?

O tal vez:

—Si hay algo que podamos...

Y Mercedes contesta débilmente, sin abrir los ojos siquiera: No puede saberse. Ninguna forma. Todo lo que podía hacerse ya se hizo.

Luego sobreviene un silencio espeso: un trozo de tiempo enorme y pesado, con el que no se sabe qué hacer. Mercedes recostada en el sofá, los ojos todavía cerrados, y Emilio sentado en una esquina del sofá, con los codos sobre las rodillas y la barbilla sobre las manos.

—¿Qué te aconseja el médico? —pregunta, sin levantar los ojos de la puntera de sus zapatos.

Mercedes responde que no está segura. Que el médico en algún momento habló de abortar, pero que no parecía del todo conforme con abortar. Que luego habló de continuar con el embarazo y guardar tres semanas más de reposo, pero que tampoco parecía conforme con eso.

—Creo que lo que nos aconseja es no hacer nada.

—¿Nada?

Nada: es decir, todo. Eso que llaman vida normal, y que Mercedes ahora mismo no sabe en qué consiste. ¿Es eso lo que quiere, Mercedes? ¿Levantarse del sofá, regresar al trabajo, continuar sujetándole la escalera al Rubio? ¿Dejar que sea la naturaleza quien decida?

—Entiendo —dice Emilio, sin levantar la vista del suelo.

Mercedes todavía con los ojos cerrados. Mercedes que se ha quedado pensando en eso que llaman vida normal; un tropel de imágenes bullendo bajo los párpados. Un estremecimiento. Ve niños enfermos, niños deformes, niños que mugen y patalean y gimen y sufren dolores que ni siquiera las manos de una madre pueden calmar. Cabezas de bebé que se hinchan hasta desbordar la cuna y cabezas de bebé reducidas hasta caber en el hueco de una mano. ¿Es eso normal, acaso? ¿Es esa una vida que merece la pena ser vivida? Una boca de la que salen violentos cuajarones de espuma o un hilo de baba que hay que limpiar cada tanto con un pañuelo; una boca que sirve para cualquier cosa excepto para hablar. Una galería de monstruos que se retuercen desde el fondo de sus pesadillas, y desde esa oscuridad no cesan de gruñir y aullar y chillar. ¿Qué significan esos aullidos, esos gritos? ¿Chillan porque quieren vivir o porque una vida como esa les resulta intolerable? Eso está escuchando ahora, Mercedes, y confundidos con sus lamentos escucha también los ladridos de cierto perro que tal vez fue su mascota, cierto perro que lleva treinta años ladrando desde algún lugar de su infancia, ladrando y ladrando en un charco de sangre en la carretera, y ve a su propia madre tomando la pala, porque el pobre está sufriendo tanto; ve a su hijo, sufriendo, una criatura ante la que solo cabe apartar los ojos, y a su alrededor voces que cuchichean, cómo es posible en estos tiempos, dicen esas voces, qué clase de padres permiten eso, que su hijo sufra de ese modo, y ve también a sus hijas que a su modo sufren también, guiando ese pedazo de carne que es su hermano a través del jardín de Toñanes y a través del pasillo de la casa de Santander y a través de la vida también; un niño que nunca aprenderá a dar las gracias ni a columpiarse solo ni a vestirse; un niño del que lo mejor que puede esperarse es que muera antes que sus padres.

Cómo va a ser natural eso: que una madre desee que su hijo no la sobreviva.

—Quizás sea lo mejor, Emilio —dice de pronto—. Dejar de pensar. Que sea lo que tenga que ser.

No llega a mirar a su marido cuando lo dice, tal vez porque teme encontrar en él alguna clase de resistencia. Que la mire, tal vez, como primero la miró el médico al hablar del aborto.

Pero no: nada de eso.

—Sí. Tal vez sea lo mejor —continúa Emilio, en un suspiro.

Mercedes abre los ojos.

—¿Tú también lo crees?

Emilio pensando en sus dos hijas sanas, en lo desmejorada que su mujer está de un tiempo a esta parte. La casa de Toñanes a medio hacer. La vida por delante. Su mano, la mano de Emilio, que comienza a enredarse en una caricia confusa y lenta en el pelo de Mercedes.

Ninguno de los dos se mira: para qué.

—Es que llevas mucho tiempo ya así.

—Sí.

—Y el problema sigue.

—Sigue.

—Tanto tiempo en cama no puede estar sentándote bien.

—No.

—Y ahora lo de la toxoplasmosis.

—Sí.

—Y si hay tantas posibilidades de que... Quiero decir que igual le estamos haciendo un favor. Al niño.

—Eso pienso yo. Que le hacemos un favor.

—Si nace, estaremos aquí para cuidarlo. Y si no nace...

Mercedes apretando más fuerte los ojos. ¿Qué pasa, si no nace?

—... si no nace —continúa Emilio— quién sabe si era lo mejor.

Mercedes no dice nada, porque no hay nada que decir. Sencillamente, su marido tiene razón. Emilio que tiene razón y ellos que tienen dos hijas preciosas y que sobre todo tienen tiempo, mucho tiempo por delante para intentarlo de nuevo o tal vez no intentarlo en absoluto. La naturaleza es sabia: todo el mundo lo repite. ¿Quiénes son ellos para forzar la naturaleza?

—Tienes razón, Emilio. Lo mejor es que haga vida normal.

—Sí.

—Pero ahora estoy muy cansada. Tan cansada...

—Descansa. Ahora tienes que descansar. Mañana será otro día.

Y esa noche Emilio le ayudará a ponerse el camisón. Y Mercedes caerá rendida en la cama y dormirá casi doce horas seguidas, porque qué hay de malo en continuar el reposo un día más. Mañana volverá a hacer vida normal: lo han decidido. Pero al día siguiente, Emilio decide llevarle el desayuno a la cama, porque cuánto hace, Merche, que no te preparo yo el desayuno, así porque sí. Y Mercedes que decide pasar lo que queda del día en la cama, y Emilio que decide llevarse a las niñas al parque de la Marga, para que no te molesten. Y al día siguiente Mercedes decide no pedir el alta médica, porque ya si eso mañana, y al siguiente Emilio decide preparar él mismo la comida, que no tengas que levantarte por eso, y al siguiente Mercedes que decide empezar la vida normal al día siguiente, y al siguiente que un poco más tarde todavía. Y así, día tras día, Mercedes y Emilio decidirán tener a su hijo, no una vez sino muchas veces; no un único día sino muchos días y muchas veces cada día.

1749 Se llama Miguel Gervasio Sánchez, pero solo en los papeles que consignan su nacimiento y su muerte. Entre medias es el Monstruo, el Prodigio, la Criatura, la Cosa. Su madre lo llama la Desgracia o el Pecado de la Familia, según convenga. El párroco Miguel de Cossío lo llama el Desventurado. Juanito el del molino de la Corredoria lo llama el Becerro, y posiblemente es el nombre más certero de todos, puesto que duerme con los becerros, come con los becerros; sabe hablar lo mismo que los becerros. Por tanto: el Becerro. Las mozas preñadas no lo llaman y tratan de no pensar en él en modo alguno: temen que solo con mirarlo emponzoñe al feto con alguna de sus muchas deformaciones. Algunos lo llaman El Niño, porque será un niño siempre, desde que nace hasta que muere a los treinta y siete años. Los niños —los verdaderos niños— rodean a veces la cuadra destartalada donde vive y cantan para él canciones monstruosas, lanzan piedras contra el tejadillo y remecen las ventanas hasta que él —el Monstruo, el Becerro, el Desventurado— comienza a clamar con su vozarrón de criatura del inframundo; y entonces, solo entonces, se dispersan a la carrera, riendo y temblando de miedo al mismo tiempo.

Dicen que tiene una boca. Dos piernas. Dos brazos. Más o menos dos ojos. De ahí en adelante, en nada se asemeja a un ser humano. Verlo y santiguarse es todo uno. Olerlo es un suplicio incluso para los ganaderos acostumbrados a recolectar el abono de sus rebaños. Tocarlo: quién sabe lo que sea tocarlo. Una carne torturada y marchita, que tal vez nunca ha recibido una caricia, un tacto amigo. Duerme en el henil, siempre espolvoreado de paja y siempre hambriento, rodeado de los cuencos vacíos que su madre le lleva cuando se acuerda. Porque la Desgracia, el Pecado de la Familia, come mucho; más que el lechón de la casa, que además devolverá todo lo invertido en forma de perniles, chorizos y morcillas. El Monstruo no da morcillas, sino disgustos. No dice palabras sino algo semejante a mugidos, tal vez porque a fuerza de convivir con los becerros se siente becerro él también —en lo profundo de la noche, su respiración ronca y la respiración de los animales no alcanza a distinguirse—. Tiene la boca perpetuamente abierta y las manos demudadas en garras y los ojos bovinos y sin brillo, en cierto modo muertos, como esos osos afligidos que los gitanos arrastran de pueblo en pueblo, disfrazados con ropas e imposturas humanas. ¿Es el Monstruo un hombre disfrazado de bestia o una bestia disfrazada de hombre?

Solo hay una persona capaz de contestar a esa pregunta. Se llama Fernando de Hinojedo; al menos el día de su nacimiento y el día de su muerte. Entre medias es el Señor Doctor, el licenciado Hinojedo, Vuesa Merced, Maestro. Entre medias los hombres lo saludan con gravedad y las mujeres bajan pudorosamente la vista y los pordioseros componen la expresión más miserable de la que son capaces. Verlo y quitarse el sombrero es todo uno. Huele a fragancias desconocidas —hierbas secretas, arcanos misterios—. Tocarlo: quién tuviera la mano lo bastante digna para tocar su capa de letrado, su jubón limpísimo, sus guantes de lino. Un hombre demasiado doctor, demasiado caballero para detenerse en el humilde Toñanes. Y sin embargo, se detiene. Baja de su carruaje y ofrece una monedita de cobre a quien sepa darle noticias de un tal don Miguel Gervasio Sánchez. Nadie sabe lo que se pregunta: miran como hipnotizados el pequeño milagro de la moneda, sin encontrar respuesta. Al fin alguien entiende. ¿Vuesa Merced pregunta por el Monstruo? Eso es exactamente lo que pregunta. Y la revelación resulta más asombrosa aún que la moneda del licenciado, que ya ha encontrado acomodo en un bolsillo.

¡Es el Monstruo! se murmuran los unos a los otros. ¡El caballero pregunta por el Monstruo!

Al principio, la madre del Monstruo no comprende. En realidad no llegará a comprender del todo nunca, pero esa primera visita la comprende menos que ninguna. Porque que la aspen si sabe qué hace ese caballero tan empingorotado y alcurnioso en la puerta de su casa, sombrero en mano, haciéndole preguntas sobre su hijo. Al fin el hombre abrevia las explicaciones y le ofrece una monedita de plata: eso sí que lo entiende. Se la guarda muy aprisa y lo lleva a ver al Monstruo. ¿No es eso acaso lo que el caballero quería? Pues lo conocerá; vaya si lo conocerá. Todavía no han traspasado la puerta de la cuadra y ya han empezado a sonar, amplificados y bestiales, los gruñidos del Monstruo. No son gruñidos de enojo, sino de contento: cuando la criatura escucha los pasos de su madre en el corral, sabe que la hora de la comida se acerca. Fernando escucha entre fascinado y despavorido esa voz sobrenatural, y el corazón galopa furiosamente en su pecho cuando finalmente la mujer destraba los cerrojos y abre la puerta.

—Ahí lo tiene Su Señoría —dice, señalando un rincón mal iluminado de la cuadra—, el Pecado de la Familia.

Lo que ve entonces no puede describirse. Puede intentarse, claro. Al fin y al cabo a eso ha venido don Fernando: a intentar entender ese cuerpo encadenado al pesebre, que se rebulle entre la paja. Le basta un solo instante, un solo vistazo en la penumbra, para comprender que por fin ha encontrado lo que tanto tiempo llevaba buscando. Ese sueño que lo llevó primero a los estudios de Medicina en Burgos y más tarde a las ferias ambulantes y a las cámaras de maravillas y a las leproserías de toda la región. Un portento. Eso es lo que buscaba. Un descarrío de la obra de Dios. Un prodigio. Una de aquellas desviaciones de la naturaleza de la que hablan las crónicas, como el monstruo de Rávena, que tenía en la espalda algo semejante a alas, o el niño de Lisboa, que vino al mundo con una especie de cota de malla de laceraciones en el pecho y una cruz roja trazada en el pecho, a guisa de cruzado. O como el hombre pez de Liérganes, a no tantas leguas del mismo Toñanes, que según hombres dignos de fe dio en transformarse en una especie de pescado monstruoso tras pasar muchas horas en el agua. Durante mucho tiempo, don Fernando ha soñado con un hallazgo semejante. Ha examinado sin entusiasmo enanos y mujeres barbudas, niños hidrocefálicos, hombres nacidos sin brazos o piernas. A veces creyó encontrarlo, como le sucedió con cierto niño monstruoso que viajaba en un circo ambulante por los parajes de Castilla —¡vean damas y caballeros al primer niño molino! ¡Las aspas de sus brazos y piernas, girando en cualquier dirección posible! ¡Su madre lo alumbró así porque durante la cópula no dejó de mirar las aspas de un molino que giraba y giraba!—. El niño molino: la mayor decepción de su carrera. Porque bastó un examen superficial para comprender que aquel monstruo no era obra de Dios sino de los hombres: que los propios feriantes habían descoyuntado y deformado su cuerpo desde la más tierna infancia, como ciertos panaderos dan formas caprichosas a la masa del pan, para deleite de los comensales. No: aquel niño tampoco era el prodigio que don Fernando había estado esperando.

Y ahora está aquí. En esta cuadra desvencijada, en esta aldea caída de la memoria de Dios. Aquí, por fin, el milagro.

—¿Ya habéis visto bastante, Señoría? —pregunta la madre del Pecado de la Familia, con los brazos en jarras.

Ah, si ella supiera cuánto más necesita ver. Porque don Fernando necesita verlo todo. Cada una de las verrugas y llagas atroces que puntean su cuerpo. El color de su sangre en un alambique —¿será en verdad roja, como la sangre humana?—. El interior de su cráneo, monstruosamente inflado como una vejiga a punto de reventar

—¿cuánto pesará su cerebro en la balanza romana? ¿Tendrá cerebro, acaso?

Todo. Verlo todo: por dentro y por fuera. Eso es lo que necesita.

Eso es lo que tendrá, el día que la criatura muera.

Como si pudiera leer sus pensamientos, el Monstruo se yergue de pronto sobre la paja, profiriendo uno de sus rugidos bestiales. Corre o intenta correr hacia ellos, hasta que lo detiene en seco un sacudón de la cadena. Don Fernando da un paso hacia atrás, aterrorizado.

—No tema su Señoría. Solo tiene hambre. Casi es la hora de su comida.

Señala en la esquina de la cuadra un cesto lleno de inmundicias, merodeado de moscas. Una cabeza de sardina. Una cáscara vacía de huevo. Un puño de salvado. ¿Cuánto puede vivir un monstruo con una dieta semejante? Poco: seguramente muy poco, fantasea don Fernando. ¿Cuánto, Dios mío, cuánto puede quedarle a la criatura en este mundo?

—¿Cuántos años tiene? —pregunta, en un susurro, porque no puede preguntar cuántos años le quedan.

La madre intenta hacer cuentas, sin resultado. Son, qué duda cabe, un buen puñado de años con esa carga sobre su espalda. Más de quince: eso seguro. Lo único que puede decirle es que vino al mundo más o menos por los tiempos en que murió el rey Bien Amado; y eso lo sabe porque hubo en el pueblo quien conjeturó si no sería un aviso celestial de lo que estaba a punto de suceder.

1724 Se refiere a la muerte de Luis I, y don Fernando echa cuentas rápidamente.

1749 —Veinticinco años —murmura como para sí mismo.

—Si Su Señoría lo dice... Eso será.

Veinticinco años, piensa don Fernando: la edad a la que los mozos cortejan a las mozas. Una edad temprana para los hombres pero, qué duda cabe, excepcional para las aberraciones de la naturaleza. Observa, desde la distancia a la que le obliga la prudencia, las llagas purulentas que afloran en el pescuezo del Monstruo, allá donde le roza la argolla de la cadena. Su ojo sellado de pus. El pecho que se infla y se desinfla muy rápido, entre estertores.

Un año, dos años a lo sumo: no puede quedarle mucho más que eso.

Y entonces hace su propuesta. Una propuesta que la madre del Monstruo escucha con los ojos muy abiertos, como si las palabras del médico no pudieran ser comprendidas del todo con los oídos.

Un trato: eso es lo que don Fernando le ofrece.

Una cantidad de dinero a convenir por las dos partes. Y lo que tendría que hacer a cambio es muy sencillo. Apenas nada. Solo mandarle aviso a Santander si en algún momento el desdichado Miguel Gervasio, el Señor no lo quiera, enferma gravemente. Solo entregarle el pobre cuerpo cuando el fatal desenlace tenga lugar, para que su caso sirva de enseñanza y ejemplo para la ciencia. Eso sería todo. ¿Lo ve? Muy sencillo.

La madre del Monstruo arruga el entrecejo.

—¿El fatal desenlace?

—La muerte —aclara el médico—. Quiero decir cuando su hijo se muera.

Don Fernando mira a la madre. La madre mira al Monstruo. El Monstruo mira el cesto de desperdicios que espera en el rincón, lejos de su alcance.

—Pero, Su Señoría... Si me permite la pregunta... ¿Para qué quiere esa ciencia suya el cuerpo de este desgraciado?

—Oh. Pues... Para hacerle una autopsia, claro.

—¿Una autopsia?

—Abrir su cuerpo. Ver lo que estaba mal dentro de su hijo. ¿Comprendéis? Aprender de lo que encontremos.

—Abrirlo en canal —completa la madre.

Como a los cerdos, piensa. Pero no hay un especial rechazo en ese pensamiento. Solo quiere entender a qué se compromete exactamente. Dejar que abran en canal el cuerpo del Monstruo, como a los cerdos. Bien. Ahora ya lo entiende.

En ese momento el Monstruo forcejea otra vez con su cadena y gruñe en su rincón. Exactamente como gruñen los cerdos.

—¿Qué me decís? —la apremia el médico.

No tanta prisa, piensa ella. No es tan sencillo. Vaya por delante que ella querría enterrar en la iglesia a todos sus hijos: desde el más apuesto y hacendoso —Juan Antonio— hasta, en fin, hasta el Monstruo. Enterrar un cuerpo en sagrado es la mejor manera de acercar un alma a Dios: al menos eso es lo que dice el padre Santiago. Debe enterrarse, además, de una sola pieza; no sea que en el día de la resurrección de la carne vuelva al mundo con los costillares abiertos y las asaduras desparramadas. Bien: hasta ahí, lo entiende. Pero también es cierto que el padre Santiago siempre dice que su hijo, que es en sí mismo un pecado —el Pecado de la Familia—, no puede cometer pecados aunque se lo proponga. Le falta raciocinio bastante para ser malo. Cuando intenta copular con los terneros, cuando muerde a una gallina del corral y se bebe su sangre caliente, no está siendo malo: está siendo, simplemente, el Monstruo. Entonces ¿de qué habría que preocuparse? Si su hijo tiene alma, esta debe de ser pura como el alma de un niño: le está reservado el Paraíso, sin importar si lo entierran en la iglesia de Toñanes o lo destaza el escalpelo del cirujano. Y si no tiene alma, ¿qué más le dará al pobrecito lo que hagan con él después de muerto? De modo que, bien pensado, el Monstruo no necesita tierra santificada. Al menos no la necesita más de lo que su familia necesita las monedas del médico.

Así que solo queda una cuestión por dilucidar: el número de monedas.

—¿Y cuánto...? Quiero decir... Perdone Su Señoría la pregunta, pero... ¿De qué dineros estamos hablando Su Señoría y una servidora?

—Veinticinco escudos de oro —dice don Fernando, que se ha guardado el efecto de la cifra para el final.

Veinticinco escudos de oro: suficientes para comprar un caballo o una buena haza de tierra. Suficientes, también, para que los ojos de la madre se abran exactamente como se están abriendo. Incluso el Monstruo, que levanta de pronto la enorme cabezota, parece sorprendido con la propuesta.

—¿Veinticinco escudos de oro? —repite ella, para confirmar lo imposible.

—Eso es. Uno por cada año de vida de su pobre hijo.

Sí, quiere responder la madre. Quiere gritarlo. Sí, sí, sí. Quiere besar al médico y quiere llamar a gritos a su marido y a sus hijos —los hijos sanos; los hijos verdaderos—. Quiere saltar de alegría hasta que las vacas y el Monstruo mujan y pataleen, aterrorizados. Pero afortunadamente logra contenerse.

—Verá Su Señoría... Es una oferta muy generosa, pero estuve pensando en lo que hablábamos... Y si tenemos que ser justos... Ahora que lo razono más cabalmente, se me antoja que antes no hicimos bien las cuentas...

—¿Qué cuentas?

—Pues verá... Tengo para mí que mi hijo no acaba de cumplir veinticinco, sino veintiséis...

Don Fernando sonríe, aliviado.

—Entonces que sean veintiséis escudos. —Y le ofrece la mano.

Mira con apuro la mano limpia del médico. Se frota muchas veces la suya contra la falda antes de estrechársela. Suspira.

—Si es por el bien de la ciencia... —dice.

1910 Las medicinas que Baldomero Gómez necesita para no morirse cuestan cuatrocientas setenta pesetas. Las tierras que Baldomero Gómez lleva en arriendo producen novecientas pesetas; mil pesetas los años buenos. La vida de Baldomero Gómez cuesta la mitad de su cosecha. Al menos eso le dice el médico de Novales, después de cobrar un duro —el uno por ciento de la vida de Baldomero— por su diagnóstico. El médico de Novales, que con sus gafas de aro, su maletín de cuero y sus años de consagración a la ciencia parece un sumo sacerdote por cuya boca hablara la boca de los dioses. Es como si le dijera: quema la mitad de tu cosecha y entonces los dioses —los dioses de la Medicina y la Ciencia y la Razón— salvarán tu vida. Bien: Baldomero y su esposa Cayetana están dispuestos al sacrificio. Solo que el sacrificio no es posible, porque para la recogida de la cosecha aún faltan cinco meses, y en su alcancía solo hay veintisiete pesetas; veintidós, ahora que el médico extiende la palma vacía de su mano. Para salvar la vida de Baldomero necesitan quemar la mitad de la cosecha que todavía no tienen. Así que no queman la cosecha, no compran las medicinas, no se arrodillan ante los dioses de la Razón y el Conocimiento; solo pagan un duro al médico por sus palabras oraculares y esperan. Y rezan. Rezan mucho al Dios Único, al Dios Antiguo, un Dios previo a las vacunas y al microscopio; heredero de un mundo en el que los milagros eran todavía posibles y la vida transcurría entre el asombro y la maravilla. Padre Nuestro que sanaste al leproso, ten piedad de este enfermo tu hijo. Padre Nuestro, haz que mi carne no muera, y si ha de morir, que la corrupción no alcance mi alma, y si hasta mi alma ha de corromperse, que resucite en la Salvación Eterna. Padre Nuestro, dame cuatrocientas setenta pesetas. Y Baldomero se salva. Sin las píldoras de botica, sin la batería de inyecciones, sin tal o cual botecito milagroso, sin las cuatrocientas setenta pesetas, Baldomero deja de escupir sangre y se incorpora

en su cama. Empuña otra vez la azada. Ese mismo vera-
no, una granizada copiosa como una paletada de tierra
desborda el cauce del río y anega la mies y pudre los gra-
nos dorados del maíz dentro de sus panojas. Baldomero
pierde gran parte de su cosecha. Una parte que podría
ser la mitad. Al menos eso repetirá Baldomero hasta su
muerte, todavía entusiasmado por el prodigio; ese año 1935
perdimos la mitad de la cosecha, exactamente la mitad
de la cosecha. Y cada vez que lo repita, añadirá mirando
al cielo: «Fue obra de Dios. Su Voluntad».

Dios ha muerto. Lo dice Ignacio Rivas en una sobre- 1933
mesa; casi lo grita, satisfecho de haber zanjado una cues-
tión tan antigua. El contento le dura muy poco: el tiem-
po que tarda su padre en cruzarle la cara con el vuelto de
la mano. Ignacio se traga las lágrimas y el orgullo, por-
que en casa de los Rivas puede no estar claro si Dios está
vivo o muerto, pero quién es el padre de la familia no lo
duda ni Dios. Dios muerto: la iglesia saqueada, el púlpi- 1936
to en llamas, los santos del retablo pudriéndose en el río.
Dios vivo, resucitando al año y pico de guerra: Por Dios, 1937
la Patria y el Rey, dice uno de los requetés que ocupan
Toñanes, con la boina coquetamente ladeada. Dios en
las palabras —vive Dios que me las pagarás, dice Rodri- 1328
go de Villegas, con la espada desenvainada; ¡Jesús!, dice 1999
Ana mientras tiende a su amiga un kleenex; a Dios pon- 1954
go por testigo, dice Escarlata O'Hara en el cine de No-
vales—. Dios en los gestos —declara ante nos la mencio- 1777
nada Theresa de la Vega, bajo juramento y una señal de
cruz que formó con su mano derecha—. Cincuenta y siete 1912
personas que se santiguan al mismo tiempo: son los mi-
neros de Toporias, mientras bajan en el montacargas del
Pozo de Peñamontero. Dios en las profundidades de la
tierra y Dios, también, en las profundidades del mar

1851 —«¡Jesús y adentro!» rezan entre dientes los pescadores
en el momento de arrostrar el temporal—. Los tempo-
rales: un acto de Dios. Los temblores de tierra: un acto
de Dios también. El granizo que arrasa las cosechas, el
bosque que es devorado por el fuego, la centella que cae
y la lluvia que no cae: todo obra de Dios. Dios en lo bue-
1890 no y en lo malo, pero sobre todo en lo malo —Ramona
vestida completamente de negro, dando la mano al tro-
pel de hombres y mujeres que salen del zaguán de su casa:
los designios del Señor son inescrutables, le dicen—. Dios
en lo grande y en lo pequeño, pero sobre todo en lo pe-
1942 queño —las cuentas del rosario deslizándose por los de-
1968 dos de María Ángeles; una crucecita de oro colgando del
1973 cuello de Rosalía; Antonia tejiendo una especie de pañue-
lo diminuto la víspera de Nochebuena, para que la figu-
rita del Niño Dios no coja frío en el pesebre—. María
Ángeles, Rosalía, Antonia: Dios para los hombres y las
1949 mujeres, pero sobre todo para las mujeres. Tú sigue así,
1761 Anita, y te quedarás para vestir santos. Has de tener pa-
ciencia, Mariana, porque en verdad tu marido no es malo:
solo necesita que le perdones esos descarríos suyos y so-
bre todo que reces, que reces mucho por él. Mujeres en la
iglesia y mujeres arrodilladas en el confesionario y mu-
jeres llevando dulcecitos al cura y mujeres rezando antes
de apagar la palmatoria. Hombres son solo el párroco
y su Ilustrísima el Obispo que hace la visita pastoral, y su
Santidad el Papa que nunca ha oído el nombre de To-
ñanes, y el mismísimo Cristo Nuestro Señor, que está
1939 en todas partes y todo lo sabe. Mujeres: el resto. Un do-
mingo cualquiera: sesenta y ocho mujeres y veintinueve
hombres abarrotando la iglesia; los hombres dispuestos
1988 en los bancos traseros. Un domingo cualquiera: Veintio-
cho mujeres y nueve hombres; los hombres dispuestos
2021 en los bancos traseros. Un domingo cualquiera: cinco
mujeres en la iglesia; los hombres en su casa. La iglesia,
un domingo de cada dos, cerrada. Si es que yo no sé, hijo

mío; yo no sé qué pasará con las misas de Toñanes. Si
seguirán o no seguirán. ¡Cinco, quedamos! Dios sin fie-
les. Dios muerto y vivo al mismo tiempo, pero sobre
todo muerto. Muere Dios, o mueren los dioses. El dios
de la guerra Erudino, que una vez estuvo saciado de sa- 161
crificios de machos cabríos y prisioneros, muerto para
siempre. Epona, señora de los caballos y de los pesebres;
Deva, diosa de los ríos, y Neptuno, señor de los mares;
el dios Cándamo, padre del Sol y de las cosas que serán
y que fueron; todos muertos. Dioses que mueren pero
no mueren. La fiesta del solsticio de verano que sobrevi-
ve en la fiesta de San Juan y las Kalendae Ianuariae del
dios Jano que sobreviven en el carnaval de la Vijanera
y el culto al Sol que sobrevive en el padrenuestro rezado
al sol de los muertos. El politeísmo, que sobrevive en
el culto de los santos: san Roque contra la peste y santa
Bárbara contra las centellas y san Antonio para encon-
trar los objetos perdidos y san Judas Tadeo, patrón de las
causas imposibles. Santos que sobreviven a los dioses.
Hombres que sobreviven a Dios. Yo creyente no soy, 1998
dice Marcelino, y mira que ya tengo unos años y a mí
se me educó en un colegio de frailes que me llenaron la
cabeza de beaterías, pero no: ni por esas. Yo en Dios no, 2017
pero me parece que en algo sí creo, dice Amelia. En la
energía, explica María Antonia. Porque la energía no se 2021
crea ni se destruye, y eso somos nosotros: energía en un
cuerpo. Un cuerpo que se pudre y ya, dice Emilio. Eso es 2003
lo que somos. A mí, dice Jorge, lo que más me convence 2020
es el rollo budista. Todo eso de la reencarnación. Pues
yo, católica, apostólica y romana, dice Bertita, besando 2021
sonoramente su crucifijo. Cristiana de las de antes. De las
que tenemos las rodillas peladas de todo lo que quere-
mos a Dios. De esas. Así que a ver si te vienes a la misa
próxima, nene, y lo animas un poco tú, aquello. Este do-
mingo no, que no hay; el siguiente. Te vienes y de paso
pues rezas un poco, ¿no? Porque hay que ver, para lo

mucho que te gusta el pueblo, lo poco que te gusta la misa...

1684 Lo dice en una de sus homilías, elevando los brazos hacia las bóvedas de la iglesia. Nos dirigimos a ti, Señor, mientras penamos y gozamos en este mundo, que es teatro de apariencias. Eso dice el padre Gregorio, como si tal cosa, y todos se consultan con la mirada. ¿Teatro de qué? susurra Atanasia a su hermana Mariana, que está en la bancada próxima. Teatro de paciencias, contesta. ¡Ah! Y eso, ¿qué significa? Nadie sabe decirlo. Solo lo del teatro está más o menos claro, y se acuerdan de las carretas de cómicos que cada cierto tiempo —cada mucho tiempo, a juicio de los habitantes de Toñanes— hacen un alto en el concejo para declamar sus comedias. El galán, la dama, el bufón, el villano, el loco. ¿Será así la vida? El viejo avaro, el Rey, el Diablo, el caballero. Tal vez lo que el padre Gregorio quiere decir es que la vida en Toñanes también es un poco así: una comedia. Un papel para cada uno, en ese inmenso escenario que es el pueblo. Toribio el mozo es el galán del concejo: eso no hay quien lo dude. Ana de Ruiloba, con sus plegarias y sus cilicios, la santa. María Ruiz la puta: tres hijos naturales, y sumando. Vicenta de Mogro, con sus muchos melindres, la dama. El padre Gregorio en el papel de sacerdote detrás y delante de las bambalinas, si es que eso de ser cura da para comedia. Pero sobre todo no puede faltar el papel del Rey, el papel del tonto. El Rey para decir, al final de la comedia, quién lleva razón y quién no la lleva; el tonto para no llevar la razón nunca, pero hacer reír siempre. Porque el Rey puede ser muchas cosas, pero gracioso, lo que se dice gracioso, nunca es. Hace falta un Rey y también un tonto, como en todos los pueblos; pero solo en Toñanes sucede que el nombre que hay detrás de ambos papeles resulta ser el mismo: Bernardo.

Don Bernardo Velarde de la Torre y Velarde, caballero y postulante del título de Caballero de la Orden de Calatrava, es el Rey.

Bernardo Ruiz, más conocido como Bernardito el Tonto, es, claro está, el tonto.

Como conviene a todo buen monarca, don Bernardo procura no confraternizar con sus súbditos. Nadie recuerda habérselo cruzado ni en el molino ni en el lavadero; mucho menos en la taberna. Hasta en la iglesia se sienta lejos del vulgo, en un escaño reservado para los Velarde desde los tiempos del Moro o incluso más atrás. Luego se marcha sin volver la cabeza, porque don Bernardo siempre tiene mucha prisa y muchos asuntos que atender en Santander o en Laredo; puede que incluso un despacho urgente de la corte. A todas partes se dirige así, casi corriendo, con el capote cruzado en el pecho y las guías del bigote tiesas. Buen día tenga, mi señor, dicen los labradores a su paso, y es como si dijeran: su Majestad. Don Bernardo no responde nada, y quizá no haya mayor prueba de su realeza que ese silencio: el privilegio de permanecer callado cuando todos hablan.

Bernardito el Tonto, en cambio. Quién pudiera callarlo, a Bernardito. Bernardito en todas partes: en el lavadero, en el molino, en la taberna. Sobre todo en la taberna. Por un vaso de vino te cuenta su vida y milagros, desde el Génesis. Por un vaso de vino baila como un bufón de la corte o corre hasta Comillas para hacerte un recado o se revuelca desnudo en la nieve o da un beso en el hocico de las vacas, entre la risa de todos. ¡Pero qué tonto eres, Bernardito! le dicen, y él, feliz con el jarrito de vino caliente entre sus manos, responde solamente: Sí. Tan tonto, Bernardito: sacándose los mocos durante la santa misa o quedándose embobado cuando ve a una mujer hermosa. O a una mujer fea, tanto da: porque el bueno de Bernardito no ha visto desnuda a ninguna. ¡Bernardito! le apremian. ¡Que dice la Juliana que te tiene ganas! Y Bernardito, levemente desconfiado: ¿Y tú cómo supiste? ¡Pues por la Juliana, hombre, que dice que bebe los vientos por ti! Que se pregunta si serás lo suficientemente hombre para arrimártela en la era. Eso dice, la Juliana: si serás hombre o no serás. Y Bernardito se queda callado un instante, cada vez más convencido. ¿No es él, acaso, un hombre como cualquiera? ¿No es Juliana una mujer? Y enardecido por ese descubrimiento —él un hombre; Juliana una mujer— hace lo que se espera de él, arrimársele en la era, y Juliana hace lo que de ningún modo podría haber esperado, golpearlo con el mango del dalle, y luego darle de bofetadas y patadas en el suelo, y silbar para que vengan sus hermanos. ¡Pero bueno, Bernardito!, le dirán después, viéndole las heridas y los morados en la cara. ¡No nos dirás que la Juliana no es una moza de cuidado!

Lo que la Juliana querría, claro, es que fuera el señor don Bernardo quien se le arrimara en la era. Ella y todas o casi todas las mozas de Toñanes. Lo del matrimonio ni entra dentro de sus fabulaciones, porque qué haría un caballero como el señor don Bernardo con ella: imaginarlo no es mucho más increíble que imaginarse con Bernardito en la cama. No, el matrimonio es demasiado grande para caber en sus fantasías, pero con unas cuantas visitas a su alcoba o en el pajar ya se conformaría. El señor don Bernardo, tan apuesto y perfumado, desnudo. El señor don Bernardo quitándose los guantes para sondear su carne y quién sabe si incluso haciéndole un hijo a resultas: luego, ya se encargaría ella de sacarle un buen pedazo de tierra o una pequeña renta. Ser madre de un hijo de don Bernardo, que a la sazón es el hombre más hermoso de Toñanes; o tal vez es la misma idea de la hermosura la que ha ido evolucionando hasta adaptarse al cuerpo de don Bernardo, a los ojos de don Bernardo, a su gesto autoritario al sujetar las riendas de su caballo.

Bernardito, en cambio. Su cabello lacio y descolorido, como paja puesta a secar en la cuadra. Su tez blanquísima. Su risa caballuna y sus dientes encabalgados y su labio grosero, por siempre empapado de babas. Las babas que fluyen barbilla abajo hasta empapar la camisa desgarrada, el cinto hecho de cuerda. ¡Ay, no hago vida de este hombre! dice Catalina, que es su hermana pero también algo así como su madre y su esposa. Catalina restregando la boca de Bernardito con su pañuelo y repitiendo: Qué desgracia la mía, un hermano tonto, que come por dos hombres y razona como media mujer. Eso dice Catalina. Y los otros, en la taberna: ¡Bernardito! ¿Tú sabes de qué color es el caballo blanco de Santiago? Bernardito no lo sabe: nunca vio a ese tal Santiago, ni mucho menos su caballo. Pero ¿por qué todo el mundo ríe? Todos con la boca abierta para reír y Bernardito con la boca entreabierta para entender las cosas, o más bien para desentenderlas. ¡Cierra la boca, Bernardito, que te entran moscas! ¡Bernardito, que se te marcha el alma! ¡Bernardito, pero ponte guapo, hombre! ¿No ves que Bárbara la del puente bebe los vientos por ti? Ah, ¿pero no lo sabes? Y Bernardito, levemente desconfiado: ¿Y tú, cómo supiste? Pues porque me lo dijo la Barbarita, ¿quién si no?

Don Bernardo despachando correspondencia en su gabinete, con la pluma presta y cierto aire meditabundo. Don Bernardo reuniendo pruebas de limpieza de sangre para solicitar ingreso en la Orden de Calatrava —el Gran Maestre se complace en informarle de que, reunidas las oportunas probanzas de que el postulante no tiene mácula de judío, moro, hereje o converso, se ha procedido a aceptar su ingreso en la orden—. Don Bernardo escribiendo una carta tras otra a su Majestad Carlos II que Dios guarde para rogarle su intercesión en cierto litigio emprendido contra la Colegiata de Santillana del Mar, por su derecho a recibir sepultura junto al altar mayor.

Bernardito llevando recados que no es capaz de leer, todo el día de Novales a Oreña y de Oreña a Comillas, caminando bajo la lluvia y bajo la nieve y bajo el sol. Bernardito en la taberna mendigando un mendrugo de pan o un jarro de vino a todo aquel que tenga cuartos con que pagarlos. Bernardito solicitando humildemente un techo bajo el que hacer noche, porque su hermana ha vuelto a echarlo de casa —Toribio el Viejo se complace en informarle de que, reunidas las oportunas probanzas de que está limpio de piojos y liendres, se le permite acostarse en las cuadras junto a los terneros.

Don Bernardo asistiendo a la misa del Jueves Santo con sus mejores galas y el gesto adusto. Don Bernardo que durante la ceremonia del lavatorio insiste en arremangarse la casaca de tafetán para lavar él mismo los pies de sus propios criados, porque si Dios no tuvo vergüenza de limpiar de barro los pies indignos de sus discípulos, el propio don Bernardo no está dispuesto a quedarse atrás del mismo Dios. Por lo demás, los pies de sus criados estaban ya perfumados y limpísimos, como si esa misma mañana hubieran recibido instrucciones para no hacer más gravoso el sacrificio de su amo.

Bernardito celebrando el carnaval con una corona de plumas en la cabeza. Porque así son los carnavales, un momento en que todo anda bocabajo, y por eso cada año los vecinos lo sacan de su casa bajo palio y le coronan en una solemne ceremonia como rey de Toñanes, y durante el resto del día se comprometen a obedecer sus órdenes, por absurdas que sean. Cuanto más absurdas, mejor. Qué asco besarle el dorso de la mano, qué risas y qué asco, y Bernardito que sonríe triunfal a lomos del asno, tal vez creyéndose rey de veras, y señala cuanto desea con su cetro de avellano; el mismo cetro con que mañana mismo le apalearán de nuevo.

Don Bernardo escuchando misa sentado en el escaño de sus antepasados, como un rey hereda el trono de sus mayores. Don Bernardo con expresión pensativa porque está pendiente de las palabras del cura, o tal vez porque está pensando en sus negocios.

Bernardito escuchando misa sentado en el banco más cercano a la puerta, por si acaso. Bernardito con la boca muy abierta porque cómo puede ser eso de que Dios tres y uno, ¿tú eso lo entiendes, Cata?, y Cata tironeándole de la mano para que se esté quietecito en el banco, ay, no hago vida de este hombre, no la hago.

Nos dirigimos a ti, Señor, mientras penamos y gozamos en este mundo, que es teatro de apariencias. Eso está diciendo el padre Gregorio, y todos se consultan con la mirada. ¿Teatro de qué?, se escucha susurrar en las bancadas próximas. Y Juliana, sin perder de vista al apuesto don Bernardo: teatro de apetencias, contesta.

Mariana Obregón de rodillas en uno de los bancos de la 1699
iglesia: está rezando. Miliuco de rodillas en uno de los 1957
bancos de la escuela: está castigado. Arrodillarse para 1783
abrir los muslos de la esposa. Arrodillarse para recibir la
bendición del padre. Arrodillarse para fregar los morri-
llos del zaguán. Arrodillarse para pedir la mano —son dos 2009
turistas argentinos, en los acantilados de Bolao; cuando
él saca la cajita ella se cubre la cara con las manos y dice
no te puedo creer no te puedo creer no te puedo creer—.
Magdalena Santiago, también de rodillas: no está pidien- 1733
do la mano de nadie, solo lava en el río la ropa de su ma-
rido. Mojarse las manos en el río y ponerse el mandil
y atender las gallinas y encender la lumbre y cocinar el
potaje y quitarle las botas al marido que vuelve cansado
de la siega: todo porque la quieran a una. Besar al ma-
rido que vuelve cansado de la siega. Besar la mano del 1903
cura o los labios de una moza. Besar la moneda recién 1870
ganada. Besar al aire para salir guapa en el selfie o para 2019

indicar que tienes solomillo —tres reyes y un pito; en-
vida sin miedo—. Besar a quien se ama —un beso— y a
quien se acaba de conocer —dos besos—. Dos jóvenes que
1627 se sientan junto al fuego y se cubren con la misma pe-
lliza: no ha habido un beso todavía pero ese gesto —sen-
tarse juntos junto al fuego, bajo la misma pelliza— ya es
1989 promesa de matrimonio. Sentarse juntos: nada significa.
Besarse, lamerse, desnudarse, follar en el baño de la dis-
coteca Royal de Torrelavega: nada significa tampoco. Dar
un manotazo en el aire para decir que algo no significa
1991 nada o significa algo que no importa. Una mano que gol-
pea contra otra mano para aplaudir a la ganadora del con-
1883 curso de disfraces de Novales. Una mano que azota las
nalgas del niño, para dar escarmiento. El niño que no
come y una mano, la misma mano, sujetando la cuchara.
1987 Cómetelo todo, por los niños de África, que se mueren
1699 de hambre. Por los enfermos del hospital de Cóbreces,
que se mueren de hambre. Comer para que los hambrien-
1949 tos no coman. Ahí viene: el avioncito. Ahí viene: el tre-
1830 necito. Ahí viene: el caballo, galopando hasta tu boca.
1318 Las maneras en la mesa: lo que sí y lo que no. Comer
2021 con las manos: bien. Comer con las manos: mal. Masti-
car con la boca abierta: no. Hincar los codos en la mesa:
1996 no. Hincar los codos en el escritorio: sí —Ana Belén es-
tudia segundo de Económicas; por la mañana va a la uni-
versidad, por la tarde ayuda a sus padres con la siega,
1919 por la noche estudia los apuntes—. Comer bocados muy
pequeños, como un pajarito, porque eso es lo que hacen las
señoritas. Ser una señorita en la mesa y en la vida y en
la cama. Ser una señorita para gustar a los señoritos. El
1968 pelo largo porque así lo prefieren los hombres. El pelo
corto porque así lo prefieren los hombres. Una trenza
o una melena o una coleta. Cortarse el pelo como acto
de resistencia o de proclama o de metamorfosis. El pelo
1639 como reliquia: un mechoncito de santa Clara para traer
1891 bienaventuranza a los humildes. El pelo para hacer tem-

blar de deseo a los hombres: faldas hasta las punteras de los zapatos, pañuelos para ocultar el cuello, abanicos para escudar el rostro; el cabello como única desnudez de la mujer. La monja que se cubre con la toca. Bárbara de Vi- 1743
llegas, novicia, el día que al fin profesa: la madre superiora corta sus largos mechones de pelo, que van cayendo en una bacinilla de plata. Cortarse el pelo para casarse con Dios y cortarse el pelo para divorciarse de Diego —nece- 2017
sito un nuevo look, dice María sentada en el butacón de su peluquera de confianza en Comillas, el mismo día en que firma los papeles del divorcio; los largos mechones de pelo que van cayendo sobre los azulejos—. Firmar los papeles del divorcio para decir no, firmar los papeles del 2014
matrimonio para decir sí. Firmar en el aire para decir la 2018
cuenta por favor —es un turista holandés hospedado en la Posada El Puente Romano: no sabe una palabra de español—. El gesto de extender las monedas o los billetes o la tarjeta de crédito. El dinero: mostrar el fondo de los bolsillos para decir no, frotarse las yemas de los dedos para decir sí. Poner un billete al trasluz para buscar la marca de agua. Morder la moneda para verificar la ley 1801
de la plata. Morderse las uñas: de ningún modo, señori- 1913
ta. Morder el capuchón del bolígrafo o las barbas de la 2001
pluma —el escribano Ventura Robles que garabatea un 1840
testamento, y al hacerlo emprende todo un cementerio de gestos olvidados: mojar la pluma en el tintero, aplicar papel secante, poner al fuego el lacre, timbrar el sello—. Gestos que nunca volverán a ser —Marta Gómez rebo- 1994
binando la cinta de casete de las Wilson Phillips con un boli Bic; Leticia haciendo una llamada perdida a su no- 2004
vio—. Gestos que dejaron de ser posibles: encender un 1989
cigarrillo en el bar de Toñanes. Encender cigarrillos con fósforos o con la llama del farol o con un mechero. Fu- 1930 / 1881 / 1982
mar para subrayar un gesto de desafío o de ansiedad o de meditación. Fumar para ser un hombre. Ser muy hom- 1707
bre por la manera de fumar. Ser muy hombre por la ma-

nera de cabalgar; por la manera de jugar a los bolos o de
1986 disparar o de escupir. Escupir en la mano: ahora somos
hermanos de escupitajo, le dice Martín a su amigo Pa-
1840 blo, el de Peñalba. Escupir en la palma de las manos an-
1650 tes de cavar la fosa: una oración por su alma. Escupir en
las llamas del hogar: protege del mal de ojo. Ojos abier-
1738 tos, ojos cerrados. Fernando Gómez cerrando los párpa-
1981 dos de su padre y Consuelo abriendo los ojos de su mu-
1902 ñeca. Un ojo abierto y otro cerrado. Guiñar un ojo a la
moza que queremos sacar a bailar. Guiñar un ojo para
2019 / 1790 decir te deseo o luego te cuento o treinta y una. El guiño
como expresión: a ese la luna llena le guiñó un ojo —quie-
re decir que es tuerto—. La luna que vuelve tuertos a los
tuertos y lunáticos a los lunáticos. Golpear la sien con
1666 el dedo para indicar locura. Mojar dos dedos en la pila
del agua bendita para persignarse. Mojar dos dedos para
apagar una vela. Mojar dos dedos para silbar. Mojar un
dedo para comprobar la dirección del viento. Dedos
que dejan pasar las cuentas del rosario o verifican el filo
2015 del dalle o martillean el teclado de una computadora
1899 portátil. Diez dedos para despiojar a un niño. Dos dedos
1707 para representar los cuernos de Pedro de Escandón, que
ha tenido que regresar de Andalucía para descubrir lo
1828 que ya todos sabían. Un dedo levantado contra el mal de
1995 ojo o contra Juan el del puente, que es tonto. —Jódete
y baila, le dice Natalia con ese dedo levantado; tiene ocho
años y ese dedo como única respuesta a todo cuanto re-
1930 / 1873 chaza—. Dedos que aprietan gatillos de escopetas. Dedos
2019 que desgranan panojas de maíz. Un dedo a la izquierda
para decir no, un dedo a la derecha para decir sí: match
1987 de Tinder en Novales. Dedos que señalan. No señales,
mi vida, que es de mala educación. ¿Por qué es de mala
educación? Porque lo digo yo. ¿Pero por qué? Porque sí.
Asentir con la cabeza para decir sí, negar con la cabeza
1729 para decir no. No olvides que la cabeza siempre ha de es-
tar derecha y en una postura natural, repite Manuel de la

Vega y Soto a su hijo: porque en el hombre la cabeza baja
denota humildad y demasiado alta, arrogancia; inclinar-
la a un lado es señal de desfallecimiento y mantenerla de-
masiado tiesa indica grosería. A su hija le recuerda que
debe tener la cabeza baja, la barbilla baja, la mirada baja;
la mano derecha sobre la izquierda, en actitud de docili-
dad y recogimiento. Toda ella convertida en un gesto en
que se expresa el honor de toda la familia —el gesto de
agujerear un cazo para indicar que la honra de la moza
ha sido mancillada; colgar una cornamenta de vaca en la
puerta de la casa; negar el saludo y negar la hostia sagra-
da y negar con la cabeza a su paso—. La cabeza apoyada 1639
en la mano para significar profunda meditación o melan-
colía —así se hace pintar Alonso Bernardo de Quirós: el
cuadro se perdió doscientos años más tarde; todavía que- 1847
da en pie el trozo de pared en que estuvo colgado—. La 2021
mano en que estaba apoyada la cabeza que de pronto se
alza, muy recta la palma: Viva el Movimiento. La mano 1937
que se crispa en un puño: Viva la República. La mano que 1936
sostiene una copa: A la salud de los presentes. La mano 1953
en el corazón: juega España —juega como nunca y pier- 2010
de como siempre, afirmará Biel en la Copa Mundial de 1962
Chile 62 y más tarde lo repetirá en Inglaterra 66 y Ar- 1966 / 1978
gentina 78 y España 82 México 86 Italia 90 Estados Uni- 1982 / 1986 / 1990
dos 94 Francia 98 Corea 02; ojalá la hubiera visto jugar 1994 / 1998 / 2002
en Sudáfrica 2010, pero para entonces ya estaba muer- 2010
to—. Más manos. Una mano extendida para pedir: un 1629
mendigo. Una mano extendida para sufrir: Carmen ha 1941
confundido los afluentes de la derecha del Duero con los
de la izquierda; la regleta de la maestra silbando en el aire.
Una mano extendida para adivinar: te voy a leer la bue- 1731
naventura tal y como me enseñó cierta gitana, dice la
vieja Úrsula, y la mano de Toribia tiembla durante un
instante. Dos manos que se estrechan —encantado de
conocerte o el trato está cerrado o la paz sea contigo—.
Agitar la mano como saludo: un gesto que con el tiempo 2001

solo hacen los niños. Los niños, y también los adultos
2020 cuando se saben mirados por una cámara: Lola que se
enfrenta a su primera conversación de Skype y entonces
sí, al despedirse, ese gesto de saludo que parecía irreme-
diablemente muerto; sacudir la mano para despedirse
de esa hija que está lejos, como si al hacerlo estuviera
emprendiendo un retorno a la infancia. Como si las pa-
labras no bastaran. Porque no bastan: para eso hay ges-
tos, para llegar a donde las palabras no llegan. Palabras
que no llegan. Palabras que no se pronuncian siquiera.
1917 El silencio como gesto: la boca cerrada cuando Padre
1989 habla y también cerrada durante la misa y mientras dura
la telenovela y a la hora de la siesta. Todos quietos y en
1961 silencio: cuatro hombres agachados en la mies, esperan-
do el paso de las perdices y las sordas con las carabinas
1892 cargadas. Todos quietos: cuatro hombres y cinco muje-
1987 res aguardando muy envarados a que salga la foto. Ocho
hombres que aguardan en la bancada trasera de la igle-
sia, de pie y muy firmes, como si también fueran a foto-
grafiarlos; no se arrodillan ni reprenden a los niños ni
mueven los labios durante los rezos; se limitan a perma-
necer en silencio mientras las mujeres cantan. Cantar
como expresión de la piedad. Cantar como expresión de
1811 la alegría. Cantar para dormir a un niño o para aplacar la
monotonía de la siega. Dos brazos adelante, dos brazos
atrás: la monotonía de la siega. Un brazo adelante, un
1930 brazo hacia atrás: Paco el Miruello se dispone a lanzar
2018 un bolo. Una pierna atrás, una pierna adelante: Diego se
dispone a chutar a puerta. Inventar para nuestras pier-
nas gestos que no existían y no se necesitaban: chutar,
1995 regatear, driblar. Pedalear en la bicicleta. Lorena tiene
dieciséis años y su padre la está enseñando a conducir en
la mies de las Eras: el pedal de la izquierda para frenar, el
pedal de la derecha para acelerar. ¿O era al revés? Hacer
1948 las cosas al revés. Escribir con la mano izquierda —otro
1639 regletazo de la maestra—. Moler el pan que se sirve al

marido con la mano izquierda: se corre el riesgo de volverlo impotente. Nunca poner el pan bocabajo en la mesa, 1848
para no despreciar el alimento que Dios nos procura. Los gestos de Dios; el cuerpo de Dios. Brazos en cruz, llagas que sangran; la dulzura del Niño y la humanidad del Ecce Homo y la severidad del Juez y el misterio de la Paloma. Dios: alguien que no ríe. Alguien que perdona o que condena, que crea o que destruye, pero que nunca ríe. La risa como un apéndice del pecado. La sonrisa, una deformación intolerable del rostro y del entendimiento: solo sonríen los idiotas y los hombres vulgares, dice el padre 1746
Miguel de Cossío; solo los locos, los niños, los bufones; los comediantes y los altaneros. Pensar en cosas tristes 1927
para no sonreír en presencia del señor. Pensar en cosas alegres para forzar la sonrisa —decid patata, decid cheese, 1981 / 2013
así; mejor—. Sonreír para agradar. Sonreír para saludar. Levantar la barbilla para saludar. Levantar el sombrero para saludar. Pilar que se baja la mascarilla, todavía so- 2020
focada, al llegar a casa con la compra de la semana. Pedro de Ceballos, soldado de las huestes de Lope García 1345
de Salazar, levantando la celada un momento para escuchar las órdenes de su capitán. Levantar la celada como gesto de saludo y de respeto a un compañero de armas. El gesto de levantar la celada como gesto de saludo y de respeto a un compañero de armas incluso cuando ya no quedan cascos ni celadas; Pedro de Ruiloba que se cua- 1921
dra y flexiona el brazo derecho hasta tocar la sien derecha: a sus órdenes, mi teniente —están destinados en el Rif; ambos morirán durante la batalla de Annual—. Hacer la guerra, como gesto. Hacer gimnasia como quien hace la guerra: trescientas veinte mujeres de la Sección 1951
Femenina —camisa blanca, falda negra— coreografiando los mismos movimientos en la explanada de la Albericia de Santander: mujeres que hacen sentadillas y elevan los brazos y estiran las piernas para exhibir el fuerte músculo del sexo débil —entre ellas Ana Collado, vecina

2016 de Toñanes—. Las clases de Romina en el Centro Yoga
Pramana de Torrelavega: veinticuatro mujeres que imitan la postura del loto y la postura del triángulo y la postura del guerrero —entre ellas María Gómez, vecina de Toñanes—. Ahora Romina se pone en pie y las veinticuatro se ponen en pie. Ahora estira los brazos y ellas los estiran. Ahora se ponen de rodillas. De rodillas, otra vez.
1733 Magdalena Santiago que sigue lavando la ropa de su ma-
2009 rido, para que la quieran a una. El turista argentino que
se levanta del suelo y su prometida que ya sí, ya se lo cree, lleva el anillo puesto en el dedo y lo abraza y lo besa
1957 torpemente; menos en los labios y más en la oreja. Mi-
liuco que sigue castigado y de rodillas: doña Antonia no
1699 lo ha perdonado todavía. Mariana Obregón que por fin
termina de rezar y se pone en pie trabajosamente, con las rodillas todavía entumecidas. Ya ha rezado mucho, pero como no está segura de si Dios la ha perdonado, antes de salir de la iglesia todavía se persigna una vez más y hace una genuflexión frente al altar. Por si acaso, piensa. Y se encoge de hombros cuando lo piensa.

1686 Cierto día, don Bernardo recibe carta de la corte. Sería una coincidencia hermosa que fuera precisamente Bernardito el encargado de llevársela, pero no, imposible; a Bernardito solo se le confían los recados de poca importancia. Quien le entrega la carta es un mensajero muy encopetado, y a don Bernardo le tiembla el pulso en el momento de desanudar los cordeles y romper el lacre. Acaso ya sabe lo que está a punto de encontrar. Y lo encuentra. No la firma el mismísimo rey Carlos II, pero casi: es uno de sus escribanos quien se complace en informarle de que su Majestad ha resuelto concederle audiencia para tratar su privilegio de ser sepultado junto al altar mayor de la Colegiata. Esa misma tarde, contra su cos-

tumbre, don Bernardo acude a todos los lugares donde
nunca es posible encontrarlo: el lavadero, el molino. In-
cluso la taberna. A todos los que se encuentra les presu-
me la noticia con voz engolada. Dice que su Majestad el
Rey Carlos II tiene interés en conocerle, y hasta deja caer
que esta es sin duda la primera vez que un vecino de To-
ñanes besa la mano real —se equivoca; hace exactamen- 1595
te noventa y un años, una comitiva de representantes de
Alfoz de Lloredo se dirigió a Madrid para solicitar el per-
miso de obra de cierto callejón de lobos en el monte de
Novales; a estas alturas, nadie recuerda ya la comitiva—.
Los vecinos se dejan convidar a una o dos rondas y hasta 1686
elevan sus jarritas por la salud de don Bernardo y de su
Majestad que Dios guarde, pero lo cierto es que lo hacen
con el ánimo más bien sombrío: ni siquiera ellos mismos
llegarán a entender por qué. Y esa misma noche, enarde-
cidos por cualquier pretexto, acaban sacando a rastras
de su casa al único Bernardo con el que se atreven y le
propinan en la misma puerta una paliza de las que hacen
historia, porque ellos también necesitan por un momen-
to sentirse reyes de algo o de alguien.

Tres días después, don Bernardo emprende su viaje a Madrid. Es un viaje en el que pasan cosas que no importan, cosas que pueden imaginarse: fondas cuyas camas no están a gusto del señor, criados incompetentes que no cepillan los caballos como es debido, el coche que no avanza lo bastante aprisa porque los arrieros son holgazanes por naturaleza y solo piensan en comer y en divertirse. Don Bernardo pasa todo el viaje ensayando su entrevista con su Majestad el Rey, desde la primera a la última reverencia. Escribe y tacha y escribe de nuevo un discurso que habla menos de lo que cabría esperar del dichoso asunto de la tumba de la Colegiata y es, más bien, un panegírico del propio Carlos II: un discurso que, a juicio del propio don Bernardo, habría despertado la admiración del mismísimo Cicerón. En sus papeles, don Bernardo hace constar incluso las vacilaciones, los carraspeos, la pausa dramática que rubricará llevándose el pañuelo a los labios. Si el Rey dice tal o cual cosa, él contestará tal otra. Si le advierte que debe abreviar un poco, abreviará de este modo: si le dice, en cambio, que puede hablar con prolijidad, que los oídos reales no están fatigados de escucharlo —el Rey, impresionado por la nobleza y el buen juicio de don Bernardo, dirá probablemente algo así: hable con entera libertad, amigo mío, tengo todo el día para usted—, se extenderá de este modo y de este otro. Quién sabe si el Rey, al escucharlo, no se sentirá en extremo conmovido; si acaso una lágrima de emoción no se deslizará por su mejilla. Y cómo negar, razona don Bernardo, que un hombre que llora, por muy Rey que sea, es al fin y al cabo un hombre dispuesto a concedérnoslo todo; no ya menudencias como garantizar su sepultura en tal o cual basílica, sino una secretaría en la corte o como mínimo algún discreto asiento en la Real Audiencia.

En esto, llega a Madrid. Doce días de viaje. Le queda luego traspasar la puerta de palacio: eso son veintisiete días más de laboriosos trámites, largas esperas, sobornos a criados y chambelanes. Al fin ya está aquí, en la antesala de la cámara de audiencias, con el corazón galopándole en el pecho y la impresión de que el discurso rigurosamente aprendido empieza a bailarle en la memoria. La pausa en la que debía reprimir un sollozo ¿era antes o después de elogiar la juiciosa política fiscal del monarca? Por desgracia, el lacayo abre la puerta de la cámara antes de que sea capaz de recordarlo.

Y entonces, ve al Rey.

Su cabello lacio y descolorido, como paja puesta a secar en la cuadra.

Su tez blanquísima.

Su risa caballuna. Su labio grosero, empapado de babas. Las babas que fluyen barbilla abajo, hasta regar su pechera de seda.

Bernardito, piensa Bernardo en el momento de arrodillarse para besar su mano, y con ese pensamiento huyen el resto de las palabras.

Cuatro días después, Bernardo emprende el regreso a Toñanes. Lo que hablaron su Majestad el Rey y él —más bien lo que habló él, porque su Majestad el Rey apenas llegó a abrir la boca— no tiene importancia. O la tiene, pero solo para los restos mortales de Bernardo: el engorroso asunto de su sepultura. Por lo demás, la cuestión ya no parece inquietar al propio Bernardo. A lo largo del viaje apenas habla. La cama de las fondas es de pronto aceptable, el coche avanza a la velocidad debida, los criados hacen lo que pueden con el cepillado de los caballos. Se queda con la vista clavada en cualquier parte, sin decir palabra. No dice mucho más tampoco cuando por fin llega a Toñanes y todos se arremolinan en torno al coche para preguntar cómo es su Majestad el Rey; si es tan hermoso y regio y bien proporcionado como aparenta en las monedas. Don Bernardo duda un momento y luego responde que sí. Más regio, incluso, que en las monedas.

Pocos meses después, vuelve a ser tiempo de Carna- 1687
vales. Como todos los años, Bernardito es sacado de su casa bajo palio —a ver cómo me lo devolvéis, dice Catalina con los brazos en jarras, todavía resentida por la paliza de los Carnavales pasados— y conducido a su montura real, un jamelgo que responde al nombre de Pepe. Durante todo el proceso Bernardito ríe con la boca muy abierta y da palmas, tal vez porque él mismo ha olvidado cómo acabó la coronación del año pasado; o quizá sí lo recuerda, pero la alegría de su efímero reinado de alguna manera le compensa el dolor de los palos. Por ahora no hay palos, solo muchas reverencias y parabienes, muchas bocas que se abren para llamarlo Majestad, muchos labios que besan su mano, muchas manos que le ofrecen odres de vino y bocados exquisitos. Entretanto ya ha sido oficiada la ceremonia de coronación, que consiste

en la entrega de una especie de diadema emplumada —la corona—, una vara de arrear vacas —el cetro— y ciertos harapos que Bernardito tiene por señoriales —las vestiduras reales—. Y así comienza una procesión dirigida al entero capricho del monarca, de la Fuentona a Peñalba y de Peñalba a los molinos de Bolao y de los molinos de Bolao a la Fuentona de nuevo, entre toques de corneta y fanfarria de carracas.

Es precisamente a la altura de la Fuentona donde se encuentran con don Bernardo, que regresa de Cóbreces a caballo.

Ver a don Bernardo es lo mismo que encontrarse al cura. De golpe, la música cesa y toda la fiesta, toda la procesión, parece ridícula. Los vecinos, como sorprendidos en falta, se quitan a una sus sombreros de fantasía y hacen por ocultar o llevar con cierta dignidad los pellejos de vino y los jarros de aguardiente con los que se emborrachan. Alguien que traía las vergüenzas fuera, para representar lo que el rey Bernardito quiere hacerle a Luisita la del Puente, se cierra el cinto a toda prisa. El saludo, que no espera ser respondido.

—Buenos días, mi señor.

—Que tenga una buena mañana, mi señor.

—Mis respetos, mi señor.

Todos, del primero al último, bajan los ojos respetuosamente al paso de su verdadero rey. Todos menos Bernardito, que encastillado en su papel se permite mirar a Bernardo frente a frente. Y así: Bernardito que mira a Bernardo y Bernardo que mira a Bernardito, como si fuera, de hecho, la primera vez que se encuentran.

¿Es esta la primera vez que se encuentran? No lo es, claro: antes ya han coincidido muchas veces, sobre todo durante la misa mayor. Pero tal vez es la primera vez que realmente se miran: la primera mirada que Bernardo le dedica a Bernardo. O viceversa. Lo que piensa cada uno de ellos no importa. Importa mucho, en realidad; podría decirse que esta mirada es el centro de la vida de ambos, pero ellos deciden permanecer en silencio, y quién podría negarles ese derecho. Solo puede contarse lo que efectivamente hacen: seguir mirándose. Y si ya es suficiente insolencia que Bernardito no baje la mirada, qué decir de lo que hace a continuación: extender la mano en un gesto de desafío para exigir lo que es suyo. Que hoy, al menos por un día, don Bernardo se postre para besarla.

Los súbditos miran con estupor esa mano. Hay un instante de duda y luego un largo minuto de carcajadas. Una risa general, que se propaga del primero al último de los procesionarios. Porque una cosa es que Bernardito se crea rey por un día, y otra muy distinta que siquiera se le haya pasado por la cabeza la idea de que don Bernardo se arrodille ante él. ¡Precisamente don Bernardo, que acaba de entrevistarse nada menos que con el rey de las Españas!

Todos ríen. Todos menos don Bernardo y Bernardito, que se miran en silencio como dos iguales. Como un rey que descubre a otro rey o un imbécil que reconoce a otro imbécil.

—Basta —dice entonces don Bernardo, alzando el brazo, y la risa se detiene en seco.

Lo que viene después ya se lo saben. Ahora don Bernardo montará en cólera por la insolencia de Bernardito. Ahora le descalabrará con una bofetada. O mejor aún, no se manchará las manos: ahora indicará con un gesto a sus súbditos que hay que hacer algo para poner en su lugar a Bernardito. Y ellos lo harán, claro. Eso hacen ahora: esperan una sola palabra suya, acaso un gesto, para derrocar a palos a su flamante rey, porque habrase visto tamaña descortesía con el señor; te lo tienes merecido, por necio.

Pero don Bernardo no hace ese gesto. No busca el socorro ni la complicidad de nadie. No hace, no dice nada. Es decir, hace cosas que nadie espera y nadie entiende. Descabalga trabajosamente de su caballo. Se acerca a don

Bernardito con pasos prudentes y mesurados. Se quita el sombrero. Toma con delicadeza su mano manchada de babas, en una reverencia lenta, y deposita en ella un beso que suena como un aplauso.

—Majestad —dice.

Y luego continúa su camino.

1794 Apelar al rey. La última oportunidad para don Francisco. Si eso no resulta, ya nada podrá hacerse: la finca de la Corredoria pertenecerá a Domingo Revuelta para los restos. Pero bien pensado ¿por qué no habría de resultar? Al fin y al cabo su Majestad Carlos IV es un rey magnánimo y juicioso: alguien que sabrá fallar con justicia. Todo eso lo sabe solo con mirar su efigie en un doblón de plata, porque Francisco se precia de saber interpretar siempre lo que esconde una cara —la cara de Domingo, por cierto, habla bien a las claras: tiene la boca de un ladrón, el cabello de un ladrón; el brillo en los ojos de un ladrón también—. En cambio, el Rey. Su Majestad Carlos IV sí sabrá dedicarle a este asunto toda la atención que requiere. Un hombre que está peleando tan bravamente por un pedacito de tierra tan pequeño como el Rosellón sabe muy bien que en la cuestión del honor no puede andarse uno con chiquitas. Seguramente quiera castigar a Domingo con una grave multa; puede que incluso con el destierro. Eso, allá quede entre el usurpador y su Majestad: Francisco no se mete. Lo único que quiere es esto y nada más que esto: que le devuelvan su finca. Pero para conseguirlo todavía tiene que despertar la atención del rey; y para eso, para despertar la atención del rey, aún queda mucho que hacer.

Por ejemplo, esto. Contratar a cuatro escribanos para que redacten una apelación de más de mil doscientas cuartillas. Reemprender correspondencia con el regidor de Salvatierra en Nueva España, que al fin ha dado con el paradero de su primo segundo Gerónimo Díaz de la Vega, cuyo testimonio podría ser decisivo para la causa —yo por cuatrocientos maravedíes digo lo que usía mande, escribe el primo—. Pagar los cuatrocientos maravedíes. Comprar tres arcones más y una alacena para almacenar los legajos que se acumulan en el desván de su casa. Vender los terrenos que le quedan para tener con qué sobornar a oidores, provisores y jueces —un prado en la mies del Diestro, dos hazas en Cóbreces, media cuadra en la Lastra, un lagar en Cigüenza—. Tomar testimonio de nuevo a los vecinos de Toñanes, primero a los que sabe de su parte y luego a los que no están exactamente en su contra —los que no son mis enemigos son mis amigos, murmura en la taberna, con la voz reblandecida por la súplica—. Cierto día, mientras emprende uno de esos interrogatorios, se cruza con Domingo en la mies de Vallejo e intercambian primero insultos y luego puñetazos. Al menos algo parecido a puñetazos. Ambos sobrepasan ya los sesenta años y acumulan muchos achaques, así que la pelea parece menos una pelea y más una coreografía lánguida y triste, de niños que quieren herirse y no pueden. El resultado es una torcedura de tobillo —Domingo que cae intentando esquivar un golpe de Francisco— y una mano rota —Francisco que se rompe esa mano intentando acertar en la cara de Domingo—. Solo en el arte de las injurias conservan todavía una cierta dignidad —hijo de mil rameras sifilíticas, dice Domingo desde el suelo; quiera Dios que te abran en canal con un dalle corrujiento, responde Francisco mientras se acuna la mano rota.

Cuarenta y seis páginas más incorporadas a la causa: así puede resumirse el encuentro entre Domingo y Francisco en la mies de Vallejo.

Sus hijos, que viven en Rudagüera y lo visitan de Pascuas a Ramos —porque en lo que dura la apelación, esos hijos han tenido el tiempo de crecer, de casarse, de concebir sus propios hijos—, vienen a verlo por el asunto de la mano. Padre, le dicen, deje la cuestión del pleito. ¿Qué nos importa a nosotros ese pedazo de tierra? Don Francisco se ha quedado casi sordo con el venir de los años, y necesita que se lo repitan. ¡Que deje el pleito, padre! ¡Que se olvide de esa finca de mierda! Pero él sacude la cabeza. Qué saben ellos de lo que es el honor: qué saben los jóvenes, en estos tiempos que corren, de las cosas importantes de la vida. Todo lo cifran en dineros, los jóvenes, pero se olvidan de que hay cosas que no tienen precio y valen sin embargo mucho: más aún que la vida de uno. Eso dice, don Francisco; y resignados, los hijos callan.

Su esposa Antonia tampoco dice nada, la pobrecita: murió antes de que a su esposo se le hiciera justicia.

1803 En esto piensa don Francisco, en la justicia, el día en que al fin llega la respuesta del rey.

«En la ciudad de Madrid, a día diez de este mes y año, con motivo de la apelación a la sentencia que fue dada en fecha de diez y siete de noviembre de mil y setecientos setenta y siete contra don Francisco de Villegas, vecino del lugar de Toñanes y litigante tiempo ha con Domingo Revuelta, vecino del mismo concejo, sobre una materia de lindes de poca consideración e indigna de la atención de esta corte...»

Francisco sentado en un tonel de la cocina. La carta crispada en la mano y temblando un poco, con un ruido como de hojas secas. Sus pensamientos discurren muy despacio o tal vez muy deprisa; tan deprisa que no puede alcanzarlos. Tal vez por eso, porque quiere alcanzarlos, no se mueve. Sigue sentado en el tonel: los ojos fijos en la puntera de sus zapatos. En algún momento se va el sol y al cabo de un tiempo determinado vuelve el sol, el claror del alba que llega remotamente por el ventanuco de la cocina. Para entonces el fuego del hogar se ha resuelto en brasas y cuando quiere darse cuenta las brasas son cenizas. Sale al huerto, todavía entumecido por el frío y tal vez por algo más. Orina copiosamente contra la tapia; el pene en una mano y en la otra la carta. Y al acabar, como si en ese vaciarse hubiera alguna clase de clarividencia, sabe exactamente qué es lo que tiene que hacer.

«... considerando no fueron reunidas por el demandante pruebas suficientes de lo que sostiene, y tomando en cuenta sobre todo la pequeñez de la causa y razón por la que se litiga desde ya veinte y seis años atrás...»

Pasa la mañana subiendo y bajando las escaleras del desván; las manos vacías en la subida y cargadas de legajos y expedientes en la bajada. Apareja la yegua al carro —so, Baltasara, soooo— y llena ese carro de papeles; veintiséis años de pleitos y demandas y apelaciones, desparramados por la caja del carro.

Una siega amarilla: eso es lo que parece la vida de Francisco, cuando acaba de llenar el carro.

Luego conduce a la Baltasara a través de las callejas y las camberas que llevan a la finca de la Corredoria. Los vecinos lo ven pasar desde detrás de las tapias o de los visillos; hombres y mujeres que dejan de segar por un instante para mirar el carro de Francisco, sin saber lo que miran. Bocas abiertas, y ninguna que hable.

Un día de sol, sin una pizca de viento: muy a propósito para sus intenciones. Nadie en la finca de la Corredoria: mejor. Nada pues que decir. Solo queda esto: bajar del carro. Dejar a la Baltasara en el camino, el hocico al alcance de las matas que crecen en la cuneta. Tomar el primer montoncito de papeles y adentrarse con ellos en la finca de Domingo; esa finca que ya nunca será suya. Se arrodilla y dispone sobre la hierba el primero de los papeles. Luego el segundo. Más tarde, otro: papeles amarillos para sustituir la hierba verde. Cuando acaba con el expediente que lleva bajo el brazo, vuelve al carro y regresa con otro montoncito. Se arrodilla de nuevo y continúa.

En el costado de la finca, un vecino, tres vecinos, nueve vecinos que se agolpan para verlo. ¿Para verle hacer qué? No lo entienden todavía: no lo entenderán, en realidad, nunca.

Un carro de terreno: dieciséis varas cuadradas. Más o menos ciento setenta y nueve metros cuadrados. Escójase un punto dado. Desde ese punto camínese trece metros y medio hacia el norte. Lo mismo hacia el sur, hacia el este, hacia el oeste. Ahí está: ese cuadrado resultante es la tierra que Domingo y Francisco se disputan. Tomando en cuenta el tamaño del papel procesal de la época, hacen falta más o menos tres mil papeles para llenarlo por completo. Dentro de su carro Francisco tiene eso y mucho más. Al principio va disponiendo esos papeles con cierto rigor, casi con mimo; uno meticulosamente al lado del otro, sin dejar una sola brizna de verde. Luego, a medida que se vacía el carro, se va volviendo descuidado: simplemente sigue caminando y arroja papeles en todas las direcciones, como un campesino que siembra al voleo.

¿Qué es lo que siembra?

En los márgenes de la finca quince, ya veinte vecinos. Entre ellos el mismo Domingo, que contra lo que cabría esperar no se burla ni tampoco interviene. No hace ninguna pregunta; no le dice qué es toda esa mierda de papeles, qué haces en mi finca, ¿es que no leíste el fallo del rey?, márchate o llamo a los alguaciles. Simplemente se queda clavado en el camino, como si la Corredoria no fuera de hecho suya: como si siempre hubiera pertenecido un poco a Francisco.

«... dispongo no sea atendida su demanda y se le reprenda por valor de cincuenta maravedíes por la tenacidad y obstinación con la que ha defendido su causa, hasta límites superiores a lo aconsejable y razonable...»

Un carro de papeles. Ciento setenta y nueve metros cuadrados de demandas y expedientes; de probatorios y testimonios y peritajes y apelaciones. Porque puede que Domingo se haya quedado al fin con la finca, pero el reino de Francisco no es de este mundo: ha tardado toda una vida en construir su propia tierra; una tierra sobre la que no cae la lluvia ni el sol ni el granizo; que se extiende por los sótanos de archivos y chancillerías y bibliotecas. Un suelo que seguirá ahí mucho después de que Domingo y él hayan muerto, para que otros lo pisen.

Claro que tal vez Francisco no piense tan profundamente la cuestión. A lo mejor solo piensa: ¿Quiere la finca? Pues que se quede también con los papeles. Sí: es muy posible que sus reflexiones no vayan más allá. Pero por qué negarle el privilegio de pensar un poco más lejos. El placer de pensar esto: aquí lo tienes. Tú tendrás dieciséis varas cuadradas de verde, pero yo tengo dieciséis varas cuadradas de honra.

El año siguiente sufrirá una apoplejía y ya no volve- 1804
rá a moverse de su cuarto: la vida de Francisco reducida a dieciocho metros cuadrados.

Dos años después morirá: dos metros cuadrados de 1806
tumba, a la altura del segundo banco de la iglesia.

Treinta y nueve años más tarde sanearán el suelo de la 1845
iglesia; veinticuatro centímetros cúbicos de huesos.

Pero en el Archivo Histórico Provincial de Canta- 2021
bria, la vida y obra de Francisco Gómez de Villegas medirá lo mismo para siempre: ciento setenta y nueve metros cuadrados de papeles y sentencias, para quien tenga a bien consultarlos.

Cuando se marcha todavía quedan algunos vecinos 1803
que se pasean como fascinados por la finca; que apartan de un puntapié alguna de las hojas; que leen al desgaire frases, ejecutorias, testimonios. Está loco, dicen, mirando la cambera por la que acaba de desaparecer el

carro de Francisco. Sí: loco, contesta maquinalmente Domingo.

Pero nadie ríe. Ni siquiera el propio Domingo.

Al caer la tarde se levanta un poco de viento. Un remolino de papeles que se echa a volar y se propaga poco a poco por las fincas próximas. Algunas hojas ascienden hasta engarfiarse a las ramas de los árboles; otras vagan por los caminos y por los pastos hasta que acaban precipitándose al mar. Durante los días siguientes no es extraño ver jirones de papeles errando por Toñanes y por Cóbreces y aun por las brañas de Oreña, reblandecidos por la lluvia y amarilleados por el sol, clamando palabras o fragmentos de palabras que nadie escucha; como si la piel del mundo se hubiera transformado en un mapa escala uno a uno y no fuera el mapa sino el mundo el que ha comenzado a desgarrarse.

«... y le impongo asimismo silencio perpetuo en sus pretensiones judiciales, de modo no se le permita abrir nuevo proceso ni agitar ninguno de los ya cerrados.

»Con fecha de dicho mes y año,

»Su Majestad el Rey.»

1803 Papeles sobre la hierba. Papeles sobre el río. La corriente
los conduce mansamente, hasta una curva de aguas cada
2021 vez más lentas y profundas. Se retienen para nada, porque hace mucho que la presa del molino de la Corredoria se desmoronó por completo, pero es como si el río todavía la recordara y obedeciera.

Está la memoria del río, y también la memoria de
1752 cierto documento del Catastro de Ensenada —el segundo de los cuales molinos está administrado por Rosa de la Torre, y consta de una única rueda y muele siete meses al año y regula una renta anual de ciento veintiséis rea-
2021 les de vellón—, pero los vecinos de Toñanes lo han olvi-

dado. Te digo que en la Corredoria no había ningún mo-
lino, insiste Carmen Gómez, negando con la cabeza; había
puente, pero molino ninguno. Todo cuanto queda es un
puñado de piedras desparejas y tejas rotas, que tanto po-
drían ser las ruinas de un molino como unos escombros
arrastrados por la corriente —esas piedras y otras muchas 1752
como esas, reunidas de nuevo; los añicos de teja que vue-
lan al techo; paredes que se levantan y vigas de madera
que crecen de las paredes, como crecen los árboles de la
tierra—. Más adelante, un pontón improvisado con cin- 1932
co trancos de madera cruzados —sí, un puente ya te digo 2021
que sí había; el puente de la Corredoria que lo llamába-
mos, dice Carmen, hasta que se lo llevó una riada—; por 1932
él pasan los hombres y las caballerías y hasta los carros
pequeños. Si se presta atención, del otro lado proviene un
siseo líquido; es la fuente de Foncolíos —ahí, justo ahí 2021
estaba una fuentuca, continúa Carmen, envalentonada;
y ahí metía la pasiega, Rosalía, la mantequilla, que hacía
de manteca de leche pura; y Biel, que no era tonto, cuan-
do iba por allá a segar, poco antes de sacar el dalle ya se
había dado el lote de mantequilla... ¡y ella que no sabía
nada! ¿Qué te parece?—. No parece nada ya; solo un mon-
tón de zarzales sin fuente y sin mantequilla y sin pasiega.
No quedan tampoco dalles; solo cosechadoras y tracto-
res y segadoras eléctricas, que pululan por los campos
desiertos. A la derecha, la ermita de Santo Domingo y las
tapias encaladas del cementerio, que por no tener ya no
tiene ni cipreses siquiera; el cementerio que se hace muy 1821
chiquito de pronto hasta contener una sola tumba, la mis-
ma ermita y un único túmulo de tierra removida y a los
pies de ese túmulo Tomás del Pino retorciéndose las ma-
nos, he enterrado a mi esposa en tierra maldita, repite,
¿es que no os dais cuenta? ¡Le he regalado su alma al Dia-
blo! Grita esas y muchas otras cosas que apaga el fragor
del río, porque la corriente llega al fin hasta las inme- 2021
diaciones del molino de Vallejo. Su presa todavía en pie,

casi intacta: el agua continúa embalsándose contra el
paramento de sillería y fluyendo a través de los dos ojos
de la presa y lagrimeando por el aliviadero. El edificio,
en cambio, se ha venido abajo: no queda rastro de sus
vigas o sus ladrillos, ni señal de dónde alguna vez se
abrieron sus puertas y ventanas. Ni siquiera es visible
1927 ya la antigua piedra de moler, que ha sido piedra de mo-
1987 / 2021 ler y después mesa de jardín y después estorbo. Cuentan
que los marinos llaman obra viva a la parte de sus bar-
cos que está sumergida bajo el agua y obra muerta a todo
cuanto tocan y habitan sus tripulaciones; así también en
el caso del molino de Vallejo, que continúa vivo para el
río y muerto para los hombres. Claro que hasta los mo-
linos tienen un pasado, y a veces incluso varias vidas,
y excavados en las lastras del río aún pueden observarse
una docena de agujeros de poste de lo que alguna vez
fue una presa de madera; el río se la lleva una vez o mu-
chas veces, hasta que los aguañones y los ingenieros de
obra se cansan y erigen la actual presa de piedra. El río
hace por derribarla, pero no puede, y acaba tomando el
camino fácil de las compuertas abiertas para dejar el mo-
lino atrás. Antes de perderse discurre bajo una pasarela
tendida de orilla a orilla del río, sostenida sobre dos postes
de luz reciclados —es construida en 1994, en una de las
obras de mayor envergadura de la historia reciente de To-
ñanes: hasta entonces había que cruzar saltando de pie-
dra a piedra—. Un turista aguarda en lo alto del puente,
con las manos apoyadas en la barandilla. Está buscando
los acantilados de Bolao, tal vez porque los ha visto en
un programa de la tele o porque aparecen recomenda-
dos en su guía de viajes. Un ganadero se detiene para
ayudarlo. Da algunas indicaciones confusas sobre sen-
deros que se entrecruzan, alambradas que hay que saltar,
las vacas de Rogelio que es mejor evitar. Al final, compa-
decido por el gesto de desconcierto del turista, se limita
a señalar hacia adelante:

—No tiene pérdida —resume—. Solo hay que seguir el río.

LLERMO: ¿El tema del turismo? A nosotros eso nos da 2017
igual. Que nos parece muy bien, vaya. Hay a quien le molesta, pero... Ni que el pueblo fuera nuestro, vamos. ¡Que esto es libre! ¿No? Que vengan si quieren. Y que hagan lo que tengan que hacer, fotos en Bolao, o andar arriba y abajo, o lo que quieran.

ROSI: Es que esto es muy bonito. Por eso se vienen tantos. Para verlo.

LLERMO: Pero no es cosa de tanto tiempo, ¿eh? De los últimos años es. Antes aquí venía el que venía. ¡El que lo conocía! Que no eran muchos.

ROSI: Mucho hizo lo de los hoteles rurales. Es que en un momento mira todos los que hicieron, nene. El de La Estela. El de El Puente Romano. El otro que antes era la casa de Cardo...

LLERMO: Y el Palación.

ROSI: Y el Palación, sí.

LLERMO: Muchos vienen por Bolao. Porque lo ven en los anuncios. Y en las películas. ¿Tú te acuerdas de la doctora Quinn? ¡Pues aquí estuvo hace muchos años, haciendo una película! Vamos, la doctora Quinn no, la actriz... ¿Tú te acuerdas del nombre?

ROSI: No me acuerdo, no.

LLERMO: Pero sí que es cosa reciente, lo del turismo. Antes pocos venían. Veraneantes y eso alguno había, pero... Gente que viene los veranos. Como tú. Bueno, tú veraneante veraneante no eres, que sois de aquí. ¡Tú casi eres de Toñanes! Pero solo vienes en verano. Y poco se te ve el pelo, poco...

ROSI: Y con los veraneantes nosotros siempre bien.

LLERMO: Qué mal te van a hacer. Si quieren disfrutar

el pueblo, que lo disfruten. Aunque había alguno que no le gustaba nada que vinieran. ¿Te acuerdas de las que liaba Finín? Me cago en diez, las que liaba...

ROSI: ¿Lo de que les mandaba por donde no era?

LLERMO: Eso... Finín fue el último que tuvo la tienda. Tú no lo debiste de conocer. Y el caso es que no le gustaban. Nada, nada. Le tenían hasta las pelotas los extranjeros que venían por aquí andando y tal. Todo el rato con eso de... ¿Oye, por aquí voy bien? ¿Por dónde se va para tal sitio? Y un día vinieron unos que le preguntaban que por dónde se iba a Novales. No, no, mentira. Que por dónde se iba a Cóbreces. Bueno, pues Finín... Porque ya le tenían hasta aquí, ¿no? Pues va y les dice: Cojan ustedes este camino... Fíjate, por donde casa Cardo. Al Ansar, a aquellos arbolados. ¡A Cigüenza! ¡Mira por dónde los mandaba!

ROSI: Ay, ay, ay... Qué pecado.

LLERMO: ¡A Cóbreces llegar se llega! Después de dar la vuelta...

1992 Julián acaba de cumplir los once años. Tal vez por ello, porque ya no es un niño, ha tomado la costumbre de echarse un piti en el corral todas las tardes, después de acabarse el Cola Cao con galletas que le prepara su madre. Luego juega a los Caballeros del Zodiaco con el Chino o siega la finca del Diestro con el tractor de su padre. Conecta la televisión del garaje para ver *Oliver y Benji* o para hacerse una paja mirando el porno codificado —si te sigues tocando te vas a quedar ciego, le dice su abuela; no le falta razón—. Y precisamente ahora está pensando en la película de anoche, sentado en el tractor con un cigarrillo entre los dedos, cuando ve abrirse las contraventanas de la casa de la Francesita.

—La puta —dice, porque ha decidido que también está en edad de soltar tacos.

Durante todo el año ha temido este día. Este momento preciso. Porque había de llegar, como llega cada verano, el regreso de los niños de la city: siempre el verano y siempre, con él, los niños de la city. Como si no fuera suficiente con ayudar a mamá a atropar y ensilar el verde, resallar las patatas, poner a secar la oca en el asfalto caliente de la carretera vieja; abonar el campo, como está haciendo justo ahora, con el tractor de su padre. El infierno es hacer todo eso y hacerlo además ante testigos, piensa Julián todavía con el motor encendido; los niños de la city deteniéndose en mitad de su ocio para mirarle trabajar, con sus camisitas planchadas y su cara de no entender nada, con sus zapatillas blancas, sus helados de cucurucho; como salidos de un domingo perpetuo o de una fotografía de familia. Niños que se acercan muy despacio porque tienen miedo de pisar las boñigas de las vacas o miedo incluso de las propias vacas. Niños a los que hay que explicar qué es atropar, ensilar, resallar, cosechar la oca, porque los de la city no saben nada. Los de la city, por no saber, ni siquiera saben qué es la city. Vienen con la boca hinchada de los nombres de sus ciudades sin comprender que aquí no significan nada, que lo mismo son los tres hermanitos de Santander que los cuatro nietos madrileños de la casa del madrileño, el vasco de Rentería, el inglés de Inglaterra; la Francesita a la que llaman Francesita porque viene, claro, de Francia.

Pero en la Francesita es mejor no pensar, recuerda Julián. Lo que tiene que hacer es esto: tomar de nuevo el volante y continuar abonando, como si la Francesita no existiera: eso es lo que tiene que hacer. Una buena porción de mierda asperjada en todas las direcciones, para que su olor recuerde a los niños de la city que Toñanes puede ser muchas cosas, pero desde luego no es la city.

La city. A Julián le gusta cómo suena, eso de la city. El nombre se le ocurrió al Juanma, que sabe algo de inglés y estudia el BUP en un instituto de Torrelavega. Con los de Torrelavega hay que tener cuidado, porque incluso ellos pueden ser, a veces, un poco city también. Pero el Juanma no. El Juanma regresa todos los fines de semana y sigue cazando la sorda y ordeñando a la Ramona y ayudando a sus padres con la siega, sin darse importancia ni nada. Conoce a los de la city mejor que nadie, y por eso sabe el nombre que les conviene. Es un buen apodo, porque los de la city son así: se las arreglan para hacer del español una lengua extranjera, con sus palabras raras y su acento neutro, como de presentadores de telediario. En eso se parecen a los abogados y a los médicos, suele decir el padre de Julián cuando los de la city le tocan también a él los cojones. Los abogados y los médicos, dice, porque también a ellos se les queda pequeño el idioma, todo lo enrevesan y lo confunden, y acaban llamando a las cosas por el nombre que no tienen más que en las películas o en los libros. Tal vez por eso los abogados y los médicos parecen siempre de la city, incluso aunque vivan en la casa de al lado.

Pero no: la que vive en la casa de al lado es la Francesita. Hay que joderse. La Francesita, que en eso de hablar raro se lleva la palma:

«Qué cosa loca», dice cuando algo de Toñanes le parece extraño, que es casi siempre.

Los de la city tienen muchos nombres. Su abuelo se refiere a ellos como los señoritos, y hace ese gesto especial con las manos al decirlo, como de damisela a la que le asquea tocar el mundo. Otros los llaman los forasteros. Los de la capi. Los golondrinos, porque son, por desgracia, aves de retorno, que escogen cada verano los mismos nidos. También los quincedías, porque eso es lo que al principio venían a quedarse, la extensión de su reinado sobre Toñanes. Pero luego, quién sabe por qué, se fueron envalentonando, se enrocaron en sus manías, en su obstinación de comprar un terrenito en el campo o construirse una casita junto a los acantilados; a los quincedías empezaron a hacérseles cortos los quince días y desde entonces ha habido que sufrirlos todo julio y todo agosto. Algunas Semanas Santas. Los puentes largos. Vuelven cada verano las golondrinas y cada verano también los veraneantes. Su abuelo dice que no hay que apedrear a las golondrinas, porque con sus piquitos negros sostuvieron la corona de espinas de Cristo. Tampoco hay que apedrear a los veraneantes —los golondrinos— porque traen con ellos dinero. Julián no ha visto ese dinero pero lo ha visto, de alguna forma, en las zapatillas de marca del madrileño y en los walkie-talkies que presumen en cada paseo los hermanitos de Santander y en la bici de montaña del vasco de Rentería, que para qué tanto, ni que viniera a ganar el Tour. Ese bikini prematuro con el que algunas tardes la Francesita toma el sol en el jardín de su casa.

Se cree muy guapa, la Francesita. Se cree muy guapa y se cree que tiene tetas y resulta que no, que no las tiene. Ella no necesita el bikini y él no necesita a los niños de la city, y mucho menos que nadie a la propia Francesita.

A veces, claro, Julián se acuerda del verano en que la Francesita y él fueron amigos. Por ejemplo ahora, mientras el tractor maniobra campo arriba y campo abajo; el olor a mierda impregnándolo todo y saltando por encima de la carretera y de los prados y llegando —así, al menos, lo desea Julián— hasta el jardín de la Francesita; hasta su ventana abierta. Hasta la misma habitación de la Francesita, que él conoció una vez, y era luminosa y extraña como ella misma. Se acuerda del día en que conoció esa habitación. Se acuerda de la Francesita y del verano que fueron más o menos amigos; del verano en que a Julián todavía no le tocaban los cojones los niños de la city. ¡Su amiga, una niña de la city! ¿No es increíble?

Al recordarlo Julián ríe, despectivamente, para sí mismo. Su gesto es el mismo que el que pone cuando los niños de la city le preguntan si sus padres le dejan cruzar solo la carretera.

Pero, en fin, es la pura verdad: la Francesita y él fueron amigos. Todo eso sucedió hace mucho tiempo, antes de que él condujera tractores. El verano pasado: la vida entera. El primer verano de la Francesita en Toñanes. Y por aquel entonces Julián estaba cansado de jugar siempre con los mismos niños. El Chino; Lucio, el hijo del cartero; el Juanma, que en los últimos meses había dado el estirón y ya no quería jugar al escondite sino ir en autobús a la discoteca Royal de Torrelavega; Silvia la del Puente, que hasta entonces, hasta ese mismo instante, había sido indiscutiblemente la chica más guapa del pueblo. Hasta entonces. Pero un día Julián vio pedalear por la carretera vieja a una niña que quién era. Una niña que de dónde. Una niña que qué se creía, con esas trenzas y ese vestidito de muñeca. Una niña que qué risa. Una niña que a lo mejor. ¿A lo mejor qué? Era rubia como panoja de maíz y flaca como espiga y blanca y pecosa como tarrina de arroz con leche. Así es como era. Y su bici, también, tan extraña, tan ridícula. ¿Tan ridícula? Un cestito colgando del manillar, y en ese cestito una flor de cartón rosa. ¡Una flor! Era cosa de reírse, pero Julián no se rio. Lo que hizo Julián, más bien, fue preguntarle a dónde iba. No sé, respondió ella, rascándose la mejilla.

Así es como se hicieron amigos.

¿Eso es lo que fueron ellos? ¿Amigos? Julián apaga un momento el motor del tractor y se saca otro cigarrillo del bolsillo de su camiseta, mientras considera un instante la respuesta. Echa el humo con un gesto que le parece muy vivido. ¿Amigos? Qué sabe él. Qué sabe él de mujeres; él, que se ha acostumbrado a verlas en blanco y negro en el codificado del Canal Plus, semejantes a inmensos códigos de barras. Qué sabe él de lo que piensan las niñas de la city. Qué cojones —hablemos claro— tienen dentro de la cabeza. Según Julián, según su modo de ver las cosas, sí que lo fueron: amigos. Los mejores. Porque los amigos hacen eso, ¿no? Echan una carrera con la bici hasta Bolao, a ver quién. Quedan en el puente para ir a bañarse al río, por si hace bueno. Construyen una casita en el bosque, una casita que no, que se cae con la primera tormenta de verano. Se pierden juntos en ese mismo bosque, y al principio qué risas y luego qué miedo y después qué risas otra vez. ¿No es eso la amistad? Pelearse con el Chino porque de un tiempo a esta parte mucho Francesita y poco Caballeros del Zodiaco, estás tonto, Julián, pero muy tonto, ¿eh? Pelearse con el Lucio porque se ríe de la flor que la Francesita tiene en el cestillo. Pelearse con el Juanma porque qué tienes tú con esa niña de la city. Pelearse con Silvia porque sí, ¿es que tiene que haber alguna razón? Porque después de todo no es tan guapa como la Francesita: por eso. Escuchar a la Francesita hablar del París de la Francia, y poner cara de que sí, claro: todo eso que cuenta ya lo sabías tú. Dejar de decir tacos, porque a la Francesita no le gustan los tacos. No escupir al campo, porque a la Francesita no le gustan los escupitajos. No apedrear miruellos con el tirachinas, porque a la Francesita no le gustan los tirachinas, solo le gustan los miruellos. Disimular el descosido del pantalón y esconder el roto del zapato. Regalarle a la Francesita tu mayor tesoro, esa piedra que encontraste en el Ansar y que parece un caracol, o bien un caracol que parece una piedra: cómo puedes estar seguro. Escuchar a la Francesita diciendo: «¡Qué cosa loca!» y ver cómo se lleva esa piedra o ese caracol al corazón. Sentir cómo te besa la mejilla.

Si la amistad no es eso, piensa Julián encendiendo el motor de nuevo, que baje Dios y lo vea.

Pero resulta que no, la amistad no era eso. Resulta que la Francesita usaba el bikini para que no se notara que no tenía tetas y usaba a Julián para que no se notara que no tenía amigos. Al menos ese es el parecer de Julián, sobre todo considerando a dónde han ido a parar las cosas. ¿A dónde? Pues a la puta mierda, se responde, mientras vuelve a tomar el volante para seguir asperjando mierda de la auténtica en todas las direcciones. Porque un día la Francesita no bajó al puente a la hora convenida, o peor aún, bajó acompañada de un niño que quién era. Un niño que de dónde. Un niño que qué se creía, con esa bicicleta de tres platos, que ni que viniera a correr el Tour. Un niño que qué imbécil. Un niño que qué hostia le daría en la cara. Era el vasco de Rentería: el que veraneaba en la casa de Fini. Otro golondrino. Otro quincedías. Otro niño de la city. Y el vasco le miró así como miran los niños de la city: un poco desde arriba y desde lejos al mismo tiempo. Un poco como las vacas miran su propia mierda, cuando te ven rastrillándola por el acil de la cuadra y almacenándola en la abonadora, sin entender qué te propones con ella: pero te dejan hacer, porque a ellas qué cojones les importa. Así mismo te miran los de la city y así es como le miró el vasco de Rentería cuando la Francesita los presentó. El vasco, sonriendo levemente con su bicicleta a un lado y su Francesita al otro. Julián tuvo ganas de decirle que por qué no se iba con su puta bici y con su puta sonrisa a su puto País Vasco, porque los vascos, ya lo decía su abuelo, son siempre o casi siempre de la ETA. Pero al final no dijo nada de eso. Lo que hizo Julián, más bien, fue preguntarles a dónde iban.

No sé, respondieron ellos, sin quitarse el ojo de encima.

Así es como todo se fue a la mierda.

Después del vasco de Rentería vinieron el inglés de la Inglaterra, y los tres hermanitos de Santander, y los cuatro nietos madrileños de la casa del madrileño. A veces juntos y a veces separados, llevando a la Francesita a sitios nuevos y también a veces —y eso es lo que más le dolía a Julián— a sitios donde ya. A sitios donde él y ella ya. Una carrera con las bicis hasta Bolao; ocho niños de la city y la Francesita bañándose en el río; la casita en el bosque que ahora no se cae y los niños de la city que no necesitan esconder las colillas de los cigarros, porque no fuman, y no necesitan morderse los tacos, porque no los dicen, y no necesitan guardarse las ganas de escupir, porque ni siquiera saben. Pantalones largos y limpios y zapatos sin rotos y camisetas que nunca huelen a cuadra. Y Julián orbitando en torno a ellos como una mosca en torno a la mierda, mientras la Francesita ríe y ríe interminablemente y hace aguadillas al vasco de Rentería en la curva del río o comparte con él su bocata de chocolate. Julián que hace lo que puede por soportarlos, por quererlos. Julián que hace lo que puede y lo que no puede, porque los de la city ya no van a marcharse, están siempre ahí incluso cuando no están, escoltas vitalicios de la Francesita. Y con tanta compañía la Francesita ya no tiene tiempo de hacer cosas ellos dos solos, pero eh, Julián, no seas tonto, vente con nosotros, dice, vente al río, vente a Novales, vente a hacer una ouija a la casa abandonada. Y Julián que va con ellos, claro; qué otra cosa le queda. Solo que va y es como si no fuera. Juega con los niños de la city sin llegar a jugar nunca del todo; los contempla desde la distancia de un satélite que diera vueltas y vueltas en torno a un planeta, sin llegar a impactar nunca. Comprende o cree comprender las cosas extrañas que les divierten, que los hermanan. Los escucha hablar de la city sin descanso, como perennes embajadores de un reino que no es de este mundo. Y uno pone su mejor voluntad y se dispone a sufrirlos, les propone juegos a los que no quieren jugar, les muestra con paciencia rincones de Toñanes que nada les importan, les enseña a echar las cuentas del escondite como Dios manda —tucu mucu yo tenía un criaducu que sabía retejar retejaba a la redonda el que salga que se esconda— y ellos que no escuchan, o escuchan y no dicen nada, o dicen cualquier cosa y además ríen; se ríen de uno, piensa Julián, de las cosas de uno, levemente desdeñosos con todo aquello que para uno es sagrado, porque en la city hay mejores helados que los que vende el heladero, más caros pero mejores, añaden, y qué decir de las fiestas, qué poca cosa es eso de San Tirso y Santa Ana y hasta los Mártires de Novales, qué aburrido todo, dicen, qué aburrida la vida en Toñanes y cuántas las ganas de regresar a la city. Y uno, no sabe por qué, se ofende y al mismo tiempo persevera, les invita a su cumpleaños o les insulta, les niega el saludo o les regala a pito de nada su cromo favorito; un cromo que ellos, los de la city, desprecian, porque los de la city son feroces coleccionistas solo de aquellos cromos que aquí no se venden; dónde se venderían, si se vendiesen. Y uno, sin embargo, está todavía ahí, rebuscando entre los tesoros de su bolsillo algo que de verdad les sorprenda; uno que se descubre tratándolos mejor y peor de lo que nunca ha tratado a nadie. Uno que quiere ser su mejor amigo. Uno que quiere ser su mayor enemigo. Uno que acaso quiere solo eso, existir ante sus ojos, simplemente existir: ser real para la city lo mismo que la city es real para Toñanes.

Y la Francesita. Qué pasa con la Francesita.

Con la Francesita no pasa nada. No hace nada. No dice nada. Solo le dice, el día que finalmente Julián discute con el vasco de Rentería y se marcha a casa emputado, va, no te enfades, Julián. No digas cosas malas, ¿por qué dices cosas malas, Julián, si tú eres bueno? Y luego: No te gustan porque no los conoces todavía. Tú verás cuando les conocerás mejor. Tú verás, Julián. Pero Julián no ve nada: solo sus propias lágrimas. Julián que ve aterrorizado cómo de pronto, a santo de nada, se echa a llorar. Es un impulso que no puede razonar ni controlar: Julián llorando como un niño —¿es Julián un niño?— mientras la Francesita le abraza pero un poco como de lejos; con la misma distancia piadosa con que Julián juega con los niños de la city.

—No les digas que he llorado.

—¡Pero no! Nunca.

—No les digas que he llorado, Cami. Ni al vasco ni a nadie. No se lo digas, por favor...

Camille. La Francesita se llamaba o se llama Camille. Y él la llama Cami: como los helados.

Solo tiene que conocer a los niños de la city mejor. Eso es, al menos, lo que la Francesita piensa. Lo que pasa es que no hay tiempo. Primero llega la última semana de agosto y se van los madrileños; cinco días más tarde los hermanitos de Santander; luego ya es septiembre avanzado y se va el vasco de Rentería. Antes de marcharse le regala a la Francesita una pulserita de hilo, porque el vasco de Rentería, menuda mariconada, sabe hacer pulseritas de hilo. Julián se enfurece viendo esa cosa ridícula en la muñeca de la Francesita e imaginando todo aquello que no puede ver —la Francesita diciendo qué cosa loca; la Francesita besando, quizá, la mejilla del vasco—. Pero con beso o sin beso, el caso es que el vasco de Rentería también se va: solo se queda su pulsera. Solo se queda la Francesita, que en sus tres últimos días en Toñanes está también como sola y como triste; igual que si ya se hubiera marchado. Julián no la ve ni en el barrio de la Lastra, ni tomando el sol en Bolao, ni bañándose en el río, ni pedaleando por la carretera vieja. Solo alcanza a verla ya en su casa, el mismo día de su partida, cuando cansado de buscarla decide llamar a su puerta. Es entonces cuando conoce la habitación de la Francesita, llena de maletas y de cintas de casete de grupos de los que jamás ha oído hablar. La Francesita que de repente parece tener ganas de hablar.

Le dice que le da mucha pena que el verano termine.

Le dice que le escribirá una carta desde París.

Le dice que va a echarle de menos.

Julián no responde nada. Está demasiado ocupado en no echarse a llorar, como la otra vez. Así que no llora y por tanto tampoco habla. La Francesita también calla. Si esto fuera una película, piensa Julián, uno de los dos, no importa quién, seguiría hablando. Pero no es una película y nadie dice nada más: el verano se detiene y ellos se detienen con él.

Durante algún tiempo Julián espera esa carta. Durante algún tiempo sigue enfadado con el Chino y se cruza ciertos insultos con el Lucio y deja de tratarse con Silvia. Luego se cansa de esperar. Vuelve a jugar a los Caballeros del Zodiaco con el Chino y a fumar cigarrillos con el Lucio y a decir malas palabras a quien tenga oídos para escucharlas —palabrostias las llama el Juanma, que es un cachondo—. Con la Silvia, en cambio, las cosas no llegan a arreglarse del todo nunca: qué se le va a hacer. Tampoco llega nunca la carta. Ya me lo esperaba, se dice y se repite a sí mismo Julián, que no se lo esperaba en absoluto. Por convencerse se lo dice incluso al Chino, cuando agarran confianza de nuevo: dijo que iba a escribirme y no me ha escrito pero es que yo ya me lo esperaba. Yo ya lo sabía. Una niña de la city, añade, ya sabes. El Chino asiente: sí, ya sé.

Así que no hay carta, pero sí, cierto domingo, una conversación con su padre. Le dice que ya es todo un hombre y que va a enseñarle a conducir el tractor. Bueno, dice Julián. Lleva toda su vida esperando ese momento, el momento de ser todo un hombre, y cuando al final llega, solo dice eso: Bueno. Su padre tiene razón: manejar un tractor no es tan difícil. Pero resulta que tampoco es nada del otro mundo. De un tiempo a esta parte nada parece ser del otro mundo. ¿Cuál es ese otro mundo? Desde que conoció a los niños de la city todo cuanto le rodea le parece un poco peor. Se acuerda de cómo a veces, en mitad de un juego o de una conversación, se quedaban mirándolo con la nariz levemente contraída, como si de pronto hubiera alguna clase de mal olor. Y lo hay, claro: Toñanes huele a boñiga de vaca y a oca oreándose en la mies y a leche cruda y a mierda de gallina, y Julián les odia por eso: porque no fue hasta que aparecieron los de la city que el pueblo empezó a olerle mal también a él; que le nació una vergüenza que no se sabe de dónde viene ni a dónde se dirige.

Y la Francesita qué. En la Francesita, ya lo dijo, es mejor no pensar siquiera.

Así que no piensa en ella. Se dedica el resto del año a eso, a no pensar en la Francesita; a recordar cada día la necesidad de no pensar en ella. Hasta hoy que ha visto abrirse las contraventanas de la casa. Esa casa tan parecida al nido de una pareja de golondrinas: todo el invierno vacía, olvidada en un entresijo de las vigas o en un alero de la cuadra, hasta que llega julio y sus dueños por fin la recuerdan. Así los golondrinos; así los niños de la city. Eso es la Francesita: solo otra niña de la city. Una niña que por qué. Una niña que qué se cree. Una niña que todavía no —no tiene tetas, no fuma, no conduce siquiera su propio tractor—. Una niña que a mí qué. Una niña que mejor se marche a otro pueblo. Y qué mala suerte que otra vez vuelva a Toñanes; ojalá que no tenga que volver a verla, que no se crucen siquiera. Eso piensa Julián, que hace rato que acabó de abonar la finca y todavía espera algo en lo alto de su tractor. ¿Qué es lo que espera? Se queda ahí arriba, las manos chiquitas asidas al volante inmenso; la vista clavada en la carretera por la que de un momento a otro verá pasar la bicicleta de la Francesita. Porque no quiere verla, pero después de todo tal vez sí quiera. Tal vez verla sea una oportunidad. ¿Una oportunidad de qué? Una oportunidad de reírse, claro. Reírse de la Francesita.

La imagina frente a él; un puntito cada vez más grande en la carretera. La misma bicicleta pero sin flor; el mismo bikini pero sin tetas. Un bracito que se alza para saludar —el mismo bracito, pero sin la pulsera del vasco—. La boca muy abierta, porque seguramente en París no hay tractores como este, y sus amigos francesitos no saben meter el embrague ni cosechar la mies. ¡Ah! Puede que en la city haya muchas cosas, Francesita, pero también otras muchas que no podéis imaginar siquiera. ¡Julián!, gritará ella, todavía sin llegar a desmontar de la bici, y Julián fingirá no oírla, o no la oirá de veras, porque para entonces se habrá apresurado a encender de nuevo el motor y maniobrará aparatosamente el volante; eso será él, un hombre que maneja un volante, un hombre hecho y derecho que trabaja y no tiene tiempo para charlas ni para bicicletas. ¡Julián! repetirá ella, más alto, para imponerse sobre el ruido de los ochenta caballos de potencia. ¡Eh, Julián! ¡Qué cosa loca, tu tractor! Y desde lo alto de su trono amarillo, acordándose tal vez de las muchas veces que tuvo que tragarse los escupitajos y las palabrotas, Julián dirá alguna de las frases que ha preparado para la ocasión. Por ejemplo esta: «¿Sabes qué sería una cosa realmente loca? Mi polla en tu boca». O tal vez esta otra: «¿De verdad acabas de llegar? Porque ayer te vi. Tiré de la cadena y te perdí». O incluso esto: «Anda y que te den mucho por culo, Francesita», que no rima, es cierto, pero que por otra parte resulta efectivo y fácilmente comprensible, incluso para una francesa. Eso dirá, y el Juanma reirá cuando se lo cuente, y Lucio al principio no le creerá y al final sí le creerá, y el Chino le soltará aquello de qué cojonazos los tuyos, Julián, y Silvia estará de pronto guapa como siempre, tan guapa como antes de que la Francesita llegara, y la Francesita, bueno, a quién cojones le importa lo que diga o haga una niña de la city. Para cosa loca, mi polla en tu boca. Tiene gancho, esa frase. Para cosa loca, mi polla en tu boca. Sí, eso es exactamente lo que le dirá; esa la razón por la que no acaba de marcharse. No porque quiera descubrir si a la Francesita le impresiona verlo en lo alto de su tractor o no le impresiona. No para comprobar si sigue llevando la pulsera del vasco o no la lleva. Para reírse; solo para reírse. Por eso sigue ahí, fumando un cigarro tras otro con la vista clavada en el horizonte, esperando el momento en que la Francesita al fin aparezca con su bicicleta.

El olor del abono. El tractor de Julián que maniobra cam- 1992
po arriba y campo abajo; el olor a mierda impregnán-
dolo todo y saltando por encima de la carretera y de los
prados y llegando —así, al menos, lo desea Julián— has-
ta el jardín de la Francesita; hasta su ventana abierta. El
olor de Toñanes. Huele a hierba fermentada y a cocido 1874
de alubias; huele a leche cruda en las cuadras y a alcan-
for en los armarios y a madera seca en la leñera. Huelen
los limoneros en verano y las chimeneas en invierno;
huele a tierra mojada los días de lluvia y huelen hom-
bres y mujeres a podredumbre, a sudor, a loción de afei- 1951
tar, a desodorante, a Paco Rabanne. El olor de la sangre 1986 / 2004
en el día de la matanza. El olor a formol en el taller del 1903 / 1924
médico de Cóbreces. El olor a cuero de la curtiduría de 1611
Novales. El olor de las flores marchitas, dejadas por no 1997
se sabe quién en cierta curva de la carretera. El olor de
las vacas —la mayor alegría de mi vida era no tener va- 2017
cas, dice Florita; te duchabas, lavabas la ropa, la colgabas
dentro del armario, salías a la calle y cómo olía: qué ver-
güenza, madre mía, qué vergüenza tan grande—. El olor 1982
a zorro que el perro de Llermo rastrea ansiosamente. El
olor salado de la oca oreándose en la mies; un olor se- 2011
mejante al del olor del mar si el mar pudiera hacerse de
pronto tierra. El olor del mar dominándolo todo. Mejor:
el olor de la mar. La mar, límite de Toñanes pero tam-
bién, de alguna forma, Toñanes mismo —cuando me 2020
voy de aquí es como si me faltara algo, dice Óscar. Se lo

digo a la mujer: si es que a mí me falta algo. El salitre.
Salir y notar el aire ese—. La mar imperecedera: la mar
de Toñanes, que tal vez lleva oliendo del mismo modo
879 desde siempre, cuando los drakkars vikingos costeaban
1942 esta tierra y cuando los U-Boots alemanes acudían en
secreto a Oreña para repostar combustible. El olor de
un vikingo, tal vez no tan diferente del olor de un mari-
nero alemán que lleva dos meses de travesía en el Atlán-
tico. Por debajo del olor a mar, olores que vienen y van.
2021 / 1832 Huele el café por las mañanas. Huele el azufre en la fra-
1861 gua. Huele el pan caliente en el horno y el torto de borona
1912 en la sartén. Huele el tabaco de pipa en la cazoleta que
1979 Francisco enciende con su fósforo y huele el pitillo Cel-
1998 tas que Pedro enciende con su mechero y huele el ci-
garrillo Lucky Strike que cuelga de la boca de Sandra
1999 y huele el chicle de menta en la boca, otra vez, de San-
1704 dra —dice que quiere dejarlo—. Olores nuevos: el taba-
1992 co. Olores más nuevos todavía: el plástico, el gas, la ga-
solina; los tubos de escape y el asfalto; el pienso de las
ovejas y los pesticidas; el cloro de las piscinas y el com-
2001 bustible del cortacésped; Estrella limpieza sin huella y no
1988 / 1990 es nuevo sino lavado con Perlán y el algodón no engaña.
2003 El olor del hachís, ciertos sábados noche en ciertos rin-
1989 cones de la mies. El olor de la frasca de orujo y el olor de
la fritura de rabas en el bar de Toñanes —la última ra-
1964 ción fue servida el 18 de agosto de 1989—. El olor a ja-
1740 bón y a sosa en el lavadero del puente. El olor a humo
y hollín de las casas mal ventiladas —muerto porque lo
dispuso Dios, dirá el padre Francisco Díaz; no fue Dios,
1899 sino años de respirar el humo del hogar—. El olor a su-
dor y resudor de los hombres que vuelven de la siega, de
la era, de la taberna. El olor a perfume, que al princi-
1769 pio solo existe en la imaginación de los religiosos —ha
muerto en olor de santidad, dirá la madre priora sobre
la hermana Bárbara Gómez de Carandía— y llega luego
1785 poco a poco a los pañuelos, a las pelucas empolvadas, al

papel verjurado de las cartas; de ahí a las mejillas de las 1869
damas y solo muy tardíamente, como última escala, al
pelo de los niños y al cogote de los caballeros. El olor 1912
como remedio —hogueras de romero contra la peste; 1603
inhalaciones de eucalipto contra la gripe; gel hidroal- 1953 / 2020
cohólico contra el coronavirus—. El olor del incienso 1713
para disfrazar la fetidez de los cadáveres que se descom-
ponen bajo el tablado de la iglesia; el hedor de los muer-
tos y el hedor de los dientes cariados en la boca de los
vivos. El hedor de las bacinillas y los orinales. El hedor 1816
del hospital de peregrinos de Cóbreces —es el olor de la 1752
pobreza—. El hedor de la fábrica Sniace que Pablo lleva 1944
en su mono de obrero —es el olor del progreso—. Olores 2021
que fueron y son: el olor de los caracoles a la montañesa
servidos en la cena de Navidad, todas las cenas año tras
año. Olores que fueron y ya no son: el olor de los roble- 1804
dales talados, quemados, esquilmados; el olor de los ra- 1941
cimos de uvas madurando en sus viñas, cuando en To-
ñanes había viñas; de los lagares de sidra, cuando en 1630
Toñanes todavía había pomares; olor a tinta y tiza en el 1971
viejo edificio de la escuela y olor a quemado en la muela 1958
recalentada del molino y olor a foca descuartizada en -14.142
la cueva de las Aguas. Olores que fueron y serán: el mar. 2021
Otra vez el mar. Es decir, la mar. La mar, que sin embar-
go nunca se parece del todo a sí misma. La mar con su
multitud de fragancias, porque no es lo mismo el olor
a mar en los días de calma chicha que en los días de ga-
lerna, el olor a mar en invierno o en verano; la mar de
día y de noche, la mar un día de lluvia, la mar para los
turistas o para los pescadores. La mar de los niños que
corretean en la orilla. La mar de los ahogados. La mar de
los que emigran. Emigrar: dejar de oler Toñanes. Mar-
charse a través de la mar a lugares con sus propios olores;
a mares que ya nunca olerán exactamente a mar. Juan 1711
Antonio de Tagle-Bracho internándose en la sierra del
Perú para comenzar a acuñar sus cuarenta mil talegas de

1684 plata; Juan Gómez de Carandía aceptando la corregidu-
1643 ría de un modesto pueblo de Nueva España; Tirso Gó-
mez alzando su pica contra los franceses en nombre de su
Majestad el Rey. Y tal vez todos, en el momento de mo-
2020 rirse, se acuerdan del olor de Toñanes. Dicen, como dice
Óscar Sañudo, aquello de: A mí me falta algo, yo creo
que es el salitre: salir y notar el aire ese. Y da la casuali-
dad de que cuando lo dicen todos están, de hecho, olien-
1684 / 1641 / 1953 do el mar: las costas de Veracruz o de Flandes, de Sidi
1711 / 1714 Ifni o del Perú, de Sanlúcar de Barrameda o del puer-
1895 to de Manila. Pero ese olor no es el olor. Ese mar no es
la mar.

2021 Ya es casi el final: el río lo descubre de pronto, cuando en
la siguiente curva se perfila por primera vez el rectángu-
lo azul del mar. Pero para llegar hasta él aún debe estre-
llarse contra otra presa más, la de Bolao, tan profunda
que solo los bañistas más tenaces han alcanzado el fondo
con las manos. La casa del molino sigue más o menos en
pie. Quedan tres de sus cuatro paredes y una inscripción
sobre el dintel de entrada: 1867. No hay puerta. No hay
tejado tampoco: la pared de la fachada se remata en el
aire, y en ese aire solo un par de vigas encanecidas por
la intemperie. Sobre una de las vigas, tres tejas en equili-
1995 brio —colgando de una de estas vigas aparece el cuerpo
de un hombre; los niños de Toñanes crecerán escuchan-
do historias sobre ese hombre, que según cuentan vino
caminando desde Cabezón de la Sal solo para quitarse la
vida: nunca llegarán a verlo pero lo imaginarán con los
ojos en blanco y las manos engarrotadas y la lengua púr-
pura, tal y como son los ahorcados en las películas—.
2021 Dentro, el pozo del molino: un guijarral de tejas rotas,
piedras ennegrecidas y maderos descabalados, con los
accesos condenados por bloques de cemento. Afuera,

la presa de sillería y los aliviaderos sellados y la cascada
por la que el río se precipita, estrato a estrato, hasta lle-
gar al mar. Un último vértigo de musgo y espuma; ape-
nas cuarenta y cinco segundos de viaje en que el río es
río por última vez y en ese viaje tantas cosas, las imáge-
nes que se barajan cada vez más deprisa, como destellos
de un sueño; un turista tomando fotografías; los semi- 2012
naristas del monasterio de Cóbreces de excursión, ha- 1956
ciéndose aguadillas; un mulo que lleva sacos de maíz al 1932
molino; Álex Ubago que graba el videoclip *Sin miedo* 2003
a nada y Jane Seymour que rueda *El túnel* y Nestlé anun- 1987 / 2013
ciando chocolates; el pequeño Agustín que llora porque 1937
tiene frío y su madre que no puede consolarlo —son esa
madre y ese niño y ochenta y cuatro personas más api-
ñadas en la cueva de Bolao, mientras sobre sus cabezas
zumban los aviones: los nacionales tardarán solo dos días
más en llegar; el niño tardará siete días en morir—. Solo
queda pues seguir hacia adelante, le dirán a la madre del
niño, y lo dice también, en cierto modo, el mismo río, que 2021
continúa rebañando los escalones de la cascada como si
nada hubiera pasado; que deja atrás el molino y la cueva
y al turista que hace una story en Instagram y se dirige 2019
ahora al encuentro de los acantilados del Pico de la Mo- 2021
lina —fajas de caliza de origen Cenomaniense; millo- -92.403.221
nes de ammonites y rudistas y foramínidos tuvieron que
morir para que este suelo fuera posible—. Justo antes de 2021
dar el salto definitivo, la corriente se refrena para lamer
brevemente un paredón arruinado. Son los restos de un
último molino, que a falta de nombre mejor los docu-
mentos llaman molino de abajo, precisamente porque lo 1554
construyeron ahí abajo, casi en el mismo límite del mar;
tan cerca que el mismo mar se lo lleva una y otra vez,
junto con las estacas y traviesas de su presa; junto con 1631
la gorra y el cuadernito de contabilidad del molinero;
junto con el cuerpo de Juan de la Torre Velarde, que cier- 1660
ta tarde de verano se refresca por última vez a la sombra

de esta presa —pereció ahogado mientras nadaba bajo los molinos de Bolao, escribirá el sacerdote en la me-
2021 moria de difuntos—. El mar se lleva a Juan y se lleva ahora las aguas del río, que al fin se precipitan por la última cascada y se dejan escurrir entre las rocas. El mar como destino inevitable, como tumba primera o cuna última del agua. El mar como utopía o como promesa o como esperanza. El mar como ambición íntima, como fantasía póstuma del río: llegar al fin a un lugar que sin ser río sea todo río, sueño sin orillas. Y al sentir su vastedad tan cerca, al probar quizá su regusto a salitre, las aguas se aceleran en un postrero impulso, acaso sin saber que están abocadas a la fatalidad de nuestros deseos más profundos: la de consumarse a la vez que nos destruyen.

1819 Toñanes es su infancia, y de su infancia apenas guarda memoria. Antonio Collado dirá a quien le pregunte —pero por otro lado quién querría preguntarle— que su vida no arranca en la tierra donde nació, sino en el mar; y no en la casa de sus padres, que no recuerda, sino en ese otro hogar y otra familia que es para él la flota de su Real Majestad. Del mismo modo que los navíos solo son bautizados en su botadura, aunque todas y cada una de sus partes hayan nacido en realidad tierra adentro, Antonio nació en y para servir la cubierta del navío San Telmo como grumete, a los once años, y no en una diminuta aldea de las Asturias de Santillana. El niño que viene antes no importa: pensar en él le produce una leve sensación de mareo, como todas las cosas que transcurren en tierra firme.

Ahora esa vida se acaba. Acaba de cumplir cuarenta y nueve años, treinta y ocho de ellos vividos mar adentro: es lo que los marinos llaman un pata de palo, es decir, un viejo. El año próximo, un oficinista que tal vez no ha salido nunca de Madrid tramitará su hoja de retiro. Un hombre que no sabe lo que es el mar, que ignora lo que es la vida, firmará y sellará el puñado de reales que le corresponden. Pero a Antonio no le importa su pensión. El dinero es otra de esas preocupaciones terrestres e incomprensibles: una tiranía que se abatirá sobre él tan pronto como arribe a su último puerto. De pronto ya no bastará con vivir, será el tiempo de hacer vivir a los otros: llenar los bolsillos de una casera, una criada, un tabernero, una puta. Puede que incluso los bolsillos de un picapleitos de provincia, para pelear los atrasos de su pensioncita de marino varado. Y luego morirse, un trabajo que también tiene su precio, y con la última mensualidad pagarse el ataúd y un pedacito de tierra.

Para quien cree que la vida equivale al mar, la tierra solo puede significar la muerte.

Ha escuchado contar que muchas ballenas evitan morir mar adentro: que cuando se sienten viejas o enfermas simplemente se dejan varar contra la tierra. Al menos eso es lo que dicen. Si la historia tiene o no algún fundamento, Antonio no está en condiciones de decirlo: ha dedicado su vida a cazar ingleses, no ballenas. Pero debe reconocer que tiene sentido. Incluso que merecería ser cierta. Resulta hermoso imaginarlo: seres monstruosos pero con el instinto secretamente humano de prepararse para la muerte, y hacerlo siempre solos. Tal vez en el momento de estrellarse contra los escollos están buscando algo: un lugar que se parece a nuestra idea de la intimidad, del reposo, del hogar. Porque las ballenas viven en el agua pero respiran como los animales terrestres, razona Antonio: la verdadera casa de la ballena es el aire, no el mar. Solo que ese aire también las mata. Recorren cientos de millas para morir en casa, y al hacerlo cierran alguna clase de círculo marítimo e incomprensible.

¿Regresará él a Toñanes? Por primera vez en mucho tiempo se descubre pensando en su aldea natal, es decir, en su infancia. Ese lugar del que no recuerda nada o apenas nada. Solo un puñado de imágenes, quién sabe si reales o inventadas, que a veces lo asaltan durante el sueño. En el vaivén interminable de la noche en alta mar baraja en silencio esas estampas confusas, indescifrables, como un puñado de naipes que hubieran visto borrarse sus dibujos y formas. Al despertar va disponiendo esas imágenes frente a sí en un solitario vertiginoso, en busca del sentido que se le escapa. Ve una vasija de leche endurecida por una costra de nata. Ve las líneas paralelas y ondulantes de un sembrado. Ve colores: el rojo de la casulla de un sacerdote, el negro luto de un trajecito de niño, el amarillo encarnado de una mazorca madura. Una cuadrilla de niños jugando —¿sus hermanos?—. Una fuente que brota de los zarzales: el chorro tarda mucho tiempo en llenar el caldero, y de alguna manera sabe que para cuando acabe el caldero pesará demasiado y ya no será capaz de arrastrarlo hasta casa. No ve su casa. Pero ve una cocina lóbrega que tal vez es la suya y un taburete de madera vacío —¿la silla de su padre?—. Ve un entierro larguísimo o quizás muchos entierros encadenados, multiplicados, y en ellos siempre la misma gente, y siempre el mismo trajecito de luto y la misma caja descendiendo bajo las losas de la iglesia. Una cala y un acantilado y una panorámica del mar visto desde la tierra —el recuerdo del mar es particularmente preciso; ve las crestas cambiantes de espuma, ve una gaviota que sobrevuela las olas, ve un piélago de algas flotando a la deriva—. Ve una cama y en ella a un niño enfermo —¿él?— y a solo unos palmos la cara de una mujer que sonríe, que le acaricia la frente, que canta. No escucha la canción: por más que lo intenta, la boca de la mujer —¿su madre?— se abre y se cierra dulcemente, sin emitir ningún sonido.

Eso es todo. Ahí terminan sus recuerdos.

Por supuesto, debajo de las imágenes están los hechos. Antonio conoce esos hechos desde fuera, desapasionadamente, como se conoce la historia de un país donde nunca se ha estado o los pormenores de una batalla en la que no se ha combatido. Sabe que su padre murió cuando tenía poco más o menos tres años, y su madre cuando apenas había cumplido los ocho. Sabe que eran cinco hermanos y que sus tíos los acogieron durante un tiempo en una casona de Ruiloba que resultó ser demasiado pequeña. Sabe que en algún momento lo llevaron a Santander; que su tío llegó a alguna clase de acuerdo con un viejo guardiamarina; que abrazado a la cubierta y con lágrimas en los ojos vio alejarse la costa de su infancia y ya nunca más la vio regresar. Y ahora está aquí, apoyado en esa misma cubierta, más viejo de lo que era entonces el viejo guardiamarina, acompañando al San Telmo en su último viaje. El último viaje de Antonio Collado y también el último viaje del propio San Telmo.

Se dirigen al Perú, a combatir a los sublevados crio-
llos, pero no llegarán nunca a su destino, así que qué im-
porta. Qué importa el viaje y qué importa esa guerra que
se perderá, que se habría perdido lo mismo si hubieran 1826
llegado hasta el Callao con sus 644 hombres, sus 74 ca-
ñones y sus remesas de plata. Pero no llegaron; no llega-
rán. Y mientras cruzan el Atlántico, mientras recalan en 1819
Río de Janeiro y Montevideo y costean Argentina, los
soldados hacen cábalas sobre el resultado de esa guerra
que no verán terminar. Solo Antonio parece indiferen-
te a la suerte de las tropas, tal vez porque presiente que
el fin se acerca. De un tiempo a esta parte el buque y él
mismo parecen haber envejecido a pasos agigantados,
y observa las huellas de ese deterioro con una mezcla de
pesar y resignación. Porque antes, con la carena limpia, el
San Telmo alcanzaba los catorce nudos y ahora apenas
es capaz de superar los ocho; y él no se mareaba nunca,
ni en las peores tempestades, y precisamente ahora aca-
ba de vomitar una bilis encarnada directamente sobre el
mar. Problemas en el calafateado del casco. Un pinchazo

en el pecho, justo bajo la tetilla izquierda. Desperfectos en el timón o en la verga mayor. Una tos mal curada; una pierna que renquea. Antes, siempre pensando en el antes —hace treinta años; hace apenas diez—, cuando era capaz de trepar a la cofa del palo mayor en menos de un minuto, tronara o lloviese. Ahora ningún capitán en su sano juicio lo mandaría subir a ninguna parte ni siquiera en un día de sol, y ningún rey en su sano juicio habría enviado tampoco ese ataúd flotante a doblar el cabo de Hornos.

Durante el día trabaja arreglando los desperfectos del casco y piensa en la vejez y en el futuro. Por la noche sueña con su infancia.

Por el día está a 58 grados de latitud sur, frente al pasaje de Drake, temblando de frío en cubierta; por la noche está otra vez en Toñanes.

Una aldea insignificante que antes cabía en una sola palabra y que ahora parece haberse hinchado hasta colmar sus pensamientos.

Ve el mar; la estampa que presenta el mar visto desde la tierra.

Ve los picachos nevados de los picos, alzándose en el horizonte —¿las montañas de su pueblo?

Ve una casona de piedra y un perro que ladra.

Ve un río en el que los niños juegan.

Ve un hogar encendido.

Ve un ataúd y una oración, siempre la misma oración y el mismo ataúd, en la penumbra de la iglesia.

Ve una cama y en ella a un niño enfermo —¿él?— y a solo unos palmos la cara de una mujer que sonríe, que le acaricia la frente, que canta. No escucha la canción: por más que lo intenta, la boca de la mujer —¿su madre?— se abre y se cierra dulcemente, sin emitir ningún sonido.

De pronto esa misma boca, desgarrándose en un grito. «¡Todos a cubierta!» «¡A cubierta!» Alguien o algo aporrea la puerta. El barco que zozobra; la escudilla y la palmatoria rodando por el suelo. Sale a tientas de su camarote, como embriagado por el vaivén del suelo que sube y que baja. La noche. La cubierta barrida por el viento y el granizo. Un tropel de sombras que saltan de un lado a otro, arrastrando maromas, arriando velas y arrojándose los unos a los otros órdenes y juramentos.

«¡Se ha roto el timón!», grita una voz o todas las voces.

En algún punto recóndito de la negrura Antonio cree distinguir un puntito de luz cada vez más distante, como una lámpara que extingue su mecha o las luces de un barco que se aleja.

Es un barco que se aleja. O más exactamente, es un barco que sigue su camino; un navío que logra continuar la ruta que dobla el cabo de Hornos mientras la tempestad arrastra al San Telmo cada vez más y más hacia el sur. Se trata de la fragata Primorosa Mariana, y sus tripulantes, los últimos en avistar el buque de línea San Telmo navegando a la deriva, a 62º de latitud sur y 70º de latitud oeste, meridiano de Cádiz.

Meses más tarde, a ciento sesenta millas al este, el 1820
capitán de mercante británico William Smith toma posesión de las islas Shetland del Sur en nombre del Imperio Británico. O mejor dicho, el capitán William Smith desembarca en una isla todavía anónima, un guijarral de piedra negra salpicado de nieve, y lo llama islas Shetland del Sur, porque le recuerdan a las islas Shetland de su tierra natal. En una de las islas encontrará los restos de un navío español hecho pedazos contra los escollos, y junto a él un revoltijo de huesos de foca cuidadosamente descarnados. En la playa, excavadas en el hielo, algunas oquedades dispersas, semejantes a guaridas de animales. Smith examinará los hallazgos con una mezcla de pesar y reverencia. Regresará a Londres al año siguiente, obse- 1821
sionado con el recuerdo de los maderos y las cuadernas rotas, las osamentas limpias a dentelladas, las trinche-

ras abiertas como tumbas en el hielo. Hará, quizás, averiguaciones. Tendrá noticia de la desaparición del navío San Telmo y sus 644 tripulantes, y quizás rumie el recuerdo de su desgracia el día que el Soberano Rey Jorge IV de Inglaterra lo reciba en su palacio, entre medallas y aplausos. Llegado el momento —y es sabido que los reyes solo escuchan a sus súbditos por un momento— no se atreverá a pronunciar el nombre de la nación enemiga. Solo su propio nombre: William Smith. Contará el relato de su descubrimiento sin huesos de foca, sin pecios y sin tumbas. Así se convierte oficialmente en el primer ser humano en pisar la Antártida, el último continente que aún
1847 quedaba por hollar, pero el propio Smith morirá convencido de haber sido solo el número 645.

1825 Tras él llegarán los barcos de los balleneros y los cazadores de focas. Hombres secando pieles en sus caladeros, hacheando los últimos restos del barco, improvisando campamentos y hogueras en la nieve. El pecio que va desapareciendo asediado por las herramientas de los pes-
1834 cadores como desaparece el cuerpo de una foca, hasta
1861 dejar solo el armazón, el esqueleto desnudo. Luego nada. Ni focas ni marineros ni tampoco barco. Solo un silencio de nieve y de años, una soledad que en nada se dife-
1993 rencia de la de los siglos anteriores, y después una expedición científica que cava catas en el hielo, que bucea en los escollos, que atesora hebillas metálicas y restos de sogas, balas de mosquete y añicos de botella, la cazoleta tallada de una pipa, el fleje de un barril, la suela de cuero de un zapato español. Buscarán tumbas y cañones; buscarán un cuaderno de bitácora fosilizado por el frío, pero no encontrarán nada. Y antes de marcharse —y ese mar-
1995 charse durará casi tres años— mandan erguir una placa de bronce en el cabo Shirreff, donde puede leerse:

En memoria de los tripulantes del navío San Telmo que naufragaron en septiembre de 1819. Los primeros en llegar a estas tierras.

No firmará la placa ningún gobierno, porque las
islas Shetland del Sur no pertenecen a ninguno. O qui-
zás pertenecen a todos, y por eso un día llega una dele- 1908
gación británica que clava una bandera británica en ese
trozo de hielo que llama Territorio Antártico Británi-
co, y luego una delegación chilena que clava una ban- 1940
dera chilena en la región de Magallanes y de la Antár-
tida chilena, y por último una delegación argentina que 1942
clava una bandera argentina en su provincia de la Tie-
rra del Fuego, Antártida e Islas del Atlántico Sur. Satis-
fechos de lo que acaban de hacer, se marchan y no re-
gresan nunca.

Antonio Collado no clava ninguna bandera. La úni- 1819
ca que tenían se perdió durante el naufragio y además
qué importa. Qué importa el viaje, qué importa España, qué importa descubrir un nuevo continente, qué importa su Majestad Fernando VII, primero deseado y más tarde aborrecido. Qué importan los aplausos, las medallas, un rey que escucha nuestras palabras durante solo un instante. Solo importa esto: la arena quebradiza por el hielo, que Antonio y sus seiscientos cuarenta y tres compañeros besan de rodillas, tan pronto como arriban a la playa en los esquifes de socorro. Todavía tiritando de frío, Antonio se incorpora para mirar por un momento en derredor.

Ve una isla insignificante que antes no existía en los mapas y que ahora parece haberse hinchado hasta llenar el horizonte.

Ve el mar; la estampa que presenta el mar visto desde la tierra.

Ve a cientos de hombres ateridos y extenuados tras cuatro días de navegación a la deriva. Hombres que lo saben todo perdido y de todas formas se aprestan para descarnar focas, descargar víveres, improvisar refugios en el hielo.

Ve una hoguera encendida.

Ve los picachos nevados de los picos, alzándose en el horizonte —¿las montañas de su pueblo?

Ve el perfil quebrado de una isla todavía anónima, un guijarral de piedra negra salpicado de nieve, y lo bautiza en sus pensamientos —¿por qué no?— Toñanes del Sur.

Ve el final.

El final son seiscientas cuarenta y cuatro personas apretándose en un costado de la ladera, demasiado cansados o demasiado ateridos para atizar el fuego.

El final es la primera tormenta de granizo.

El final son las grandes palabras —lograremos reparar el buque; enviarán por nosotros una expedición de socorro; construiremos un poblado con las maderas del naufragio— que poco a poco van enmudeciendo ante las pequeñas palabras —el nombre de una madre murmurado entre dientes; el estribillo de una canción; el recuerdo de una aldea natal, de un amor de infancia, de una buhardilla de Cádiz o una finca que nos espera en Extremadura.

El final es un sopor que adormece los miembros y hasta los pensamientos.

Viejos lobos de mar echándose a dormir bajo un lecho de nieve y ya no despertando nunca.

Hombres que juegan a los naipes o a los dados en sus madrigueras de hielo, porque la naturaleza humana es inconstante y al cabo de un tiempo incluso la desesperación se agota.

El final es un puñado de valientes que a pesar de todo no se resignan y se hacen a la mar en sus esquifes, en sus ataúdes de tablas.

Pero Antonio no se levanta. Antonio ha navegado muchas millas para dejarse varar contra la tierra; su viaje ya ha concluido. Agazapado en el interior de su ventisquero sonríe pensando que ningún oficinista tramitará su hoja de retiro, ni le pagará el montón de reales que le corresponden; su pensioncita de marino varado nunca llenará los bolsillos de una casera, una criada, un tabernero, una puta.

Para quien cree que la vida equivale al mar, la tierra solo puede significar la muerte.

El final es la muerte.

El principio es la muerte también.

Duerme, niño chiquito, 1773
duérmete y calla;
no le des a tu madre
tanta batalla.

Un calvero de cenizas sin humo, sobre el que vuelven 1819
a caer los copos de nieve.

Una tumba excavada en el hielo, y dentro un cuerpo que todavía tiembla, que se abraza las piernas, que se encoge para caber en el útero del frío.

Duerme, niño mío, 1773
que tengo que hacer;
me han traído el trigo
y está por moler.

Sus pensamientos enardecidos por la fiebre. La ho- 1819
guera que se apaga y el fuego que se queda debajo de su piel, tan profundo que podría confundirse con el calor de un hogar.

El calor de un hogar.

Una cama blanca y un niño enfermo. Él es ese niño. 1773
Ese manto helado es su cama. Y a solo unos palmos la cara de Madre, que le acaricia la cabeza, que calma su fiebre, que canta.

Duérmete, vida mía,
duerme sin pena,

que al pie de tu cama
tu madre vela.

Los ojos del niño que se cierran y por debajo, sonan-
do todavía, la canción de Madre. El calor de Madre. La
primera caricia de Madre. Su voz emergiendo de la os-
1819 curidad, del hielo, del rugido del mar en las rocas; del
viento que echa sobre su cama las últimas paletadas de
nieve.

1773 *En los brazos te tengo*
y considero
qué será de ti, niño,
si yo me muero...

1822 *Resolución del 6 de mayo del presente:*

En consideración al mucho tiempo que ha transcurrido desde la salida del navío San Telmo del puerto de Cádiz el 11 de mayo de 1819 para el Mar Pacífico y a las pocas esperanzas de que se hubiera salvado este buque, cuyo paradero se ignora, resolvió el Rey que según propuesta del Capitán General de la Armada fuera dado de baja el referido navío y sus individuos.

1819 Antonio Collado —murió sin que nadie lo supiera y fue
como si la nieve lo enterrara—. José Lorenzo Revuelta,
mozo soltero atropellado por la rueda de un carro, mu-
1817 rió, fue enterrado. Ana de Ruiloba, setenta años —nueve
dientes en la boca—, murió, fue enterrada. Luisa Sán-
chez, dos años —nueve dientes en la boca—, murió, fue
1815 enterrada. María de Cueto, once años —pocos meses
atrás le habían venido las primeras sangres, y María co-

menzó a lavar sus calzones en un recodo oculto del río,
porque no sabía lo que esas sangres significaban; aún
daba vueltas al modo de hablar con su madre el día en
que finalmente— murió, fue enterrada. Ana Ruiloba, 1812
moza soltera de sesenta y cuatro años —tres hombres le
dieron tres veces palabra de matrimonio; ninguno cum-
plió—, murió, fue enterrada. Juliana Gómez, cuatro hi- 1808
jos —entre Ana y Juliana cuatro años de silencio que
coinciden con los cuatro primeros años de guerra con-
tra el francés; cuatro años en los que nadie se molestó en
anotar los muertos de Toñanes, acaso porque se pensaba
demasiado en los muertos de Bailén, de Uclés, de Zara-
goza—, murió, fue enterrada. Francisco Gómez de Ville- 1806
gas, sesenta y nueve años —dejó un carro de legajos en
los sótanos del Archivo Histórico Provincial—, murió, fue
enterrado. María Ruiz, moza soltera de setenta y cuatro 1803
años y pobre de solemnidad, no se costearon sus misas
porque no dejó dinero ni alhaja que lo valiera, murió, por
caridad fue enterrada. Josefa de Tagle, hallada por su hija
muerta en la cama —el perro, que fue el primero en sa-
berlo, ladraba y aullaba en la puerta—, murió, fue enterra-
da. Domingo Gómez de Carandía, ochenta y seis años 1800
—en la cama se sacude víctima de terribles remordimien-
tos, pero ni siquiera el párroco sabe por qué—, murió,
fue enterrado. Escolástica Gómez, dejó una hija natural 1799
—antes de morir quiso murmurar un nombre; Manuela
acercó la oreja y cerró los ojos—, murió, fue enterrada.
Rosa López, moza soltera de dieciocho años —le dijeron 1798
que había de guardar su virgo para que un buen hombre
se lo llevara; fue al fin para la tierra—, murió, fue ente-
rrada. Domingo Revuelta, setenta y un años y cuatro hi- 1794
jos —todo ocurrió el día de la muerte de Robespierre,
aunque Domingo nunca supo nada de Robespierre ni
Robespierre de Domingo—, murió, fue enterrado. Rosa
de Mogro, de repente y de sobreparto —el niño vivió 1793
muchos años; a su marido le pareció un trato justo—,

1791 murió, fue enterrada. Catalina Revuelta, setenta años y sin
1786 padre reconocido, murió, fue enterrada. Rosa de la Torre, noventa y nueve años y demente los últimos meses de su vida —la llamaban la memoria de Toñanes, porque podía recordar sin esfuerzo hechos acaecidos el siglo anterior; tras su muerte nadie recuerda el siglo anterior, y poco después nadie recuerda a Rosa—, murió, fue ente-
1784 rrada. Marcela de Villegas, se rezaron por su alma treinta y dos misas —alguien musitó en el pórtico de la iglesia que ni esas treinta y dos misas ni aun quinientas bastarían para disputarle su alma a los demonios—, murió, fue
1783 enterrada. Catalina Pérez de Obregón, dejó cuatro hijos
1782 huérfanos, murió, fue enterrada. Felipe Sánchez, marido que fue de Catalina Pérez de Obregón, dejó cuatro hijos a su cargo —para entonces Catalina ya tosía mucho, mu-
1781 chísimo—, murió, fue enterrado. Francisco de Tagle, larga enfermedad de causas incógnitas —es cáncer de huesos—, murió, fue enterrado. Francisca Ruiz —tenía una sola camisa buena; cuando supo que no había esperanza mandó a sus hijos que le desnudaran los andrajos que llevaba y se la pusieran; todavía la llevaba puesta cuan-
1780 do— murió, fue enterrada. Alonso de Ribera, pobre —el pobre subrayado hasta hacer sangrar la hoja, como si el párroco le protestara a Dios la misa desganada que nadie pagó—, murió, en un oficio particularmente breve
1778 fue enterrado. José Gómez de Carandía, padre de familia, accidentado mientras nadaba en el mar —recibe santa sepultura, aunque todos en el pueblo saben que José no sabía nadar; aunque de un tiempo a esta parte estaba como ausente, y sus ojos, qué decir de sus ojos, quienes la víspera del incidente vieron sus ojos no los han olvi-
1777 dado—, murió, fue enterrado. Pedro Domingo, párvulo de cuatro años de edad —nunca aprendió a pronunciar
1773 la erre—, murió, fue enterrado. María Cossío o Antonia de Cossío, según el capricho del cura —en un punto de la memoria de difuntos la llama María y en otro Antonia;

de su vida solo perdurará el Cossío—, murió, fue enterrada. Francisca del Pino —para entonces ya estaba casi 1769
completamente ciega y muy enferma; por eso tardó tanto en reconocer al mozo que cierta mañana vino a sentarse en su lecho; ¿eres tú?, le preguntaba Francisca una y otra vez mientras le palpaba el rostro, ¿verdaderamente eres tú?; sí, era él; pocas horas después de saberlo—, murió, fue enterrada. Catalina García, apareció ahogada 1764
en el río de la Corredoria —fue un accidente—, murió, fue enterrada. Juliana María Josefa, párvula de dos años, 1763
hija de Antonio Gómez y Bárbara de Villegas —es 6 de septiembre; es el tercer hijo que pierden en dos meses; el hogar sin niños y sin propósitos y sus padres apoyados en el barandal de la cuna, como quien mira lo que no se puede ver—, murió, fue enterrada. Rosa Gómez, también párvula, también hija de Antonio Gómez y Bárbara de Villegas —es 21 de agosto; los padres apoyados en el barandal de la cuna, como quien mira lo que no se puede ver, demasiado cansados o demasiado escépticos para prestar atención a la última hija que juega en el suelo, como si ya hubieran comenzado a acostumbrarse a su ausencia—, murió, fue enterrada. Manuel Gómez, también párvulo, también hijo de Antonio Gómez y Bárbara de Villegas —es 25 de julio; sus padres viéndole extinguirse lentamente en el tránsito abrasador de su cuna, zarandeado por aquella enfermedad sin nombre; sus padres creyendo que nunca sentirán un dolor semejante; las dos hermanitas que juegan en el suelo de tierra y Bárbara que mira a su marido y no necesita decir lo que piensa: Al menos tenemos las otras dos—, murió, fue enterrado.

Dejan un roble en el monte de Vallosero —lo plantó 2021
Domingo Gómez de Carandía; murió doscientos cinco años más tarde; muerto y todo, todavía se sostiene en pie—. Dejan una damajuana llena de agua encontrada en el doble tabique de una pared de la Casona —ahí la

pusieron Antonio Gómez y Bárbara de Villegas; la damajuana la llenaron en la pila bautismal de la iglesia de San Tirso; querían bendecir su casa—. Dejan un sendero que desde entonces ha permanecido abierto —lo abrieron Pascuala de Obregón y Domingo Revuelta y Rosa de Quintana, de tanto pisar la mies para llegar a las fincas de la Marbuena; ese camino es hoy el camino de Lucio—. Pero de todo lo demás —los platos en los que comieron y las copas de las que bebieron; las ropas que cubrieron sus cuerpos y sus cuerpos mismos; sus herramientas, escopetas, libros; las palabras que se dijeron; lo que amaron y lo que odiaron—, de todo eso, y de mucho más que eso, nada.

1750 A lo largo del año siguiente don Fernando ve morir a muchas personas. Muere el doctor Robles, que fue casi un padre para él y le enseñó todos los secretos de su profesión. Muere de un catarro mal curado su propio padre, que no le enseñó nada. Muere su primo Jacinto en un naufragio en las Bahamas —muere, en realidad, un año antes, pero solo ahora llega la noticia—. Mueren, por supuesto, muchos de sus pacientes: de sífilis, de sarampión, de tuberculosis. Mujeres muertas en el parto, niños ahogados en su cuna, ancianos que una mañana no pueden levantarse del lecho. Hombres que en lo más hondo de la agonía se agarran a su pechera y le susurran ayúdeme, doctor, le daré lo que sea, cuanto me pida. Todos mueren, pero el Monstruo no muere. ¿Por qué no muere? Nadie le daba un año más de vida, y cumplido ese año el que muere es, inexplicablemente, su hermano Juan Antonio, tan diferente del Monstruo —tenía veinticinco años; parecía completamente sano; su madre lo llamaba la Esperanza de la Familia—. En el mismo Toñanes muere, para más inri, un labrador alcanzado por un rayo, como para demostrar que morir no tiene nada de difícil. Es la voluntad de Dios, dicen los vecinos, viendo el montón de chamusquina que fuera su cuerpo. Pero el Monstruo, nada: permanece ahí, engrilletado en su rincón de la cuadra, invulnerable a las fiebres y a las centellas, a los rigores del verano y del invierno, a los azares del cielo y de la tierra.

—¿Todavía nada? —pregunta don Fernando.

Ha dejado instrucciones para ser avisado de inmediato cuando el deceso, Dios no lo quiera, suceda. Pero no se fía del todo. Y por eso, cada vez que pasa a caballo por las inmediaciones, hace un alto en Toñanes para interesarse por el Monstruo.

—¿Todavía nada?

La madre niega con la cabeza. Cualquiera diría que lo hace con un poco de desgana o de tristeza, porque los veintiséis escudos de oro no serán suyos hasta que se muera de veras.

—¿Puedo verlo?

—Su Señoría no tiene que pedirlo.

No hay mucho que ver. O mejor dicho, hay lo mismo que siempre. El Monstruo engrilletado a su pesebre; las llagas purulentas allá donde la argolla le roza; los dientes encabalgados unos sobre otros en aquellas fauces bestiales. Más o menos dos ojos; más o menos dos brazos y dos piernas que bullen entre harapos hechos jirones. Su hedor; el hedor del Monstruo. Y sin embargo, el licenciado Fernando ni siquiera se tapa las narices: todo sea por la ciencia. Se sienta en el suelo, apenas a una vara de distancia del alcance de la cadena, y lo examina en silencio. Al principio el Monstruo casi se arroja sobre él, entre alaridos; estira sus dedos engurruñados, esas uñas negras semejantes a garras, para intentar prenderlo. Con el tiempo, el Monstruo se acostumbra a la presencia del médico, como primero se acostumbró a la compañía de los becerros. Se deja caer sobre la paja rebozada de excrementos y se vuelve para mirarlo de soslayo, con un brillo en el ojo que pretende cierta inteligencia. Yo soy don Fernando de Hinojedo, dice el médico, con voz doctoral y paciente; tú eres el Monstruo. El Monstruo se queda mirando fijamente, durante mucho rato, la boca que ha dejado escapar esas palabras. Tú eres el Monstruo y yo soy don Fernando de Hinojedo, repite; ¿entiendes lo que te digo? No lo entiende, claro. El Monstruo es, tal y como su nombre indica, tan solo un monstruo. Pero por alguna razón, el médico se acostumbra a hablarle. Tú eres un monstruo y harías bien en morirte, le dice de vez en cuando. ¿Por qué no te mueres, Monstruo? Y el Monstruo en silencio, con la misma mirada oblicua. El Monstruo que no se muere y no contesta tampoco.

Mientras tanto, el médico sueña. Sueña que el Monstruo ya está acostado sobre su mesa de operaciones. Parece dormido, pero está solamente muerto. Por fin puede sangrar sus venas; quebrarle las costillas y sacarle una a una las vísceras, y pesarlas, y diseccionarlas. ¿Qué clase de secretos encontrará en su interior? Quién sabe si la autopsia no le proporcionará la respuesta a la gran pregunta: cuál es la causa que explica el origen de los monstruos. En los últimos años, don Fernando no ha pensado en otra cosa. Ha debatido largas noches con colegas de profesión. Ha visitado leproserías y circos ambulantes y lazaretos, en busca de ejemplares vivos —el increíble niño molino; la mayor decepción de su carrera—. Ha leído todo cuanto se ha escrito sobre el tema, desde Isidoro de Sevilla hasta José Rivilla; de la *Silva de varia lección* de Pedro Mejía al *Jardín de Flores Curiosas* de Antonio de Torquemada. Ha descartado, por ingenuas e indignas del raciocinio de un hombre de ciencia, las teorías que convierten a los monstruos en un aviso celeste —monstruo, del latín monstrare: prodigio que tiene como objeto mostrar ciertas señales a los hombres—. Ha sopesado cuidadosamente, y al fin rechazado, los tratados que culpan al influjo de ciertos astros, como creía Alberto Magno. Nieremberg prefiere culpar a la vis imaginativa, y durante un tiempo se dejó seducir por sus postulados: tal vez los responsables eran los propios padres, que durante el coito habían dejado vagar la imaginación por encima de lo aconsejable. Así, era sabido —¿era sabido?— que algunas criaturas habían sido alumbradas a imagen y semejanza de un caballo, por haber sucedido el ayuntamiento en un pesebre o mientras sus padres pensaban en dichos animales. Cierta mujer preñada de Valencia declaraba haber asistido a una ejecución pública, imagen que la había conmovido hasta tal extremo que su hijo había nacido con una especie de hendidura en el cráneo, como machucada por el hacha del verdugo. Al fin, acabó rechazando también estas explicaciones. A sus cuarenta y cinco años, don Fernando no ha conocido esposa, pero sí ha entretenido su juventud en ciertas correrías con mujerzuelas de San Vicente de la Barquera. Es, en definitiva, un hombre que sabe hasta qué punto divaga la imaginación de un hombre en el momento de montar a una hembra. No; no es posible. Si Nieremberg tenía razón, cabría esperar que la raza humana fuera a estas alturas un bestiario compuesto por todas las aberraciones imaginables; y sin embargo, pese a todo los monstruos seguían siendo minoría. Había, pues, que buscar en otra parte.

Al fin creyó dar con la respuesta. Dejemos de lado a los astros y los descarríos de la imaginación, pensó; dejemos de lado a Dios. Los monstruos eran una desviación de la naturaleza, y por tanto era en la propia naturaleza donde había que buscar la respuesta. El semen, por ejemplo. Es sabido que algunos hombres derraman una cantidad monstruosa durante el acto: tal vez ese exceso explicaba el resto. Exceso de brazos, exceso de cabezas, exceso de vísceras. La insuficiencia de brazos, cabezas y vísceras podía ser explicada del mismo modo: insuficiencia de semen. Y quién sabe si la naturaleza de la hembra no colaboraba también a su modo, gestando al futuro monstruo en una matriz tal vez demasiado angosta. ¿Acaso un árbol que halla obstáculos en su crecimiento no brota también así, tortuoso y mal parejo? Sí; sin duda ahí estaba la causa. Y ahora la autopsia del Monstruo va a darle, al fin, la prueba definitiva. Un esqueleto retorcido y deformado, que don Fernando llevará consigo a las cortes y cámaras de maravillas de toda Europa: vean sus señorías lo que sucede cuando un cuerpo humano crece en una matriz demasiado angosta. La envidia de sus colegas y el asombro de los reyes: eso serán los restos del Monstruo, cuando al fin el Monstruo muera.

1753 Pero el Monstruo no muere. ¿Por qué no mueres, Monstruo? En cada visita la misma pregunta, y el Monstruo que de un tiempo a esta parte no parece atemorizado por la presencia del médico. A veces, al verlo, los dientes se le desnudan en algo que podría parecer una sonrisa, si fuera posible concebir algo semejante a una sonrisa en el hocico de un monstruo.

—¿Otra vez aquí, Señor? Aún nada... Todavía nada. Pero puede verlo, si quiere. El Señor no tiene ni que pedirlo...

La mansedumbre del Monstruo. El brillo de reconocimiento en sus casi dos ojos.

—¿Sabes quién soy, Monstruo?

Lo sabe. Al menos parece que lo sabe. Al ver al médico se incorpora trabajosamente y trata de acercarse lo más que puede. Ya no da tirones a la cadena. Viene a él con la docilidad y el alborozo de un perro que reclama a su dueño.

—¿Te alegras de verme, Monstruo?

Se alegra.

—¿Tienes frío, Monstruo?

Tiene frío. Así que un día don Fernando acude con una especie de frazada con la que cubrió el último cadáver que pasó por su sala de autopsias. El Monstruo la huele al principio, paralizado por el desconcierto, pero al final se enciende una luz de inteligencia dentro de su enorme cabezota, y acaba cubriéndose con ella. Una sonrisa —¿una sonrisa?— de agradecimiento. 1754

—¿Te gusta, Monstruo?

Don Fernando toma muchas notas y hace muchos dibujos en una especie de cuadernito que lleva consigo. Hasta que tenga la oportunidad de estudiarlo por dentro, se conforma con estudiarlo por fuera.

—Voy a dibujarte esa cara fea que tienes. No te muevas, Monstruo.

No se mueve. Se deja contemplar sin temor ni sospecha. En la penumbra del establo parece casi dormido, casi muerto. Se entrega al rasgueo del lápiz del médico, como algún día se entregará a su escalpelo.

—Tienes hambre.

Al Monstruo le gustan las cabezas de sardina y los manojos de berza que su madre echa en el canasto, pero le gustan aún más los restos de tocino y los mendrugos de pan que a veces el médico lleva consigo. Se los arroja en una parábola displicente, y el Monstruo emite un gañido suave, de animal satisfecho. Sus dientes de sierra dibujan algo parecido a un balbuceo.

—¿Quieres hablar, Monstruo? Yo te enseño.

¿Qué otra cosa se puede hacer, mientras el Monstruo no termina de morirse?

—Esto es pan. ¿Lo entiendes, Monstruo? Pan, para que te atragantes.

Y luego, señalando el tonel de agua maloliente del que bebe.

—Esto es agua.

Señala al Monstruo; se señala a sí mismo.

—Yo me llamo don Fernando y tú te llamas Monstruo.

El Monstruo abriendo y cerrando la boca y mascullando algo que es solo la sombra de una palabra.

—Yo, Fernando. Tú, Miguel. Miguel. Así te llamas, Monstruo.

1756 Un día, por descuido, Fernando se sitúa demasiado cerca. Antes de que pueda darse cuenta, una de las garras del Monstruo ha rozado su brazo. Fernando retrocede, aterrorizado. Pero el Monstruo no quiere despedazarlo. Solo tocarlo en algo parecido a una caricia, que dura apenas un instante. Fernando, que ha abierto la boca para gritar, poco a poco la cierra para sonreír.

—¿Quieres tocarme, Monstruo?

Quiere. Fernando vuelve a dar un paso hacia adelante; extiende, un poco dubitativo, su brazo. El Monstruo medita un instante y luego lo acaricia de nuevo. Toca largamente esa piel hermosa y blanca, ese cuerpo tan distinto de su propio cuerpo. Sonríe. ¿Pueden acaso los monstruos sonreír?

—Este es mi brazo. Y este es el tuyo, Monstruo.

1757 Otro día es Fernando quien lo toca. Tiembla su brazo, electrizado por el riesgo, y tiembla también el cuerpo del Monstruo, como un perro que recibe su primera caricia.

—¿Me enseñas tu cuerpo, Monstruo?

Algún día se lo enseñará entero, por dentro y por fuera. Pero mientras ese momento llega, Fernando quiere ver; quiere tocar. Es una locura, él mismo se lo repite mientras sucede, pero de pronto se descubre desanudando lentamente los cordeles de la camisa desgarrada; aflojando ese cinto que no es más que una cuerda de esparto. El Monstruo se resiste apenas; un gruñido que es menos de hostilidad y más de sorpresa. Otro movimiento y el pantalón cae al suelo en un ruido blando. Un último tirón de la camisa y el Monstruo queda completamente desnudo. Y lo que queda al descubierto es tan sorprendente que Fernando no puede reprimir una leve exclamación de asombro.

El cuerpo de un muchacho. Cubierto de mugre y de rozaduras llenas de pus y de escaras rojas, pero el cuerpo de un muchacho al fin y al cabo.

El Monstruo no hace un solo movimiento. También él permanece en silencio, con la boca abierta, como compartiendo la sorpresa.

—¿Y eso de ahí, Monstruo?

Se refiere al pene, largo y grueso, que cuelga ostentosamente entre sus piernas.

—Menudo instrumento, Monstruo. Hay que ver lo cruel que ha sido el Creador contigo...

Si no fuera imposible pensarlo, se diría que también el Monstruo ríe.

Por lo demás, don Fernando no sonríe casi nunca. Es un hombre grave y solemne; un hombre de ciencia. Su vida en San Vicente de la Barquera consiste en un constante ir y venir por las casas de sus pacientes, siempre con el gesto adusto y empleando el menor número de palabras posible. ¿Qué le importan a él esos cuerpos razonablemente proporcionados, semejantes a tantos otros cuerpos humanos? A veces mueren y a veces sobreviven, a veces le pagan mejor o peor: eso es todo. Luego llega a casa y come lo que sea que su criada le haya preparado, casi siempre alubias con tocino. Luego recoge minuciosamente los curruscos de pan que quedan sobre la mesa y los guarda en una especie de pañoleta sucia. Luego revisa sus libros de monstruos y descarríos de la naturaleza, toma muchas notas, suspira. Luego vacía un par de tazas de vino en alguna taberna del barrio de los pescadores, sin hablar nunca con nadie. A veces —muy pocas veces— acaba la noche vagando por la calle de las mancebías. A veces se conforma con mirar y otras veces consiente en subir a la alcoba de las chicas. Sus cuerpos son cálidos y acogedores, pero no tienen, tampoco, ningún secreto. Dos brazos, dos piernas, dos pechos. Tan pronto como se vacía dentro de ellas, le despiertan un poco de asco. Luego regresa a casa, dando tumbos menos por el vino y más por la sensación de vacío. La luz de las estrellas brilla en el agua de la ría y antes de abrir la puerta de su casa le gusta mirar su resplandor mortecino, sin pensar en nada.

Nunca pensó en casarse ni en criar un hijo. No tenía tiempo para eso.

Una vez tuvo un amigo. Lo perdió porque no tenía tiempo tampoco.

—Tú crees que somos amigos. ¿A que sí, Monstruo? ¿A que lo crees?

Una vez al mes no visita a sus pacientes ni come alubias con tocino ni bebe vino ni mira las estrellas de la ría. Una vez al mes cabalga hasta Toñanes y pregunta ¿nada todavía?, y cuando le confirman que no, que nada, pregunta si puede visitar la cuadra. Una pregunta innecesaria, porque el señor no tiene ni que pedirlo.

El Monstruo aúlla alborozado al verlo. Don Fernando suelta una risotada, desafiante.

—Ya veo. Crees que somos amigos. ¿Verdad que crees que somos amigos, Monstruo?

Pero una vez más se ha acordado de traer la pañoleta sucia donde guarda los restos de tocino y los currruscos de pan para el Monstruo.

1904 Noche de hila. Junto a la puerta de entrada, catorce albarcas que esperan. Un pasillo oscuro. Suelo de tierra pisada. Al fondo la cocina, anunciada por resplandores rojizos y rumor de voces. En el suelo, la lumbre del hogar encendida; junto al fuego un banco de madera, un cernedor, un barreño de cobre; en el vasar, potes de hierbas aromáticas y una jarrita con el pico roto. Sentadas en torno al fuego, siete viejas que hilan. Entre todas suman quinientos cuarenta y cuatro años. De izquierda a derecha: Toribia - Olalla - Teodora - Pascuala - María - Paca - Toñita. Aunque poco importan esos nombres. Vistas así, apiñadas en el mismo banco de madera, no parecen siete viejas sino la misma vieja siete veces repetida, con las mismas ropas negras y los mismos gestos mecánicos. Negras las faldas, negros los mantones, negros los escarpines, las medias, los pañuelos. En sus regazos, siete copos de lino blanco. Los mismos movimientos: la mano derecha sujeta el huso, la mano izquierda hace girar la rueca. Llevan allí sentadas el tiempo de consumirse dos grandes leños de madera. Han bebido unos vasos de vino. Se han burlado un poco de sus maridos, las que los tienen vivos, y han afeado el comportamiento de cierta moza en el molino de Vallejo. Han rezado un rosario por los muertos del pueblo y han hilado una buena porción de lino y hasta han tenido tiempo de jugar a las adivinillas —¿Qué cosa cosita es, una dama muy tapada, con pinchos verdes por fuera y adentro la carne blanca?; claro está, ¡la castaña!—. Han devorado también un maquilero de castañas. Y ha llegado ya, por fin, la hora de los cuentos.

—¿Os cuento entonces el cuento?

—¿Qué cuento, Pascuala?

—El de María Sarmiento, que se fue a cagar y se la llevó el viento.

—¡Qué demonio de mujer! ¡Mira que todas las noches con la misma cantinela!

—Cagó tres bolitas. Una para Juan, otra para Pedro, y otra para la que hable primero...

—¡Pero qué marrana eres, Pascuala!

—¡Sí, qué marrana!

—Échate un cuento pero de los de verdad, que nos tienes en ascuas.

—Y qué os cuento yo, a ver.

—Uno de ojáncanos.

—¡Eso, de ojáncanos!

—De ojáncanos no, que se me han olvidado.

—¡Pero si tú te sabes ciento, Pascuala!

—Es que de ojáncanos y anjanas y trentis y esas cosas ya no me gusta contar.

—¿Y cómo es eso? ¿Qué culebra te picó?

—Pues que al nieto no le gustan. O le gustan, pero se echa a reír cuando se los cuento...

—¡Cómo! ¿Se echa a reír con los cuentos de los ojáncanos?

—Como lo estáis oyendo. Que cómo va a ser eso de un gigante con un solo ojo. Que los gigantes no existen. Ni las anjanas, ni los caballucos del Diablo, ni la guajona siquiera...

—Paréceme a mí que los muchachos de hoy están muy resabiados, Pascuala. Todo te lo echan a dudar los mozos de ahora. Si te descuidas, hasta el Credo.

—¿Os imagináis nosotras, a su edad?

—¡A mí el ojáncano me daba un miedo que me moría!

—¡Sí, qué miedo!

—No creas, que todavía me da un poco.

—Entonces, Toñita, ¿tú sí crees en la cosa esa del ojáncano y de la ojáncana?

—Pues cómo no la voy a creer.

—¿Pero tú lo viste?

—Hombre, pues verlo, verlo... Pero a Dios tampoco y mira tú: católica.

—Menudas comparanzas que nos haces.

—Además, que no hace falta verlo. Hay pruebas. A ver, ¿no hay en Cóbreces una cueva que se llama del Ojáncano?

—Sí que la hay.

—¿Y no hay otra en Oreña que se llama lo mismo?

—Ya sabes que sí.

—¿Y para qué la iban a llamar así los antiguos, digo yo? ¿Para qué se iban a inventar el nombre?

—Pues verdad es.

—Ojáncanos es claro que los hubo. Esa es una verdad como un lucero. La cuestión es si quedan o no quedan. Para mí que es un poco como los lobos, que antes por cientos y ahora ni por asomo.

—Mujer, algún lobuco sí que queda.

—Y a la que te descuidas, ojáncanos también. Pero más difíciles de encontrar. O haciendo fechorías en otras tierras.

—Da como un poco de pena, ¿no?

—¿Qué cuestión?

—Pues que ya no haya de esas cosas de antes. Ni ojáncanas ni anjanas buenas ni tentirujos. Que nadie sepa de dónde vinieron ni a dónde se fueron...

—Nos quedan los cuentos.

—Eso, los cuentos.

—¡Anda y cuenta uno de los buenos, Pascuala! Y los mozos que se rían, si quieren.

—¡Eso, que rían!

Era en el tiempo de los trentis y las anjanas; de las rui- 1904
nas puestas otra vez en pie y de los moros por esta tierra. Un tiempo tan atrás que las doncellas todavía tenían doncellez y los caballeros, honor. Así de lejos. Y qué os parece que vivía acá mismo, a la vista del mar, un ojáncano enormísimo. Un ojáncano tan, pero tan grande, que a nadie le faltaban ojos para creer en él. Por aquel entonces la cuestión esta de los ojáncanos era cosa cierta y segura, como es seguro que hay nubes en el cielo y arena en las playas. Nombre no tenía, este ojáncano que os digo, o los hombres no lo supieron nunca. Tenía un solo ojo y ningún nombre y ninguna piedad tampoco. Era malo, como malos son todos los ojáncanos. Vivía monte arriba, en la cueva esta de Novales que dicen de las Aguas. ¿Sabéis dónde digo? ¿Visteis que hay unas pin-

turas rojas en la cueva esa, como animales rojos dibujados y qué sé yo qué barbaridades más? Pues fue el ojáncano quien las hizo, con la sangre de los animales que iba matando. Que allá adentro, si clavas la pala en el suelo, pues veis que está todo lleno de huesos de los sus festines. Todo puras maldades hacía. No tenía pensamiento ni obra buena. Las ruedas de los molinos las rompía como se trisca una rama y tronchaba los tejaducos de las cabañas y echaba piedras dentro de las fuentes y devoraba las vacas y las ovejas que se le antojaban. ¿Veis Bolao? Esas tajaduras del acantilado las hizo el ojáncano. ¿Veis el Diestro, que hay como ruinas antiguas? Pues antes Toñanes andaba por ahí arriba; pero tantas destrucciones causó el ojáncano, tantos muros derribó y tantos buenos hombres y mujeres se comió, que hubo que mover el pueblo para donde está ahora. Eso discurrieron los vecinos de Toñanes de entonces. Mover el pueblo para ver si al no encontrar las casas, pues se cansaba y se marchaba a hacer las sus correrías a Oreña o a Cóbreces. Para que veáis las cosas que tenía el ojáncano este que os digo.

Y qué os parece que un día, entre tantas maldades, va el ojáncano y se enamora de una muchacha. Bueno, de una muchacha no, ¡de una anjana! Una muy bella y muy buena, como son bellas y buenas todas las anjanas. Que de todo tiene que a haber, para compensar: ojáncanos malos y anjanas buenas. Dios, que inventó el granizo, inventó también el tejado que te guarece. El caso es que el ojáncano se enamoró de la anjana aquella. Porque los ojáncanos también se enamoran: el amor es para los buenos y para los malos. Os voy a contar cómo fue. La anjana estaba cantando en el río, con esa voz como de cristal que tienen, y el ojáncano que se la encontró, la miraba con una cara... Era para verla, la cara aquella. La miraba y la remiraba como un cristiano mira los santos del retablo. ¡Así mismo! La boca abierta de la impresión, que ya no se le cerraba. Fijaos que era boca grande y bien fea, boca de ojáncano: con dos carreras de dientes arriba y otras dos carreras abajo. Y así la tenía, abierta de puro amor. Ni parpadeaba siquiera. De tan bella como era la anjana, no le cabía en el su ojo. Y cosa singular es esta, porque desde antaño los ojáncanos no se enamoran de las anjanas, sino que les hacen guerra. No quieren los ojáncanos a las anjanas para otra cosa más que para comérselas, porque dicen que es sabrosa su carne. Eso, allá quien lo sepa. El caso es que el ojáncano se arroja para la anjana, nada más que para tocarla, y ¡zas!, la anjana que corre a transformarse en fuente. Es una cosa esta muy usada por las anjanas, cuando se les viene encima el ojáncano: mudarse en fuente, o en árbol, o en piedra. Y el ojáncano que ve el agua aquella... Imaginaos: ve que la su amada se transforma en agua y en el agua ve su reflejo y en el reflejo su cara tan horrorosa. ¡Si vierais qué quejidos pegaba! A lo mejor ni sabía que era tan feo, o se le había olvidado. A lo mejor se acordaba pero nunca le había importado, porque era la primera vez que se enamoraba. ¡Quién sabe! Pero todo fueron alaridos aquel día, con un dolor y una rabia que parecía que se moría, porque había de saber que así tan feo como era, la anjana nunca iba a quererlo.

Las cosas siguieron de ese tamaño durante algún tiempo. Siempre lo mismo. Ponte que la anjana estuviera haciendo crecer con su magia flores en el verde, ¿no? Pues a lo mejor sentía tras suyo un ventalle, una especie como de jadeo de muchos osos cansados. Se daba la vuelta... ¡y ahí estaba el ojáncano! Suspira que te suspira, como si todas las penas del mundo las tuviera dentro del cuerpo. Y la anjana que corría a convertirse, qué sé yo, en pájaro. Y al día siguiente, la anjana que andaba dormida en el hueco de un árbol, y de pronto le caía como un goterón enorme de lluvia. Abría los ojos... ¡y zas! El ojáncano que la miraba desde lo alto y no había podido evitar que se le escapara una lágrima. ¡Tanto la quería! Y la anjana, pues que se hizo un árbol. Y otro día... A saber. Ya se me ha olvidado lo que hizo al otro día. Pero así siempre: la anjana sentía el viento y eran los suspiros del ojáncano. Oía el rute de los truenos, y no eran truenos, sino el ojáncano también, que rezaba para que la anjana le quisiera. Veía un candil en lo oscuro de la noche, y no era candil sino el ojo del ojáncano, que la miraba como un venturado. ¡Y zas! La anjana que se hacía piedra y río, ciervo y viento. Y el ojáncano que se retornaba a la su cueva, cada vez más triste.

Y ponte que las cosas seguirían así si no fuera porque cierto día llegaron aquí unas huestes de moros, de esos que lo rompían todo allá por donde marchaban. Cristo en la cruz les parecía cosa de poca consideración, a esos moros: con eso os lo digo todo... Bueno. El caso es que vinieron. Algo andarían haciendo. Lo mismo buscaban a la anjana. Porque ese día andaba la anjana despreocupada como solía, haciendo su magia buena en la orilla de una fuente, y los moros salieron de entre los árboles y la prendieron con sus lanzas y sus espadas. ¡Ni tiempo tuvo de transformarse en ninguna cosa! Solo gritar podía. Y eso hizo: gritó con su voz de cristal, que es voz de ángel en la tierra. Bueno: el ojáncano enamorado que oyó aquello... ¡No veas cómo llegó! Daba miedo verlo. Se encaró a todo el regimiento de moros, sin más armas que las sus manos. ¡Menuda batalla fue aquella! A todos los despedazó, el ojáncano furioso: no dejó un solo moro con cabeza ni una sola cabeza con turbante. Pero mira qué mala suerte, que en la engarrada el ojáncano perdió el su ojo. ¡Así pasó! Algún enemigo moribundo tendría la mala idea de clavarle la lanza en el centro de la pupila. Y si teniendo dos ojos en la cara perder uno ya es cosa de mucha preocupación, imaginaos cómo fue la cuestión para el ojáncano. ¡Ciego para los restos! Allá se quedó el desgraciado, tirado en el claro del bosque, llorando lagrimones de sangre por la herida aquella que había sido su ojo.

Y lo que pasó luego... En lo que pasó luego, fíjate, está el cuento. Porque en esas el ojáncano sintió un vientecillo diminuto en la cara. ¿Qué cosa sería aquella? ¡Eran los suspiros de la anjana! Y luego sintió una especie como de chispita en la frente... ¡Las lágrimas de la anjana! Un tacto diminuto, como el pellizco de una mosca... ¡Era la anjana, que lo acariciaba! La anjana buena, que viendo el estado en que había quedado el pobre ojáncano había venido a socorrerlo. Ya no le tenía miedo, sino una compasión muy honda. ¿Amor? Amor yo no sé si sería. Pero qué importa eso, ¿no? Algo era. Algo que el ojáncano no esperaba. Como no esperaba tampoco que lo ayudara a levantarse y que así, guiándolo de la mano, lo llevara hasta su casa, que era un palacio muy grande que había debajo de la misma tierra. ¡Hasta allá lo llevó! Y en ese palacio gastaron muchos años la anjana y el ojáncano ciego; toda la vida como quien dice, hasta que se murieron con doscientos años o así. Fueron felices. A mí se me hace que fueron felices. Cuentan que desde la engarrada aquella con los moros ya no hubo ojáncanos malos que rompieran las peñas de Bolao, ni tampoco nadie que desbaratara las cabañas, ni se comiera a las ovejas, ni echara piedronas a las fuentes. Y cuentan también que los días de mucho calor, si se caminaba en silencio por el bosque, podía uno ver a la anjana que sacaba a su ojáncano a tomar el sol; la manaza de él prendida por la manecita de ella, como si fueran un ciego y la su lazarilla.

En el cuento de Pascuala no hay un ojáncano y una an- 1904
jana, sino más bien un ojáncanu y una onjana. El ojáncanu no se enamora de la onjana, sino que se alampa por

ella. La onjana no se transforma en fuente, sino en una juenti. El ojáncanu no es viejo; tie más añus qu'el cajigón del monte. No está triste sino amargurado y malencónico; no vierte lágrimas sino que esvarcia glárimas; no corre por los matorrales y los prados sino por los praus y los busquizales. La propia Pascuala no pregunta: «¿Queréis que os cuente el cuento de María Sarmiento?», sino más bien algo semejante a esto: «¿Quier que li cuenti'l cuentu de María Sarmientu?». Y luego añade: «Cagó tres moñiguitas. Una pa Juan, otra pa Pedru y otra pa la que parle primeru...». «¡Demoñu de mujer!» contesta Toribia, sin dejar de reír. Y Olalla: «¡Burlisquera!».

Burlisquera, glárima, prau: el habla tradicional mon-
tañesa. Moñiga, juenti, malenconía: palabras que desapa-
recen poco a poco, conforme Toñanes se abre al mundo
1933 —don Prudencio que trae la primera radio del pueblo
y con ella se pierde la «a» final de la palabra azúcara; Car-
1959 mina que instala la primera televisión y adiós a la aspira-
2004 ción de la hache; ONOSaNtI_5E60 inaugurando la línea
ADSL y desde entonces ningún toñanejo que llame jale-
chus a los helechos.

2021 Ingredientes para reconstruir el habla tradicional mon-
tañesa: cójase un sustrato de castellano arcaico, aderezado
con una pizca de lengua céltica —cajiga, bárcena, boro-
na—. Añádase una generosa ración de léxico asturiano
1875 —a lo lejos suena el canto del mirueyu; Lola y sus herma-
1937 nos esquilándose a los árboles cuando comienzan a caer
1996 las bombas; eres un tochu, dice Amelia al que será su ma-
rido, sonriendo—. Puede también agregarse al gusto
—pero con moderación— alguna palabra árabe —Alfoz
de Lloredo; el acil de la cuadra— o alguna expresión
andaluza, traída a la Montaña por los jándalos que vie-
1920 nen de regreso —le pegué al chiquillu una azotaina que
le dejé rojas las cachas, dice la madre de Pedrucu, ufa-
na—. Conviértase en u la o final cuando el acento grave
1993 de la palabra recae en e o en o —¿no quieres un pocu

quesu, nene?—. Pronúnciese como i la e final en palabras
de acento grave o esdrújulo —Esti prau no te lo vendu yo 1847
ni por cien pelucionas, dice Domingo de la Pascua, ne-
gando con la cabeza—. Aspírese la hache y conviértase
en algo semejante a la jota andaluza —¡cien pelucionas,
dici el malnacíu!, responde Sancho del Rivero; si es todu
jalechal, el tu prau—. Añádase el sufijo uco o uca a las
cosas pequeñas —tengu que dicirte una cosuca, le con- 1945
fiesa Antonia a su mozo, muy seria; y lo que tiene que
decirle es una cosa que al principio parece, en efecto, muy
pequeña, pero que con el correr de los meses se hará
más grande—. Cámbiese la acentuación de ciertas pa-
labras —máiz por maíz; méndigo por mendigo—. Añá-
danse ciertas letras —dale un carambelo y un terrón de 1932
azúcara al chiquillu— y suprímanse otras —chones por
lechones—. Redúzcase también, en lo posible, el uso del
pretérito perfecto compuesto —¿ya comisti, Paco?—. In- 1964
véntense algunos juegos de palabras, algunos eufemismos,
algunas metáforas —voy a hacer las diligencias para no
decir mear; pasapán para no decir garganta; ese vieju tie-
ne los cuatro veintes para no decir ochenta—. No se ha-
ble de puntos cardinales, sino de los cuatro vientos —a la 1752
tercera pregunta respondieron que el concejo de Toñanes
limita al cierzo con la mar salada, al solano con el conce-
jo de Oreña y al ábrego y al regañón con el concejo de
Cóbreces—. No se hable de los meses del año, sino de las
épocas del ciclo agrícola —esu qui dicis pasó cuandu la 1807
abonadera; cuando la abajadera; cuandu el tiempu de
la cogedera; de la rompedera; de la rastradera—. Macé-
rese la mezcla resultante en un relativo aislamiento geo-
gráfico: abajo la cordillera y arriba el mar. Para disfrutar
de todo su sabor, totalmente contraindicada la implan-
tación de medios de comunicación masivos.

Así. Así es como verdaderamente habla —así es como 1904
parla— Pascuala, la viejuca de los cuentus. Así deberían
sonar, si las escucháramos de veras, muchas de las pala-

bras de la historia de Toñanes. Palabras que no encontra-
1887 mos en los documentos, porque Miguel el párroco sabe
muy bien que si quiere que el Obispo le entienda no debe
1703 escribir Diaño ni Demoñu sino Diablo; y el juez Bernar-
do de la Reguera sabe que de ningún modo puede hablar
1840 de pleitus y engarrás en sus registros; y el escribano Ven-
tura Robles tiene presente que al redactar el testamen-
to de Toribio —Turibio— no puede decir que se va al
carcajón o a la bolsa del cura, sino simplemente que se
muere.

2021 Así es la mano que escribe: una mano que para ha-
cerse comprensible miente. Una mano que al final siem-
pre traiciona un poco.

1633 Por eso cuando Juliana se acuerda de su hijo muer-
to —¿Sabis, Juan? Mi barruntu por la color qui tindrían
2021 los sus ojus— la mano que escribe miente y dice: ¿Sabes,
Juan? Me pregunto de qué color tendría los ojos. Por eso,
1790 cuando Pedro Collado sale al paso de los gitanos y les
increpa —¡No hay posá! ¿Nordá qui no hay posá? Ya cu-
charon: no hay posá. Sigan los señores el su caminu— la
2021 mano registra no es verdad en lugar de nordá y posa-
da en lugar de posá. Por eso Llermo dice Carrastrá y la
mano escribe Carrastrada; por eso en las páginas de los
libros los praus de Lola se vuelven prados y los bizco-
chus, bizcochos. Por eso en el cuento de Pascuala no se
esvarcian glárimas; por eso no hay onjanas tornándose
juentis ni ojáncanus con más añus qu'el cajigón del mon-
te ni malenconías ni atristolamientus.

2017 LLERMO: Y por la noche nos contaban cuentos... ¿Pues
qué nos contarían? Los de Caperucita y el lobo o así. Los
cuentos viejos del pueblo ya se habrían olvidado todos...

ROSI: A mi hermano y a mí por la noche nos persig-
naban. Mi madre nos enseñó. Todos los días, todos los

días. Y yo tengo setenta y siete años... cumplidos hace dos días. Y todavía me persigno al acostarme. Y mi hermano tiene setenta y cuatro y también, todavía se persigna. Qué cosa. Es como una costumbre que...

LLERMO: Pues yo nada de nada.

ROSI: Él no se persigna, porque no le enseñaron. Pero nosotros sí, fíjate. Nada más desnudarme...

LLERMO: Y mientras los demás decimos: Padre Nuestro que estás en los cielos, dame la bota María Consuelo...

ROSI: Pero qué sinvergüenza eres. Qué sinvergüenza... Y a ti qué, ¿seguro que no te ponemos el calimocho?

LLERMO: Déjale, que este... Que conserve así la cabeza que tiene, que la conserve.

Diana fue la primera. La primera que vino al mundo y la primera que se echó novio y también la primera que dijo: ya fue bastante Toñanes. En verdad fue mucho. Trece veranos: toda la vida del niño al que una vez le gustaron los dinosaurios. A Diana alguna vez le gustó Toñanes. Ahora prefiere pasar las vacaciones en Santander, haciendo lo que sea que hacen las novias con sus novios. Al fin y al cabo, ¿qué hay en Toñanes? Nada. Ni playa siquiera. Diana en la segunda playa del Sardinero; Diana en los Cines Bahía; Diana llamando por teléfono de vez en cuando para decir que está bien, que no necesita nada. Ya no es una niña, Diana. Lo dice de vez en cuando, ya no soy una niña, con tanta contundencia que solo queda darle la razón. Deja en Toñanes muchas cosas: algunos cuadros de punto de cruz en las paredes; ropa vieja en los armarios; una cometa colgando del techo que ya nunca más subirá al cielo. Su cama, intacta. Deja, también, a dos hermanos que a veces se llevan bien y otras veces no tanto, pero que al menos se ponen de acuerdo en esto: los veranos, en Toñanes. 1997

1999 Marta fue la segunda. La segunda en venir al mundo y la segunda en echarse novio y la segunda en darse cuenta de que en Toñanes, efectivamente, no hay nada. En su caso fueron quince veranos: toda la vida de ese chico que durante mucho tiempo fue su rival en el Monopoly y su aliado en sacar de paseo a Raisa, la fox terrier de los vecinos. Ya no soy una niña, dice ella también en un par de discusiones que el chico escuchará en secreto, escondido tras la puerta de la cocina. Su voz es sospechosamente parecida a la voz de Diana, porque Diana no solo le lega a Marta la ropa que se le queda pequeña: también ciertas palabras. Marta dejará en Toñanes sus cintas de casete de las Wilson Phillips; un único cuadro de punto de cruz; una colección de peluches viejos; una fotografía enmarcada en la que todavía sonríe con ortodoncia. Deja, también, a un hermano que no necesita a nadie: le basta con sus piedras. Al menos eso es lo que dicen todos: a este chico, le dejas unos fósiles y unas cuantas vasijas rotas y tan feliz.

El niño será el siguiente. El tercero en venir al mundo y el tercero en echarse novia y el tercero en cansarse. Sus padres lo repiten una y otra vez: que algún día, muy pronto, el niño también crecerá, y entonces será tiempo de vender la casa. Al niño dejará de gustarle Toñanes, como primero dejaron de gustarle los dinosaurios.

2000 El niño. La manía de llamar niño al niño. El niño: un metro sesenta y cinco de estatura, cincuenta kilos de peso; el mismo pelo cortado y los mismos ojos verdes; sobre el labio a veces algo semejante a un bigotito y a veces nada. Así que niño no. Mejor así: el mozo. Porque desde luego qué grande estás, cuánto creciste. Todo el mundo en Toñanes se lo dice: parece otro. Ya no es el niño de los dinosaurios, de ninguna manera. ¡Estás hecho todo un mozo! Sonríen cuando lo dicen, porque se supone que crecer es algo bueno; crecer es el destino de los niños. El mozo, que es el tercero más bajito de su clase y de lejos el más flaco, también sonríe, pero lo hace con cierto escepticismo. Él sabe bien que no aparenta ni siquiera los dieciséis años que tiene. Pero nada tan importante como crecer —ya me crecieron los tomates; qué alto tengo el ciruelo; qué gordos y qué hermosos, los terneros— y al decirle que qué alto y qué grande lo que le están diciendo en realidad es esto: qué majo eres. Qué bajito y qué flaco y qué paliducho, pero qué majo. O qué majo eras, porque cuando se lo encuentran en la mies con su bicicleta o con su gorra no ven al adolescente que tienen ante sus ojos: ven al niño que fue, ven al hombre en que se convertirá. Bueno, ¿y dónde dejaste la moza? le preguntan a continuación. Ese parece, también, el destino de los mozos: tener, a su lado, una moza. No le preguntan si la tiene; le preguntan dónde la tiene. Se encoge de hombros, porque a él también le gustaría saberlo. ¿Dónde está su moza? El mozo, a esa edad en que los juguetes de dinosaurios están arrumbados en el trastero, donde nadie pueda verlos, y el hueco que esos juguetes han dejado no lo ha llenado nadie todavía. Oye, guapo, y tus hermanas ¿ya no vienen? Él se encoge de hombros una vez más. No vienen, no. Lo que te gusta el pueblo a ti, madre mía. Lo que te gustan las piedras esas y andar preguntándolo todo. Hasta que te canses, hijo. Que con lo mayor que estás, el verano que viene no te vemos el pelo. Ya verás, ya.

Pero por ahora el mozo está aquí: las vacaciones completas en Toñanes. Algunas tardes se baña en la piscina, que no es una piscina sino una especie de pocita improvisada en el antiguo aljibe de la casa. Lee novelas en la cuadra, que no es tampoco una cuadra, sino un cuarto de juegos en el que ya ningún niño juega. En la planta baja todavía el billar, que ya casi nunca es tampoco un billar; solo una mesa de exposición, con las bolas eternamente dispuestas en el triángulo y nadie que quiera jugar a acertarlas. ¿No sales a tomar el sol? pregunta su madre,

protegida con su sombrerito de paja. ¿No sales con los chicos del pueblo? No, no sale. Como mucho emprende alguna excursión por los montes de Toporias o por las brañas de Novales, siempre solo —en su mochila, raciones individuales de todo: una lata de Coca-Cola, un bocata de tortilla, un yogur de limón—. Su padre con una camiseta vieja de Saunier Duval, segando el césped o lavando el coche; su madre en pantalones cortos, podando los arbustos o regando las plantas. ¿Vienes a ayudarme o estás haciendo algo? Si no queda otro remedio, el mozo ayuda. Pero hombre, no cojas así la manguera. Hay que ver lo mal que te las apañas. Cuando faltemos nosotros vais a tener que vender la casa: ni arrancar la segadora sabes. Como el mozo no puede decir que no, no dice nada. O dice que sí, que aprenderá. Pero la única responsabilidad que asume será hacerse cargo de las barbacoas familiares, tal vez porque encuentra en el fuego una fascinación que no sabe explicar: algo que le convence a uno de que está haciendo una cosa mucho más seria que preparar la comida a su familia —los ojos del mozo clavados en las llamas, y un tropel de imágenes que van y vienen
-18.183 con esas llamas; Bisonte de la Llanura haciendo entrecho-
1317 car sus pedernales; Rodrigo de Villegas blandiendo una
1904 tea encendida; Pascuala contando otro de sus cuentos al
2000 amor del fuego—. Ojalá pusieras el mismo empeño para hacer tu cama, murmura su madre, meneando la cabeza. Luego da un mordisco a una de las chuletillas y el gesto de negación se transforma lentamente en un gesto de asentimiento. Al menos te quedaron buenas, admite: no todo está perdido.

Pasa algunas tardes en los acantilados de Bolao, sentado en una pared arruinada que hay a la orilla del río, en su misma desembocadura. ¡Ten cuidado, no te bañes
1660 ahí, que la mar es muy traicionera! le dicen —el cadáver de Juan de la Torre Velarde, de catorce años de edad, flotando a la deriva: a él también se lo decían, cuidado,

Juan, que la mar es traicionera, hay que tenerle respeto—.
Pero el mozo no baja a bañarse, sino a entender qué hace 2000
ese paredón en la desembocadura del río. Nadie sabe lo
que es: ni siquiera Carmen, que todo lo recuerda. ¿Sería
un molino, una batería de costa, una torre de vigilancia?
—Juan de la Torre sí lo sabía: era un molino. Tantas ve- 1660
ces saltó al mar desde lo alto de la presa, hasta el día en
que ya no lo hizo más—. El mozo no llegará a bañarse 2000
nunca, pero sí llega a la misma conclusión: es un molino.
Encuentra una piedra rota que bien pudo haber formado
parte de la muela, y en la base del paredón una abertura
que tal vez sirvió para evacuar el agua. Solo le desconcier-
tan una veintena de agujeros que encuentra excavados en
el lecho del río. Esos que alguna vez creyó huellas de es-
tegosaurio. Pero si no hubo estegosaurios en Toñanes, en-
tonces ¿qué son esos agujeros? Son tan profundos como
el antebrazo del niño que fue y tan anchos como la mano
del hombre en que está a punto de convertirse. Parecen
agujeros de poste, pero al mozo no se le ocurre qué pue-
den hacer veinte postes en mitad del río, formando dos
hileras opuestas a la corriente. Para descubrirlo, compra
con sus ahorros un libro llamado *Abadía de Santillana del
Mar: Colección Diplomática*, donde se transcribe un cen-
tenar de documentos de los pueblos de la región. Es de
suponer que por cosas como esta —leer documentos en
latín por las noches; vaciar agujeros llenos de algas y de
fango los fines de semana— el mozo todavía no tenga
moza. El mozo no encuentra moza pero encuentra, en su
lugar, el documento más antiguo de la historia de Toña-
nes —Tonnanes, se llama por aquel entonces—. Et mea 1128
ratione in illo molino de rio que dicunt Pellar, in aquis
aquarum vel in sedicas molinarum. Es el molino; su mo-
lino. Y más adelante, en otro libro encuentra la transcrip-
ción de un memorial de gastos del concejo de Cóbreces,
que se refiere a la reconstrucción de la presa de madera
de cierto molino de Bolao —ítem en el mes de febrero 1631

a veinte del dicho mes tornó la mar a desagobernar el dicho molino y echó debajo de él mucha piedra y descon-
2000 certó todos los maderos de la presa y canales—. El mozo ya lo entiende: una presa hecha de postes de madera, para embalsar el agua. Y pasa el resto del verano chapoteando en la orilla del río y tomando fotografías con una cámara de fotos Kodak; midiendo la distancia entre los postes y dibujando en su cuaderno el aspecto que debió de tener esa presa que hace tantos siglos se llevó el agua.

—¡Ten cuidado, no te bañes ahí, que la mar es muy traidora! —le gritan, incansables.

Y él, por toda respuesta, agita su cuaderno en la distancia. No, no va a bañarse, de ningún modo: todavía tiene mucho que hacer.

1660 —¡Juan, no te bañes ahí, que la mar es muy traidora!

Muchas veces se lo han dicho a Juan de la Torre. Se lo ha dicho su padre. Se lo han dicho sus tías. Se lo han dicho los pescadores que vienen a marisquear percebes y mejillones de las rocas. Ahí no te bañes, zagal: mira que es peligroso. Si no se lo ha dicho también su madre es porque su madre murió en el acto de darle la vida a él: al menos eso es lo que cuenta su padre. ¿Cómo habría sido tener una madre? Juan se lo ha preguntado muchas veces: pero no en el momento de saltar al mar. Cuando está a punto de darse una zambullida, como ahora, Juan procura no pensar en nada.

Juan, solo con el calzón puesto, subido a lo alto de la presa de Bolao.

Juan haciendo equilibrio en lo alto de uno de los postes de madera.

Juan sintiendo en su espalda desnuda la caricia del sol.

Juan mirando hacia abajo para ver el mar, muy cerca y muy lejos al mismo tiempo.

De pronto una voz de mujer, que viene de no se sabe dónde:

—¡Juan, no te bañes ahí, que la mar es muy traidora!

Mira en todas direcciones, sin encontrar a la mujer que le advierte:

—¡Juan! ¡Juan! ¡Ten cuidado, Juan!

Juan sonríe a la nada:

—Sí —dice.

Y luego se prepara para saltar.

Día de Santa Ana 26 de julio de 1660 falleció Don Juan de la Torre Belarde, muchacho soltero y heredero legítimo del mayorazgo de doña María Belarde su madre difunta, de edad de 14 años. Pereció ahogado anadándose bajo de los molinos de Volado. Enterróse su cuerpo junto a su madre y lo firma 1660

Don Miguel de la Riba Cossío.

LLERMO: Bueno, pues hemos pasado el rato, ¿no? 2017

ROSI: ¡Pero no me digas que te vas a dejar esa tajaduca de queso!

LLERMO: Nosotros lo que esté a tu alcance. Tú cuando tal... Pues mira dónde estamos. Tú dices: Voy a tomar una Coca-Cola donde Llermo y Rosi. Que vino ya sé que no tomas. Y hala. Bienvenido siempre.

ROSI: Nosotros te las contestamos gustosamente las preguntas. Si las sabemos, las contestamos gustosamente.

LLERMO: Yo me alegré la hostia porque me lo dijo tu padre. Que venías y eso. Porque lo del OVNI aquel ya fue unos años, ¿eh? Qué caso, lo del OVNI...

ROSI: Tú cuando quieras...

LLERMO: ¡Pues nada más y a seguir bien! Pero no te despidas, ¿no? ¡Que da mala suerte eso!

2019 EL SEÑOR

DON GUILLERMO GÓMEZ SÁNCHEZ (LLERMO)

Falleció en Torrelavega, el día 25 de junio de 2019, a los 84 años de edad, habiendo recibido los SS. SS. y la Bendición Apostólica.

Su esposa: María Rosa Abascal Valdés (Rosi); hijo: Juan Diego (†); hija política: Olga Rubio; nietos: Diego y David; hermanos: Carmen, Lolo (†), Tini (†) y Silvia; hermanos políticos: Biel (†), Lola, José María (†), Celestino y Maricarmen; sobrinos, primos y demás familia,

Ruegan una oración por su alma. El funeral, que se celebrará HOY, MIÉRCOLES, día 26, en la iglesia parroquial de Toñanes, a las DOCE del mediodía, será aplicado por el eterno descanso de su alma. Terminada la santa misa será incinerado en el Crematorio de Río Cabo. Capilla ardiente: VELATORIO DE VILLAPRESENTE (sala n.º 1)

Toñanes, 26 de junio de 2019

www.interfuneraria.es — pésame por internet: cantabria@interfuneraria.es

1904 —Y del tentirujo, ¿qué me decís? ¿Eso es cuento o no es cuento?

—Pues verdad es, ¿no?

—A mí se me hace que también.

—¿No os acordáis de la Ramona? Lo buena moza que era y lo decente hasta que...

—Hasta que conoció al tentirujo.

—Eso.

—Se hizo rebizcona y escandalosa de la noche a la mañana. Por el tentirujo.

—Pero eso, ¿cómo fue?

—¿No te sabes las historias del tentirujo, Paca?

—Sé que se anda siempre con las mozas y que vive en el bosque. Y poco más.

—Eso. En el bosque vive. Y es pequeñuco, pequeñuco. No más grande que una castaña pilonga. Casi siempre se las arregla para que no se le pueda ver. Es invisible a veces, como si dijéramos. Así de difícil es ver al tentirujo. Quienes sí lo vieron dicen que tiene una boina roja con el rabo tieso y viste entero de rojo.

—Y las manos muy largas. No te olvides de las manos del tentirujo.

—No me olvido, Toñita. Verdad es: largas, larguísimas. Pues con esas manos tan largas toca a la moza que se le antoja, por debajo de las faldas. A una sola escoge, pero la que escoge ya... Perdida está. Le trepa pierna arriba y la acaricia, la acaricia. ¿Me comprendes? Le trae ideas que no son decentes, con esas caricias. La hace... ¿cómo dice don Miguel? Lujoriosa. Así pasó con Ramona, que de la noche a la mañana pasó de jugar con muñecos a restregarse con todo macho que se topaba. Bien desvergonzada se volvió. Y todas decíamos: Mira a esta, que ya tropezó con el tentirujo.

—Pero eso fue hace un porrón de años ya. ¿Ahora ya no tienta a las mozas?

—A alguna tentará... Es difícil de decir, porque las mozas de hoy son todas descaradas y desvergonzadas ya de comienzo, ¿me comprendes? No son como éramos nosotras.

—Verdad es eso.

—Entonces el tentirujo quedamos en que existe.

—Como que hay Dios.

—¿Y la ojáncana?

—Ah. Ahí ya tengo mis opiniones enfrentadas...

—Pues cuenta, mujer.

—Me vais a pelear la cuestión, vaya si lo sé, pero yo pongo la mano a que la ojáncana no existe.

—¡Pero bueno, Toñita! ¿Tú no decías que el ojáncano existe de fijo?

—Pues sí que lo dije y lo digo. El ojáncano sí, pero la ojáncana ni hablar.

—Explica eso.

—Eso, explícalo. Que a mi parecer es como si dijeras que en el buey crees, pero en la vaca no.

—Vamos a ver si me entendéis, porque sois bien testarudas vosotras. Del ojáncano ya dijimos, ¿no? Que existía. O existió al menos. Pero a mí todo esto de la ojáncana se me hace... No me lo termino de entender yo. Primero, que mi güela contaba que tenía dos ojos, la ojáncana. Y digo yo: ¿Pues qué animal tiene un ojo el macho y dos la hembra?

—Dos ojos el macho, uno la hembra... ¿Es un acertijo?

—Qué acertijo ni qué acertijo. Lo que digo es que no es cabal eso. Figúrate que el oso tuviera un ojo y la osa dos. Que no se entiende ni a derechas ni del revés.

—¿Pues no tiene el carnero cuernos y la oveja no?

—Me vas a comparar tú un cuerno con un ojo.

—Ahí lleva razón Toñita. Que no se puede comparar eso. Dos cuernos de más, vaya, pero un ojo de menos...

—Verdad es. Buenas puntadas das tú con el pensamiento, Toñita.

—Y luego está lo de los niños. ¿No os decían de niñas a vosotras eso de que nos metiéramos a la cama, que si no habría de venir la ojáncana a llevarnos? Toda la vida tengo escuchado eso. Y yo se lo dije también a mis hijos, claro. Así los eduqué yo: con el miedo a que los devorara la ojáncana.

—¿Y qué con eso?

—Pues la cuestión es: ¿vosotras sabéis de algún niño que haya desaparecido por esa cuestión?

—Ah, pues mira, ahí ya... Yo me acuerdo del niño Pedro. ¿Os acordáis? El que era hijo del molinero de la Corredoria.

—Pero a ese no se lo llevó ninguna ojáncana. A ese lo mordió la guajona. Lo mordió, lo mordió y lo volvió a morder, noche tras noche, hasta que se le acabó la sangre.

—Oséase que la ojáncana no, pero la guajona sí.

—¡A ver! La Guajona es cosa probada y demostrada.

—Muy cierto. Tan cierta como los artículos de la fe, la guajona.

—¿Y el pecu?

—¡Mujer! Ahora nos vas a echar en duda que exista el pecu. ¿Pero no le ves volar a los nidos? ¿Y no le oyes de noche, aquello de pe-cu, pe-cu, pe-cu?

—A ver, que no me entendiste tú. Existir el pecu existe, vaya. Es tan claro como tener ojos, eso. Yo decía de la tradición esta... Eso de que si eres moza soltera y le preguntas de noche al pecu si te casas o no te casas y para cuántos años va la cosa, va el pecu y te lo dice.

—Pues mira tú que sobre eso tengo respuesta terminante, que ninguna me ha de discutir.

—Qué respuesta es esa.

—Pues que es mentira eso. Porque yo, cuando empezaba a rondarme el Aurelio, se lo pregunté una noche al pecu. Sí señor. Que si Aurelio me llevaba para el altar o no me llevaba. ¿Y sabéis qué me contestó el pecu?

—¿Qué te contestó?

—Pe-cu. Pe-cu. Pe-cu... ¡Treinta y dos pecus! Pe-cu. Pe-cu. Pe-cu. Pe-cu. Pe-cu. Pe-cu... No se callaba, el maldito. ¡Treinta y dos años hasta la boda! Figúrate que yo tenía veintiuno por aquellos días. ¡Muerta de espanto me quedé! Pues bien: ¿qué te parece que no fueron ni tres años los que tardó el Aurelio en decidirse?

—Mira que lo mismo te dijo meses. Treinta y dos meses.

—Ah, mira, no lo había pensado yo eso... Espérate que haga la cuenta. Febrero, marzo, abril...

—Que no, que lo del pecu es cuento de viejas, pongo la mano en la lumbre yo también por esa cuestión.

—¡Ah, cuento de viejas, dice la María! ¿Sabéis lo que pienso yo cuando decimos eso? Lo de que algo es cuento de viejas.

—Qué piensas.

—Pues pienso cuando éramos mozas y lo decíamos. Cuento de viejas. Me recuerdo de las viejas de entonces. Todas de negro y chupadas y que no callaban. La Manola, la Antonia, la Barbarita, la Atanasia. Y entonces caigo en la cuenta de que ahora las viejas somos nosotras. ¡Ahora somos nosotras las que andamos de negro, todo el día cuenta que te cuenta!

—Pues sí que tienes pensamientos alegres tú, Teodora.

—Mujer, alegre es. A poco preferirías tú estar muerta...

—No, con los muertos no quiero nada yo.

—Pues eso.

—Pero mira, ahora que te acuerdas tú de los muertos, me vino a mí a la cabeza una cosa...

—Suéltala.

—Pues me acordé del cuento de la Santa Compaña. ¿Cuento un cuento de la Santa Compaña o no lo cuento?

—Cuéntalo.

—No, mejor espérate un rato todavía, que aún es temprano. Que los cuentos de muertos meten más miedo cuanto más de noche sea.

—Bueno, pues esperamos...

—¿Por qué no cuentas el de la lavandera de la noche?

—¡Pero si ahí también hay muertos! Una muerta, por lo menos.

—Bueno, pero con la muerta aquella pues nos vas metiendo ya un poco el miedo en el cuerpo, ¿no? Que quiero irme con mucho miedo a la cama yo.

—Y además lo de la lavandera no es un cuento, sino un aviso verdadero. ¡Una cosa muy seria!

—Bueno, pues aunque no sea cuento, cuéntalo...

—Yo lo cuento. ¡Pero ojo con reírse!

—Que no nos reímos.

—Más os vale. Que no es historia para reír sino para echarse a temblar...

Noche cerrada. Luces de velas que vienen y van al otro 1761
lado de las ventanas. Un perro que ladra. Al fin, el ruido de los cascos de un caballo, que toma la calleja al galope. El jinete se apea de un salto justo delante de la casa. Para entonces la puerta ya está abierta, y detenida en el umbral la madre del Monstruo, con una palmatoria en la mano.

Don Fernando se descubre la cabeza y estruja el sombrero entre las manos. No termina de recuperar el aliento. Menos de una hora: eso es lo que ha tardado en cabalgar desde San Vicente de la Barquera, tan pronto como el mensajero le llevó la noticia. Y ahora está ahí, detenido en el umbral de la casa, dando vueltas y vueltas al sombrero y a la pregunta.

—¿Está...?

La madre niega con la cabeza.

—Aún no. Pero falta poco, Señor.

—¿Qué dice el médico?

La madre, con la boca abierta.

—¿Pero es que no es médico su Señoría?

Don Fernando parpadea, confundido.

—Claro. Yo soy el médico. Llévame ante el enfermo.

Hace ademán de dirigirse a las cuadras, pero la madre lo prende de la manga.

—Ahí no. Lo subimos a la casa. —Y luego, tras un silencio, añade—: Al pobrecito.

Un zaguán de tierra pisada. El fuego de la cocina encendido. Sentada en un tajo de madera, una anciana que desgrana judías. Una mujer que se pasea de una habitación a otra, con un niño llorando en brazos. Un perro que olfatea las botas del médico. Una escalera de peldaños alabeados. El pasillo casi en tinieblas. Nadie en la primera habitación. Nadie tampoco en la segunda.

—Por aquí, Señor.

La habitación del Monstruo. Una vela encendida sobre el taburete. Colgando de las paredes ahumadas, un crucifijo de madera. Una mujer que escurre un paño de agua fría y un niño que juega en el suelo y un sacerdote que enarca las cejas con resignación al ver al médico, como diciendo: Pues aquí estamos los dos. En el centro de la habitación una cama y dentro de la cama el Monstruo. Cubierto por unas sábanas blancas y limpias no parece de pronto un Monstruo: parece tan solo un muchacho enfermo.

Una cama. Seguramente es la primera vez que el Monstruo contempla las cosas desde lo alto: una cama y un segundo piso. Nunca llegará más alto. Nacer y morir en la casa; la vida que se cierra.

—Miguel —dice el médico, dando un paso titubeante hacia la cama.

La boca entreabierta del Monstruo jadeando estertorosamente, como si también él hubiera llegado galopando hasta este instante.

—Miguel —repite don Fernando. Su mano, la mano del médico, detenida en la frente del Monstruo.

Tiene mucha fiebre. Tiene fiebre y sangre en la boca y muy poco que pueda hacerse al respecto.

—Miguel. Soy yo: Fernando. ¿Te acuerdas de mí, Miguel?

La respiración se acelera de pronto. Sus casi dos ojos relampaguean un instante, en busca de los ojos del médico.

—Claro que te acuerdas. Hoy no me acordé yo de traerte pan, Miguel.

Le tiembla la voz. Le deslumbran, con una intensidad nueva, los pensamientos. No se ha acordado del pan y no se ha acordado tampoco de mandar traer hielo de los neveros de Peña Labra: para conservar el cuerpo. No piensa en la autopsia y no piensa en nada que esté fuera de esta habitación. Piensa, si acaso, en la luz de las estrellas, tal y como le gusta verlas flotando en el agua de la ría. Piensa que el Monstruo nunca ha visto el mar; que acaso nunca ha mirado las estrellas.

Nunca pensó en casarse ni en criar un hijo. No tenía tiempo para eso.

Una vez tuvo un amigo. Lo perdió porque no tenía tiempo tampoco.

Pero tal vez quede, después de todo, tiempo para una última cosa. Porque al fin el Monstruo lo ha mirado; ha extendido una mano temblorosa, muy despacio, hasta tomar a Fernando por la pechera —su mano que ya no está sucia y las uñas que ya no son negras; va a morir con las uñas cuidadosamente cortadas—. ¿Acaso quiere decirle algo? Sus ojos brillan con intención. Su boca se abre y se cierra, en un balbuceo inconcluso. ¿Verdaderamente quiere decirle algo? Busca la oreja de Fernando y Fernando se inclina un poco más hacia él, expectante.

Sería hermoso que la vida del Monstruo terminara así. El propio Fernando acierta a pensarlo: cuánto le gustaría que ahora dijera alguna de las palabras que ha tratado de enseñarle. Agua, para nombrar la sed. Pan, para nombrar el hambre. Eso está a punto de hacer, el Monstruo. Por un instante a Fernando no le cabe ninguna duda, y por eso entrega su oreja a los labios humanos del Monstruo; para guardarse solo para sí la primera y última palabra del Monstruo. Sería hermoso, sí, pero quizá también pedir demasiado. Así que al fin la boca de Miguel no pronuncia ninguna palabra. Emite algo semejante a la letra eme y luego, simplemente, eructa; y tras ese eructo, simplemente, se muere.

Sería hermoso que ahora Fernando llorara. El propio Fernando acierta a pensarlo. Sería hermoso pero la vida no es casi nunca hermosa, decide. Así que no llora: al final no llora. Y sin embargo hay algo en su mirada, algo en el modo en que le cuelgan los brazos y le pesa de pronto el cuerpo, algo en su gesto, que todos los presentes —el sacerdote que espera y la hermana que escurre un paño y hasta el niño que juega—, de alguna manera, comprenden.

¿Y la madre del Monstruo?

La madre del Monstruo está apoyada en el quicio de la puerta, contemplando la escena con dureza. No está contenta. Sería injusto decir que está contenta, aunque seguramente no está triste tampoco. Solo piensa: este se cree que me la va a dar, con esa mirada de carnero degollado. Y no, no me la da. Bien sabe ella que al Señor no le duele la muerte del Monstruo; que lo que le duelen son los veintiséis escudos de oro.

1984 Un grito en la oscuridad. Una pesadilla. Mercedes que despierta bañada en sudor, gritando todavía.

—Merche. ¡Merche!

Emilio ha encendido la luz de la lamparita y se vuelve para zarandearla. Mercedes con los ojos muy abiertos mirando sin ver el techo del dormitorio. Lágrimas en esos ojos.

—¿Estabas soñando?

Eso mismo se pregunta Mercedes. ¿Realmente soñaba? ¿Era un sueño, esa cosa terrible que acaba de presenciar? Bien pensado: ¿Qué es eso que acaba de presenciar? ¿Qué ese algo aterrador? No se acuerda. Ninguna imagen. Solo queda el dolor, el miedo, el asco que le despertaba el sueño: nada más. Pero por alguna razón sigue llorando.

—¿Por qué lloras?

—No lo sé...

—Solo ha sido un sueño. ¿Por qué sigues llorando, Merche?

Y ella, llorando todavía:

—No lo sé. No lo sé. No sé, por qué lloro...

Miguel Gervasio Sánchez, treinta y siete años de edad 1761
—lo llamaban el Monstruo, el Pecado de la Familia, la
Desgracia; el Becerro, la Criatura, la Cosa; solo dos per-
sonas lloraron su muerte, una en 1761 y otra en 1984;
murió, sin autopsia fue enterrado—. Bárbara Bracho, es-
posa que fue de Gabriel de Tagle, sin descendencia —fue-
ron primero años de espera y luego años de rabia y por
último años de resignación; años de muchos tapetes bor-
dados y muchos atardeceres contemplados desde la ven-
tana—, murió, fue enterrada. María Gómez Calderón, 1759
apareció ahogada en el río de la Corredoria, en el agua
murió; en la tierra la enterraron. Manuel de la Vega, abo- 1749
gado de los Reales Consejos —sus manos siempre lim-
pias, sus zapatos siempre bien encharolados, su nariz
un poco más alta de lo que a su estatura corresponde,
levemente contraída, como si en alguna parte de Toña-
nes o en todas partes persistiera un mal olor al que hu-
biera que resistirse—, murió, fue enterrado. Antonia de 1745
Tagle —tenía un hijo sin padre reconocido y un miedo
atroz a que los hombres la tocaran o la miraran siquiera;
qué indecencia, murmuraban los vecinos al verla andar
por la mies con la criatura en brazos; y más riguroso que

ninguno José Revuelta el de la Herrán, señalando con su
pipa encendida a aquel niño sin padre y a aquella mujer
1743 sin vergüenza—, murió, fue enterrada. Diego Gómez de
Carandía, dejó cien reales para su hija Bárbara, monja
profesa en la Purísima Concepción de la Canal de Vi-
1740 llacarriedo, murió, fue enterrado. Domingo de Mogro,
demenciado —llamadme Dios, gritaba en los últimos
tiempos, con su vozarrón profético; y ellos se lo llama-
ban, porque si no estallaba en accesos de ira incontrola-
bles, y su ira, la ira de Dios, podía ser terrible; decía que
cuanto aparecía en los Santos Evangelios era papel mo-
jado, que otra vez el Hijo de Dios había venido a la tierra,
había venido a Toñanes, para redimir al género humano,
y ellos, gentes miserables, debían escuchar cuanto tenía
que decir; y luego cierto día Dios se puso muy enfermo
y dijo al fin que la enfermedad que estaba por llevárselo
no era enfermedad sino gozoso tránsito, y que conforme
a las Escrituras resucitaría al tercer día y se llevaría a su
seno a los toñanejos que en Él hubieran creído; y cuando
al fin murió hubo chanzas y bromas, pero tampoco faltó
quien accediera a la iglesia al tercer día y se parara a es-
cuchar si se remecía el tablado del suelo; y no ocurrió,
claro, ellos ya lo sabían pero igual fueron a ver y escu-
char, porque quién sino Dios sabe, dijeron, persignándo-
se, y allí bajo las tablas quedó Domingo ya para siempre
1738 muerto, enterrado—. Manuel José, párvulo, hijo que fue de
Manuel de la Vega Soto y Rosa de la Torre Cossío —fue
un bautismo de socorro; el párroco llegó sin respiración
pero llegó y sus padres respiraron de alivio y agradeci-
1736 miento—, murió, fue enterrado. Juliana de Tagle, viuda
de Miguel de Cossío, dejó cinco hijos —eran seis, solo un
mes antes habían sido seis; a la madre aún no se le ha-
bía bajado la tristeza por la muerte de la pequeña María
cuando— murió, fue enterrada. María de Cossío, hija de
Juliana de Tagle y Miguel de Cossío, murió, fue enterrada.
1735 Elena Bernardo de Quirós, viuda de Bernardo de Cossío,

dejó cuatro hijos —era rica, tan rica que parecía que no
iba a morirse nunca; sus hijos lloraron un poco durante
su agonía, pero más que nadie lloró su criado; habían
dispuesto para él un jergón de borra en el altillo del pa-
lacio de los Cossío y en ese jergón miserable lloró has-
ta quedarse sin voz y sin lágrimas; ahora ya no tendrá
a quien servir ni tampoco donde dormir—, murió, fue
enterrada. Francisco de Revuelta, sin esposa ni sucesión 1734
—no le gustaban las mujeres sino los hombres; ni los ve-
cinos de Toñanes, ni en cierto modo el propio Francisco,
lo supieron nunca—, murió, fue enterrado. Ana María 1731
Josefa, párvula —lo último que escuchó fue una nana,
la misma nana de siempre, tal vez un poco más lenta,
un poco más suave, un poco más quebrada; las palabras
como resbaladizas o mojadas por las lágrimas—, murió,
fue enterrada. Pedro de Quintana, mandó subastar cier- 1730
tas heredades para costear las misas gregorianas —doce
carros de tierra a cambio de la salvación eterna—, murió,
fue enterrado. Juan Antonio de la Torre Cossío, padre de
cuatro hijas, todas hembras —y con ellas el miedo de que
las preñen, el miedo de que no se casen, el miedo de que se
casen y no se preñen—, murió, fue enterrado. Mencía de la 1728
Torre, hija que fue de Juan Antonio de la Torre y María
Antonia de la Torre —cinco hijas que dormían en una
cama y media—, murió, fue enterrada. Francisca Revuel- 1727
ta, esposa que fue de Domingo de Mogro —fue un matri-
monio obligado o medio obligado, y sin embargo Domin-
go de Mogro lloró tanto en la orilla de su cama; tanto
que él mismo no acertó a encontrar palabras para expli-
carlo—, murió, fue enterrada. Luis Íñigo Tadeo, párvulo
—nació blanco y desmedrado, lloraba mucho, a veces
agarraba teta y otras veces se resistía desesperadamente;
sus padres nunca le tuvieron demasiada fe—, murió, fue
enterrado. Antonio del Pino y Vargas, casado en segun- 1725
das nupcias —amó más a la primera esposa que a la
segunda—, murió, fue enterrado. Toribio de Mogro, el

1723 menor, murió, fue enterrado. Francisco José Ramón, pár-
vulo, murió, en el sitio acostumbrado a los párvulos fue
enterrado —al principio era solo una de las esquinas del
ábside, del lado del Evangelio, y a los padres de los niños
muertos les resultaba más o menos fácil acercarse a co-
mulgar sin pisarlos; pero día a día este pequeño cemente-
rio fue creciendo, enseñoreándose de toda la iglesia,
se convirtió en un paraíso enorme, el paraíso de los ni-
ños, porque hay en este lugar, por pequeños que sean
sus cuerpos, más lastre de niños muertos, más fanegas
de huesos que en la iglesia al completo; y es ahí, preci-
samente, en el sitio acostumbrado a los párvulos, adon-
de el párroco se dirige con una palanca en una mano y el
cuerpecito del niño en la otra, acunándolo como si to-
davía estuviera vivo: levanta la tablazón mil veces suelta
del suelo, ese suelo que ya casi es trampilla de acceso
a quién sabe dónde, una puerta o una ventana nunca del
todo cerrada, y por esa puerta desciende ahora el bulto
amortajado de Francisco José Ramón, párvulo; la me-
dia arroba de niño muerto y ahora también enterra-
1720 do—. Jacinto de Mogro —fue párroco de la iglesia de
San Tirso durante casi treinta años; en ese tiempo alcan-
zó a enterrar a noventa y seis feligreses y desenterrar
ciento cuarenta y siete ammonites—, murió, a él tam-
1719 bién lo enterraron. Pedro Ruiz, marido que fue de An-
tonia Revuelta, enfermó la noche del 31 de diciembre
—afuera se oía el ruido de las cencerradas y las algaza-
ras, mientras los toñanejos comían caracoles a la monta-
ñesa o salían a deambular por las callejas enmascarados
o se conjuraban para intercambiar los carros de los veci-
nos enfrentados, y luego, cuando al fin sonaron las doce
campanadas de la iglesia y se arrancaron a tirar por la
ventana los aperos inservibles (un cencerro sin badajo;
un trillo que ha perdido todos los pedernales; una hoz
herrumbrosa y ya sin filo), Pedro soñó que caía y caía, él
mismo una de esas cosas sin uso y sin propósito, uno de

aquellos restos del año viejo que a la mañana siguiente habría que barrer de las cunetas; y mucho antes de sentir que llegaba al suelo— murió, y dos días después fue enterrado.

Solo dejan esto: una moneda de dos reales, que An- 2021
tonio del Pino y Vargas arrojó a la presa del molino de Bolao, un poco sin ningún motivo —tal vez estaba pidiendo un deseo; quién sabe lo que pedía—. Poco más de cinco gramos de plata, enterrados bajo treinta y cinco centímetros de fango y bajo cuatro metros y medio de agua represada: eso es cuanto dejan.

La primera mañana del año. La noche anterior se oyó 1891
hasta altas horas de la madrugada el ruido de las cencerradas y las algazaras. Los mozos cenaron caracoles a la montañesa y salieron a deambular por las callejas enmascarados o a marcear en las puertas de las casas, y luego, cuando al fin sonaron las doce campanas de la iglesia, se arrancaron a tirar por la ventana los aperos inservibles —un cencerro sin badajo, un trillo que ha perdido todos los pedernales, una hoz herrumbrosa y ya sin filo.

Todo eso hicieron, anoche, y también algo más.

Ese algo más es precisamente lo que preocupa a Higinia. Acaba de despertar en su cama con el primer albor del día, transida de inquietud y de frío, y mientras se calza los pies ateridos y se recoge el cabello canoso y se echa por encima de los hombros el mantón no acierta a pensar en otra cosa. Dios mío, murmura para sí, que este año no. Que este año por fin ya. Que nos dejen de una vez por todas en paz. Sabe muy bien que no, que este año será lo mismo que los años anteriores, pero de todas formas se lo pide a Dios: por si acaso. Luego se acerca a la ventana, toma aire y descorre de un tirón la cortina.

—Carajo —dice.

Ahí está, otra vez. Aparcado en la socarrena de la casa, un carro que no es el suyo. Atada al carro, una yegua que no es la suya tampoco. Dentro del carro, una leña que ella no ha tajado. Sabe muy bien a quién pertenecen todas esas cosas: a su mortal enemiga Manuela Villegas.

Manuela: la más perversa de todas las mujeres. Bruja entre brujas y puerca entre las puercas. Ladrona e hija de ladrones. Nieta y lo que va después de nieta de ladrones también. Toda su familia de la mismísima piel del Diablo. Con el alma más negra que la panza de una olla: así, así mismo es Manuela.

Y ahí abajo están su yegua y su carro. ¡En su propia casa! Del carro de Higinia, de su vieja yegua Estrella, ni rastro.

Lo mismo, lo mismo que todos los años. Lo que una tiene que aguantar. Señor, dame fuerzas.

Y lo que una tiene que aguantar son, resumiendo, dos cosas. La primera y más importante: aguantar a la propia Manuela. Eso es cosa de cada día y de cada año. Porque el pueblo es demasiado pequeño para ellas dos e Higinia siempre ha odiado a Manuela, y Manuela siempre ha odiado a Higinia. Desde que no abultaban ni esto. Desde que dieron sus primeros pasos y dijeron sus primeras palabras y tuvieron boca con que insultarse y manitas con las que pegarse. Desde entonces es que se odian.

La segunda cosa que hay que aguantar es esto: que por la noche los mozos del pueblo les corran los carros. Eso, por suerte, solo hay que aguantarlo una vez al año: cada noche de fin de año.

La cuestión de los carros empezó hace ya mucho tiempo, quién sabe cuánto. Tal vez diez, tal vez quince años. Una mañana de año nuevo Higinia salió a la socarrena de su casa y en la socarrena no encontró ni su carro ni su yegua, sino una yegua y un carro que no eran suyos. Al principio ni siquiera reconoció ese carro. Porque Higinia conoce de un golpe de vista las yeguas y los carros de todos los vecinos del pueblo, pero siempre aparta la vista cuando ve a Manuela segando sus prados o trillando en la era. Nunca había visto tan de cerca nada que perteneciera a Manuela. Pero luego, a fuerza de dar vueltas y vueltas al carro, acabó comprendiendo. ¡Aquel era el carro de Manuela! ¡Su yegua! Era cosa de los mozos del pueblo: lo supo de inmediato. Y supo también que en ese momento Manuela estaría dando vueltas y más vueltas a su carro, y que el año iba a empezar del modo más difícil: teniendo que verle la cara a esa puerca hija de mil padres, todos ellos puercos como ella.

Que Dios maldiga a los mozos, pensó entonces Higinia y piensa también ahora.

Por más que se lo dijo y se lo repitió no le hicieron ningún caso. Que de nada iba a servir: eso les dijo. Que estaban perdiendo el tiempo con ellas. Por más que se empeñaran, la Manuela y ella no se iban a tratar. Iban a estar así, enconadas y rozadas para los restos. Así que más valía que se guardaran sus jugarretas para otros: por ejemplo los Gómez y los Obregón, que también estaban de punta, pero lo mismo con un poco de ayuda se avenían. A lo mejor les bastaba algo tan simple como eso, tener que intercambiarse los carros, para tener que hablar y tratarse de nuevo. Pero los mozos: nada. Ellos erre que erre y risa que risa, que no, doña Higinia, que nosotros no vamos a parar, que la Manuela y usted se arreglan aunque sea lo último que hagamos. Que queremos que en este pueblo haya paz. Ustedes tienen que entenderse.

¡Entenderse ella, con la Manuela!

Desde entonces ha llovido lo que ha llovido. Muchísimo. Ya los mozos son otros, porque los de antes crecieron, y otros niños vinieron a ocupar su puesto. Cambiaron los mozos pero no cambiaron sus terquedades: porque ahí siguen, año tras año, poniendo el carro de

Manuela en la socarrena de Higinia y el carro de Higinia en la socarrena de Manuela. Y total para qué: para nada. Porque pese a todo, Higinia y Manuela nunca hablan. Solo hacen eso: encontrarse en mitad de la cambera, carro contra carro, y recuperar lo que es suyo, a ser posible sin mirarse siquiera. Sin hablar tampoco. Todo lo más, una de ellas dice «Eh», en el momento de subirse a su carro. «Eh», contesta la otra. Esas son todas las palabras que se dirigen: una sola vocal, cada año. Y bastantes les parecen.

Diez años así. Puede que quince. Quince años teniendo que encontrarse con la Manuela, con ganas de escupirle pero no, con ganas de romperle la crisma pero tampoco. Solo hacen esto: decir eh y eh y luego intercambiarse las riendas y las riendas.

Sesenta años sin hablar; y sumando.

¿Cuándo empezó todo? A veces Higinia se lo ha preguntado. No es que vaya a cambiar las cosas, pero igual se lo pregunta. Fue hace mucho, sí; cuando no eran ni así de altas, de acuerdo, pero ¿cuándo exactamente? ¿Y por qué? Ha escuchado decir que es una cosa que viene de antiguo, lo de su malquerer; de mucho antes de que ellas dos nacieran. Porque sus padres también se odiaban, y también sus abuelos, y es de suponer que primero se odiaran los abuelos de sus abuelos. Hay quien dice que el motivo primero, el origen de todo, tuvo que ver con cierta finca enorme, enormísima, que había en la Corredoria, junto al pontón. Esa finca era del abuelo del abuelo de Higinia, pero el abuelo del abuelo de Manuela se la robó con malas artes. Al menos eso es lo que contaban los padres de Higinia. Manuela, tan embustera, anda contando a quien quiera escucharla otra cosa: que esa finca era del abuelo de su abuelo, y que fue el abuelo del abuelo de Higinia el que se la robó con malas artes. Es difícil de comprobar, el asunto, porque el hecho es que ya ninguna de las dos familias tiene una finca ni grande ni pequeña en la Corredoria. Pero que esa finca existió, seguro. Y que fue la familia de Manuela la que se la robó a la familia de Higinia, seguro también: a los Villegas se les ve lo ladrón hasta en el blanco de los ojos.

En eso piensa Higinia ahora, mientras se viste. Mientras enciende el fuego y pone a cocer la leche del desayuno. Leche solo para ella. Porque Higinia está sola en el mundo, como sola está Manuela. A Manuela se le fue su único hijo a Andalucía, no por necesidad, sino porque no aguantaba a su madre: de eso está segura Higinia. Y se le murieron no un marido ni dos, sino tres. ¡Tres maridos ha enterrado, la maldita! A Higinia le quedan todavía algunos dientes en la boca y una convicción que nada ni nadie podrá quitarle: que la bruja de Manuela los fue envenenando a todos. Tres maridos muertos, nada menos. ¿Es para sospechar o no es para sospechar? Mataviejos: así la llama, a la Manuela. Ella, la propia Higinia, también tuvo que enterrar a un marido, pero uno solo, y además el suyo murió de muerte natural. Era más bueno, su Tomás. Higinia lo quiso de un modo del que la Manuela no es capaz de querer a nada ni a nadie. Y también ella tuvo que ver marchar a un hijo, pero el suyo por una buena causa: por España. Está sirviendo en el ejército y cada tanto —cada mucho tiempo, porque las comunicaciones son malas— le escribe cartas bellísimas que Higinia guarda en una vieja caja de sombreros.

Las diferencias, pues, saltan a la vista. Manuela está sola porque envenenó a tres maridos y porque su propio hijo no quiere vivir con ella. Higinia está sola porque España necesitaba a su Carlitos y porque Dios quería para sí a su Tomás.

Un suspiro, con el bigote manchado del blanco de la leche.

Sale a la calle. La mañana muy fría y muy blanca; el cielo del color del hueso. Al ruido de la puerta, la yegua de Manuela vuelve la cabeza, con una curiosidad más bien lánguida. Las primeras veces coceaba y relinchaba, asustada de estar en una socarrena que no era la suya; ahora todo le parece bien. Quizá es que se está haciendo vieja. O bien que ya le ha cogido costumbre a la casa de Higinia y a la propia Higinia. Es que son ya muchos años: diez o quince, por lo menos.

Higinia echa un vistazo torvo a la leña cortada en el interior del carro. ¡Qué mal cortada, la leña! ¡Qué mojada y qué mal escogida! A quién se le ocurre. A la Manuela.

Mira el carro, con la pintura ya toda descascarillada. Cuánta miseria, cuánta.

Mira la yegua. ¡Qué flaca, la pobrecita! Ni esa cosa tan simple sabe hacer Manuela: dar de comer a su propia yegua.

Otra vez, un suspiro.

—Anda, acabemos con esto de una vez, Canela —dice, trepándose con esfuerzo a lo alto del carro y cobrando las riendas.

Canela: así se llama la yegua de Manuela. Y antes de gritar «Arre», Higinia le palmea el pescuezo con algo parecido a la ternura, porque qué culpa tendrá la pobrecita de lo mala que es su dueña.

1909 —¡Andrés!

—¡Voy, mi madre!

—¿Qué te quería ese señorito?

—¿El hombre del carruaje? Iba preguntando por un rumbo.

—¿Y por qué rumbo preguntaba?

—Por la cueva de las Aguas.

—¿La cueva de las Aguas?

—La cueva de Novales, madre. La que anda por el barrio de la Herrería.

—Ya sé dónde está la cueva de las Aguas. Pero ¿qué tripa se le había roto al señor con esa cueva?

—No sé.

—¿Y no se lo preguntaste, tarugo?

—Me dijo que era arquiólogo. Que venía por esa cuestión. Por el asunto arquiología.

—¿Arqui qué?

—Arquiología, madre.

—¿Y tú sabes lo que es eso?

—No sé. Me pareció entender que algún juego de señoritos. Pero dijo que me daría una peseta.

—¡Una peseta!

—Sí, madre. Una peseta por decirle el paradero de la cueva.

—¡Una peseta, nada menos! Sí que le importaba al señor la cueva roñosa aquella. ¿No te preguntó nada más?

—No. Solo que si sabía de la cueva tal y tal. Bueno, y por la cuestión de las pinturas. Si es verdad que la cueva tenía unos pinturones rojos en lo profundo de la cueva, como representando vacas.

—Te preguntó por las pinturas, ¿eh? Y tú ¿qué le dijiste?

—Pues que sí las tenía. ¿Qué le iba a decir? Que vacas yo no sé si serían, esa es la verdad, pero que pinturas es verdad que había. Muy rojas, como hechas con sangre...

—Y él, ¿qué dijo?

—Pues no se lo va a creer, madre. Cuando le dije de las pinturas... ¡me puso en la mano un duro!

—¡Un duro!

—¡Sí, madre! Mire, mire.

—¡Un duro, por unas cuantas palabras!

—Sí, madre. Nada más que por un pedacito de conversación.

—A los de la ciudad no hay quien los entienda... Porque venía de la ciudad, ¿no?

—Escarpines buenos llevaba. Y buena chaqueta, y buen sombrero.

—Eso me pareció. Pero aun con todo veinte reales son muchos reales, ¿no te parece?

—Muchos son, sí.

—No entiendo, hijo. Por más que le doy vueltas, no entiendo qué tripa se le ha roto al señor con esa cueva...

1891 Dos carros detenidos frente a frente, en el punto convenido de la calleja. Higinia baja del carro de Manuela. Manuela baja del carro de Higinia. Se intercambian las bridas, procurando no tocarse las manos. Higinia sube al carro de Higinia. Manuela sube al carro de Manuela. Unas últimas palabras, antes de emprender el regreso a casa.

—Eh —dice Higinia.

Y Manuela:

—Eh.

1909 —¡Andrés!

—¡Voy, mi madre!

—Escucha una cosa. Porque estuve cavilando y cavilando...

—¿Qué caviló, madre?

—Ese señor que te preguntaba... ¿No vendría tras el tesoro?

—¿Cuál tesoro?

—Pues un tesoro que andará escondido en la cueva de las Aguas. Anda que no tengo oídos yo romances de tesoros escondidos en cuevas. Dime, ¿y si fuera un tesoro lo que anda buscando?

—¿Usted cree?

—¡Qué va a ser si no! Dime tú quién te iba a dar a ti,

zopenco, un duro nada más que porque le des señales de un agujero en la tierra... ¡Piensa cuántos duros espera encontrar ese señor en lo hondo para regalarte uno, sin que se lo pidas y sin que le tiemble ni un poquito el pulso!

—Pero madre, ¿a santo de qué iba a haber un tesoro en la cueva?

—¿No te digo yo de los romances y los cuentos? En todos ellos hay algún tesoro escondido en alguna cueva. Tesoros de los moros y tesoros de los piratas y tesoros de los ojáncanos y las anjanas. Espérate tú si las pinturas rojas aquellas no las hicieron los piratas, para tener señalados los arcones de plata y las onzas de oro...

—Pero si eso de los ojáncanos y los piratas es invención, madre. Cuentos y nada más que cuentos. Piratas y ojáncanos nunca hubo.

—¡Ah! Mucho sabes tú. Muy claro lo tienes. ¿Apostarías tú un duro a que en esa cueva no hay tesoro? ¡Pues ese señor, ya ves, apostó el duro! ¡Por algo sería! ¡Zopenco, más que zopenco!

—¿Y ahora por qué me insulta?

—¡A poco no te voy a insultar! ¡Puñados de oro y alhajas, en esa cueva, y tú los cambias por un duro roñoso! Más tonto que Moisés, que vendió la primogenitura por un plato de alubias.

—Pero madre...

—¡Déjate de madres y corre por los sacos y la azada! ¡Toma la pala! ¡El candil de aceite! Acaso si vas por la Cotera, llegues antes que el señor aquel. Aunque conociendo lo necio que eres... De fijo le enseñaste el camino bien enseñado, con todos sus atajos. ¡Si es que tengo un hijo necio, que no ve más allá de sus narices ni más profundo que el hoyo de las patatas! ¡Anda, no me hagas maldecir más y corre, corre por la azada!

-12.543 Está sentada en el umbral de la cueva, con los ojos achicados por el sol. Tiene la mirada fija en un rincón de la espesura, no como quien mira sino como quien recuerda. Anoche volvió a soñar. De ese sueño recobra ahora, cada tanto, algunas hilachas de imágenes. En su sueño había ciervos y hombres y una criatura que no se sabía si era hombre o ciervo. Había un valle que nunca antes ha visto. Dos soles en el cielo y ninguna luna. ¿Dónde están ahora todas esas cosas que anoche mismo existían? El valle era o parecía bueno para la caza: ojalá regrese esta noche, piensa.

La mujer bosteza. La mujer se aparta algunos cabellos hirsutos de la cara. La mujer toma un pedernal grande como un puño y otro pedernal más pequeño. Hay que llamarla así, la mujer, porque su nombre es un misterio. Quién sabe si tiene nombre siquiera. Puede que se llame Ciervo o Serpiente de la Llanura o Bisonte Furioso, pero todo eso ¿en qué lengua? Podría llamarse Osa Dormida, porque está embutida en una especie de pelliza de piel de oso y está, también, medio dormida. Los primeros nombres fueron, seguramente, nombres de animales. Eso significa que los animales tuvieron nombre antes incluso que los seres humanos. Cuando el bisonte ya se llamaba bisonte desde hacía generaciones, los hombres y mujeres que los cazaban todavía se referían los unos a los otros con un gesto. Tal vez se señalaban con el dedo. Un día —una noche, en torno al fuego— se miraron con ojos nuevos y dijeron: Tú eres el lobo. Tú el caballo. Tú, tan chiquito, el ratón. Y aquella noche se fueron a dormir felices y perplejos con sus nuevos nombres, y comprendieron tal vez que los bisontes y caballos que habían pintado en las paredes de sus cuevas siempre fueron, de alguna forma, autorretratos.

Osa Dormida ha comenzado a entrechocar sus pedernales. Es un movimiento lento y repetido, una percusión exacta y desprovista de toda reflexión. Mientras

lo hace, puede seguir soñando. Tal vez canta. ¿Qué es lo
que canta? Cada tanto, salta una esquirla de piedra o una
chispa fría que se extingue sin prender la yesca. Osa Dor-
mida persevera. Sus ojos miran sin mirar mientras sigue
soñando o cantando. Solo se deja arrastrar por el trance
rítmico de la piedra chocando contra la piedra; la músi-
ca de la que nace el fuego desde la noche de los días. No
sabe que hubo un tiempo en que este gesto no existió:
que antes de él hubo infinitas tentativas, infinitas noches
sin llama en el hogar, hasta dar con este gesto insignifi-
cante, que uno puede hacer mientras piensa en otra cosa.
Cree que el fuego siempre ha sido y siempre será: que per-
tenece a los hombres con la misma rotundidad que al
ciervo le pertenecen sus astas o al pez el agua que res-
pira. Por eso, cuando al fin prende la chispa y la yesca
comienza a humear, no hay ningún rastro de alegría en
ella, solo el perezoso cumplimiento de la rutina, como
no hay alegría tampoco en la llamita que Román Igle- 1903
sias acaba de encender al rascar el fósforo; como mucho
hay un diminuto goce en el cigarrillo que acaba de pren-
der con ella. Aunque goce tal vez no es la palabra, porque
solo quien no fuma puede gozar o detestar un cigarrillo;
para el fumador el cigarrillo consiste en otra cosa. ¿En
qué otra cosa? Román Iglesias se lo pregunta, lo ma-
dura lenta y concienzudamente, mientras apura su ci-
garrillo: tendrá que fumar otro, piensa, si quiere descu-
brir por qué fuma. Al llegar a casa está ya oscuro y no le
quedan fósforos: se afana en prender el pábilo de la vela
con la colilla todavía encendida. La llama del fósforo ya
apagado, que todavía sobrevive en el ascua de su ciga-
rrillo. Un poco de humo y entonces, otra vez, la llama.
La vela que se enciende y con ella todas las velas de To-
ñanes: velas solitarias o agrupadas en candelabros, velas
para quien reza o para quien folla, velas ardiendo para
dar luz o para fabricar intimidad o para construir mis-
terio. Una vela encendida a san Judas Tadeo, patrón de las 1643

causas perdidas: es María Vélez quien la enciende y es
la suya, efectivamente, una causa ya perdida —su hijo
Tirso no volverá; hace un mes que lo enterraron en la
1860 campiña de Rocroi—. Otra vela: la que enciende Mar-
cela de Villegas en su ventana, mientras sus padres aún
permanecen despiertos —esa es la señal, no la vela sino
la ausencia de la vela; cuando finalmente se apague, An-
tonio Gutiérrez sabrá que es tiempo de saltar la cance-
1987 la—. Dos velas más: presiden el altar de la iglesia de San
Tirso; el monaguillo acaba de encenderlas, no por devo-
ción sino por los cinco duros que dan por asistir al cura.
1994 Aun otra vela: es una ouija en la casa abandonada de
Clarita —a Julián le esperan muchas noches de pesadi-
llas—. Son muchas, las velas, son miles de velas y son
millones de abejas que han sacrificado sus vidas para
que en las noches de Toñanes haya luz o algo parecido
a la luz; un fuego sostenido y diminuto que salta de una
1626 / 1887 vela a otra y de las velas a las lámparas de queroseno, los
1942 / 2007 hornillos de gas, la placa de la vitrocerámica Fuego que
da luz y fuego también que da calor, quién sabe si inclu-
so un poco de consuelo, el hogar encendido y la familia
1698 dispuesta en torno en un círculo silencioso, Úrsula de
Mogro que ve en la lumbre los cuentos que le contaban
de niña y acaso tiene la confianza de repetirlos, mien-
tras sobre el brasal se cuece la olla podrida o se tuestan
las castañas o se asan los tortos de borona. En torno a las
palabras de la vieja, el silencio, porque el fuego siem-
pre se ha avenido bien con los pensamientos. Llamas la-
miendo la marmita que pende del llar y llamas también,
1898 las mismas llamas, calentando la noche al raso de los
1948 cazadores; ardiendo dócilmente en la chimenea o en la
hoguera de San Juan que Pedro de Andrés acaba de sal-
2009 tar; dorando las costillas de cerdo que Vicente Rugama
se afana en asar en la barbacoa. Solo que no sabe cómo
hacerlo, porque Vicente tiene un MBA y un máster en la
Universidad de Lovaina pero ninguna experiencia en

cuestión de barbacoas; con todos sus títulos y sus ochenta mil euros al año, en Toñanes es solo otro veraneante más que no sabe encender el fuego, o peor aún, que no sabe cómo apagarlo, la parrilla en llamas y Vicente que esgrime con torpeza las tenazas, que trata de rescatar las costillas humeantes —no lo logrará o no del todo; esta noche él y su familia cenarán en la pizzería Quo Vadis de Comillas, sin confianza todavía para bromear sobre el asunto—. Esa es la naturaleza del fuego, crecer desde lo diminuto hasta lo inmenso, de la luz al calor y del calor al miedo, un viaje desde la chispa inofensiva hasta las llamas que acaban de destruir la cena y si pudieran destruirían cosas más preciadas, porque está en el propósito del fuego no devorar solo los leños de la chimenea sino la casa al completo, y por eso hay que respetarlo, al fuego, hay que honrarlo y temerlo como se honra
y se teme al mar que da vida y también la quita, el leño 1943
en llamas que rueda fuera de la chimenea y el fuego del
hogar que se propaga a las cortinas y el robledal de su 1804
Real Majestad el Rey que rompe a arder sin motivo, un accidente, dirán, un cigarro mal apagado, dirán, solo que no es un cigarro ni mucho menos un accidente, es un muchacho que sabía muy bien lo que hacía y encendió una hoguera en cada una de las cuatro esquinas del bosque, al diablo los robles de su Majestad el Rey, piensa ese muchacho —piensa todo el pueblo—, al diablo toda esa madera reservada por Decreto a la Fábrica Real de Navíos, hagamos nuestro lo que es nuestro, devolvamos a la tierra sus panojas de maíz y sus viñas y sus huertos con que saciar las tripas. El bosque en llamas y los vecinos de Toñanes que van saliendo, uno a uno, a los umbrales de sus casas, con los rostros transfigurados por el rojo del fuego y en sus ojos crepitando algo semejante a la esperanza, las campanas que suenan inútilmente y nadie para ayudar a los pocos que dicen que, bueno, tal vez habría que hacer algo, ¿no?, pero no, no hay que hacer

nada, la tierra ya no es nuestra y el fuego no es nuestro
tampoco, son cosas del Rey, dicen o parecen decir, deje-
1936 mos que el Rey cuide lo que es suyo. Esas campanas, las
mismas campanas tocando, otro verano y el mismo fue-
go, porque en lo oscuro de la noche alguien ha forzado
la ventana de la sacristía para arrojar dentro una lámpa-
ra de queroseno, al diablo la Santa Madre Iglesia Cató-
lica, piensa ese alguien sin nombre —piensan algunos
más en el pueblo—, al diablo todos esos rezos y todas
esas palabras reservadas para contentar a quien nada tie-
ne y ya nunca tendrá, al diablo los meapilas y los caci-
ques y viva la revolución, viva la revolución, y las cam-
panas que tocan no se sabe si para subrayar o refutar ese
grito, ladridos de perros y ruido de albarcas que vienen
y van en la oscuridad, algunos vecinos que acuden con
baldes de agua y dando gritos a Dios Padre, si es que está
la gente loca, dicen, loca —y mientras el resto, los locos,
no hacen ni dicen nada; se limitan a salir uno a uno a los
umbrales de las casas, los rostros transfigurados por el
fuego y en sus ojos crepitando algo semejante a la es-
peranza—. La iglesia quemada y un año sin misas ni
procesiones, un año con domingos como sábados y con
1937 rosarios rezados en voz baja, hasta que al fin llegan los
soldados con sus fusiles y sus preguntas, y todos los ve-
cinos quieren colaborar, claro, pero qué lástima que nin-
guno haya visto nada, que ninguno sepa nada, ciento
veinte habitantes y ninguna boca abierta, fuera quien
fuera no puede ser de los nuestros, sargento, aquí todos
somos temerosos de Dios. Y tal vez dicen la verdad, por-
que la noche de la Gloriosa Liberación todos, ateos y cre-
yentes, rezan antes de quedarse dormidos, celebrando el
milagro de que no haya entre ellos ni un solo fusilado.
Hay interrogatorios, claro, es inevitable; hay cárcel pre-
ventiva para ciertos sospechosos y puede que incluso
unas cuantas bofetadas y culatazos, pero ninguna muer-
te al fin y al cabo, como para demostrar al mundo que si

el fuego puede encenderse es porque también, en algún momento, se apaga.

El recibidor de una casa en el barrio de la Lastra. Colgando del techo, una sarta de panojas de maíz y dos pajareras vacías. Sobre la mesa, una fotografía de Lola abrazando a su hija, y de Lola abrazando a su nieta, y de Lola abrazando a Lionel Messi. Un york terrier se restriega lánguidamente contra los pies de Lola (ochenta y siete años), sentada en un sillón de mimbre. 2017

¿La luz eléctrica? Ay, no sé yo decírtelo. No sé decirte cuándo llegaría. Pero yo ya era... Tenía unos años ya, ¿eh? Me acuerdo que de niña nos iluminábamos con un farol, que tenía dentro una vela. Y con carbura. ¿No sabes lo que es la carbura? Pues era como una lámpara que funcionaba con carburo. Así la llamábamos: carbura. Parecía una cafetera, toda de metal. Y así nos iluminábamos. Con los faroles y con las velas y con la carbura, que tenía una luz buena, no te creas. Tampoco es que hiciera falta mirar tantas cosas entonces. Uno hacía otra vida. Cuando llegaba la noche, pues ya era de noche, y no le dabas tantas vueltas. No sé cuándo llegaría la luz eléctrica aquí a Toñanes, pero ya fue después de la guerra. Eso seguro. Me acuerdo que era de Oreña el que la traía. Una luz que, fíjate, casi se veía menos que la carbura. Más poca luz... muy poca, muy poca. No como la carbura, que sería una cosa más antigua, pero iluminaba más. Después ya hicieron algo con la luz eléctrica que yo no sé qué sería, pero se veía mejor. Reforzarían con más potencia o algo. Daba gusto, la verdad. De un día para otro se iluminó todo el pueblo. Dentro de las casas, claro, que por fuera todavía tardarían muchos años. Y la televisión, también, que no sé si llegaría también por entonces. Qué inventos, madre. Me acuerdo que mi hermana Mina, que vivía ahí donde vivieron tus abuelos, tenía una televisión... No sé yo si sería la primera del pueblo, fíjate. Me parece que por aquel entonces Mina la tenía y no la tenía nadie más. Y se llenaba aquello de críos, los domingos, a verla. ¿En qué año sería? Digo yo que cuando llegaría el agua. El agua corriente, digo. ¿Y cuándo sería eso? No me acuerdo. Tengo muy mala memoria. Pero fíjate, Florita tendría... diez u once años. Y ahora tiene cincuenta y nueve. Así que haz tus cálculos. Creo que llegó el agua por entonces. ¿En los sesenta? Pues en los sesenta sería. Antes había que ir a la Fuentona y al río y a todas partes a por agua. Uno tenía mucho trabajo y muy pocas distracciones. Cuánto, cuánto trabajábamos, madre. Tiempo no teníamos. Pusieron un cine en Novales, cuando yo tenía veinte años o así, pero nosotros no podíamos ir. Mi madre no podía darnos dinero. Y luego... Trabajo, todo trabajo. Fíjate que yo he sido la más burra. Como una burra he trabajado. Porque cuando quedaron mi padre y mi madre... los pobres. Tenía que tirar de ellos. A la Fuentona con las vacas, y luego a preparar comida para mi madre y a cuidarla a la pobre, que se puso enferma y ya no podía más. Las vacas daban un trabajo... En el verano las teníamos en la finca grande, ahí, y en el invierno las traíamos a casa. Era una esclavitud aquello. Yo era sola y no podía con las vacas, y atender a mi madre, lavarle la ropa y todo. Es que yo no podía. Y cuando era niña también, mucho trabajo. Fíjate que éramos trece hermanos. En esta casa. Que como estábamos muy separados de edad pues no llegamos a vivir juntos todos, pero aun así. Mira, había cuatro camas en la habitación de atrás. Cuatro camas. En una alcoba pequeñuca había dos camas chicas más. Mi padre y mi madre dormían donde duermo yo ahora: otra cama. Y eso que es el baño ahora era otra habitación con más camas todavía. Y cabíamos. Pero de dos en dos en las camas, ¿eh?

Yo dormía con Pilaru y Mina con Piluca. En la habitación que te digo yo que tiramos. Tini me dice un día, cuando ya la casa era nuestra: ¿Para qué queremos esto, aquí, esta habitación? Y la quitó. La quitamos. Cuánto trabajamos, madre... Y le puso techo raso y le hizo un salón hermoso. Una sala buenísima. Pero yo como soy sola ahora... A mí no me hace falta. Con una habitación tengo. Aquí me paso el día, viendo el... ¿cómo se llama? ¡El *Pasapalabra*! Me encanta a mí eso. Cuánto saben, madre. ¡Y el fútbol! Que le tengo yo devoción al Barcelona y a Messi. Es devoción lo mío. ¡Hasta la camiseta tengo! Todos los goles se los celebro, todos. Eso es lo que me gusta a mí: los goles de Messi y los concursantes del *Pasapalabra*. Ahora ya solo me queda eso: descansar. Pero he trabajado tanto, tanto... Me acuerdo cuando Tini tenía que irse a trabajar a Santander. Porque Tini fue carpintero cuarenta y dos años. No, espérate a ver, ¿cuántos años fue? ¿Con cuántos se jubilaría? Bueno, pues se iba fuera y yo aquí sola. Me tuvo que poner una ordeñadora. Me la compró Tini. Y tuvimos que meter las vacas en la finca de la Fuentona. Y después me compró la ordeñadora, porque yo ya... No podía. Se me acababa la fuerza de los brazos, fíjate. Luego tenía que coger la carretilla. Me la dejó Biel. Dos rueducas y las asas, ¿no? Bueno, pues ponía en el soporte la perola de cuarenta litros, y colgando del asa la de diez, y así desde la Fuentona hasta el puente. Que allí es donde vendían la leche. De antes. Y después que lo descargaba, hala, a la Fuentona otra vez a meter el verde, y a veces no me alcanzaba para dar de comer a las vacas y tenía que segar hasta la noche. Criminal. Así estoy yo. Un dolor aquí atrás... Mal, mal. El otro día me hicieron unas radiografías, pero ya..., qué le va a hacer una ya. Me dijeron que tengo la columna así como... Mira, en vez de hacer esto, hace esto. ¿Escoliosis? Pues a lo mejor. No sé cómo se llama. Pero sé que tengo la columna así y dos vértebras aplastadas que me pinzan los nervios y me dan unos dolores que no puedo, a veces. Sentada, no me duele nada. Sentada y viendo el *Pasapalabra*, estoy en la gloria. Y en la cama. ¡Duermo toda la noche de un tirón! Y sin trabajar. Que yo ya no trabajo más, ¿eh? No trabajo, no señor. Eso para los jóvenes, ¿no?

1904 Esto no es un cuento, sino un aviso. Que nunca vayan las mozas a deshora a lavar al río. Les puede pasar lo que le pasó a la Galana.

Mi abuelo tenía escuchado que la Galana vivió en Oreña hace muchos años; pero si se les pregunta a los de Oreña, te dicen que la Galana era natural de Novales, y si preguntas en Novales te mandan a Fresnedo, y si tienes la paciencia de andarte hasta Fresnedo a preguntar, pues no te extrañe que te digan que la Galana no vivía sino en Toñanes.

Bueno. Para sacar algo en claro, digamos que la Galana vivía en Oreña, tal y como me contó mi abuelo, y que tenía una casa junto al molino de Rodero.

La Galana, ya lo dice el nombre, era bien galana. Le gustaba estar siempre guapa para los hombres, incluso un punto más de lo que conviene. Y por eso, poco se le hacía lavarse la ropa una vez a la semana en el río; que se andaba hasta una o dos veces al día a remojar trapitos y pañuelos, a lucir figura camino real arriba y camino real abajo. A veces hasta por la noche, cuando su familia dormía, para que su madre no le gruñera por aquello de estarse siempre en la calle y sin vigilancia, como una cualquiera.

Una noche la Galana hizo justamente eso, escaparse cuando en su casa todo el mundo dormía, porque a la noche siguiente iba a venir un mozo a pelar la pava en la ventana y no le quedaba ropa a gusto para la ocasión.

Así que caminó hasta el lavadero con el cestillo, tal vez con una vela o hasta sin luz, porque era noche de luna llena.

Tenía por seguro que no se iba a encontrar a ninguna moza lavando, porque el lavadero se quedaba sin un alma tan pronto caía el sol; pero para su sorpresa se topó con una viejecita ahí echada de rodillas, que estaba retorciendo y escurriendo y volviendo a retorcer una ropita contra las piedras del río.

Ay, hija mía, qué bien que viniste, le dijo la viejecita. Mira a ver si tú que eres joven y tienes buenas manos y buenos ojos me ayudas a quitar estas manchas, que llevo acá un siglo y no se le van, no se le van...

Y la Galana, que era medio presumida pero tras de todo tenía buen corazón, se acercó a ver qué podía hacerse. Y vio entonces con horror que el río estaba rojo entero de sangre, pero rojo, rojo, y que la ropa que la anciana lavaba era puro harapo ensangrentado, y que la sangre caía y caía y nunca se iba.

La vieja le explicó como si tal cosa que aquella era la sangre de su hijo; que cierta noche hace un siglo —pero un siglo de los de veras— lo había matado en la cuna porque no se callaba, no se callaba; y que desde entonces andaba ahí, apostada en esa curva del río, lavando la sangre que pese a todo no se iba, no se iba; pobre de ella, tan desgraciada. Y cuando la Galana hizo el gesto de levantarse, blanca como la misma luna por lo que acababa de escuchar, la vieja la agarró de la muñeca y le dijo que no podía dejarla marchar; porque qué sería de ella si pasaba otro siglo así, sin ayuda y sin tener a quién contarle lo mucho que quería a su hijo y las muchas veces que se había arrepentido de haberlo matado.

Y desde entonces —y quién sabe si de ese entonces no hace ya otro siglo— andan ahí la Galana y la vieja, la vieja y la Galana, turnándose en el oficio de limpiar la sangre. Según el decir de mi abuelo todavía puede vérselas a doscientos pasos del molino de Rodero, pero los de Oreña dicen que junto al puente de la Acebosa de Novales, y los de Novales dicen que en el abrevadero de Fresnedo, y los de Fresnedo que acá mismo, a la vera de nuestro mismo puente. Quién tenga la razón, Dios lo sabrá. Lo único que sabemos nosotros es que en una u otra parte, o en todas al tiempo, están todavía la vieja y la joven, la joven y la vicja, pidiendo ayuda a las mozas que pasan porque la sangre no se va, no se va; y que si una moza se las encuentra de noche, solo le queda correr, correr.

1904 —Qué cuento el tuyo, Ramona. Fría me he quedado, mira... La piel de gallineja. ¡Vaya miedo!

—Que no es cuento, que es suceso. Un aviso bien verdadero, vaya.

—Bueno, pues aviso o lo que sea. Qué miedo la vieja aquella, matadora de niños.

—Las viejas dan mucho miedo en los cuentos, ¿no os parece?

—Mucho. La mitad son brujas y hechiceras. Y la otra mitad se mueren, para que haya una herencia que repartir con que empiece el cuento.

—Yo cuando era moza y veía a las viejas del pueblo, cuenta que te cuenta, así como estamos nosotras...

—¿Qué?

—Pues que no se me metía a mí en la cabeza que algún día sería como ellas.

—A mí tampoco, fíjate. Lo fiaba mucho más largo, lo de hacerme vieja.

—Si es que nosotras a la hila no íbamos a contar cuentos ni a hilar siquiera ni a maldita la cosa... ¡A pelar la pava, íbamos!

—¡Muy cierto eso! Los cuentos poco nos importaban. ¡Los mozos, los mozos!

—¡Sí, los mozos!

—¿Os acordáis cuando alguno daba un soplido al fuego y se quedaba todo a oscuras y en lo que duraba el oscuro cada mozo iba a dar un pellizco a la muchacha que cortejaba?

—¡No me voy a acordar!

—¡No veáis lo bien que pellizcaba, el Ramón!

—Ay, ay, qué tiempos...

—Ya hemos pasado de esos calores, nosotras.

—Mejor estamos ahora, ¿no?

—Claro que sí, mejor...

—(...)

—(...)

—¿Cuántos seríamos, en las hilas aquellas?

—Jesús, María y José. ¿Pues cuántas seríamos?

—¡Como cincuenta!

—Medio pueblo éramos. Y andaban lo mismo las viejas que los mozos y que las mozas...

—Qué cosas, ¿no? Ahora somos siete y muchas me parecen...

—Sí, porque acá los mozos y las mozas ni por asomo, ¿no?

—¡Se aburren! Todo les aburre, ahora.

—¡Pero lo de los pellizcos, bien que les gusta!

—Pellizcos y otras cosas. Si hablaran las paredes de los molinos...

—Si hablaran los árboles...

—¡Y las camas! Que no hay vergüenza, ahora. ¡A las mismas camas, se llevan a las mozas, y allí nadie para poner orden!

—Se pierde, se pierde...

—¿Lo de juntarse para las hilas?

—¡La decencia!

—También, también.

—Bueno, ¿y para qué los necesitamos nosotras?

—¡Para nada!

—Pues eso. ¡Para nada!

1909 —¡Andrés! ¡Mucho tardaste!

—Nada, madre. No lo encontré. Para cuando llegué, ya era tarde.

—¡Lento de entendederas y lento de piernas, tú! ¿No viste al señorito?

—No lo vi, madre. Ya andaba la cueva sola, como suele.

—¿Y dentro? ¿No encontraste nada?

—Pues dentro...

—¿Dentro qué? ¡Habla, Andrés!

—Dentro había... Es verdad que había un agujeruco.

—¡Un agujeruco!

—Sí, madre. Junto a las mismas pinturas. Un agujeruco cuadrado, muy bien hecho.

—Un agujeruco de señoritos, entonces. ¿Y dentro?

—Dentro nada... Un puñado de huesos había. Mire, lo cargo todo en el saco. ¿Ve? Huesos rotos. Y conchas de animales. Y piedras así como labradas, que parecen puntas de flechas. Y unos dientones enormes, como de mandíbula de gigante. Y luego...

—¡Eso serán los huesos de los piratas y los ojáncanos! ¿Ves, tarugo? ¿Y del oro?

—Oro no había, madre. Oro, ni una sola moneda...

—¡No te dije! ¡En la cuestión del oro, te ganó por la mano el señorito! Te dejó los huesos, que para nada sirven. ¡Ay, Señor, qué desgracia la mía! ¡Un hijo tonto! La cabeza del hijo y la mi alacena, las dos vacías. ¡Ay, Señor, Señor! Ganas que me dan de hacerte tragar el duro. ¡Anda, vuelve para la era! ¡Vuelve a enterrar y desenterrar patatas, que es para lo que sirves! Ya decía aquel eso de que a todos nos hizo Dios de barro, pero unos valemos para orinal y otros para jarro... Así que ve, ¡tú a lo tuyo! A que nos meen y nos caguen encima los señoritos... ¡Y tira esa basura! ¿Me has oído? Cuando vengas para la cena, ni un solo hueso quiero ver en el fondo del saco.

Catálogo de pinturas rupestres halladas en la cueva de -13.838
las Aguas: cuatro bisontes coloreados con ocre rojo; nue-
ve cabezas de ciervo grabadas; algunas agrupaciones dis- -16.101
persas de puntos rojos, distribuidas de forma aparente-
mente azarosa; un signo abstracto en forma de parrilla; -14.381
ciertas imprimaciones rojas aplicadas sobre una concha -16.981
de molusco fosilizado; algunos esbozos que tal vez co-
rrespondieron a animales —algo que parece un morro -18.173
de cierva; un signo vertical que parece una pata; un di- -16.198
bujo en forma de T que no se sabe lo que parece—. Nin- -17.931
gún cuerpo humano. Ningún rostro tampoco. Ni ríos, ni valles, ni montañas: nadie en los más de veinte mil años de historia de la cueva a quien se le ocurriera pintar un solo fragmento de paisaje. No pintan el mar, tan próximo. En plena glaciación, no pintan la nieve —dispersas por el suelo, osamentas de focas, renos y cabras pirenaicas—. No pintan la lluvia, y sin embargo tantas veces se apiñaron en el vestíbulo de la cueva para verla restallar contra las hojas de los árboles. No pintan los árboles. No pintan el fuego. No pintan los relámpagos que centellean en lo alto, ni tampoco las nubes, los pájaros, las estrellas; está por encontrarse en todo lo largo y ancho de la región una sola pintura rupestre consagrada al cielo. Ni cielo ni tampoco tierra; los bisontes cabalgando arriba y abajo, como si el suelo no existiera; como si las propias paredes de la caverna improvisaran cañadas y madrigueras; llanuras y valles. Para qué habrían de pintar

el paisaje, si la propia cueva es el paisaje; estalactitas como montañas y estalagmitas como árboles y escorrentías de agua como ríos en cuyas orillas abrevan ciervos del tamaño de la mano de un hombre. Para qué pintar el sol, si el fuego de sus hogueras se basta y se sobra para amanecer y anochecer sobre su reino. Para qué pintar más hombres que vengan a disputarles sus rebaños rojos, si ya están ellos ahí para verlos crecer y pastar entre las sombras; para cazarlos con miradas y conjuros y canciones.

Más tarde salen a la luz del día —para entonces ya ha dejado de llover— y miran el mundo como lo que es: una cueva más grande todavía, con una boca abierta a la vida y otra boca abierta a la muerte. En lo alto arde la hoguera del sol o tiemblan las ascuas de las estrellas. Discurriendo sobre la tierra, ficciones de ciervos y ficciones de hombres, pintados con carne y con sangre en la transparencia del aire.

Tal vez cuando miran ese otro paisaje no ven tampoco belleza. La belleza, si es que existe, está siempre en otra parte: en el cadáver de un bisonte recién cazado; en una piel bien curtida; en un trozo de carne dorada por el fuego. Pero los herbazales donde ese bisonte pasta no son hermosos: son solo hierba. Los árboles no son hermosos tampoco sino árboles, algunos buenos para alimentar a los hombres y otros buenos para alimentar el fuego. Las montañas, tan solo montañas. Habrá que esperar milenios hasta que alguien mire un árbol tronchado por el rayo, una ola que rompe, un horizonte baña-
-4.191 do por el crepúsculo, y diga: qué bonito. Llegarán la agri-
-1.182 / -191 / 1.031 cultura y la rueda, llegarán la escritura y el arado de
-29 / 457 / 574 vertedera; llegarán romanos y hérulos y visigodos y todavía no habrá llegado el momento. Para entonces la tierra aún no estará hecha para ser mirada sino solo para ser sembrada, escardada, cosechada, arrendada; ningún vecino de Toñanes que se siente a contemplar el infini-

to del mar o el infinito del cielo. ¿Qué habría que mirar
ahí? Podrán ser bellas las casas —el Palación es la casa 1739
más hermosa del pueblo, dice Diego Gómez de Caran-
día con orgullo—. Serán bellos ciertos animales, sobre
todo cuando ya nos esperan en el plato —qué hermoso 1854
capón, dice Antonio de Villegas en el momento de sen-
tarse a la mesa—. Serán bellos los hombres, si aún tie- 1667
nen todos los dientes en la boca y buenas pantorrillas
con que soportar el laboreo de la tierra. Serán bellas las
mujeres, y esa belleza también cambiará según el ca-
pricho de los siglos: rollizas como ídolos de la fecundi- -19.381
dad o flacas como virgencitas de yeso; rubias como Jean 1639 / 1934
Harlow o morenas como Carmen Sevilla; pechos gran- 1955 / 1639
des de nodriza pasiega o pechos pequeños como la vir- 1721
gencita del retablo de Nuestra Señora de la Soledad de
Novales. La belleza como fatalidad y condena, porque
la mujer es una gema, es decir, inútil para cualquier cosa
que no sea brillar.

Mientras tanto el mar sigue rompiendo contra los acantilados de Toñanes, en un lento vaivén de azul y de espuma. Nadie para mirarlo. Ojos que solo buscan percebes, una poza donde bañarse, una sardina que asar en el espetón.

Mientras tanto los robles del monte alto que amari-
llean al mismo tiempo, como si el fuego del invierno se
hubiera metido dentro de ellos, y Toribio de Herrera que 1649
solo dice: se viene un año frío.

Mientras tanto el sol que se pone tras los picachos
nevados de los picos, relumbrando como una moneda
sin cuño, y Ana de Villegas que murmura: pues creí que 1798
era más temprano.

Toñanes no empieza a ser hermoso hasta el nueve 1873
de mayo de 1873. Es viernes, es por la mañana. Pedro de
Quintana está segando una de sus fincas en el Pico de la
Molina cuando se lo encuentra: un hombre con trazas
de señorito, que contempla el mar a solo un par de pasos

del precipicio. ¿Qué es lo que mira ese hombre?, se pregunta Pedro. ¿Qué se le ha perdido allá abajo? Pero como a él nadie le ha dado vela en ese entierro, prefiere seguir segando. Cuando ya ha llenado medio carro es el señorito quien se vuelve a él. ¡Qué buenas vistas!, ¿verdad?, dice, abanicándose con el sombrero. Pedro, que está acostumbrado al habla endiablada de los señoritos, tuerce la cabeza en un gesto que puede querer decir que sí y que no y que tal vez. ¿Usted cree? contesta, para ganar tiempo, mientras medita en torno a esa extraña palabra: *vistas*. ¡Ya lo creo! responde el señorito. Las mejores de la región. Podría quedarme mirando el mar durante horas, añade.

Pero Pedro no mira el mar. Mira la casaca del desconocido; mira su sombrero; mira su bigotillo extraño y la boca que ha dejado escapar esas palabras, más extrañas todavía.

—Usted no es de por aquí, ¿verdad?

El señorito se echa a reír:

—¿Cómo lo supo?

Poco después se despiden. Lujos de señoritos, se dice Pedro mientras atropa un haz de hierba. Mejor pensar en otra cosa: pensar en la tierra, pensar en las vacas, pensar en el verde. Algunos no tenemos tiempo que perder, se dice. Pero ese día a la hora de comer está extrañamente silencioso. Qué es lo que tienes hoy, Pedro, le pregunta su esposa; y él que no tiene nada de nada, qué va a tener él, no molestes, mujer, ¿es que un hombre que trae el pan a casa no puede estar callado si se le antoja? Por la tarde continúa trabajando como si tal cosa: resalla las patatas, da de comer a las vacas, termina de labrar los surcos de la huerta. Pero luego, al cabo del día, vuelve a conducir su carro sin necesidad hasta la mies de Marbuena. Allí está: el lugar exacto donde estuvo clavado el señorito. Pedro ocupando de pronto el vacío que el cuerpo del señorito ha dejado. Pedro siendo sus ojos: mirando el precipicio vertical de los acantilados; el agua que brama y se despedaza entre vagidos de espuma. Un poco de brisa. Una ola que viene y otra ola que va, y eso es todo. ¿Eso es todo?

—Pero bueno, Pedro, ¿qué se te perdió allá abajo?

A su lado ha aparecido Justo el de Peñalba, con una yerba entre los dientes y la contera del dalle bajo la quijada.

—Pues qué voy a hacer, Justo. ¿No lo ves? Miro las vistas, yo.

—¿Las vistas? ¿Y qué vistas son esas?

Pedro sonríe, desdeñoso.

—Hay que ver, Justo, qué ignorante eres. Qué ignorante...

A los veintiún años José tiene nueve vacas, seis parcelas 1839
de sembradura, dos padres bajo tierra y una teoría sobre la belleza. Las vacas y las parcelas las ha heredado juntamente con sus padres muertos; la teoría, en cambio, es enteramente suya. A lo largo de muchas jornadas de siega y largos inviernos de cocina ha dispuesto de tiempo suficiente para meditar, sopesar y tallar sus intuiciones sobre la materia, hasta su última y más dolorosa consecuencia. Por lo demás, no sabe leer ni escribir, y si se le pregunta, conoce con cierto apuro el nombre de los meses del año. No sabe del mundo más que lo que los demás le han enseñado, y aquellos que debían enseñarle no sabían nada. Tal vez por eso nunca habla o habla con cierta fragilidad en la voz, como quien sospecha que el mundo es demasiado grande para caber en su entendimiento y renuncia a intentarlo. La belleza es por tanto la primera cuestión sobre la que José ha reflexionado por sí solo y también lo único que sabe que sabe. Por eso ahora tiene algo que decir al respecto.

Y lo primero que José tiene que decir es esto: existen solo tres géneros de cosas en el mundo. Están las cosas feas, que por desgracia no escasean; están las cosas indiferentes, que con mucho componen la mayoría, y por último están las bellas, que son escasísimas y difíciles de contemplar, pues para ello deben ser rescatadas del lodo, esto es, separadas de las cosas feas e indiferentes. Las cosas feas e indiferentes no interesan, razona José, por sobradamente conocidas y familiares: por tanto, no se esfuerza en discurrir nada más al respecto. Pero si se toman en consideración solo las cosas bellas —y es aquí donde su teoría alcanza sus más altos vuelos; su no sé qué de revelación divina— aún pueden distinguirse dos géneros diferentes y si se quiere opuestos. Está en primer lugar la belleza que da sosiego; aquella que serena y apacigua a quien la contempla, y que continúa colmando a quien simplemente la recuerda, como una fuente que quita la sed por siempre. Es una belleza que no deja herida y que jamás se desvanece del todo. Quien asistió una vez al espectáculo de un cordero mamando, de un hermanito que pronuncia sus primeras palabras, de un sembrado de maíz sobre el que ya cesaron todas nuestras labores, no necesita verlo de nuevo para recobrar el deleite que le produjo entonces. Aunque el cordero que mamaba esté ya descuartizado en la olla, y el hermanito convertido en un sargento de coraceros bigotudo, y haya que postrarse ante los surcos del arado para sembrar de nuevo, esa belleza pasada persiste como una suerte de tesoro que no va a dilapidarse nunca.

Pero aún queda un segundo y más terrible género de belleza; uno que de tan atroz tal vez no debería llamarse belleza. Pero José se lo llama: Belleza. A pesar del dolor, a pesar de la turbación que le produce —o quizás precisamente por esa turbación, por ese dolor— le parece más verdadera, más belleza que la otra. La belleza que no da paz. La belleza que nunca termina de contemplarse, y que por tanto es siempre pérdida, la sabemos definitivamente perdida ya mientras la disfrutamos, mientras el milagro de su existencia se da todavía ante nuestros ojos. Y como todos los milagros, su existencia nos fortifica y al mismo tiempo nos disminuye y atormenta, pues nada nos asegura que se repetirá de nuevo. Es más: por su propia condición de prodigio estamos de hecho tentados a admitir que no; jamás volverá a repetirse. Nuestra mirada no llega a abarcarla nunca: nos vemos obligados a retirarnos, a cerrar los ojos mucho antes de haber admitido y digerido toda la hermosura que contiene. Se parece, piensa José, a una fuente tan caudalosa que no podemos inclinarnos a beber de ella; que simplemente sirve para recordarnos la sed y hacer esa sed en la que nunca habíamos pensado insoportable.

Dentro del primer género están todas las cosas bellas a excepción de una. Dentro del segundo, solo esa una: la belleza de Vicenta.

De entre las cosas feas, indiferentes y bellas, a José solo le interesan las bellas. De entre las cosas bellas que dan sosiego y aquellas que lo quitan, se queda con las segundas. De la belleza de Vicenta, se queda con todo.

A veces, tumbado en la hierba con una brizna entre los labios —a su alrededor, en el corazón del mundo de lo indiferente, pacen las vacas—, cierra los ojos para enumerar las partes de ese todo que compone Vicenta.

Los ojos de Vicenta, piensa.

Las mejillas pecosas de Vicenta, piensa.

Los labios de Vicenta, piensa.

Lo hace con cierta solemnidad, empleando comparaciones y metáforas algo exageradas, que manosea con fervor. José no sabe lo que es una metáfora pero sí sabe, en cambio, que los labios de Vicenta vistos desde determinada luz —y él ha procurado examinar a Vicenta desde todas las luces y todos los ángulos posibles— no solo parecen fuego, sino que son de hecho fuego; y que las pecas de sus mejillas podrían confundirse con el primer rubor de una manzana, y que en los ojos de Vicenta cabe el verde del mar de ciertas atardecidas de junio.

Vicenta tiene dieciocho años, tres vacas, ambos padres vivos, una hermana pequeña llamada Lorenza, ni una sola tierra que le pertenezca por completo. Durante la misa Lorenza y ella se sientan en uno de los escaños laterales, todavía entre los niños —pero Vicenta ya ha dejado de ser una niña, o al menos eso piensa, eso suplica José—. Por las mañanas ayuda a su padre en la siega, o lleva un canasto de ropa blanca al río, o encamina a sus tres vacas de la cuadra al pasto y del pasto a la cuadra. Cuando eso sucede, José deja lo que esté haciendo para mirarla, la contera de la azada apoyada bajo el mentón. Se deja herir y traspasar por su belleza, que no termina de pasar nunca; que no cabe en sus ojos cuando la mira y mucho menos en su memoria cuando la recuerda. Un nudo en la garganta.

—Eh —se conforma con decir.

—Eh —responde ella.

Por las noches, mezcladas con sus disquisiciones sobre la belleza, proyecta minuciosamente las palabras que le dirigirá mañana, cuando se encuentren en la mies o en el lindero del bosque. Piensa en la importancia de esa conversación: sus primeras palabras. Piensa en lo que viene después del «Eh». En ese silencio preliminar que él llenará con chistes, con refranes, con una galantería muy hermosa que una vez escuchó a un marino de Comillas, con alusiones a una romería en Novales a la que tal vez podrían ir juntos; con cierto lugar del campo por el que podrían pasear el próximo domingo. Hace acopio de todas esas palabras y todos esos requiebros, como quien se llena los bolsillos con piedrecitas que tirar a una ventana; pero luego llega el momento y al deslizar la mano encuentra el bolsillo vacío y la boca también vacía.

—Eh —dice entonces.

—Eh —responde ella.

Más tarde, mientras la ve alejarse con su canasto de ropa o cogida de la mano de la pequeña Lorenza, se pregunta si no es él tal vez el único niño; el que debería sentarse en el banco lateral de la iglesia, entre el bullicio de los párvulos.

—Eh —le dirá al salir de la iglesia.

—Eh —responderá ella.

Sabe mucho del rostro de Vicenta, de su risa, de cierta marquita menuda sobre la ceja, del modo en que su cuerpo se cimbrea cuando siega el pasto. Sabe todo lo que se puede saber sin haber tocado su piel, sin haberla mirado a menos de cinco pasos, sin haberle hablado siquiera.

Las trenzas color maíz de Vicenta, piensa.

Su cintura como junco que crece en la orilla, piensa.

El olor de Vicenta, que no llega hasta tan lejos, que no conoce ni quizás llegue a conocer nunca, y por ello no puede compararse con nada.

El olor de Vicenta, que él no conoce y otros tal vez conocen.

El sufrimiento de imaginar a Vicenta a través de los ojos, de las manos, de las narices de otro. Porque a su teoría sobre la belleza todavía le resta un corolario sombrío; una última diferencia entre los dos géneros de belleza que tal vez no había entrevisto hasta ahora. A saber: que la belleza que da sosiego es agradable de compartir con los otros, mientras que la otra no tolera divisiones ni préstamos ni disminuciones de ninguna clase. Es hermoso contemplar la primera luz del alba con los mozos del pueblo, pero terrible compartir con ellos el milagro de la existencia de Vicenta. Si Vicenta fuera hermosa solo para él, piensa, tal vez encontraría en esa soledad, en esa inclinación incomprendida, alguna clase de consuelo. Pero Vicenta es hermosa para todo el mundo, sin discriminación alguna: José no tiene ninguna duda al respecto. Lo fue ya desde niña: tal vez por eso sus vecinos se han dirigido siempre a ella con expresiones tocadas con cierto grado de poesía, con metáforas que no se saben metáforas: palabras que la comparan con frutos agradables al gusto o al tacto, con la intimidad del hogar, con la temperatura del fuego o la caricia del agua. Como si los habitantes de Toñanes, gentes hechas para señalar lo que quieren o gruñir un par de palabras impacientes, hubieran capitulado ante la evidencia de su belleza: como si esa belleza fundara un nuevo orden en el que no hay uno sino muchos modos de mirar y nombrar las cosas, y una boca pudiera ser boca y al mismo tiempo «una flor abierta» (Paco el Molinero), y sus piernas «largas como día sin pan» (Juan Gómez, el de la Herrán), y su cabello «un aparejo de pesca para enmarañar a los hombres» (Gaspar Villegas), y sus pechos «escollos que harían zozobrar una fragata inglesa» (Gaspar Villegas, otra vez) y su carne «blanca y dulce como una hostia consagrada» (arriero anónimo, al tomar la curva del puente).

José, en cambio, no dice nada: se guarda para sí todas sus metáforas.

Y Vicenta tampoco dice nada. No escucha o finge no escuchar los requiebros con que los mozos jalean su paso por el molino, por las mieses, por el lindero del bosque. Solo se da por enterada al escuchar el titubeo ronco de José, siempre esperándola con la contera de la azada apoyada bajo el mentón, y solo a él le contesta.

—Eh.

—Eh.

Luego, Vicenta se muere. Sucede así de rápido. Un día vuelve temprano de la siega, dice que le duele la cabeza, sube a acostarse. Se duerme y se muere. Algún día eso que le pasa será acaso meningitis; hoy es la voluntad de Dios. La mañana siguiente su casa se llena de curiosos y de condolencias. La madre vaga de un lado a otro como sonámbula, mostrando a los recién llegados el zaguán, la cocina,

la escalera: los últimos lugares donde vio con vida a su hija, ayer mismo, parece que la esté viendo ahora, con el cabello revuelto y su piel blanca —«como una hostia consagrada», dijo el arriero— encendida por el sol. Llegan más vecinos, con botijas de vino y cuencos de rosquillas; llega el padre Francisco con unos latines muy bonitos; llegan sus primos, que estaban de romería en Cerrazo y no sabían nada y aparecen cantando. Llega al fin José, endomingado y ridículo, como amortajado él también dentro de un traje de luto que le queda demasiado pequeño. La
ropa con la que veló a su madre. La ropa con que uno de 1836
sus hijos lo velará a él, muchos años más tarde. Quiere 1861
presentar sus respetos a los señores de la casa pero al final 1839
no hace nada: solo encastillarse en un rincón de la pieza, el rincón de los hombres, para apurar tazas de vino y masticar rosquillas. Desde allí no puede verse el cuerpo de Vicenta: solo el corrillo de mujeres que lo circundan, meciéndose como transportadas por el susurro de sus propias plegarias. El claroscuro de los cirios. Cada tanto, una de esas mujeres se vuelve para mirar atrás. ¿Lo mira a él? José sigue bebiendo para olvidar esas miradas o para poder soportarlas. Cuando termine esta taza, se dice, se acercará para contemplar por última vez el cuerpo de Vicenta. Le dirá algo, por primera vez: un rosario rezado con los ojos cerrados. Pero José no termina de beber nunca, no se mueve. En lo que se refiere a Vicenta, permanecerá callado hasta el final. Solo escucha —no puede dejar de escucharlos— a los hombres que beben y fuman sus pipas y discuten por última vez la belleza de Vicenta.

«... la piel blanca como la harina...» (Paco el Molinero)

«... como si alguien le hubiera soplado la llama a un cirio...» (Juan Gómez, el de la Cuesta)

«... con los labios violeta como... como flores de violeta» (Pedro el Viejo)

«... como una virgen de madera dormida en su retablo...» (Gaspar de Villegas)

«... como una novia dormida en su noche de bodas...» (Gaspar de Villegas, otra vez)

José se pone en pie, tambaleante. Sale a la calle. Apoyado contra el portalón de la corrala, vomita un charco púrpura que le mancha la puntera de los zapatos. El vómito pertenece al reino de las cosas feas, piensa, todavía unido por un hilo de saliva al suelo. Un hombre le da una palmada en la espalda, ríe un poco, le aconseja o le pregunta algo; luego se marcha. José se limpia los labios, vuelve brevemente la vista hacia la puerta cerrada. También él va a marcharse.

Pero no se marcha.

Del costado de la casa le llega un ruido irregular, quebrado. El ruido de un llanto. Ese llanto va tirando de él; lo transporta del portalón a la socarrena y de la socarrena al carro. Allí, ovillada contra el montón de hierba todavía húmeda, está la pequeña Lorenza, abrazando la última siega de su hermana. José la mira. Le parece recordar que también ella iba a veces al campo en ese carro, sentada en el pescante; que alguna vez Vicenta le dejaba tomar las riendas. Pero José la mira ahora, y en cierto modo lo hace por primera vez. Ve su rostro, a medio camino de ser bonito, como una versión abreviada y mitigada de la belleza de su hermana. Ve su cabello color castaño, sus ojos claros, sus labios un poco gruesos. Ve una niña que tal vez algún día, cuando abandone el escaño de los niños en la iglesia, será hermosa; una belleza sosegada, de cordero que mama o amanecer de junio, pero belleza al fin y al cabo.

Quiere decirle que no llore; que de alguna forma todo va a estar bien. Va a estar bien.

—Eh —dice, porque hay que empezar por algún sitio.

—Eh —contesta.

—Eh. 1894

—Eh.

Higinia baja del carro de Manuela. Manuela baja del carro de Higinia. Se intercambian las bridas, procurando no tocarse las manos.

—A ver si das de comer a tu yegua, Manuela. Que la tienes muerta de hambre, todo piel y costillas.

—Pues tú a ver si reparas el eje del carro, que va toda la cambera chirría que chirría, como colchón de mala mujer.

—Mucho sabes tú de malas mujeres.

—Y tú de bestias.

Higinia sube al carro de Higinia. Manuela sube al carro de Manuela. Es verdad que este carro necesita aceite, piensa Higinia cuando se aleja. Y Manuela: Qué flaca, mi yegua.

Ocho de febrero: la romería de la Virgen de Guía en Ore- 1947
ña. Luis paseándose de un lado a otro, tratando de reconocer a Teresa entre las mozas que tocan panderetas y cantan canciones. Ocho de mayo: las fiestas de San Migueluco en La Busta. Una muchacha que nadie conoce, apareciendo de fondo en todas las fotos; es Teresa, alzándose de puntillas entre el gentío, a ver si sí o si no.

No.

Quince de mayo, San Isidro Labrador y Luis en Novales, haciendo como que le importa la procesión del santo. Trece de junio; la romería de San Antonio y Teresa en Rudagüera, otra vez acompañada por su prima Jacinta —en ese mismo instante Luis está entregando su examen de oposiciones; ha suspendido, pero qué importa—. Veinticuatro de junio y ambos en las fiestas de San Juan Bautista en Oreña, solo que Teresa por la mañana y Luis por la tarde. A la romería de la Magdalena de Rudagüera —veintidós de julio— no va ninguno; ambos tienen el pálpito de que a esa no, a esa para qué. Y así: Teresa en las fiestas de Santa Ana de Cóbreces y Luis también en Cóbreces, pero en el Pedrucu; Teresa en la romería de San Pantaleón de Cigüenza, deslucida por la lluvia, y Luis en las fiestas de Nuestra Señora de Novales, forzado a bailar con una moza que le mira mucho; una moza que de ningún modo es ella. ¿Bailas?, le pregunta un mozo a Teresa en la fiesta de San Roque en Cóbreces. Me llamo Ángel, pero todos me llaman Gelín. Teresa sonríe con tristeza. Yo soy Teresa, dice Teresa. Y luego bailan, sí, baila Teresa con Gelín y baila Luis con Lola; un único baile, y eso es todo. Habría más si Luis y Teresa quisieran, pero no quieren. Mejor me vuelvo con mi amiga, dice Teresa. Es que tengo que marcharme ya, dice Luis. Bueno. Para las fiestas de la ermita de San Bartolomé de Oreña —veinticuatro de agosto por la tarde— ya no queda ninguna gana de bailar. Luis sentado lánguidamente en la tapia con un cucurucho de almendras garrapiñadas en la mano, mientras ve abrazarse a los mozos y a las mozas. ¿Y si Teresa está entre ellas? piensa de pronto, con súbito terror. ¿Y si todo este tiempo ha estado a su lado, en tantas romerías y tantas verbenas, y ya ni siquiera es capaz de reconocerla? Tal vez se me ha olvidado su cara, piensa Teresa viendo pasar la procesión de carros de los Santos Mártires de Novales. Tal vez él ha olvidado la mía. La misma noche cayendo sobre el veinticuatro de agosto y sobre el treinta y uno de agosto; sobre Oreña y sobre Novales.

A San Martín de Cigüenza —once de noviembre— ya no va ninguno: hace mucho que han perdido la esperanza. Pasan el tiempo de la verbena tendidos cada uno en su cama, Luis pensando en las próximas oposiciones y Teresa pensando en Jaime, porque es verdad que tiene buenos cuartos y bebe los vientos por ella. Tal vez si estudia lo suficiente de aquí a junio. Tal vez si se deja invitar a ese chocolatito. Eso piensan, cada uno en un lado de la cama. De pronto él extiende un brazo hacia la izquierda, ella hacia la derecha; cualquiera diría que se están tocando. Pero no se tocan.

·

Cuatro ancianos con mascarillas quirúrgicas, sentados 2020
en el banco del Pico de la Molina. Quieren tocarse, pero
no se tocan: por si las moscas. Cuatro peregrinos que pa- 1603
san por el camino real, las bocas y las narices cubiertas
por pañuelos de trapo. Se dirigen a la ermita de San Ro-
que en Cildá, a pedirle al santo que libere estas tierras de
la ponzoña de la peste: tocarán y hasta besarán la talla
del santo, pero ellos no se tocan tampoco. Un corro de 1997
niños y en el centro Pablito, enseñando el teléfono Alca-
tel de su padre: el primer teléfono móvil de Toñanes. Eh,
eh, eh: se mira, pero no se toca. Una pareja de turistas 2013
que discute junto al molino de Bolao. No me toques,
grita ella; no se te ocurra tocarme. No la toca. El bofe-
tón no lo recibe ella, sino Bernarda de Rivero: la mano 1780
abierta de su marido contra su cara y el cuerpo de Ber-
narda contra el entarimado del suelo. Luego se arrodillará
a su lado mientras ella, todavía semidesnuda, llora: pero
si apenas te he tocado, repite con la voz dulcificada, tan-
tas veces y tan suave que casi se lo acaba creyendo. Tocar
lo que no se cree: Santo Tomás tocando la llaga abierta de 1983
Cristo en la lectura dominical y Fernando Gómez tocan- 1747
do todavía incrédulo la mano de la mujer que acaba de
decir sí, quiero. Tocar lo que se quiere: Andrés Ruiloba 1889
palmeando el pescuezo de una novilla en el ferial de To-
rrelavega y Catalina de Obregón palpando ensimismada 1906
la primera moneda que gana y Mercedes Bárcena aca- 1984
riciándose la barriga, y de alguna manera también acari-
ciando a su hijo. Tocar lo que será. Tocar lo que fue, lo
que se quiso. Dos nombres dentro de un corazón, talla- 1941

dos en el tronco de un haya; y un hombre que visita ese
claro del bosque cada verano y cada verano también se
detiene para acariciar el tronco. Llevarse la memoria a la
1858 piel: Juan Antonio de la Borbolla que tiene tatuada en el
hombro un ancla en homenaje a sus treinta y dos años
de atunes y de tormentas en el Atlántico Norte, y Mari-
2006 bel que a veces se acaricia el tatuaje que se hizo en el to-
billo el verano pasado; esas palabras cifradas cuyo sig-
nificado solo ella comprende. Tocar para comprender el
1874 mundo: Serafina Valdés, ciega o casi ciega desde los siete
años de edad, punteando el camino de la mies con su
bastón. Una niebla vagamente amarilla: eso es el mundo
para Serafina. El regazo cálido de su madre, el tacto pu-
lido de su cuchara de madera, el consuelo lanudo de su
perro: a eso se reduce todo. Y sobre todo el tacto de las
habas, que desgrana noche y día, sentada en un tajo de la
cocina. Mira, para eso es para lo único que vale, confie-
sa su hermana con un suspiro: para desgranarnos las
habas. Desgranar habas, amasar el pan, cerner la hari-
na, pisar la uva: el sabor empieza siempre por un tacto.
1929 El albarquero que pasa la mano por la madera, para com-
1764 probar su pulido. El arriero que muerde la moneda de
1629 plata, para comprobar su ley. Tocar la ropa de alguien
para comprobar su ley: tela gruesa para los campesinos,
fina para los nobles, áspera para los piadosos. Manos
-14.139 que curten pieles de ciervo, manos que verifican el filo
de un bifaz, manos que acarician la pintura roja del bi-
sonte, para herirlo en la distancia. Ser tocado por lo que
1953 no puede tocarse. Laëtitia Sorel, veintiocho años, natu-
ral de Rennes: la primera mujer que toma el sol en bikini
dentro del límite jurisdiccional de Toñanes —qué ver-
güenza, dice Benita mientras se hace cruces, Dios mío,
Dios mío, qué vergüenza tan grande—. Sentir el calor de
la vergüenza o de la envidia, y también el calor del sol.
1871 Días de calor: los niños haciendo turnos para saltar de
1949 cabeza a la presa de Bolao. Hombres y mujeres guareci-

dos a la sombra de sus socarrenas, refrescándose con
abanicos y con botijos de vino. Y en esto pasa Mino el
Sevilla, que hizo las Andalucías en su juventud, y miran-
do al sol sonríe despectivo: ¿Calor? Esto no es calor. Si
hubierais venido al sur conmigo sabríais lo que es el ca-
lor. Verano de 1147: el verano más cálido en la historia 1147
de Toñanes. Un récord absoluto de cuarenta y dos gra-
dos centígrados, en pleno Óptimo Climático Medieval.
El pasto amarillo y las vides muertas y el río que al fin
del verano se habrá quedado sin agua. Desde que regre-
san las lluvias —4 de septiembre de 1147— ese río correrá
sin descanso: ochocientos setenta y cuatro años, y suman-
do. A esto no se le puede llamar calor, prosigue Mino, 1949
envalentonado; a esto, en Sevilla, lo llamamos frío. Ene- 1693
ro de 1693: el mes más frío en la historia de Toñanes. Un
récord absoluto de doce grados bajo cero, aunque por
supuesto eso los afectados no llegarán a saberlo. Solo di-
rán: hacía un frío que se te congelaban los huevos. Reses
muertas y una ancianita muerta también y treinta y cinco
centímetros de nieve y el río que se congela en algunos
tramos por primera y última vez en la historia. Desde
entonces —29 de enero de 1693— ese río permanecerá en
estado líquido: trescientos veintiocho años, y sumando.
El frío cada vez más desterrado de los hogares de Toña-
nes —las vacas en el primer piso y la familia en el segun- 1626
do, para aprovechar el calor; Atanasia encendiendo el 1712
fuego de la cocina con un par de piñas; una mesa bra- 1910
sero y ocho rodillas temblando bajo el faldón; una estufa 1924
de leña, un radiador eléctrico, una caldera de gasoil—. 1967 / 2005
De nuevo Laëtitia Sorel en los acantilados de Bolao, de 1953
nuevo el mismo bikini azul y la misma piel lechosa ba-
ñada por el sol: la temperatura perfecta. Mientras Benita
se queja todavía —la misma vergüenza, la misma envi-
dia— Gaspar el del molino la observa en la distancia.
Memoriza ese cuerpo todo cuanto puede y esa misma
noche, en la era, se masturbará con los párpados cerra-

dos; sus ojos llenos de sol y de suspiros en lengua extran-
1841 jera y de Laëtitia. Tocar para descubrir el placer: Cayeta-
na de la Pascua —siete años, dos trenzas rubias— que se
columpia siempre en el mismo columpio y siente algo
bajo la falda, no sabe qué pero algo; un calor y un con-
tento que desborda el placer del juego. Tocar para descu-
1856 brir el placer, otra vez: Cayetana de la Pascua —veintidós
años, dos trenzas rubias todavía— que abre las piernas
bajo las sábanas y cierra los ojos y deja resbalar sus ma-
nos y vuelve a balancearse otra vez; el mismo placer y el
mismo columpio detrás de los ojos cerrados. Tocar para
1936 sentir placer, tocar para sentir dolor. Tenemos todo el
tiempo del mundo, dice el jefe de policía Manuel Neila
a los dieciocho monjes trapenses de Cóbreces en el mo-
mento en que los llevan detenidos a la checa; o nos dicen
dónde está el tesoro de la abadía o no lo cuentan. No hay
ningún tesoro, en la abadía, y en consecuencia no lo con-
tarán tampoco. Son torturados y más tarde arrojados a la
bahía de Santander, algunos todavía vivos, con lastres
atados a los pies. Nadie puede saber lo que sufrieron en
esos últimos instantes, porque el dolor no puede decir-
se: solo experimentarse. El dolor: dolor en todas partes.
1739 Francisco de Quirós mordiendo un palo mientras el ci-
1844 rujano le sierra el brazo; Antonia Sánchez y sus dolores
perpetuos de estómago —es celíaca, pero no lo sabe—;
1855 María Antonia de la Reguera, primera víctima del cólera
de Toñanes, agonizando en un charco de vómito, y Fran-
1698 cisco de Ruiloba acabándose la botella de orujo de un
solo trago para dormir el dolor de dientes. El dolor de
dientes: el dolor más frecuente en la historia de Toña-
nes. Dientes cariados, dientes partidos, dientes infecta-
dos. Dientes que nacen donde no deberían. A veces el
barbero de Novales o el médico de Santillana logran ex-
traerlos; otras veces es un dolor que queda ahí, ya para
siempre. Dolores para siempre: antes de los analgésicos
1989 y de la anestesia; antes de que Isaías pudiera tomarse una

aspirina para las jaquecas y Lola un ibuprofeno para la 2007
espalda, cada vecino de Toñanes arrastrando su propia
provisión de dolores desde la cuna hasta la sepultura.
Creer que el dolor nos purifica y nos redime, porque qué
otra cosa puede hacerse con él —sufrió tanto, la pobre- 1894
cita, dice Pedro de Villegas en el momento de enterrar
a su hija; entonces el Señor la debe de tener en su reino,
responde el cura—. Repertorio de canciones de la igle- 1993
sia de San Tirso: «Un molino la vida nos tritura / con
dolor / Dios nos hace eucaristía en el amor». Sufrimien-
tos que atormentan la carne o el alma pero que no dejan
huella —ciento diecisiete huesos, pertenecientes a tres 1974
cadáveres adultos, desenterrados en el campo del Dies-
tro de Toñanes: ninguna posibilidad de saber quiénes eran
o cuánto sufrieron—. Sufrimientos que atormentan la
carne o el alma pero que no dejan huella tampoco: An- 1732
tonia Tagle que regresa a su casa ya mediada la noche
con el cántaro de agua sobre la cabeza, ni una herida en
su cuerpo, ni una marca en el cuello ni un rastro de san-
gre en las enaguas, y sin embargo sí: acaba de ocurrir.
Una violación: un atentado contra todos los sentidos, pero
sobre todo contra el sentido del tacto —la viscosidad de
un labio, el grillete de una mano, el peso de un cuerpo;
la carne del otro que se echa a arder contra nuestra car-
ne—. Tactos que contaminan lo que tocan —dime la ver- 1955
dad, hija mía; ¿de verdad que no consentiste? Mira que
el Señor te está escuchando—. Tactos que no manchan
sino que redimen: Paloma y Eduardo acostados en la era, 1980
sobre una yacija de espigas de trigo aplastadas. No hay
palabras, para qué: solo la mano de Eduardo en la piel
desnuda de Paloma; la mano de Paloma en la piel desnu-
da de Eduardo. Tocar lo que nos pertenece. La mano de 1982
Paloma en la mano de Eduardo y la mano de Eduardo en
la mano de Paloma: pues yo os declaro marido y mu-
jer. La mano del padre Cossío en los Santos Óleos y los 1743
Santos Óleos en la frente de Diego Gómez de Carandía:

Por esta santa unción y por su bondadosa misericordia,
1669 te ayude el Señor con la gracia del Espíritu Santo. Dos manos en la cabeza de un niño: fueron sus padrinos Antonio Ruiloba y Margarita de Cossío, quienes tocaron al nacido y fueron advertidos del parentesco espiritual que con este gesto contraían. Y líneas abajo, en la partida de bautismo, en el acta de matrimonio, en la memoria de difuntos, tan solo una rúbrica y unas palabras. Francisco López de Ruiloba, dice el papel, cura que soy de la iglesia parroquial de Toñanes: para que conste lo firmo con mi mano.

1984 La mano de Mercedes, posada sobre la barriga de Mercedes. Cinco meses de gestación: un niño —una niña— que ya tiene el tamaño de una alcachofa. Mercedes pensando en eso, en la alcachofa que madura en su vientre, mientras descansa en la tumbona del jardín; los ojos cerrados para disfrutar del sol. Ha oído, en alguna parte, que los bebés saben cuándo su madre toma el sol; que de alguna manera lo disfrutan. Así que podría decirse que están ahí los dos, entregados al calor y a la placidez de la brisa que remueve las hojas del sauce. Un niño —una niña— que está en Toñanes antes incluso de estar en Toñanes.

Mercedes está tumbada pero podría, perfectamente, estar de pie, porque ya no hay riesgo de aborto. Sigue habiendo riesgo de otras cosas —hidrocefalia, microcefalia, convulsiones, miocarditis— pero para bien o para mal, un aborto espontáneo es algo que ya han dejado de temer. Así que puede llevar a las niñas a los acantilados de Bolao y puede sembrar alegrías y hortensias en el bebedero y puede pasarse toda una tarde barnizando las ventanas. Y puede, por supuesto, levantarse de la tumbona. De hecho ahora mismo acaba de ponerse en pie para impartir justicia —¡la roja es mía! ¡Que te he dicho que me la devuelvas!, está gritando Diana en la distancia—. Por alguna razón, las discusiones entre Diana y Marta suelen girar en torno a la posesión de cierta caja de ceras Manley. Y los pensamientos de Mercedes que giran siempre también en torno a la misma idea: mientras lleva a las niñas a los acantilados de Bolao y mientras siembra flores en el bebedero y mientras barniza las ventanas. Mientras toma el sol en el jardín. Mientras regaña a las niñas:

—¡Diana! ¡Diana! Ahora mismo vas a compartir las pinturas con tu hermana.

La ecografía está prevista para el mes que viene: un poco después del comienzo del curso. Solo entonces saldrán de dudas. Un médico les dirá si la cabeza de la niña —del niño— es demasiado grande o demasiado pequeña. Si presenta arritmia o no la presenta. Si los órganos. Si los brazos. Si las piernas. Si los ojos: los pequeños ojos de su hijo. Todo eso les dirá el médico. Pero hasta entonces solo queda esperar, porque ni siquiera los ojos de Mercedes, esos ojos que se dirigen siempre al futuro, son capaces de saber lo que contendrá la ecografía. Si será niño o niña; si aprenderá a hablar o no aprenderá; si necesitará ayuda toda su vida o un día podrá sentarse junto a él, junto a ella, para explicarle lo difícil que fue su embarazo; el miedo que pasaron. Así que Mercedes intenta pensar en otra cosa. Dirige al edificio de la cuadra esos ojos capaces de desbordar el tiempo y piensa: aquí, algún día, habrá una habitación de juegos. Mira el cuarto de los aperos y dice: aquí, un cuarto para el niño —para la niña—. En la cocina pondremos quemadores de gas. En el aljibe, una piscina. En la socarrena, un porche con sillas de jardín. Eso es lo que ve, Mercedes: cómo será su casa algún día y cómo serán, también, sus hijas. Pero al niño que crece en su vientre no es capaz de imaginarlo.

Mercedes que busca en el futuro la seguridad de que todo va a salir bien. A lo largo del mes de agosto se afana en tejer un gorrito de bebé de tamaño normal, pensado para una cabeza normal, y se diría que al hacerlo no está tejiendo un gorrito sino modelando un patrón de carne; como si con la lana y las agujas le estuviera diciendo a su bebé: que tu cabecita no crezca ni más ni menos que esto, bebé. Compra un sonajero para rogarle que no sea sordo. Un móvil de cuna para que no sea ciego. Y cuando siente las primeras patadas en la barriga, se acostumbra a decir con voz alegre mira, Emilio, ya se mueve, nos va a salir futbolista, en lugar de lo que verdaderamente piensa: a este niño le está dando su primer ataque.

Emilio que busca en el pasado la seguridad de que todo va a salir bien. Porque en su familia jamás ha habido, al menos que él sepa, ni un pariente hidrocefálico, ni microcefálico, ni sordo, ni ciego, y seguramente tampoco hepatoesplenomegálico, signifique eso lo que signifique. Y la genética es muy importante para esta clase de cosas, ¿verdad? En algo han de influir los genes, ¿no es cierto? Emilio que de un tiempo a esta parte —desde que compraron la casa; desde que tuvieron las primeras dificultades con el embarazo— piensa mucho en sus antepasados. Todo el mundo en Toñanes lo hace: hablar de los familiares muertos como si todavía siguieran vivos. Cuánto te pareces, Miliuco, a tu tío Yeyo. Ayer te vi en el jardín y me parecía estar viendo a tu abuelo Juan. Los mismos ojos que tu abuela Josefa. La misma planta que tu bisabuelo Aurelio, que se murió cuando yo era una cría pero aún lo recuerdo. Emilio —Miliuco— sonríe satisfecho. Porque ¿quién dice que ese hijo que está por venir no heredará también los ojos del abuelo Juan, la barbilla de la abuela Josefa? La salud del bisabuelo Aurelio, que murió a los noventa y dos años mientras segaba la hierba. Las orejas del tío Yeyo mejor que no las herede, piensa Emilio: por el bien del niño.

Emilio que como siempre está pensando en el pasado. En la cadena de padres e hijos que lleva eslabonándose como quien dice desde siempre, para que ahora su esposa y él puedan esperar un hijo. Emilio que de pronto se decide a trazar su árbol genealógico, precisamente el verano en que todavía ignora si ese hijo vivirá o no vivirá: si podrá mostrarle el árbol algún día o será una de esas muchas cosas que nunca llegará a entender. Emilio preguntando a su propio padre si recuerda el nombre de sus abuelos, de sus bisabuelos. Emilio charlando con José Luis, el cura de Toñanes, para ver si le deja consultar los registros de bautismos de la parroquia. Emilio dibujando en los ratos libres un exiguo arbolito en una cartulina tamaño A3. Leyendo ese repertorio de nombres es inevitable sentir un poco de confianza en que todo va a salir bien. Porque una cosa es segura: de un modo u otro todos sus antepasados lograron llegar a la edad adulta. Ninguno de ellos, ni uno solo, pudo morir cuando era niño: de lo contrario, el propio Emilio jamás habría nacido. Todos tuvieron que ser razonablemente sanos, durante un tiempo al menos, y todos crecieron lo bastante para dar a luz, al menos, a un hijo. Así que ya sería mala suerte, piensa Emilio medio en broma medio en serio, que el hijo que esperan fuera el primero en no lograrlo.

Hay una o dos inconsistencias lógicas en el razonamiento de Emilio, y seguramente el propio Emilio lo sabe, pero qué importa si al menos consigue tranquilizarlo; si es esto lo que necesita para convencerse de que todo va a salir bien. Por lo demás, está tan orgulloso de su árbol que quiere compartirlo con todo el mundo.

—¿Sabéis lo que es esto? —pregunta, agitando la cartulina—. Es un árbol.

Diana y Marta, sentadas a la sombra de un árbol de los de verdad, tienen que interrumpir las aventuras de sus muñecos Playmobil para mirar la cartulina que les muestra su padre. Desde ahí lo miran: desde el suelo. Desde el suelo y desde el escepticismo.

—¿Un árbol?

—Un árbol genealógico, claro. Un dibujo en el que aparecemos todos nosotros. Mirad, estos son el abuelo Paco y la abuela Milagros, y estos de aquí son los bisabuelos... Y aquí estoy yo, y mamá, y aquí estáis vosotras.

Diana y Marta miran los garabatos con resignación. Algo hay que decir, y es Marta quien lo dice. Quien lo pregunta:

—¿Por qué no salen los otros abuelos? Los padres de mamá.

Mamá, recostada en la tumbona, no levanta la vista. Continúa concentrada en el movimiento de las agujas de tejer.

—Bueno, eso es porque no son de aquí —dice papá, rascándose el cogote—. Es un árbol de la gente de Toñanes. De esta familia...

—Pero nosotros tampoco somos de aquí —dice Marta, mientras pelea con el pellejo de una uña.

—Bueno, un poco sí. Aquí estamos, ¿no?

—Sí —concede la niña.

Pero luego mira el dibujo de forma más atenta.

—¿Y el hermanito?

—O la hermanita —interviene Diana.

—Eso, ¿dónde está el hermanito o la hermanita?

Tienen razón, las niñas. La hermanita, el hermanito, por ninguna parte. Así que, en un alarde de confianza en el futuro, Emilio se decide a tomar su Pilot negro e incluir en la base del árbol un hueco en blanco para el niño; para la niña que esperan. En ese hueco solo dos apellidos y un año —¿1984?— así, entre interrogaciones. Diana frunce el ceño.

—¿Por qué pones el signo de las preguntas, papá? ¿Qué le estás preguntando al bebé?

—Le pregunto si va a venir en 1984 o no.

Diana se queda callada, mirando la cartulina.

—Dice que sí. Que todavía tarda un poco, pero que viene.

—¿Estás segura?

—Bastante segura —reconoce, torciendo la cabeza.

Luego las niñas regresan a sus Playmobil y Emilio regresa a su árbol genealógico y Mercedes regresa a su gorrito. Mercedes tejiendo el futuro; Emilio tejiendo el pasado. El presente en forma de sacos de cemento apilados en el jardín que ambos hacen lo posible por ignorar. Lo conseguirán todavía durante unos minutos, hasta que sencillamente ya no es posible seguir ignorándolos, y Emilio levanta la vista de su papel, y Mercedes levanta la vista de su gorrito, y sus ojos se encuentran precisamente ahí: en los sacos de cemento. Dos miradas que estaban destinadas a no cruzarse en todo el verano, de no ser por el Rubio. Un breve instante de complicidad. Mercedes que sonríe y se encoge de hombros, como diciendo yo tampoco sé cuándo acabará todo esto. Emilio que sonríe y enarca las cejas, como diciendo en menudo fregado nos hemos metido, Merche, quién nos mandaría.

El equilibrio entre lo que fue y lo que será: eso es su casa. Eso son las obras.

Emilio preguntando al Rubio si será posible conservar las vigas originales, las ventanas de madera, las tejas. Mercedes preguntando si no será conveniente cambiar las tejas, las ventanas, las vigas de madera. Qué bonitos los ventanucos del desván, dice Emilio; bonitos serán, contesta Mercedes, pero lo que es dar luz, no dan. Llegarán, al final, a un acuerdo: las vigas no se cambian, pero las tejas sí. Las ventanas seguirán siendo de madera pero tendrán doble cristal. Algún día habrá una piscina en el jardín, como quiere Mercedes, pero se construirá en el antiguo aljibe, como quiere Emilio. Los ventanucos que se amplían lo suficiente para ser casi ventanas. La casa seguirá siendo la casa de Mino, pero al mismo tiempo no, de ningún modo: será una casa nueva. La casa donde murió el abuelo Juan, pero también la casa donde dará sus primeros pasos la niña, el niño; si es que algún día llega a dar esos primeros pasos.

—Mamá, ¿cuándo va a nacer el bebé?

—En otoño.

—¿En otoño? —repite Marta muy extrañada. Acaba de estudiar las cuatro estaciones en el colegio y le parece la estación menos propia para un nacimiento. Otoño: el mes en el que empieza a hacer frío; en el que caen las hojas y cae la lluvia y comienzan a morir las cosas vivas.

—¿Y las obras? —interviene Diana—, ¿cuándo acabarán las obras?

—¡Uy, las obras! Pues en otoño también. Pero de dentro de veinticinco años.

Las obras, que efectivamente parece que no terminarán nunca. Este verano se conforman con retejar y poner agua corriente y una nueva instalación eléctrica: lo demás tendrá que esperar. Porque se les están acabando las vacaciones de verano, pero sobre todo se les está acabando el dinero. De hecho las reparaciones del tejado son más costosas de lo que habían previsto, y además tienen que comprar también una nueva caja de fusibles, y casi sin darse cuenta llegan a la última semana de agosto con ochocientas veinticinco pesetas en el banco. ¿Y ahora qué hacemos? pregunta Mercedes meneando la cabeza, porque prometieron llevar a las niñas a las ferias antes de que acabara el verano y ya no tienen ni para la gasolina. Las ferias terminan el día 31 de agosto y la nómina no se la ingresan hasta el día 2 de septiembre. No habrá ferias pues. ¿Pero será posible, Merche, que no haya por esta casa aunque sea veinte duros? Mercedes y Emilio rebuscando entre los cojines, en el fondo de los bolsillos, en las cremalleras recónditas de las mochilas, hasta que sus miradas se encuentran en el mismo punto: el cerdito de la hucha de las niñas. Una mirada de complicidad: con eso basta. Las niñas dormidas y ellos sacando de su cuarto con sigilo ese cerdito de arcilla que es muy feo pero también prometedoramente pesado. ¿Pero tú sabías que las niñas tenían tanto dinero, Emilio? pregunta Mercedes, francamente sorprendida, mientras va acumulando sobre la mesa de la cocina los montoncitos de monedas. Emilio se encoge de hombros: es verdad que son muchos cumpleaños, muchos santos, muchas veces que les dieron veinticinco pesetas para el heladero y el heladero no vino. En total mil setecientas treinta y dos pesetas, muchas en monedas de duro, que servirán para pagar la noria y los coches de choque y hasta cuatro vueltas en los caballitos y un algodón de azúcar que las niñas comparten y aun así no se terminan. Mercedes llevando a todas partes el palito pegoteado del algodón de azúcar, hasta que se decide a tirarlo. Papá, mamá, ¿podemos montar otra vez en los caballitos? Emilio y Mercedes se miran fingiendo una leve resistencia, pero con el asomo de una sonrisa en los labios.

—Si fuera vuestro, el dinero, ¿os lo gastaríais en los coches de choque?

—¡Sí! —contestan con aplomo las niñas.

—Entonces no se hable más —resuelve Mercedes, rebuscando en el fondo de su bolso.

No es un robo, se repiten entre risas cuando las niñas suben a la noria, a los coches de choque, a los caballitos. En tres días les devolverán el dinero; tan pronto como les ingresen la nómina de septiembre. Puede que hasta les agradezcan secretamente el préstamo —vamos a darles dos mil, Emilio: por los intereses—. Pero por ahora no hay nómina y no hay, por tanto, ni intereses ni tampoco redención; Mercedes y Emilio que siguen siendo dos cómplices risueños, dos ladrones sin castigo que acaban de robar a sus propias hijas. Y por primera vez en todo el verano están ahí, precisamente ahí, al pie de los caballitos, un treinta y uno de agosto de 1984, no varias generaciones atrás en el pasado ni muchos años adelante en el futuro. No: no están allí ni allá sino aquí, junto a los caballitos, viendo girar y girar la melena rubia de Diana, la melena castaña de Marta; las manos de Emilio y Mercedes elevándose a cada vuelta, para que las niñas sepan que donde quiera que vayan las estarán mirando.

2002 Una cartulina tamaño DIN A3, enrollada en el altillo de un armario cuyas puertas no se abren nunca. Hasta hoy: el mozo acaba de abrirlas. Está buscando un edredón, una manta vieja, un saco de dormir aunque sea: cualquier cosa para no pasar frío. Siempre hace frío, en la cuadra; sobre todo por las noches. Y de un tiempo a esta parte el mozo duerme ahí, en un viejo colchón que sus padres dispusieron por si el primo Alberto venía de visita. Era la cama del primo Alberto y ahora es la cama del mozo. Sus padres no lo entienden. Se lo dicen siempre que tienen ocasión: no lo entienden en absoluto. ¿Qué tiene de malo su cuarto? Nada, claro. Es el cuarto perfecto para un niño: pegatinas de los Simpson en el cabecero de la cama y un despertador con forma de gallo en la mesilla y pósteres de dinosaurios pegados a la pared; una pared que por cierto linda con el cuarto de sus padres. La habitación de un niño y el mozo que ya no es un niño: es un mozo. Necesita un lugar donde nadie venga a decirle que apague la luz, o que haga su cama, o que ordene de una vez su cuarto. Una cierta sensación de distancia: la libertad diminuta de ir quedándose dormido muy cerca y a la vez muy lejos de sus padres. En la cuadra no hay mucho, pero no necesita mucho: el colchón viejo, algunos libros, una lamparita sin pantalla que se mantiene encendida toda la noche. Las mantas deben estar en el altillo, le dice al fin su madre, resignada. Coge alguna por si tienes frío. El mozo arrima una silla y abre las puertas del armario, esas puertas que no se abren nunca. Dentro están las mantas prometidas y una cartulina tamaño DIN A3 enrollada. Olvida las mantas y despliega la cartulina.

El dibujo de un árbol. La caligrafía de su padre. Algunos nombres, algunas fechas. Nombres como María Consolación Díaz o Juan María Gómez o Renata Cayetana de la Pascua o Francisco Gómez García. Fechas como 1950 o 1895 o incluso 1840. Emilio Gómez Muñoz. Mercedes Bárcena Rugama. Y debajo de todo, a la altura de lo que debería ser el tronco del árbol, tres últimas ramitas. Una ramita para Diana, una ramita para Marta y una ramita para sus dos apellidos y el año ¿1984?: así, entre interrogaciones.

—No es nada. ¿Dónde lo has encontrado?

Eso es lo que le responde su padre, minutos más tarde, cuando corre a mostrarle la cartulina. Y luego insiste: Nada, una bobada. Ni me acordaba de que todavía andaba rodando por ahí. Si te estorba, lo tiras. Así es su padre: le estorban los sentimientos. Las cosas en las que creyó, los proyectos a los que dedicó meses o años de su vida, solo pueden encontrarse en un altillo detrás de mantas viejas o directamente dentro de la basura. Y cuando el mozo le pregunta, siempre responde lo mismo. Nada, una tontería. Y a continuación: ¿Dónde dices que lo encontraste? Lo mismo cuando el mozo se topó con su colección de cómics del Capitán Trueno, en un viejo revistero. Nada: cosas de críos. Lo mismo cuando apareció dentro del tomo 10 de la *Enciclopedia Monitor* —PAR/RESP— una fotocopia de cierto artículo de pedagogía; el primero y el último que publicó su padre. No lo leas, que no vale nada. La réplica de un Premio Óscar que le regalaron los alumnos de 4.º de EGB del curso 87-88 —«Al profe más listo», dice la placa—, escondido en el aparador de las copas. Bah: le regalaron uno a cada profesor. No significa gran cosa. Tampoco la cartulina que el mozo le tiende es gran cosa. Una tontería que hice hace muchos años. Si te estorba...

—Si me estorba lo tiro, ya. ¿Pero qué es? ¿Un árbol genealógico?

—Nada. Una tontería.

Entonces aparece su madre, meneando la cabeza. ¿Cómo que no es nada, Emilio? Y luego, volviéndose al mozo: Buena le dio a tu padre con los nombrecitos estos. Con hacer el árbol genealógico de tu abuelo, cuando naciste tú. Y después también, cuando eras pequeño. Siempre hablando con el cura, y consultando papeles en la sacristía, y poniendo nombres y más nombres. ¿No te acuerdas? El mozo no se acuerda, no. Pero los tres se quedan mirando por un instante la cartulina, ese árbol antinatural, que crece solo hacia el lado izquierdo. Hasta su padre lo mira: esa cosa que no sirve de nada, que estaría mejor en la basura. ¿Y cómo te dio por ahí, papá? pregunta el mozo. Se encoge de hombros. Nada, no sé. Cosas que hace uno, cuando se aburre. Eso lo dice con el Ducados delante de la cara. Por aquel entonces su padre todavía fuma y puede usar los cigarrillos para eso: para esconderse.

—¿Te importa que me lo quede?

—No, por mí... Pero que no lo vea rodando por ahí.

Esa misma noche. El mozo en su cama. Su cama en la cuadra. Sostiene la cartulina con ambas manos: todo el peso del pasado encima de su cabeza. Mira fijamente todos esos nombres, como se mira un paisaje estrellado. Le atraen, sobre todo, los huecos vacíos. El lugar donde deberían estar esos antepasados cuyos nombres su padre nunca llegó a descubrir. Los ojos del mozo, que ya está medio dormido —la cartulina temblando un poco entre sus manos— se dejan caer por esos huecos, y entre parpadeos cada vez más largos casi puede verlos, esos nombres; ve sus rostros, ve las cosas que dijeron y las cosas que pensaron. Quiénes eran esos nombres. Eso es lo último que piensa, antes de quedarse dormido.

A la mañana siguiente, mientras mastica el sobao del
desayuno, se dirige a la mesita del teléfono. Porque hay
todavía en la casa una mesita cuya función se reduce pre-
cisamente a eso: a sostener el teléfono. Cinco años más 2007
tarde desaparecerá, ese teléfono, junto con la guía que
el mozo acaba de abrir: se seguirá llamando el cuarto del
teléfono, ya para siempre. Pero todavía están ahí, la guía 2002
y el teléfono, y el mozo está buscando el número del Archivo Diocesano de la catedral de Santander. Cuando al fin lo encuentra, se sacude las últimas migas del sobao y levanta el auricular.

Es el último verano antes de comenzar la universidad. El último verano antes de marcharse a Madrid a estudiar la carrera de Historia. Todos aquellos días tienen un cierto sabor a tiempo de descuento, porque una vez que se marche ya no querrá ver Toñanes ni en pintura. Ni Cantabria siquiera: será como los demás madrileños, que solo hablan de Madrid y de Madrid, hasta cansarse. Al menos eso es lo que todos le dicen. Dentro de la cabeza del mozo, ese proceso ya ha empezado. Este verano todos sus pensamientos acaban derivando al mismo punto: en septiembre ya no estaré aquí, sino en Madrid. Tiene algo de nostalgia anticipada, ese pensamiento, pero también es liberador en cierto modo, porque es verdad que Toñanes se le está quedando un poco pequeño. Después de su colección de ammonites y de fragmentos de cerámica; después del hallazgo de la moneda de Felipe III; después de averiguar cómo funcionaba la presa del molino de Bolao y de hacer una cata en el Campo de la Iglesia para buscar —sin éxito— restos de la maldita iglesia, ¿qué le queda por hacer? Nada, claro. O mejor dicho, solo esto: concertar una cita en el Archivo Diocesano, para ver si completa el árbol genealógico. ¿Mañana a las doce del mediodía? Pues mañana a las doce del mediodía, contesta. No es un gran proyecto esto del árbol genealógico, sobre todo comparado con su más ambiciosa empresa de desenterrar la antigua iglesia, pero algo es algo. Al menos tiene para entretenerse este verano que puede ser su último verano en Cantabria. En Madrid aprenderá cosas mejores y más interesantes; la universidad en la que va a estudiar es grandísima, seguramente más grande que el mismo Toñanes. Y quién sabe si en su clase, tal vez en el pupitre contiguo, conocerá a una compañera a la que también le interesen los molinos medievales. De eso sí sabría hablar con una chica, sin tartamudear y sin hacer eso que hace cada vez que está nervioso: volver los ojos al cielo.

Toma el autobús a primera hora de la mañana. Los padres lo ven marchar mientras apuran las tazas de café del desayuno, y tal vez piensan: otro que ya. Otro que se cansó de Toñanes. Otro que se echó novia: tan callado que lo tenía.

De Toñanes a Santander hay exactamente treinta
1749 y ocho kilómetros. Una jornada de travesía para los arrie-
1811 ros que llevan tabaco de contrabando; una semana de for-
cejeos, emboscadas y descargas de fusilería para la com-
pañía del capitán Durmont en su regreso al fuerte de
1984 Santoña; una hora y media cuando las hermanas del mozo
son todavía pequeñas y hay que parar a la altura de San-
tillana, porque por alguna razón siempre se marean más
2002 o menos en el mismo punto del trayecto. Cincuenta y cin-
co minutos de autobús para el mozo. En esos cincuenta y cinco minutos, tiene tiempo de pensar en muchas cosas. Ve alejarse Toñanes a través de la ventanilla. Ve el sol brillando y ve paradores de carretera con el cartelito COMPLETO y ve turistas que caminan por el arcén, con sus chanclas y sus sombrillas al hombro. Se acuerda de sus compañeros del instituto, que un día como hoy deben de estar, precisamente, en la playa. Se acuerda, aunque no quiera, del instituto. También de cierta

compañera de la academia de música de la que estuvo enamorado todo el año pasado. Una chica que tocaba el saxofón y que no cruzó con él más de cinco palabras. Mañana, se lo diré mañana, se repetía una y otra vez
—mañana, se lo diré mañana, se repite José cada vez que 1839
se encuentra con Vicenta y le dice Eh y ella contesta también Eh—. Vicenta se muere y la chica del saxofón no se 2002
muere: ahí acaban los paralelismos. No se muere pero es como si se muriera, porque llega el verano, termina el curso y ya no vuelve a verla. Ojalá decir ciertas cosas fuera tan fácil como pedir cita en el Archivo Diocesano. Eso piensa el mozo, con la frente apoyada en la ventanilla.

El Archivo Diocesano. Una habitación mal ventilada, con cierto aire de sótano y de trastero y también de morgue. Una bibliotecaria con perenne gesto de hastío, mirando al mozo por encima de sus gafas. Una hilera de lectores de microfilm, semejantes a los que usan los periodistas en las películas. Los archivos parroquiales de Toñanes deslizándose por la pantalla como primero se deslizó el propio Toñanes por la ventanilla del autobús. Ve notas de defunción y partidas de bautismo y actas de matrimonio, acumuladas siglo tras siglo por sucesivas manos de párrocos. Ve garabatos indescifrables que conjuran palabras y hojas desgarradas por el tiempo y márgenes atestados de fechas, como si en lugar de un recuento de almas aquellas páginas fueran una libreta de cuentas: la hoja de gastos de Dios. Entre tantos números, entre todas aquellas abreviaturas que el mozo tarda mucho tiempo en descifrar, algunos nombres, y entre esos nombres reconoce el de alguno de sus antepasados: un primer fleco del que tirar. Parece muy difícil: pero es, en realidad, mucho más sencillo que preguntarle a la chica del saxofón si se toma o no se toma la Coca-Cola. Los archivos se remontan hasta 1626: no menos de doce generaciones entre el mozo y el principio de los tiempos. Parece poco

pero es, en realidad, muchísimo. Porque el mozo tiene dos padres, y en consecuencia cuatro abuelos, ocho bisabuelos, dieciséis tatarabuelos. Así hasta el infinito: treinta y dos, sesenta y cuatro, ciento veintiocho. Remontarse doce generaciones implica que a la altura de 1626 el mozo debía de tener cuatro mil antepasados vivos; casi cuarenta veces la población de Toñanes. Siente, de pronto, vértigo. Tal vez es que lleva mucho tiempo mirando la misma pantalla sin parpadear; o tal vez es solo el escalo-
1991 frío del infinito —el niño de los dinosaurios en la cama, pensando en los muertos que fueron y en los muertos que serán, barajándose en su cabeza como baraja papá las cartas de sus solitarios; el niño llorando para descubrir el modo en que será de adulto.

2002 A veces, uno de sus antepasados —Josefa de Villegas, la tatarabuela del tatarabuelo de su bisabuela— resulta no ser de Toñanes, sino por ejemplo de Cóbreces. Entonces hay que cambiar el rollo del microfilm, y pedirle a la encargada que le busque el libro de bautismos de Cóbreces 1681-1734. Si es tan amable, añade el mozo, buscando una sonrisa de complicidad que no llega. Regresará no menos de diez veces al archivo, pero no llega a intercambiar con esa mujer más palabras que las que intercambió con la chica del saxofón. De hecho, a lo largo de ese verano la mujer le dedicará exactamente cuatro palabras: ¿Un trabajo del instituto? Casi se las escupe, todas juntas, ese primer día, tal vez porque el mozo ha pedido demasiados rollos. ¿Un trabajo del instituto? Él, avergonzado, responde que sí. Y ella suspira y asiente, con la misma resignación con que los niños afrontan sus deberes.

Pero casi nunca tiene que molestar a la bibliotecaria. La gran mayoría de sus antepasados están ahí, en el rollo de Toñanes, lo que quiere decir que la totalidad de sus vidas discurrió en los mismos dos kilómetros cuadrados. Piensa a menudo en eso. En sus vidas no más largas

que el río de Toñanes, que no tiene nombre siquiera. En lo que significaría para hombres y mujeres como aquellos la aventura que el mozo está a punto de emprender: viajar nada menos que hasta Madrid. El mozo empezando la carrera y siendo ya, como quien dice, historiador. El mozo teniendo amigos y su propia casa y una novia con la que hablar de molinos y quizá incluso de otras cosas: quién sabe qué cosas son esas. Por eso mismo, porque ni siquiera es capaz de imaginarlas, sus fantasías no duran demasiado tiempo. De pronto está ahí otra vez, aún en los sótanos del Archivo Diocesano, un poco turbado porque no sabe qué decirle a la novia que todavía no tiene. Sacude la cabeza y vuelve lentamente a su árbol, a su pantalla. Mucho mejor olvidarse de sí mismo: cerrar los ojos al futuro que le espera y abrirlos para reconstruir las vidas que ve pasar por el microfilm, esa tal
Vicenta que murió a los dieciocho años y que el mozo 1839
imagina guapísima; un tal Juan de la Torre que se ahogó 1660
nadando precisamente junto a la presa de Bolao; un tal
Francisco de Herrera, fulminado por un rayo, y otro tal Do- 1643
mingo Gómez, fulminado por otro rayo apenas veinticin- 1668
co años más tarde. Los ve, a todos ellos, llevando sacos de grano al molino de Vallejo o rezando de rodillas en la iglesia o contando historias al calor del fuego. Casi puede verlos ahora mismo frente a sí, dibujados con una nitidez pavorosa, mientras él mismo se va sintiendo cada vez más borroso, más indefinido, más lejano; como si
fuera él, y no cierto Pedro Gómez de Carandía, el que 1653
vivió y murió cuatro siglos atrás.

—Que no se te ha visto el pelo en todo el verano —le 2002
dice Lola ya en la última semana de vacaciones, cuando se lo encuentra en el camino de la mies—. Cuánto tiene que aburrirte esto, madre. Que ni bar tenemos... ¿Qué?, ¿has estado por ahí, con los amiguitos? ¿Con la moza?

Lola sonríe y el mozo sonríe de vuelta, incómodo. Una sonrisa que es todo encías, como cuando le decían cuánto has crecido y no había crecido ni un centímetro. No responde nada: cómo explicarle.

A eso consagrará todo su verano: el último verano antes de marcharse a Madrid. En esos tres meses tendrá tiempo de añadir más de cien nombres al árbol que muchos años atrás plantó su padre. Antepasados que se casaron entre primos, que tuvieron hijos legítimos y naturales, que fueron bautizados en la iglesia de San Tirso y se casaron en la iglesia de San Tirso y fueron enterrados, también, bajo el suelo de la iglesia de San Tirso. Hombres y mujeres que murieron sin saber que sus vidas servirían alguna vez para llenar el verano de un adolescente o para decorar las paredes de una casa.

Porque es justamente ahí donde acaban: decorando las paredes de una casa.

2009 El mozo no lo sabrá hasta varios años más tarde, cierto día en que sube las escaleras del desván y encuentra su cartulina enmarcada, colgando de una viga. Ya no un estorbo: ahora es un cuadro. El mozo ya no será un mozo tampoco: será algo parecido a un hombre, igual de flaco pero con barba en la cara. Ese hombre se rascará precisamente la barba mientras mira el cuadro. Lo mirará él y lo mirarán también, tantas veces, las visitas. ¿Qué es esto?, preguntarán. Y entonces, un gesto de su padre. La sonrisa de su padre. Es el árbol de nuestra familia, dirá, sin dejar de sonreír. Y luego añadirá: Cosas de mi hijo.

1904 —Bueno. Y ahora qué. ¿Cuentas tú, Olalla? Que todavía me queda medio copo que hilar y sueño, lo que se dice sueño, no tengo.

—Pues fíjate tú. Yo un cuento no cuento. Mejor que un cuento, se me ocurre...

—¿Qué?

—Una pelea de refranes. Con la Toribia.

—¡Eso, una pelea!

—¡Echaos los refranes, echáoslos!

—¿Tú qué dices, Toribia?

—Pues que si la Olalla quiere... Allá ella. Porque ya sabéis que ganarla la he de ganar.

—¡Menos ladrar, Toribia! Menos ladrar. ¡Que el día menos pensado, te gano yo!

—Tú no ganas ni al mi marido, fíjate lo que te digo. Mi marido, que no se sabe ni aquel de a quien madruga Dios le ayuda.

—Pues igual te sorprendes.

—¿Esta noche?

—Esta noche.

—Pues dale. Que me sorprenda.

—Pues mira, se me ocurre una cosa al respecto.

—Qué cosa.

—Que a la mujer casada y casta el marido le basta, Toribia.

—Cierto es. Y el marido, antes sin un ojo que con un hijo, ¿no te parece?

—Me parece. Pero me parece también otra cosa.

—Qué otra cosa.

—Pues me parece que el hijo de ruin padre, apellida de su madre.

—Amor de madre, que lo demás es aire, ¿no?

—Para aire el del cierzo, que sana al sano y mata al enfermo.

—Cuando mueren no sé, pero digo yo que cuando los enfermos claman, los médicos ganan.

—Pensaba yo que me ibas a decir eso de que el tiempo cura al enfermo, que no el ungüento.

—No, lo que te digo es eso, que los enfermos claman y los médicos ganan.

—Si así crees. Yo lo que creo es que lo que el médico yerra, lo encubre la tierra.

—La tierra paréceme a mí como la hembra, que quien no la ara no la siembra.

—Pero siembra quien habla y recoge quien calla, Toribia.

—Callar como en misa, Olalla.

—Callar como negra en baño.

—Como puta tuerta, Olalla.

—Pues yo digo que hay que aprender a bien callar para aprender a bien hablar.

—Y eso lo dices porque buen hablar de la boca mucho vale y poco costa, Olalla.

—Bien dicho.

—Y más digo: El poco hablar es oro y el mucho hablar es lodo.

—Pues a mí lo que me parece es que ajuntar oro con lodo es hacerlo todo lodo.

—Vieja astuta estás hecha, Olalla. Pero lo que no sabes tú es que más vale ganar en lodo que perder en oro.

—Más bien sé esta otra cosa: que más vale perder lo poco que perderlo todo.

—Más vale perderse el hombre que, si es bueno, perder el nombre.

—Todo hombre tiene un nombre, pero hay nombres sin hombre.

—Para meditar es eso que dices, Olalla. Pero yo sobre el mismo asunto digo que no es hombre todo el que mea contra la pared, porque el perro mea también.

—El perro lanudo muérese de hambre y no lo ve ninguno.

—Aunque el que es de buena raza, hasta la muerte caza.

—Y ya se dice que a la muerte no hay casa fuerte.

—Yo digo más bien que a la muerte no hay remedio cuando venga, sino tender la pierna.

—Y hasta la muerte, todo es vida.

—Muy cierto.

—Muerte pelada, ¿ves ahí a mi marido, detrás de la albarda?

—¡Ah, qué demonio de mujer! Yo te respondo que al marido hay que amarle como amigo y temerlo como enemigo.

—Servirlo como señor, y guardarse de él como traidor.

—Así es el marido sin hecho, como la casa sin techo.

—¡Caderas hartas de parir, y ninguna de mi marido!

—¡Andad con Dios, marido, a la horca!

—¡Marido, busca otra renta, que cuesta muy cara la cornamenta!

—Aunque sois sordo, marido, bien veis. Sí, mujer; aunque no oigo que soy cornudo, bien veo que sois puta.

—¡Ah, te las sabes todas, Toribia!

—Y aún digo más: Marido y mujer, compañía sin bien.

—Compañía de mujer, ni el Demonio la ha de querer.

—Mujer soltera, custodia hasta que muera.

—Y cuanto mejor parece, más centinelas merece.

—Al asno y la mujer, a palos se han de vencer.

—A la mujer danzar y al asno andar y rebuznar, y faltando quién, el Diablo se lo ha de enseñar.

—Pues a esa cosa que tú dices, yo respondo otra.

—Qué cosa.

—Una que me enseñó mi madre.

—Pues dila aprisa, o si no creeré que tienes la cabeza vacía como granero de serranía.

—La digo. Digo que a la mujer brava, la soga larga.

—Te salvaste en el último suspiro, Toribia. Pero yo te respondo: a la mujer empreñarla y besarla, y lo demás hasta que para.

—A la mujer romeriega, quebradla la pierna.

—Y a la mujer ventanera, tuércela el cuello si la quieres buena.

—¡Buena es esa! Pero mejor esta: a la mujer y a la gallina, tuércela el cuello y darte ha la vida.

—Bien dicho. Porque da la madre vida, y el aire del cierzo la quita.

—Amor de madre, que lo demás es aire.

—¡Ah! Ya te repetiste, Olalla.

—No hay quien te gane, Toribia.

—No lo hay.

—Todas las noches lo mismo.

—Todas lo mismo.

—Pero de que pierdo no hago cuenta. ¿Y tú sabes por qué?

—Por qué.

—Porque daño de vieja no hace mella.

—¡Ah, pero qué demonio de mujer estás hecha, qué demonio...!

1896 —Eh.

—Eh.

Higinia baja del carro de Manuela. Manuela baja del carro de Higinia. Un silencio. De sus bocas no salen palabras; solo penachos de vapor que tardan mucho en disiparse.

—Hace frío, ¿eh, Manuela?

—Pues qué esperabas, ¿un enero en mangas de camisa?

Higinia sacude la cabeza.

—Tú siempre tan malencarada, Manuela.

Se intercambian las bridas, procurando no tocarse las manos. Sobre la cuneta quedan todavía algunos rastros de nieve y Manuela casi resbala al pisar un cuajarón de hielo. Piensa, a su pesar: Higinia tiene razón, es verdad que hace frío. Lo dice.

—Es verdad que hace frío, Higinia. Pero lo que tú no sabes es que va a llover de un momento a otro.

El rostro de Higinia se ha endurecido.

—Así que va a llover. ¿Y eso a ti quién te lo dice?

—Me lo dicen las rodillas. Cuando siento el reúma en las rodillas es que está a punto de llover.

Higinia sube al carro de Higinia. Manuela sube al carro de Manuela. La yegua de Manuela mira a la yegua de Higinia con algo semejante a la complicidad o la resignación. La yegua de Higinia suspira o parece que suspira. Unas últimas palabras, antes de emprender el regreso a casa.

—Eso no es la lluvia, Manuela. Eso es que te haces vieja.

A los cincuenta años es ya una anciana. Y qué más da, 1749
piensa Francisca del Pino. Toda su filosofía al respecto se resume en una certeza: la vejez no es ni más ni menos que ese momento en que las costumbres de uno han pasado a formar parte de su carne. El cuerpo del viejo vive en el pasado, y eso es lo que Francisca ve cada vez que se asoma al espejo tembloroso del río: una niña que por fin se ha hecho responsable de sus cicatrices. Las manos, por ejemplo. Un callo insensible cruza su palma derecha: la mano que agarra el astil del dalle durante la siega. Los dedos amoratados de lavar en el río y duros de desgranar panojas y abrasados de sacar del fuego las castañas. Dos dedos más diligentes que los otros: los responsables de hacer correr las cuentas del rosario. Sabañones en los pies, por los días de frío. Manchas encarnadas en el rostro, por los días de sol. La espalda encorvada por el espigueo y por la trilla y porque una señorita de bien agacha la cabeza. La devoción inscrita en sus rodillas, siempre entumecidas y rígidas; devoción a Dios y también devoción al hogar —Francisca arrodillada ante el altar y ante las losetas de la cocina; frente al lavadero y frente al marido—. Algunas noches ese marido, que

era un hombre de pocas palabras en casa y muchos juramentos en la taberna, le azotaba con la vara de arrear a las vacas. No sucedió demasiadas veces, porque el Dios al que Francisca rezaba quiso llevárselo de un mal resfriado cuando no llevaban cinco años de casados. De esas palizas no quedan cicatrices. Al menos no de las que pueden verse. Sí pueden verse, en cambio, las estrías en el vientre de Francisca: esas estrías son la prueba de que tuvo un hijo —gestó dos, en realidad, pero uno de ellos murió dentro de su vientre—. Ese niño, el niño muerto, dejaría otra huella: una arruga todavía visible en el ceño de Francisca, que ya no se borrará nunca. El otro hijo, el que no muere, chupa y chupa de sus tetas hasta dejarlas convertidas en lo que son ahora: las ubres de una vaca que ya lo dio todo por la granja. Luego ese mismo hijo, ya crecido, decidirá abandonar Toñanes —para hacer las Andalucías, que viene a ser hacer las Indias pero a lo modesto— y su ausencia no dejará ninguna huella en el cuerpo de Francisca. Ni en su cara, ni en sus piernas, ni en sus manos. Solo ciertos malos sueños; cierta propensión a despertarse a medianoche con lágrimas en los ojos y llamando a su hijo a gritos, sin saber por qué lo llama ni por qué las lágrimas. ¿Es eso, también, una cicatriz?

La marcha del hijo dejará otra huella, en realidad. Una ampolla en mitad del dedo corazón, no mucho mayor que un grano de maíz. Una herida en la que nadie ha reparado y que nadie podría tampoco explicar. Solo Francisca.

La historia de esa ampolla empieza la mañana en que el hijo de Francisca se marcha. Primero sale a despedirlo al camino real, esforzándose por no derramar una sola lágrima. Además, no hay razón para la tristeza, porque su hijo va a estar fuera solo uno o dos años: tres a lo sumo. Hará algún dinero en Cádiz y luego, cuando menos se lo espere, estará de vuelta en Toñanes. Así que nada de lágrimas, se repite Francisca: sobre todo que no te vea llorar. Más o menos lo consigue. Luego se afana en demostrarse que ese día puede ser como cualquier otro. Va por agua a la Fuentona, alimenta las gallinas, siega el verde, baldea el suelo. Ha sido un buen día, se dice al acostarse: un buen día. Pero a la mañana siguiente a ese buen día ya no puede levantarse. Desde el jergón alcanza a mirar desganadamente por el ventanuco tiznado de hollín. Al otro lado no ve nada. No oye nada. No siente nada. Nada dentro y nada fuera de su casa. Ni una señal del hijo: ni sus botas manchadas de barro en el suelo, ni su chaleco colgado del respaldo de la silla, ni su olor a tabaco y a aguardiente. Luego mira su propio cuerpo. Examina sus cicatrices como si las viera por vez primera. Tal vez es así: las está mirando por vez primera. No mira su ampolla en el dedo corazón, sencillamente porque esa ampolla todavía no existe: es una herida futura. Por ahora Francisca se limita a mirar el resto de su cuerpo como quien comprende, de un solo vistazo, el conjunto de su vida. Acierta a pensar que en todos los años que lleva sobre la tierra no ha pasado completamente sola ni un solo día. Primero fue hija y después fue esposa y por último fue madre. En eso ha consistido todo: en un padre y en un marido y en un hijo que se sucedieron en la misma casa, como reyes de una misma dinastía. Juan, se llamaban todos ellos. Francisca, hija de Juan, esposa de Juan, madre también de Juan. Hizo por ellos, por los tres Juanes, las mismas cosas —cocinar las gachas, lavar sus ropas, descalzar sus albarcas cuando regresaban cansados o borrachos— y tal vez por eso de pronto, al pensar en ellos, le cuesta un poco distinguirlos. Hacían el mismo ruido al masticar las gachas. Tenían la misma barba hirsuta y los mismos piojos en la cabeza. El tufo de su sudor; hasta eso podría confundirse. Las mismas órdenes. Las mismas lamentaciones. Los mismos silencios en la mesa y en la huerta. Y ahora, tirada en el jergón, Francisca piensa en las palabras que nunca dijeron, en las cabezas que ya no despiojará, en las escudillas que llenará para nadie. Piensa en su hijo, que encontrará fortuna o miseria en Cádiz, y en ella que mientras tanto no encontrará nada.

Primero hija y después esposa y después madre. Y ahora. Qué es ahora Francisca.

Francisca todavía echada en el jergón, pensando en las madres más desgraciadas del pueblo. Bárbara Bracho, que no tiene hijos sino abortos. Escolástica Gómez, que no tiene un marido sino una hija sin honra. Mariana Sánchez, que no tiene un hijo sino un monstruo: el Monstruo. Y ella, la propia Francisca, que tenía un hijo y en cierto modo ya no lo tiene. Francisca, desgraciada entre las desgraciadas.

El sol sube y después baja. Una procesión de sombras sucediéndose a través del paisaje de la casa, parecidas al contraluz de un tren que parte. Si existieran los trenes Francisca pensaría seguramente eso: parece un tren que parte. Pero los trenes no existen todavía, y en consecuencia, Francisca no va a ninguna parte.

La noche que cae y Francisca todavía en su yacija, sin molestarse en encender la vela.

Después de ese día llegan otros muchos días. Porque la mañana siguiente, claro, Francisca se levanta. Una parte de ella continúa echada en aquel jergón, viendo pasar los recuerdos y las sombras. La otra parte se pone en pie, como si nada hubiera ocurrido. Vuelve a cocinar gachas y a cosechar alubias y a barrer zaguanes. ¿Hay en la vida algo más que eso? Si lo hay, Francisca no sabría decirlo. Todo cuanto le queda es esperar noticias del hijo, y se entrega a esa espera mientras finge hacer otras muchas cosas. Desde fuera puede parecer que siembra y cocina y remienda camisas, pero no: tan solo espera.

1750 Tarde o temprano —más tarde que temprano, a juicio de Francisca— esas noticias acaban llegando, en forma de cartas que no se atreve a tocar sin antes limpiarse muchas veces las manos en el mandil. Acaso teme manchar el porvenir de su hijo. Sí: ahí está él, su hijo, en esos garabatos que mira ensimismada, todavía detenida en el zaguán. Solo hace eso, mirarlos, porque Francisca no sabe leer, pero la impresión de tener aquellos papelitos en las manos hace que se le olvide un poco. Incluso llega a detenerse para acariciar esos trazos, semejantes a sierpes que reptaran por la hoja —parece que reptan porque es una caligrafía temblorosa y pobre, casi analfabeta, aunque eso Francisca no puede juzgarlo: qué sabe ella de buenas o malas ortografías—. Su hijo escribe mal, pero escribe, y para Francisca, que ni siquiera sabe reconocer su propio nombre escrito, eso ya es suficiente motivo de orgullo. Son pocos los que en Toñanes saben desentrañar el misterio de las letras, y cuando Francisca necesita ayuda para leer las cartas de su hijo siempre acaba dirigiéndose al padre Domingo, por aquello de que tener a Dios de su parte siempre es una garantía. ¿Una garantía de qué? De que su hijo no se ha muerto, por ejemplo. De que no ha cambiado de opinión y le ha dado por quedarse allá en las Andalucías. Una mujer bonita es siempre lo que tuerce la voluntad de los hombres, así que Francisca pide a Dios con todas sus fuerzas que Juan no conozca a ninguna mujer bonita. Eso es lo más importante: que no se enamore y que no se muera. Por eso prefiere que sea el padre Domingo quien le lea las cartas: porque resulta difícil creer que Dios, que es todo poder y también todo bondad, ponga en labios de un ministro de la Iglesia noticias tan terribles. Al menos eso cree Francisca, y el hecho es que por una razón o por otra esas malas noticias que teme nunca llegan. Así que podría decirse que las cartas de su hijo son siempre buenas noticias, sí, pero también demasiado escuetas y algo envaradas, y como el padre Domingo las lee con voz desprovista de emoción y con cierta desgana, al terminar de escucharlas Francisca se siente aliviada y defraudada al mismo tiempo.

—¿Es todo? —pregunta, una mano sobre otra apretándose muy fuerte el vientre.

—Es todo. ¿Qué querías que te contara, Paquita?

Cosas que le cuenta su hijo en las cartas: que en Cádiz hace mucho calor. Que se ha comprado una camisa buena. Que lleva en arriendo una pequeña bodeguita que va bien, mal o regular, según el humor de cada carta. Que las gaditanas no son tan bonitas —son bonitas, pero no tanto—. Que ha cambiado de dirección —la encontrará, Madre, anotada al dorso—. Que no mande carta tan seguido, porque apenas tiene tiempo de respirar con tanto trabajo: mucho menos de contestar una carta. Que él también va a escribir, de hecho, menos seguido, porque dos maravedíes por una resma de papel y una cuarta de tinta son muchos maravedíes. Que siga rezando por él a san Tirso y que haga el favor de darle un real al arriero que lleva esta carta y que se cuide usted, Madre.

Cosas que le gustaría que contara: eso Francisca no se atreve a decirlo.

Así que baja la mirada al suelo y responde:

—Nada, padre. Qué sabe una.

Y Francisca nada sabe, en efecto. Ni siquiera responder las cartas de su propio hijo. Por eso es el mismo Domingo quien tiene que acabar haciéndolo: no solo leerlas, sino también contestarlas. Se queja, pero lo hace. Dice que las verduras que Francisca le ha traído están desmedradas, o que el pedazo de tocino es pequeño, pero al final acaba tomando la pluma y el tintero. Escribe un poco lo que Francisca quiere y otro poco lo que al propio Domingo le parece, porque como todas las madres Francisca siempre quiere preguntar demasiadas cosas, y la paciencia del sacerdote dura lo que dura: exactamente una cuartilla. Así es como Francisca aprende que los pensamientos también tienen un tamaño. En una cabeza caben muchísimas cosas, pero en una carta por desgracia muy pocas. Además, nunca tiene muy claro cuáles de esas cosas acaban entrando en el papel y cuáles se quedan fuera. Solo sabe que cuando al fin llegan, las respuestas de su hijo siempre parecen ser la respuesta a las preguntas de una madre distinta. Ella le pregunta si continúa teniendo la idea de regresar a Toñanes en cuanto ahorre un poco de dinero y él contesta que sí, que come bien. Y así: Francisca le pregunta si acaso ha encontrado una moza que lo merezca allá en Cádiz, y él que no, que no tiene necesidad de ropa nueva. Te echo tanto de menos; yo también, Madre, también ando preocupado por la cosecha de uva de este año. ¿De verdad es posible que eso sea todo?

—Es todo. ¿Qué querías que te contestara, Paquita?

Lo que querría es que su hijo dijera esto: Vuelvo el mes que viene, Madre. Ya fue bastante aventura. Pero
el mes termina y también el año y el hijo no vuelve. No 1751
importa, piensa Francisca: es pronto todavía.

Otro año más y nada. La cosa marcha bien, Madre, 1752
mejor aún de lo que nunca hubiera imaginado: pero tenga por favor un poco de paciencia.

Esa primavera llegan a Toñanes los funcionarios del Rey para componer uno de sus censos. Lo primero que piensa Francisca cuando llaman a su puerta es: Ah, pero qué sorpresa, otra vez carta de mi hijo. Y qué encopetado, el recadero. Pero no es su hijo y no es un recadero: es el mismísimo Rey, representado en la figura de uno de sus delegados. Y ese delegado —el mismísimo Rey— quiere saberlo todo de Francisca: su nombre, su edad, sus carros de terreno, sus cabezas de ganado. Cuando le pregunta si tiene hijos vivos, la voz de Francisca tiembla un poco: Vivo sí, responde, pero ausente en el Reino de Andalucía. El funcionario toma notas de todo, con tanta presteza que Francisca no puede evitar preguntarse: ¿Y si fuera este buen mozo el que me leyera las cartas de mi hijo? Pero no se atreve a pedírselo. Solo continúa respondiendo tan bien como puede y sabe —pues debo de andar en los cincuenta años más o menos, señor, y tengo tres terrenitos que son poca cosa, ya ve usted que todos juntos no alcanzan los cinco carros, y aparte de esto arriba el cielo y abajo la tierra, su Majestad—. Mira el rasgueo de la pluma, hipnotizada. ¡Si ella pudiera escribir así de bien, tan bonito y tan limpio, como quien borda un pensamiento! Si ella pudiera decirle al hijo cuanto siente, lo mismo que el escribano del Rey registra sin equivocarse el número de sus cabezas de ganado —vacas y ovejas no tengo, su Majestad, solo tres gallinas y un puerco, con perdón de usía—. Siente un orgullo especial cuando el funcionario escribe su nombre, porque se da cuenta de que por primera vez ese nombre va a estar en los papeles del Rey. ¡El mismísimo Rey, sabiendo quién es ella! Verá cuando se lo cuente a su hijo. Porque cuando era niña el Rey de entonces armó otro censo, pero nadie juzgó conveniente preguntarle nada: se limitaron a escribir que su padre tenía tres hijas menores en días, sin registrar su nombre. En el censo siguiente, Francisca fue apenas un número: una de las cinco mujeres casadas de entre veinticinco y cuarenta años. Solo el nombre de su marido figuraba, porque el nombre de los vecinos es lo único que le interesa al Rey: no sus esposas, no sus hijas. Pero ahora que su marido ha muerto, ahora que es viuda, el Rey sí quiere conocerla. ¿Entonces ella va a aparecer ahí, en esos papeles? pregunta Francisca, imaginando ya la cara de orgullo de su hijo. ¿Va a ser ella un vecino más de Toñanes, como Juan Gómez de Carandía, el corregidor; como Francisco de la Vega, el abogado de los Reales Consejos? El escribano del Rey tuerce la cabeza. Medio vecino, responde. El contento de Francisca se enfría un poco. ¿Medio vecino? ¿Cómo medio vecino? Sí, eso es, responde el funcionario, y tiene que explicárselo hasta tres veces, porque Francisca no termina de entenderlo: a efectos tributarios las viudas computan como medio vecino. En Toñanes hay veintiún vecinos completos y nueve viudas. Total: veinticinco vecinos y medio.

—Entiendo —dice Francisca, por responder alguna cosa.

Después el escribano cierra su expediente. Ni siquiera le ofrece firmarlo: para qué, si está claro que no sabe. Es él mismo quien lo rubrica con un trazo desganado de su pluma.

Más tarde Francisca le preguntará al padre Domingo: ¿Medio vecino? ¿Por qué medio vecino? El padre Domingo se echa a reír al escucharla. Pues claro que medio vecino: ¿acaso quería que su Majestad el Rey le cobrara los mismos tributos que le cobraba a su esposo? ¿Pagar como un vecino entero, ahora que es una viuda desvalida y pobre? Di, Paquita: ¿eso querrías?

—No sé, padre. Qué sabe una.

Francisca se queda mirando mucho rato sus dos manos, y en ellas las cicatrices de tantas labores. Ya no piensa en el Rey ni en su censo ni en sus medios o enteros vecinos. Solo piensa en su hijo. Solo piensa en qué clase de madre es ella. Porque una madre que no puede hablar con su propio hijo, que ni siquiera es capaz de escribirle una mísera palabra por sí sola, es solo una media madre, lo mismo que no basta una sola viuda para hacer un auténtico vecino. Si ella tuviera el don de la escritura. El milagro de la voz hecha papel. Tal vez entonces sabría encontrar las palabras apropiadas para traer a su hijo de vuelta. Porque eso es lo único que a veces necesita un hijo: una madre. Una voz amiga en una tierra extraña. Así que Francisca, que nada sabe, acaba sabiendo o intuyendo una única cosa: que si quiere lograr que su hijo regrese, necesita aprender a leer y escribir sus propias cartas. Comprende dos cosas, en realidad: que necesita aprender a escribir y que una cosa así no puede decírsela al padre Domingo. ¡Una mujer que lee y escribe!

1984 Una mujer que lee y escribe. Es Mercedes, la maestra infantil de Somo. Precisamente ahora está aquí, en la escuela, enseñando a los niños a leer y a escribir como ella. En el aire un olor a plastilina, a desinfectante, a colonia. Clavado con chinchetas a la pared, un abecedario de colores. Sobre los pupitres, la cartilla de Micho abierta. Micho es un gatito que camina a dos patitas, como la gente, y que conoce, más mal que bien, las letras. ¿Queréis aprender las letras, como Micho? Sí: quieren. ¿Le enseñamos a poner las letritas que faltan, que Micho no sabe? Sí: le enseñan. Mercedes hablando con voz cantarina mientras camina entre las mesas, con una bata azul de cuadros que se le está quedando pequeña. Cuarenta manitas aferrándose a sus lápices, a sus pinturitas de Plastidecor, a sus gomas Milan. La mano de Mercedes, que se aferra débilmente a su vientre. Dentro de ese vientre, un bebé de veinticuatro semanas de gestación. Mercedes no puede verlo, pero también él tiene la manita adelantada, como empuñando un lápiz invisible.

¿Será capaz de leer y escribir su hijo, algún día? ¿Podrá ayudar a Micho con las letritas que no sabe?

Mercedes se pasea entre los pupitres, aprobando en silencio la caligrafía de los niños. La letra temblorosa de Jaime. Las emes picudas de Paloma. Las aes redondas y exactas de Lourdes: Lourdes, una vez más tan perfecta. Hasta que llega al pupitre de Berto y entonces, como siempre, tiene que detenerse. El lápiz de Berto sobre la mesa. La cartilla de Berto, eternamente espolvoreada de limaduras de goma de borrar. La boca de Berto, abierta en el mismo gesto de perplejidad. Sus ojos redondos y chiquitos clavados en los recuadros vacíos de la página; el hueco donde deberían estar esas letras que ni siquiera el gatito Micho conoce. ¿Queréis aprender las letras, como Micho? ¿Le enseñamos a poner las letritas que faltan, que Micho no sabe? Berto quiere ayudar a Micho, claro. Lo que pasa es que no puede.

—Claro que puedes, Berto. A ver: La eme con la a, ¿qué sonido hacía?

—Ma —dice Lourdes.

—Muy bien, Lourdes, pero le estaba preguntando a Berto.

—Ma —dice Berto.

—¿Y cómo se escribía la eme, a ver? A ver si te acuerdas tú, que a mí se me ha olvidado.

—No sé.

—Venga, pues a ver si entre los dos nos acordamos.

Mercedes toma con suavidad la mano de Berto. El lápiz: coge el lápiz, Berto. Con toda la mano no. Solo con tres deditos, como te he enseñado. Así. La mano de Mercedes guiando la manita de Berto para emprender el dibujo de esas dos montañitas que hacen la letrita eme.

La mano de Berto.

La mano de su hijo.

—¿Ves qué fácil, Berto?

—Sí.

—¿Te gusta ayudar al gatito Micho?

—Sí.

—¿Lo intentamos con la siguiente letrita, a ver qué tal?

—Bueno.

Al día siguiente, ya tumbada en la camilla, Mercedes seguirá pensando en eso: en la manita de Berto. Dios mío, que sea como Berto. Es un pensamiento que le viene de pronto; una revelación helada, tan fría como el gel que el doctor acaba de esparcir sobre su vientre. Dios mío, Dios mío, si es como Berto te prometo que voy a estar contenta. Eso piensa, con los ojos cerrados. Y más tarde, cuando el transductor comienza a dibujar en su vientre una especie de eme imperfecta, siente un súbito deseo de tomar al médico de la mano y decir: Así no, doctor. Así.

1754 Qué sabe una. Nada, al principio: ni reconocer una sola letra. ¿Pero acaso el padre Domingo nació sabiendo? ¿Acaso los notarios, los escribientes, los gentilhombres del Rey nacen con una pluma en los puñitos? A Francisca le parece que no, y en torno a ese parecer construye el resto de su vida. ¿Hay algo en la vida más que aprender a descifrar las cartas de su hijo? Si lo hay, Francisca no sabría decirlo. Desde fuera puede parecer que siembra y cocina y remienda camisas, pero no: está aprendiendo a leer. El procedimiento es agotador y tal vez incluso imposible: memorizar la voz del padre Domingo leyendo la carta; llevarse esa carta a casa; intentar ligar las palabras que ha escuchado con los dibujos que mira. A veces, entre esos garabatos abstrusos, le parece reconocer la jota de Juan o la te de Toñanes. Francisca se afana en replicar esos mismos dibujos, en la mesa espolvoreada de harina donde debería estar amasando el pan. El nombre del hijo, repetido una, cien, mil veces en su pergamino de harina, Juan, Juan, Juan, y Francisca que mira esa palabra unánime preguntándose cómo harán los escribanos para imprimir sus emociones en la letra muerta: cómo es posible advertirle a otro hombre cuándo hay que leer el nombre de alguien con tristeza, con alegría, con ternura: porque no es lo mismo llamar a Juan para regañarlo por subir las botas a la mesa que llamarlo porque ya está la sopa servida o para decirle: toda mi vida es tuya, Juan. Al cabo del día no ha cocido el pan. ¿Quién puede pensar en comer? Ella, desde luego, no.

—Padre, ¿me haría el favor de leerme una vez más esta carta? Solo una vez más, padre mío. Es que cuando le escucho... Cuando le escucho es como si escuchara la voz de mi hijo...

—Qué barbaridad, hija mía. Vas a aprendértela de memoria. ¿Qué es lo que traes ahí? ¿Más nabos? Yo lo que quiero es uno de esos panes tan hermosos que tú amasas, Paquita...

Y Francisca, que amasa panes. El padre Domingo 1755
que come hogazas que en algún momento fueron palabras. Por ejemplo la palabra *casa*. La palabra *familia*. La palabra *rretorno*, temblorosamente dibujada sobre la harina blanca. Eso, el retorno del hijo, ¿cuándo? Todavía es pronto, Madre, todavía tengo que reunir algún dinero; hágase cuenta que el año próximo, o el próximo del próximo, allá me tiene. La palabra *dinero*. La palabra *año*.
Años, pasando. La palabra *paciencia*. Paciencia, se dice 1756
Francisca, que ya lee trabajosamente todas las palabras, incluso las que no entiende, y ha necesitado seis meses de ahorro para comprar papel y pluma. Francisca empuñando la pluma con torpeza, casi con brutalidad; Francisca batallando para escribir en secreto su propia carta, con la punta de la lengua asomando entre los labios. El fuego del hogar avivado con borradores llenos de tachaduras y enmiendas, porque encontrar las palabras es casi tan difícil como escribirlas: mejor continúa intentándolo mañana. Este año ya no pero sin duda el próximo, Madre: verá usted como llego para el verano, antes de que sea el tiempo de la cosecha. Francisca que ya no ve bien de lejos y está algo dura de oído y tiene que acercarse mucho al padre Domingo, porque si no, no hay quien oiga la voz del hijo. La voz del hijo en los labios del padre Domingo, aunque luego, al regresar a casa, Francisca lea la misma carta una y mil veces con su propia voz, y memorice las palabras que no entiende y el sacerdote sí entendía. ¿Qué quieres que le contestemos, Paquita? Ella se encoge de hombros. Reflexiona un momento. Dígale que acá llueve, responde. Dígale que acá las cosas

como siempre. Dígale eso: que encontrará el mismo Toñanes cuando al fin regrese. No se le ocurre nada más, y al padre Domingo tampoco. No importa: qué valor tienen, al fin y al cabo, las cartas del cura, si dentro de pocos días Francisca habrá terminado la suya, y entonces sí, entonces su hijo sabrá comprender cuánto le ha echado de menos. No podrá hacer otra cosa más que regresar a casa, con maravedíes o sin ellos, porque será su madre quien se lo pide de puño y letra, y palabras así son capaces de ablandar hasta la voluntad más firme.

1757 ¿Por qué, ahora que sabe leer, continúa acudiendo al padre Domingo? ¿Por qué pedirle una vez más que sea él quien escriba a su hijo? Tal vez por inseguridad. Tal vez por superstición: mientras siga siendo un sacerdote quien abra los lacres, nada malo puede ocurrir. Tal vez porque su carta, la carta que Francisca escribe y borra cada día en su casa, todavía no está lista: lo estará muy pronto.

1758 La carta de Francisca progresa, pero la vida progresa más deprisa todavía.

1759 Cierto día su hijo escribe trayendo noticias sobre
cierta gaditana de nombre Atanasia, muy buena moza
y con posibles. El padre Domingo lee ese nombre con la
neutralidad que acostumbra, pero luego, ya en casa, Fran-
cisca lo repite con la tristeza, con la resignación que me-
1760 rece: Atanasia. En la siguiente carta, Francisca aprende
1761 la palabra *dote*. Dos cartas después, la palabra *matrimo-
nio*. Ese mismo día, Francisca relee los últimos borrado-
res de su carta y sacude la cabeza. No; cómo pudo creer
que ya estaba casi lista. Qué diría su hijo si viera esas
letras desgarbadas; esos renglones torcidos, que parecen
precipitarse fuera de la cuartilla; esas palabras torpes, de
1762 analfabeta. Hay que empezar de nuevo. Claro que volve-
ré algún día a Toñanes, Madre: Atanasia vendrá conmi-
1763 go. La palabra *preñez*. La palabra *cuna*. El primer hijo,
1764 que debería llamarse Juan pero se llama Atanasio. Fran-

cisca que tropieza y se cae en las escaleras de la iglesia
y casi se rompe la crisma. El padre Domingo que tiene
que venir a socorrerla. ¿No vas a contárselo a tu hijo, Pa-
quita? No va a contárselo: qué vergüenza. Mejor le cuen-
ta que en Toñanes hace frío, porque este invierno lo hace,
muchísimo frío: según pasan los días más agujeros en el
tejado y más entumecidos los miembros de Francisca. El 1766
segundo hijo: Miguel. Cuando Miguel tenga edad para el 1767
viaje estaremos allí, Madre: no se preocupe usted. La pa-
labra *nieto*, la palabra *abuela*. La palabra *familia*. La pala- 1768
bra *nunca*. Francisca, todo el invierno enferma: su rostro encendido por la fiebre. La carta de Francisca, que de un tiempo a esta parte parece escurrirse al delirio con ella: un vértigo de letras diminutas o enormes, renglones que se abisman en espirales confusas, dibujos para completar el significado de las palabras que no sabe deletrear. Cien, doscientas páginas de borradores, y que ninguna de esas páginas baste. La escritura que al fin se hace carne en el cuerpo de Francisca: una ampolla en mitad del dedo corazón, no mucho mayor que un grano de maíz. Una herida en la que nadie ha reparado y que nadie podría tampoco explicar. Solo Francisca.

Pero Francisca nada explica. Nada dice.

—¿No vas a contarle que pasaste todo el invierno en cama, Paquita? ¿Ni eso siquiera?

—No, padre. Mejor dígale...

—¿Qué le digo?

—Dígale que ya es primavera.

—Que ya es primavera.

—Y que, justo ahora, luce el sol...

—Bueno.

El padre Domingo suspira. De un tiempo a esta parte ya no le pide verduras ni panes: solo hace eso, suspirar mucho. Ahora no hace, no dice nada. Se limita a morder las barbas de la pluma con expresión ausente. Luego se arranca a escribir y llena una cuartilla por las dos caras, con ese asunto del sol y la primavera. Al menos eso dice. Pero Francisca, por primera vez, desconfía. Mira el rostro de Domingo, o esa masa nebulosa en que se ha convertido el rostro de Domingo desde que Francisca ha comenzado a perder la vista, y no queda convencida. Ahora está segura: hay algo que el padre Domingo no le está contando.

—Ya está, Paquita. Ahora le aplico el lacre, ¿verdad?

—¿Me la deja tocar primero, padre?

—¿El qué?

—La carta...

—Claro, Paquita.

La carta, en sus manos. La carta que su hijo tocará dentro de dos meses. Francisca la acerca a sus ojos tanto como puede, hasta que el papel tropieza con la punta de su nariz. Entonces, las letras. La voz del padre Domingo cobrando carne, más bien despacio, porque es así como lee Francisca: muy despacio.

... yo, Domingo de Cossío, cura provisor de...

... con relación a la salud de su querida madre de usted...

... por lo que le ruego que, si aún concibe esperanzas de...

... y que emprenda ese viaje lo antes posible, porque si espera...

... sepa disculpar la inquietud que estas líneas...

... en Toñanes, a 17 de...

—¿Qué es lo que estás haciendo, Paquita?

Por un momento, Francisca no contesta. Piensa: este es el momento. Le dirá: ¿No lo ve? Estoy leyendo. Le dirá: de ningún modo puede enviar una carta como esta. ¿No comprende que su hijo es un hombre muy ocupado, y no tiene tiempo para pararse en pequeñeces? Le dirá: Ni una palabra de mi enfermedad, ¿me oye? Le hablará, también, de la carta que ella misma está escribiendo, que todavía no es perfecta, pero lo será muy pronto, porque solo las palabras de una madre pueden obrar ciertos milagros.

Sí: eso es lo que está a punto de decirle.

—¿Paquita? ¿Estás bien, Paquita?

Aunque quizás. Por otro lado. Quién sabe, piensa de pronto Francisca, si esta carta no es precisamente la carta. Este el milagro que ha estado esperando. Cómo estar segura de que no son precisamente estas las palabras que ha buscado todo este tiempo: esa carta capaz de lograr lo imposible.

—Sí, padre. Solo... Solo olía el papel.

Domingo se echa a reír mientras dobla la carta y aplica el lacre.

—¡Ah...! Qué sensible eres, hija mía. Qué sensible... Bueno: pues ahora, a esperar, ¿no?

—Sí, padre. A esperar.

Tres días después regresan los funcionarios del Rey para componer otro de sus censos. No debieron de hacer muy bien el censo antiguo, piensa Francisca, porque otra vez están ahí, con las mismas ganas de saberlo todo. El Rey solo se acuerda de Toñanes para eso: para hacer preguntas. Quien llama a la puerta de Francisca no es el mismo Rey, claro: es otro de sus funcionarios, tan elegante como si hubiera salido de un cuadro. Es él quien quiere saberlo todo: su nombre, su edad, sus carros de terreno, sus cabezas de ganado. Y Francisca se esfuerza en responder lo mejor que sabe, mientras trata de intuir lo que el funcionario garabatea en su expediente. Francisca del Pino, sesenta y ocho años poco más o menos, cinco carros de terreno, tres gallinas, un puerco, con perdón de usía —anciana en situación de necesidad, escribe—. Estado civil: viuda —viuda que compone medio vecino, escribe—. Un hijo vivo pero ausente en el Reino de Andalucía —sola y sin socorro, escribe—. Después, el escribano cierra su expediente. Ni siquiera le ofrece rubricarlo: para qué, si está claro que no sabe. Es él mismo quien va a firmarlo con un trazo desganado de su pluma.

No: no lo firma. Francisca acaba de detenerlo con un gesto. El funcionario levanta la vista del papel: la está mirando por primera vez, como si solo ahora Francisca hubiera empezado a existir.

—¿Me permite, su Majestad?

Lo dice lo más suave, lo más cortés que sabe. Después emprende el movimiento muy despacio y muy calmadamente, como quien se ha preparado toda la vida para este momento. En cierto modo es así. Toma la pluma. La moja en el tintero. Aguarda a que se escurran las dos o tres primeras gotas. Luego deja resbalar el cálamo sobre el papel en un movimiento pausado pero continuo, suave pero no tanto. Las letras ni demasiado grandes ni demasiado pequeñas. El nombre que no se tuerce ni hacia arriba ni hacia abajo.

Franzisca del Pino, escribe.

El funcionario asiste a todos esos movimientos sin despegar los ojos de la pluma. Luego, cuando termina, voltea el papel para mirar mejor la firma, como si no estuviera seguro de haber visto bien.

—¿Quién le enseñó a escribir, Francisca?

—Fue mi hijo, su Majestad —contesta Francisca. Y no sabe si miente o no miente cuando lo dice.

El escribano sonríe. Después de unos primeros instantes de perplejidad, sonríe abiertamente. Y esa sonrisa, entrevista por los ojos cada vez más ciegos de Francisca, se transforma en el gesto de orgullo de un hijo por una buena madre.

—Debe de quererla mucho, ese hijo suyo —dice.

—Mucho —responde Francisca, sonriendo también. Y luego, como sorprendida en falta, se apresura a añadir—: Su Majestad.

Francisca acercando mucho los ojos al papel para leer las 1768
cartas de su hijo —tiene tres dioptrías de miopía, y su-
biendo—. El párroco don Miguel de Tagle-Bracho leyen- 1794
do las Sagradas Escrituras durante la santa misa —tiene
tres dioptrías de miopía, y cuando se calza encima de la
nariz ciertos extraños cristalitos, ninguna—. Los anteojos
de don Miguel de Tagle-Bracho: los primeros anteojos en
la historia de Toñanes. La vida antes de la óptica: recono-
cer a los vecinos por la manera de andar y la ley de las
monedas por la manera de sonar contra la mesa. Cierta
propensión a entrecerrar los ojos y acercarse mucho a la
costura para dar la puntada o a la cabeza del hijo para en-
contrarle los piojos. Julián a diez centímetros de la pan- 1992
talla del televisor, tratando de desentrañar la cascada de
negros y blancos del porno codificado. No lo consigue,
pero mañana delante del Chino fingirá que sí: es cues-
tión de concentrarse, dirá. Si te quedas mirando fija-
mente el mismo punto un buen rato, sin pestañear, llega
un momento en que de pronto lo ves todo, todo. ¡Y qué
pasada, lo que ves! Andrea con las pinzas en la mano 1999
mirando el mismo punto de su ingle, sin pestañear, para
ver si encuentra el último vello: ya casi está. Ojos que se
concentran para buscar lo pequeñísimo: doña Antonia 1957
rastreando las faltas de ortografía en el dictado de Mi-
liuco —Emilio Gómez, ¡presente!— y el señor obispo 1637
rastreando las faltas en el libro de bautismos de Toñanes
y Llermo con la escopeta en ristre, viendo si asoma en el 1986
horizonte el puntito negro del tórtolo. Negro el pájaro
y negro el carbón que arde en la chimenea. Negro el gato 1769 / 1655
de la bruja. Negro el caldero en que doña Elvira está tin- 1857
tando todas sus ropas. El negro para el luto y el blanco
para la pureza —blancas las sábanas la noche del despo- 1891
sorio de Luis y Ana y blancos los dulces de las monjas de 1928
Santillana y blanca la lencería de Miguela la del molino, 1880
por aquello de que la decencia se nota en todo—. El ne-
gro y el blanco para el luto y la pureza y también para las

1637 vacas holandesas —antes no hay negro y blanco en los
rebaños de Toñanes; solo el blanco sucio de las ovejas
1785 y el pardo rojizo de las vacas—. El color amarillo del re-
tablo de San Tirso y de las espigas de trigo en las eras
1839 y de las monedas en los arcones. El cabello rubio de Vi-
1946 centa, tan hermosa. El cabello de Ingrid Bergman en el
cine de Novales, que es gris pero también, de alguna for-
1701 ma, rubio. El amarillo de los robles, que a veces se vuelve
2021 también rojo, en oleadas que asemejan incendios. Ya no
hay robles, y en consecuencia ya no hay tampoco rojo;
en su lugar solo el color de los eucaliptos, azules cuando
acaban de ser plantados y verdes cuando crecen. El rojo,
que solo sobrevive en los tejados de las casas y en las ba-
1949 yas de los acebos, cuando hay acebos. La vergüenza del
1714 rojo en los calzones de las mujeres. Roja, de pronto, la
camisa blanca de Jacinto Velarde, instantes después de
recibir un arcabuzazo a quemarropa: muerto soy, dice
hincando las rodillas en el suelo, y como obedeciendo sus
propias palabras, poco después efectivamente se mue-
1938 re. Rojo, más que rojo, dice el guardia civil que conduce
a Ignacio Rivas al calabozo de Novales. Colores que se
1957 / 1968 convierten en nombres: Juanín el Rojo. Marieta segando
2015 el verde. Javi el Rulo dando una última calada al porro
de marihuana y luego reclinándose contra la tapia: me
ha dado un amarillo, tío. Qué marrón. Nos tocó la ne-
1940 gra. Negros, en Toñanes, ninguno: el primero es un tu-
rista norteamericano que llega terminada la Guerra Ci-
vil y pasa en el pueblo exactamente tres horas. Colores
1909 para las cosas que no son. El rubio del pelo de las anjanas
y el azul de sus ojos, rojo el pelo del ojáncano y el som-
brero del tentirujo, negra la guajona que viene a morder
a los niños y verde el musgoso y azul el soplo de los nu-
1643 beros. Colores para morir por una idea —Tirso Gómez,
que viste de carmesí cuando es enterrado en los campos
1897 de Rocroi; Juan Rivas con su uniforme azul en la gue-
1808 rra de Cuba y Pedro Pascua con su uniforme marrón en

la batalla de Espinosa de los Monteros; de verde contra 1921
los rifeños y de blanco contra los peruanos y del color 1818
de la tierra para disparar y ser disparado por otros espa- 1936
ñoles—. El color de la tierra: más pedregosa en Toña-
nes y más rojiza en Oreña y Cigüenza. Saber, echando
un solo vistazo, cuáles son los cultivos más aptos para
cada tipo de tierra —produce maíz, trigo, alubias, pata- 1850
tas, limones, manzanas, uva y otras frutas, dice el dic-
cionario enciclopédico Madoz en su entrada dedicada
a Toñanes—. Saber, solo con mirar una rama, si será apta 1292
para fabricar un arco. Reconocer a simple vista las setas 1928
venenosas y qué vaca es buena para criar y si esa nube
trae lluvia o no la trae. Mirar las cosas para que sucedan:
Rodrigo con los ojos fijos en el teléfono que no termina 1989
de sonar, Francisco de Villegas contemplando la finca de 1803
la Corredoria, haciéndola suya con los ojos ya que no
puede hacerla suya con los pleitos. Mirar las cosas bien
y mirarlas mal —a mí una vaca se me murió de solen- 1993
gua, explica José Luis, ¿no sabes lo que es? Es como quien
dice la envidia de las vacas; si das verde a una y a la otra
no, la que no pace se pone como loca al ver a la otra, y si
te descuidas le entra solengua y se muere, como se mu-
rió mi vaca—. Mirar lo que nos hace daño y no apartar
la vista. Morirnos por los ojos. Matar con los ojos tam-
bién —el párroco escribe que murió cuando le fueron 1739
cumplidos sus días, pero María la de Peñalba murió, todo
el mundo lo sabe, de un mal de ojo que le echó cierta
brujuca de Oreña—. Ojos que matan y ojos que inmor-
talizan, como los ojos de Avelina Tomé Hidalgo, nacida 1947
en Toñanes, que se convertirá en una pintora famosa en
Madrid —es hija de uno de los carabineros destinados
en la caseta de guardias y la familia se marcha muy pron-
to, cuando todavía es una niña; nadie en Toñanes la re-
cuerda y tal vez ella misma no recuerda tampoco nada
del mismo Toñanes; entre todos sus cuadros conserva-
dos solo hay una escena marina, un mar embravecido

y unos acantilados que tal vez podrían ser los acantila-
dos de Bolao—. Mirar Bolao y trasladarlo a un lienzo en
1996 blanco, para que otros lo miren. Mirar Toñanes desde el
2019 ojo de una Nikon o desde la pantalla de un iPhone o des-
1878 de detrás de la cortinilla de una cámara de fuelle —y aho-
ra, por lo que más quieran, no se muevan—. Ver luz en
2021 la penumbra. Toñanes de noche: el cielo anaranjado por las
luces de Torrelavega y de Santillana; el faro de Comi-
llas, parpadeando; farolas en las carreteras y faroles en
los porches; los puntitos de luz de los coches que pasan,
amarillos cuando vienen y rojos cuando se van. Doscien-
tas, con suerte trescientas estrellas en el cielo. Toñanes de
1626 noche: la oscuridad impenetrable. Un ruido a solo cin-
co pasos de nosotros que puede ser cualquier cosa: una
manzana que cae al suelo, una vaca que patalea, el ánima
de un aparecido. Más de mil trescientas estrellas visibles
-13.179 / 313 en el cielo. Ver cuando no se puede ver: hogueras, antor-
981 / 1838 / 1918 chas, candiles de aceite, bujías. Una lámpara de carbu-
1931 ro. Una bombilla, la primera bombilla iluminada en la
2006 historia de Toñanes. Un reflector para iluminar la posa-
da La Estela Cántabra. Ver lo que no puede verse ni si-
1801 quiera a la luz del día. Por ejemplo la buena ventura en
las líneas de una mano o el número de hijos que tendrás
2001 en el cuajo del queso. Por ejemplo un tumor maligno en
la biopsia de Ramona —va a salvarla la radioterapia—.
1984 Por ejemplo un niño en una ecografía; un feto de seis me-
ses que parece completamente sano. Felicidades, señora.
¿Está usted seguro, doctor? pregunta Mercedes, todavía
con el vientre engelatinado. Está muy nerviosa. Lo pare-
ce y tal vez incluso lo dice: Estoy muy nerviosa. Le habla,
quizá, de otro médico que le metió muchísimo miedo,
no sabe cuánto. ¿Puede acaso él asegurarle que su hijo no
es deforme, ni hidrocefálico, ni lisiado? El doctor tuerce
la cabeza. No, no puede asegurárselo. Parece completa-
mente normal, pero todavía es pronto para saberlo. Lo
único que puede hacer es decirle lo que ve. ¿Y qué ve?

pregunta, ansiosa, la madre. El médico se encoge de hombros, como a veces se encogen de hombros los médicos. Solo un niño, responde.

Viene de Madrid, así que por qué no llamarlo así: el madrileño. Pero bueno, dichosos los ojos. Si te veo por ahí, no te conozco. Eso es el madrileño: alguien que no es el mismo. Alguien que hay que mirar de arriba abajo, muy despacio, para considerar si queda en él algo del niño que buscaba dinosaurios; algo del adolescente que no se sabía lo que buscaba. ¡Ya creíamos que te habías olvidado de nosotros, mira! No; no se olvida. Son ellos los que se habían olvidado de lo flaco que estaba, de lo flaco que estuvo siempre, y ahora se hacen cruces al verlo. Se hacen, literalmente, cruces. ¡Ave María! ¿Pero es que en los Madriles no te dan de comer? Madrid es los Madriles: así fue siempre y así siempre será. Los Madriles o la Capi o incluso Allá Abajo, porque puede que Madrid esté seiscientos metros más alto que Toñanes, pero también queda cuatrocientos kilómetros más al sur. Pues eso: allá abajo. ¿Así que este verano te subiste para Toñanes? Sí, se subió. ¿Terminaste los estudios o no los terminaste? No los terminó, no los termina: en ello está, el madrileño. En ello está, el estudiante. ¿Historia, estudias? Pero de eso, cuando acabes... ¿Se trabaja o no se trabaja? Más bien no se trabaja, contesta el estudiante. Un silencio. Pues yo entonces te hago un bizcocho, dice al fin Lola. Otra cosa no sé, pero hambre tú conmigo no pasas. El bizcocho de Lola, que lo soluciona todo. 2012

¿Y la moza? le preguntan, guiñando un ojo. Bueno, hombre, bueno, ¿dónde dejaste la moza?

La respuesta es sencilla. En los Madriles. La dejé en los Madriles. A veces es verdad y a veces no lo es, pero el mozo siempre responde lo mismo. Y luego vuelve a casa, a lo mejor ya con el bizcocho de Lola entre las manos, todavía caliente; el dedo índice hurgando debajo del papel de plata.

Volver a casa. Porque cuando dice casa, el madrileño nunca piensa en Madrid, ni mucho menos en Santander. Piensa, más bien, en Toñanes. Volver a casa se parece a esto: comer en la socarrena. Tirar penaltis utilizando el limonero y el níspero del jardín como portería. Pasear hasta Bolao para ver cómo el sol se pone justo detrás de la Punta de la Rebollera. Y más tarde, cuando regresa a Madrid y le preguntan por su verano, contestar siempre lo mismo. Lo pasé en casa. Es decir, en Toñanes.

—¿Pero tú no eras de Santander?

Él querría responder que no, pero es que sí. Es inevitable reconocerlo: el madrileño nació en Santander. Estudió en Santander. En Santander bebió su primera cerveza y fumó su primer cigarro y comió su último Kinder Sorpresa. Y entonces en Toñanes, ¿qué?, insisten. ¿Nunca viviste allí? No: en Toñanes, los veranos. Solo eso.

—¡Ah, bueno! Pero entonces es solo el sitio donde veraneas, ¿no?

En eso se ponen de acuerdo, los toñanejos y también los madrileños: él no es, nunca fue de Toñanes.

Y si Toñanes no le pertenece ni siquiera a él, entonces qué decir de sus hermanas, que ya no vienen nunca o casi nunca: su habitación congelada en el verano del año 1997. Una barbacoa en julio y otra en agosto y toda la familia reunida en torno al símbolo purificador del fuego —el madrileño, modesto sumo pontífice, blandiendo las tenazas sagradas y vistiendo la toga ceremonial de su camiseta de la Caja Cantabria—. Todas las noticias felices
2006 son compartidas al calor de ese fuego: Marta anuncian-
2007 do su boda, Diana anunciando su boda; Marta anun-
2009 / 2012 ciando su primer y su segundo embarazo; Diana cele-
2010 / 2012 brando su primer trabajo en Santander y la compra de
su casa; el madrileño, que no compra casas ni trabaja en

Santander, que no se casa y mucho menos se embaraza, anunciando matrículas de honor, premios de la universidad, becas en el extranjero. Porque a veces el madrileño deja por un tiempo de ser el madrileño para ser el mexicano, el húngaro, el italiano: pero siempre, de un modo u otro, se las arregla para pasar el verano en Toñanes, y allí encender un año más el fuego sagrado. Todos
los veranos o casi todos los veranos, porque cierto año lo 2010
pasará entero en Ciudad de México, y allí tendrá que hacerse a la idea de que en Toñanes la vida no se detiene; de que otros encenderán en su lugar el fuego y pondrán a asar las sardinas y las encontrarán sabrosas.

El madrileño, un verano sentado en las terrazas del
Zócalo y el verano siguiente sentado en el banco del Pico 2011
de la Molina.

El madrileño paseando por el camino de Lucio y por 2012
los acantilados de Bolao y por la mies de Marbuena. El madrileño visitando a Lola, a Carmen, a Llermo, ya no para preguntar el tamaño de sus fincas —¿cabrá en el huerto de Lola un estegosaurio?— sino para escuchar historias de la vida del pueblo. ¿El avión? Pues el avión cayó ahí, en Valtrigo, ahí donde empiezan los eucaliptos... El molino de abajo yo no lo vi funcionar, nene, pero el de arriba sí; anda que no habré llevado yo sacos de maíz a que Nando me los moliera... A Varela lo mataron en la misma esquina de tu casa. ¿No sabías? Allí mismo lo dejaron seco, de un disparo. Pero a ti, esto, ¿para qué te interesa? Si esto son cosas del pueblo, hombre, esto a nadie le importa. Mejor cuéntame tú la vida que haces en Madrid. Que debe de ser muy grande y muy bonito aquello, ¿no?

Pero el madrileño no quiere hablar de Madrid. Solo quiere hablar de Toñanes.

¿Para qué le interesan a él el avión que se cayó, los últimos años del molino de Bolao, el asesinato del jefe local de Falange? ¿Qué es lo que saca en claro con todo esto? Eso no sabría decirlo, el madrileño. Pero un año tras otro hace las mismas preguntas, mientras bebe las Coca-Colas de Llermo y de Rosi; mientras mastica las rosquillas de Carmen, los bizcochos de Lola. Nadie se explica que esté tan delgado.

—Qué rico te queda el bizcocho, Lola.

—Pues es facilísimo. Mira, coges un poco levadura. Un poco harina. Un par de cucharaditas de yogur de limón...

Un día se queda mirando el árbol genealógico que su padre enmarcó, hace tantos veranos. De pronto se acuerda de la bibliotecaria con perenne gesto de hastío; de la hilera de lectores de microfilm; de aquella sala con aire de sótano y de trastero y también de morgue. Ese verano en que creía que su vida estaba a punto de comenzar: un punto cero que quedaba a solo un billete de Alsa de distancia. Durante algún tiempo creyó que era así: en Madrid empezaba una nueva vida y con ella una nueva persona. El madrileño. Un metro setenta y cinco de estatura, cincuenta y siete kilos de peso; los mismos ojos verdes pero unas gafas para leer delante de esos ojos; una barba descuidada donde antes no había barba y una melena tal vez demasiado larga donde antes había un pelo cortísimo. Y en Madrid las cosas cambiarán, claro, pero también en cierto modo permanecerán idénticas. Ahora tiene amigos y su propia casa y a veces incluso tiene novia —bueno, hombre, bueno, ¿dónde dejaste la moza?—, pero algo de ese adolescente tímido que fue, que prefería quedarse en casa un viernes por la noche investigando la vida de su tatarabuelo, ya no se borrará nunca. Descubre que una misma vida no puede vivirse dos veces: que allá adonde se dirija siempre encontrará, enmascarado o distorsionado, el mismo paisaje. Y ahora está aquí. Contempla, literalmente, el mismo paisaje. El mismo mar rompiendo contra los escollos de Bolao. El mismo viento cimbreando los maizales. El mismo árbol genealógico que el mozo dibujó diez años atrás. El mozo: es decir, él mismo. El niño de los dinosaurios, el mozo, el madrileño: después de todo la misma persona. Y ahora, mirando ese árbol, por primera vez se le ocurre pensar que tal vez estaba equivocado. Siempre creyó que le interesaban los muertos porque los vivos no le prestaban atención, pero tal vez era exactamente lo contrario: quizás ningún compañero de clase lo invitaba a la playa en verano ni a la discoteca Pachá los viernes por la noche porque él estaba demasiado ocupado con sus muertos. Así que no investigó la vida de todas esas personas porque estaba solo: a lo mejor era, simplemente, algo que quería hacer. Algo que quiere seguir haciendo.

El madrileño, el mozo, el niño de los dinosaurios se 2012 / 2002 / 1991
quedan mirando mucho tiempo el árbol. Sonríen.

Después de todo hay cosas que sí han cambiado. Por 2012
ejemplo: la cobertura de internet en el área de Toñanes. Ahora sí hay una red wifi en la casa, que abarca la cuadra y alcanza más o menos también el desván de la casa. Así que el madrileño no tiene que ir a ningún archivo. Le basta con consultar cierta página de la Sociedad Genealógica de Utah, fundada por la Iglesia de Jesucristo de los Santos de los Últimos Días, que desde 1984 se ha dedicado a microfilmar y a digitalizar libros parroquiales de todo el mundo.

El madrileño no es creyente. Pero cuando descubre esa página, nada le impide exclamar: Que Dios bendiga a los mormones.

Y así pasa otro verano más, completando su árbol. Esta vez sin tristeza y sin culpa; sin la duda de si prefiere estar en otra parte. No: es precisamente aquí donde quiere estar, en la cuadra de Toñanes, consultando los archivos parroquiales desde su ordenador portátil. La cuadra, que ahora tiene su propio baño y su propia cocina y es casi una casa en miniatura. Para qué necesita más. En la planta de abajo el fregadero, con una torre de platos sin lavar; a su lado el billar, que desde hace mucho tiempo ya no es un billar, sino una mesa inmensa en la que arrumbar libros y trastos. En la planta de arriba una cama; más libros desparramados por el suelo; una mesa. En la mesa el madrileño, mirando muy de cerca la pantalla de su ordenador portátil, tratando de desentrañar alguna caligrafía particularmente abstrusa. Casi siempre es de noche. Al madrileño le gusta eso, la noche: despertarse a mediodía y leer documentos y tomar notas hasta muy entrada la madrugada. En esa rutina, muy pocas distracciones: alguna barbacoa, algunas llamadas de teléfono, algunos mensajes de texto. Oye, ¿no te vienes entonces a mi casa en la Alpujarra? No se viene. ¿Seguro que no te apuntas al plan del domingo? No se apunta. ¿Y a Praga, de Interrail? Nada: en Praga no se le ha perdido nada. Lo que quiere es esto: la mañana en la cama y la tarde paseando por los acantilados de Bolao y las noches con sus documentos. Y luego salir al jardín descalzo y sentarse en la tapia para contemplar el amanecer, mientras echa un último cigarrillo.

No llegará a terminar su árbol, claro. Un árbol genealógico no puede ser terminado: tal vez por eso despierta la fascinación de ciertas personas. Despierta, al menos, la fascinación del madrileño, que cuando no puede llegar más atrás —1626, el primer documento de Toñanes; como quien dice, el principio de los tiempos— se decide a resolver el árbol genealógico de Lola, y el de Llermo, y el de Carmen. Y luego, cuando ya ha dibujado el árbol genealógico de todo el pueblo —una maraña de primos que se casan entre sí; de vecinos que nacen y viven y mueren en el mismo radio de un par de kilómetros—, comienza a hacerse otras preguntas. ¿A quién, de entre todos los vecinos nacidos en el siglo XVII, se le
1629 caería la moneda de Felipe III que encontró en el jardín
1888 de su casa? ¿Quién ató a Cosme Rubín, humilde viajan-

te de comercio, y lo dejó morirse en la Bárcena de Toña-
nes? ¿Por qué Antonio Collado figura como nacido en 1769
los archivos de Toñanes pero ningún registro recoge su
muerte? Los archivos de Toñanes, que no solo sirven
para decir quién era hijo de quién, sino para reconstruir
incluso el carácter de los muertos: la cólera de Baltasar 1645
de la Torre, que se niega a pagar la misa de muerto de su
esposa porque quién es Dios para arrebatarle lo que es
suyo; la caridad de Bárbara Gómez de Carandía, que lega 1769
todos sus bienes a los pobres y limosneros de la comar-
ca; la incontinencia de Andrés de Ruiloba, padre de hasta 1699
tres hijos naturales con otras tantas mujeres. Papeles que
sirven incluso para reconstruir la meteorología del pa-
sado: o al menos eso es lo que piensa el madrileño. Por-
que si una mujer adulta —Catalina García— se ahogó 1764
en el poco profundo río de Toñanes, sin duda debieron
de caer lluvias torrenciales en las horas o en los días pre-
vios; y si Juan de la Torre, también ahogado, se estaba 1660
bañando en el mar el día 14 de julio de 1660, seguramen-
te era un día de mucho calor; y si a Francisco de Herre- 1643
ra lo fulminó una centella el 19 de octubre de 1643 y a
Domingo Gómez otra el 24 de marzo de 1668, ambos 1668
tuvieron que ser forzosamente días de tormenta. Con
sus notas y garabatos acabará descubriendo que el 17 de 1834
septiembre de 1834 —miércoles— cayó un intenso agua-
cero sobre los campos de Toñanes; entre el 14 de febrero 1888
y el 9 de marzo de 1888, una intensa nevada que recibirá
el nombre de nevadona de los tres ochos; toda la prima- 1693
vera de 1693, lluvias y heladas que queman el grano en
las mieses.

Así es el madrileño: alguien interesado en saber si
el 19 de mayo de 1714 habría tenido que ponerse cha- 1714
queta.

Y luego dan las seis de la mañana y apaga el ordena- 2012
dor y se quita las gafas y sale descalzo al jardín a contem-
plar el amanecer con un cigarrillo en la mano; y cuando

pisa la hierba mojada no está seguro de si es lluvia o rocío lo que pisa.

1904 Todas las que hemos parido una niña y enterrado a una madre sabemos que las cosas, tal y como empiezan, también se acaban. Pues mi madre, que en paz descanse, siempre decía que el mundo también tendrá que acabarse algún día, y habrá señales de ese acabamiento.

Primero se morirán todos los pájaros y todos los árboles, menos las golondrinas y los cipreses del camposanto.

Luego se secarán los ríos y se pararán los molinos y las mesas se quedarán sin pan y los jarros sin agua.

Luego echarán a sonar las campanas de las iglesias, todos los días toca y toca, durante un mes entero, sin nadie que las mueva.

Luego se hará invierno, así estemos en pleno verano —mi madre siempre decía que el fin del mundo caerá en verano—, y nevará la nieve en la mies y lloverá la lluvia dentro de las casas.

Luego se morirá la gente buena, cuanto más buena más rápido, porque Dios no quiere que sufran viendo lo que vendrá después.

Luego seguirán naciendo niños, hijos de la gente mala o no tan buena que aún ande con vida. Y esos niños tendrán la color blanca y una pinta negra en mitad de la frente, y se morirán a los cinco días de ser bautizados.

Luego se irá la luz; primero las de las bujías y los candiles y más tarde el candor del mismo sol y la de las estrellas. No quedarán más luces que las lámparas de las iglesias, y estarán encendidas hasta cinco minutos antes del final, poco más o menos.

Cinco minutos antes de que el mundo se acabe, tocarán las campanas de nuevo, anunciando misa mayor.

Dios descenderá a la tierra y los muertos andarán fuera de sus tumbas para conocerlo, pero como todo estará en lo oscuro, nadie lo verá. Será el Juicio, pero tan en tinieblas que los que crean en Él se enterarán, y los que no, pues no.

Luego volverá a salir el sol, y a fluir los ríos y las fuentes, y a ser verano de nuevo, pero para entonces ya no quedará ni uno solo que lo vea.

Eso contaba mi madre, que Dios tenga en su gloria.

La fachada de la iglesia de San Tirso de Toñanes. El portón de madera cerrado. Un encachado de cantos rodados en el suelo. Escrita con pintura blanca en el asfalto de la carretera, la palabra «Reservado» y el dibujo de una cruz: para que el cura tenga donde aparcar su coche. Junto a la puerta, una placa conmemorativa de arenisca: «El Excmo. Ayto. de Alfoz de Lloredo y la Junta Vecinal de TOÑANES agradecen la generosidad de los vecinos y colaboradores en la restauración de esta iglesia de SAN TIRSO». Flanqueando la escalinata de entrada, dos bancos de madera. Sentada en el banco de la izquierda, Luisa López Barata (setenta y siete años). 2020

Así que así están las cosas, nene. Mal, muy mal. Porque ya del campo no queremos nada de nada: ni la leche, ni la lana. Y el maíz de ahora tampoco se planta para comer uno, sino para los animales. Para el forraje. Es maíz para animales, no para personas. Aunque yo te digo que si te comes una panoja por ahí por la mies tampoco pasa nada, porque... cuánto comeremos peor, ¿no? En el supermercado, digo. Así que si lo quieres comer, lo comes. Pero a mí no me gusta que se pierda eso de sembrar maíz para las personas. ¿Sabes qué es lo que hago? Siembro un cachuco de tierra de maíz de ese. Y también, ¿sabes qué más hago? Tengo gallinas todavía y recojo huevos. Y mato un jatón todos los años, para carne. Y siembro alubias también. Estaba desgranando las alubias cuando viniste. Una tarea muy histórica, ¿verdad? Y con el maíz, ¿sabes qué es lo que hago? Pues lo recojo cuando es tiempo. Luego hay que secarlo muy seco. Hay que limpiarlo muy limpio. Hay que esperar que ande el viento, porque eso suelta como un salvado. Y lo echas así en alto, y el viento se lo lleva. Te queda el grano. Y queda el maíz limpio. Yo voy a molerlo a Roiz, por Valdáliga, como se hacía antes. Le doy un poco a la hija, otro poco a Clodo, otro poco para mí y otro poco para mi hermano de Oreña. ¿Y sabes lo que hacemos? Nos reunimos un día y celebramos una cosa que llamamos San Torto. ¡Hacemos tortos fritos! Boronos de maíz, de los que se hacían antes. Ricos no sé si están. Ricos no sé hasta qué punto, esa es la verdad. Pero yo lo hago con una satisfacción... Con la satisfacción con la que te lo estoy contando, mira. Porque me gustan estas cosas, porque viví con ellas y crecí con ellas. Y no veas los resobrinos míos, que nada de eso conocieron, claro, cómo celebran ese día. Un día que es un día cualquiera, ¿eh? No un día concreto, a lo mejor decimos: tal día, ¿vamos? No, que ese día... Tengo no sé qué. Bueno, pues al siguiente. Y este año, con lo del COVID, pues no nos hemos reunido. Y esto se pierde. Esto se pierde... Lo de los tortos y todo lo demás, digo. La cosa del pueblo, se pierde. Mucha gente lo ha perdido, mucha, mucha. Estate en cuenta que esto es todo lo que viva yo. ¡Y tengo setenta y siete años! Si esto no da vuelta por algún lado... Porque tiene que empezar a dar una vuelta muy grande. Hoy precisamente lo estaban dando en la televisión. Que con lo del COVID se están empadronando en los pueblos, la gente. Así que no sé... Esto solo lo podéis salvar los jóvenes. Pero tú no te vas a poner a sembrar maíz ni a arreglar vacas, ¿no? Pues eso. Lo mismo que tú, los otros. Y si nadie se pone, pues esto es todo lo que viva yo, y después ya... Pues ya no lo veré,

¿no? Lo que pase con el pueblo después, yo eso ya no voy a verlo, hijo.

—Ay, qué cuento tan poco cuento, Toñita. Eso no es cuen- 1904
to ni es nada, que no salen ni nombres de personas...

—Cuento no sé si será, pero lo contaba mi madre.

—¿A vosotras se os hace que eso será así?

—¿Qué cosa?

—Pues lo del acabamiento del mundo.

—Quién sabrá la cuestión. Dios, y si me apuras el Diablo.

—¡Ay! Cuéntanos algún cuento de diablos, Pascuala.

—Que no me sé más.

—Que sí se sabe. Alguno de diablos, que se los sabe todos, la indina.

—Eso, uno de diablos, de los que meten miedo.

—Y que haya nombres de personas.

—Que sí, un cuento con diablos y personas.

—¿Os sabéis el del Diablo y la bruja de las tres escobas?

—Pues cómo no, Teodora. Ese se lo saben hasta los niños.

—¿Y el del Diablo y la moza presumida?

—También.

—¿Y el del Diablo y el soldado?

—Ese se contó anoche.

—¿Y el del Diablo y el tesoro?

—Ese también.

—¿Lo veis? ¡Si es que os los sabéis todos!

—Pues déjate de diablos y de cuentos. Parlemos un rato, que sale barato.

—Eso, parlamos.

—Fíjate que escuchando el cuento de Toñita me vino una cosa a la cabeza.

—Qué cosa.

—Pues que yo eso del acabamiento del mundo no lo escuché nunca, pero lo del acabamiento del sol cuántas veces, madre.

—¿Qué es eso del acabamiento del sol?

—¿No os recordáis lo que nos contaban de niñas sobre el sol de los muertos?

—¡Ah, es verdad! ¡Qué bonito era eso del sol de los muertos! Aunque me recuerdo poco, poco.

—Eso es lo que pasa con las cosas antiguas. Que nadie se recuerda ya.

—Ni nosotras.

—Nosotras tampoco, fíjate.

—A mí alguna vez se me viene al magín, no creas. Cuando veo así un atardecer bonito. Que se pone el sol tras los picos... Entonces se me viene. Y me recuerdo que todo el mundo paraba al punto lo que estaba haciendo y se ponía a rezar.

—Yo muchas veces he intentado barruntar de dónde vendría el rezo ese.

—Hace la friolera de años mi güela me contó una cosa sobre esa cuestión. Me dijo que el cura de antes se santiguaba cuando lo escuchaba rezar y decía que eso no era cosa cristiana. Eso decía. Que era una cosa así como de gentiles, de cuando se adoraba por estos rumbos al sol y no a Cristo Nuestro Señor.

—Pero vamos a ver, ¿cómo no va a ser cosa cristiana, si rezo era?

—Pues mira, eso mismo me pregunto yo.

—Paréceme a mí que era como una oración por los muertos, ¿no? Una cosa muy piadosa.

—Eso mismo era.

—Mi güelo decía que era el sol que mandaban los muertos para que los que estaban en el campo trabajando se retiraran a casa después de rezarles. Que era cuestión de que así no se nos olvidara que también nosotros teníamos que morirnos. Porque el sol nace por la mañana, lo mismo que la vida y todas las cosas por la tierra, pero pues llegando la noche se ha de morir, y el día menos pensado, nosotros también.

—El mío decía algo parecido. Que era cosa de los muertos, ese sol. Para que recordaríamos que seguían vivos en alguna parte, nos mandaban ese sol tan bonito. Y entonces había que rezarles para que se les hiciera más breve el purgatorio.

—¿Cómo era el rezo? ¿Alguna se recuerda?

—Ah, eso ya...

—Yo no...

—No se me viene, a mí.

—Era algo de los muertos buenos y las almas arrepentidas.

—Algo así se decía, sí.

—Y al final se decía amén.

—Eso. Al final, amén.

Damiana del Cueto, murió, fue enterrada. María Gómez 1716
de Carandía —era zurda, aunque había recibido tantos 1715
coscorrones de niña que se afanaba en ocultarlo; aprendió a tomar la azada y la cuchara con la diestra y durante un tiempo quiso creer que de niña había sido caprichosa o testaruda o levantisca; solo en el momento de ver al sacerdote a los pies de su cama, portando el óleo de los moribundos, comprendió con qué mano debía tomar la crucecita de madera que le tendía—, murió, fue
enterrada. Juan de Revuelta, párvulo —día a día la piel 1712
del niño se volvía más y más blanca, y sus ojos parecían más grandes y más azules; es la Guajona, repetían sus padres y los vecinos, persignándose, la Guajona que aprovecha las sombras de la noche para beber la sangre de los niños con su único diente; pero no era la Guajona, sino

déficit de vitamina A, glucosa y ácido fólico, a resultas
1709 de lo cual el niño— murió, fue enterrado. Pedro sin ape-
1708 llido, murió, fue enterrado. El Viejo sin nombre, murió,
1707 fue enterrado. Juan de Ruiloba —le tocó en suerte lla-
marse Juan y apellidarse Ruiloba, el nombre y el apellido
más repetidos en toda la historia de Toñanes, y fue en
efecto un hombre tan anodino y tan poco excepcional
como pueda imaginarse; fue tan trabajador como mu-
chos, tan proclive al juego o tan piadoso como la mayo-
ría, labrador como todos, y si hubiéramos de encontrar
en su biografía un único rasgo singular, algo que lo dis-
tinguiera de absolutamente todos cuantos en Toñanes han
vivido, no podríamos encontrar más que esto: una vez,
de mocito, se enamoró de una comediante que venía ha-
ciendo representaciones desde Santander hasta La Co-
ruña y ya nunca pudo olvidarla—, murió, fue enterrado.
1705 Don Bernardo Velarde y Bernardito Ruiz —ocurrió el
mismo día y más o menos a la misma hora, uno tendido
en una hacina de hierba en el pajar y otro acostado en un
camastro con dosel; ambos cuerpos fueron despachados
de regreso al Creador en una misma ceremonia; en el
mismo pueblo murieron, en la misma iglesia— fueron
1701 enterrados. Hernando de Cossío, murió sin testar por-
que con él feneció su juicio, murió, fue enterrado. María,
de apellido borroso —borrosa era, también, su biografía;
hay quien decía que vino de Ibio y quien la hacía natural
de Castro Cillorigo y aun del Infierno; era, según el de-
cir de los decires, yerbera y moza levantisca y bruja; no
volaba, pero podía; no agostaba niños en el vientre de sus
madres, aunque tales conocimientos no le escaseaban; no
hirió a nadie con sus maleficios, aunque sin duda habría
sabido cómo hacerlo; se limitaba a vagar por los sueños de
los vecinos machos de Toñanes, a poblarlos de carnes
trémulas y palpitaciones y susurros y humedades, y otras
fantasías de perturbador recuerdo; ninguna denuncia fue
cursada, porque le tenían miedo o respeto o alguna otra

cosa—, murió, en la iglesia fue enterrada. Benito de Obre- 1696
gón —vivió solo toda su vida, en una choza en el Ansar—, murió, fue enterrado. Pedro de Quintana —tenía un secreto; solo su cuñado Miguel de Obregón llegó a compartirlo; durmieron ese secreto, muchas noches, en pajares y lindes de bosques y calas desiertas; nadie nunca lo supo, excepto Dios, y eso, el conocimiento de Dios,
era lo que más temían—, murió, fue enterrado. Marcos de 1693
Cossío —aficionado a los litigios y querellas, como la Real Chancillería de Valladolid y otras instituciones pueden dar fe; se falló a su favor en la mayoría de los juicios en los que se empeñó, porque tenía ducados con que ga-
narlos—, murió, fue enterrado. Bartolomé de Mogro, 1691
labrador —más bien habría que decir jugador, porque pasaba menos tiempo en el campo y más en la venta de Carrastrada, bebiendo vino y abanicándose con los naipes; hizo más dineros con los envites que con sus viñas y trigales—, murió, fue enterrado. Lorenzo, párvulo —no era, verdaderamente, un párvulo, o al menos no del todo; era, más bien, un ángel, lo supieron desde poco después de su nacimiento, tan inocente, el pobre, tan entregado a la docilidad y a la sonrisa; la mirada oblicua y pacífica, la boca a menudo abierta, los mocos eternamente cayendo; la primera palabra tarde, la primera frase lejanísima, el primer razonamiento abstracto aún se le espera, y sin embargo la sonrisa, la dulzura, el niño que sigue siendo niño con diez y quince y veinte años, abrazado a la madre como los becerros se acurrucan entre las patas de las vacas, inútil para ciertos trabajos pero extraordinariamente capaz de ciertas minucias ingratas como desgranar maíz o habichuelas, renuente a las palabras pero sensible a los abrazos y afectos, amigo de todos y también objeto de bromas y chanzas, porque lo que le dices se lo cree: bueno, dice siempre, para saludar y para despedirse y para aceptar el primer desvarío que se le cuenta, bueno, siempre bueno, porque para alguien

bueno todo es tal cual como él mismo, simplemente bue-
no, sin doblez ni impostura, y Lorenzo siempre bueno,
siempre bueno y siempre niño, a los veinte y a los veinti-
cinco y a los treinta y uno, niño hasta los treinta y uno
y no más porque para entonces— murió, fue enterrado.
1676 Diego de Ruiloba, pobre de solemnidad, no testó —para
qué, si nada tenía—, murió, fue enterrado. Un nombre
ilegible, un apellido incógnito, murió de no se sabe qué,
1675 fue enterrado. Pedro de Ruiloba —miope, siete dioptrías
en cada ojo; jamás distinguió nítidamente los rasgos de
la persona que amaba—, murió, fue enterrado. Magda-
1671 lena de Ruiloba, pobre y sin parientes que la cumplan
—el concejo de Toñanes costeó por caridad sus exequias;
nadie empleó tantos ducados en Magdalena como los
gastados aquella tarde en cirios, fábrica de su último le-
cho, responsos; no pudo verlo porque para entonces ya
1669 estaba muerta; la enterraban—. Adrián Gómez, esposo
que fue de María de Obregón —fue un mal hijo y un
1668 buen marido—, murió, fue enterrado. María de Cossío,
mi madre —eso escribe con una caligrafía sin temblor
la mano de Miguel de Cossío Lavandero, cura benefi-
ciado de esta parroquia; María de Cossío, mi madre; la
madre que aguarda en la cama y el hijo que viene hasta
ella con su estola y su crucecita de madera y su óleo de los
enfermos; la madre que llama padre a su hijo; el hijo que
con un leve movimiento de los dedos cierra los ojos
que lo vieron nacer—, murió, fue enterrada. Domingo
Gómez, de repente y sin testar, porque fue Dios servido
de hacerlo morir por un rayo cierto día que estaba en
el campo —sus vecinos que acuden en grave procesión
a dicho campo, el cadáver ennegrecido como el sedimen-
to de un guiso demasiado hecho, el dalle aún en su mano
y todavía caliente, la hierba a medio segar; no hay sor-
presa en sus ojos, como si en algún otro tiempo se hu-
bieran acostumbrado a esta clase de prodigios—, ya es-
1660 taba muerto, se limitaron a enterrarlo. Juan de la Torre

Velarde, muchacho soltero de catorce años y heredero legal del mayorazgo de doña María Velarde, su difunta madre; apareció ahogado mientras nadaba bajo los molinos de Bolao —al principio sintió miedo y una fuerte presión en los pulmones, luego no sintió, no vio nada, no oyó nada; o mejor dicho sintió, vio, oyó cosas que no estaban, y luego no supo que había dejado de ver incluso lo que no había; cuando lo encontraron, su rostro no era el rostro de un niño sino que se parecía, más bien, al rostro de su padre cuando dormía, como si en el proceso de morirse se hubiera vuelto un hombre—, estaba muerto, junto a su madre lo enterraron.

De sus vidas no queda nada. Es decir, queda una 2021
única cosa, que ni siquiera puede tocarse. Una inquietud abstracta, imprecisa; un temor que nadie sabe de dónde viene: el que siente cada madre de Toñanes al ver a su hijo bañarse en los acantilados de Bolao. En Luaña sí, pueden; es una playa muy tranquila y ellas, las madres, están tranquilas también. En la ensenada de Sopeña, bueno; si yo te estoy viendo, puedes. En Puerto Calderón, en la ensenada de Jarosa, en Torriente, de acuerdo: pero en Bolao ni lo sueñes. Que no me entere yo. ¿Por qué? ¿Cómo que por qué? Porque lo digo yo. Porque soy tu madre: por eso.

—Eh. 1897

—Eh.

Higinia baja del carro de Manuela. Manuela baja del carro de Higinia. Se intercambian las bridas, procurando no tocarse las manos. Un silencio.

—Qué. ¿Otra Nochevieja que pasaste sola, Higinia?

—Pues como tú. Y sola porque quise, ¿eh? Que los Villegas me dijeron de celebrar y no fui. No festejo con extraños yo.

—A mí los de Juanito el Pasiego también me dijeron de ir y tampoco fui.

—Que está mejor sola una. En casa de una.

—Sí. Sin tener que hablar con nadie ni ponerle buena cara. Que una tiene ya sus manías...

—Eso.

Higinia sube al carro de Higinia. Manuela sube al carro de Manuela. Unas últimas palabras, antes de emprender el regreso a casa.

—¿Te cocinaste caracoles, Manuela?

—Pues como todas las Nocheviejas. ¡Y mucho mejores que los tuyos que me quedaron, seguro!

—Anda, anda. ¡Menos lobos! ¡Menos lobos!...

1984 Sobre la mesa del jardín dos latas de Pepsi-Cola. El mantel bueno. Las servilletas de flores. Hay dos bolsas de gusanitos escondidas en la alacena —Diana las ha visto— y una bandeja de pasteles esperando en la nevera. Mamá que ha hecho sus pimientos rellenos y papá que ha abierto su botella de vino y Diana y Marta que se miran, desconcertadas. ¿De quién es el cumpleaños? No es el cumpleaños de nadie, ni tampoco el santo de nadie. No es el aniversario de papá y mamá ni vienen los primos de visita ni se celebra nada de nada. ¿No se celebra nada de nada?

—¿Por quién es la fiesta, mamá? —pregunta Diana.

Mira la enorme barriga de mamá cuando lo pregunta, como si presintiera que en algún lugar de esa barriga está la razón de los pasteles y la Pepsi-Cola.

—¿Qué fiesta? —contesta mamá, guardándose la sonrisa—. Pero si no hay ninguna fiesta.

—¿Y por qué nos dejas beber Pepsi?

—Ah, eso es porque un día es un día.

—¿Y por qué estás tan contenta?

Mamá riendo.

—¿Yo? ¿Estoy tan contenta yo?

Sí: mamá, tan contenta. Papá que está tan contento también: tanto que se ha pasado la mañana jugando con las niñas, poniendo voces ridículas a sus Playmobil. Diana y Marta que no están contentas todavía: solo desorientadas.

—A lo mejor es el cumpleaños del niño... —susurra Marta al oído de Diana.

—¡Pero si el niño todavía no ha nacido, tonta! ¿No has oído? No es el cumpleaños de nadie: es que un día es un día.

—¿Qué día es un día?

—Pues hoy, está claro —contesta Diana.

Cuando Marta dice el niño, Diana no corrige: o la niña. Ya no es necesario: ayer mamá volvió del médico sabiendo que el niño es definitivamente un niño.

—¿La fiesta es porque nos han dicho que el niño va a ser un niño? —pregunta Diana de pronto, clarividente.

Mamá y papá se echan a reír.

—Sí. Es por eso —reconoce papá—. Porque nos han dado una buena noticia.

Pero algo no cuadra. Una misma idea que va cuajando al mismo tiempo en la cabeza de las niñas, pero que Diana acierta a expresar primero.

—Entonces... ¿la fiesta es porque el niño no es una niña?

Papá casi escupe su primer trago de vino.

—No, no, claro que no. Si nos hubieran dicho que era niña, lo habríamos celebrado igual...

Diana y Marta se miran, escépticas: tan desconfiadas que no han llegado a probar su vaso de Pepsi, con lo mucho que les gusta.

—Vaya fiesta más rara —susurra Marta, y Diana está de acuerdo.

Cómo explicarles que lo que celebran es que su hermano está vivo. Que no está enfermo. Que no es hidrocefálico, ni microcefálico, ni ciego: al menos hasta donde la ecografía puede mostrar. No pueden explicárselo porque hasta ahora no les han dicho ni una sola palabra. Todo va bien, les dijeron el mes que Mercedes pasó en la cama: es solo que mamá está cansada. Todo siguió yendo bien después, aunque mamá a veces llorara; aunque muchos días papá no quisiera contestar sus preguntas sobre el hermanito, sobre la hermanita, porque le dolía tanto la cabeza. Sí, eso es lo que ha ocurrido en los últimos meses: demasiados dolores de cabeza, demasiado cansancio, demasiadas veces que mamá lloraba en su cuarto porque había estado pelando demasiadas cebollas. Mamá, no deberías pelar cebollas cuando estás triste, le dijo un día Diana, a bocajarro; y mamá la abrazó muy fuerte y rompió a llorar más fuerte aún.

Pero ahora mamá no llora. Ni siquiera los días que corta cebollas para la cena. Mamá, tan contenta. Papá, tan contento también. Y Diana y Marta, desconcertadas pero contentas en cierto modo, porque al fin y al cabo están bebiendo Pepsi un día normal; un día que no es el cumpleaños ni el santo de nadie ni vienen los primos de visita ni es el aniversario de papá y mamá ni se celebra nada de nada. Un día que solo es un día.

De pronto, Marta se queda mirando el burbujeo de su vaso, pensativa.

—¿Y os han dicho cómo se llama? —pregunta.

Al principio papá y mamá ni siquiera entienden la pregunta.

—¿Si nos lo ha dicho quién?

—El médico —resopla Marta, como quien explica una cosa evidente—. El que os dijo que era niño. ¿No os ha dicho cómo se llama?

Tantas veces se lo dijeron: el hermanito —la hermanita— no tiene nombre, porque todavía no sabemos si es niño o niña. Bueno, y ahora que lo saben, ¿qué? ¿Cuál es su nombre?

Emilio y Mercedes se echan a reír, pero luego, cuando la risa empieza a remitir, se consultan con la mirada con cierta sorpresa. Porque, aunque parezca increíble, hace ya mucho tiempo que no piensan en eso. Tan preocupados con las cosas que el niño no debía tener —hidrocefalia, microcefalia, ictericia, hepatoesplenomegalia— no se han acordado de lo que sí debe tener: un nombre.

—Pues no, el médico no nos ha dicho cómo se llama —responde Emilio—. Lo vamos a tener que pensar nosotros.

—¡A mamá le gusta Carlos! —dice Diana muy rápido, con el soniquete cantarín de quien desvela un secreto.

—Sí que me gusta, sí —reconoce mamá.

—¿Y a ti, papá? ¿A ti te gusta Carlos?

Papá ríe; mira a mamá.

—A mí Carlos me gusta, pero no sé si tanto. ¿Y a vosotras?

Diana tuerce la cabeza.

—Me gusta un poco.

—Es nombre de muñeco —interviene Marta reprobatoriamente, porque uno de sus muñecos se llama, efectivamente, Carlos—. No es nombre de niño.

—A mí me gustaba Susana —suspira Diana con los brazos cruzados.

Susana: descartado, porque es nombre de niña. Carlos: descartado también, porque es nombre de muñeco. Diana y Marta que se enardecen en una lluvia de propuestas: Rigodón, como el criado de Willy Fogg; Pedro, como el amigo de Heidi; Rüdiger, como el pequeño vampiro. Incluso Pluto, como el perro de Mickey —¡pero eso no vale, es nombre de perro!, protesta Diana; mejor un nombre de perro que un nombre de muñeco, sentencia Marta—. Y papá y mamá que escuchan todas sus propuestas con una mal disimulada sonrisa y las manos cogidas debajo de la mesa: papá y mamá que se tomarán muy en serio sus consejos, dicen, mientras las niñas discuten si un nombre de oso y encima ruso —el osito Misha de los dibujos— puede ser o no puede ser el nombre del niño.

El nombre del niño.

No lo encontrarán hoy, ni al día siguiente, ni al siguiente del siguiente. Ocurrirá casi quince días más tarde, ya en Santander. La hora de la cena. ¡A cenar!, grita mamá, y la familia que no termina de venir. ¡He dicho que a cenar!, repite, y las niñas que van tomando sus asientos a regañadientes. ¿Y papá? Papá en su estudio. Papá, que como siempre que tiene un rato está inclinado sobre la cartulina A3 del árbol genealógico. Papá que mira nombres, como quien mira imágenes. Mamá en la puerta.

—Emilio.

—Sí.

—Que a cenar.

—Voy.

Pero ni Emilio se levanta ni Mercedes vuelve a la cocina tampoco. Mercedes que por encima del hombro de su marido se asoma a ese dibujo que no ha mirado hasta ahora, porque qué le importa a ella el pasado. Mercedes que mira ahora ese pasado como lo mira todo: con sus ojos de futuro. Ve un galimatías de flechas, tachaduras, primos que se casan entre sí, un abuelo que es el mismo abuelo por dos ramas distintas. Ve personas que conoce y personas que no conoce. Ve apellidos que van goteando de una generación a otra y otros que desaparecen sin dejar rastro. Pero ve, sobre todo, nombres. Francisco, Baldomero, María. Juliana, José, Cayetana. Y Juan: sobre todo Juan. Juan: un fruto que florece en todas las ramas del árbol y en todos los siglos del tiempo, sin caducar nunca. Juan, como el abuelo Juan —Juan Gómez Díaz—. Juan, como el tatarabuelo Juan María Gómez, nacido en Toñanes en 1817, y como el bistatarabuelo Juan Gómez, nacido en 1787. Más arriba un tal Juan Ruiz. Un tal Juan Domingo de la Pascua, en la rama opuesta. Juan Gómez de Carandía, y Juan de Ruiloba, y Juan Gómez de la Torre, y Juan de Villegas: todos muertos en Toñanes y vivos en la cartulina de su marido.

Juan, piensa Mercedes: es un bonito nombre.

Son las cuatro de la tarde del 31 de diciembre de 1899. 1899
Higinia, sentada en el umbral de su casa, está pensando precisamente eso: son las cuatro de la tarde del 31 de diciembre de 1899. Dentro de ocho horas será otro siglo. Dentro de nueve horas o poco más, los mozos del pueblo saltarán la tapia del huerto y abrirán las cuadras entre risas. Se llevarán su carro —la yegua forcejeando, como cada año— y traerán en su lugar el carro de Manuela. Dentro de quince, puede que dentro de veinte horas, la propia Manuela estará ahí, ante la puerta de su casa, trayendo su carro de vuelta. En eso piensa Higinia, mientras termina de hilar un copo de lana, cuando de pronto aparece la propia Manuela, como convocada por sus pensamientos. Manuela con muchas horas de adelanto y sin carro, abanicándose con su sombrero de paja como si de pronto hiciera mucho calor. Pero no, hace mucho frío, y ese frío se revela en la vaharada de vapor que sale de su boca cuando dice aquello de:

—Eh.

Higinia, concentrada en su copo de lana, tarda todavía un poco en contestar.

—Eh —dice al fin.

—Qué. Cómo andamos, Higinia.

—Pues con las dos patas para alante. Como siempre. Lo más parecido a una novedad, tú por aquí. ¿Qué tripa se te ha roto?

Manuela se encoge de hombros.

—¿A mí? Pues ninguna.

—¿No?

—No. Solo pasaba.

—Ya.

—Y me acordé de ti.

Higinia escupe con desgana por una esquina de la boca. Un poco del salivazo se le queda pegado en el labio, y se lo restriega furiosamente.

—¿Así, sin más?

—Sí.

—Ah.

Manuela carraspea. También ella parece a punto de escupir; solo que al final no escupe.

—Bueno. También es que venía pensando una cosa, yo. Una que pensé el año pasado. En el último fin de año.

—Qué cosa, Manuela.

Se queda un rato callada. Como si estuviera ahí por ninguna razón. O como si ahora necesitara unos instantes de reflexión para inventarla.

—Pues pensaba que dentro de unas horas vendrán los mozos y nos cambiarán los carros.

—Sí.

—Como todos los años.

—Sí.

—Y se reirán de nosotras.

—Ya.

—Otra vez.

—¿Y qué con eso?

—Pues se me ocurre que a lo mejor es tiempo de que nos riamos nosotras, ¿no?

Higinia levanta los ojos de su copo.

—¿Y eso cómo? Cómo vamos a reírnos, a ver.

—Pues pensé... Se me ocurrió que a lo mejor esta tarde podría equivocarme.

—¿Equivocarte?

—Eso. Equivocarme. Porque nuestras casas y nuestros carros son muy parecidos, ¿no? Pues eso. Podría equivocarme y dejar mi carro aquí, en tu socarrena. Por despiste, ¿entiendes?

—Por despiste.

—Sí. Y a lo mejor tú, antes de que anochezca, sales con el carro a la era, y al volver...

—Me equivoco.

—Eso. Te equivocas también, y lo dejas en mi socarrena. Y así esta noche...

—Nos los devuelven.

—Eso.

Higinia ríe un momento. Luego recompone el gesto adusto.

—Qué mujer retorcida eres, Manuela.

—¿Te parece?

—Tan retorcida como tu abuelo.

—Tendrás algo que decir de mi abuelo, tú. ¿Eh? Tendrás algo que decir.

Durante un instante se sostienen la mirada. Manuela ha adoptado de pronto cierto aire de desafío; la barbilla levemente proyectada hacia adelante; las manos estrujando el ala de su sombrero, como quien desgarra una piel humana. Higinia se limita a volver los ojos a su copo de lana. Un copo gris y espeso, impenetrable como un pensamiento.

—Anda, ve trayendo para acá ese carro —dice al fin—. Y cuidado con que te vean. A ver si al final son otros los que se ríen...

De Madrid a Toñanes hay cuatro horas y media de co- 2019
che. Si te coges el lunes de vacaciones, podría merecernos la pena. Eso dice el madrileño a la madrileña, sentados en una terraza de la plaza de la Paja. Ya le ha hablado

muchas veces de la casa y de los acantilados; de su salsa de mostaza en la barbacoa y del día que encontró un tritón y creyó que era un dinosaurio. Tantas veces que cuando al fin lanza su idea, se sorprende de que no se le haya ocurrido mucho antes. Estoy pensando que si te tomas el lunes de vacaciones, podemos pasar un fin de semana largo y te enseño todo aquello. ¿Qué te parece?

La madrileña considera unos instantes su respuesta. La madrileña se llama Marta y es también, claro, una moza, así que cualquier nombre podría convenirle: Marta, la moza, la madrileña. Incluso este nombre: su moza. Porque la madrileña es, sobre todo, la moza del madrileño. Ahora están cogidos de la mano, por debajo de la mesa de la terraza, así que no hay duda: su moza. Si Lola se los encontrara por el camino de la mies y le preguntara aquello de bueno, hombre, bueno, dónde tienes a la moza, el madrileño se limitaría a responder: Aquí. Se llama Marta. Hemos venido juntos de vacaciones. ¿Todo el verano? No, solo este fin de semana: a que conozca el pueblo. Ah, muy bien. Pues a ver si te gusta Toñanes, guapa. Aunque a lo mejor te aburres un poco, pobrecita. Poca cosa hay que ver por Toñanes, muy poca...

El madrileño se vuelve a la madrileña, levemente intranquilo. ¿Se aburriría en Toñanes, su moza? ¿Es por eso que tarda tanto en responder, porque también ella tiene miedo de aburrirse?

La moza posterga todavía un poco más su respuesta: una pausa larguísima de cinco segundos.

Al fin habla.

—¿Y si me cojo también el martes y así no tenemos que correr?

El madrileño respira aliviado. Ah, eso sería estupendo, dice. Si te coges también el martes, puede que hasta te invite a un arroz en San Vicente.

Así es como comienza todo. La madrileña pidiendo prestado el Seat Ibiza de sus padres, porque no tiene coche. El madrileño sentado durante todo el viaje en el asiento del copiloto, porque no tiene carné; para ciertas cosas, seguirá siendo un niño —el niño de los dinosaurios— hasta el final. ¿Tomo esta salida o la siguiente? A ver, dice el niño, el madrileño, trasteando ansiosamente en su teléfono móvil. Porque no lo sabe: toda la vida llegando a Toñanes en un coche que sus padres o sus hermanas conducen; en un autobús en el que puede cerrar los ojos y quedarse dormido contra el vidrio.

—Creo que es la siguiente.

—Más vale que sea la siguiente, porque esta ya me la he pasado.

—Bien: pues es la siguiente.

Durante el viaje apenas hablan. Ellos, acostumbrados a hablar sin parar todo el tiempo, acostumbrados a hablar incluso durante el sexo, compartiendo ahora un largo silencio de horizonte y asfalto. ¿Quieres música? No, estoy bien. ¿Subo el aire? No, estoy bien. ¿Quieres que paremos a descansar? No, estoy bien. El resumen es que están bien, pero también muy callados.

Juntos son dos niños que juegan: eso es lo que ha sentido el madrileño desde el día en que conoció a la madrileña. Estar junto a la madrileña a lo largo del último año ha sido algo parecido a jugar; no ahora, sino en la infancia, con todo el tiempo por delante y ninguna prisa por volver a casa. Y ahora, en el interior del coche, parecen dos niños, sí, pero dos niños que no pueden jugar, porque están vigilados muy de cerca por sus padres. Dos niños que no terminan de ser ellos mismos. Hay en sus gestos una cautela que no se sabe de dónde viene; como si de improviso se hubieran hecho conscientes de que cada palabra que pronuncien, cada mirada, puede arrojar una sombra que se proyecte durante el resto del fin de semana. Sienten, quizá, miedo. El madrileño, al menos, tiene miedo. ¿Miedo de qué? Miedo, quizás, de que el viaje no sea lo que espera. Miedo de que la madrileña vea el pueblo como lo que en realidad es —treinta y dos casas, cuatro hoteles rurales, una iglesia, ningún bar— y piense: vaya mierda de pueblo. Miedo de que la madrileña no sea capaz de entender que Toñanes no es solo un pueblo: que es, de alguna manera, una parte de él mismo. ¿Podrá entender eso, la madrileña? A veces, al propio madrileño le cuesta entenderlo, y al mirar atrás no está seguro de si el niño que amaba a los dinosaurios y el mozo que amaba los archivos y el madrileño que ama a la madrileña son o no son la misma persona. Y si él mismo no lo entiende, ¿cómo alguien podría llegar a hacerlo?

El madrileño se queda mirando a la madrileña, con la esperanza de encontrar una respuesta. La mira como si no la hubiera mirado hasta ahora. Y por un momento siente que esa persona que tiene a su lado —los ojos velados por unas gafas de sol; el gesto abismado en el parabrisas, esto es, en el futuro— es un misterio mucho más insondable que las ruinas del molino de Bolao, y que la necrópolis del Diestro, y que cada una de las remotas raíces de su árbol genealógico. ¿Quién es esta mujer que está a su lado y se atreve a acompañarlo al corazón de su infancia?

La madrileña: un metro cincuenta y siete centímetros de estatura; los ojos marrones; el pelo unas veces castaño también y otras veces rojizo. Este mes, por ejemplo, es rojizo. Su mano, la pequeña mano de la madrileña, crispándose con fuerza en la palanca de cambio, porque la madrileña es así, capaz de la suavidad y de la firmeza. Trabaja como correctora en una editorial independiente, y aunque es de suponer que use un procesador de textos, el madrileño siempre la ha imaginado así, enfrentándose a los libros con las manos desnudas; la mano derecha llenando el papel de rojos y de tachaduras cuando algo no le gusta y suavizándose en algo semejante a una caricia cuando algo le gusta. Un buen resumen de la madrileña: nada le es indiferente. Hay cosas que le gustan mucho y cosas que no le gustan nada. Le gusta la comida japonesa, le gusta comer palomitas en el cine, le gusta poner música por la mañana, cuando el madrileño todavía está en la cama. Le gusta Madrid; le gustan un poco, incluso, las prisas, los embotellamientos, la Gran Vía atestada; quedar una noche con una amiga en Atocha y acabar en Malasaña en la fiesta de unos desconocidos. Le gusta pasar los sábados de cañas con sus amigos y luego pasar los domingos en el sofá, leyendo libros que le recuerden lo menos posible a los libros que corrige. No le gustan los libros que corrige. No le gustan los horarios, ni madrugar demasiado. No le gusta que la presionen: eso se lo confesó ella misma, la noche que se conocieron —¿acaso el madrileño está haciendo eso al invitarla a Toñanes, presionarla?—. Es capaz de reír con todo el cuerpo y de llorar, también, con todo el cuerpo: el madrileño lo sabe porque la ha visto reír y llorar muchas veces. La madrileña que a veces está segura de que todo va a salir bien, aunque no haya motivos; la madrileña que a veces tiene muchísimo miedo.

Ahora, por ejemplo, tiene miedo. ¿De qué tiene miedo?

Tal vez el mismo miedo: miedo de que no le guste Toñanes. Miedo de que, en definitiva, no le guste tanto el madrileño. Porque la madrileña no cree en los lugares, cree en las personas, y siempre le ha abrumado un poco ese amor que el madrileño siente por Toñanes: ese arraigo que tiene algo de árbol pero también de tumba. Ella también tuvo un pueblo, hace muchos años: la pequeña aldea donde vivía su abuela. Ella también amó o creyó amar ese huerto donde jugó a lo largo de interminables veranos; esas sobremesas de paella y sandía; esa piscina donde su abuela la enseñó a nadar. Pero luego esa abuela murió, y ya no quiso volver a bañarse en esa piscina, ya no quiso más paellas ni más veranos de chicharras y melocotoneros y Extremadura. Yo no tengo pueblo, le dijo al madrileño en su segunda cita: todos mis amigos tienen pueblo, toda España parece tener un pueblo, pero yo no tengo. Tuvo viajes de Interrail y tuvo un erasmus en Francia y tuvo amigos y compañeros de piso y vacaciones en Almería y un verano en México, pero nunca más tuvo una abuela y nunca más tuvo un pueblo. Y ahora, detrás del cristal del parabrisas, detrás de los cristales de sus gafas de sol, no está segura de entender que un lugar pueda durar para siempre, como no duran para siempre las personas.

¿Durará para siempre, el madrileño? Eso es tal vez lo que se pregunta ahora. La madrileña que mira de reojo al madrileño, con la esperanza de encontrar una respuesta. Lo mira como si no lo hubiera mirado hasta ahora. Y por un momento siente que esa persona que tiene a su lado —los ojos entrecerrados por el sol; el gesto abismado en el espejo retrovisor, es decir, en el pasado— es un misterio mucho más insondable que todas sus preguntas. ¿Quién es este hombre que está a su lado, que quiere enseñarla a regresar a la infancia, como su abuela quiso enseñarla a amar un huerto, una piscina, una casa?

No tiene tiempo de encontrar una respuesta. Porque de pronto, un letrero a la derecha: TOÑANES. El madrileño señala una curva precisa de la carretera y el coche aminora poco a poco la velocidad y se detiene en el arcén, a la altura de una de las primeras casas del pueblo. Los cuatro intermitentes.

—¿Es aquí? —pregunta ella, bajándose las gafas de sol.

Aquí. Una casa de piedra, construida a la orilla de la carretera. La hierba recién segada, flores en el bebede-
2021 ro, cortinas blancas en las ventanas. Pasa un tractor rojo
-3.274 frente a la puerta. Pasa un ciervo trotando, con el asta de
1937 una flecha clavada en el lomo. Pasan las tanquetas de la
-19 V Brigada Navarra y los legionarios de la Legio IX His-

pana y los ciclistas de la Vuelta a España en la etapa San- 1992
tander-Lagos de Covadonga, con Perico Delgado a la ca-
beza. Pasa un Seat 127 blanco. 1984

—Sí —dice el madrileño—. Es aquí. 2019

Él no quiere ir; ella tampoco. De ninguna manera. Están 1948
muy ocupados. Además él ya se ha olvidado completamente de ella; es un hombre nuevo, con la cabeza sobre los hombros y los codos sobre la mesa, entre libros de Derecho Procesal. Además ella ya se ha olvidado completamente de él, sobre todo ahora que ha comenzado a salir con el tal Jaime a tomar el chocolate de los domingos; y mientras está ahí, mojando la punta de los churros, todo el asunto de la verbena y el baile le parece de pronto una niñería, algo que pasado el tiempo solo da un poco de risa; pero no se ríe.

Ninguno de los dos quiere ir, para qué. Eso mismo lo piensan el veinticinco de enero, y el veintiséis, y puede que incluso lo sigan pensando el veintisiete cuando se acuestan. Pero el veintiocho por la mañana Luis está pidiendo el automóvil a sus padres, y Teresa está contando en su alcancía las moneditas para pagar el pasaje de autobús y una copita de mistela. Al fin y al cabo, piensa Luis, su amigo Joaquín tiene razón cuando le dice que debe salir un poco: si no se le va a quedar la cabeza cuadrada, con tantos libros. Al fin y al cabo, piensa Teresa, tal vez no esté de más cerrar el círculo: demostrarse lo poco que le importa aquel chico, tanto si lo encuentra como si no lo encuentra.

Es por eso y tal vez por algo más; pero ese algo más ninguno lo dice.

Sucede entonces, durante la verbena de San Tirso; en ese pueblo que ninguno ha querido recordar en los últimos meses. El templete de los músicos, improvisado con dos carros de hierba en fila. La luz taciturna de tres bombillas —amarilla, roja, azul— colgando de un alambre. Los aldeanos que hacen durar sus vasos de vino y su cucurucho de almendras garrapiñadas, porque no tienen para pagarse la siguiente ronda. Todo resulta vagamente familiar; como si la verbena del año pasado no se hubiera interrumpido nunca. Nada ha cambiado: el automóvil con los faros encendidos, para que los que salgan a bailar puedan mirar las caras de sus parejas. Las viejas enlutadas que examinan con ojos inquisidores la campa y menean la cabeza cada vez que una mano se desliza un poco más arriba o un poco más abajo de lo que debe. Dos guardias civiles que fuman y conversan lánguidamente, como dormidos dentro de sus capotes. Todo igual, incluso ellos. Ella lleva el mismo abrigo; él lleva un traje que no es el mismo, pero que sí es francamente parecido. Él está en su lado de la campa, ella en el suyo. Todo lo mismo que el año pasado: nada cambia, excepto el frío. Porque desde el momento en que sus miradas se encuentran, ya no hace frío en absoluto.

Es él, piensa ella.

Es ella, piensa él.

Eso es todo cuanto aciertan a pensar.

Todo lo mismo. Todo igual excepto el frío y todavía una cosa más: la prisa. Porque Luis ya no espera a que pasen cinco canciones. Ni siquiera espera, de hecho, a que termine la canción que está sonando. Simplemente se saca las manos de los bolsillos y se echa a andar hacia Teresa, esquivando las parejas que bailan. Teresa que ve a Luis haciéndose cada vez más grande, cada vez más real ante sus ojos.

Luis y Teresa, al fin, frente a frente. Teresa y Luis, a punto de decirse esas palabras que se han guardado durante todo este tiempo.

—Hola —dice él.

—Hola —dice ella.

Ahora: el momento es ahora. Solo falta que Luis diga: me llamo Luis. Solo falta que ella conteste: Yo soy Teresa. Pero en su lugar él dice:

—¿Quieres bailar?

Y ella, apartándose con brusquedad un mechón de entre los ojos, contesta:

—Bueno.

Primero es Manuela llevando el carro de Manuela a la 1899
socarrena de Higinia. Luego Higinia llevando el carro de Higinia a la socarrena de Manuela. La yegua de Manuela consiente el viaje con algo parecido a la resignación. La de Higinia, en cambio, se revuelve contra la voluntad incomprensible de su ama, que se afana en arrastrarla a un pesebre que no es el suyo.

—Es terca. Terca como su ama —dice Manuela, cuando al fin trancan el cerrojo de la puerta.

—Lo que pasa es que no le gusta esa mierda de cuadra que tienes.

Ahora llega el momento en que deberían despedirse. Están paradas junto a la puerta de la casa y de adentro llega un aroma a jamón y chorizo picante. Tal vez para llenar el silencio, Higinia señala la cocina con un movimiento desganado de la barbilla.

—¿Pues qué te cocinaste? ¿Caracoles?

—Caracoles como los que preparaba mi abuelo.

—¿El que le quitó la finca al mío?

—Pues ese sería. Los mejores caracoles del pueblo.

—Ya será menos.

—Ni menos ni más. Los mejores caracoles del pueblo y de Alfoz de Lloredo. Y lo sostengo donde sea.

Higinia ríe brevemente. Sacude la mano con escepticismo, como si barriera sus últimas palabras o el olor que viene de la cocina.

—Con mucha ligereza hablas tú, Manuela. Con muchísima ligereza. Porque digo yo, ¿has probado todos los caracoles de Alfoz de Lloredo, para saberlo? ¿Has probado acaso los míos?

—¿Es que tú también cenas caracoles?

—Pues claro. Es la costumbre, ¿no?

—¿Y te quedaron buenos?

—Buenísimos. Mejores que los tuyos: así te lo digo.

—¿Mejores que los míos? Eso habría que verlo.

—Eso. Habría que verlo.

Higinia se abrocha su mantón y se marcha. Un gruñido: su forma de decir adiós. Manuela la ve traspasar el portalón de la huerta y desaparecer en una revuelta del camino. Para entonces ya casi es de noche y el frío cae como una cosa sólida sobre todas las cosas. A lo lejos, las chimeneas del pueblo tosen algunos hilillos de humo: veinte fuegos encendidos y veinte pucheros que cuecen caracoles o pollo con arroz. Manuela regresa al interior de su casa pensando precisamente eso, en los pollos y en los caracoles muertos para celebrar que un año más la vida sigue. Porque la vida sigue, se repite, mientras aviva el fuego en la cocina; mientras prueba un buche de caldo y echa un poco más de jamón y un puñado de sal; mientras va disponiendo sobre la mesa un único plato y un solo tenedor y una sola cuchara. Un tazón de vino. Una servilleta de trapo. Tal vez se acuerda al hacerlo del esposo muerto, del hijo que no está. O tal vez no tiene tiempo de tanto, porque de pronto han sonado dos aldabonazos en la puerta. La yegua ajena relincha en la cuadra. Un perro ladra a lo lejos. Un gallo desorientado cacarea en alguna parte.

—Qué. Qué tripa se te ha roto ahora, Higinia.

En la oscuridad tarda en reconocer lo que lleva entre las manos: un puchero idéntico al suyo, que parece multiplicar el olor de su cocina.

—Verás cómo los míos son mejores —dice, todavía en el umbral.

Manuela se hace a un lado mientras niega con la cabeza. No sonríe, pero parece que sonríe.

—Más terca que la yegua, tú —murmura.

Caracoles a la montañesa. Todas las Navidades el mismo 2021
plato, el mismo ritual, la misma conversación —me pa-
rece a mí, nene, que el primero que probó los caracoles
debía de tener mucha hambre—. Ingredientes: jamón,
chorizo, panceta, cebolla, ajo, tomate triturado, carne de
pimiento choricero, nueces, cayena, comino, laurel, pi-
mentón dulce y, por supuesto, caracoles de la tierra. Ca-
racoles que hay que encontrar en Toñanes mismo, bajo
el puente, entre las piedras de las tapias, bajo las bardas
del cementerio, porque los comprados no saben igual.
Al menos eso es lo que hay que creer. ¿Desde cuándo se
comen por Navidad los caracoles, Sole? ¡Ay, hijo mío!
Desde siempre. De siempre se hicieron y se cocinaron
como se cocinan. ¿Y cómo se cocinan? Pues te lo voy
a contar. Cortas el jamón... ¿Cuánto? Pues a ojo. Y luego
la cebolla... ¿Cuántas cebollas? Las que vayas viendo, ni
una más ni una menos. Y luego vas echando el tomate...
Pues lo que te pida la salsa. Lo que te pida, hijo. Los ca-
racoles a la montañesa, que siempre se cocinaron igual,
desde el tiempo de los moros o incluso más atrás, con
pimentón traído de México, cayena de Panamá y tomate
originario del Perú. ¿Pero es verdad que todo eso viene
de tan lejos, hijo? Pues yo no sé cómo sabrían los cara-
coles de antes. Sin tomate, pimentón y cayena no se me
hace... Aquello no debía de saber a caracoles, ¿no te pa-
rece? Sabores perdidos: el sabor de los caracoles antes de 1492
que existieran el tomate, el pimentón, la cayena. Sabores
nuevos: el vértigo de probar por primera vez la cayena,
el pimentón, el tomate. El primer vasito de chocolate. La 1804
primera torta de maíz. La primera taza de café. La pri- 1628 / 1828

1805 mera patata, plantada, cosechada y degustada por Fran-
cisco de la Vega, ante la expectación de todos los vecinos
del pueblo —por dignidad tuvo que decir que le gustaba,
1990 aunque no le gustaba—. Sabores que no gustan —Idula-
1946 nex para los catarros; aceite de ricino para los parásitos;
1832 pulientas muy aguadas para los pobres—. Sabores que
2003 no gustan pero tal vez gustan —Lucía a los catorce años,
1988 dando el primer sorbo de su primera cerveza; Antonio
tosiendo con la primera bocanada de humo de su pri-
mer cigarro—. El sabor del tabaco, que también viene de
1691 / 1843 muy lejos. Del sabor del tabaco de pipa al sabor del tabaco
1959 negro; del tabaco negro al Chester americano; del sabor
2003 del tabaco rubio al sabor de los chicles mentolados. El
1903 sabor de las cosas que no se pueden: la carne durante la
1938 Cuaresma, el café auténtico durante la guerra, la sal des-
2011 pués del trasplante de riñón de Sebastián. El sabor de los
1917 riñones del cerdo, fritos el día de la matanza; el sabor del
cerdo de la casa, del que se aprovecha todo: las pezuñas
y el morro; el rabo y las orejas; la sangre para hacer bo-
ronos y las tripas para hacer morcillas. Comer lo que uno
ha visto crecer en su propia casa; en su huerta o en la
huerta del vecino —no hay punto de comparación, dice
2020 Nuria mientras riega los surcos de su huerta; estas lechu-
gas y estas cebollas no son como las del súper—. De la
1753 / 2017 miel de las colmenas de Rosa Elvira de la Torre a la miel
1972 de la Granja San Francisco; de la leche de tu vaca a los
2005 / 1942 tetrabriks de Pascual; del agua de la Fuentona a las bote-
2017 llas de agua de Solares —cuando vinieron los técnicos
del ayuntamiento a revisar la Fuentona yo no me lo po-
día creer, dice Llermo; ¡que no se podía beber, nos di-
jeron!; ¡el agua aquella, que llevábamos bebiendo toda la
vida!—. Un mismo sabor que se repite toda la vida, por-
2012 que de toda la vida se comió lo mismo, hijo, dice Danie-
la; alubias y boronas de maíz y leche y algún huevo y al-
gún pollo que matabas para las fiestas y poca cosa más,
no te creas; poco más había. Una pizza como la de tu

abuela, dice el anuncio de casa Tarradellas, pero aquí
las abuelas no hacían pizza; aquí se comía lo que se podía.
Ahora se dice de la comida de por entonces, pero yo no
sé, hijo, más sana no sé si sería, pero un hambre pasa-
mos que para qué voy a contarte. No lo cuenta. Cómo
contar el hambre. Cómo hablar de los sabores que uno
prueba una vez en la vida y recuerda siempre —yo quie- 1944
ro ser rico para comer un helado todos los días, le cuen-
ta Marcelino a su hermano, mientras se relame recor-
dando el sabor de aquel helado que su padre le compró
en las ferias de Santander—. Las ferias de Santander, con
sus propios sabores —rodajas de coco y almendras ga- 1984
rrapiñadas; churros relucientes de grasa y manzanas de
caramelo; dijiste que querías el algodón de azúcar y aho-
ra te lo acabas, sentencia, riguroso, el padre de Diana
y Marta—. Sabores que pertenecen a lugares específicos,
que vienen de otra parte, de otras latitudes —rodajas de 1675
carne de ballena en las escudillas de los marineros vas-
cos y cántabros que recorren en sus barcazas el Atlántico
Norte; huesos de foca encontrados en el depósito Magda- -15.144
leniense Inferior de la cueva de las Aguas durante la cam-
paña arqueológica 2016-2017—. Sabores que ya nunca:
carne de ballena y de foca en los hogares de Toñanes. El
sabor de la sangre de caballo mezclada con leche, que se-
gún Silio Itálico bebían los guerreros cántabros, o el sa- 98
bor del pan de bellotas, que según Estrabón amasaban 17
las tribus del norte de Hispania. El sabor de las rabas del 1986
bar de Toñanes, cuando el bar de Toñanes todavía estaba
abierto —yo no he probado rabas como esas, dice Juan- 2018
jo, y mira que he comido rabas en los mejores restauran-
tes de Cantabria; como esas, ninguna—. Nada como To-
ñanes. El maíz que se sembraba en la Cotera: el mejor
del mundo. Las castañas de los castañares de la Aranda:
también las mejores. Ninguna leche como la leche de las
vacas de José Luis y Mirina; ninguna trucha como las que
se pescaban en la presa de Bolao; ningún erizo de mar

y ningún percebe como los que se cogían en la Iglesiona, cuando la Guardia Civil todavía te dejaba mariscar un poco. Los limones de Novales y alrededores: los mejores. El agua de la Fuentona: la mejor también. Pero sobre todo, ningún caracol como los caracoles de Toñanes: los
2019 mejores de la provincia y aun del mundo. Ese es el truco, hijo mío, confirma Sole en voz más baja; dónde escoges los caracoles. En Oreña y en Cóbreces también tienen los suyos, claro, pero son peores. Que quede entre nosotros, pero es la pura verdad. Así que ese es el secreto: caracoles de Toñanes. Y luego, que no te olvides de echar la cantidad justa de pimentón y cayena. ¿Cuánto? Pues lo suficiente, hijo; para que pique un poco, pero sin pasarse...

1849 El labrador que camina junto a los surcos del arado. El albarquero que talla el último acabado de su albarca. La mujer que bate el requesón en la artesa y el herrero que arranca canciones al yunque y el cantero que sopla el polvo del sillar recién labrado. La hermana solterona que zurce de la mañana a la noche ropas ajenas para pagar la caridad de su familia —de todas formas eres un estorbo, le escupió ayer su hermano—. La espigadora que lleva sobre el hombro la gavilla de trigo. El mozo que pica el dalle. El cazador que se arrastra entre los matorrales para sorprender al zorro en su madriguera. La anciana que desgrana la panoja de maíz y el molinero que tasa la maquila de grano. La muchacha que caga en la esquina del corral. El sacerdote que garabatea su sermón en el revés de una antigua partitura. El baratijero que vende fruslerías para los niños y la vieja que reza un padrenuestro por cada una de las cuentas de su rosario. La criada que abrillanta la vajilla de plata y el mariscador que regresa con mejillones o sin mejillones y la joven madre que se desespera con el llanto de su hijo y el niño tullido que mira el horizonte desde el oteadero de sus muletas. La mujer que ordeña. La mujer que friega las losetas del zaguán. La mujer que descalza las botas al marido. La mujer que mece la cuna. La mujer que prueba el sabor del guiso directamente del cucharón de madera. El hombre que lleva las vacas a la feria. El hombre que hace hogueras en las cunetas de los caminos. El hombre que se viste de fiesta. El hombre que escarda y el hombre que conduce el carro de la siega y el hombre que yergue los bolos antes de la siguiente tirada y el hombre que da una larga chupada a su cigarro. Todos ellos se detienen un instante, precisamente a la hora del ocaso. Dejan a un lado sus martillos, cucharones, carabinas, azadas, dalles; olvidan por un instante al buey que aguarda y el fuego que arde y al niño que llora. Abren las ventanas o salen a la luz de la tarde o levantan el ala de sus sombreros para mirar el horizonte; para despedir al sol que se pone. A esas alturas el sol ya no parece el sol, sino más bien el último rescoldo de un hogar: una brasa que se consume tras los picachos nevados. Ese rescoldo, esa brasa es el sol de los muertos. La última luz que envían los difuntos, para que los vivos los tengan presentes en sus rezos. Así que los vivos hacen precisamente eso: rezar. El niño y el anciano, la mujer soltera y la casada, el hombre con casaca y el que no posee siquiera sus propios zapatos; todos se inclinan un momento hacia el poniente y juntan las manos para murmurar las mismas palabras.

«Benditos sean los muertos buenos y las almas arrepentidas; benditos sean nuestros difuntos, nuestras obligaciones y las almas del purgatorio que esperan la gracia de Dios. Que el sol de los muertos aplaque todos sus tormentos y sus dolores. Amén.»

Todavía se quedan un instante más, mirando el sol que ya no está. Luego se incorporan y retornan en silencio al dalle, la carabina, el cucharón, el martillo; al fuego que arde y al zorro que huye; al niño que llora y al buey que aguarda.

1893 El sol ya se ha puesto. Cae la noche sobre Toñanes, o más
bien es el sol el que cae y la noche la que se levanta, como
una inmensa bóveda negra. A lo mejor hay luna y a lo
mejor hay estrellas y a lo mejor hay algunas ventanas
iluminadas por candiles. Por lo demás, algo semejante
a la oscuridad. Algo semejante al silencio. Un puñado
de ruidos minúsculos, de esos que solo pueden oírse
cuando el resto del mundo duerme —el rumor distan-
te del río; el breve estallido de una castaña que cae al
suelo; el cencerro de una vaca en vela—. Cantan los cá-
rabos su canción de guerra contra los ratones y cantan
las mujeres su canción de cuna para los niños. Duérme-
1781 te ya, mi vida, que si no vendrá el ojáncano. Duérmete
1949 ya, que viene el coco. Duérmete ya o mañana no te dejo
1993 poner la tele. Algunos televisores encendidos en algu-
nas ventanas, tiritando como soles azules. Una hoguera
-13.381 que también tirita en el vestíbulo de la cueva, llenando de
temblores y sombras a los bisontes rojos. Los colores se
desvanecen poco a poco, como si fueran una misma cosa
la profundidad del bosque y la espesura del mar. La oscu-
1697 / 2021 ridad de 1697, semejante en todo a la oscuridad de 2021.
1634 / 1815 Porque alguien acaba de soplar una vela, alguien ha apa-
2009 gado el candil, alguien ha pulsado el interruptor de una
bombilla LED, y entonces noche afuera y noche también
dentro de las casas; ojos humanos que antes de cerrarse
1930 se dejan vagar por la noche unánime. Francisco se acuer-
1973 da de su primer viaje a la Feria de Torrelavega y Silvia
1777 piensa en las labores del día siguiente y Teresa de la Vega
imagina, entre fascinada y sobrecogida, la vida que crece
en sus entrañas: un pequeño recinto de oscuridad dentro
de la oscuridad de su cuarto. Cada tanto, un leve golpe

en el vientre: es su hijo, que tal vez sueña. Ha empeza-
do a soñar también ella misma, porque a la imaginación
solo le queda eso: poner luces y formas donde no queda
nada que mirar. Sueña el niño en su cuna y sueña el an- 1968
ciano en su duermevela sin fin y sueñan las mujeres y los
hombres. Sueñan en camas para tres y en jergones de 1901 / 1842
borra y sobre somieres de IKEA y bajo las estalactitas 2019 / -13.381
de la cueva. Cae el sueño sobre Toñanes como quien
administra un sacramento, una absolución de los rigores
del trabajo y la rutina de la vida. La mano de Lorenzo se 1889
crispa casi imperceptiblemente, sacudida por relámpa-
gos de consciencia; abre y cierra los dedos, como quien
intenta sujetar otra mano o tomar la azada: la cárcel de
sembrar patatas siempre, en la vigilia y también en el
sueño. Andrea sonríe: dentro de sus párpados cerrados 1958
sucede algo hermoso que mañana habrá olvidado. Jacin-
to ronca y el ruido de sus ronquidos va filtrándose den- 1809
tro de su conciencia, en forma de tambores que no se sabe
de dónde vienen; Jacinto, al menos, no lo sabe, y para
explicárselo ha comenzado a soñar con una columna de
fusileros franceses, que marchan rítmicamente hacia To-
ñanes. Viven en Toñanes y casi siempre sueñan con Toña-
nes también, porque ni siquiera en los sueños son libres
de estar donde quieran. Ana de la Pascua sí logra estar 1946
donde quiere: ha comenzado a soñar con París, un sue-
ño del que mañana habrá olvidado todo salvo eso, que
transcurre en París o en lo que ella se ha figurado que es
París a fuerza de mirar las fotos de las revistas. París, que
mientras dura su sueño cabe en la pequeña aldea de To-
ñanes. Soñar con lo inmenso y también con lo minúscu-
lo: Juana Villegas que sueña con el virus de la gripe, tan 1919
chiquitito, y Francisquito que sueña con la canica que 1961
perdió en la escuela y Pedro el Tuerto que sueña con ese 1863
algo pequeño, pequeñísimo, que descubrió bajo el sába-
no del molino, entre las piernas de Inmaculada la de la
Lastra; ese botón de carne capaz de obrar milagros. Sue-

ños que se repiten, de una casa a otra y de un siglo a otro:
soñar que te caes, soñar que vuelas, soñar que pierdes los
dientes o que intentas correr y no puedes. Soñar con lo
que se puede y con lo que no se puede. Soñar que la ma-
dre muerta está viva. Soñar que la madre viva está muer-
ta. Soñar con la madre muerta, muerta también en el
sueño. Soñar con animales que se conocen y con otros
-15.138 que no se conocen —Bisonte de la Montaña soñando con
una extraña criatura, mitad hombre mitad ciervo, que
algún día representará en la pared de su cueva; Andresi-
1995 to soñando con cierto monstruo de cierto capítulo de los
Power Rangers, mitad hombre mitad máquina, que al-
gún día representará en el margen de un cuaderno esco-
lar—. Soñar con la escuela: un sueño casi siempre amargo,
1970 para los niños y también para la maestra Fidela. Sueña
la maestra Fidela que no hay escuela y sueña el párroco
1640 / 1955 Bartolomé que no hay pudor y sueña Fernando el moli-
1693 / 1662 nero que no hay río. Sueña Catalina y sueña Toribio el
1978 /2021 Viejo y sueña Mino, el de Sevilla. Sueña Adriana que está
dentro de la televisión acompañando a Lady Bug y sueña
Marcos que está dentro de una viñeta bebiendo poción
1804 mágica con Astérix. Sueña Francisco Gómez de Ville-
gas que al fin el juez falla a su favor, y entonces la finca
de la Corredoria es suya: eso es lo que ve, en su sueño,
ve la finca de la Corredoria y se ve plantando maíz en
ella y deteniéndose con la barbilla apoyada sobre la con-
tera de la azada para contemplar lo que es suyo, el maíz
que crece y el honor recobrado que crece con él. Ana Be-
2011 lén sueña que ha suspendido el último cuatrimestre de la
última asignatura para terminar la carrera —hace doce
años que se licenció y todavía ese mismo sueño o varia-
ciones del mismo sueño; sueños en los que descubre que
olvidó matricularse de una asignatura; sueños en los que le
plantan en el pupitre un examen escrito en griego o en
chino; sueños en los que alguien le pregunta si es licencia-
da en Económicas y ella responde que no, con toda la na-

turalidad, que no es licenciada en Económicas ni en nada,
hubo un momento en que me lo planteé, responde, eso
de estudiar, pero con las vacas no te da la vida—. Desper-
tar será, para Ana Belén, una alegría. Despertar como
alegría y despertar como refutación de esa alegría; por-
que Daniel está soñando que es Cristiano Ronaldo y Ós- 2013
car que es Butragueño y Robertito que gana el próximo 1991
Tour, como Bahamontes, pero cuando despierten resul- 1960
tará que son solo Daniel y Óscar y Robertito. Roberti-
to, pensará Robertito mientras se encamina a la escuela:
qué nombre tan absurdo para un ciclista. Pero por ahora
Robertito duerme y sueña, y duerme y sueña también el
gato en la cocina y el pastor a la sombra de su roble y la
anciana Anuncia en el sillón orejero, con *Falcon Crest* 1991
sonando de lejos. El padre Jacinto se ha quedado dormi- 1719
do sobre su escritorio, entre diagramas y cálculos des-
mesurados, hasta que se consume por completo la llama
del candil —está soñando que se muere, Jacinto, y lo que
es más extraño, en esa muerte no hay ningún pesar ni
tampoco ninguna sorpresa; solo ve su cuerpo converti-
do en carne y esa carne convertida en huesos y esos hue-
sos convertidos en piedra; y luego ve seres semejantes
a hombres desenterrando esas piedras con herramien-
tas semejantes a azadas; ¿qué es esto? pregunta uno de
ellos al tomar del suelo su calavera fosilizada; oh, contes-
ta otro, solo un capricho de la naturaleza—. Sueña Marta 2019
Jiménez con su abuela muerta y sueña Juan Gómez en
la misma cama con un pueblo que tiene treinta y dos ca-
sas, cuatro hoteles rurales, una iglesia, ningún bar. Higi- 1899
nia sueña con Manuela y Manuela sueña con Higinia: en
el sueño son amigas. En los sueños de Teodoro Llano 1965
está siempre, de un modo u otro, la guerra. En los sue- 1839
ños de José está Vicenta. En los sueños de Vicenta quién
sabe quién está. En los sueños de Úrsula de Mogro —po- 1668
bre de solemnidad, según consta en los libros parroquia-
les— hay solo una mesa puesta, y en esa mesa hogazas

de pan y platos de sopa y hasta piernas de lechón. Pier-
1928 nas de lechón en los sueños de Úrsula y regalos de Reyes
1758 en los sueños de Paquito y cartas, muchas cartas venidas
1714 de Cádiz en los sueños de Francisca del Pino. Bernardo
Velarde sueña también con su hijo, solo que el suyo no
escribe cartas, tan solo muere; una y otra vez, noche tras
noche, su hijo muerto de un arcabuzazo en un rincón
remoto de Andalucía: su hijo convertido en un montón
1984 de ropas manchadas de sangre. Sueña Mercedes Bárcena
que es madre de un monstruo —una pesadilla— y sueña
1759 el monstruo Miguel Gervasio que despierta convertido
en un hombre corriente —una pesadilla también—. Un
1872 lobo persiguiendo al pequeño Andrés Collado, o bien
a esa cosa desvalida que es Andrés Collado cuando sue-
ña: Andrés que corre cada vez más despacio, más despa-
cio, se diría que a cámara lenta, si es que por entonces
algo llamado cámara fuera posible. Soñar con lo que se
desea y también con lo que se teme, porque la felicidad
completa no es soportable ni siquiera en los sueños, y tal
1939 vez por eso sueña el maquis Juanín que lo atrapa la Guar-
2018 dia Civil y Óscar Sañudo que tiene que irse lejos de To-
1825 ñanes, y Magdalena de Ruiloba que a pesar de todos sus
ayunos y cilicios le están igualmente deparadas las conde-
naciones del Infierno. Soñar con el Infierno. Soñar con
1644 el Cielo: Juliana Vélez sonriendo en la oscuridad porque
está dando un paseo por el Paraíso y en ese Paraíso aca-
ba de encontrarse con Juan Domingo, qué alegría; su hijo
sin bautismo que de alguna manera se las ha arreglado
para sentarse a la derecha del Padre y ahora la mira con
los ojos azules por fin abiertos. Soñar con los ojos abier-
2015 tos: Javi el Rulo y Álvaro el de casa Toñín derrengados
en el sofá del garaje mientras comparten un porro que no
coloca, dicen, a mí no me sube, macho, no sé qué pasa
que no me sube. Soñar con lo que no se debe. Soñar con
lo prohibido: un hombre y un hombre. Una mujer y una
1861 mujer —qué sueño tan pecaminoso, hija mía; me vas

a rezar dieciséis padrenuestros—. Rezar todo el día y so-
ñar que se reza. Sacar a pastar las vacas, ordeñarlas, es-
tabularlas, y soñar que se estabula a las vacas, que se las
ordeña, que se las saca a pastar. Soñar con las vacas: mu-
chas vacas, en todos los sueños, no ovejas que saltan va-
llas sino vacas que exigen infinitos trabajos y trotan li-
bremente de un sueño a otro sueño, de una cuadra a otra
cuadra. Soñar con el abono. Soñar con la mierda. Julián 1992
soñando con la mierda, al menos con el olor de esa mier-
da, y la Francesita que se acerca y que sonríe, sonríe cada
vez más cerca, hasta que le llega el olor también a ella. La
Francesita que viene y se va. Un barco que viene y se va:
Manuel Gómez soñando con su barca de pesca. Un bar- 1795
co que viene y se va: Prudencio soñando con la vida que 1897
está a punto de emprender en la Argentina. Un barco
que viene y se va: Ana soñando con el miedo al abando- 2015
no materno —son palabras de su psicoterapeuta—. An-
tonio Collado que sueña en el camarote de su barco con 1819
una madre que canta una canción de cuna, duérmete,
vida mía, duerme sin pena, que al pie de tu cama tu
madre vela. Velar una noche entera o todas las noches:
Florentina todavía despierta a las dos de la madrugada, 1698
esperando su turno en la maquila del molino; Ignacio
Rivas sin poder conciliar el sueño, porque en el momen- 1937
to menos pensado, está seguro, vendrán a darle el paseo
los de la Falange —nunca sucedió ese paseo, pero Igna-
cio soñó con él tantas veces que en su recuerdo es como
si lo hubieran matado cada noche—. Esperar a la noche
para hacer lo que no puede hacerse, para revelar lo que
no puede ser revelado, porque las cosas que suceden cuan-
do todos sueñan son un poco sueño también: Pedro de
Carandía saltando la reja de María de Obregón, cui- 1731
dando de no despertar a sus padres; el niño hidrocefá- 1701
lico que es sacado a pasear una noche sin luna, cuando
sus gruñidos pueden confundirse con el mugido de las
vacas; un hombre que amparado por la oscuridad abraza 1940

1788 el cuerpo de otro hombre. Antonia besando a Mariana,
desnudando a Mariana, siendo una y dos con Maria-
na, y a la mañana siguiente la misma Mariana vistiéndose
a toda prisa para salir del pajar casi a la carrera; recuerda
que anoche nada pasó, dice antes de exponerse al sol de
la vigilia, hazte cuenta de que todo fue un sueño. Des-
2011 pertar de un sueño. Porque suena el despertador, porque
1698 / 1776 canta el gallo, porque tocan las campanas. Una boca —la
misma boca— abriéndose en un bostezo que se propa-
ga de siglo a siglo; una mano —la misma mano— fro-
tando unos ojos que todavía no están del todo cerrados
2003 / 1907 / 1934 ni abiertos. Ponerse las zapatillas o las albarcas. Tostar bo-
2004 / 2016 ronas de maíz o rebanadas de pan bimbo. Encender el mó-
1846 / 1976 / 1999 vil, el fuego del hogar, el transistor de radio; buscar las ga-
1908 / 1739 / 2021 fas, el primer cigarrillo, la palmatoria. Mirar fijamente
una taza de café recién hecho, como si en ella pudiera
recobrarse el mundo del que acabamos de desprender-
nos —no se puede—. Olvidar ese mundo. Disolver los
últimos restos del sueño en las primeras luces del día,
como se disuelve la cucharada de azúcar en el negro de
la taza. Son las ocho de la mañana, informa la radio, la
televisión, el teléfono móvil; las ocho de la mañana, las
siete en Canarias.

1899 El fuego en la cocina, aún encendido. Dos pucheros sobre la mesa. Un cementerio de caracoles en cada plato; la salsa rebañada a conciencia, hasta revelar el blanco de la loza. Manuela se explora meticulosamente las muelas con uno de los palillos.

—¿Quieres otro puñado, Higinia? Que yo me voy a echar otro poco.

—Bueno. Ya sabes que el comer y el rascar es el empezar.

—¿De los tuyos o de los míos?

—Qué sé yo. Un montoncito de cada uno, ¿no? Por seguir comparando.

—Ya. No vas a decirlo, ¿verdad?

—Decir el qué, Manuela.

—Pues que los míos son mejores.

—Anda, anda. Mucha fantasía tienes tú. Mucha fantasía.

Luego, en mitad del proceso de sorber uno de los caracoles, se detiene de pronto. Señala a Manuela con el palillo.

—Óyeme tú. No me les habrás echado veneno, ¿no, Manuela? Como a tu viejo.

—Pues sí, veneno tendría que haberles echado... Veneno para que cerraras por fin esa boca. Que la abres y no paras y un día de estos, Higinia, un día de estos, alguno te la va a cerrar...

Siguen comiendo en silencio, palillo en mano, escarbando dentro de las conchas con el gesto entre resignado y ausente de quien borda. En lo alto, el reloj de pesas marca las once y treinta y dos minutos. Higinia piensa tal vez en eso: son las once y treinta y dos minutos de la noche del 31 de diciembre de 1899. Dentro de veintiocho minutos será otro siglo. Dentro de veintiocho minutos y otro poquito más, los mozos del pueblo saltarán la tapia del huerto y abrirán las cuadras entre risas.

—Oye, Higinia. Estaba pensando. ¿Supiste algo de tu muchacho?

—¿De Carlitos? Nada.

—Andaba por las Filipinas, ¿no?

—Allá que se fue. Pero va para un año que terminó la gresca y nada supe.

—Bueno. Ya te darán noticia, ¿no?

—Sí. Ya me darán. O no. ¿Sabes lo que creo, Manuela? Que no me dirán nada. Y que al muchacho me lo han matado.

—Es pronto para decir, ¿no?

—Pronto o tarde, una madre siente estas cosas, ¿no? Y a mí me da eso: que me lo han matado.

Una pausa, llena de palillos y caracoles y de pensamientos que hay que escarbar profundo.

—¿Sabes? Yo del mío tampoco sé mucho.

—¿El que se fue a Jerez?

—Ese.

—¿No te escribe?

—Qué sé yo. Algo escribe, pero poco. Muy poco. Y en sus cartas no habla más que del calor. ¿Tú te crees? Catorce años en Jerez y eso es lo único de lo que me habla: el calor, y el calor, y el calor. Calor en Andalucía. ¿A ti te parece que eso es un gran descubrimiento?

—Pues no me lo parece, Manuela.

Mira brevemente por la ventana; el cristal escarchado en que parecen derretirse las luces del pueblo.

—Qué difícil tiene que ser lo del calor, ¿eh? Yo prefiero el frío.

—Claro. Mucho mejor el frío. Mucho mejor.

—Eso. El calor es una mierda.

1900 Y entonces el primer grito, agudo como un carámbano de hielo. Alguien azota una puerta, alguien abre de golpe un postigo. Viva el Nuevo Año, grita una voz de mujer. Muera el Año Viejo. Un perro ladra, celebrando el prodigio de que un año más todos estén vivos. Suenan, un poco rezagadas, las campanas. Ruidos de impactos semejantes a explosiones: alguien que tira por la ventana una silla que no quiere, un puchero viejo, una mesa que ya fue; ya bastante, con esa mesa. La casa por la ventana. Y mientras tanto el reloj, impertérrito, que todavía marca las doce menos veinte minutos.

—¿Ya es el año?

—Parece que sí. Para mí que tengo atrasado el reloj.

—Pues sí que lo tienes, Manuela. Seguro que olvidaste darle cuerda. Siempre fuiste muy distraída, tú.

Se encoge de hombros.

—Allá que celebren el año. Acá todavía estamos en 1899. Por veinte minutos más.

—Bueno.

Más golpes, en esos veinte minutos. Más perros que ladran, concernidos por la felicidad de los hombres. Una voz que clama, resbaladiza por el vino: Viva el Nuevo Siglo. Y por debajo de todos esos ruidos, de pronto, otros ruidos que casi no se oyen. Un cuerpo trepando la tapia. Unas manos que descorren la cancela del portalón. Bocas humanas conteniendo a duras penas las risas.

—¿Ya vienen?

—Ya vienen.

Higinia apaga la vela y Manuela desempaña el vidrio con la manga de la camisa. No ven demasiado. Solo algunas sombras que bullen por el camino que va a la cuadra. Una linterna sorda parece levitar en el aire, no mucho más luminosa que el resplandor de una luciérnaga. La Canela, que se deja arrastrar dócilmente hacia su propio pesebre y su propia paja y hacia sus propios asuntos de yegua. La Estrella que ocupa su lugar sin hacer ruido, todavía somnolienta.

Consumada la fechoría los mozos ríen, ahora sí, con fuerza. Manuela e Higinia también ríen, viéndolos escapar a la carrera.

—Idiotas.

—Sí.

—¡Qué idiotas!

—Mucho.

La risa detenida un poco más en sus rostros; luego comienza a desvanecerse. Higinia carraspea.

—Bueno. Pues ya está, ¿no, Manuela? Que digo yo que será cosa de irse.

—Sí. Es cosa de que te vayas, Higinia.

Pero Higinia no se marcha y Manuela no recoge los platos. Siguen todavía frente a la ventana, las frentes clavadas en el helor del vidrio.

—Óyeme, Manuela.

—Dime.

—Pues que tenías razón.

—Razón en qué.

—En lo de los caracoles. Es verdad que los tuyos estaban mejores.

—Ya lo sabía.

—Los mejores de Alfoz, no sé, porque en Oreña hay una tal Úrsula que los hace buenísimos. Pero mejores que los míos, pues son.

—A ver, que los tuyos tienen su cosa, ¿eh? La salsa es buena. Solo que no los coges tan grandones como los míos. Deberías probar cerca del pontón de la Corredoria. Eso es: que no los has cogido en el pontón de la Corredoria. Ahí campan los mejores.

—¿En la Corredoria? ¿Donde la finca que tu abuelo le robó al mío?

—Ahí mismo.

—Hay que ver, con tu abuelo. La mejor finca y los mejores caracoles. Hay que ver...

Higinia tiene ya el mantón en la mano, pero no acaba de echárselo sobre los hombros. Siguen mirando todavía por la ventana, como si pudieran ver en lo oscuro de la calle las preocupaciones de sus abuelos; tantas décadas de juicios e insultos y pedradas contra las ventanas. Tantos mojones removidos. Tantos perros ahorcados en el portalón de la casa. Tantos años como este que termi-
1900 na; porque el reloj de pared, de pronto, da las doce campanadas, con una alegría póstuma.

No queda nada que decir. Salvo, quizá, esto:

—Feliz siglo, Mataviejos.

—Feliz siglo, Viejona.

1904 Este cuento tarda en contarse lo mismo que esta vela en consumirse, pero se lleva contando más tiempo del que una sola abeja necesita para fabricar todas las velas del pueblo. Así que escuchad con atención, que las horas que se van no retornan.

Mi güelo Juan me lo contó cuando niña, lo mejor que supo y quiso, y lo mejor que quiero y puedo lo cuento yo.

Todo sucedió en los tiempos del moro, cuando las liebres perseguían a los cazadores y los maridos daban el pecho a sus hijos, y el mundo aún tenía cuatro esquinas y la forma de un pergamino que Dios enrollaba por la noche y desenrollaba durante el día.

Había entonces en Toñanes una viuda que tenía un hijo, y ese hijo una enfermedad que se lo llevó cuando aún no tenía edad para hacerles promesas a las muchachas. Y la madre, que se llamaba como vosotros queráis, porque mi güelo no lo recordaba, le lloró en el lecho y lloró en el velatorio y lloró en la iglesia y en el momento de meterle bajo tierra y también al día siguiente y al día de más allá y al día que va más allá de allá. Y es de creer que estaría llorando todavía si no fuera porque pasaron las cosas que se cuentan en este cuento.

Tras el entierro de su hijo estuvo, como era entonces costumbre, tres días sin encender el fuego, y tiñó de negro todas sus ropas, y luego ensordeció los cencerros de las vacas y el aguijón de la aldaba, y volvió de cara a la pared los espejos, y trancó puertas y ventanas y hasta la chimenea para que el alma permaneciera en la casa, y escondió las madejas de hilo, porque es sabido que los espíritus que vagan pueden enredarse con ellas, y resolvió sus labores usando siempre la mano izquierda, y prohibió a quienes la visitaban que pronunciaran el nombre del muerto. Y mi güelo tampoco pronunció nunca ese nombre al contarme el cuento, aunque sí lo recordaba, para así cumplir con la voluntad de su madre.

Pero pasaron las estaciones y años completos y la madre no encendió el fuego, ni moderó el luto, ni dejó resonar la aldaba, ni volvió los espejos, ni abrió puertas ni ventanas, ni sacó las madejas de hilo, ni tornó a su uso la mano derecha, ni permitió que el nombre del niño sonara en la boca de sus vecinos. El tiempo solo le daba para llorar y llorar, siempre vestida de negro y siempre sola, llamando a gritos a su hijo, pues ella sí se permitía llamarlo, y gimiendo, murmurando y hasta aullando por la casa. Por cierto que esa casa, al decir de mi güelo, estaba en un sitio donde ahora no hay más que campo, cerca del Hoyo de la Gallina, que es un lugar antiguo que tiene historias que otro día os contaré.

Y el llanto de la mujer entristó tanto a sus vecinos que hicieron turnos para visitarla y contarle adivinillas y chanzas. Para que se riera. Y ella que no se reía. Y se sumaron a estos turnos, con el tiempo, todos los vecinos de Cóbreces, y todos los de Novales, y muchos de Cigüenza, y hasta tres o cuatro de La Busta, aunque tenían que venir caminando desde muy lejos; pero ninguno de Oreña, que siempre han sido por allí malencarados y preocupados solo por sus cosas, y en los tiempos del moro no era diferente. Pero ni en Cóbreces, Novales, Cigüenza o La Busta consiguieron tampoco que se riera. Vino a verla también el cura que había en aquellos días, que la parroquia no estaba por cierto donde anda ahora, sino en los campos que dicen de El Diestro. Que dice mi güelo que es por ese motivo que todavía al llegar a la encrucijada nos persignamos, sin saber por qué. Bueno. Y el cura de esa iglesia que ya no está le explicó que las muchas lágrimas no agradan al Señor ni consuelan a los muertos, y ella que asentía sin dejar de llorar ni un instante.

Y fue entonces cuando le entró a la viuda la locura de ver a su hijo al menos una vez más, pesara lo que pesase y aunque con ello arriesgara su condenación eterna, que le parecía castigo poco grave comparado con su sufrimiento. ¡Así es el amor de una madre! ¿Qué os parece?

Y tuvo la ocurrencia de andar de noche por el cementerio, para ver si así veía lo que no había de ver; es decir, para toparse con la Compaña, que entonces no se llamaba Compaña sino Hueste Antigua, en la que como es sabido hacen procesión todos los muertos cada noche. Y dicho y hecho allá se plantó, tres noches con sus horas de luna y de estrellas escondida en los matojos del cementerio, sin ver nada y sin escuchar nada tampoco. Y he aquí que la tercera noche, cuando había perdido toda esperanza y hasta se había quedado dormida contra las piedras del muro, escuchó como un viento que sonaba entre los helechos, aunque no había viento y a lo mejor no había helechos tampoco. ¿Me seguís? Solo la oscuridad de la noche, que se quedó mirando con los ojos muy abiertos hasta que le dolieron los ojos como cuando queremos ver y no vemos nada. Y ya que estamos en eso, echa un leño más al fuego, ¿no, Toñita? Bueno. Pues después de eso sintió el olor de los cirios, como si sobre la mies se celebrara una misa sin iglesia y sin sacerdote, y después un rumor que al principio parecía de hojas y luego supo era la voz de los muertos. La voz de los muertos, que yo no sé cómo suena, pero mi güelo me contó que el güelo de su güelo le había contado que parece como venida de lo profundo de una vasija rota. Y la voz de los muertos decía aquello de: «¡Andad de día, que la noche es mía!», todos a una, para que mejor se escuchase.

Y aquí, claro, tuvo miedo la buena mujer. Porque ya se sabe que los vivos que se topan con la Compaña no regresan, y se condenan a vagar para siempre enrolados en la hueste de los muertos, marchando delante con una cruz y un caldero de agua bendita y cantando aquello de «¡Andad de día, que la noche es mía!». Ya no tenía otra que quedarse mirando, y pues parece que se quedó. ¡Hay que ser muy valiente para eso! Para ver pasar la comitiva por aquella cañada que entonces existía y ya no existe. Y vio a los muertos caminar en fila de a dos, cubiertos con capuchas y sudarios que les daban cierto aire de monjes, portando sus velas y sus cruces y mirando la oscuridad como quien mira la claridad del día. Y se fijó en que a la luz de los cirios sus cuerpos no arrojaban sombra. ¡Qué cosa esa! ¿no? Y reconoció, tapadas por las capuchas, la palidez de sus huesos y de sus carnes a medio pudrirse, y vio osamentas que crujían, y calaveras que le recordaban a tal o cual vecino difunto del pueblo, pues todos allí reunidos estaban, tanto los hombres como las mujeres. ¡Hasta niños había! Niños de teta gateando como perros, para siempre lloriqueando y con hambre atrasada de leche rugiendo desde dentro de sus cuerpos muertos. ¡Y ella, que no se movía! Ni un momento apartó la buena mujer los ojos, tan urgida que estaba por encontrar a su muerto.

Pero la comitiva pasó y su muerto no apareció.

«¡Andad de día, que la noche es mía!», siguieron gritando las ánimas, que nunca encuentran la paz, y si la encuentran no nos lo dicen. Y luego desaparecieron en una revuelta del camino, dejando tras sí el olor de los cirios y el ruido del viento entre los helechos sin viento y sin helechos.

Y la mujer caminó hasta el tramo del camino y se vino abajo, de rodillas, contra el suelo, llorando y llorando, como solía.

Y se vino después un rato muy largo, como largas se hacen todas las horas que vienen mojadas por las lágrimas.

Y entonces, cuando ya despuntaba el alba —que por aquel entonces salía por el lado opuesto del mundo, de forma que bañaba antes a los vecinos de Toñanes que a los malencarados de Oreña—, escuchó como un campanilleo lejano, y el viento entre los helechos, aunque seguía sin haber helechos ni viento, y el olor de los cirios, aunque no había cirios y sí la oscuridad de la noche cerrada.

Y vio llegar, tropezando y jadeando por el esfuerzo, a un niño muerto que venía siguiendo a la carrera la estela de los muertos.

Desde el fondo de sus cuencas vacías, desde el interior agusanado de su hábito, el niño muerto la miró.

«¡Hijo querido! —dice mi güelo que gritó ella, sin poder contenerse—. Siete años con sus días y noches he esperado para encontrarte. ¿Por qué, hijo mío, caminas solo y tan detrás de los otros?»

Y entonces el niño se acercó hasta casi tocarla —¡imaginad cómo debía oler su cuerpo!— y apartó un pliegue de su hábito, blanco como la nieve y cuajado de brillos que parecían estrellas redondas:

«Mira, madre querida, las lágrimas que has derramado inútilmente por mí: mi penitencia es arrastrarlas siempre conmigo y permanecer siempre mojado. Es ese peso el que me impide seguir el paso de los demás, y me condena a caminar siempre solo, con el miedo que siempre me dio la oscuridad, madre querida, ¿te acuerdas? Y la soledad sigue siendo terrible para mí, porque has de saber que el miedo que sentís los vivos por los muertos no es nada comparado con el que sentimos los muertos por los vivos. Toca mi hábito y siente lo pesada que es tu tristeza, y lo difícil que es caminar con ella».

Y al punto que tocaba el hábito, más húmedo que el agua misma y mucho más frío, se escurrió de él un riachuelo que vino a desbordar el río de Toñanes, que por aquel entonces no era ni tan caudaloso ni tan largo, y su poca agua no servía para alimentar molinos sino solo para remojar a los pájaros.

Así, con su paso vacilante, y gritando de nuevo aquello de «¡Andad de día, que la noche es mía!», el niño muerto continuó su camino, sabiendo como sabía que no alcanzaría al resto mientras permaneciera mojado.

Y he aquí que ya era la amanecida, y el sol acariciaba la hierba de las cunetas pisoteadas por los muertos. Y la mujer corrió y corrió hasta su casa, sonriendo por vez primera, y al llegar encendió el fuego, y en él hizo arder el luto de sus ropas, y quitó la sordina de la aldaba, y volvió los espejos, y abrió puertas y ventanas, y puso otra vez en su sitio las madejas de hilo, y todo eso lo hizo con la mano derecha, que es la mano de la vida, y sin derramar nunca más una lágrima.

Y cuando tiempo después contó su historia, fueron ahora los vivos quienes hicieron procesión para visitar la mies donde la mujer dijo haber visto todo. Y en ella no encontraron helechos, sino solo, y cada cierta distancia, las lágrimas blancas de la cera derretida de los cirios.

Y ya dije que cuando el cirio se apaga, este cuento se acaba, y de lo que pasó después ya no sé nada.

1974 Noche cerrada. El haz de una linterna flotando por el camino de la mies. Un círculo de luz amarilla que ilumina primero el guijo del camino y luego los matorrales de la cuneta. Un trecho de hierba pisoteada. Un parterre de tierra removida, balizada con cinta policial. Solo entonces se detiene. Una voz, dos voces.

—¿Seguro que quieres verlo?

—Sí.

—¿No tienes miedo?

—No.

—Pues vamos.

Fernando se lleva la linterna a la boca y alza con ambas manos la cinta, para que Florita pase por debajo. Florita con un peto vaquero y con zapatillas de goma y un lazo en cada trenza. Fernando con su uniforme de guardia civil; la luz de la linterna arrancando destellos acharolados al tricornio.

—Ten cuidado, ¿eh? No vayas a pisar el agujero.

Y entonces, de pronto, el agujero. Un rectángulo oscuro flanqueado por lajas de piedra. Abajo, clareando de pronto a la luz de la linterna, un destello pálido. Parecen ramitas, pero son huesos.

—¿Son huesos? —pregunta Florita.

—Sí.

Tras ese agujero, otro, y otro. Tres tumbas alineadas; una de ellas con la tapadera de piedra rota. La luz de la linterna viaja de un sitio a otro: una calavera semienterrada, un fémur partido, un costillar casi intacto.

—¿De cuándo son? ¿De cuando la guerra?

—Me parece que no —responde Fernando—. El arqueólogo ha dicho que son mucho más antiguos. Como mil años, tienen.

—¡Mil años!

—Da impresión, ¿verdad? Seguro que hay algún antepasado tuyo.

Florita asiente, pero como en ese momento la linterna está iluminando una de las tumbas, es como si no respondiera nada. Fernando carraspea. Su voz, en medio de la oscuridad, pretende de pronto una risotada corta.

—Bueno, pues ahora que lo has visto, ya puedo llevarte presa.

—¿Cómo que presa?

—Sí... Por no llevar matriculación en la bici, no sé si te habría podido detener. Pero por colarte en una zona restringida, claro...

—¡Pero si voy contigo!

—Ah, bueno, pero yo voy y digo que no. Que pasaba por aquí y vi una linterna y que eras tú.

Dos risas flotando en la oscuridad, lo mismo que flota la luz de la linterna.

—Qué tonto eres, Fernando. Desde luego, qué tonto...

Un silencio.

—Entonces... ¿Esto era un cementerio? —pregunta al fin Florita.

—Bueno, el arqueólogo dijo que más bien era necrópolis.

—¿Y eso qué es?

—Pues... Me parece a mí que algo así como un cementerio.

—Ah.

La luz de la linterna se ha quedado detenida en una calaverita chica. Una calaverita que fue, quizás, la cabeza de un niño.

—¿Y tú sabes lo que van a hacer con esto?

—Pues qué van a hacer, mujer. ¡Taparlo!

—Da como pena, ¿no?

—¿El qué?

—Pues que lo tapen otra vez.

—Según se mire. Que también merecen un poco de paz los muertos, ¿no?

Florita no dice nada. Su respiración se hace de pronto más profunda.

—¿Sabes? —dice al fin—. A mi abuela la enterraron este verano.

—Lo siento. No sabía nada.

—Sí. Por eso no me dejan salir, mis padres. Por el luto.

Un silencio lleno de grillos.

—Bueno. Ahora estás saliendo, ¿no?

—¡No es lo mismo, tonto! Venir a ver muertos, vaya plan... Yo lo que quería era ir a Torrelavega. Al cine, a los bares...

La luz de la linterna ya no ilumina a calavera ni nada que merezca ser mirado; solo un rectangulito de hierba.

—Conmigo seguro que te dejarían.

—¿Contigo?

—Sí, mujer. Si vas conmigo, seguro que te dejan. ¿No ves que tu padre me conoce del taller de Quinín? Y si no te deja, mira. ¡Me lo llevo preso a él!

Más risas.

—Qué tonto eres, Fernando.

—¿Pero quieres que te lleve o no quieres?

—¿Que me lleves presa?

—No, mujer. Que te lleve a Torrelavega.

La linterna de Fernando ilumina de pronto la cara de Florita, en busca de una respuesta. Lo hace muy deprisa: el tiempo justo para distinguir el último rastro de una sonrisa.

—Ah, no sé. Me lo tengo que pensar.

—¡Pues te lo piensas en el calabozo!

—Pero qué tonto eres, Fernando. Desde luego, qué tonto...

Las cinco de la madrugada. Todavía noche cerrada. El 1917
cerdo de la casa —dos años de edad, catorce arrobas de peso; se llama Capitán— está acostado como suele en su pocilga. Tiene los ojos cerrados: tal vez sueña. El sueño de Capitán: un tropel de luces y sombras que se atropellan, el tacto del pasto bajo las pezuñas, el placer de una bellota triscando entre los dientes. De pronto la bellota desaparece y solo queda su ruido. Crac. Capitán que abre los ojos —las cinco de la madrugada; todavía noche cerrada— y escucha ruidos de loza en la cocina y el destrabar de un cerrojo en la cuadra y un fragmento de una conversación humana en el zaguán. Las cosas de siempre, sonando con mucho tiempo de adelanto. Acciones que deberían suceder a la luz del sol y sin embargo están sucediendo ahora, en mitad de la noche. Tal vez es eso lo que inquieta a Capitán: el presentimiento de que algo terrible está a punto de ocurrir. Porque el amo está tosiendo y nunca tose a esa hora. El perro está ladrando y no debería ladrar hasta después del alba. El fulgor de una palmatoria en una ventana que debería estar a oscuras. Por eso, cuando al fin se abre la puerta de la casa

y salen en procesión el amo y sus dos hijos, y un hombre
que Capitán nunca ha visto hasta ahora, su primer im-
pulso es gruñir un poco y dar dos o tres pasos hacia
1888 atrás. ¿A dónde va usted, amigo? Cosme Rubín está llevan-
do a su ternero por el camino real de Ruiloba, y al prin-
cipio no sabe de dónde viene la pregunta. Al final lo ve:
un caminante vestido con buenas ropas y con el pelo
limpio, que aguarda detrás de la curva. ¡Me asustó us-
ted! contesta Cosme, riendo. Pues no se asuste, amigo;
es solo que llevamos la misma dirección y me dieron
ganas de conversar un poco. Cosme entiende las pala-
bras del desconocido o dice que las entiende: a veces a él
también le sucede, en sus idas y venidas por la provin-
cia, que le abruma un poco el silencio. ¿Y dónde dice us-
ted que se dirige?, insiste el desconocido. Pues voy a la
feria de Santiago en Santander; a ver si vendemos el ter-
nero o no lo vendemos. ¡Qué coincidencia!, contesta el
otro. Yo voy a la feria de Santiago en Santander, a ver si
compro un ternero o no lo compro. ¡Sí que es coinciden-
cia, sí! ¿Le parece pues que hagamos el camino juntos?
¡Me parece! Pues ea, no se hable más. Ni una palabra. Cua-
-11.137 tro cazadores de la tribu de los Hijos del Rayo acostados
sobre la nieve en completo silencio, escondidos tras una
roca; están embutidos en sus abrigos de piel de oso y tie-
nen los rostros pintados de blanco y los venablos de hue-
so tiemblan un poco en sus manos. Tiemblan los vena-
1643 blos de hueso y tiembla la pica que Tirso Gómez sostiene
en los campos de Rocroi; a lo lejos la caballería france-
sa que va tomando posiciones en el horizonte. Suena el
cuerno que da comienzo a la carga y Tirso responde co-
menzando a rezar una plegaria entre dientes. Un susurro
1830 entre dientes. Un insulto. Fernando Collado que arroja
su mano de naipes al suelo de la taberna y que se pone
en pie haciendo volcar su silla, y frente a él Ignacio Gó-
mez, más calmado, que deja el vaso de vino en la mesa
y se levanta también; los ojos de acero clavados en los

ojos de Antonio. Unos ojos abiertos, unos ojos cerra-
dos. Mercedes soñando. El sueño de Mercedes: un tro- 1984
pel de luces y de palabras y sensaciones, una nana que
suena, Mercedes nadando desnuda en una piscina tibia,
un bebé que ríe en su cuna. De pronto el bebé desapare-
ce y solo queda su risa. Ja, ja, ja. Mercedes que abre los
ojos —las cinco de la madrugada; todavía noche cerra-
da— y siente un tacto húmedo entre las piernas; como si
la piscina con la que soñaba se hubiera quedado dentro
de las sábanas. Con ese tacto, una revelación súbita: ha
llegado el momento. Emilio, dice con una voz que pre-
tende calma. Emilio, repite, más alto, y Emilio que no se
despierta. ¡Emilio! Yo soy Cosme, dice Cosme. ¿Y tú? 1888
Yo soy Damián. Pues venga esa mano, Damián. Damián
y Cosme y la ternera de Cosme caminando juntos; ha-
blando de vacas y de maíz y de hazañas de burdel mien-
tras dejan atrás Trasierra y Cóbreces y ya enfilan hacia la
curva de Monío. Tras ella se encuentra Toñanes. Es un
placer disfrutar de su compañía, Damián. Lo mismo digo,
Cosme. Ignacio, eres un malnacido, dice Fernando, avan- 1830
zando dos pasos más. Ignacio que no se mueve todavía.
Será la última vez que me haces trampa en el juego, con-
tinúa Fernando, enardecido. Te voy a matar, hijo de mil
cerdas. El cerdo Capitán que trata de retroceder más, pero 1917
no puede. ¿A dónde va usted, amigo? pregunta el amo,
con voz calma y se diría que hasta llena de dulzura. Esas
palabras solo consiguen aterrorizar aún más a Capitán,
porque en casa siempre le dirigen malas palabras y le
arrojan las sobras con brusquedad y hasta le tiran una
patada si anda por donde no debe; así que una voz lle-
na de ternura no puede ser el presagio de nada bueno.
Un pájaro que cruza el cielo, desde el lugar en donde nace -11.137
el sol hasta el lugar en donde muere: un buen presagio.
Los cazadores que cada tanto alzan las cabezas por enci-
ma de la roca, para atisbar el punto por el que está a pun-
to de pasar la manada. Ahí está: un sordo retumbar de 1643

pisadas que se acercan. Ahí está: un sordo retumbar de
caballos que se acercan. La caballería francesa que parte
al galope hacia sus posiciones, y los españoles que yer-
guen sus picas como un solo hombre. Ya vienen, murmu-
1984 ra Tirso. Ya viene, grita Mercedes. Emilio que salta de la
cama a toda prisa, que forcejea con el interruptor y con
la puerta del armario que no quiere abrirse, hasta dar
con la maletita que lleva ya muchos días preparada. ¡Voy
por el coche!, grita, sin ninguna necesidad. ¡Vale!, grita
también Mercedes. ¡Espérame aquí!, grita Emilio. ¡Que sí!,
1917 grita, a su vez, Mercedes. Capitán que comienza a chillar
tan pronto como los hombres saltan adentro de la pocil-
ga y lo apresan por los dos flancos al mismo tiempo:
vamos, vamos, Capitán, no seas malo, solo será un mo-
mento, susurra el amo mientras inmoviliza una de sus
patas entre resoplidos: su voz todavía tierna, a pesar de
la brutalidad del gesto. En un momento consigue per-
near con fuerza y desasirse, y hasta logra corretear un
poco por el huerto; pero es una libertad pasajera, porque
otra vez se arrojan sobre él y lo derriban sobre la hier-
ba. Capitán llevado casi en volandas junto a un banco de
madera y un gran caldero de bronce. Junto a ese caldero
el hombre desconocido, esperando. ¿Qué es lo que espe-
ra? Tiene un mandil de cuero y esconde algo en la mano,
pero Capitán no mira ni el mandil ni la mano: sus ojos
desorbitados ya no pueden ver nada, solo un vértigo de
colores y jadeos y pies que corren y manos humanas que
por todas partes lo sujetan. Oye sus propios chillidos,
cada vez más desgarrados, y tal vez ni siquiera sabe que
son suyos; a lo mejor cree que es el mundo quien chilla
1888 cada vez que él tiene miedo. Cosme no tiene miedo, no
todavía; solo prisa por llegar a Santander y una leve sen-
sación de fastidio cuando al entrar en Toñanes Damián
le propone tomar un pequeño desvío. ¿No tienes sed, Cos-
me? Te voy a llevar a una venta que sirve el mejor vino
de la provincia. Eso le dice. Cosme mira el sendero de

tierra que Damián le señala; tan diferente del empavesado
del camino real. ¿Por aquí?, pregunta. ¿Por aquí, una ven-
ta? Por aquí, contesta Damián. Y Cosme no desconfía:
solo dice que es tarde y quiere llegar a Santillana del Mar
antes de que anochezca. ¡Y llegarás! Te doy mi palabra de
que llegas, a Santillana y si te descuidas hasta Viveda. Cos-
me duda todavía un momento más. Está a punto de decir
que no, pero al fin dice que sí. Toma el sendero de tierra
cuando podría continuar por el camino real, y la mana-
da de bisontes que podrían internarse en la llanura deci- -11.137
den trotar junto a la roca donde se emboscan los cazado-
res, y la caballería francesa que podría cargar contra los 1643
tercios valones a la desbandada carga sin embargo con-
tra el tercio de Tirso Gómez, y Fernando Collado, que 1830
podría haber aceptado la derrota en el juego, decide lla-
mar tramposo precisamente a Ignacio Gómez, que lo es-
pera inmóvil al otro lado de la mesa, con una sonrisa
esquinada. En el caso de Mercedes no hay duda: su gine- 1984
cólogo está en la clínica Madrazo, así que es allí a donde
se dirigen. El Seat 127 blanco atraviesa las calles fantas-
males de Santander, los semáforos que cambian de color
para nadie —las cinco y catorce de la mañana: todavía
noche cerrada—; Mercedes acostada en los asientos tra-
seros, respirando cada vez más fuerte y gritando cada vez
más fuerte también; Mercedes que oye sus propios chi-
llidos, cada vez más desgarrados, y tal vez por un mo-
mento olvida que son suyos; el dolor como un paisaje
que el coche atraviesa y quiere dejar atrás. Emilio con los
nudillos blancos de apretar el volante; ya casi estamos,
grita, para que la noticia se imponga sobre el dolor de
Mercedes; no falta ni un minuto. Emilio que ve el rótulo
blanco del hospital y que se permite incluso hacer algu-
na broma. ¿A dónde crees que vas, amiguito? ¿Qué prisa
te ha dado? No te vamos a dejar nacer en el coche, no,
señor. ¿Lo has entendido? Vas a nacer en el hospital, te
guste o no. Eso dice, y Mercedes tal vez intenta sonreír

con esa máscara rígida que es su rostro. O tal vez solo
1917 enseña los dientes, porque le duele mucho. Capitán en
cambio ya ni siquiera puede mostrar los suyos. Una soga
en torno al hocico: quiere morder las manos que lo apre-
san, pero no puede. Otra soga apresando cada una de
1830 sus patas: quiere correr, pero tampoco. Ignacio Gómez
y Fernando Collado que no pueden retroceder, porque
los demás parroquianos de la taberna los jalean, en un
corro improvisado: son demasiado hombres para dar
un paso que no sea hacia adelante. Y lo dan, ese paso:
1643 hacia adelante. Adelante, siempre adelante: la caballería
ya muy cerca, hasta ese momento en que uno puede dis-
tinguir el blanco de los ojos al enemigo que está a punto
de abatirse sobre nosotros, y entonces las primeras des-
cargas de arcabuces. Caen algunos jinetes: por encima
de los cadáveres, los otros continúan. Tirso que siente
un sabor ácido en la boca y una sensación de vértigo;
Tirso que tiene de pronto calor y frío y olvida dónde es
arriba y dónde abajo y está a punto de dejar caer la pica
sobre el suelo y salir corriendo, pero por suerte —¿por
suerte?— uno de sus compañeros de armas lo agarra por el
hombro. ¿A dónde crees que vas, amigo? Los franceses
-11.137 están por allí. Ahí vienen: los Hermanos Bisontes. Por-
que son familia, los bisontes que se acercan a los Hijos
del Rayo, y por eso hay que rendirles todos los hono-
res: besar las puntas de hueso que atravesarán su carne
y pedirles perdón por la sangre que están a punto de
derramar y tras el festín decorar la pared de la caverna
con el dibujo de sus espíritus muertos. Lentamente, los
cazadores se van poniendo en pie, a punto de lanzar su
ataque. Todo es blanco en derredor: blanco el cielo en-
capotado y blancos sus rostros embadurnados de pin-
tura de guerra y blancas las armas de hueso —quieran
el Rayo y el Sol Sagrado que pronto enrojezcan de san-
gre— y blanca también la nieve sobre la que cabalgan
1984 los bisontes y blancas las paredes del hospital y la sábana

que cubre el cuerpo de Mercedes y blanca la bata del mé-
dico que la examina. La cabeza del médico, negando. Solo
Emilio viste de negro: el doctor vuelve la mirada hacia
él. Luego habla muy deprisa. Es muy grande, dice: cua-
tro kilos por lo menos. Viene mal colocado, dice. Hay
que abrir, dice. Abrir, cerrar: palabras inofensivas que se
vuelven dolorosas tan pronto como uno reflexiona so-
bre ellas. Mercedes no dice nada —¿será tan grande por-
que tiene hidrocefalia?: eso es lo que se pregunta, con los
ojos cerrados—. Emilio intenta decir algo, preguntar algo,
tal vez expresar una leve resistencia al diagnóstico, pero
el médico lo interrumpe. Mire, la cosa es muy sencilla:
o abrimos y sacamos al niño entero o lo dejamos mo-
rir y lo sacamos en pedacitos. Es increíble, pero eso dice:
o abrimos o hay que sacar al niño en pedacitos. Y es in-
creíble también lo que Emilio responde: no, en pedacitos
no. Por favor, añade. Y Mercedes, corroborando lo evi-
dente: No lo saque en pedacitos, doctor. Pues entonces
allá vamos, dice el médico. Allá vamos, dice el hombre 1917
del mandil, frotándose las manos. Allá vienen. Chargez! 1643
El sol de Rocroi que rebota en las espadas y en las cora-
zas de los jinetes al galope, cada vez más cerca, y el sol de
Toñanes que ilumina de pronto el sendero de tierra don- 1888
de el supuesto atajo se detiene, sin llegar a parte alguna:
solo un arbolado junto a un río casi sin agua, y ni rastro
de una venta ni de un lugar donde apurar un vino. ¿Es
aquí?, pregunta Cosme, resistiéndose todavía a lo eviden-
te —aquí; dentro de ciento catorce años, una trucha, la 2002
última trucha de la historia de Toñanes, muriendo; aquí,
dentro de sesenta y cuatro años, una avioneta que pasa 1952
volando muy cerca hasta estrellarse contra un eucalipto
que todavía no ha nacido; aquí, dentro de solo unas ho- 1888
ras, el cuerpo de Cosme varado entre los juncales—. Sí:
es aquí, dice Damián. Lo siento, Cosme. Eso dice: lo sien-
to de veras. Le dice también que parece un buen hombre,
pero que por desgracia su ternero parece también un buen

ternero. Y él se lo dijo, ¿no es cierto? Que iba a la feria de Santander, a ver si conseguía un ternero o no lo conseguía. ¿No se lo dijo? Él lo quiere, ese ternero, pero la vida de Cosme no la necesita para nada, así que puede estar tranquilo: no va a hacerle ningún daño. Solo quiere que se ate los pies con esta cuerda que le tiende —cuidado con intentar algún truco— y, cuando haya terminado, Damián le atará también las manos. Él se llevará el ternero y Cosme contará hasta mil y luego se arrastrará para pedir socorro y eso será todo. ¿Lo ha entendido? Cosme, con el rostro congelado por la sorpresa, murmura: Te mataré, hijo de perra. Damián sonríe levemente, como queriendo borrar el insulto. Contéstame, Cosme: ¿Lo entiendes o te lo explico mejor? Y entonces, como adelantando en qué consistirá esa explicación, vuelve lentamente la mano al bolsillo, casi con timidez, y saca lo que
hay dentro. Brillando de pronto en su mano, un relám-
1917 pago azul. Un cuchillo. El hombre que saca de debajo de
su mandil de cuero una luz repentina. Un cuchillo. Algo
-11.137 semejante a un cuchillo en la mano del cazador —es un
venablo de hueso decorado con el dibujo de un bisonte;
1830 para que le ayude a llegar a su destino— y una navaja en
1643 la mano de Ignacio Gómez y una pica en manos de Tirso
1984 y un bisturí enorme en la imaginación de Mercedes, que
tiene todavía los ojos cerrados mientras a su alrededor
1917 oye rechinar ruedas y tintinear metales. El cerdo acosta-
-11.137 do en el banco y los cazadores acostados sobre la nieve
1888 / 1984 y Cosme acostado en la hierba y Mercedes acostada en
la camilla, mientras detrás de sus párpados cerrados se
barajan imágenes de cuchillos que se acercan y heridas
que se abren y ya nunca se cierran —todo va a salir bien,
dice el médico con una voz que quiere ser dulce, pero
Mercedes se resiste a creerlo, porque una voz llena de
ternura sonando en un hospital no puede ser el presagio
1917 de nada bueno—. El cuchillo del matarife que entra en
la carne, a la altura del corazón, y Capitán que patalea

y chilla hasta ensordecer su propio dolor; el cuchillo que
se ladea a la derecha o hacia la izquierda para que el cho-
rro de sangre caiga justo dentro del caldero, y los ojos de
Capitán perdidos en el fondo de ese caldero sin entender
de dónde ni por qué; de dónde tanto rojo y por qué esa
repentina dificultad para seguir respirando. El cuchillo 1830
entrando en la carne: Fernando que trata de retroceder,
aterrorizado, e Ignacio que no le deja tiempo —¿A dónde
crees que vas, amigo?—; Fernando que siente una mor-
dedura en el costado y mira la camisa embadurnada de
sangre, sin entender de dónde ni por qué, mientras los
parroquianos corren a socorrerlo. El cuchillo entrando -11.137
en la carne: los Hijos del Rayo que se precipitan entre
alaridos sobre la manada y arrojan sus venablos y sus
jabalinas hasta alcanzar, al fin, el flanco de un Hermano
Bisonte: un Hermano Bisonte un poco más tripudo, un
poco más torpe que sus hermanos. El cuchillo entrando 1643
en la carne: la caballería francesa que cae sobre la vanguar-
dia española entre estrépito de metales y juramentos y la
pica de Tirso que atraviesa a un hombre y el propio Tirso
que resiste la embestida en pie no sabe cómo. El cuchi-
llo que no entra en la carne: Damián que se acerca a com- 1888
probar el nudo y tal vez se descuida un momento y enton-
ces Cosme que aprovecha para arrojarse sobre él, incluso
con los pies atados, porque a los terneros uno tiene que
protegerlos con la vida; ruedan los dos por la hierba y pa-
san entre las patas del ternero, que les da alguna coz dis-
traída, y viaja el cuchillo de mano en mano hasta que se
pierde entre la hierba y hay blasfemias, escupitajos, gol-
pes; hay un rodillazo en el pecho y hay, al fin, un cuerpo
que cae al agua; Cosme que trata de incorporarse pero
ya es tarde, ya, sobre él, el cuerpo de Damián, que le su-
jeta la cabeza con ambas manos y lo arrastra hasta lo pro-
fundo del río; la boca de Cosme abriéndose y cerrándose
bajo el agua, entre burbujeos y salpicaduras, y Fernando 1830
que busca con la boca abierta el aire que no está, y Mer-

1984 cedes que tiene ya la mascarilla de la anestesia en la cara
y respira en bocanadas cada vez más hondas y urgen-
tes, y se imagina otra vez la misma piscina y a su bebé
nadando en las profundidades de esa piscina en un aho-
1888 go sin consecuencias, y Cosme sí que se ahoga; Cosme
que ya apenas tiene fuerzas para agitar los brazos y ve bajo
el agua imágenes que nunca antes ha visto y que ya a na-
1984 die podrá contarle. El bisturí del cirujano que se prepara
para vaciar la piscina con un solo tajo y la boca del bebé
que se abrirá para recibir la primera quemazón del oxí-
geno en los pulmones. Abrir, cerrar. Los ojos de Merce-
1917 des: cerrados. Su boca: abierta. Los ojos de Capitán: para
1984 siempre cerrados. El médico que se acerca con un cu-
1917 chillo carnicero en la mano y el matarife que esgrime su
1984 bisturí. El cadáver del cerdo acostado en la camilla y Mer-
cedes colgando bocabajo del techo de la cuadra, y un cu-
chillo que es el mismo cuchillo rasgando la piel de arriba
abajo; pinzas, dice el matarife, el ojo de una herida que
se abre, una boca sin grito, tijeras, dice, válvula suprapú-
bica, dice, Mercedes abierta en canal porque sus vísceras
son preciosas, no se puede desperdiciar ni un gramo de
1917 carne, y de la piel desgarrada caen las tripas retorcidas
y palpitantes como culebras rojas y cae el hígado toda-
vía caliente y cae el estómago enorme con que se hará el
panzo y la sangre con la que se amasarán los boronos
1643 y cae Tirso Gómez sobre la hierba —quien lo mata es
un arcabucero francés que dispara por primera vez a un
1830 hombre— y cae Fernando Collado sobre la mesa de la
-11.137 taberna —no volverá a levantarse— y cae desplomado
el bisonte herido ante la furia de los Hijos del Rayo, y el
1984 cuchillo que da un último tirón y en ese gesto todas las
1937 / 1790 violencias, bombas en la Aranda y piedras contra los gi-
1689 tanos y un lobo alcanzado por una bala de escopeta, y cae
1942 Antonio Ladra en el patio de la prisión provincial ante el
1901 pelotón de fusilamiento y cae Miguel de la Vega de su
1740 roble favorito con una soga al cuello y cae María Ruiloba

por las escaleras y Biel derribado por un culatazo de un 1951
guardia civil y cae María Gómez Calderón a la presa de 1759
Bolao con piedras en los bolsillos y cae el maquis Jua- 1957
nín entre las brañas del monte y cae un rayo sobre la era 1921
y cae Domingo Gómez fulminado todavía con el dalle 1668
en la mano y cae una gota de sangre roja y exacta en el 1984
suelo del quirófano y el niño que no cae, la pelusa de su
cabeza asomando en el epicentro de la herida, pinzas de
Kocher, la última víscera que cae en el fondo de la artesa
y la cabeza de Capitán que sigue petrificada en la mis- 1917
ma sonrisa macabra, indiferente al dolor y al apetito de
los hombres. Y al amanecer los niños corretearán por las
camberas de Toñanes con el trofeo de esa cabeza bajo el
brazo, y al amanecer vendrán los alguaciles a dictami- 1830
nar que Fernando Collado está muerto, y al amanecer la 1643
puntera de una bota francesa dará vuelta al cadáver de
Tirso en el suelo, y un amanecer dentro de treinta y cinco 1888
amaneceres un labrador encontrará los restos agusana-
dos de Cosme flotando en el agua, y al amanecer Mer- 1984
cedes abrirá lentamente los ojos —¿me está escuchando,
Mercedes? ¿Puede oírme?— y también al amanecer los -11.137
Hijos del Rayo comenzarán a destazar el cuerpo del Her-
mano Bisonte sobre la nieve. Y solo entonces, a la luz del
sol, verán aflorar en el vientre ensangrentado del bison-
te el cuerpecito rosa, todavía caliente, de un bisonte en
miniatura. Una cría de bisonte, muerta. ¿Es ese bisonte
no nacido un buen augurio o un mal augurio? Los Hi-
jos del Rayo no están seguros, y por un instante alzan
sus cuchillos de pedernal y se consultan con la mirada,
vacilantes.

El canto del gallo. Todavía oscuridad y canta el gallo. El 2004
perfil de la colina de Brincia, silueteado por un resplan-
dor malva. Silencio. Coches que vienen y van con los fa-

1871 ros encendidos. Carruajes que vienen y van con un farol
1989 colgando del pescante. Silencio. En alguna parte ladra
1729 / 1918 / 1677 un perro. Llueve y no llueve. Hace frío y calor y viento
1801 / 1990 / 1637 y no viento. Es invierno y verano y un 24 de octubre y un
1715 / 2004 / 1925 12 de abril a las siete de la mañana. Las siete de la maña-
1689 / 2011 na. Las siete de la mañana. Silencio. El pitido de un reloj
1629 despertador. Un pájaro que canta. La sombra de una vaca
1965 que pasta detrás de una tapia. El gallo que canta, otra vez,
1809 pero no es el mismo gallo. El perro que ladra, pero no es
1640 el mismo perro. Las siete de la mañana. El primer rayo
2018 de sol, bañando los robles del Coterón. El primer rayo de
2013 sol, bañando los eucaliptos del Coterón. El primer rayo
de sol, brillando en el tejado de la Posada El Puente Ro-
mano. Silencio. Las doce farolas de la carretera, que parpa-
dean al mismo tiempo y se apagan. El ruido de una puer-
ta que se abre o se cierra. El autobús de las 7.01 que pasa
1786 atronadoramente, sin detenerse. Después, silencio. El sol
1700 / 1898 en el cielo. El sol en el cielo. El sol en el cielo. Un bebé
2007 que llora. Un hombre que carraspea. El sol en el cielo y en
1626 la tierra un gallo que canta.

2019 Cuatro días, y en esos cuatro días tiempo de tantas cosas. Tiempo de visitar los acantilados de Bolao —este es el molino que te dije; estos los agujeros que confundía con huellas de estegosaurio—. Tiempo de hacer una de sus famosas barbacoas. Tiempo de mostrarle el ammonites que encontró su padre en el huerto y los útiles prehistóricos que él mismo encontró en el campo. La moneda de Felipe III no se la enseña: en algún momento de su adolescencia acabó perdiéndola. Pero sí visitan las ruinas del molino de Valtrigo —justo aquí cayó el avión— y la carretera donde encontró un dinosaurio que resultó no ser un dinosaurio y el lugar exacto donde, según sus cálculos, saltó Juan de la Torre Velarde para darse su último

baño. Le enseña, claro, la casa, que también tiene su pequeña historia —a esta habitación la seguimos llamando cuarto de tierra, porque cuando yo era pequeño el suelo era de tierra, y este es el cuarto del teléfono, aunque no tenemos teléfono; estas son las cuadras, pero es mi habitación; aquí en la socarrena es donde se guardaba el carro y ahora es donde cenamos—. Y Marta, la moza, la madrileña, que mira todas esas cosas con sus ojos de futuro. Porque le basta solo eso, un vistazo, para saber que esa mesa de billar apolillada habría que tirarla, por muchas buenas partidas que se hayan echado en ella; que en el piso de abajo de la cuadra, tan oscuro, faltan una o dos ventanas; que este armario no, ni de coña. Y sobre todo hay que quitar las bombillas del techo de la cuadra y distribuir un par de lamparitas, piensa para sí, y tal vez incluso se atreve a decírselo al madrileño; tienes que quitar ese horror de bombillas y poner luces indirectas aquí y aquí: qué poco os gustan a los hombres heterosexuales las luces indirectas, Dios mío, con esas bombillas que tie-
nes en el techo se podría operar a corazón abierto —Mer- 1984
cedes, ¿está despierta?, ¿puede oírme?, pregunta la voz de
la enfermera—. Todo eso ve, la madrileña: Toñanes como 2019
es y Toñanes como podría ser, como tal vez será. Y ese Toñanes le gusta. Al menos parece que le gusta. Es más bonito aún que en las fotos, confiesa desde la panorámica del Pico de la Molina, y el madrileño sonríe. O bien, después de levantarse a mediodía con todo el pelo revuelto: aquí se duerme de otra manera. O más tarde, al escuchar la historia de los agujeros que confundió con huellas de estegosaurio: ven aquí, dame un beso, niño de los dinosaurios. Y el niño de los dinosaurios, el mozo, el madrileño, le da el beso exigido.

El niño de los dinosaurios, el mozo, el madrileño: al fin y al cabo la misma persona.

Todo eso en cuatro días, y los cuatro días que ya se acaban. La noche del último día. El madrileño y la madrileña en el sofá del desván. En la mesa los restos de la cena y dos copas de vino medio llenas. Él está sentado y ella tumbada; su cabello rojizo sobre las pantorrillas de él. Cada tanto alargan sus manos para alcanzar las copas: ella tiene que incorporarse un poco para beber, para no atragantarse. Aun así, por alguna razón, cada vez que se lleva la copa a los labios le entra la risa y se atraganta de todas formas. Hablan en voz baja y ríen en voz muy alta. Viéndolos así, bebiendo y riendo, se diría que ya no tienen miedo. ¿Miedo de qué?, responderían, si alguien les preguntara. Pero nadie les pregunta. Están exactamente donde quieren estar: lejos del mundo y muy cerca el uno del otro.

—¿Qué es eso?

Es ella la que lo pregunta, de pronto. Su mirada ha acertado a detenerse en un cuadro extraño que cuelga de la pared. Un cuadro que no tiene imágenes ni colores: solo una maraña de flechas, años, nombres.

El madrileño ni siquiera se vuelve para mirarlo:

—Nada. Una tontería.

—¿Pero qué es?

—Un árbol. Cosas de mi padre.

—¿Un árbol?

—El árbol de la familia. Se supone.

La madrileña se pone en pie casi de un salto, súbitamente rejuvenecida por sus palabras. Se acerca al cuadro. Tras ella se incorpora trabajosamente el madrileño.

—¿Seguro que lo hizo tu padre?

—Claro, ¿por?

El ceño de la madrileña, que se frunce un poco. Señala primero el tronco del árbol y luego las ramas de arriba.

—Porque esta no es tu letra, pero esta de aquí arriba sí.

El madrileño se rasca el cogote.

—Bueno... Eso es porque le eché una mano, a mi padre.

—¿Hicisteis juntos el árbol?

—Con quince años de diferencia, pero sí. Lo hicimos juntos, puede decirse.

Resume brevemente, con tono desganado, la investigación que emprendió todo un verano. ¿Por qué no le importa hablar del ammonites y de los útiles prehistóricos y de las huellas de estegosaurio y sí le importa contarle lo del Archivo Diocesano? Seguramente por lo que implica. Porque uno puede encontrar una piedra por casualidad, pero nadie se pasa su verano de los dieciocho años en un sótano mal ventilado por casualidad.

Ella escucha pero no deja de mirar el árbol. Da otro sorbo de vino, pensativa.

—¿Dónde se supone que estás tú?

—Aquí. Yo soy ese 1984 entre interrogaciones, me parece.

—¿Y la familia de tu madre? ¿Por qué no sale?

—Eso es porque no son de aquí. Es un árbol de la gente de Toñanes.

La madrileña se echa a reír.

—¡Pero si tú tampoco eres de aquí!

—Bueno, un poco sí. Aquí estoy, ¿no?

—Sí —concede la madrileña—. Aquí estás.

Nada puede objetarse a eso, y ambos deciden dar un trago de vino a su copa al mismo tiempo, como para subrayar el silencio. Sí, no cabe duda: ahí está. Ahí están los dos. Y de golpe, ambos se sienten muy afortunados. Ninguno dice nada.

Luego, la madrileña vuelve a fijarse en la base del árbol. Esa casilla vacía o casi vacía. Ese 1984 entre interrogaciones, esos dos apellidos sin nombre, como si el madrileño pudiera haber sido cualquier otra persona; como si el madrileño pudiera, de hecho, no haber nacido nunca. Un escalofrío. Mira al madrileño, y por primera vez lo ve con ojos de pasado. No ve un hombre con la barba demasiado larga y el pelo demasiado largo también: ve al niño que fue. Ese niño que gateó entre estas cuatro paredes y correteó por el jardín y pedaleó por el camino de los acantilados y rio y lloró a la sombra del ciruelo. Piensa en eso: en el madrileño llorando, riendo. En el milagro de que él esté ahí ahora, a su lado. Y no puede evitar preguntarse por los pequeños milagros que hicieron ese otro milagro posible.

—¿Fuiste un niño deseado?

—¿Cómo, deseado?

—Sí, no sé. Como tus hermanas te sacan tantos años... No sé si tus padres planearon tenerte, o si fuiste una sorpresa, o qué.

El madrileño, que siempre tiene una respuesta para todo, se queda callado.

—Pues no lo sé. Siempre he dado por sentado que sí, pero a lo mejor no.

La moza ríe de nuevo, más fuerte.

—¿Me estás diciendo que sabes los nombres y apellidos de treinta generaciones de antepasados y no tienes ni idea de por qué naciste tú?

—Son solo veintiuna generaciones.

—Me estás entendiendo.

Sí: la entiende. Lo que no entiende, el madrileño, es por qué no se lo ha preguntado hasta ahora.

—Yo qué sé. Es que mis padres no hablan nunca de esas cosas. Supongo que sería todo muy normal. Un embarazo normal.

Un instante más tarde añade:

—Bueno, creo que nací por cesárea.

Y luego:

—Y mi madre tuvo toxoplasmosis. Una vez se lo oí decir.

Y por último:

—Me parece.

Ella se vuelve bruscamente:

—¿Toxoplasmosis? Pero eso es una cosa como muy jodida, ¿no?

El madrileño no sabe qué responder. ¿Sí? ¿Es jodida, la toxoplasmosis?

La moza continúa:

—Que sí. Eso es una enfermedad muy grave para las embarazadas y para los niños recién nacidos. Tuvieron que pasarlo muy mal tus padres. Una amiga de mi prima la tuvo y estuvo pensando en abortar y todo.

Miguel Gervasio sacudiendo su cadena y aullando en 1749
el fondo de la cuadra y su madre gritando: Cállate, Monstruo. Cállate, Pecado Mío. Cállate, Desgracia de la Familia. Quiera Dios que te lleve pronto.

—Pues mis padres no. Lo del aborto no se lo pensa- 2019
ron —contesta el madrileño muy rápido.

Pero luego se queda mirando él también el 1984 entre interrogaciones, y no está tan seguro.

—Vamos, al menos nunca me han dicho nada.

—¿Lo has preguntado?

—No. No lo he preguntado. Pero digo yo que me lo habrían contado, ¿no?

Ella ríe brevemente.

—Eso no venía en los archivos, ¿eh?

La mirada del madrileño se desliza por las vidas de los hombres y mujeres garabateados en la lámina. Lope García de Salazar, decimotercer señor de Salazar y apodado Brazo de Hierro, muerto a los ochenta años en el sitio de Algeciras y padre de ciento veinte hijos. Antonio de Tagle y Catalina Bracho de la Sierra, casados en Comillas para fundar el linaje de los Tagle-Bracho. Juan Gómez de Carandía, emigrante a Nueva España. María Ruiz, muerta en el parto de su tercer hijo. Consolación Díaz Gómez, apodada la Roja porque tenía el pelo rojo, rojísimo. Él mismo, nacido quién sabe cómo ni por qué motivo, del que solo se puede decir esto: sabía más de su tatarabuelo que de sí mismo.

—Oye —dice entonces ella, pasándole la mano por la mejilla—. ¿Dónde te has ido?

Pero no se ha ido. Está ahí, pensando.

—Ven aquí conmigo, niño de los archivos.

Un abrazo. Un abrazo larguísimo y en cierto modo nuevo; un abrazo que nunca se han dado hasta ahora. Durará hasta la mañana siguiente, ese abrazo. No es así, claro, pero lo parece: tan cerca el uno del otro que se diría que siguen abrazados el resto de la noche, mientras recogen los platos de la cena y cuando se lavan los dientes y cuando se desnudan y cuando follan y cuando se quedan mirando el techo de la cuadra después de follar.
La cabeza de ella en el pecho de él. La mano de él en la
1947 cintura de ella —y ahora, ¡un pasodoble!, dicen desde el
escenario, y Teresa y Luis que comienzan a bailar; la mano
de él en la cintura de ella; la cabeza de ella en el pecho de
2019 él—. Tienen los ojos cerrados. A tientas, la mano de él
que se desliza para alcanzar el interruptor de la luz. Os-
curidad.

Pero no se duermen. No todavía.

Ella pensando: Estamos aquí. Solo piensa esto, todo el tiempo, mientras se va quedando dormida: Estamos aquí. Estamos aquí. Estamos aquí. Piensa en la serie de casualidades que les ha llevado a vivir, a conocerse; a estar ahí, abrazados en esa aldea remota. Ella, que no tiene pueblo, que no cree en los lugares ni en ese arraigo a la tierra del madrileño que tiene algo de árbol y de tumba, pensando: Estamos aquí. A pesar de todo, estamos aquí. Esta casa puede ser también mi casa. Este pueblo podría ser, por qué no, mi pueblo. Eso se lo enseñó su abuela, hace ya muchos años: que la infancia no era un lugar sino una persona. Y de pronto siente una gratitud enorme por las decisiones que han hecho a esa persona posible: por cada uno de los hombres y mujeres que componen el árbol genealógico, incluyendo la mitad que falta. Por esa pareja que hace treinta y cinco años decidió seguir con su embarazo, a pesar de todo.

Y a su lado, en la orilla opuesta de la cama, el madrileño que tampoco duerme. Está pensando en todas las cosas que no sabe. Piensa en la cicatriz de la cesárea, que él nunca ha mirado y que sin duda debe continuar ahí, en alguna parte del vientre de su madre. Piensa en eso, en su madre. En su madre, que le ha contado tantas cosas de su infancia, pero nada sobre ella misma. Se pregunta si no lloraría una vez o muchas veces en esta misma casa, mientras esperaba la primera ecografía o el parto: si su padre no empezaría el árbol genealógico precisamente para tener la cabeza en otra parte. Y luego, el madrileño comienza a pensar en todas las cosas que sí sabe. Sabe por ejemplo, incluso en la oscuridad, la expresión que ahora mismo tiene la madrileña en la cara, porque la ha visto antes muchas veces: ese gesto que tiene algo de docilidad y de abandono. Sabe que mañana la madrileña y él tomarán un café en el jardín. Sabe que regresarán en coche escuchando canciones de Nacho Vegas y de McEnroe y de Beach House y que en una temporada no hablarán del árbol genealógico. Sabe que volverán a Toñanes muchas veces; que Toñanes será eso, un lugar al que volver siempre, y que ninguno de los dos aprenderá a cortar el césped como es debido ni a barnizar las ventanas. Sabe que les sucederán muchas cosas juntos, en Toñanes y en Madrid y en tantos lugares, cosas que todavía no puede imaginar; y saber eso, que todavía no puede imaginarlas pero que sucederán sin duda, es también alguna clase de certeza. Sabe que ella seguirá riendo, llorando; que continuará amando cosas y detestando cosas. Sabe que un día, dentro de muchos años, se quedará mirando el mismo cuadro y dirá: Recuerdas la primera vez que vine a Toñanes. Y él dirá: Sí, me acuerdo. Solo eso: Sí, me acuerdo. Sabe lo que casi nunca sabemos: que en este mismo instante está fabricando un recuerdo que, por alguna razón, durará siempre. Se da cuenta —y este descubrimiento lo abruma— de que por primera vez en su vida sabe más cosas de su futuro que de su pasado. Y pensando en eso, en las cosas que sabe y en las que no sabe, se va quedando dormido.

1904 —Bueno.

—Bueno.

—Que habrá que marcharse, ¿no? Que se hace tarde.

—Sí, tarde es.

—Muy tarde.

—Yo creí que era más temprano. Pero no.

—No.

—Pues eso. Que habrá que recogerse...

—Sí. A la cama, que es el mejor prado.

—Eso.

—(...)

—(...)

—Pero es que da una pereza, ¿verdad?

—Sí que da, sí.

—¿Y lo bien que lo pasamos?

—Mucho.

—Si es que se está aquí mejor que en la cárcel.

—¡Qué tocha eres, Toñita! ¡Mejor que en la cárcel, dice!

—¡Qué cosas tienes, Toñita!

—¡Sí, que cosas!

—(...)

—(...)

—Estaba pensando una cosa yo.

—¿Qué cosa, Teodora?

—Pues que sí que lo pasamos bien. Pero que también da como un poco de pena, ¿no?

—¿Acostarte, dices?

—No, mujer, acostarme no. Digo esto. Esto. Lo de juntarse acá. Lo de la hila...

—Ah.

—Porque haceos cuenta de que esto dura lo que duremos nosotras. Cuando faltemos nosotras, ¿quiénes?

—Un poco de pena sí que da, sí.

—Dice la Sarito que en La Busta ya no se hace hila ninguna noche.

—Ni en Carrastrada.

—Y desde que murió la Rogelia, en Cigüenza más de lo mismo.

—Y acá siete somos. Y más años a las espaldas que...

—La gente ya no anda en lo de antes. Los mozos a la suya van. Risa les dan, las cosas de antaño. Y a los maridos les gusta más el vino de la taberna que escucharnos a nosotras.

—¡Es que somos antiguas, nosotras! Y el vino es joven siempre.

—Pues eso digo. Que esto se pierde, se pierde.

—Qué se va a perder. No se pierde, no.

—¿Tú dices que no, Toribia?

—Sí, señora, eso digo yo. Digo que acá esto sigue, con nosotras y sin nosotras. ¿No os recordáis vosotras de la Barbarita, de la Atanasia y de la Ramona? ¿De las que eran viejas cuando nosotras éramos mozas?

—Pues cómo las voy a olvidar...

—¿Y no os recordáis que decían justamente eso? Que si la hila se perdía, que ya nadie les iba a escuchar a ellas los cuentos. ¡Y fijaos! Acá andamos nosotras, cincuenta años después o yo no sé cuántos...

—Pues es verdad.

—Nosotras éramos lo mismo que las mozas de ahora. ¡Poco nos importaba a nosotras el Arquetu y el ojáncano! Lo que veníamos era a buscar marido, ¿no?

—¡Ay, ay, qué tiempos!

—¡Éramos bien retobonas también, sí!

—Pero no iguales. Lo mismo no éramos. Que estas son más... Cómo os diría. Un poco más... O un poco menos. ¡Un poco menos de vergüenza, tienen! Iguales no éramos, no señor.

—Pero parecidas.

—Bueno.

—Y luego está que siempre tendrá que haber viejas para hilar el lino, ¿no? Y para tejer la lana, ¿verdad? Siempre habrá de eso. ¿O me decís que no habrá tampoco en Toñanes lino ni ovejas?

—Mujer, ovejas y lino siempre habrá... Eso es evidente.

—Pues eso. Que siempre tendrá que haber viejas para hilar el lino y siempre quedarán cuentos para que las viejas hilen contentas. Eso digo yo.

—¡Dios te oiga! Que me daría a mí mucha pena que se pierda esto. Mucha, mucha.

—Pues nosotras a seguir con los copos de lino y con los cuentos. Y los mozos, que se lo pierdan.

—Eso. Si no quieren venir, que no vengan. Acá nosotras no necesitamos a nadie.

—Y los maridos en la taberna... Pues que sigan ahí, ¿no?

—Eso, que sigan ahí, que acá no los queremos para nada.

—(...)

—(...)

—Bueno.

—Bueno.

—Y ahora qué. A la cama, ¿no?

—El mejor prado.

—Eso.

—¿Te parece si me llevo un puñado de castañas, Pascualita? Que da como cosa verlas ahí, asadas y frías, muertas de risa...

—Anda, anda. Cógete las castañas.

—Y ahora a recogerse. Que mañana hay mucho que hacer.

—Mucho, mucho.

—Pues qué. ¿Nos vamos entonces?

—Vamos.

No se mueven.

Dos cuerpos que se mueven. Un pasodoble. La mano de 1948
él en la cintura de ella. La cabeza de ella contra el pecho de él. Aún no hay nombres. Él es todavía él y ella todavía ella y así seguirá siendo durante los cuatro minutos siguientes: mientras dure el pasodoble. Cuando la música cese todo irá de pronto muy deprisa. Yo me llamo Luis, tendrá que decir Luis. Yo soy Teresa, dirá Teresa. Habrá que decidir si se dan la mano o no se la dan, si bailan otra canción o no la bailan. Qué viene después del pasodoble. No lo saben todavía y por eso no quieren que la canción acabe.

Lo mejor, por ahora, es no pensar. Los ojos cerrados, como si soñaran. Porque bailar, piensan ambos al unísono, se parece un poco a olvidar; bailar en algo recuerda a soñar. Olvidar al hijo del notario que nos lleva a comer churros con chocolate y también las oposiciones a la Abogacía del Estado. Soñar que esta misma canción puede durar toda la noche. No es posible, claro, pero por un momento parece que sí, porque la orquesta ha enlazado los últimos compases del pasodoble con los primeros del siguiente. Ambos juegan a no darse cuenta y siguen bailando como si la canción nunca hubiera terminado: la cabeza de ella todavía en el pecho de él; la mano de él estrechando tal vez un poco más fuerte la cintura de ella. El segundo pasodoble se convierte en una especie de rumba y ellos bailando todavía; la rumba que deriva en una copla y la copla que se convierte de nuevo en un pasodoble. Siguen bailando, ella con un vestido a veces negro y a veces rojo y a veces de flores, pero 1950 / 1952 / 1954

siempre con el mismo abrigo; él con distintas corbatas
1957 y distintas chaquetas pero siempre el mismo pelo repei-
1959 nado. Un foxtrot y él que se pierde un poco y ella que tiene
que guiarlo, entre risas. Tonto, es muy fácil: un pasito para
un lado y dos para el otro. ¿Entiendes? Uno para un lado,
1961 dos para el otro. Llega el chachachá, y aquí son ambos los
que se pierden, y ambos, también, los que se ríen: pero
1964 de ningún modo dejan de bailar. Richard Anthony dán-
doles permiso para marcharse y ellos que no se marchan;
1965 Concha Velasco desgañitándose en el escenario y ellos
1968 que no se quieren enterar; los Beatles en un submarino
1970 amarillo y Karina abriendo el baúl de los recuerdos y Eva
1973 María buscando el sol en la playa y ellos que siguen gi-
rando lentamente, indiferentes a todo y a todos; a veces
bajo las estrellas y a veces bajo la lluvia, protegidos por
1977 un inmenso paraguas negro. Luis que en algún momen-
to ha perdido su sombrero y hasta su pelo y lleva sobre
la calva una boina. Teresa que de pronto tiene gafas en la
cara y canas en el pelo y un collar de perlas en el cuello:
1980 todo eso sin dejar de bailar. Nacha Pop cantando a la
chica de ayer y Teresa que susurra no vayas tan rápido,
1982 Luisín, que no te sigo el ritmo. Alaska bailando, se pasa
el día bailando, tiene los huesos desencajados, y el para-
guas de Luis que se transforma en una cachava: por si las
1989 / 1992 moscas. Vaya, vaya, aquí no hay playa y tengo un tractor
amarillo que es lo que se lleva ahora y dale a tu cuerpo
1993 alegría Macarena y Luis que tiene que sujetar a Teresa,
2002 porque de un traspié casi se cae al suelo. Aserejé-ja-dejé
de jebe tu de jebere sebiunouva y Luis que le susurra al
oído: Oye, Teresuca, ¿pero tú esta música la entiendes?
Yo qué voy a entender, contesta Teresa riendo y a voz en
grito, porque se están quedando sordos. Bailan, sin em-
bargo; cada vez más despacio, pero bailan; cada vez más
ausentes, cada vez más remotos; cada vez más torcidos
2010 y extranjeros al mundo pero siguen bailando, tsamina
mina eh eh waka waka eh eh, un hombre y una mujer

y dos cachavas girando y girando hasta que la canción, al fin, termina. 2011

Una lluvia de aplausos y Teresa que de pronto se en- 2012
cuentra sola en medio de la campa de baile, sin Luis y con cachava, abandonada tan repentinamente que tiene que sujetarse a la tapia para no caer. Una mujer corre a sujetarle el brazo.

—¡Mamá! ¿Estás bien?

—Sí —contesta.

—¿Quieres que nos quedemos un poquito más o nos vamos a casa?

Teresa, muy quieta, mirando el trocito de hierba donde cayó el duro; el rincón donde una vez, muchos años atrás, la sacó a bailar su marido por vez primera.

—Mejor nos vamos a casa —responde, con la voz desfallecida.

Pero no se mueven. Teresa que se detiene, porque en ese mismo instante el solista de la banda regresa al escenario entre ovaciones.

—Y ahora, para los nostálgicos..., ¡un pasodoble!

Teresa detenida en mitad de la campa, escuchando
el pasodoble con una sonrisa remota. Frente a ella, Luis 1948
y Teresa bailando todavía ese mismo pasodoble, sin pensar en nada: los ojos cerrados, como si soñaran. Porque bailar, piensan ambos al unísono, se parece un poco a olvidar; bailar en algo recuerda a soñar.

El jardín de una casa en el barrio de la iglesia de Toñanes. 2021
Arriates con flores, algunos árboles dispersos, dos gallinas de forja que parecen picotear la hierba junto a la cancela de entrada. A lo lejos, una perspectiva de la espadaña de la iglesia y del ventanal del viejo edificio de la escuela. Junto al porche, una mesa de hierro forjado, y sobre la mesa nada. Sentada en una silla de plástico, Rosi (ochenta años).

Fíjate qué sorpresa, hijo. No te había reconocido. Con la mascarilla y eso, ni sabía quién eras... Alguna vez me he acordado yo de ti. Del libro aquel que escribías. ¿No estuviste tú ahí sentado, preguntándonos por el molino y todo aquello? ¿Cuánto hará de eso? Dos años tiene que hacer por lo menos, porque dos años hace de lo de Llermo... Te habrás enterado tú de eso, ¿no? Ya te habrán contado tus padres. Desde luego, qué pena. Qué pena, qué pena tan grande... Le falló el corazón, hijo. La última vez que lo llevamos al hospital, me sacó el doctor al pasillo, y me lo dijo. Que tenía que tener sesenta pulsaciones y no tenía más que diez. El pobre, el pobre. Y en las últimas elecciones quiso ir a votar... Tú fíjate que está la escuela aquí a veinte pasos de casa, ¿no? Pues no llegaba, no llegaba. Le tuvieron que sacar una silla a la entrada de la escuela, porque no llegaba a la mesa de votaciones. Y yo le decía: hijo, que no vamos, que no vamos... Pero fuimos. Él nunca perdió el humor. Nunca, nunca. Siempre con bromas. Siempre cayéndole bien a la gente. A la vista estuvo eso, en el tanatorio. Mira, últimamente íbamos a comer a Unquera los domingos, ¿no? A un restaurante. Bueno, pues se presentaron en el tanatorio el cocinero y los camareros. Con un centro de flores así, de los empleados de La Corbata. Al tanatorio fueron. Qué detalle. Y yo pensaba: Ay, si lo ves, Llermo. Ay, si lo ves... Qué pena. La pena esa no se la sabe nadie más que yo. Y ahora los nietos quieren que me vaya a Torrelavega con ellos, pero yo... Todos están trabajando, gracias a Dios, y yo de momento estoy aquí bien. Sola voy a estar igual. Está donde la clínica Alba, el piso, ¿la conoces? El sitio es buenísimo. El sitio fenomenal, pero yo... Aquí sigo, fíjate. Ellos que trabajen y yo aquí en mi casa. Porque esa es la parte buena que tuvimos, que me encontraron trabajo los dos nietos. Diego y David. Mira, Llermo se murió el día veinticinco de junio a las doce de la noche, ¿no? Pues Diego... Tú fíjate qué caso. Diego empezó a trabajar el veinticinco de junio a las diez de la noche. Qué vida, ¿eh? Y al año, le hicieron fijo. No todo iba a ser malo, ¿no? Anda muy bien, con el trabajo y con todo. Y tú, ¿qué tienes? ¿Estás casado, tú? ¿No? ¡Ah, pues muy bien eso! Lo de vivir en pareja, muy bien. Mira, te voy a ser sincera. Hoy casi todo el mundo hace como tú. Se van a vivir de novios. Y me parece muy bien a mí eso. Porque los que se casan, a los dos días... ¡se separan! Yo conozco personas que les ha pasado eso. Casos, muchos casos. Que están viviendo con sus parejas mil años y siguen felices y bien. Eso de casarse es una tontería de cuando..., de hace veinte años. Como lo de las dispensas y todos esos rollos. ¿Tú no sabías que Llermo y yo éramos familia y que tuvimos que pedir una dispensa de esas? De toda la vida lo conocí, claro. Desde los cinco años, que me vine a Toñanes. Porque yo era de Cerrazo. Pero a los cinco años me quedé sin padre, y como mi madre era de aquí, de los de Valdés, pues aquí nos vinimos. Mira si estaríamos cerca Llermo y yo, desde bien criúcos, que las ventanas nuestras daban al prado de ellos. ¡Y su madre era madrina mía! Yo no sé si éramos primos segundos o qué seríamos. Mi madre era prima carnal de él, me parece, y yo era prima segunda, o algo así. Y don Atanasio, que era un cura que lo llevaba todo a rajatabla, pues nos hizo pagar la dispensa y esperar no sé cuántos meses. ¡Meses! Qué tonterías, ¿no? No me extraña que ahora no se case nadie. ¡Qué bien hacen! Que ni bautizan los chiquillos ni nada. ¡Qué bien hacen! Cambian las cosas, cambian... Madre mía, lo que ha cambiado todo. Toñanes mismo, lo que ha cambiado. Antes éramos cien, y ahora ¿cuántos seremos? Ahora muchos menos. No queda nada de nada. Ya no hay ganado ni nada. Los hoteles, lo único... Los hoteles algún trabajo dan. A Maribel, por ejemplo. Y yo no sé si trabajará alguno más. Por eso, por la falta de empleo, de aquí se han ido muchos, muchísimos. Ya es de fuera todo el mundo. Mira, están los de Valladolid, que llevan ya un tiempo aquí. Luego la casa de la escuela, que la tiene uno de Santander. La casa de Pepe: ya de los madrileños. La de mi tía Mina, esa también la vendieron y la compró una de fuera también... Así estamos. Y mira que los de fuera son bien recibidos, ¿eh? Aquí el que llega y da los buenos días y las buenas tardes ya es de este pueblo. Pero da un poco de pena también, ¿no? Que no quedemos ninguno. Por eso tengo ganas de ver yo el libro ese que haces, de las cosas de antaño. De cómo era el pueblo antes. Lo leerá gente de fuera también, ¿no? Gente de sabe Dios dónde. Vaya uno a saber lo que pensarán de todo eso. Y me hará ilusión a mí tenerlo, claro, pero también pena, por otra parte... Ilusión me haría si estuviera el que tiene que estar, ¿me entiendes? Entonces sí que lo celebraríamos. Porque yo sé que a él le hacían ilusión estas cosas. Le habría hecho una ilusión horrorosa. Te lo digo yo, que lo conocía muy bien, mejor que nadie... Por eso me parece mentira a mí lo que ha pasado. Que ya haga dos años de lo de Llermo. A mí se me hace que fue ayer... Los días se van. Bueno, ¡y nosotros! Los días van y vienen, pero nosotros no. Nos vamos y no venimos. Así que aprovéchate, hijo. Vive lo mejor que puedas con la novia. Llermo y yo estuvimos sesenta años. Juntos. ¡Sesenta! Y todos los años... Bueno, hace dos años que no. Pero todos los años, el dieciocho de julio, nos despertábamos ¡y un beso! Felicidades, decía. Me daba un beso al despertar. Por mi cumpleaños. El beso me lo daba igual si estábamos de malas o de buenas. Tú ponte que estuviéramos enfadados: pues igual me lo daba. Y me decía: Aunque estemos de lado, yo te beso. Eso me decía. Porque todo no son glorias, ¿no? A veces discutes. Así son los matrimonios. Y nosotros con todo fuimos felices. Con las cosas malas y todo, fuimos felices. Porque la vida nos machacó, hijo; pero como yo digo, cuando nos lo dio sería que nos lo merecíamos, ¿no? Fíjate que yo pienso que no, pero... Quién lo sabe, eso. Eso lo sabrá Dios. Y ahora hay que seguir viviendo. A mí, como me queda poco ya... Pues poco sufrimiento, ¿no? Por mucho que me quiera dar Dios, poco me queda. Pero digo yo que lo suficiente para leer el libro ese que me dices. Para ver cómo aparezco yo por ahí. No creo que sea para mal, ¿no? ¡No creo yo que me critiques, vamos! Pero bueno, ¿sabes qué? Pues que si me criticas, me criticas. Ya me da igual a mí eso. Cada uno que diga lo que quiera y que piense lo que quiera. A mí lo que me da curiosidad es saber lo que habría pensado Llermo. ¡Lo que habría disfrutado el libro, madre! Por eso te lo voy a comprar yo. ¿Cómo que no? ¿Cómo que no me dejas comprarlo? ¡Los libros están para comprarlos, digo yo! Bueno, pues si tu empeño es ese... Pues me lo regalas. Si quieres regalármelo, me lo regalas. Y yo te invito a una mistela y a unas galletas. ¿Te parece? O si no a uno de esos calimochos que tanto le gustaban a Llermo.

Pedro de Ruiloba, clérigo natural de Toñanes, murió, 1658
otro clérigo natural lo enterró. Úrsula Pérez —nació en 1655
perfecto estado de salud, a los seis meses se arrastraba por el suelo de la cocina, a los nueve gateaba, al año zapateaba torpemente por el zaguán, a los tres caminaba, a los seis años corría tras los perros y las mariposas, a los nueve la visitaron unas fiebres malignas, de las cuales se recuperó o pareció recuperarse; a los diez caminaba tras los perros y las mariposas sin ser capaz de alcanzarlos, a los once zapateaba torpemente por el zaguán, a los catorce gateaba, a los diecisiete reptaba por el suelo; pasó el resto de sus días, y fueron los días que componen veinticuatro años, entronizada en una especie de carretillo del que sus hermanos tiraban; viajaba en ese ca-

1654 rretillo cuando— murió, fue enterrada. Juan Gómez de
Carandía, viudo de Juliana de Mogro y sin descendien-
tes vivos —lo último que escuchó en este mundo fueron
los latines del párroco mientras le confortaban con los
Santos Óleos; cuando todo acabó aún le quedó un ras-
tro de conciencia para pensar que después de todo Julia-
na tenía razón; no había para tanto, con eso de los sa-
cramentos; mientras lo pensaba— murió, fue enterrado.
1652 Domingo de Herrera —dijeron que lo habían maleficia-
do con alguna clase de aojamiento o sortilegio, y quizá
fuera cierto, porque en los últimos tiempos de su enfer-
medad el cuerpo se le engarrotó y retorció de maneras
monstruosas, y en sus desvaríos espumarajeaba furio-
samente, con los ojos tornados repentinamente blancos,
y junto con los salivazos iba soltando latines inverti-
dos, oraciones sin Dios, catecismos despiadados, implo-
raciones a santos nonatos, y aun cuajarones de frases
en otras lenguas, y de nada sirvieron los amuletos ni los
dijes de azabache ni los dedines de coral o de palo que se
le pusieron en la muñeca y bajo la almohada; hay quien
barruntaba si la culpa no la tendría cierta viejuca medio
hechicera que vivía en los bosques de Vallosero; nada se
1649 pudo probar—, murió, fue enterrado. Diego González
del Cueto, se recibió fe y verdadero testimonio de que ha
sido alcanzado por la enfermedad que Dios fuera servi-
do darle en el lugar de Villares de la Reina —era sífilis,
aunque él lo llamaba la condenación de mis pecados; se
sabe que— murió, se asume que fue enterrado. Bartolomé
de Ruiloba, cura beneficiado de esta parroquia —un úl-
timo pensamiento lo visita en su lecho; ahora yo seré un
nombre más en la memoria de difuntos de Toñanes—,
1646 murió, por un cura extraño fue enterrado. Francisco Pé-
rez el Viejo —era en efecto muy viejo, pero aún más que
viejo era feo, irremediablemente feo, y así y todo se casó,
porque la fealdad es algo que se consiente; la falta de va-
cas o de tierras no, las deudas de ningún modo, pero la

fealdad sí, por supuesto—, murió, fue enterrado. María 1645
Velarde, esposa que fue de Baltasar de la Torre, su viudo
se compromete a pagar treinta y dos misas gregorianas
y una misa de cabo de año y una limosna a la iglesia con
que comprar unos nuevos hostiarios, pero no se cumple;
su marido no ha querido pagarme, escribe con caligra-
fía furiosa el párroco en el margen del libro de difun-
tos —Baltasar de la Torre que en efecto no paga; Balta-
sar que escupe en la sacristía de la iglesia y ya no vuelve
nunca; que amenaza con tomar el trabuco o la espada si
el párroco le reclama de nuevo los malditos hostiarios,
dígame, para qué quiere Dios mis dineros, para qué más
alhajas y doraduras si todo cuanto existe es suyo, si hasta
de lo poco que es nuestro toma lo que quiere a su volun-
tad sin darnos razón ni consuelo, dónde estaba su Dios,
clama con voz furiosa, dónde ayer cuando murió mi Ma-
ría a los veintiocho años con otro hijo, mi hijo, atravesa-
do en el vientre; dígamelo su Reverenda Paternidad, que
todo lo sabe—, María murió, Baltasar no pagó; de todas
formas fue enterrada. Gómez el Viejo, su nombre murió
juntamente con él en un desgarrón del libro de difun-
tos, fue enterrado. Manuel Gómez, aposentado en Bur-
gos, enviaron fe de que en el mismo Burgos murió, fue
enterrado. Juliana Vélez, cuarenta y un años —recibió
la extremaunción no de un sacerdote sino de su propio
esposo, con un poco de aceite de candil; luego— murió,
fue enterrada. Tirso Gómez, recibió el cura beneficiado 1643
fe de que murió en servicio de las guerras de su Majestad
—no mienten; estaba entre los últimos piqueros del últi-
mo tercio en los campos de Rocroi; al recibir la bala dejó
caer la pica y todavía se sostuvo unos instantes, los ojos
clavados en la tierra que bajo sus botas había empezado
a temblar, una tierra muy semejante, o así se lo pareció
en este último instante, a la tierra de ciertos parajes de
Toñanes; quien lo mataba era un arcabucero francés que
disparaba por primera vez a un hombre—, allí murió, en

esa misma tierra fue enterrado. Juan de Ruiloba, de oficio
labrador —y también habría que añadir de oficio borra-
cho, más borracho seguramente que ningún otro hombre
que ha pisado Toñanes—, borracho murió, fue enterra-
do. Francisco de Herrera, no testó porque fue alcanzado
de repente por un rayo —un rayo, otro más, y con él mi-
radas de perplejidad y de asombro, los vecinos que se
persignan y miran, interrogantes, al cielo; el cadáver en-
negrecido como el sedimento de un guiso demasiado
hecho, el dalle todavía en su mano y todavía caliente, la
hierba a medio segar—, ya estaba muerto cuando lle-
garon, ellos lo enterraron. Y tras él, tras el fulgor de esta
1637 centella, muchos años de nada o apenas nada; un rime-
1629 ro de legajos desgarrados, retorcidos, magullados, cier-
1641 tas hojas que faltan, ciertos registros que se adelantan
1627 o atrasan, como si a los ojos de Dios el tiempo no fuera
1638 más que una extravagancia o un capricho, ciertas tacha-
1640 duras, ciertas abreviaturas perezosas, la tinta que traspa-
sa ambas caras y emborrona todo y los muertos que se
suceden como las imágenes vertiginosas de un sueño,
como si pudiéramos retenerlos pero no, como si pudié-
ramos conocerlos pero tampoco, solo sus nombres ne-
1632 gligentemente transcritos, el párroco que no recuerda ni
sus edades ni sus dolencias, ni los hijos que dejan, ni sus
padres, madres, esposos, esposas, la mano que quiere
ahorrarse otro viaje al tintero y registra lo que le parece,
1639 que es muy poco; un párroco inhumano, eso es lo que
es, un padre que no quería a sus hijos, sus feligreses
muertos, y no reserva para cada uno más que el espacio
de una línea, en fecha tal murió no sé quién, dice esa lí-
nea, y a veces escatima el verbo, en fecha tal no sé quién,
1636 o incluso sin fecha, solo no sé quién, por ejemplo Juan
1640 Gómez o Íñigo Gómez o Sebastián no sé qué, nombre
1628 sobre nombre como si fueran los tributarios de un censo
o los testigos de una boda, y así es durante quince hojas,
es decir, así es durante quince años, los últimos, los pri-

meros, y si los muertos tenían familias o deudas o tes-
tamentos o últimas voluntades no lo sabemos, y si se en-
tierran en este lugar o en aquel no lo sabemos tampoco,
a veces ni siquiera el apellido, a veces el apellido y ni si-
quiera el nombre, Juan o no sé qué de Ruiloba o Nicolás 1638
hijo de quién sabe quién, todos enterrados, todos muer-
tos, y también Juliana de Ruiloba y Francisco de Ruiloba 1628
y María Pérez y Juan de algo, Olalla sin apellido, Quijano
sin nombre, un desgarrón en la hoja, un muerto a quien
de pronto se le arranca el rostro, y Hernando el Viejo
y Juan de Obregón y María del Pino, y Francisca Juan
Diego Lucía Juana Bartolomé, y Carandía Ruiloba Pino 1641
Casquero Gómez, Toribio de no sé qué y Bartolomé de
a quién le importa, enumerados en una lista que tiene
algo de inventario o de operación aritmética, junto a cada
nombre una cruz que parece tal vez un signo de piedad
pero no es más que un aspa, un check de otros tiempos, 1642
un la misa efectivamente se cumplió, el muerto efectiva-
mente se murió, de este finado tampoco me olvido cuan-
do le presente las cuentas al obispo, y eso es todo cuanto
son en su última hora, números en una larga suma de
resultado cero, muertos reducidos a su verdad más des-
nuda, solo un reguero de tinta que el obispo mira com-
placido durante su visita pastoral de 1626: Cúmplese, dice, 1626
y aquí firmo para que conste.

De sus vidas no queda más memoria que el trozo de 2021
papel en que se afirma que murieron.

Se llaman Paula y Paula. Para evitar confusiones, en su 2017
grupo de amigos las llaman Paula pelolargo y Paula pe-
locorto. Pero este verano Paula pelolargo se ha dado un
buen corte de pelo y Paula pelocorto lleva el pelo un poco
más largo de lo que suele, y la aclaración ya no aclara
gran cosa. No importa. Son Paula y Paula. Paula conduce

y Paula va sentada en el asiento del copiloto. Un Renault Clio rojo. Las ventanillas bajadas. La mano derecha de Paula sujetando el volante y la mano derecha de Paula apoyada en el filo de la ventanilla. Natalia Lafourcade sonando en la radio. Ambas corean la canción, con un entusiasmo tal vez desproporcionado. Pero estas son sus vacaciones —viaje de chicas a Cantabria!!! es el pie de foto de su última publicación en Instagram— y han venido para eso: para pasárselo bien. Así que qué menos que cantar *Hasta la raíz* lo más alto que se pueda. En los tres últimos días han recorrido muchos kilómetros y cantado muchas canciones. También han hecho todas las cosas que se esperan de un viaje como este. Han visitado el parque natural de Cabárceno y se han hecho fotos en el Capricho de Gaudí y en el cementerio modernista de Comillas y han embarcado en la lancha de Somo —Paula se mareó, mientras Paula la cuidaba—; han pedido un helado en Regma y tomado el sol en bañador en la playa segunda del Sardinero y tomado el sol en topless en la playa de Covachos. Han subido al teleférico de Fuente Dé y probado la quesada pasiega —rica— y las corbatas de Unquera —no tan ricas—. Y ahora qué. Ahora solo queda seguir conduciendo por la carretera CA-131 de regreso a Santander, preguntándose en qué van a gastar las últimas horas de su último día en Cantabria.

—Dime otra vez las opciones —dice Paula conductora cuando la canción acaba.

—A ver... La primera opción es Ubiarco. La playa de Santa Justa.

—Bueno.

—La segunda... los acantilados del Bolao en Toñanes.

—Y no da tiempo a las dos cosas, ¿no?

—Ni de palo.

—Venga. Pues te toca elegir. ¿Playa o acantilados?

—No sé... ¿Miro a ver en Tripadvisor?

—Venga.

Paula concentrada en la carretera. Paula concentrada en el móvil.

—Cuatro estrellas y media. «Precioso y único enclave en la costa de Cantabria...»

—¿Eso es la playa o el acantilado?

—La playa. «Precioso y único enclave en la costa de Cantabria. Vistas espectaculares, playa entre acantilados con la posibilidad de hacer una pequeña ruta a la ermita y a los restos de la torre, conectando con la playa de Tagle por un sendero accesible. Eso sí, el baño es complicado por las olas y rocas.»

—Pues suena muy bien. Lo único lo de bañarse.

—Pero tampoco queríamos bañarnos, ¿no? Como que no hace tan buen día.

—Sí, yo también pensaba más en un paseo. Para quemarme más estoy... Venga, mira lo de los acantilados a ver.

—Pues... Cuatro estrellas y media también.

—Qué empatado.

—«Fantásticas vistas del Cantábrico. Una pequeña cascada que termina en el mar. Magnífico resumen de Cantabria: tierra y mar. Puedes llegar casi hasta el final en coche, o hacer una ruta bastante fácil hasta el mismo acantilado. Lo mejor: las vistas desde el molino en ruinas.»

—¿Hay un molino?

—Un molino en ruinas.

—Pues suena genial también. ¿Y las fotos?

—Muy bonitas. Creo que te gustaría también este sitio.

Paula mira por un momento a Paula. Luego regresa los ojos a la carretera.

—Venga, va. Pues a ver qué hacemos:

—Es que no sé... ¿Tú qué prefieres?

—Ah, no. Quedamos que hoy escogías tú. Yo decidí lo de Fuente Dé.

—Y fue una idea de puta madre. ¿Por qué no decides otra vez?

—¡Paula, tía!

A veces Paula es muy insegura y eso, claro, molesta a Paula.

—Vale, vale. Venga, pues... Si tengo que decir... Mejor a la playa.

—¿Eso era Toñanes o Ubiarco?

—Ubiarco.

—Pues ya está. Busca en Google Maps. ¿Ves como no era tan difícil?

2021 *La socarrena de la Casa Sevilla, en el barrio de la Herrán de Toñanes. Cuatro sillas de jardín apiladas, una mesa de madera, dos sillones de mimbre. Colgando del techo, una sarta de cebollas. Clavada a la pared, la estampa de un fraile que tiene la capucha puesta y que con su varita anuncia rotundamente lluvia. Afuera hace sol. Sentada en una de las sillas de mimbre, Mercedes Bárcena Rugama (setenta años).*

Cuatro kilos y medio. Grandísimo eras. Las enfermeras te llamaban el abuelito del hospital, porque parecías el abuelo de los demás niños. Me decían que ya habías nacido criado. Te puedes imaginar lo contentos que estábamos. Porque habíamos tenido mucho miedo y nos pusimos en lo peor. Así que estábamos contentísimos, y eso que tuve una recuperación complicada... Fíjate, para que salieras me abrieron de aquí a aquí. Me lo dijeron allí mismo. Que salía un hombro, pero la cabeza no. Cuando oyó lo de la cesárea, papá puso una cara así. Y el médico: mire, hay dos opciones. O dejarlo morir y sacarlo a pedacitos o hacerle una cesárea. O sea, que no había más que una opción. Cesárea. Y quedé mal de eso. No me cicatrizaba bien y me hicieron levantar al día siguiente, porque me parece que si no te levantas tienes peligro de que te dé un derrame. Me desmayaba cada vez que salía de la cama. ¿Tú sabes qué dolores? De aquí a aquí abierta, que para hacer eso tienes que romper todos estos músculos. Entonces pues duré en el hospital... Una semana. Siempre cuando tienes un niño como mucho estás tres días. Y a la semana me fui a casa y luego pues pasé la convalecencia que no podía hacer nada. Todo el día en la cama. Darte el biberón, pero de mala manera. No me dejaron que te diera de mamar, porque me dijo el médico que había sido un parto muy complicado y que estaba yo muy debilitada. Pero tan contenta. Con los dolores y todo, estábamos muy felices, papá y yo. ¡Y tus hermanas! De tener al hermanito al fin: contentísimos todos. Y fíjate que luego nos diste todavía un susto... Fue un día que te tenía en la cuna. Una noche. Ya estaba mucho mejor yo por entonces. Debías de tener como un mes o así y cuando te cojo en brazos veo que te has dejado todo el pelo de la cabeza pegado en la cuna. En la cabecera de la cuna. ¡Te quedaste calvo! Y a mí que se te cayera todo el pelo, en una noche... Empecé a pensar otra vez lo peor. Así que te llevé al médico, le dije que se te había caído el pelo y me contestó que a todos los niños se les caía el pelo. Ya, ya, pero todo el pelo en una noche... Sí que es raro, sí. Pues bueno, quise que te hicieran la prueba de la toxoplasmosis. Porque ya me habías dejado preocupada. El médico no quería, me decía que no te veía síntomas y tal, pero yo no me quedaba tranquila. Entonces te llevé a pinchar a la calle Cádiz y madre mía... Porque eras muy pequeño. Para encontrarte la vena te hicieron una carnicería... Porque no te la encontraban y tú llorabas y llorabas. Sufriste muchísimo. ¡Y yo también! Te llevé al médico con los resultados, y me dice: ¿Ve? Negativo. Por culpa de su madre, una carnicería... Eso me dijo. Y me puse muy mal, pero una parte de mí se quedó tranquila así. Luego ya te nació otra vez el pelo y nos fuimos olvidando un poco de todo aquello. De lo del pelo y de los problemas del embarazo y de todo. Porque al final te olvidas. Te quedas con que todo ha salido bien y ya no piensas tanto en lo que pudo salir mal. Mejor así, ¿no? Pero un día... Ya habían pasado varios meses y me acordé así sin más, no sé por qué. No se me olvida ese día. Me había tumbado en la cama contigo, aquí en la cama de Toñanes, y estábamos los dos jugando o lo que fuera. Me acuerdo de que tú venías a mí como arrastrándote por encima de la colcha y te reías. Nunca te había visto así. Tan feliz. Y de pronto pues me acordé otra vez. Pensé: desde luego, qué niño tan guapo. Mira que si hacemos caso al otro médico... Y te cogí en brazos y te pedí perdón. Yo qué sé por qué te pedía perdón. Por todo. Por haber dudado. Porque yo siempre lo tuve claro, pero una parte... Una siempre duda qué es lo mejor. Perdona, hijo, perdóname, te decía. Tampoco es que te lo dijera a gritos, ¿eh? Te lo decía muy bajito, al oído, cuando te levantaba en brazos. Perdón, hijo. Y tú venga a reírte. Y yo: perdóname, Juan, perdóname... Una y otra vez te lo decía. Y como te reías tanto, a mí me pareció que sí. Que me perdonabas.

2017 Un Renault Clio rojo, las ventanillas bajadas, la mano de Paula en el volante y la mano de Paula en la ventanilla. Paula y Paula, mirando sin mirar el paisaje que se escurre a ambos lados de la carretera. Dejan atrás Comillas y Casasola; Liandres, Tramalón, Cóbreces. Y entonces, de pronto, un letrero chiquito.

TOÑANES.

—Espera. ¿Este no era el pueblo de los acantilados?

—Creo que sí.

Paula se baja un poco las gafas de sol.

—A lo mejor es bonito.

—A lo mejor.

—¿Paramos un momento a ver? Porque si esto está bien, pues nos quedamos y ya...

El coche se detiene lentamente en el arcén, con las luces del intermitente puestas. Paula mirando a la derecha y Paula mirando a la izquierda. Un silencio.

—Oye, ¿y el mar?

El mar por ningún lado.

—¿Y el pueblo?

No hay pueblo tampoco. Solo unas cuantas casas distribuidas azarosamente, una iglesia sin gracia, un río casi seco, un puente de piedra. Una especie de hotel rural, con cuatro banderas que se balancean lánguidamente. Una tapia de piedra, y tras ella una vaca que les devuelve la mirada.

—Yo creo que el pueblo es esto.

—¿Esto?

A su lado pasa un tractor, que las adelanta atronadoramente. Un pastor alemán va trotando detrás, como si la carretera fuese suya.

—Aquí no hay ni bar, tía.

—¿Cómo no va a haber bar? Todos los pueblos de España tienen bar...

Ningún bar. No hay bar y no hay tampoco necesidad de decir nada. Solo una mirada y el coche se pone otra vez lentamente en movimiento. Adiós a Toñanes. Adiós al hotel rural y al puente y a la vaca que no ha dejado de mirarlas ni un instante. Otro cartel a su izquierda: ÁREA RECREATIVA DE TOÑANES. Unos cuantos merenderos desiertos, una barbacoa, un columpio desvencijado. Adiós también a eso.

—¿Seguro que era este? ¿El pueblo de las cuatro estrellas y media?

—Creo que sí.

Un suspiro.

—Pues a ver Ubiarco...

Un minuto y cinco segundos: el tiempo que se tarda en recorrer el pueblo de cabo a rabo, a una velocidad media de ochenta kilómetros por hora. Mucho antes de que acabe la canción que está sonando en la radio, habrá acabado Toñanes. El paisaje se transforma poco a poco en un temblor verde que huye a toda prisa. Ven pasar eucaliptos, casas de piedra, cuadras de hormigón; dos enanos de jardín montando guardia en una tapia; algunas ovejas, algunas vacas. Una montañita de estiércol, en la misma orilla de la carretera. Un letrero.

La palabra TOÑANES, tachada.

AGRADECIMIENTOS

Escribí la primera página de *Lo demás es aire* en 2017, aunque bien podría decirse que todo comenzó casi veinte años antes, cuando en 1998 me decidí a investigar la historia de mi pueblo. Algunas de las muchas personas que me ayudaron entonces han muerto sin saber que algún día formarían parte de esta novela: recuerdo con especial gratitud a Patricio Guerín Bets, Gabriel Valdés Sánchez y Guillermo Gómez Sánchez. Pero sobre todo me acuerdo de mi mentor y amigo Ramón Bohigas, que me enseñó a investigar, y que tantas veces le dijo al niño que yo era entonces que lo que tenía que hacer era pensar menos en los molinos y jugar un poco más a la pelota.

Esta novela no existiría, o existiría en su peor versión posible, sin la colaboración de otras muchas personas. Quiero agradecer de manera especial a todos los vecinos de Toñanes que aceptaron formar parte de sus páginas: Carmen Gómez, Lola Valdés, Luisa López, María Rosa Abascal, Óscar Sañudo o Florita Gómez. Suyas son las voces que el lector encontrará entretejidas con mi propia voz. Fue también decisiva la colaboración del alcalde del Alfoz de Lloredo, Enrique Bretones Palencia, que me hizo el mejor regalo posible: una invitación a revisar la montaña de archivadores y carpetas del fondo documental del Ayuntamiento de Novales. Alberto González Rodríguez, experto en toponimia, tuvo la generosidad de ayudarme en cierto capítulo que el lector reconocerá sin dificultad. Antonio y Eugenia Ladra, uno de los más felices descubrimientos que me ha deparado esta obra, me demostraron desde Uruguay que la historia de Toñanes también se prolonga al otro lado del Atlántico. Manuel Llano, prodigioso narrador cántabro fallecido muchos años antes de mi nacimiento, me enseñó a amar la mitología y el folklore de la región. No quiero olvidar tampoco la colaboración de Edgar Straehle, David Leo García y David Villalba, a quienes debo algunos de los descubrimientos bibliográficos y cinematográficos que inspiraron la estructura del libro, ni la ayuda de Miguel Sánchez Lindo, que se atrevió con el diseño del primer borrador. Y también está presente en estas páginas mi amigo José Hamad y el equipo de la editorial Sexto Piso, que me han acompañado en mi carrera literaria: gracias a su confianza y apoyo me he convertido en el escritor que quería ser.

Tengo la suerte de contar en cada proyecto con un grupo de lectores y amigos que me prestan sus ojos para hacer un poco mejor mis novelas. En esta ocasión llegaron a tiempo los diagnósticos de Víctor Balcells, Ángel García Galiano, Daniel Arija, David Jiménez, Leticia García y Guillermo Aguirre. Estoy también en deuda con Andrés Barba, Edurne Portela, María Sánchez, Irene Vallejo y Alejandro Zambra, que dejaron a un lado sus muchos compromisos para dedicarme las generosas palabras que ya forman parte de esta edición. Tampoco esta vez faltó la mirada de mis padres, Mercedes Bárcena y Emilio Gómez, quienes una vez más no quisieron esperar a leer mi libro encuadernado. Fue también esencial la lectura de mis editores Elena Ramírez y Jesús Rocamora, que se mostraron entusiastas y compartieron mi locura de llenar todos estos márgenes de fechas. Pero sobre todo, *Lo demás es aire* pertenece a Marta Jiménez Serrano, que comprendió antes que nadie el libro que yo quería escribir y me convenció de que la vida de cierto niño amante de los dinosaurios también merecía ser contada. Yo le regalé Toñanes, y a cambio ella me regaló estas páginas: mi historia.